古罗马墓志铭

兴盛与危机

陆幸生◎著

中国书籍出版社
China Book Press

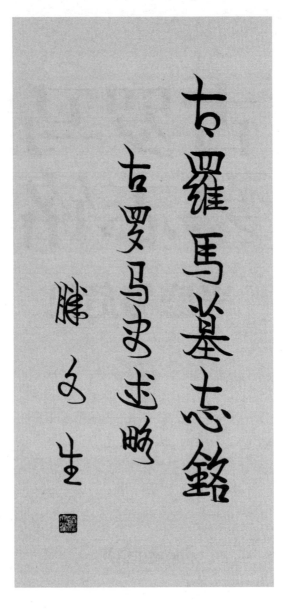

古罗马墓志铭

滕文生

中央政策研究室、文献研究室原主任
中国共产党第十五、十六届中央委员
国际儒学联合会荣誉会长
中国政策科学研究会荣誉会长

古罗马墓志铭题记

陆幸生

烟雨随春天的风吹散
荒冢孤坟伴视线淡去
葳蕤的森林和盛衰的草木
伴季节变化，四时无常
闪烁着幽火萤光的灵魂
出入古典、中世纪、绵延当下
去人们的脑海，掀起无尽波澜
罗马高大的柱廊，支撑着拱门
变得空旷而无边无廓
那是古往今来的时空
唯剩斗兽场的残垣断壁注入血腥
广场上图腾柱前骑马挥手的帝王
指点江山，出入英雄或者枭雄的
道口，寓寄着帝国兴衰存亡
接续生死之路的阴阳轮回

凯旋幽灵之门的来路和去向
续绝存亡，生生死死，恺撒
亚历山大、君士坦丁的宏图大业
称霸世界的野心勃勃跳动在疆场
走向世界这个斗兽场
不断出演丛林中弱肉强食
胜者为王的血腥游戏
元老院的谋杀，独裁官
壮志未酬，死于非命
醉生梦死的执政官安东尼和
埃及女王的缠绵，成就那段
风流往事，古今传唱
荒诞荒唐荒淫的演绎
出入宫廷，流播天下
国家覆灭了，罗马堕落了

奥古斯都凯旋的旗帜
舞动在广场，胜利的鼓角
雄壮的军号齐鸣于天空
太阳王的驷马走向权力宝座
沐猴而冠戴上王冠穿上衮服
月亮神的羽翼盘旋荒郊野岭
寻觅断碑残碣上的墓志铭
尸身速朽，阴魂不散
无论生前的叱咤，死后的哀荣
一概归于尘土。文字的魅力
在史诗般的墓志铭中
永恒流转着岁月余晖
那些闪烁在灿烂夜空的明星
柏拉图、苏格拉底、阿基米德
亚里士多德、西塞罗、塔西佗
睿智的思想镌刻在天地间
穿越世纪的冰川送来暖流
良知化为春雨滋润荒芜的田野
绿色的茎叶舒展花的骨朵
花园里升起霓虹布满天穹

萦绕着千年罗马的墓碑，铭记
一切帝国辉煌，升上顶峰的旗帜
那些腐败、无可挽回的殒落脆断
都将在悲欣交集中循环轮回
又将去痛苦的悲哀里流窜
狂欢篝火后的余烬，终将泯灭
枯藤古树晨钟暮鼓中的墓志铭
在鸦雀啼鸣里走进黯夜
明天又是一个血色黎明
人们抚去岁月尘埃
罂粟花布满的坟场战场角斗场
唯断简残章零落的墓志唤起记忆
神圣出尘的、肮脏渺小的
高尚纯洁的、卑鄙无耻的
统统浓缩在灵动的字里行间
让人品味、揣测、感叹
吟颂、思量，余韵绕梁
江海呜咽，风涛訇响，绵延流殇
……

写在前面的话

——为陆幸生新作《古罗马墓志铭》而写

陆幸生同志的新作《古罗马墓志铭》就要付梓了。书稿200万言，是他最近五年的心血结晶。幸生同志希望我为此书撰写序言，我未敢应承。对古代罗马，我是有特殊兴趣的，也曾因中意出版和文化交流三次到意大利访问，出席过国际儒学联合会在威尼斯召开的中意文明交流互鉴讨论会，还访问过曾在罗马帝国治下的塞浦路斯、土耳其，考察过这三个国家的诸多历史文化遗存，参观过十几家博物馆。但我早先在工作之外的注意点，更多侧重在古罗马的艺术方面，而对于完整的古罗马历史，始终未能实现系统研究的心愿，担心误导读者，所以建议幸生同志请专家写了序言。

好在"文如其人"，在幸生同志的新作出版之际，回顾我们多年的交往，还是有不少可说的话。为了有别于序言，我用了《写在前面的话》这一标题。

幸生同志是我的同事，也是战友，我们相识相知已超过30年。说是同事，因为我们同在出版系统工作几十年，有很多共同的经历。说是战友，因为我们在扫除淫秽色情出版物、打击非法出版活动和侵权盗版的特殊战斗中，结下了深厚的情谊。

我对幸生同志引起注意，首先是因为他在江苏省"扫黄打非"工作中的突出业绩。1991年我到新闻出版署工作，不久兼任了全国"扫黄"办主任。那时幸生同志负责江苏省新闻出版局市场处工作，率队查办了一批有影响的大案要案，提供了新鲜的工作经验。此后，形势发展要求在更高层次和更大规模上开展全国"扫黄打非"工作，我就与江苏省协商，把幸生同志借调到全国"扫黄"办，参与调查研究，协助设计和实施全国集中行动方案，督办大案要案，联系重点工作。其间，他多次被派往重点地区、关键部位，发挥了重要作用。几年后，他婉谢了留京工作的安排，回到江苏省，把智慧和精力继续贡献给净化文化市场的一线工作。

　　我对幸生同志的认识，主要是在"扫黄打非"中形成的。"扫黄打非"是一场政治斗争，关系到社会稳定和政治安定，关系到青少年健康成长，关系到国家形象。"扫黄打非"又是一项文化工作，作用于人的灵魂，着眼于弘扬民族优秀传统、荡涤腐朽文化、改造落后文化、抵御敌对势力思想文化渗透。"扫黄打非"还是系统工程，需要多部门协同、多地区联防，运用行政、法律、经济、舆论、科技等手段进行综合治理。因此，它要求工作人员特别能务实、特别能协调、特别能忍耐、特别能攻坚、特别能战斗。正是在这样的工作中，幸生同志表现出诸多可贵的品格：高度的事业心和责任感，眼里不容沙子；说真话，办实事，干难活，挑重担，不顾及个人安危，也不怕遭受打击报复；着眼长远，勤于思考，于纷繁复杂的现象中积极排摸规律性的东西，探索治本措施。而这些，也正是全国"扫黄打非"战线若干骨干的共同特点。没有他们的无私奉献和创造性工作，就没有文化市场的今天和"入世"的进展。当年我曾经在给各地"扫黄"办同志的一封新年慰问信中写道："为了查缴猖獗一时的盗版和淫秽光盘生产线，我们曾有过96个小时只睡了6个小时的记录。特殊的工种，严酷的斗争，让我们经历了常人可能不会经历的苦难，但也使我们体验到和平时期一般不容易体验到的战斗豪情和战友深情，而且强迫我们充分挖掘潜能，加速成长。后人也许不会知道我们的姓名，但共和国不会忘记这批战士的贡献。从这个意义上说，我们感谢生活，终生自豪。"这些话，完全适用于幸生同志。

　　我对幸生同志的另一个深刻印象，是他异乎寻常的学习热情和多年笔耕不辍的勤奋实践。他喜好读书，有相当宽的知识面，而且在阅读中融入思考，在思考中拓展阅读，这就为他的写作活动打下了扎实的思想基础。他的写作态度严肃郑重，一如他的工作态度，映照着坚定的信念，与低俗庸俗等倾向完全对立。他的早期作品主要是现实题材的小说，结合了他的工作经历，有可贵的纪实价值和社会教育意义。离开行政岗位后他更多转入文化散文和历史书写，兼及诗词创作，都取得了丰硕成果。在我熟悉的全国从事"扫黄打非"、文化市场管理的代表人物中间，幸生同志对写作的执着追求和不断创新，特别突出。他的罗马史新作也证明了这一点。

据幸生介绍，他写这本书的初衷，是通过铺叙古罗马的历史故事，探究古罗马兴衰继灭的历史经验和教训。在罗马实地考察历史遗迹的过程中，断壁残碣上的一块块墓志铭，令他极为震动，深感历史书写的沉重责任。以《墓志铭》为书名，即与此启迪有关。我很赞赏幸生同志的意象设计和写作角度。这本书是通俗历史著作，但幸生的思考和写作是深沉的。书的内容上溯古希腊城邦共和及罗马共和的史迹，下及罗马帝国的建立和扩张，兴盛与灭亡，时间跨度长达两千年。幸生研究了大量史料，对历史事件和人物的叙述言之有据。同时，幸生史论结合，探讨了古罗马历史遗产和教训，以及对近代文明的影响。尤其是古希腊罗马文明与欧洲宗教改革、启蒙运动、英美法三国革命之间的关系，兼及对欧美政体的影响。这种写法在中外罗马史通俗著作中尚不多见。其持论虽是一家之言，但知古鉴今的写作动机透射全书。相信读者通过本书不仅有助于了解历史，还会引发思考。

人类的古国，极少数如中华文明绵延至今，更多如古埃及、古罗马衰亡中殂。现世各国、各民族都有自己独特的、值得尊重的历史文化传统。"以古为镜，可以知兴替。"我们阅读历史，研究历史，意在把握史实，总结经验，探索兴衰规律，在世界范围文明互鉴、文化交融的时代潮流中，和各国人民一道，促进人类文明的进步。我很期待幸生同志本人，并期待更多学者作家，在历史唯物主义基本理论指导下，对世界诸文明和各国历史文化进行更加深入的多方面的比较研究，不断推出有创意有深度的新作，也希望有关讨论能在更大范围展开。我也期待出版单位多出版文明互鉴、文化交流方面的好书，泽被广大读者。无论对于中华民族在实现伟大复兴进程中的文化建设，还是对中外文化交流，都会大有裨益。

桂晓风

原国家新闻出版总署副署长、中国编辑学会会长

陆幸生的纪实文学书写

——古罗马墓志铭序

和幸生同志认识是在上世纪九十年代，我在全国人大副委员长彭冲同志身边工作期间，组织编写《和彭冲同志在一起的日子》一书，他是作者之一，负责撰写彭冲在南京市工作的章节。幸生利用业余时间多次与彭老长谈采访，并走访多位当事人，在查阅大量资料基础上，完成了《情系金陵》的报告文学，较全面地反映了彭冲同志在担任南京市委第一书记期间对六朝古都南京经济、文化、社会发展及城市建设方面做出的突出贡献。他的文章受到彭冲副委员长的赞誉。

2023 年年中，幸生同志完成了长篇记实文学《古罗马墓志铭》的创作。这是一部长达二百余万字的厚重书稿。在书稿付梓前我先睹为快，幸生嘱我为序，我深为幸生近年在文学创作上取得的成绩感到高兴。

这部书稿的付梓出版，让我联想起数十年前和幸生一起工作的情形。联系到我曾在求学的时候曾经涉猎到的中外历史。对于中国儒学和欧洲古希腊罗马文化均有一定了解。先后拜读过幸生创作的明末系列历史大散文《雾隐神龙》《晚明轶事》，对孔孟原生状态儒学延及到汉儒、宋儒、明儒的演变异化颇有些感触。儒家思想是中华文化的精神内核，它在中华文明的孕育和传承中发展变化，同时又深刻塑造了中华文明的面貌。它从中国传播到亚洲和世界，影响日隆，足可见其日益蓬勃的生机和活力。欧洲文化的源头则在古代希腊、罗马。

古罗马的鼎盛时代，大体与中国的汉帝国在同一时期。它们是古代世界并立于东西方的两大帝国。在意大利各地，古罗马的遗迹随处可见。物质遗产的背后，是古罗马的思想文化和制度遗产，它们不仅是西方文明的柱石，其影响也早已波及欧洲以外的世界。这样看来，三部书稿先后出版面世，对于讲好中国和世界不同文明交流互鉴的故事，其象征意义是不言而喻的。

如今，幸生的新著放在眼前，它讲述的正是古代罗马的历史。我们开展不同文明的平等对话，促进交流互鉴，既要对本土文化和文明做到自尊自信，也要了解其他文明的发展源流，借鉴他们的兴亡得失。这是一本为普通读者了解古罗马而写的书，书的部头不小，洋洋大观，追本溯源，凡百余万言，从古罗马的起源说起，一直讲到东罗马帝国灭亡后，罗马的精神遗产对后世法国大革命、美国建国的深刻影响。幸生同志近年来在历史书写方面用力尤勤。这部新作虽非学术著作，但在史料史实上仍下了大功夫，洋洋百多万言，涉及的史料足够丰富，而耙疏整理，去粗取精，以史带论，评说有据，尤为浩繁不易。这是幸生用在历史学和纪实文学写作上一贯坚持的原则。

我和幸生因工作关系已相识近三十年。上世纪八九十年代，国门初开，国内出版物市场一度出现侵权盗版和非法出版活动屡禁不止的局面，严重影响青少年身心健康，也在知识产权保护方面造成了负面的国际影响。中央高度重视这个问题，决定开展"扫黄打非"，解决这个顽疾。当时，各级出版行政管理部门的任务是十分繁重的，面临法规建设、制度保障、人员经费，甚至地方保护主义等诸多困难。尽管如此，无数一线同志仍在迎难而上、任劳任怨地工作，幸生同志就是其中的一个。他先后负责江苏省新闻出版局市场处、版权处和省社会文化管理委员会办公室的工作，在日常管理、集中行动和查处大案要案方面，取得了突出的成果，多次受到表彰奖励。

在多年工作接触和交往过程中，幸生同志给我留下深刻印象。他对工作的热情和投入，透射出强烈的使命感和责任感；他对侵权盗版和非法出版活动嫉恶如仇，不讲情面，不怕得罪人，把个人安危得失放在脑后；他经验丰富，有勇有谋，查办过多起有全国影响的大案要案；他勤于思考，立足一线实际找规律，找治本性的措施，提出过不少很好的工作思路和政策法规建议，这都是有口皆碑的事实。幸生的这些工作特点，或者说鲜明的品格，在这条战线上是很有代表性的。没有这些同志的忘我工作和默默奉献，一度猖獗的侵权盗版和非法出版活动，是难以从根本上得到遏制的，我们今天看到相对繁荣的出版物市场，也就难以健康、有序地发展起来。

幸生给我们留下的另一个深刻印象，和文学创作有关，他对此倾注了极大的心力。幸生是中文系毕业的，喜欢写作本是常事。但他和其他专职作家不同，他的本职工作是十分繁重的，也没有八小时内外之分，难得余暇。他能用零碎的业余时间创作出大量作品，时间是需要一点一点抠出来的，十分难得。第二，他的写作很有特点，就是把文学创作当作本职工作的社会面的拓展。他早期发表的长篇小说、报告文学和散文集等作品，我印象中有《书海波澜》《银色诱惑》《银狐之劫》《银豹花园》《画册谜案》《扫黄打非风云录》，并主编了《兵妈妈》大型纪实文学集等等，大都取材于老一辈革命者的奋斗历史和自己的亲身经历，大多是当年从事共青团、市场管理和版权工作，查办大案要案的文学艺术结晶。这些案件本身案情复杂，牵扯面广，甚至十分离奇，是很好的文学素材。但如果写作动机存在偏差，也很容易走向猎奇一路。他的长篇纪实小说《村官》则是利用节假日深入无锡等地农村，走访基层干部和村办企业员工，深入反映农村体制机制改革中涌现出的乡镇企业对于农村致富路径的艰辛探索，其中有丰富的经验，也有权力贪腐的深刻教训。

幸生的创作态度是严肃的，他把写作当成一种社会现象、时代风貌和激浊扬清在创作领域的延伸。他以笔为旗讴歌老一代无产阶级革命家的丰功伟绩高风亮节；揭露罪恶，讴歌正气，帮助读者树立正确的人生观价值观和必要的版权保护意识。同时，这些作品也用文学形式，生动、真实地记录了中国共产党人曾经追求民族自由、建立新中国的经历，以及那段在改革开放时期极为艰辛的打击盗版和非法出版活动的历史。在新时代的今天，回望来时路，这段历史是不应该遗忘的，无数同志为此付出的心力和辛劳，应该载入史册。在转岗版权管理工作后，又在各级政府支持下，他参与了世界知识产权组织和国家版权局对于南通家纺市场版权保护示范点的创建和经验总结，并及时推出长篇报告文学《明珠出海耀中天》；在打击盗版软件、宣传自主创新国产苏州浩成 CAD 设计软件方面他推出报告文

学《浩瀚银河耀，星辰》，以及南京汽车集团公司收购英国老牌汽车品牌
MG 名爵过程的《试剑英伦》等，均以纪实文学形式对南通家纺版权保护、
民族软件的推广、汽车产业参与国际竞争等方面有着形象生动、入木三分
的描写。对于推进中国民族产业发展进行了有力的宣传，受到国内外广泛
好评。鉴于他在报告文学创作的成绩，他曾被推荐担任过江苏省作家协会
报告文学创作委员会副主任及省作协作家权益保护委员会的副主任。

　　幸生同志在退出工作岗位后，创作的视角开始转向更广阔的领域，转
向历史的纵深。近年来，他在文史写作领域接连出版了佳作。幸生前期的
创作灵感和素材主要来自工作实践，是驾轻就熟的主题。后期写历史，不
能不说是个新的挑战。通俗性的历史书写，市面上不少，写法各异。幸生
选择了比较吃力的一种写法，大体上是七分史实考据，二分历史评论，一
分文学演绎。他已出版的《晚明轶事》《雾隐神龙》两本明史著作，都有
这个特点。这种写法的吃力处，一是要花大量精力搜集研究史料，以信史
做写作做为根基；二是要深入思考历史兴亡得失，鉴古而知今。这就要求
作者既要有历史眼光，又要有现实关怀。

　　有了这些积累，幸生同志又用了五年的时间，埋头写作，完成了这部
古罗马历史的新作品，其中的艰辛和执着是不言而喻的。幸生写这部书，
延续了他一贯的写作风格。但也有新的变化，历史评论的部分明显加重了
笔墨。罗马的历史是波澜壮阔、纷繁复杂的，举凡政治、经济、思想、文化、
军事等诸领域，可圈可点、可思可评之处，不胜枚举。幸生围绕罗马千年
兴衰故事，侧重于在重大历史事件的展示中塑造重点人物的形象，演绎文
化背景和文明发展脉络，注重绪源和后世的承续，抒发怀古追昔之情，探
寻兴亡治乱之由，思索以史为鉴之理。这是他写这本书的初衷。所以投诸
笔端时，自然有叙有议，以史带论。且臧否人物，评点得失，往往直抒胸臆，
这又不同于学术研究著作所需的克制。这类写法，在这本书中是随处可见
的，真可谓文如其人。

　　古罗马的历史，从公元前 6 世纪罗马建城算起，到公元 1453 年东罗
马帝国灭亡为止，时间跨度超过两千年（尚未算上它的旁枝，即中世纪欧

洲出现的神圣罗马帝国）。幸生所讲述的，就是这两千年的历史。对罗马史研究，我是外行，不便对书中涉及的史实和史论发表意见。然而，近年来在促进中外文化交流、文明互鉴方面做出了大量的探索和研究，它山之石可以攻玉，结合幸生的新作，谈一些想法。

在人类文明的历史长河中，中华文明和罗马文明是并峙于东西方的两座高峰，可以分别作为通常所说的东方文明和西方文明的代表，这一点是没有疑义的。中华文明五千年绵延不绝，自不待言。古罗马的历史虽然终结于奥斯曼帝国的征服，但正如幸生书中所言，"古希腊的史学、哲学，古罗马的政治学、法学，对于文艺复兴、宗教改革和启蒙运动乃至英、美、法三国革命以来历史的影响和发展，是无论怎样估计都不过分的"。而罗马文明又是希腊文明的主要继承者，所以在文明互鉴的时代语境下，了解古罗马的历史，就是探究西方文明渊源的一把钥匙。

两大文明的交流互鉴早在两千年前就已经发生。据历史记载和考古发现，罗马帝国和古代中国诸王朝之间的陆路和海路交通、贸易往来不绝如缕。来自罗马的玻璃器皿、钱币等，在中国多有出土。中国的丝绸在凯撒时代就是罗马贵族追逐的奢侈品。双方的史籍对对方的文明皆有记载，且不乏溢美之词。罗马帝国（中国史籍称"大秦"）和东罗马帝国（中国史籍称"福临"）都曾遣使中国。根据史籍记载，从公元100年（东汉永元十二年）起至284年（西晋太康五年），罗马帝国曾五次遣使中国。公元97年，东汉班超遣部将甘英出使罗马，惜乎止步于波斯湾，半途而废。考虑到两千年前世界东西两端的地理阻隔，这为数不多的几次遣使记载，仍可令今人感受到两大古代文明之间交流互鉴的热切愿望。

作为普通读者，我认为罗马史是充满魅力和阅读乐趣的。在史学领域，罗马史研究向为显学。自古罗马史学家波利比阿、普鲁塔克、李维、塔西陀以降，名家辈出，名著纷呈。民国时期，有关古罗马历史、文化、政治、法律、人物的著作，即引起读者的广泛兴趣。新中国成立后，随着对罗马文明的研究不断深入，相关书籍的出版更加系统，内容也更加丰富。国外经典的罗马史著作基本上都译介到国内，国内学者的著作也数不胜数。但读者面更广的还是通俗读物，日本女作家盐野七生的《罗马人的故事》多年热销，即是例证。

古罗马历史受到读者的喜爱，一方面固然是这段历史充满阅读乐趣；另一方面，也反映出广大读者对了解异域文化、理解文明差异、探寻文明融通的渴望。人类，文明形态多样，各擅所长，各美其美，无不在交流互鉴中发展衍续。一个封闭的文明是不可能持久的。中华文明之所以绵延五千年，仍保持勃勃生机，善于学习和借鉴域外文化是重要原因。我们主张不同文明之间是平等的，要通过平等对话，相互学习和借鉴，实现各种文明的共同发展、共同进步。

写好面向广大读者的通俗历史著作，并非一件易事。中国人重视历史，讲求以史为鉴，崇尚读史明智。读中外历史，不仅仅是增长历史知识，更重要的，还在于从中获得启示和镜鉴。有人说，中国历史的建构，史官文化起了重要作用。从这个观点看，历史书籍的作者责任重大，需要坚持尊重历史、以史为鉴的史官传统，担当起文化交流、文明互鉴的使者，写出读者喜闻乐见并深受教益的好作品。幸生的这部作品，是一次很好的尝试，为文明互鉴的大花园，又增添了一抹亮色。同时，我们还应看到，古罗马固然辉煌，但罗马之外的文明也多姿多彩，既有耳熟能详的古代埃及、巴比伦、波斯、印度、玛雅文明，也有大家不太熟悉的非洲、大洋洲诸文明，它们和中华文明、罗马文明一道，共同绘就了人类文明的壮丽画卷。我很期待幸生同志的下一部作品。

作者为江苏省作家协会党组书记、书记处第一书记、常务副主席

目 录

3

序篇
天下事了入冥空

以战争立国的罗马人

2009年11月的冬天，一个晴朗的星期天。冬日的暖阳洒落在罗马古城的每一处角落，空气清新透明，蓝天如洗清澈，城市上空飘浮着白絮般的云彩，我们将轻松地享用出访瑞士以来真正的罗马假日。沿着吉本当年的足迹，对罗马这座具有三千多年的历史古城进行一番走马观花似的巡礼。

罗马的起源与它的自然环境有关，城市选在台伯河的下游，这条河在一个狭窄的转弯之后减缓了流速分为两支，于是河的中间形成了一个洲，被称为台伯河岛。相传在公元前八世纪时，特洛伊战争的逃难者埃涅阿斯的后代、阿尔巴隆加王国的公主与战神马尔斯生下的一对双胞胎，但是公主的叔叔下令将这对婴儿抛弃在台伯河中。一匹母狼救下了这对婴儿，被牧羊人收养长大后，将附近的居民团结起来组成最初的村落，他们成为酋长。但是兄弟二人因为公共事务发生矛盾，兄长罗慕路斯杀死弟弟瑞摩斯自立为王，时间是公元前753年4月21日，他18岁。

通过这位年轻人和追随他的3000名拉丁人的努力，首先在帕拉蒂尼山周围筑起城墙，罗马立国。为了给他的三千壮士寻找妻室，传宗接代，罗慕路斯率领他的勇士们开始在临近的萨宾族大肆掠夺女人，强行逼迫她们嫁入罗马，于是双方发生战斗，直到萨宾女人挡在两军之间，因为她们不愿意看见丈夫与她们本族兄弟自相残杀，从此双方缔结和约，萨宾人享有罗马市民的一切权益，萨宾族长老进入元老院参政议政，两个部落的人民共同组成一个城邦国家。

普鲁塔克在《古希腊罗马英豪传·罗慕路斯传》中评述：

两兄弟一直认为自己是仆人，也是养猪人（应为牧羊人）的儿子，在成为释放奴隶之前，已经将自由给予了所有拉丁人，像是城邦之敌毁灭者、亲朋好友的保护人、人民的统治者和城市的创始人。罗慕路斯以后运用这种方式，逼迫他的敌人毁弃自己家园，然后搬过去与征服者生活在一起。开始时他并没有要求他们迁移，或是扩大现有城市的范围。罗慕路斯兴建了一个新的城市，拥有自己的土地和王国，在这片土地上居住着他的妻子、儿女和亲戚。他这样做并没有杀死和伤害任何一个人，要把恩典赐给那些需要家园和房舍的人，完全依照个人的意愿编组社区成为居民。罗慕路斯曾经抢走800名萨宾妇女，根据传闻他选择对象仅仅是赫西莉亚一人，将其余的女子分配给了城邦的首脑和主要市民。后来他们用敬爱友善的公正态度对待这些妇女，暴力和伤害的行为转变为深受赞许的政绩。两个部族在混杂与联合之后，使得双方的友谊和社区的安定有了坚实的基础。

罗慕路斯开创的王政时期延续到塔克文时代，才因为残暴和贪婪被贵族马尔库斯·布鲁图斯发动的政变推翻。自此，罗马共和肇始，逐步形成一套比较完整的共和民主法治体制，国力空前强大，罗马军团攻城略地，掠夺财富，国力日益强盛，罗马城的规模也不断扩大，在帝国时期达到辉煌顶峰，成为世界文化经济政治的中心。

《罗马颂》的作者埃利乌斯·阿里斯提德用热情洋溢的诗样语言如此描绘道：

地中海周围的陆地广阔而辽远，输送到罗马的商品流淌无穷无尽。在那里，有来自每块土地和每片海洋的任何顺应时令产出的物品，任何国家、河流、湖泊出产的任何物品，还有希腊人和外邦人的技艺。因此，任何想要观看所有这些制品的人，或者游历整个世界，或者来到这座城市去寻找它们，因为，每个民族培养和制造出的任何物品总是会充斥这里。每个季节，都有大量来自世界各地的商贾携带货物云集于此，随着收获期的循环往复，这座城像是看似一处世界性的公共货栈。人们能够看到大量来自印度的货物，或者只要你想，还有来自福地阿拉伯的货物，所以，人们也许会猜度那里的树木已永远落光，那里的人们一旦需要任何物品，一定要来这里寻找他们的物品。相比那些把产品从纳克索斯（Naxos）或基特诺斯（Cythnos）航海运到雅典的人来说，来自巴比地区（Babylonia）的服装和偏远蛮荒之地的奢侈品运抵罗马的数量更为巨大，也更为便捷。埃及、西西里和阿非利加的开化地区是罗马的农场。船只泊发从未停歇，是以令人惊骇的是海洋——更不要说是港口——竟能容纳这些商船……并且，所有事物均汇集

4

于此，商贸、航海、农耕、冶金、所有存在和曾经存在的技艺、任何正在产生和发展的事物。任何在这里看不到的事物必定属于不存在的食物范畴。

这首对帝国鼎盛时期罗马城的颂歌，就是一幅罗马城当年的繁华胜景图。作者细致的笔墨精心地描绘了罗马这一世界商业贸易中心的兴旺发达，物阜民丰，交通便利，流畅其流，货畅其源，从而成世界商品的集散之地。进而促进了市场繁荣，带来文化的昌明，形成现代商品经济和市民社会的雏形，在政治经济文化社会发展各个方面均领先西方世界各国。罗马成为西方古代文明的标志性典范。

孟德斯鸠在《罗马盛衰原因论》一针见血地指出：

为了夺取公民、妇女和土地，罗慕路斯及其继承者们几乎一刻不停地与邻邦作战，带着麦捆和畜群等战利品返回罗马城，全城为之欢呼雀跃。这就是凯旋庆典的起源，而凯旋庆典嗣后成了罗马城之所以威武伟大的主要原因。

也可以说这是罗马帝国从王政时期到帝国扩张一脉相承的原罪。所谓"条条大路通罗马"和海洋帝国的坚船利炮，既是攻城略地的军事手段，同样也是发展商业的必需。然而，强势带来繁荣的背后，虽说是条条大路通罗马，但是帝国修建这些公路，开拓如此通畅的海路，本身并不是为了商品经济的目的，而是出于政治统治的需要。公路和海路首先是出于军事目的而修建的。它经由罗马军团年复一年的修筑维护发展，罗马帝国的本土意大利只有 800 万左右的人口，却统治着一亿以上的臣民。管理如此广大的帝国疆域，镇压随时可能出现的奴隶起义和蛮族入侵，就要求罗马军团有很高的机动性，不得不依靠四通八达的公路系统和晓畅便利的海洋通道，使得罗马野战军团在短时间内到达所要去的军事目标，仅仅依靠边防要塞和地方治安，整个罗马的政治统治几乎是难以维持的。

然而，这些用于军事目的的公路系统和港口建设，却为商品经济的发展和海外市场的开拓带来便利，它使迦太基的经济与整个地中海地区及大西洋、撒哈拉沙漠地区连接起来，形成商品经济必需的通道。罗马的公路和海港的建设非常典型地反映了社会经济结构和政治军事结构彼此的依赖互补的关系。

罗马人是个崇尚战争的民族，以武力征服见长；罗马人也是个崇尚农耕的民族，其国民性格又以稳健、纪律、服从为主。两方面结合于战争，就形成步兵为主，骑兵为辅，水陆交叉的战争模式，形成赫赫有名的罗马军团。古代城邦出现的目的就是战争和征服，垄断农产品的交换和商品流通的贸易集散，争夺朝贡的附庸国，战争的同盟国，罗马是以军事战争立国的城邦制王国，由王国到共和国再到帝国，国力日益强盛，疆域不断扩大。

罗马与迦太基的多次战争，其生死之机全部维系于罗马在意大利平原的拉丁城邦和同盟国之间的联系网络。同时对古代城邦而言，取得战争的胜利也就意味着取得了大量的土地和可观的奴隶。可供安置士兵，奖励将士开拓新的殖民渠道。

古罗马时代的经济生活奠基于政治需要，政治需要仰仗于军事战争的制胜，一旦这种政治征服停止，帝国的一统的目的达到，就如同奥古斯都开创的和平时代的到来，整个政治体制就逐步走向腐败，法治体系陷于崩解，社会道德瓦解，帝国由吉本所称的"黄金时代"开始埋下衰亡的伏笔。帝国逐步走向没落和覆灭。

当条条大路通向罗马的时候，走进罗马卫城的城门，可以一窥文治武功造成的繁华、喧闹、荣耀的表象：那些巍然屹立的凯旋门、金碧辉煌的神庙、表情肃穆的元首塑像，以及神圣庄严的大神雕塑并立在宽阔的几大广场遗址之上，与现代化的国外征服者广场相映成趣，书写着意大利首都波澜壮阔的历史。

英国学者汤姆·霍兰在《卢比孔河》一书中说：人们为这座城市骄傲，它是世界的主人，在众神的护佑下，注定要统治世界。罗马人对此深信不疑。一些学者指出，这个城市即避开了使人精神萎靡的酷暑，也避开了使人大脑迟钝的严寒；显而易见的地理学事实是，"罗马人的城市温度适宜，又幸运地处在世界的中心，最适合人类居住。"神的关照不仅仅体现在良好的气候状态。罗马有益于防守的小山，通向大海的河流；山谷中有汩汩流淌的泉水，有清风送来的新鲜空气。

19世纪法国著名的艺术评论家、历史学家和哲学家伊波利特·丹纳在《意大利游记》中以优美的散文笔法描绘了罗马所处的地理环境：

晨曦透过没有窗帘的窗户将您唤醒。我相信在这个世界上没有多少事物能够与此时此地的景象相媲美。醒后的第一眼，我就吃惊地发现，在同一位置，昨晚的群山依然故我，它们的颜色比昨晚更深，阳光尚未触及它们，它们依然是冷峻的，在自修道院脚下逐渐展开的巨大剧场上，在附近的山谷中，可以看到上百的云朵袅袅升起，有的像白天鹅，有的呈半透明状态，即将融化的样子，有的挂在岩石上像是一片轻纱，还有的飘荡着，像是江河之上蒸腾着的水雾。太阳升起，倏然间，倾斜而入的光线穿透了深渊，被照亮的云朵变成了一群空中的圣灵，柔弱而又雅致，最远处的泛着微光，像新娘的面纱，所有这些白色、这些飘浮的光彩，在圆形剧场的黑色岩壁之间组成一个天使般的唱诗班。平原消失了，我们只能看到群山和云，阴暗而静默不动的是远古的怪兽。年轻的神祇轻盈飘荡，相互之间随意融合又飞散，独享阳光的爱抚。

读着这些作家对这座城市的赞美，人们很难有不同看法：将城市建立在7座小山丘上，其实违背了最初的城市规划原则，台伯河经常泛滥；山谷中流行疟疾。罗马人深爱着他们的城市，即使在明显的缺陷中，他们也能读出积极的内容。

汤姆·霍兰继续以出神入化的笔触描绘道：

在七座小山丘的上空，燃烧奉给众神的祭品产生的烟雾从来没有消失过。自古以来，祭坛就建在阿文提诺山（Aventine）上，那时候，山上郁郁葱葱，长满了各种各样的树木。森林早就没有了；祭坛中的烟在袅袅升起，但冒烟的地方还包括数不清的锅灶、熔炉和小作坊。从很远的地方就能看到褐色的烟雾，提醒旅行者罗马快到了。

再往前走，旅行者能看到一些新建不久的居民区。由于人口的快速膨胀，罗马城四处膨胀着。每条干道两边都有贫民窟。死者也埋在这里，城市的墓地一直绵延到海边和南部的阿庇安大道（Appi-an Way）。大道两边聚集着许多乞丐和妓女，臭名远扬。墓地并不总是是为死者准备的，新添的坟墓上覆盖着柏树枝。走进罗马城门洞的时候，旅行者发现空气变得好一些了，微风中飘荡着肉桂的香气。那是用于死者的香料，在罗马，许多时刻跟过去联系起来营造一种共同体的气氛，葬礼是其中之一。然而，在墓地这种庄严肃穆的地方，显得不协调的东西有很多，不仅是静寂中隐藏的暴力行为。尽管墓地里有警示性的告示，禁止拉选票的标语，乱涂乱画还是到处可见。被征服的城市，人们对选举漠不关心，罗马阉割了那里的政治生命；但作为共和国中心，野心与梦想的世界性舞台，罗马的政治活动无处不在。

这些细腻的笔墨中无不透出死亡的气息，因为政治的最高表现形式则是战争，战争造成一将功成万骨枯的英雄，在万人空巷的欢呼声中通过凯旋门在隆重的仪式中穿越圣道，登上卡匹托尔神庙去献祭，背后是无数将士的死亡。战神马尔斯的庇护，开疆拓土夺取的辉煌胜利，无不是以命相搏的结果。军功的积累又为竞选每年的执政官换来选票，为下一届的选举奠定民意的基础，为下一次的战争在政界耕耘后，夺取领兵出征的威权，形成军事政治的良性循环，奠定家族荣耀的雄厚基础。

当军阀马略将募兵制改为征兵制之后，军队统帅的威权达到顶峰，军队将成为僭主手中的工具，于是形成马略、苏拉、庞培、恺撒直至奥古斯都的军人独裁政权，尽管共和国的名义始终保持着，但是"胜者为王败者为寇"的丛林规则逐渐替代建立在民意基础上的公平公正。一切共和的名义已经在强权中异化变质，为帝国的脱颖而出培植了丰饶的土壤，这些当然需要由血泊中死去的将士用鲜血和汗水去浇灌，于是凯旋门的记功碑和墓地墓志铭某种意义上成为了互文。目前罗马保存有相对完整的三座凯旋门。

罗马人崇尚战争、掠夺和杀戮强权，凯旋门背后的壮观巍峨的斗兽场就是一个欢庆战争胜利，展示征战成果，让战俘们和野兽博斗或者互相屠杀，既是血流成河的屠宰场，生死博击通向地狱的大门，又是给罗马市民带来欢乐的娱乐场，嗜杀给罗马人带来的快感，是他们欢呼雀跃鼓掌，而无视牺牲者生命的消逝。法国著名的文艺评论家伊波利特·丹纳在他的《意大利游记》中如此写道：

斗兽场一出现在眼前，视觉陡然受到震撼，它庞大无比，我无法想象还有什么能比它更加庞大。它的内部空无一人，只有大块的岩石、悬垂的草。这里悄无声息，不时有鸟鸣传来。你会乐于不再多话，站住不动，眼睛上下扫视，目光停留在三层拱门和支撑拱门的巨墙之上。我不禁回想，这里曾经是竞技场，那时阶梯座位上有 10.7 万名观众，众人同时鼓掌，发出吼叫和威胁；五千头野兽在这里被杀死，一万名俘虏在围栏里搏斗，这就是古罗马时代的生活。

这一切都让罗马人令人憎恨，可以说在欧洲的各个种族中，没有哪个种族比罗马人更爱草菅人命，只有在暴君和恶人那里才能找到他们的同类。它曾经是一座骇人的城市，像今天的伦敦城那样大，而城里人的乐趣却是观看杀人和让人痛苦。在连续三个多月的时间，他们每天都来到这里就是为了观看杀人，看人受罪。这就是罗马生活独有的特色：先是凯旋，随后是去斗兽场。他们征服了一百多个民族，而且觉得践踏这些民族是天经地义的。

在这种制度下，人的神经和灵魂应该处于一个非常状态。他们生活悠闲，没有工作，食物依靠分配。他们在大理石堆砌的城市里漫步，在浴池里享受按摩，观看滑稽剧和戏剧表演和戏剧演员的表演，去欣赏死亡和伤痛，他们整日地在那里度过，这使他们受到刺激。对此希波的奥古斯丁（Saint Augustin，早期西方神学家、哲学家）感同身受，并描述了这可怕的爱好。人们陷于斗兽场中难以自拔，其他的事情似乎都是乏味的。一段时间之后，从这些艺术家兼刽子手的习性中，人性的平衡发生了反转，产生了非同一般的怪物。他们不仅像嗜血的野兽或者中世纪的阴谋家，而且还像好奇者、爱好者。像卡里古拉（Caligula）、康茂德（Commode）、尼禄（Neron）式的人物，或是些病态的发明家、残暴的诗人，他们不是写出就是画出自己的异想天开而且直接实践它们，许多现代艺术家与他们颇为相似，但是幸好他们只限于白纸黑字，没有付诸实践。我们可以把公元后的四世纪看作是一个重大的试验，在此试验中，灵魂通过体制寻求一种极端的感受，而任何不够极端的事物都被视为平淡无奇的。

斗兽场中心，当角斗士看见十万副面孔和要求处死他的大拇指纷纷竖起来的时候，他该是怎样的感受？这真是残酷无情的碾压。古代世界在此终结。这是无可争辩、不受惩罚。无可挽回的暴力统治的终结。既然残酷的场景在整个罗马帝国境内到处存在，我们就能理解在这样的机器碾压下世界为何变得空虚了。由此基督教获得了发展的空间。

古罗马城遗址巡礼

启蒙时期的伟大思想家孟德斯鸠如此评价当时的罗马城：

倘若不把远处一直延伸到罗马城里的道路称为街道，那么罗马城里甚至没有街道。房舍的分布杂乱无章，而且都很矮小，因为男子都在工作或是逗留在公共场所，很少待在家里。

但是，罗马之所以伟大展现在公共建筑物上。曾经并且至今依旧令人充分领略其强盛的这些建筑物，都修筑于王政时期。永恒之城那时候已经开始修建了。

也就是说罗马城的男人们都聚集到市中心广场上去参政议政去了，所谓的参与政治就是在政治家蛊惑下全民参与对外的掠夺和征服。贵族们在元老院参与阴谋诡计层出不穷的权斗，平民们在广场聆听大佬们演讲，参与对外的无休止征伐和平均分配战利品；共和时期则参加公民大会选举执政官、护民官，旁听检察官和大陪审团对犯罪分子的指控和审判。因而所谓的圣道和罗马广场在王政时期就存在着，只不过功能随时代发展不断拓展，国民集会的内容有所增加。土垒和石子铺就的广场和公共建筑，变成了石头砌成或者大理石、花岗岩垒筑的华丽宽敞高大的房屋。诚如奥古斯都在取得了阿克兴海战凯旋时骄傲地宣称，我接手的罗马是土建的，而现在的罗马则是石头建造的，那样罗马越来越气派华丽地展示了世界帝国中心的无比壮观。

帝国眼前展示的一切，都是紧密地和罗马市中心的广场联系在一起的。史前时期，古罗马广场所在地是一片山丘之间的沼泽洼地。它最古老的遗迹并不在广场中央，而在其周边：它们依偎在卡匹托尔山和帕拉蒂尼山的山麓逐步拓展。

公元前8世纪中叶，传统认为罗马建城日为公元前753年4月21日。罗马城邦起源于台伯河中心那个不起眼的小岛。传统认罗马的第一处定居点系战神马尔斯和部落酋长的女儿私生子罗慕路斯在这里建立了以他的名字命名的罗马城，那里现在修建有传说中他居住的简陋茅屋。实际很可能是意大利中部某几个部落选中一片河流道路的交汇之地定居了下来。这片土地易守难攻；一侧是山丘，另一侧是台伯河，此外还可以向途经此地去往海路的商贾收取买路钱。

在建城之初的几个世纪里，罗马慢慢由部落联盟演变成真正的城市，筑起了城墙、驻扎了军队、建起了庙宇，有了自己的神话传说，我们现在看到的遗址，基本都是后人根据传说所创造的神话故事附会在国家领袖人物身上真假参半的艺术作品。在将来成为帝国皇帝的安东尼及其夫人福斯蒂娜神庙的地方，原来是一片墓地，因为有史以来罗马人几乎不会将死者葬在城内。

远古时期，曾经有一条小溪穿过沼泽而至台伯河，人们将沼泽排干后，用石头铺砌成广场，沿广场铺设了第一条被命名为"圣道"的路，小溪则隐入地下。这里逐渐从主要市场转变为社会和政治生活的枢纽：元老院会议在此召集，法律在此通过，战争与和平在这里决定。随着政坛的风云变幻，这里曾经发生过城邦王国、共和国历史上许多惊心动魄的大事：最后的国王老塔吉克被刺杀后，曾经暴尸广场，布鲁图斯在此宣布实施共和体制；罗马著名的改革家格拉古兄弟在这里发布改革土地的演说，被谋杀后，他们的信徒尸体被抛入台伯河；马略和苏拉独裁统治时期，这里成为相互政敌的屠宰场，杀人如麻，血流成河；庞培独裁时期，共和派打手克劳狄乌斯被米洛在街头当场捅死，随后这里酿成了火烧元老院的闹剧；独裁官恺撒在这里的元老院中被共和派血腥谋杀；著名的演说家西塞罗曾经在这里发表指控西西里总督饶勒斯贪贿罪行的上诉词，不久当选执政官又发布声讨喀提林的演讲，他还曾经在元老院发表声讨安东尼的《反菲力比演说》等等；后三头统治时期西塞罗遭到谋杀，头颅和手臂在这里展示。罗马广场北侧的演讲台既是成功者辉煌事业展示的舞台，同时也是政治家走向悲剧的墓志铭。

随着共和国的日薄西山，帝国统治确立后，古罗马广场的作用也成为历史。但它的外观更加宏伟，元老院越建越宏阔，周围又增加一些神庙和高大壮丽的凯旋门和喧闹繁华的大市场。随着帝国的扩张，原来的老广场前又出现一连串新的帝国广场，但是它作为"罗马广场"或"大广场"的地位依然不可动摇。

对古罗马广场的系统性挖掘始于 19 世纪初，一百年后，考古学家几乎成为这里的主宰，住宅被拆迁，中世纪的古堡被移除，教堂被关闭。进入二十世纪，古罗马广场渐渐变成了我们目前看到的露天考古区。为了寻找古罗马文物，考古学家如同开肠破肚的外科医生，已经破坏了几乎所有在那之上的土层，一窥当年罗马帝国从崛起到衰落的过程。古罗马广场考古区主要入口位于帝国广场大道一侧，从元老院会堂和集贸市场之间穿过，游客会走在一条古罗马商业街上，商业街穿过古罗马广场那部分是举行公民大会的集议场，在集议场周围，环绕坐落着古罗马广场最古老神秘的历史遗迹。这里就是古罗马的心脏地区。在帕拉丁尼山、坎皮多利奥山和帕拉蒂尼山三个山丘之间，这片被排干的沼泽地上，罗马建造了自己的广场，也就是整个城市的政治、宗教和商业活动中心，从此罗马便慢慢地征服了整个西方世界。

走在那些散落在草丛旷野之间大理石雕像、抚摸那些笔直的柯林斯圆柱以及历经十个世纪风霜的辉煌建筑遗迹，断壁残垣之间依然反射着昔日的荣光和今天的苍凉，当年英雄豪杰和枭雄奸佞曾经轮番登台表演，为炫耀海战胜利用缴获敌舰铁撞角装饰的演讲台上，公众选举共和国执政官、大法官、护民官，面对全体有选举权的男性选民，候选人均要登台发表竞选演说，获取民众选票；不远处有元老院，它是古罗马最高政治中心，第一座会堂据说是由王政时代的图鲁斯·荷斯提里乌斯建造，公元前 52 年重新建造，公元前 29 年奥古斯都再次翻建，现在看到的遗址是戴克里先皇帝在公元 303 年建造的。内部宽阔雄伟。当初有 300 多个座位，供元老们议事使用。在元老院里面两根功业柱，为图拉真记功柱和马尔库斯·奥利略记功柱，石柱上宛若画卷的浮雕逆时针盘旋而上。

元老院是政治上的统治中心。周围的宗教祭祀场所和道德正义教育场所则是罗马的各种纪念堂和神庙遗址。建筑上的祭奠场所由柱廊支撑的长

13

方形宽阔大厅。最古老的殿堂之一便是在圣道一侧由公元前179年监察官埃米利奥·莱比多建造的，装饰得极为华丽，虽然在中世纪被外来蛮族入侵者破坏，考古发掘的那些有价值的大理石雕刻装饰对于了解罗马起源依然很有价值。其次是尤里乌斯·恺撒神庙，现在已经荡然无存。最后是马森齐奥殿堂，支撑结构是高大厚实的墙壁。

除了元老院和那些帝王纪念堂之外，就是广场上的神庙建筑了。现在可以看到的是维斯塔女神庙的遗迹：在二世纪末完全用砖瓦建筑，临近的维斯塔贞女庙的贞女们的住宅，也是由同样材料围绕着一所方形庭院建造起来，但由多层楼房组成。该庙宇原先是圆形建筑，里面保存着象征国家命脉永不衰竭的圣火，这是永不熄灭的国运之火。

迪奥斯库雷神庙遗址也在罗马广场内，他们就是神话传说中的罗慕路斯和瑞摩斯两位孪生兄弟，在与埃特鲁亚和拉丁人战争中赢得胜利后建立罗马城纪念物，建造于公元前484年，公元117年重新修建，目前仅存留重建时期的三根石柱。在罗马最古老的神庙是萨图尔诺农神庙，可以追溯到罗马神话中的七位君王时期。

再往前去可以看到耸立着高大柱廊的建筑，这是在一个世纪前发现的被称为孔森蒂的众神柱廊。很可能是献给奥林匹亚山十二位天神的，因为过去这里供奉着他们的镀金雕像，所以也被称为万神庙。当独裁官恺撒被刺后，他的尸体在罗马火化，广场立起了一根纪念柱，并在公元前29年修建了一座神庙，帝国元首奥古斯都命名为恺撒神庙。这是独裁者死后首次封神。今天依然可以看到残存的神庙廊柱石墩和庙前的席位高台。

从北侧眺望古罗马广场，左手边是"塞鲁维凯旋门"，罗马现在较完整地保存着三座凯旋门。这些凯旋门一般由拱门和左右两个辅助通道或者石墩组成。拱门上面是装饰着各种雕像的平顶，下面是基座，也雕刻着精美花纹和凯旋者功绩的铭文。凯旋门兴建的目的是为了庆祝古罗马人对外征战的胜利，当这些得胜将军和君主归来时，在维斯塔首席贞女和大祭司率领下，罗马行政长官和元老院议员在前面带队，后面有鼓号手吹奏敲击，抬着祭祀用的牺牲以及锁着锁链的战俘和各种战利品，沿着"圣道"喧嚣着，直奔卡匹托尔山顶的马尔斯战神庙进行祭神大典。市民们则在圣道两侧搭建的临时彩棚中载歌载舞，抛撒花瓣，对胜利者表示欢呼。凯旋将军则身披马尔斯战袍，头戴金冠，右手挥舞月桂枝，左手高擎象牙权杖，站立在有少男少女陪伴的驷马高车上，在士兵凯歌高唱的声浪中进入罗马城。

雄伟壮丽的凯旋门见证了古罗马帝国曾经有过的辉煌，也是对外侵略、扩张，推行穷兵黩武国策的象征。古罗马帝国是建立在残酷镇压、血腥杀戮基础上，用白骨和鲜血垒筑的超级大国。君士坦丁大帝凯旋门，位于斗兽场西面，建于315年。凯旋门上、下、左、右都刻着歌颂君士坦丁赫赫战功的图案和人物浮雕，还用了君士坦丁以前3位罗马皇帝的文物，包括图拉真广场建筑上的横饰带、哈德良广场上的一系列盾型浮雕和安装在凯旋门上的马可·奥勒留纪念碑上的8块镶板，使凯旋门雄伟壮观更显文物价值。

广场上曾经建有和谐女神庙，虽然现在只剩下一根圆柱和部分台基，但仍然象征着罗马平民和贵族斗争的过去。原台基比现在的大得多，一直延伸到元老院。传说该神庙建于公元前367年，诗人奥维德写道：

弗里乌斯，伊达拉里亚的征服者，曾经发愿修建这座古老的神庙，他后来兑现了承诺。平民们拿起了武器，纷纷离开贵族，这使得罗马畏惧平民的力量。

因此而修建一座神庙献给和谐女神孔科尔迪亚，公元前121年，神庙得到重建。这座神庙违背了当初建造的初衷，批准建造这项工程的官员是卢比西斯·欧庇米乌斯就是借口执行元老院决议处死贵族改革家格拉古兄弟的凶手，他杀死盖乌斯·格拉古时，同时处死了他的3000名支持者。由于担心自己的暴行会遭天谴而修复了这座神庙。

由于罗马人口的增加，古罗马广场的面积已经不敷使用，随着帝国的建立，其他君王陆续建立了别的市场，基于产生的时代，今天统称"帝国广场"。在中世纪时，这里已经长满蒿草，那些立柱和断墙残垣已经完全掩映在旷野树丛中，这里常常被作为采石场在挖掘，移作新的建筑使用，任凭人们疯狂地开采掠夺。

15

今天我们沿着西班牙广场朝斗兽场方向走去，巍峨雄伟壮观的斗兽场是帝国高度繁荣的象征，原来是可以坐 55000 多名观众弗拉维奥圆形剧场。这里有 80 个入口，在人们安享和平时，不忘享受精神上的娱乐，观看奴隶和野兽的血腥搏斗，在这种夸张的变态搏斗中展示战争的残酷，在弱肉强食物竞天择的比拼中，人性的残忍兽性张扬排斥着博爱平等的情怀，充斥着丛林斗争的嗜血残忍。也许那就是罗马人几无人性的勇武进取精神的体现和象征。这种以奴隶之间互斗，和野兽拼杀的游戏，从王政到共和延续至帝国在罗马很是盛行。最后仍然要归结到宽阔的广场上去展示共和国和帝国的辉煌，广场是最好的见证。

斗兽场用淡黄色的巨石砌成，是斗兽、竞技、阅兵、歌舞等的场所。是迄今留存的古罗马建筑最卓越的代表，也是古罗马帝国的象征，为世界八大奇迹之一。公元 72 年苇帕芗皇帝开始建造，由其子提图斯皇帝于 80 年建成。外观呈正圆形，俯瞰为椭圆形。分四层，一、二、三层由半露圆柱装饰，每两根半露圆柱之间即为一座大理石拱门，最上一层装饰了为数不多的长方形窗户和长方形半露圆柱，极像一个有多层看台的运动场。

场中心的斗兽、竞技处呈椭圆形，长约 86 米、宽约 63 米。台下改建成许多地窖，供角斗士化妆准备搏斗和关闭猛兽用，有两道门通向地下室。传说当年竞技开幕时，总共有 5000 头狮子、老虎等猛兽和由 3000 名奴隶俘虏和受宗教迫害的基督教徒组成的角斗士，在此持续了 1000 天的表演。相传斗兽场建成之时设计师高登齐奥却被活活喂了野兽。

在罗马建城 1000 周年时，共有 200 多名角斗士、32 头大象、60 头狮子、10 只猛虎、6 头河马、40 匹野马和 10 只野狼死于角斗。直到 405 年这种血腥、野蛮的竞技比赛才被西罗马皇帝霍若留制止。

此外，建于公元三世纪的卡拉卡拉大浴场也是世界一大奇迹，大浴场由大理石砌成，可同时供 2000 人沐浴，浴场装潢精美，红橙两色砖墙，彩色马赛克镶嵌的地面，华丽的壁画，场内还辟有按摩室、游戏厅、图书室等，供达官贵人进行社交活动使用。由此可见罗马高层贵族生活的奢侈浮华。

沿着帝国广场大街，凭着遗留下的古迹，可以想象从奥古斯都时代到以后的罗马是怎样的壮观。从共和到帝国广场的建立，象征着帝国是顶峰时期的辉煌，建立的广场也是最华丽的。图拉真广场是为了庆祝战胜达西亚人胜利而建造的。这条大街长 300 米、宽 185 米，顶端筑有乌尔提乌斯纪念柱。这里原先是一片沼泽的乌尔提乌斯湖，后来湖水被排干变为坚实广场的地基，这块土地在神话传说时期，曾经流传着萨宾族领袖乌尔提乌斯的种种故事：罗马人强行掠夺萨宾妇女，导致萨宾人群起反抗，最后的战斗在罗马广场所在的山谷打响，迫使罗马人退到帕拉蒂尼山脚下，萨宾领袖梅迪乌斯·乌尔提乌斯身先士卒，骑马冲在前列，在罗慕路斯的反击下，乌尔提乌斯的马匹在撤退中陷入泥沼，从马上摔下被同伴救起。双方重整队形，战斗继续。突然萨宾妇女从城中来到两军之间，决心以和平方式结束战争。罗马开始形成萨宾人和拉丁人共同建设的城邦，成为罗马人的共同祖先。在奥古斯都时期，在罗马广场上竖起一座不大的纪念碑，上面塑造者乌尔提乌斯骑马跌入湖中的浮雕。这一浮雕目前仍然保存在卡皮托尼诺博物馆，广场上摆放的是复制品。

图拉真广场，那座半圆形的建筑物，廊下有许多商店，顶端平台上也建有商店，它是古罗马最早的商业中心，可以想见当时的繁荣喧闹。前方就是著名的恺撒广场。前面竖立着这位帝国奠基者铜像，可以辨认出这座建立于公元前 46 年广场。这里原先建有传说中的恺撒的先祖征服者埃涅阿斯的母亲爱神维纳斯的神庙，现在只留下三根石柱矗立在庙墩的高台上。奥古斯都建立这个广场，是因为原来的广场已经不够迅速膨胀的罗马民众使用，也是为了庆祝击败庞培军团的法萨卢斯战役的胜利。

在帝国广场的另一边建立的奥古斯都广场，落成于公元前 42 年，当时是为了庆祝战胜共和派腓立比战争的胜利，这里还建有马尔斯（或者称为复仇者）战神庙，现在只留下几个粗大的庙墩。战神指引着帝国开启对外征服的大门，在开疆拓土掠夺财富中走向强盛，从而逐步征服世界。然而，战争也导致将士的流血牺牲，埋下了帝国覆灭的种子。

罗马是意大利的首都和最大的城市，古罗马帝国最早的发祥地，遍地的古迹文化遗址见证了过去的辉煌和繁华，城内七座小山丘绿树林荫中现代建筑和古代断壁残垣相映成趣，古罗马帝国曾经纵横地中海，风云叱咤于欧亚非三大洲，在侵略、兼并和掠夺中显示了疆土的辽阔，国力的强大和经济、文化、科技的繁荣。

从公元前509年，罗马就成立了共和国，并由两位执政官共同治理。罗马共和国期间，起先是贵族阶级占优势，后来由于平民阶层因战争而成主要力量，对政治上的不平等地位日益不满，平民反对贵族的斗争日益激烈，贵族被迫同意平民要求，选出两名保民官以保护平民利益，保民官在元老院有对议案的否决权，这是西方最早的分权制衡模式的雏形。

早期罗马只有习惯法，执法者可以任意解释法律，平民深受其害。保民官于公元前462年即提出编制成文法的要求。经过多年斗争，公元前451年至450年，罗马终于制定了成文法法典，刻制在12块铜板上，史称"十二铜表法"，该法典对贵族的专横和滥用权力做出限制。共和时代，罗马通过许多《公民法》，帝国时代又产生了只适用于别国的《万民法》。后来，两法合一，成为帝国法规，公元438年，皇帝狄奥多西二世颁布《敕法集成》。罗马法律成为后世欧洲法律的规范。法国拿破仑时期制定的民法法典，大部分参照罗马法制定，其他国家制定的法律，往往又参照了拿破仑的《民法典》。

随着古罗马国家体制的不断完善，罗马帝国不断向外扩张，公元前2世纪罗马已拥有西西里、撒丁、科西嘉、山高南卢、西班牙、阿非利加、马其顿、亚细亚等9个行省。地中海成了罗马的内湖。对内的民主改革，对外的血腥扩张，国力的强盛意味着帝国增加了更多战败国的奴隶，成为新的贱民。公元前73年意大利爆发古代史上最大规模的斯巴达克奴隶起义。起义遭到奴隶主的残酷镇压，6000名战俘被钉死在十字架上，竖立在通向罗马的大道两旁。在对外扩张和镇压奴隶起义过程，中军事独裁势力的崛起，罗马由共和制演变为帝制，公元前45年恺撒被选为终身独裁官，僭主政治明目张胆走向前台。

公元前30年，屋大维在血腥的权力争夺中登上终身保民官的位置，后出任国家元首，实施军事独裁，继续对外扩张，帝国疆域达到最大范围：西至不列颠，北达多瑙河，东南到两河流域上游，南抵北非。恺撒、安东尼和埃及艳后的风流故事就发生在这一时期。当时的罗马帝国经济繁荣、生产力发展，罗马城兴建了许多豪华的大理石皇宫、神殿、别墅、会议厅、公共浴场、剧场和竞技场。

万神殿是罗马开国皇帝奥古斯都于公元前 27 年至前 25 年建造，比斗兽场还早 100 多年，至今已有 2000 多年的历史。后被雷电击毁，120 至 125 年重建，历时 150 多年才建成。至今仍保留其历史面目。门廊呈长方形，有 16 根巨柱支撑着古希腊式的三角形门顶，石柱用整块花岗岩雕成。主体建筑是圆形结构。殿内无一根柱子、一扇窗户，阳光从圆顶中央直径 9 米的开口处射进，使神殿显得肃穆、庄严。

罗马万神殿规模极为宏伟，文艺复兴时期的罗马，雄伟、壮观、富丽、典雅的巴洛克式艺术风格成为罗马市政建设的典型标志，罗马的城市广场及喷泉，罗马的公园及建筑物，构成了西方文明的辉煌，目前的西方城市基本都是以罗马的城市建设为蓝本而又有所创新的。

罗马还是个多喷泉的城市，共有各种喷泉 1300 多个，其中最有名的要数少女喷泉。它是为了纪念一位给古罗马军队指点水源的姑娘，于 18 世纪中期修建的，又称"许愿泉"。不少游客在心中默默许下美好的愿望，再将钱币抛入泉中。喷泉中央是几尊大理石雕像，中间是海神像，两边是象征富饶和安乐的女神。所以又叫"幸福喷泉"。它是巴洛克艺术的杰作。

西班牙和奥地利曾经都占领和统治过意大利的一部分，在罗马市区也留下过西班牙式的建筑风格。这是著名的西班牙广场。西班牙广场圆柱顶端矗立的圣母和天使像，典型的罗马柱装饰和巴洛克艺术的结合体。是罗马帝国后期君士坦丁大帝时期承认基督教合法地位后，教皇的势力逐步发展壮大而扩张到全世界。罗马是世界天主教的中心，共有天主教堂 300 多座，大小修道院 300 多所及 7 座天主教大学。

先知预言和埃涅阿斯神话

西比尔（Sibylla）是被称为"先知"的女预言家，曾经生活在那不勒斯沿岸，相传她有很多分身，极其长寿，所谓预言引人揣测。罗马人流传着西比尔和王政时期最后一个国王老塔克文的故事：

有一天一位老妇人见国王老塔克文，打算出售九本预言书，国王询价，她出价极高，国王无意购买，她便耸耸肩走了。一段时间后，老妇人又回来了，声称她烧了其中三本，现在准备以相同价格出售剩下的六本，老塔克文又将其赶走。执着的老妇女第三次登门推销，这次她只带了三本书，国王犹豫了，便召来谋士商议，谋士们看了书，对国王说："这些预言暗含着对罗马人民未来命运的走向，必须不惜花任何代价将这些书买下。"塔克文只能以最初的价格买下了这三本书。那个西比尔从此消失不见。

传说女先知西比尔曾与宙斯有一段亲密的关系，作为回报，宙斯答应给她一件她想要的东西。西比尔选择了永生。但是西比尔犯了一个错误，她在向宙斯索要"永生"的时候，忘了附带一样东西——"青春"。很多年后，西比尔依然活在世上，只是她已经老得萎缩成一小团，无法走动，不堪入目。

古希腊罗马时代，西比尔不是只有一个，而是许多位女先知的统称。有时也有各自的名字。人们相信西比尔属于某位神，通常是阿波罗，来通过她们传达神谕。已知古代传说中最早的西比尔是赫洛斐勒，她曾经向特洛伊王后预言了特洛伊的战争。她们的话被记录下来，那些被认为是预言的部分，会作为城邦的官方纪录保存在雅典卫城中，在古罗马又往往被称为埃吉里娅。

和罗马王政时期许多传说一样，这些故事真假参半，但这些书是确实存在的，它们被严格保存在卡匹托尔山的朱庇特神庙密封的柜子里，只有到国家危难时期才能经元老院决定，由最高祭司负责打开翻阅，即使查勘也只能得到一个十分含糊的回答。公元前83年，朱庇特神庙连同其中的预言书被彻底焚毁。几年后，元老院下令重新收集类似的预言书，他们后来被奥古斯都转移到了帕拉蒂诺山的阿波罗神庙严密保管。

地狱的魔兽也会被封神，尤其是大权独揽的僭主在权力顶峰之上颐指气使目空一切地发号施令的时候，神魔是没有截然分明之界限的，天地之间，上天为神仙，入地为妖魔。天神之子介入天地之间的君王就是半神半妖的尘世魔障。希腊的奥林匹亚山上的诸神在盲诗人荷马的《伊利亚特》和《奥德赛中》中的宙斯和赫拉以及维纳斯等等，终于被古罗马的诗人维吉尔在《埃涅阿斯》和奥维德在《变形记》中转化为罗马人的大神朱庇特和朱诺以及阿芙洛狄特等等对应着。撒豆成兵，点石成金，装神弄鬼，呼风唤雨，助推着罗马统治者对外扩张，征服侵略，掠夺财富，统摄人心，愚弄民众。此刻，从特洛伊战火中逃生的维纳斯私生子埃涅阿斯，将两国的传统文化巧妙地对接在一起，诞生出了罗马的领袖们。正如埃涅阿斯在死后变成神一样，作为神圣化了的尤里乌斯·恺撒的继子奥古斯都死后也变成了神。

然而，在御用诗人维吉尔的笔下，奥古斯都在生前就已经变成了神，在他早期的《农事诗》中那篇吁神辞中对他的神圣元首奥古斯都所称颂的那样："现在就应当习惯于被祷告者"。他强调，只有在一位神的直接统治下，早初人们的文明才得以开始，同样也只有推出一系列诸神来施行统治的情况下，罗马才能保证世界的和平秩序。

在维吉尔的《埃涅阿斯》中，当东方名城特洛伊毁于阿加门农的战火，维纳斯的儿子埃涅阿斯饱经七年的灾难流离。按照神的旨意，担当起另辟家园的重任，在此危难之际，人们再次看到了先知西比尔的身影，不过这次是史诗中的艺术形象。她将埃涅阿斯置之死地而后生，也就是中国人所言的凤凰涅槃的意思，去完成他的征服大业。当埃涅阿斯在海神保护下，在失去舵手的小船上安然入睡随风漂流时，女先知西比尔在他的梦中现身，空中传来可怕的预言：

经历过海上千难万险的埃涅阿斯啊，神的后裔，勇敢的特洛伊领袖，陆地上更严重的艰难还在等待着你，你们特洛伊人将到达维尼乌姆国土，并将建立神许诺的城邦。但是你们将遇到可怕的战争，你们的血将染红台伯河的水，那里有西摩伊斯河、赞土斯河和希腊人的营垒，又一个勇猛的阿喀硫斯，也已经出生在拉丁姆的沃土，对特洛伊怀满仇恨的尤诺仍将无处不在，而你却一无所有。你要走遍意大利各个部落和城邦，卑微地乞求别人援助，你还要娶一个外族的女子，这婚姻将给特洛伊人带来惨重的灾难。

埃涅阿斯在西比尔的帮助下叩响冥界之门，进入阴曹地府，看到许多邪恶和无辜的神灵鬼怪在"悲哀"和"忧虑"地在此下榻，遭受"疾病、贫困、饥饿的折磨和恐惧的死亡，还有复仇女神的铁屋的囚禁，被蛇发所捆绑，遭受各种怪兽的撕咬等等地狱的恐怖景象。他还遭遇了深爱他却被他无情抛弃的迦太基女王狄多。表述了他按照神的旨意不得已离开美丽女王的苦衷。最终进入巨人的城堡，在美丽的忘川河边见到了自己的父亲安奇塞斯，他正在这片光彩夺目的原野注视着有朝一日投生人世的灵魂。他看到了未来的妻子拉维尼亚和他们的儿子，甚至未来的后代——罗马人尤里乌斯·恺撒。这就是奥古斯都时代的杰出诗人维吉尔以遨游天地穿越生死的神奇笔墨所描绘的奇妙瑰丽的想象，借助希腊盲诗人荷马在《伊利亚特》和《奥德修斯》中的意象，编造延续着古罗马神话，创造着奥古斯都神圣的尤里乌斯祖先们。这种遨游地府的奇诡想象力，后来极大地启发了文艺复兴时期诗人但丁的《神曲》创作。

临别，安奇塞斯对儿子嘱托说：

我的儿子啊，你将拥有意大利，是物阜民丰、英灵辈出的地方。不要悲伤你所经历的苦难，不要害怕你将遭遇的战争，你已经拥有如此英勇而伟大的后代，还有什么理由踌躇？快扬起你船队的风帆，挥起你无敌的舵桨，用你的行动表现出你的勇气！没有任何顾虑可以阻挠你去意大利的土地上创业立足，万能的天父朱庇特，太阳之神阿波罗，你的母亲维纳斯，还有我，安奇塞斯，都将把最美的祝福赐给你，保佑你平安抵达台伯河口，征服意大利的土人。你就要重建特洛伊巍峨的城墙，罗马人啊，你记住，你应当用你的权威统治万国，这将是你的专长，你应当确立和平的秩序，用宽大对待臣服的人，用战争征服傲慢的人。

带着父亲殷切的嘱托和厚望，英雄埃涅阿斯在游遍了冥府，在广袤而朦胧的原野上眺望着一切，西比尔和安奇塞斯领着他把每件该看的都看了之后，在他心里点燃了追求荣耀和惊世功业的征服欲望。

他们来到了睡眠之神的门前，历经生死考验的埃涅阿斯大梦苏醒，如同浴火的凤凰在死亡的柴薪火焰中涅槃重生，安奇塞斯把西比尔和天命所归的埃涅阿斯送出了精美光亮的象牙门，重返人间，在战火中开创自己生生不息、世代延续的帝王梦想，儿子将一往无前披荆斩棘地实践自己伟大的罗马梦。父亲隐身在牛角制成的影子之门背后，默默注视着英雄儿子的魁梧背影踏上征途。这就是维吉尔为尤里乌斯家族用无比绚丽的神话笔法炮制的神圣历史，将在古罗马的现实中，在战争和死亡的笼罩下残酷上演。罗马广场上的凯旋门直通元老院的演讲台，台上冠冕和骷髅交互堆积，台下柴堆燃烧着将亡灵送入天国或者冥府，野心和雄心并耀的帝国，最终的圣道难免随着历史的烟尘而被蒿草湮没。孟德斯鸠在在《论罗马人的宗教政策》一文中形象地说：

罗马人将外邦的神与他们自己的神相结合。如果他们在征服战争中发现某个神与罗马所崇敬的神有某些相似之处，他们就崇敬他，同时用一位罗马神的名字来称呼他，与此同时，如果我敢说的话，罗马人还赋予这位神以罗马市民权。所以当他们发现，某位著名的英雄将某个妖魔从国土上清除出去，或是征服了某个野蛮的民族时，他们立即赋予某人以赫丘利（也即希腊神话中的大力神赫拉克勒斯）的美名，塔西佗说："我们一直打到了大西洋，在那里找到了赫丘利之柱，或许赫丘利确实到过那里，或许是我们把一切与他光荣相称的东西，一股脑儿都记在他的名下了"

过去人们评价古罗马文明，一切都是照搬古希腊文明的照猫画虎，自己原创的东西极少，包括西塞罗的哲学、理论等等，说是参照模仿是客气的，其实就是改换了形式的剽窃抄袭。尤其是古希腊盲诗人荷马的《伊利亚特》和《奥德赛》的史诗在维吉尔笔下被模仿成了《埃涅阿斯》，变成了古罗马的创世史诗，尤里乌斯恺撒即奥古都斯家族的神话传说，也算是编得有

声有色；那套神话谱系却被诗人奥维德模仿成了活色生香的《变形记》，
两者都成为脍炙人口世界传世名著，对欧美文学有着巨大的影响力。也算
是罗马特色的继承发展创新，因而其文学和思想价值都是不可低估的。

生死关怀，人类的终极追问

共和末期随着罗马疆域的扩大，对弱小民族的征服掠夺，国力日益增强，权力日益集中于元老院贵族寡头集团手中，导致统治集团腐败丛生，体制千疮百孔，逐渐形成军事强人政治造成事实上的僭主政治。元老院和公民大会的名存实亡使共和仅存躯壳，共和五百年历史孕育的政治体制为英、美、法等国以不同形式继承发展乃至不断完善。尤其是古罗马在扩张中形成的行省、同盟国体制是现代大国邦联到联邦，中央和地方分权自治的雏形，为当代联邦共和制国家普遍借鉴。

帝国皇权以元首独裁体制应运而生，遇劫而亡。公元476年西罗马帝国覆灭，末代皇帝名叫罗慕洛斯和开国国王正好同名，而此时皇室衰微，大权旁落于日耳曼禁卫军，其实就是军事僭主的专制体制。此刻，遭到匈奴铁骑乘虚而入，西罗马帝国覆灭，基督教立国的东罗马帝国再生。这些政治文明成果也是从刀剑鲜血的生死拼搏中换取的。江山兴亡，生死轮回，凯旋门和墓志铭共同记载了古罗马的辉煌和衰落，无论是英雄和枭雄争霸的历史和政治家思想家的探索，成就了古今文明的延续，历史在跌宕起落的道路上前进着发展着，形成人类的政治文明史。

由罗慕路斯、塔克文的王政到老布鲁图斯、西庇阿、格拉古兄弟、西塞罗、小加图、庞培、恺撒、小布鲁图斯、西塞罗、安东尼、埃及艳后及帝国创建者奥古都斯、维吉尔、贺拉斯、奥维德以及提比略等人的生与死，只是历史发展中个人命运起落浮沉的一个局部，写完帝国开国君主奥古斯都之死和提比略、卡里古拉、克劳狄乌斯、尼禄先后暴亡，也就意味着尤里乌斯－克劳狄乌斯王朝的终结。

但是，帝国的历史并没有完结，横跨欧亚非三洲的庞大帝国依然是百足之虫死而不僵，这个由恺撒、奥古斯都开创的体制还在王朝的交替中苟延残喘延续着；后来又有了"四帝争位"的动荡时期，最终花落弗拉维王朝由苇帕芗称帝到提图斯、图密善三世而亡；进入安东尼"五贤帝"时代，帝国达到鼎盛期，直到马可·奥勒留的不肖之子康茂德继位被刺身亡后，帝国再次进入混乱的王朝更迭恶性循环中。

为了振兴帝国，戴克里先的改制分出东西罗马四个皇帝划疆共治，到联盟分裂发生内战，君士坦丁大帝雄起，四处征伐恢复帝国一统，并将多神教的帝国统一到基督教的旗帜下。至此，罗马传统的多神教精神支柱开始崩塌，一神教的基督教开始兴起并逐步衍化成为国教。此刻，罗马作为首都已经衰落，君士坦丁堡崛起成为崭新的首都。政治中心的偏移，意味着帝国进入加速衰亡的轨道。

到公元476年，西罗马帝国的逐渐蛮族化，却依然在君士坦丁堡的拜占庭帝国延续着东罗马帝国寿命，直到公元1453年君士坦丁堡落入土耳其的奥斯曼帝国之手，罗马帝国才完全谢幕，宣告死亡。

按照《大不列颠百科全书》的解释：死是物种改善其自身品质的机能。但这不能成为哲学的解释。人作为具有主观意志的个体性存在，死亡对一个人说，便表示个体世界的关闭。不论王公贵族还是平民百姓人生最后的驿站必然是坟墓。无论何人，生前贵如龙虎贱如草木，死后都不过是黄土一抔骸髅白骨而已！古罗马墓志铭中的人物，大部分是连荒冢都已经消失湮没在岁月的尘沙之中，不留一点痕迹，他们只存活在历史的画卷中。我们看到的也仅仅是历史绘画上半真半假按照历史文献记载的业绩，凭借后来人的想象的复原图中的陵墓，也是半残垣断壁，半蒿草杂树丛生，原来的皇家气派已然不复存在了。

所有的宇宙之谜中，最折磨和困扰人心的难题莫过于人类自身的奥秘："我从哪里来？又到那里去？人只是一架思维机器，还是具有灵魂的"万物之灵？"人一死永灭，还是有来生后世？众多疑问始终困扰着人类的思维。因此，不管是"我在故我思"，还是"我思故我在"，客观的主观的，唯物的唯心的，存在的思维还是思维中的存在，哲学领域争论不休的问题，往往对于生死问题各持己见，没有定论，这是所谓对生死的哲学思考。而所谓科学的方法，生物进化物竞天择，还是基因进化决定生命延续也几乎无解，再加上人工智能的出现，基因工程遗传学的改造，更为人的生死叩问笼罩上一层科学的迷雾，而难以准确破解。然而，自远古以来，被社会多数人信仰认同，并作为全部生活支撑点——关于自身生死之谜的解答，主要由各种宗教提供了自圆其说的答案。

政治是凌驾于科学、宗教、哲学之上的统治之术，除了对于权力和财富的攫取或者对于国家民族的管理有仁政暴政之区别外，善恶的分水岭就是对人的生命的尊重关爱或者蔑视摧残，这是检验政权合法性的善恶标准。而政治的最高表现形式就是战争，虽然在战争的性质上可分为内战和外战：内战基本就是最高统治者之间对于财产权力争夺进行再分配的相互征伐屠杀，在丛林规则主导下胜者为王败者为寇，即便在古罗马时期恺撒对于庞培的内战，胜利者也是不屑于提起的，甚至规定了内战的胜利者不能举行凯旋仪式。而对外扩张中的战争，侵略方在扩大霸权掠夺财富的过程中造成无以数计的平民和士兵的伤亡；同样反抗侵略的一方在保家卫国中动员一切社会力量参加战斗，也会给国家带来巨大的牺牲和损失。

在诗人笔下，战争是：

泽国江山入战图，生民何计乐樵苏。

凭君莫话封侯事，一将功成万骨枯。

传闻一战百神愁，两岸强兵过未休。

谁道沧江总无事，近来长共血争流。

战争是：

誓扫匈奴不顾身，五千貂锦丧胡尘。

可怜无定河边骨，犹是春闺梦里人。

丹纳在走访那不勒斯被火山灰覆盖的庞贝古城遗址，面对那座可以容纳5000多名观众，至今几乎保存完好的大剧场遗址，大发感慨。他在《意大利游记》中如是记载：

剧场位于一座山丘之顶，阶梯是以帕罗斯大理石垒砌而成的，对面是大海和在清晨闪耀着白色光芒的维苏威火山。从前剧场的屋顶是一块帆布，但是它经常是缺失的。相比较而言，我们的剧场是由煤气灯照亮，散发着难闻的气味。人们拥挤在各色的盒子当中，拥挤在悬空的笼子当中。而到此处的剧场，您能感受到健康而自然的生活、健美的身体，感受这与造作而复杂的生活以及僵化的黑色穿着之间的反差——我在那宏大且受阳光普照圆形的露天剧场中也有过同样的感受。但是，这里也有旧世界的污点，有古罗马嗜血的痕迹，我在温泉池也有同样的感触。在冷水池的红色门楣上，妙曼的小天使们或骑马或驾车。干燥室的屋顶满是浮雕像和圆雕饰，还有一排健壮的臂膀支撑柱顶的赫拉克勒斯贴墙塑像，没有什么能比欣赏这些塑像更令人感到舒畅的了。所有这些表现形式均生动又健康，既无夸张之处，也无过度的渲染。如果将其与现代的浴池相对比，与那些索然无味的裸体、多愁善感又淫荡的画像相对比，将是多么大的反差！现代的浴池只是一个清洗场所，而这里曾经是一种充满欢乐、可以健身的场所。那时，人们每天都要在这里度过几个小时的时间，将肌肉变得柔软放松，让皮肤得以光亮，享受着沁人心脾的动物般的快感。古人不像今人这般只靠头脑生活，而是依靠整个身体。

我们下山并沿着古墓之路出城，这些古墓基本保存完好，其形制高雅，庄严而不阴暗。死亡丝毫没有遭受禁欲主义和地狱概念的搅扰。在古人的思想中，死亡是人的本分之一，是一个简单的生命期限，是个严肃并不可憎的事情，可以坦然面对而无哈姆雷特般的惊颤。人们曾在家中保存先人的骨灰或画像，进屋时向其致敬，活着的人与此与先人保持联系。城门口的道路两旁排列着坟墓，那里似乎就是城邦奠基者们的最早居住区。在柏拉图和一篇对话中，希比亚说："对于一个男人来说，最美好的事情是拥有财富、身体好、被希腊人敬重、长寿，当父母去世时能够举办隆重的葬礼，自己也能从后代那里获得一块漂亮而宏伟的墓地"。

剧场象征人生前美好快乐健康的生活，墓地意味死后有一块安谧美好的灵魂归属之地。两者都紧紧地依偎在大自然的怀抱里。那不勒斯原来是意大利坎帕尼亚地区希腊联盟的城邦共和国，居民大部分是希腊人，后来被罗马帝国军事占领后，成为帝国的海滨避暑胜地，因而这里保持着希腊风俗习惯。庞培、恺撒以及奥古斯都、提比略、尼禄、西塞罗在此地都建有行宫和别墅。剧场和与豪华的浴室无疑是统治者休闲娱乐的场所，既有戏剧演出也有奴隶与野兽的杀戮表演，在充满着欢乐氛围里，渗透着奴隶们的血泪造成的死亡恐惧。贵族在死后追求豪华的墓地，而士兵们很多都是曝尸荒野。征服者在杀戮中完成对于土地的征服，扩张着帝国的版图，无疑这一切也是由鲜血浇灌和尸骨填充的土地，尽管这里蓝天悠悠，绿树葱郁，鲜花簇拥着这个花岗石堆砌的巨大露天剧场。

丹纳说：

真正的历史不过是人的脑海中五六个主要的观念。试想，两千年前的一个普通人，他是如何看待死亡、荣耀、安逸、祖国、爱情和幸福的呢？两个概念曾经驾驭了这个古代文明，第一个是人的概念——成为一个漂亮的生物，变得精力充沛、朴实、勇敢、有耐力，并得到全面发展，这是经由身体锻炼和种族筛选而得出的；第二个是城邦的观念——建立一个封闭的小社会，其中包含所有人喜爱或尊重的事物，类似于为抵御持续存在危险而建立的符合军事需求的常驻营地。这两个概念又孕育出其他的观念。

这就是生与死和公民自由与国家和平的关系，关乎国家政治制度的设计——也即小国寡民人人参与管理的城邦共和体制，而不是天下一统的帝王专制的独裁统治。

西塞罗将各种统治的建立比喻成世界的建立：

建立城邦为的是使她永恒，这样共和国的自然和人的自然不同，人们的死不仅是必然的，而且可能是一种上选，共和国却并不必然是死亡。在城邦遭到攻陷、毁灭、消亡的时候，用以大比小的方式说，就像整个世界都消亡了。

在西塞罗的描述中，世界被描述成那些会消亡的诸种统治的合适范式，但这却是一种不可实现的范式，更像是理想中的乌托邦范式，这种范式与世界一样永恒，被哲学家们称为彼岸世界的终极关怀。但将这些统治与世界相比，事实上是在以小喻大，看到的是永恒的世界与凡俗的统治之间必然的差异。政治共同体的死亡只是"某种统治方式"上与整个世界可能的死亡方式相一致，因为这个世界是不会死亡的，只会有死生相依的文明进化进步。希腊哲学家柏拉图在《理想国》中说：

　　一个建立的这么好的国家，要动摇它颠覆它确是不容易的。但是，既然一切产生的事物必有灭亡，这种社会组织结构当然也是不能永久的，也是一定要解体的。

　　公元前44年的夏天，西塞罗在他的《图斯库努姆论辩集》谈到在长期遭受打击和痛苦后形成的信念：

　　灵魂拥有不同于身体的神性，所以是永恒的，且等待我们的只有被遗忘的命运，我们也不需要害怕，因为我们不会有感觉，也不会感到痛苦或者不幸（死亡并不是恶，活着才是），我们应该不断思考死亡，从而适应它的必然到来（哲学家的一生，正如苏格拉底所说，都在为死亡做准备）；如果有足够坚定的信心，我们可以像角斗士一样学会蔑视死亡和痛苦：

　　哪怕是普通角斗士，他们中又有谁曾发出呻吟或改变表情？在被拖着脖子撂倒后，在即将遭受致命一击时，他们有谁想到丢脸了。这就是训练、练习和习惯的力量。既然角斗士都能够做到，难道一个为共和国建功立业而生的人不行吗？难道他会因为灵魂过于脆弱，而无法靠系统性的准备工作让自己更强吗？

　　这位古罗马伟大的哲人在《论美德和幸福生活》中提出面对死亡的坦然，在实际生活中所要具备的素养和基本素质：只有拥有高尚的道德，个体才能为迎接死亡做好准备，做人不能贪得无厌，而应安于现状，同时内心要足够坚强，这样他无论失去什么，都能坚持下去。除此以外，无论如何不能伤害他人，即便自己会受到伤害；要意识到生命是向自然讨来的无期限贷款，随时可能被收回，而世界上最悲惨的莫过于打破了上述所有规则的僭主。

　　写下上述感言的西塞罗当年62岁，一年后的公元前43年12月7日他遭到僭主马尔库斯·安东尼的残酷虐杀，面对死亡他也确实做到了视死如归。

第一章
血与火中的权力张扬

罗马建城的传说

奥古斯都时代诗人维吉尔的史诗性作品《埃涅阿斯》描写了英雄们的创业征战和掠夺杀戮的事迹，这有着帝国时代领袖造神立威的政治需求，同时也符合民众心理在战乱流离中需要英雄拯救的期盼。

于是古希腊城邦时代阿加门农的远征，奥德赛的木马计和识破阴谋被毒蛇撕裂躯体的拉奥孔父子，被权贵们挣来夺去的绝色美女海伦和古希腊英雄的业绩，后来在古罗马得到传承发扬，罗马城邦从王政到共和异化为帝制的转型，无不伴随着权势张扬国力强盛后的对外扩张，改写着不断膨胀的帝国版图。

战争机器昼夜轰鸣，制造着罗慕路斯、塔克文、老布鲁图斯、马略、苏拉、克拉苏、安东尼、庞培、恺撒等一系列军事僭主、政治寡头在王政覆灭基础上创建了共和体制，到马略、苏拉、庞培、克拉苏、恺撒的崛起，在事实上篡改了罗马民主共和制的本质。直至奥古斯都元首制的形成，开创了真正意义上的帝国元首独裁体制，罗马在事实上形成庞大的欧亚非超级帝国。在铺盖着美丽鲜花的城市也在滋生惊人的罪恶和可耻的贪腐。

维吉尔笔下的埃涅阿斯，就是古罗马心中特洛伊英雄阿喀硫斯和历经磨难终于皈依家园的英雄奥德修斯的缩影，也是后来的那些罗马创业英雄的化身。《埃涅阿斯》是历史上第一部有着可信作者的文人史诗，讲述了特洛伊王子埃涅阿斯在东方名城特洛伊毁于阴谋战火后流亡异域，按照神的指示，担负起另寻宝地重建王国的重任。

埃涅阿斯海上漂泊七年多灾多难，在北非名城迦太基受到美丽女王的追求，为了完成使命，依然斩断情丝不辱使命，继续在艰难中跋涉前行。他在地府重逢特洛伊父老，受到父亲鼓励，在意大利海岸登陆向西挺进，在罗马附近与强敌伊特鲁里亚人展开残酷厮杀，最终统一各部落，实现了自己强大王国的梦想。埃涅阿斯在诗人维吉尔的笔下成了神圣尤里乌斯·恺撒和奥古斯都的祖先，追溯到他的身世，爱神维纳斯就成了这两位统治者的先祖，统治者的神话就是这样诞生的。

罗马是西地中海地区意大利台伯河的出海口约20来公里远的地方有一群小山，凸起在多丘的拉丁平原上，这就是古罗马人的摇篮。正像许多古代民族一样，古罗马的祖先并没有给后代留下什么关于本民族起源的可靠记忆，进入文明社会后有了语言文字，只好凭借丰富的想象力编造许多优美的故事，借助优美的传说去接续自己的创世历史。罗马的起源有两种传说，几乎都与特洛伊城的陷落有关。

当年特洛伊城被希腊人攻破，一批难民乘船夺路而逃，在海上被风带到托斯坎尼（Tuscany）海岸，就在台伯河口停泊抛锚。多日海上漂泊，妇女们见到海洋已经感到厌倦。有个名字叫罗玛（Roma）的贵族妇女很有见识，她建议把船烧掉就在此地安家落户。男人们大为愤怒，但是罗玛自作主张烧毁了船只，男人们很无奈只能基于需要在靠近帕拉提姆（Palatium）的地方安顿下来，一切进行得很顺利，结果比预料的情况好得多。他们发现这片土地物产丰富，人民友善比特洛伊的条件好许多。他们将这片乐土赐名为"罗马"，以示对这名最早提议者的奖励。因为她给大家带来了安身立命的机会。这件事发生之后，罗马保留了一个古老的传统，妇女用亲吻向她们的亲戚和丈夫致意，就是因为船只烧毁之后，用亲热来安慰丈夫，平息他们的怒气。亲吻和问候成为西方的一种礼俗。

传说中的埃涅阿斯是特洛伊王室的女婿，当他率领着特洛伊流亡者，饱受暴风雨的摧残，浑身沾满海盐极为疲惫时，突然发现来自推罗的腓尼基人正在建立一座新城——迦太基。维吉尔在《埃涅阿斯》中写道：

迦太基是腓尼基人的国土，在这里掌权的是推罗城来的狄多女王。狄多的哥哥贪图钱财，杀死了她心爱的丈夫——腓尼基最富有的贵族希恺斯。狄多为了逃避凶残的暴君，召集起自己的亲信，带着金银财宝来到这个地方，建立了这座新迦太基壮丽的城池。这新城的城池，高门大路熙熙攘攘，有港口、有广场，还有为朱诺建的神庙。高高的庙门，青铜的门槛，青铜的框箍，青铜的门扇，显示出女神的威武。大殿的墙壁上描绘着特洛伊战争的壁画，这场战争已是声名远扬、世人皆知。

美丽多情的狄多女王，早已领会了神的意志，因而心中打消了敌意，以和平和善意接纳了这些远方的游子。并在聆听了他们的故事后，同情埃涅阿斯的遭遇，天后朱诺发现自己陷入情感的矛盾之中：假如埃涅阿斯被说服以迦太基作为他们新的家园，那么必将放弃她所预言的在意大利的光辉未来，毫无疑问一个新的特洛伊将拔地而起。但不幸的是，这位令她讨厌的特洛伊人将迎娶狄多，后者是女神所钟爱的人。也是迦太基城的标志。但是前者是爱神维纳斯的儿子，爱神主男女之爱，她是无法阻拦的。她只好做出安排。而女王也深深爱上这位特洛伊英俊王子。在一次狩猎中，朱诺安排了一场突降的雷雨，这对男女只好在山洞避雨，而这时男女的自然天性使得他们在幽会中得到了淋漓尽致的发挥。狄多认为这是一次老天赐予的婚礼。

不幸的是，一位非洲部落酋长对狄多情有独钟，不希望失去她，于是求助于天帝朱庇特，他抱怨说："现在这位再生的帕里斯，穿戴着弗里吉亚式的无边帽，束紧下巴，遮覆着油腻的乱发，并有一群阴柔的男人相随，将会成为赃物的新主人。"狄多被遗弃一旁。

朱庇特本来对于妻子的计谋一无所知，得知后大为震怒，立即派员去警告这位特洛伊王子，要他切记自己的命运，立即前往意大利。埃涅阿斯，这真诚的人，对这样责备如遭雷击，所以毫不迟疑地放弃了狄多。

埃涅阿斯向狄多做出解释为自己辩护，将违背承诺的罪责归咎于众神之王。他说"我航向意大利并不是我自己的选择"。狄多被遗弃后，选择以死殉情。她下令堆积一个巨大的柴堆，爬上去，用埃涅阿斯赠送的宝剑结束了自己的生命，在死去之前，她口出诅咒，预言她的新迦太基城，与她的特洛伊爱人在意大利所建的城市必将永远为敌，为未来的三次布匿战争的爆发和迦太基名将汉尼拔的横空出世埋下伏笔：

友爱或者盟约在这些国家之间必将不存。从我死去的骨骸之中将会出现一位复仇者，以火焰及刀剑来迫害这些来自特洛伊的定居者，很快或者在某些未来的时刻，只要力量足够！且让你们的海岸和他们的海岸为敌，你们的波涛和他们的波涛相斗，你们的武器和他们的武器对抗，这是我的赌咒，且让他们互相拼斗，他们及他们的儿孙后代，永远为敌！

　　最终特洛伊的英雄埃涅阿斯与他的同伴，来到了意大利，成为国王女婿。他死后，儿子在拉丁姆地区建立了一个城市，往下传了好几代。当传到努米托尔为王时，王位为弟弟阿穆略篡夺，努米托尔的独生女儿西尔维娅被送到神庙当贞女，这位年轻漂亮的女性在祭神之余，躺在台伯河边睡着了，恰逢从天而降的战神马尔斯经过，马尔斯对她一见钟情，趁这位美丽的公主熟睡之时占有了她，而公主浑然未觉。随后西尔维娅神奇地生下一对双胞胎。阿穆略吩咐处死西尔维娅，将双生子投入台伯河。仆人出于同情，将装有婴儿的竹篮挂在河边的树枝上，婴儿的啼哭声惊动了下山觅水的母狼，它用狼奶喂养了他们。母狼因此成为罗马的象征。后有兄弟两被牧人夫妇收养，取名为罗慕洛和瑞摩斯。两兄弟长大后知道了自己的身世，杀死阿穆略，夺回了王位，并在自己被遗弃的地方建起了一座新城，这对兄弟将台伯河旁的丘陵群作为建立新城市的理想地点。控制津渡的人将能够管控西部平原的出入；丘陵则确保易守难攻；沿台伯河可航行至此，这将促进贸易并获得河海交汇之处的盐地。后来，这条通往河口的道路被称为盐道。

　　从公元前1世纪进行回顾时，西塞罗无疑认为这选址对于罗马后来的成功是至关重要的：

　　河流使得城市能够利用海洋来进口所欠缺的物质，并外销其生产的剩余物资；借助这种方式，这城市不仅可以通过海洋进口，也可以通过水陆运输，从陆地取得其生命和文明的根本所需。因此，我认为，罗慕路斯最初必然得到神明的启示，知道这城市有朝一日必将成为一个强大帝国的基地和柱石。

　　在扳倒共同敌人之后，两兄弟的关系开始恶化。关系恶化的原因在于谁当国王，于是只好分而治之。分别在帕拉蒂尼山和埃尔文丁山上设立自己的管辖地盘，罗慕路斯在帕拉蒂尼山，瑞摩斯在埃尔文丁山。但是好景不长，没过多久，两人之间再次爆发冲突。瑞摩斯对罗慕路斯在帕拉蒂尼山挖出的防御壕沟颇有微词。他很不屑地一跃而过，他的兄长也开始动怒去攻击他。越过罗慕路斯划定的作为势力范围的壕沟边界线，这是侵犯哥哥权利的无礼行为。打斗中，罗慕路斯一气之下杀了瑞摩斯。

罗慕洛斯在暴行上建立了新的国家，这不是一般的罪行，而是破坏了一项最为神圣的禁忌，杀死了自己的亲兄弟，预言了一个可怕的结果，国家建基的神话源于兄弟仇恨和暴力，对于生活在共和国垂死之年的罗马人来说，这预言了相互残杀的内战将国家摧毁。恰好西罗马帝国的亡国之君也叫罗慕路斯，似乎是国运的轮回。

七丘之国的形成

德国著名的罗马史作家、诺贝尔文学奖得主特奥多尔·蒙森在他的《罗马史》开篇即描述了罗马所处的地理位置：地中海分支众多，港汊纵横，水网密布，深入到欧洲大陆，构成了大西洋最大的海湾。海面有时因为星罗棋布的岛屿或者延伸的陆地而变得狭窄，有时又向四面扩展而一望无垠，他将哥伦布发现新大陆之前的古代世界一分为欧洲、亚洲、非洲三块，同时又将他们连为一体。

从欧洲北方大陆伸入地中海的中央半岛，由西阿尔卑斯山向南分支——亚平宁山脉所构成。亚平宁山脉贯穿意大利像一道石头的脊椎，而台伯河发源于此间的山毛榉树林的两道泉水。在历经三次大转弯之后，它横越 400 千米的平原，注入地中海。在离海岸大约 24 千米处，台伯河呈 S 型绕过一群茂密的林木，时而穿过陡峭的山坡。这些山丘环绕着下方一大片沼泽，中间有溪流贯穿。在一些山丘上有一些其貌不扬的村落。每个村落都是山枝条泥墙搭建的茅屋组成。这些村落易守难攻，而且空气清新，不像谷底那般潮湿污浊。这些半游牧的居民主要以饲养动物为生，夏天时溯流而上将牲畜带往牧场，冬天时将其带回亚平宁山下的平原。

根据考古材料和历史学家研究。公元前 8 世纪，拉丁人在这一带建立村落，这些村落分布在七座小山上，称为"七丘同盟"。公元前六世纪，七丘用石头垒墙建立起七座城堡，这就是最早的罗马城，形成当时欧洲最早的商业和宗教中心。

罗马的七个山丘尽管位于台伯河附近，却不会受到洪水的袭击。因为他们集中在台伯河东拐的那个大湾的地方。当人口增加到一旦发生洪水，很快就会被水淹没的地方也住上人的时候，罗马的国体已经稳固了，经济的发展使之有了展开大规模治水的实力，不必再为洪水灾害而惶恐不安。

七个山丘从北向南依次是奎里尔诺山、维弥纳山、埃斯奎里山、卡匹托尔山、西里欧山和埃尔文丁山。山丘与山丘之间的空地当时还是一块又一块的湿地。这些山丘都很低，连最高的埃尔文丁山只有 50 米。2800 年前，从城市防御的条件来说七个山丘中卡匹托尔山无疑是最合适的。不只是因为它最靠近台伯河，而且还因为此山三面都是陡峭的悬崖峭壁。于是罗慕路斯最终选择虽不是最高，但山顶部面积有 10 公顷左右，而且距台伯河相对较近的帕拉蒂尼山。同样靠近台伯河，而且也有足够的空间供人们居住的埃尔文丁山，因为处于七个山丘的最南端，所以远离中心。

瑞摩斯死后，罗慕路斯成了罗马唯一的王。他首先在帕拉蒂尼山周围筑起了城墙，意思要在这里建立城市。他还举行了非常隆重的仪式，为诸神献上祭品。这一天是公元前 753 年 4 月 21 日。也就是罗马的建国日。这一年他 18 岁。

上述传说听起来离奇，但是一代一代罗马人深信不疑。他们把母狼当成古罗马的象征，顶礼膜拜，把罗马的基本制度归于罗慕路斯的创举。

最早的罗马城只有 3000 多拉丁人。罗慕路斯要建立一个能够存活并发展的社会，不仅需要有人防卫，而且也需要提供人力来从事他们所期望有所收获的各种贸易，他需要更多的公民。于是他制定了更加宽松的对外开放政策，给外来人口提供罗马国籍，提供优惠条件，一千年来持续受到欢迎。他的第一项措施就是为流亡者、身无分文者以及各种类型的罪犯、自由民提供避难所。很快一群鱼龙混杂的暴民便聚集起来。但是女性太少，与逐渐增加的男性公民在性别比例上很不匹配。他必须作出决断，以期逐步做到一比一的性别平衡。

于是一项精心设计的劫掠少女计划开始实施。罗慕路斯发出公告声称在大赛马场发现一处地下祭坛，并决定将其奉献给专门提供建议的神明康苏斯（Consus），国王提议举办一场壮观的祭祀，其中表演竞赛以及各种娱乐活动将对所有人开放。于是一大批观众聚集而来，人群中不仅有罗马人还有大批临近的萨宾部落的人，国王则坐在最前头，他的就座就是开始实施抢人的信号，一大群武装人员迅速出现，挟持所有随她们家人一起来看表演的未婚萨宾姑娘。

在罗马山丘间泥泞的山谷（现今罗马广场）中发生了一场激战。罗马人屈居下风，撤退到帕拉蒂尼山。罗慕路斯头部被一块石头砸中，但仍奋力站起来，向他的人马大声疾呼要守住阵地，他们在"圣道"前坚守下来，之后在该处修建了一座神庙，用来对"稳住阵脚的战神马尔斯"表示感谢。战争形势开始逆转，罗马人推进到了如今维斯塔神庙的地方。

此刻发生了一件超乎寻常的事情。萨宾妇女从各个方向涌入山谷。普鲁塔克在《罗慕路斯传》中动情地描述道：

混乱之中有些在这边，有些在那边，悲伤的痛哭和哀嚎，像是一群着魔和疯狂的人，在出战的队列和阵亡的尸首中，寻找她们的丈夫和父亲，有的人手里抱着婴儿，全部蓬头乱发，用最温柔和最亲爱的字眼在呼叫他们，一会儿是萨宾人的名字，一会儿是罗马人的名字。这时双方的斗志都被同情心所融化，开始后撤，两军之间为她们留出一块空地，妇女的目光中充满了忧愁和怜悯，双方所有战士的内心都受到感动，然而，还是她们的话打动了双方战士的心，终结了双方的战斗。

罗马丈夫承诺要以适当的敬意对待他们的萨宾妻子。罗慕路斯和萨宾人协议，同意将两个国家合为一个国家，所有萨宾人将给予罗马公民权利，塔提乌斯与罗慕路斯成为共同的统治者。史称"双国王"时期。在两人共享王位五年之后，塔提乌斯因为解救前去拉维尼抢劫而被俘的萨宾人，在谈判中被刺杀。罗慕路斯从那时起便单独统治罗马。

公民则依照血缘关系分为三个部落，其中两个由拉丁人和萨宾人组成。每个部落选出一名护民官来代表部落的利益，并在战争期间统帅部落征召战士。而这三个部落又依序分为十个区域，各自依照30名被挟持的萨宾妇女来命名。构成一种民众的集会——"区议会"（Comitia Curiata），各自以"区域"为单位，对国王或执政官提交至其面前的议案进行投票。一个区域又再度细分为十个氏族。当考虑提案时，这些氏族组织会各投下一票，然后再据多数票来决定这一区域的投票结果，最后形成区议会的决议结果。

在古典时代早期。地中海的城邦有的采取直接民主，公民集中在大会之中决定所有重大事项，一人一票；有的偏向于寡头政权由少数人组成的统治集团负责治理国家；有的偏向于王政或僭主制，即希腊文的"独裁者"。他们经常从一种政府形态激烈地转换成另一种。罗马政体的有趣之处是发明了一种虽然复杂但颇为巧妙的安排，结合所有这三种统治形态。

公元前715年，罗慕路斯迎来他统治的第39年，随着不断地对外征战，罗马的领土不断扩大，各项事业蒸蒸日上，他的权力也在不断膨胀，随着年龄的增长，他变得越来越专横霸道，在元老院树敌不断增加。元老们说他像是专制独裁的君主，在公共场合，他穿着象征至高无上的君主权力的紫色长袍，在三百名年轻士兵组成的近卫军簇拥下在城内走动时，遭到元老们的嫉妒，元老们对他感到非常不满。

一天，在元老们陪同下，罗慕路斯到城外阅兵。突然之间，大雨如注，电闪雷鸣。倾盆大雨阻挡了人们的视线，士兵们离开了阅兵场纷纷前去避雨。罗慕路斯和元老们去了阅兵场附近的湖边等待暴雨停息。雨停之后云开日出，元老们轻轻松松地返回城里，但罗慕路斯没有回来。元老们解释道，暴风雨肆虐时，一道闪电掠过他的头顶，击中了罗慕路斯，然后他就被火焰裹挟着升上了天堂。

开始人们相信了这种编造，但是很快谣言四起。人们纷纷怀疑元老院趁罗慕路斯的近卫军不在，谋害了他。人们猜想杀人者将他的尸体抛入了湖中。还一种说法更加离奇，说是元老们把他的尸体切成一小块，每人拿了一部分，藏在衣袍下，扔到其他地方去了。

这些谣言激起了民间的愤怒，一定要追究杀人凶手。终于有一天，神给出了令人满意的启示，解开了谜团。普罗库鲁斯（Proculus）是一位德高望重的元老。罗慕路斯阅兵时他并未陪同。他召集了罗马百姓，郑重地告诉大家，罗慕路斯显灵了：

那时我走到偏僻之地，罗慕路斯的灵魂突然出现在我面前。他披着华丽的盔甲，看起来比一般人高大。当我从震惊中回过神来，问罗慕路斯的灵魂："你为什么要突然离开呢？为什么在那个时间，以那种形式离开，从而让罗马元老院遭受那么多怀疑和责难呢？"

罗慕路斯的灵魂回答道："我离开你们，因为我原本就来自天庭。"

回归天庭，神是喜欢的。我已经没有待在人世的必要了。罗马城已经建好，将来会更强盛。你回去把真相告诉百姓。然后告诉他们，如果勤奋、正直、勇敢，那么罗马终将成为世界主宰。我不再是你们的国王，而是你们的守护神。

罗马开国以神话开始，国王的落幕以神话告终，生活在神话中的人民是能够接受的。因为神话统治者和愚民的教育往往是相辅相成的。

唯有这样，危机才能轻而易举地化解，元老院的权威才能得以巩固。罗马的国王并不是世袭的，而是公民大会经过选举，在元老院参与下确定。在元老院的主持下，经过拉丁民族和萨宾族的协商罗马选出了新的国王——以品德高尚、学养深厚著称的萨宾族人士努马·庞皮留斯（Numapompilus）担任第二任国王。

历史学家李维在《罗马建城史》中这样评价努马：继任王位后的努马，试图对依靠武力和战争打下建国基础的罗马进行立法和习俗改革。

努马担任国王后，首先解散了由300名士兵组成的近卫军，脱去象征王权的紫色托加袍，经常着一身白色神官袍服，独自一人跑到森林里去，每当此时人们纷纷传言，说他在森林深处和女神交谈。人们深信他在通过女神接受神的旨意。每从森林出来，他都会向市民大会提出新的建议，不仅市民大会会无条件采纳，而且元老院也会一致通过。

努马为罗马各部落建立了统一的宗教神学崇拜和各种礼仪形式，从而加强了王国的统一和安定；使得好战的罗马人民将爱好和兴趣转向宗教的精神世界和现实的安定生活，给人民带来40多年的和平。

罗马的扩张和塞尔维乌斯改革

继努马之后，登上王位的是图鲁斯·奥斯蒂吕斯（Tullus Hostilius）他是拉丁族罗马人。这位国王甚至比罗慕路斯更加崇尚战争。"他确信国家的活力由于久无战争而逐渐衰落。他环顾四邻，寻找战争借口。"他选择的攻击对象就是罗马的母城阿尔巴·隆加，传说中埃涅阿斯就是娶了阿尔巴·隆加国王的女儿，而罗慕路斯和莫瑞斯就是从这里的水槽流落到台伯河畔的罗马，另建了罗马城。这冲突实际上是罗马的第一场内战。图鲁斯将阿尔巴国王捆绑在两部战车之间驱赶着向相反的方向驶去，把他车裂而死。最终阿尔巴·隆加被彻底消灭。

图鲁斯的继承者安库斯·马尔西乌斯（Asus Marcius）也秉承前任国王的尚武哲学。据罗马史学家狄奥·卡西乌斯（目前尚未见到狄奥的《罗马史》中文译本）说，安库斯全盘接受图鲁斯的战争哲学：

他在台伯河上建造了罗马的第一座桥梁——苏布里奇亚斯桥，取代了原来的渡船。目的是把位于西岸的贾尼克洛山丘和集中在东岸的七座山丘连接起来，因为一些古老的禁忌，在建造时严格禁止使用金属，这桥是用木材建造的。桥的维修保养由罗马最具有领导地位的祭司们负责。这座桥延续使用将近千年，直到公元 5 世纪才废弃拆除。

安库斯在位期间，由于对外不断扩张、地域不断扩大，人口不断增长，罗马境内出现了许多新的部落，其中力量最为强大的是伊特鲁里亚人（Etruria），他们的家乡伊特鲁里亚大约是今天的托斯卡纳地区。伊特鲁里亚社会在前 8 世纪，已经从简单的农耕社会，而变为商人和工匠的社会，有了商品经济的趋势。他们被组织成一个联盟，而每个成员城邦由国王主宰。国王已经形成一套形式和礼仪来彰显自己的统治，身穿紫色衣袍，头戴黄金王冠。他有手持象征权力束棒的随从加以保护，这束棒环束单面插有斧钺的仪仗，以壮威仪。后来这些形式被一个从希腊科林斯逃难来的富有商人卢修斯·塔克文带到了罗马（Lucius Tarquinius）成为统治者权力的象征。

卢修斯·塔克文的先辈来自于希腊最富有最著名的城市柯林斯，他是一位被柯林斯流放的希腊贵族之子。他带领全家移居罗马的决定，得到他高贵出身的妻子塔娜奎尔（Tanaquil）的大力鼓动和支持。这对夫妇从塔克文尼（现在的塔尔奎尼亚）出发，乘坐一辆有车盖的马车，在离开罗马较远的台伯河畔一侧，离新桥不远的贾尼克罗山丘，一只老鹰在他们上方盘旋，然后俯冲下来叼走了塔克文的帽子。这只鸟飞到空中，然后再俯冲下来，巧妙地将帽子戴回塔克文的头上。塔娜奎尔像大部分伊特鲁里亚人那样是位诠释征兆以及异象的高手，她认为这是丈夫走向伟大的吉兆。

于是夫妇两人充满信心地向罗马城进发，罗马是个向各民族开放的城市，一个富有的异乡人的到来，必然引起许多人的注意，所以他被引荐给了国王安库斯。塔克文亲切温和，博学多闻，具有极强的个人魅力，很快就成为国王最亲近的朋友和顾问。并且出资赞助国王的对外征战。

安库斯有两个儿子，他们即将成年，并且渴望着继承王位。塔克文却有着自己的想法。在安库斯去世时，根据国王的遗嘱，他被任命为这两位男孩的监护人。他立即派他们出去狩猎。随后自己四处游说，在公民大会进行拉票，被公民大会选举为国王，并且得到了元老院的通过。老塔克文即位之初便鼓动伊特鲁里亚人移居罗马，与罗马人通婚，又在罗马元老院增加了 100 个伊特鲁里亚人席位，壮大自己的实力。

就像他对前任一样，塔克文开始对外征战，不断与邻国进行交战，并且击败了伊特鲁里亚联盟的进攻，使得罗马的领土不断扩大。对外的大肆掠夺让城邦财富不断增加。老塔克文登上王位后引进伊特鲁里亚人的王权仪式：国王头戴纯金制作的王冠，坐在黄金镶嵌的象牙宝座上，格外威风凛凛显得富丽堂皇；他手执象征勇敢机智的鹰头节杖，身着紫色托加袍，上锈金线，外披精致绣花长袍；身后有 12 名身高体壮的护卫手执法西斯束棒护驾，增加了国王的威仪。

塔克文是罗马第一位举行战争凯旋式的国王。他以盛大的游行来隆重庆祝自己的胜利，他进入罗马城时，在军队前面行进着四匹马拉的战车。

他身穿紫色托加袍上面用金线绣着花纹，头戴一顶镶满金玉宝珠的王冠，以及象牙和黄金打造的座椅，脸上涂抹着朱砂如同卫城山丘上朱庇特神庙里的神像。这种凯旋仪式后来一直延续下去，直到西罗马灭亡。

老塔克文最终在执政 37 年后，死于觊觎王位已久的先王两个儿子之手。他们成功设计暗杀了国王。但是他们就任王位的阴谋也没有得逞。国王有两个亲生儿子，但是年龄尚幼，不足以承担大任。王后塔娜奎尔立即关闭宫门，将所有见证之人全部逐出王宫，严密封锁国王驾崩的消息，然后派人去取药，仿佛国王仍然在世。她第一个叫来的却是她的女婿塞尔维乌斯·图利乌斯，劝他尽快把王位抢到手。鉴于这一事态，塞尔维乌斯没有经过市民大会选举，直接由元老院决议登上王位。成为罗马第六代国王。等到事态处理完毕，才宣布为老塔克文举办隆重葬仪。为了避免老塔克文的不幸命运，他选择将自己的两个女儿嫁给了死去国王的两个儿子。

图利乌斯以对国家大胆改革而闻名，他为王政向共和体制的转型奠定了必要的基础。国王废除了罗慕路斯所建立的 3 个原始部落及 30 个区域，代之以完全根据地理位置来考虑的部落：包括 4 个城区，加上一些周围乡村地带。每个部落均有一位资深官员和"统领"来治理，负责组织地方防御，缴纳赋税以及军事征召事项。对于人口的统计，他创造了一个发明：在每个部落进行祭祀庆典时，每个人都会为此做出捐献，根据男女性别和孩子制定不同的捐献数额，在计算捐款总额的同时，人口不同性别和年龄的数额自然产生。

图利乌斯甚至以更为精巧的方式设计了一个系统，同时控制公民大会的投票和分摊公民的军事责任。这个设想既要维持民主的价值，又给予富人更大的权力，富人在军队服役的同时，要承担相当的财务负担。以"百人团"为例，就其字面而言是由 100 人组成的武装集团，60 个百人团 6000人构成一个军团。百人团也是公民大会的投票单位。共有 18 个骑兵百人团，170 个步兵百人团。步兵根据财富以及支付武器的费用能力，分为五个等级，最富有的第一等级装备有 80 个百人团，第二、第三、第四等级各有 20 个百人团，而第五等级则是 30 个（非战斗人员如号手以及木工则分配到这个第五等级的其中一个）任何人的财产若低于最低标准，则不得参加军队。

　　塞尔维乌斯还在建造罗马城墙时扩大了城墙的边界，并以绵延不绝的城墙容纳不断膨胀的人口，几乎涵盖了罗马城里的七座山丘。这项伟大的防御工事，至今仍被称为"塞尔维乌斯城墙"。塞尔维乌斯对面向台伯河的开阔湿地进行了排水处理，排干沼泽，并给这片开阔地取名"马尔斯广场"，意思是战神马尔斯的广场。

　　塞尔维乌斯的改革，乃是罗马历史划时代的一大进步，它使罗马成为真正意义上的国家，为罗马以后的繁荣昌盛、对外扩张征服奠定了基础。

推翻王政创建共和

塞尔维乌斯以奴隶之子的卑微身份继承王位后，继承老塔克文的遗志励精图治，奉行军政体制的改革，大大提高了罗马的国力，得到了罗马人民的拥戴，他的统治深乎众望。罗马的王位不是世袭的，而是受到国民大会和元老院的双重制约，由前任国王提名、民众选举和贵族集议产生，带有原始的权力制约和民主政治的意味，因而在一定意义上能够达到选贤任能的目的。但是，没能继承王位的前国王老塔克文的王子始终认为他的王位来路不正，缺乏宗法血缘的正统性，他在暗中窥伺，等待着夺回王位。

对于这样险峻的形势，塞尔维乌斯自然也是心知肚明的。血缘的缺陷，自然要以血缘的连接来进行弥补。他有两个性格迥然相反的女儿，一个逞强好胜，一个温和厚道。恰好老塔克文有两个儿子，性格也是全然不同，大儿子小塔克文性格暴烈野心勃勃，二儿子阿伦斯性情稳重温和老实。于是国王想以公主和前国王王子的联姻来巩固自己的统治，也算是对老国王的器重栽培有所回报。至于公主和王子的后代能否登上王位，那要看他们本身的造化，最终能否通过公民选举和元老院考核这两道关口而登上大位，那就要靠他们自身的能力了，能力当然包括耍弄阴谋诡计的手段，不心狠手辣断然是不能过五关斩六将登上权力宝座的。

国王塞尔维乌斯让这四个人配对结了婚。这样争强好胜的二公主图利娅就嫁给了性情温和的表兄阿伦斯；温和稳重的大公主就嫁给性格暴烈的表兄塔克文。他企图中和他们的性格优长和缺陷扬长避短，对事物保持理性的态度。但是他失败了，他的王位虽然是终身的，可以一直干到死，但是国王的女儿并不能成为下届国王的王后，因而自己的丈夫就必须成为国王，公主才能顺理成章地当上王后。

相比之下，图利亚极其鄙视自己性格温和的丈夫，她非常后悔没有嫁给野心勃勃的塔克文。她勾引了自己的妹夫塔克文，两人勾搭成奸后，设计分别害死了那两个性格温和的人。这对寡妇和鳏夫不顾年迈国王的反对，如愿走到了一起，臭味相投地结了婚。

本来就野心勃勃的塔克文在图利亚的挑唆下，首先收买了居住在罗马的伊特鲁里亚人。他们是他的父亲第五代国王老塔克文请到罗马定居的人们，在民族感情上有天然的亲和力。接着，他成功地得到罗马元老院中属于新兴骑士阶层议员的支持，他们是一些在罗马征服和商业经营中积累起财富的新兴贵族。

当预感到时机成熟，塔克文便带领武装侍卫强行进入市民广场，进军元老院，径直坐上王位，并命令司仪召集元老来觐见"国王"塔克文。

换言之，就像老塔克文一样，塞尔维乌斯就是希腊风格的僭主，世家贵族的敌人。当塔克文正在大放厥词时，国王闻讯赶来，并在元老院前厅打断塔克文的演说。

元老院一片混乱，敌对双方的呼喊声充斥嘈杂的会议大厅。此刻被图利亚煽动起来暴动的乱民冲进元老院，加剧了形势的严峻和复杂，政治野心家通常是在混乱中趁机夺权心狠手辣的高手，塔克文已经没有退路，他身体强健，拦腰将老国王举起，将他从路口的台阶投掷到罗马广场上。塞尔维乌斯的随从人员惊慌失措四处逃散。国王因此受到惊吓，当他踉踉跄跄走回宫殿时，被暴乱的民众捉住并当场杀害，抛尸街头。

这场有计划有目的的谋杀，是在图利娅的精心策划下完成的。当她搭乘一辆马车前往元老院，准备第一个以国王的礼仪对塔克文表示敬意时，正巧撞见躺卧在血泊中老父亲的尸体，但是这个人曾经是他们登上国王和王后宝座的障碍，虽然失去了生命，这个毒如蛇蝎妇人还要在老父亲的尸体上踏上一只脚，使之永世不得翻身。

这就是罗马末代国王被称为"骄傲的塔克文"篡权上台的经过。他的统治基本延续前任国王对外扩张的政策。结合武力和阴谋使罗马成为拉丁姆部落的领袖，并积极向南方进军，攻击拉丁姆南部的沃尔西人。罗马城的领土逐渐延伸到了大海边，在那里的奥斯提亚港极大地促进了对外的贸易。

德尔菲是希腊中部的城镇，雄踞在沿着帕那萨斯山北坡的阶地上。在这险峻的地形上矗立着阿波罗神庙。这是神示的所在地，是整个地中海地区最神圣的地点之一。国王派出了他的两个儿子，由他的外甥卢修斯·尤里乌斯·布鲁图斯（Lucius Junius Brutus）陪同，此人是阿涅阿斯当初的伙伴之一的后人，因为怕国王觊觎他的巨额财产剥夺他的生命安全，故意玩弄装愚守拙的韬晦把戏，将自己的真实面目隐藏起来，因此在贵族中被人称为"布鲁图斯"拉丁文的意思是"傻子"的意思。傻子不傻，只是潜伏爪牙等待。

当塔克文两个儿子和布鲁图斯走进阿波罗神殿，献上祭品，支付了征询神谕的费用，并在作为牺牲品的动物身上淋了圣水之后，神意代言人将三位罗马人引领到神殿里的灶台前，那是一个可以听得到声音，却看不见人的密室。一位女祭司西比尔在神圣的密室里发布预言。

传说中的西比尔有多个化身，终身服务于阿波罗，而且宣示坚守自己的贞洁。传说她是阿波罗的情人，阿波罗给予她长寿，却忘了赐予她"青春"，因此生命无限延续，相貌却衰老不堪。在神明降临附体之前，她在附近卡斯提林温泉洁身，并且在神殿一个象征灶台的地方焚烧阿波罗圣树的月桂叶，搞得烟香缭绕，有意弄得面目不清。恍惚中但见西比尔端坐在三角鼎上，头戴月桂叶，手持一碗神圣的泉水，开始被神明附体。在可能是自我暗示而成恍惚状态下，她开始口说呓语，神意代言人却将这些语义不连贯、神志不清的呓语，转化为优雅的七音节诗句。这些诗句语焉不详模棱两可，然而希腊人认为神谕就是幽暗不明的天机，天机不可能完全泄露，只能靠自己去揣摩其中隐藏的微言大义。

布鲁图斯知道如何去讨好西比尔。他拿出一根木棍作为献礼。两位王子嘲笑他的礼物太过寒酸。他们并不了解这根木棍中间已经掏空，里面暗藏了一根金条。在塔克文两兄弟从神谕处问完了父亲委托的问题后，并没有得到明确的启示。于是两人又补充了一个问题：他们中的哪一位能够成为下一任罗马国王？神谕典型的模棱两可的答案是："那第一个亲吻他母亲的人，将会在罗马拥有最高权威。"

他们商议要保守神谕的秘密，这两人于是忙着采取抽签的办法，抢先赶回罗马亲吻自己的母亲。这样至少他们的大哥赛克斯图斯就会出局，失去角逐王位的机会。而布鲁图斯并不这样认为，他揣测阿波罗的神谕另有隐情，所谓母亲实际是暗喻大地母亲。于是他假装跌倒，而且正面扑地，以双唇接触大地，大地是孕育万物之母。

　　多种因素都有可能造成王朝的垮台，然而导致布鲁图斯胜出的，并非因塔克文的专制暴政引发的政治经济危机，而是王太子的一桩看上去稀松平常的性丑闻，至少这种丑闻在顶尖级的王室中是经常发生的，而就是这桩丑闻成为压倒整个王朝甚至结束王政统治的稻草。历史就是在看上去偶然发生的事件中体现着必然的趋势。共和国的第一代创始人布鲁图斯趁势而出，神话和传说只是先人们用美丽谎言为他披上天命所归的神化外衣而已。这其实是一场借助王室腐败阴谋借题发挥的一场革命和造反。

　　王长子赛克斯图斯参加了一场长期围攻拉丁部落鲁图里（Rutuli）首府阿迪亚（Ardea）的战争。罗马军团的营区在长期围攻中已经感到了疲沓懈怠，军纪开始松弛，在前线战场上请假离营很容易得到批准。年轻的王子们在他们的营帐中举行豪华奢侈的宴饮娱乐活动也已习以为常。有一次，在赛克斯图斯的营帐内，每个人都喝了很多酒，个个都在吹嘘自己的老婆如何温良贤惠。王室成员卢修斯·塔克文·克拉提努斯（Lucius Tarquinius Collatinus）插嘴说：“不必争论了，我们不如各自回家看看自己的妻子在干什么，就可以比较出我的老婆卢克丽霞是最为优秀的，何必在这里自我吹嘘大费口舌。”

　　他提议大家骑马，赶回家中，不要事先通知家人去看个究竟再来评价各自的老婆。他们在酒酣耳热之际，疾驰回家。赛克斯图斯的妻子同丈夫一样和自己的女友们端着酒杯吆三喝六正和年轻的朋友们举行一场奢华的晚宴，欢声笑语，尽情享乐，旁若无人。他们接着到了克拉提努斯位于罗马城以北数千米之外的家乡克拉提亚（Collatia）的家中，虽然已经深夜，他们发现卢克丽霞和一群女仆在忙碌着纺纱拈线，所有人皆承认卢克丽霞是就是传统中最理想最优秀的贵族主妇。克拉提努斯提议这帮人和他一起共晚餐。吃完饭，大家一起骑马返回了军营。在众人吃喝时，赛克斯图斯暗暗惊羡卢克丽霞的娴雅端庄秀美绝伦的容貌，决定挑战她的贞洁，想法子要将她诱骗上床。

几天之后，他带着一名仆人悄悄骑马来到克拉提亚，没有提及克拉提努斯出征的事。卢克丽霞热情欢迎了王族兄长的到来，并且招待了丰盛的膳食。饭后赛克斯图斯又谎称要有公事要办，需要住下。卢克丽霞不知有诈为他安排了卧室。半夜时分，万籁俱寂，赛克斯图斯手持利刃，光着双脚溜进了卢克丽霞的卧房，像是野兽一般扑倒熟睡的卢克丽霞，用刀威逼轻声说："不要做声，我是赛克斯图斯·塔克文。我有武器，假如你出声则生命不保。"

卢克丽霞惊醒。赛克斯图斯费力说服这位受到惊吓的女主人与他交合。遭到她的拒绝，甚至以死相威胁。赛克斯图斯随后使出撒手锏。假如她不愿同他睡觉，他将杀死自己的奴隶，而会裸睡在她的床上。他要声称撞见她和奴隶正在交欢，将两人一起杀死处决，罗马法庭不会惩罚因通奸被杀的凶手。这种死后留下娼妇恶名的结果，是卢克丽霞难以承受的。所以她放弃了抵抗。赛克斯图斯占有她之后，得意洋洋地骑马回营。

这个痛苦万分的女人，迅速请人带信去罗马给自己的父亲卢克莱修（Lucretius），同时去阿迪亚召回自己的丈夫克拉提努斯，说明家中发生严重事件，要求他们带着可以信赖的朋友前去处理。消息传来时布鲁图斯恰好和克拉提努斯在一起。同意在这次神秘的任务中担任他的同伴。

克拉提努斯和布鲁图斯赶回家中的时候，卢克丽霞痛哭失声，控诉了赛克斯图斯的罪行，激起了他们两人的满腔悲愤，他们对她做出承诺，尽可能地安慰卢克丽霞。她回答说："我是无罪的，但必须受到惩罚。"她毅然拔出一把藏在衣服里的匕首，刺进自己的心脏，众人还未反应过来，那把匕首只在她胸口留下一把刀柄，克拉提努斯扶住自己的妻子，让她慢慢倒在地上死去，他沉浸在巨大的悲痛之中，抱尸嚎啕大哭，一时没了主意。

一个突然以及不寻常的转变在瞬间发生，布鲁图斯将匕首从卢克丽霞身上拔出，然后放弃他那装傻充愣的表情，以智慧、强势和丰富的情感开始演讲，他义愤填膺地挥动手臂，以卢克丽霞的鲜血咆哮着宣誓："我们将会追杀傲慢的卢修斯·塔克文和他邪恶的妻子及所有孩子，而且他们当中任何人永远都不会在罗马为王"。

面色惨白，浑身鲜血的卢克丽霞尸体被抬到了公共广场，那里已经聚集了罗马的民众。愤怒的人群聚集在她周围捶胸顿足，痛哭流涕，纷纷向克拉提努斯表示慰问和同情。布鲁图斯在挤满人群的广场，向民众发表演讲。他以富有煽动力的语言来描绘赛克斯图斯的暴行，据此他继续攻击国王的独裁和暴政。他回忆起好国王塞尔维乌斯·图利乌斯那不该遭遇的谋杀，还有他女儿的残酷无情，她现在是傲慢塔克文的妻子图利娅，曾以马车碾过自己父亲的尸体。于是公民大会要求罢黜国王，并放逐他的家族。一场民变就在英雄布鲁图斯的煽动下通过民主程序在瞬间发生。

这件事很快传到小塔克文耳中，他立即离开阿迪亚营区，前往罗马试图恢复秩序。与此同时，布鲁图斯带领着一支志愿者的队伍，前往阿迪亚军营企图激起兵变来推翻王政。在得知国王行踪后，他在国王塔克文抵达罗马的同时到达营区，军队将士热情地欢迎布鲁图斯等人的到来，而罗马元老院则秉承公民大会决议对前独裁者关闭了大门。国王只好带着两个儿子撤退到伊特鲁里亚人城邦凯勒避难；赛克斯图斯则狼狈逃往卡贝伊人的城镇，但是卡贝伊人对这个蛇一样的恶人不仅没表示丝毫的同情，相反却对卢克丽霞的死表示了极大的同情，他们诛杀了塞克斯图斯，为她报仇雪恨。

这一年是公元前 509 年，也是共和肇始之年，罗马王国由传奇故事进入共和国的历史。布鲁图斯因此被誉为创建共和的英雄。

布鲁图斯的共和改制

布鲁图斯率领罗马人民起义推翻了小塔克文的统治之后，元老院在他的倡议之下决定永久废除君主制。不再把希望寄托在一代好君主身上，而是把政权掌握在元老院权贵集团手中。他们创建出新的政治体制。设立两名由元老院提名公民大会（百人团会议）选举产生的最高行政军事长官——执政官一年一任，两位执政官主持军政大事。执政官主掌最高权力，同时管理民政和司法。两个执政官权力相等，因此规定一切决定必须由两个执政官一致同意才能生效，然而在战时常常相互掣肘，这样又设立一个非常任官职"狄克推多"（即独裁者），这位独裁者任期半年。实际权力掌控在元老院手中，它是国家最高权力机构，百人团会议则成了摆设，所有重大议题都由元老院提出，百人团会只进行表决，而不能讨论。元老院中元老由贵族组成。执政官任满后，是元老院的当然成员。这样"贵族共和"的政权体制建立起来，罗马公社由此华丽转身为罗马共和国。

随着共和体制的草创，与执政元首相匹配的仪式也随之出笼，仪式是权力权威的象征，代表国家的威严，在任何体制下都不可或缺。执政官权力不大，却在出行时威风凛凛，前呼后拥，12名侍从肩扛大棍，中置利斧，象征权力的不可侵犯性，中置利斧的大棍拉丁文叫作"法西斯"，现代的"法西斯"正是从此借用而来，于是民主政治的伴生物也由此而生，如德国纳粹头目希特勒也是由民主选举上台为元首而演变成独裁者的。

在处理掉塔克文家族之后，布鲁图斯以及与他一起策划密谋起义的人，必须决定国家的政体走向。原则上他们可以自己推荐当国王，但是他们没有这样做，反而建立了共和国。实际上所谓的共和国是上层贵族密谋政变的产物。显示出这不是一场"由下而上"的民众反叛，而是一群对国王不满的贵族集团某些人密谋，他们要让精英分子来统治。

按照罗马人的传统心态，他们并非愿意径自废除宪政体制，所以虽然王政被废黜，他们仍然以相似的体制取而代之，只不过是将其权力做了若干分割，目标不是要移除国王权力，而是要驾驭和驯服它。国王的宗教职责交给了祭司，后者是负责圣神道德精神的领袖。国王的行政权力则交给了两位权力相互制衡的执政官，也就是统帅军队和诠释法律的权威，平时还负责召集和主持元老院会议。但有两项限制加于执政官。一是任期限制，只有十二个月，二是其中一位可以对另一位的决定进行否定。

到了共和国末期，当这两项限定被强权和武力打破时，就形成事实上的僭主独裁，就离帝王专制的帝国体制不远了。这项制度的设计者还认识到，国内以及国外危机或许还需要强有力军事行动进行平息，而设计了独裁官的角色，该官职由执政官任命，并将最高权威交付独裁官一人去执行。独裁官的任职期限只有六个月。

在王政时期，元老院不过是一个由世家贵族及其他领导性人物组成的临时性组合，这种情形一直延续到4世纪。共和时期元老院则成为一个永久性机构，人们期待元老院们行为正直处事公平，成为国家的道德典范；他们禁止从事金融或海外贸易；禁止参与公共集资；他们的职务没有薪俸。但是元老们总是能够找到办法来避开规定，不影响他们暗中从事一些谋取私利的行为，成为某种势力的代言人。元老院的功能虽然是担任执政官的顾问和咨议的角色，但是他们拥有某种道德权威标志的无形力量，成为社会道德裁判官和政府善恶评判者的重要机制。而元老院的集体经验以及个人专长，意味着其影响力会与日俱增。元老院没有党派及政纲，只有成员之间分分合合的结盟，往往是为权贵家族的政治经济利益而构成的团伙分化组合，对于行政军事权力的瓜分，其中渗透的依然是经济上利益占有。

公民大会又被称为图利亚森会议，被认为是由国王塞尔维乌斯·图利乌斯成立的：百人团会议。在共和时期，公民大会握有最高权力。这是因为它是唯一有权选举官员及通过立法的机构。这只是形式上这么被认为，实际上，其民主的影响力是受到财富所限制，因为它的构成是被扭曲的，给予富人"百人团"的投票权力远多于给予穷人的。

由于布鲁图斯和克拉提努斯在起义中树立了权威，更由于公民们知道布鲁图斯生性严厉，嫉恶如仇，铁面无情，因此有着"残忍者"的绰号。

克拉提努斯虽然温和谦逊，但与塔克文家族有深仇大恨，两人都不会与被推翻的王室妥协，因而大家都推选他们为首任执政官。在公民大会上，布鲁图斯在全体公民面前宣誓，决不允许任何人在罗马称王。共和国通过法律规定，任何不经选举而担任领导人的官员均构成重罪。自此之后，直到西塞罗时代，罗马统治精英一直担心他们的成员之一会追求建立王国，因此毫不留情会清除掉企图政变的人。贵族们喜欢看到在同侪之间彼此竞争最高位置，虽然权贵家族在几个世纪里走马灯似的来来去去，但是任何有能力的贵族都能体会担任公职是他们的天赋权利，而贵族血统的高贵是担任最高执政官的必要条件。诚如西塞罗所言："虽然人民是自由的，但行政法令很少由他们来实施。"权力游戏一直像是击鼓传花那般，在几大贵族圈转来转去。直到共和后期，才算是转到新崛起新贵阶层——骑士阶层的西塞罗等人手中。

另外，祭祀问题是古罗马人极其重视的大事，过去公共祭典由国王主持，现在国王已经被驱逐，为了同神保持不间断地沟通，元老院通过暂设一个重要官职大祭司。从此罗马王政正式被贵族共和制所取代，时间是公元前509年。

傲慢的塔克文在失去国王权力后，放低了身段，他派出使者去罗马宣布退位，并承诺不会使用武力来进行复辟。他的卑微要求只不过是归还他家族的金钱和财产。但其实他真正的目的在于试探人心，看看谁是他的支持者。在一场公民大会中，执政官克拉提努斯发言支持塔克文的请求，但是布鲁图斯始终不肯妥协，对此表示激烈反对。然而，塔克文的请求还是获得了通过，这或许显示，在较低阶层的公民中前国王还是有着相当的影响力。

小塔克文喜出望外，立即召来亲信面授机宜。前国王在罗马的财产和不动产为数众多，其手下只是将金银细软送到了凯勒。塔克文变卖房产、地产、家具的钱则用来打点买通一些身居高位的年轻贵族，图谋发动政变，东山再起。这批人中包括克拉提努斯的侄子。更让人震惊的还有布鲁图斯的两个儿子。这正应了布鲁图斯的预见，君主的钱财会变为进行反攻倒算的可怕武器。塔克文家族收买了罗马的名门望族，一个是阿奎列乌斯家族，一个是维特利乌斯家族。两家都同意推翻共和政体瓜分政权。说来维特利乌斯还是布鲁图斯的岳父，借着这个关系，布鲁图斯的两个儿子竟也被拉入阴谋集团。这两个年轻人素来不满父亲的严厉，怀念国王当政时公子王孙们为所欲为、放纵无羁的随心所欲生活。讨厌共和制下贵族特权的丧失。因而他们拿到活动经费后就向他们的外公发誓，要同残忍愚蠢的父亲决裂。

　　阴谋集团自感条件成熟，就在阿奎列的密室集中密谋，这密室本来就是一间弃之不用的库房。现在策划这场政变的阴谋就在这间黑屋中进行。会议结束前密谋者一起宣誓，同心戮力，杀死执政官，解散元老院。同时修书一封报告塔列文，要求他予以配合。阴谋者内外勾结，精心策划，自以为万无一失。他们万万没想到的是，黑屋计划竟然被一个在屋内偷拿东西的奴隶温狄基乌斯听到，并告发给了罗马显贵——共和国坚定的支持者瓦莱里乌斯。瓦莱里乌斯果断命令人包围了王宫，截住前去凯勒报信的国王使者。然后带着大批门客和友人直奔阿奎列的住宅。古罗马当时盛行门客制度，许多破产的罗马人为了生存，不得不投靠富贵显赫的家族使其充当保护人，战时作为随从随保护人出征，保护人划分土地给被保护人耕种，有义务在一定的场合保证被保护人的权益，瓦莱里乌斯自然也不例外。

　　事情果然如那位奴隶温狄基乌斯所述，代塔克文在罗马处理财务和其他事务的仆从和参与阴谋的成员被一网打尽。瓦莱里乌斯亲自去向布鲁图斯和克拉提努斯报告，并请求召开公民大会，审理被捕人犯。广场上人声鼎沸，群情激愤。多数人并不知事情真相。但举报人温狄基乌斯公开了阴谋会议的内容后，传令官宣读了阴谋分子写给塔克文的信件。在场的罗马民众才知道了政变的详情。但是如何处理阴谋分子却产生了分歧。因为他们都来自罗马的显贵家庭，大多数人都觉得十分为难，只得保持沉默。尤其涉及执政官布鲁图斯的岳父和儿子以及克拉提努斯的众多亲戚，多数人希望能买一个人情，判处流放也就可以了。

　　既然执行国法有相当难度，克拉提努斯态度暧昧，很可能会一票否决布鲁图斯的意见。布鲁图斯只能执行家法，作为家长他可以处置自己的两

个逆子。当他的两个儿子被捆绑着带到会场时，布鲁图斯心情沉重地对自
己的儿子大声说："提图斯、提比略，你们有种就讲话，为什么不为自己
辩护，反驳指控呢？"他连问三遍，被审者一言不发。有人悄悄望着站在
一边的克拉提努斯，见他脸上挂着泪水。被审者中不仅有他的侄子还有他
的朋友。在处理违法者方面，这类大罪一般都应当处以死刑。当他的两个
儿子继续保持缄默时，布鲁图斯对仪仗官说："现在由你来做剩下的事。"
执行官首先抓住两位公子，剥去他们的长袍，赤身捆绑起来，用荆条进行
用力抽打，直到他们遍体鳞伤，鲜血淋漓，哀叫声在广场上空回荡，广场
上群众人人颤栗。布鲁图斯却面色铁青不为所动地注视着侍从们行刑，直
到四个侍从将他们按倒在地，拔出斧头砍下他们脑袋示众后，他才摆了摆
手对克拉提努斯说："其他罪犯的命运该你来处理了。"然后他默默退到
人群中拭目以待。

对于其他阴谋者的案件还在审理中，克拉提努斯担心自己侄子，要求
温和惩处，但布鲁图斯表示反对时，他咆哮道："我和你拥有相同的权威，
既然你是如此粗鲁残酷，那么我下令将这名男孩释放。"人群随之骚动起来，
克拉提努斯似乎未经正规仪式就被解除职务。在这关键时刻布鲁图斯再次
挺身而出，他跳上讲台慷慨陈词：

罗马人，我已经处罚了我的儿子，尽了我自己的职责，我认为这样做
对国家最为有利。至于其他叛徒，应该由你们来决定。你们已经摆脱了国
王的压迫，是自由的，请你们说出你们的意见，再投票决定如何处置他
们吧！

罗马公民一致拥护，直接进行了投票，一致表决处决了所有阴谋分子。
表明他们对君主制的决绝态度，以致后来500年里再也没有任何人敢于称
王，即使后来的大独裁者苏拉、恺撒、奥古斯都也都是打着完善恢复共和
的名义，为自己的帝国野心盖上一层厚厚的共和遮羞布。在创立巩固共和
制立下卓越功劳的布鲁图斯也因此成为罗马人尊崇的先驱。

克拉提努斯主动辞职，并带着全家移居国外。罗马有不成文的规定，
对主动亡命国外的人不再追究责任。继他之后，有权势但和先王塔克文没

有血缘关系的瓦莱里乌斯当选执政官，填补了这一空缺。

在同一次的公民大会上，经布鲁图斯倡议，通过驱逐塔克文家族所有成员的决议。元老院又决定对于王族的财产不予归还，也不完全充公，而是把绝大多数房地产、家私、细软等交给罗马人民任意劫掠，谁抢到就属于谁，以便在罗马人参与劫掠后能永远断绝与王族改善关系的可能。塔克文在罗马城外和台伯河之间的地产则划为公产，献给战神马尔斯，改为马尔斯广场，百人团会议和校阅以及战后解散部队都在这里举行。

奴隶温狄基乌斯因举报阴谋有功，从国库中领取奖金，并获得自由，得到罗马公民权。罗马因此开始仿效释放温狄基乌斯的做法，凡授予自由身份的奴隶，便用一根叫"温狄克塔"的手杖触碰奴隶一下。后来每年释放的奴隶在罗马达到数万以上。

塔克文没有放弃复辟王朝的决心，开始奔走于伊特鲁里亚各地，企图借助伊特鲁里亚城邦国维爱和塔奎尼亚的军队颠覆罗马共和政权。罗马人闻讯立即做出部署进行反击。当塔克文率军南下时，迎战他的是共和国的两位执政官，布鲁图斯率领骑兵，瓦莱里乌斯指挥步兵，两军在距离罗马城还有一天路程的地方相遇。率领伊特鲁里亚人前锋部队的是塔克文之子阿隆斯。在确认迎面而来的就是罗马的骑兵部队后，阿隆斯策马来到队伍最前面，向罗马骑兵建议，由两军指挥官进行一对一的决斗，这时布鲁图斯也策马来到了队列的最前面。

这是一场表兄弟之间的决斗，两人之间从来未交过手，却是仇人相见分外眼红，在两军将士的注目下，你来我往杀成一团。两位主将之间的激战持续了很久，可以说是势均力敌，不分胜负。最后，两人的长矛几乎同时刺进了对方的胸膛。他们连枪带人一起从马背上滚落了下来，倒地身亡。随后双方步兵也加入了战斗，由瓦莱里乌斯和塔克文分别指挥，各自的右翼都取得了胜利，左翼皆被对方击败，算是打了个平手。

战斗一直持续到太阳落山，两军撤回到各自的领地。当天夜里，两军营地传出流言，说是白天的战斗中，伊特鲁里亚方面的阵亡者比罗马军只多出一人，战斗以罗马胜利而告终。士兵们确信这是神的声音。次日凌晨罗马军重返战场，却不见了伊特鲁里亚军队的踪影。于是瓦莱里乌斯收集了敌人遗留下的所有用具、武器，凯旋回城。

为了显示共和国的军威，瓦莱里乌斯举行了盛大的凯旋仪式，效仿希腊人乘四匹白马拉着战车入城，跟在车后的是高唱凯歌行进军队和满载战利品的车队。据说从此开启了罗马凯旋式的传统，并逐步发展成全套仪式。每次凯旋的路线都是经过帕拉丁山周围，沿着圣道到达卡皮特尔山的罗马主神朱庇特庙举行献祭典礼。

凯旋仪式结束后，罗马为布鲁图斯举行了隆重的葬礼。

保卫共和国的英雄

布鲁图斯阵亡，瓦莱里乌斯掌握执政官权柄，不过两个月民间开始流传他想当当国王的谣言。证据就是他在俯临广场的德奎利亚尔山上为自己修建了豪华别墅，被人怀疑作为未来的王宫，在布鲁图斯死后，他也没有马上启动选举新的执政官，一些征象都显示他要像国王那样独揽大权。真可谓烈士尸骨未寒，王政卷土重来，这是罗马人民难以容忍的事情。

瓦莱里乌斯淡然地对待这些民间的舆论，他雇了一批人，连夜把豪宅夷为平地，然后在价格相对便宜的城墙附近盖了一个非常简朴的房屋，让所有人都能够自由出入，目睹自己真实的居住情况，直接可以倾听民众的意见。他召集公民大会，刻意降低执政官出场仪仗规格，命令侍卫官将自己身后束棒上捆着的法西斯利斧去除，表明执政官的权力来自罗马人民。规定以后凡是召开公民大会都这样做。随后他提出两项大得人心的举措：一是为限制执政官的权力，允许被告无需执政官仲裁，可直接向公民大会求诉；二是把僭位称王定作国内最严重的罪行。

在制定了这些法律制度后，他召集市民大会，从同僚中选举执政官。当选者就是受害者卢克丽霞的父亲。因为他年纪太大，当选后不久就去世。这次的空缺很快由贺拉斯补上。他因此而在罗马人民中获得了崇高的威望，人们称呼他为"人民之友"。公元前508年，在第二年的执政官选举中，他再次当选，但是贺拉斯无缘当选，提图斯·卢克莱修当选为执政官。从公元前509年至前503年的6年中，"亲民者"瓦莱里乌斯共当选了四届执政官，除卢克莱修当选两届外，其余人皆为届满一年下台。所以这期间实施的政策基本上都是出于这位"人民之友"之手。

傲慢的塔克文经历过这次失败，便放弃了复辟王国的计划。躲进了伊特鲁里亚城的国王查尔斯·波塞纳（Lars Porsenna）宫廷避难。波塞纳认为这是涉及整个伊特鲁里亚人声誉，尤其是影响到王室的权威问题，他担心会发生连锁反应，发生在塔克文王朝的厄运会引发本国的王政危机。公元前 509 年波塞纳亲自率军远征罗马，对付这个新诞生的共和国。

波塞纳大兵压境，元老院为稳定人心，出台一些紧急措施，为了守城添购了大批谷物；为稳定盐价变私人卖盐为国家专卖；让富人承受纳税负担。这些措施出台稳定了人心，增强了爱国主义精神，出现全民抵抗外敌的高潮，在后来的战争中涌现出不少英雄。

面对来势汹汹一路南下的波塞纳大军，罗马人退守城内，只留下 700 人退守城外的加尼库鲁姆山要塞，波塞纳大军锐不可当，击溃要塞守军，罗马人争相向城内逃命。

随着时间的流逝，罗马城的粮食逐渐消耗短缺。而伊特鲁里亚国王认为他可以不做任何事，便能够促使耗尽粮食的罗马人投降。一位年轻的贵族盖乌斯·穆修斯（Gaus Mucius）挺身而出，主动请缨要去刺杀波塞纳。得到元老院批准后，他成功地混进了波塞纳的营地，他穿着伊特鲁里亚人的衣服，说着流利的伊特鲁里亚语，怀揣利刃，冒着被揭穿的风险，坦然走进了波塞纳的指挥部。这一天是部队发薪俸的日子，一个衣着体面的人坐在国王旁边，匆忙地分发钱财，几乎所有人都在同他说话。不幸的是穆修斯并未见过国王，无法分辨君臣的身份，他做出了错误的判断，跳到了台上，却刺杀了财务官员。他逃出后，还是被国王的侍卫抓获，被带到了愤怒的波塞纳面前。

他挺起胸膛无所畏惧地对国王说："我是罗马人，我的名字是盖乌斯·穆修斯。我要杀敌却没有成功，我准备慷慨赴死，这是我们罗马人的精神，我死后会有人会继续追随我的脚步进行殊死的抗争。人民会前赴后继前来刺杀入侵者的。"

波塞纳在盛怒之下，下令对他严刑拷打，企图从他口中了解幕后的情况。这位无所畏惧的年轻人义正辞严地告诉他："只有胆小鬼才会吝惜自己的身体。"说着，他毫不犹豫地用左手一把抓住正在燃烧的火把，并把它按在自己的右手上，整个房间充斥着人肉烧焦的刺鼻气味。国王大为震惊，并对他视死如归的精神感到由衷的敬佩，下令释放了他。盖乌斯·穆修斯从此落下来一个"左撇子穆修斯"的外号，因为被火烫过的右手已经残废，无法正常使用了。

穆修斯的大义凛然让波塞纳放弃了战争，签署了和平协议。公元前503年，罗马改为共和政制已经6年。这一年"亲民者"瓦莱里乌斯撒手人寰，离开世人而去。此时的"亲民者"已经散尽万贯家财，连丧葬费都拿不出来了，是每个罗马人自发捐款，为"亲民者"举办了隆重的丧礼。罗马共和政体由布鲁图斯播下种子，又在"亲民者"的施政中深深扎下根，再也没有出现试图复辟王政的人。

上述有关罗马王政到共和转型的故事仅仅是传说，其真实性后代一直是有质疑的。公元前387年高卢人洗劫罗马城之后，致使以前的多数档案被毁，甚至罗马著作家也经常指出，他们在研究这段历史往往不知所措，名称、时间和地点都难以核实，多数根据传说，而其准确性经常遭到质疑。后世罗马人根据传说中的只言片语构建了他们所需要的英雄。最后罗马的史家和诗人根据传说并发挥想象，共同打造了一个关于其民族自建立以来的正统伟大传说。无论真实与否，它依然融进罗马的历史，成为不可或缺的一部分。

平民抵抗和共和法制完善

政治体制的变革，促进了国家经济实力的增长，必然要对外扩张对内横征暴敛，以支持日益庞大的军事开支，对外开疆拓土又必然迎来外敌的报复，于是战火兵燹不绝，军事统帅的地位得到上升，军事实力成为衡量国家权重的标准。广大的平民既成为军事力量的主要来源，也是战争的牺牲品。相对统治集团权贵们的功利收益，他们只是豪华宴席上残羹剩菜的分享者。因而，他们对政治上的无权地位和财富上的分配不公以及其他不平等待遇日益不满。公元前五世纪至4世纪之间，平民反对贵族的斗争十分激烈。其主要手段是开展和平的"撤离运动"，每当罗马与周边部落发生战争，平民武装携带武器撤离至罗马郊外圣山，准备扬言分裂国家，另立新的城邦。

这是罗马建国后之后所出现的最奇怪和壮观的景象，许多家庭排成一列，扶老携幼，背着简单的行李卷，看起来像是大规模撤离。他们向南走登上几乎没有人居住的埃尔文丁山，这与罗慕路斯最初聚集的帕拉丁尼山中间隔着一个山谷。大致而言他们是城市中的平民穷人和弱势群体，包括工匠、农夫、乡村及城市劳工。他们携带可以维持几天的粮食，在抵达时建立营区，树立栅栏并挖掘壕沟。人们安静地停留于此，像是一支没有携带武器的军队，只是表达一种无声的抗议，不会去制造暴力和主动袭击别人。他们只是默默地等待转机和贵族们的妥协让步。

统治精英感到势单力薄，决定派遣一个年长而包容的贵族使节团与抗议者进行谈判，说服他们结束对抗分裂返回家乡。前任执政官盖乌斯·梅尼乌斯·阿格里帕（Gaius Menenius Agrippa）进入山丘上临时搭建的营区，开始耐心地说服和平抗议的人。

梅里乌斯·阿格里帕这一番苦口婆心的谆谆告诫，动之以情，晓之以理，把国家的有机整体比喻成人体的各个器官，说器官只有有效运作才能保持身体的整体平衡和健康，可以说是比喻形象生动，但是并不能在实际上解

63

决当前的政治危机，平息人民对局势的愤怒，面对实际问题，他们开始协商，寻求分裂者可以接受的安排。

平民们并不想用武装斗争来推翻国家，或者是引起制度的混乱，并无意与主宰国家的世家贵族相抗衡，他们只是用和平的手段宣示自己的存在，保护以及提倡平民成员的权力和利益。当一位退役老兵、曾经指挥过一个连队的百夫长出现在人群中控诉他的遭遇时，人们感到了震撼。李维这样记述：

当我在萨宾战争中服役时，我的收成被敌人偷袭破坏，我的茅舍被焚毁。每件我拥有东西都被抢走，包括我的牛。但我无能为力的时候，却被要求缴税，结果是我欠了债。借贷利息加重了我的负担，我丧失了我父亲和祖父之前所拥有的，然后我又失去我自己的财产。灾厄散布犹如传染病，感染了我所拥有的一切。即使我的身体也无法豁免，因为我最终被债主抓去，沦为奴隶，不，比这还糟，我还被拖到了监狱和刑房中。

百夫长的控诉引起了其他人共鸣，引发许多债务缠身民众的愤怒情绪，场面很快失控，使得阿格里帕游说团队感到恐慌，群众要求冲下山去回到罗马包围元老院，眼看暴动就要发生，阿格里帕同意说服执政官召开元老院会议，给民众一个明确的交代。当元老院会议开始时，一支沃尔西人的军队正在扑向罗马。这时除了答应民众要求别无选择。其中一位执政官发布了一道命令，其内容是：如果将罗马公民束缚或囚禁，因此使他无法服役，那便是违法；第二点，夺取或者贩卖任何在服役期间士兵的财产是非法的。这命令安抚了民众，离城士兵立即扛起武器下山去迎战，并击败了进犯的敌人。这就体现了平民与贵族之间发生问题相互妥协沟通，共同达到和平一致对外共同携手抗敌的精神。因为当时的罗马市民和和平时期各自从事自己的职业，战争时期拿起武器就是战士，这就是罗马共和时期的兵役制度。

这种撤离发生数次后，贵族元老们开始在体制上进行改革，实质性地做出制度性安排，保障普通民众的权益。公元前494年，面对强敌入侵，平民再次撤离罗马，开往圣山，结果贵族同意成立平民议会选出两名保民官。保民官权力很大，甚至可以否决元老院决议和执政官的命令。据说他们的门日夜敞开着，接受平民的申诉，肩负保护平民的责任和义务。当元老院通过有损平民利益的议案时，保民官只要说"维托"（意即"我禁止"）这个议案就被否决。保民官成为民意的代表，人身权利神圣不可侵犯。

公元前 471 年，平民第二次开始撤离罗马，结果争取到了平民会议的召开，这就类似于现代的国民代表大会了。随着平民会议权力越来越大，连许多贵族都加入到会议，平民会议又升格为国民代表大会。国家民主以会议的形式得以固定。公元前 450 年，平民武装第三次撤离，结果是迫使共和国颁布了成文法，民主以法律形式得以巩固。

任何国民的民主权力都是斗争得来，并在斗争中以成文法的形式巩固发展。所谓撤离斗争就是早期的非暴力抗争，也就是国民与统治者不合作运动的开始。因为统治者不可能自动放弃特权，尤其是政治特权，只有危及政权本身的安全，在迫不得已的情况下，才可能和国民分享权力。至于以法律的形式开始固定民权，又要经过若干个世纪在罗马的帝国时代才逐渐形成《罗马法》体系。这一体系一直影响到欧美国家的法律体系绵延至今，成为古罗马文明突出标志。

早期罗马只有习惯法，执法者可以任意解释法律，所谓法律只是少数权势者意志的体现，代表着贵族统治者的利益，平民们深受其害。平民保民官于公元前 462 年就提出编制成文法的要求，屡提屡遭否决，保民官们也是不屈不挠，经过多年斗争终于制定了成文法，并将法典刻在十二块铜板上，史称"十二铜表法"。该法典对贵族的专横和滥用权力进行了一定的限制。

其间，罗马城邦曾遭到高卢人的入侵和残酷洗掠，并由此激发罗马人忍辱图强反抗侵略的斗争，经过两次决战将高卢人逐出意大利东部。常年的战乱给人民带来深重的苦难，受苦最深的是平民。为了保障人民权利，前 376 年，平民保民官经过先后 10 年反反复复的争取，终于在前 367 年通过了三项法案：一是平民所欠债务一律停止付息，已付的息款可以抵做本金；二是任何人占据公有土地不得超过 500 优格；三是两个执政官中必须有一名由平民担任。从此平民有了被选任高级官吏的权利，以后独裁官、监察官、大法官等许多重要官职都向平民开放。罗马共和国的天平由贵族执政逐步向平民分权，身份的平等使得政权在权力分配的平衡中更加稳定。早期的罗马官职没有薪饷，只有富裕的平民才能担任官职。进入官场的平民通过做官与贵族联姻，卸任后进入元老院，跻身新贵行列。

贵族特权犹如大堤，由诸多细流组合成的潮水一旦冲决出微小的缺口，千里长堤立即溃决，平民精英乘胜追击，在立法上取得一连串的胜利，接二连三通过许多法案：前326年元老院通过《波提利阿》法案，取消债务奴役制。从此平民免除了沦为债务奴隶的威胁。前287年，由平民担任的独裁官霍腾旭颁布法令，规定平民会议决议可以不经元老院批准，便可对全体罗马人民有效。于是平民会议升级为国家最高立法机关。

罗马地处意大利半岛中部西海岸的拉丁姆地区，傍依缓缓流过的台伯河。起初的时候，它不过是一个不起眼的小城邦，不得不为了生存而随时拿起武器进行自卫。但是随后的历史发展过程中，罗马人不断开疆拓土，不仅统一了意大利半岛，而且几乎征服了当时人们所知道的整个世界，建立起一个庞大的帝国。因其幅员辽阔地域广大被誉为"世界帝国"，今天的意大利、法国、英格兰、西班牙、葡萄牙、瑞士、奥地利、希腊、南斯拉夫、保加利亚、罗马尼亚、土耳其、伊拉克、叙利亚、埃及、利比亚、突尼斯等都曾经是罗马帝国的一部分。因而其法律的颁布对于稳定庞大的帝国起到无可估量的作用。

李维后来在他的《罗马建城史》中又记载了天后朱诺神庙的圣鹅和罗马独裁官卡米路斯拯救罗马的故事。

公元前387年，一支凶悍的高卢人或称为凯尔特人自波河北部南下，气势汹汹，击败了兵力占极大优势的罗马城防部队，高卢人洗劫了罗马。公元前396年前执政官卡米卢斯结束了罗马与邻邦伊特鲁里亚城维伊的持久战争，因为窃取战利品被流放，在此民族危难之际，他被元老院任命为独裁官，负责抵抗高卢人的入侵，解救那些仍然在卡匹托尔山坚守的人，并将敌人驱逐出境。因为高卢人入侵到罗马城内，罗马人只能退守到筑有朱庇特神庙的卡匹托尔山，围困该山7个月，一直无法突破，终于有一天高卢侦察兵沿着维伊罗马军团的信使的踪迹，发现了一条通向卡匹托尔山秘密通道。在一个夜深人静，月明星稀的深夜，高卢人互相拖拽着攀越那道悬崖时，瞒过了哨兵，但是未能躲避朱诺神庙附近警觉的白鹅，这些鹅为神庙饲养，即使物质匮乏也未遭到宰杀。当群鹅在静寂深夜呱呱乱叫时，惊动了守卫的士兵，他们拿起武器，冲向占领高峰悬崖处，用盾牌、投枪和石块击退了入侵者。这个"鹅救罗马"的故事意在说明天后朱诺在危急时刻通过圣鹅解救了罗马。在高卢人的长期占领下，罗马统治者被迫向高卢人求和，答应交付1000磅黄金，高卢人答应退出罗马。当他们在秤量黄金时，卡米路斯突然率领罗马军团出现，将高卢人驱逐出城，他又在入侵者撤退途中不断发起骚扰攻击。就是这次高卢人的入侵事件烧毁了罗马城的大量典籍资料，而导致共和早期史料的缺乏。很多当时发生的史实只能根据政治需要去想象着编造出罗马伟大光荣的美丽故事。这些圣鹅和卡米路斯拯救罗马的动人故事，无疑属于夸大的想象。

但是，事实是所谓的罗马共和国就是不同族群、阶级和利益集团的和衷共济和谐相处，在政治上妥协退让中求得平民和贵族之间权益平衡，通过协商共谋发展的结果。这样公民大会、平民议会和元老院各自权力分设，三足鼎立，形成贵族、平民的共和体制。罗马初步的权力制约体系，防止权力的滥用，这是罗马人的政治智慧。此后，平民又取得了一系列的胜利，包括可以担任执政官、独裁官、监察官和大法官。退职之后，可以进入元老院，随着帝国扩大，不少海外行省的不同民族成员进入元老院，元老院的阶级和民族成分发生了极大的变化。当然共和后期和帝国初期，僭主和元首政治的发展权力逐步垄断，虽然共和的形式依然保留，但是实质已经走向帝王似的权力垄断和独裁。因为在恺撒、奥古斯都时代独裁官、执政官、保民官往往是三位一体的，至少独裁官或者称为元首的，可以任命执政官和行省总督，同时又保持着保民官的监督和神圣不可侵犯权威，就此帝国开始走上专制独裁，也就开始了衰落和灭亡的过程。

第二章
第一次布匿之战

迦太基的崛起

在被征服者的血泪交融和征服者的贪婪残忍中，最悲壮、最凄惨的一幕莫过于迦太基人的灭亡。

早在公元前四五世纪，罗马便与邻近的部落、国家发生多次战争。经过长年苦战，罗马控制了整个台伯河流域。公元前 340 至 338 年，原与罗马结盟的拉丁城市不愿处于从属地位，起而反抗罗马，爆发了长达两年的"拉丁同盟战争"罗马在战争中获胜，获取拉丁姆地区统治权。

接着罗马军团为了征服萨摩奈人，先后发动三次战争，第二次战争持续 24 年之久，其中公元前 341 年的考狄昂峡谷一战，罗马人遭到惨败，胜利的萨摩奈人以其人之道还治其人之身，让罗马官兵在插着两支长矛中间加上一支长矛的"轭门"下通过，两名罗马执政官为了保全 5 万士兵生命，接受了萨莫奈人的指令。直到前 3 世纪初的第三次战争，罗马人才一雪耻辱，完全征服萨摩奈人，开始进军意大利南部。

公元前 281 年，罗马又进攻希腊人建立的大希腊殖民联邦。公元前 275 年该联邦的主要城邦他林敦投降，其他城邦不战而降，罗马统一阿纳河以南半岛地区。希腊移民是从公元前 8 世纪起来到意大利南部。他们在半岛南部沿岸和西西里岛建立了许多殖民城邦，统称大希腊。公元前 5 世纪上半叶，这里成了希腊波斯战场的西线战场，以叙拉古为首的大希腊移民城邦，打败了与波斯结盟的北非强国迦太基，叙拉古成了地中海西部的霸主。前五世纪下半叶，希腊爆发了伯罗奔尼撒战争，这些城邦分别加入交战双方，并在这一带展开血腥厮杀。

公元前 272 年罗马势力到达半岛最南端，与占据西西里的迦太基人隔着墨西拿海峡对峙。至此，除了北部波河流域外，罗马基本统一意大利全境。

公元前 3 世纪中叶，罗马开始向地中海扩张，遇上最强劲的对手——称霸地中海的迦太基。罗马人称迦太基是"布匿人"这场旷日持久的地中海争夺战一共打了一百多年，先后发生三次大规模的"布匿战争"。迦太基是地中海强国，控制着北非西部沿岸、西班牙南部及撒丁和科西嘉和部分西西里岛。

传统意义上来说，迦太基（Kart-Hadasht 腓尼基语是新城的意思）是由腓尼基的推罗人于公元前 8 世纪建立的。伟大的城市一般都附丽于美丽的传说，在奥古斯都时代御用文人维吉尔的史诗《埃涅阿斯》中，迦太基成了罗马人祖先特洛伊城王子的情人——就是迦太基的创始人女王狄多的原型。传说推罗国王玛坦（Mattan）与公元前 831 年下令，去世时将王国分封给其子皮格马利翁（Pygmalion）和其女艾丽莎（Elissa Elisshat）然而，推罗（也翻译成泰罗）人担心这一公正的决定会导致局势的动荡，提出异议，然后皮格马利翁加冕为唯一的国王。女王与新王的无情博弈中，这位新君主迅速翦除了所有潜在的反对者：他下令暗杀了自己的叔叔、麦乐卡斯神大祭司和艾丽莎的丈夫阿赫尔巴斯（Acherbas），艾丽莎佯装对弟弟的残暴行为毫无怨言，却秘密策划率领着追随她的公民和财富从这座城市逃出，而后起航出海。当她在塞浦路斯吸引了更多的定居者后，在位于突尼斯湖以东的岬角登陆北非。他们这行人得到了乌提卡（Utica）———一块推罗殖民地居民的欢迎，这批推罗流亡者最初也受到了利比亚国王海尔布斯（Hiarbus）的优待，让他们自由出入利比亚领土。然而，唯恐割让更多领土给这帮流亡者，国王只答应卖给他们一张牛皮所能够覆盖的一块土地。机智的女王将一张牛皮切割成如细丝一样一条一条，却圈划出比海尔布斯预想的要多得多的土地，迦太基城就建立在这块土地上。人们从周边来这里经商并定居下来。这座城市的人口越来越稠密，经济越来越发达，人民越来越富有，海尔布斯的怨恨情绪随之与日俱增。最后利比亚国王威胁说，如果艾丽莎不和他结婚，就要发动战争。迦太基的元老们犹豫着是否要向女王汇报这一令人难以接受的消息，女王要求他们不要对无情的命运采取回避的态度——如果这样做对他们的新家园有利的话。

在女王的逼迫下，他们将真相告诉了她。元老们让女王知道了海尔布斯的最后通牒后，指出如果她回避与利比亚国王结婚这一命运无情安排的话，那么这座城市将毁于一旦，从而巧妙地将难题推给了女王。被自己的豪言壮语推入尴尬境地的艾丽莎别无选择，只能答应她人民的请求。但她首先下令架起一大堆火葬用的木柴，以便她能够用献祭仪式来抚慰第一任丈夫的灵魂。然而，一到熊熊大火燃烧起来的时候，女王爬上了柴堆的顶端，而后转身面对她的人民，宣布她现在如同他们所希望的那样，去见她的丈夫了。她旋即用一把锋利的剑，结束了自己的生命。

当埃涅阿斯不顾女王的苦苦哀求，命令自己的同伴们起航前往意大利开辟新的疆域，重建被战火焚毁的特洛伊城时，维吉尔以鲜明的笔调让读者领略了被遗弃的女王那绝望的抱怨与轻蔑，这位极度绝望的女王在临终前发出毛骨悚然的诅咒，她预言迦太基人的报复终将到来：

从今以后，泰尔人，你们要这样做

要心怀仇恨，去折磨他的每一个族人和同胞，

将这种行为作为祭礼献给我的骨灰。

让我们两个民族间，再无任何友爱，也永不结盟

不知名的复仇者，

从我的尘埃中站起来吧，

用火与剑去践踏这些特洛伊移民，

在现在或者未来时机成熟时。

我祈求上苍，

让我们各自所在的海岸相互为敌，

海浪迎头相撞，兵刃彼此交击，

战火将波及他们和他们的子孙，

一代代蔓延下去。

这其实就是罗马人利用文艺作品对三次布匿战争的事后总结和诗意化的虚构，是以战胜者的口吻对于历史的歪曲性描绘，因为其艺术感染力更能够蛊惑人心。

《坎尼的幽灵》作者美国学者罗伯特·L.欧康奈尔在该书中评价这对世仇的差异时指出：

　　迦太基是一个与众不同的地方，起初他偶然参与（第一次布匿战役），接着被迫卷入（第二次布匿战役），同一个自建立之初就立足于战斗和征服的社会发生了灾难性的激烈对抗。假如罗马是按照战神的鼓点行进，那么迦太基则是沉醉于财富之神的温柔乡之中。假如罗马是被铁血所哺育，那么迦太基则是在贸易的平台上汲取营养。如果说罗马制造战火，那么迦太基则是创造财富。

　　显然，注重贸易经商公平交易治国的迦太基不是对外征战掠夺的战争制造者的对手。尤其在一个国家被强权和战火枚平时，所有关于这个民族起源发展的史料完全被战火所焚毁，人们所看到的只是胜利者的歪曲性描绘，对于一个遗绪是由敌人记载的民族，人们能说什么呢？作为一场最为惨烈的种族灭绝受害者，人们能说什么呢？时至今日依然没有人去凭吊迦太基。

　　随着海外领地的开发，迦太基不断在海洋扩张，在公元前276年击败皮洛士，迦太基舰队曾经将500名罗马士兵运送到利基翁，罗马人破坏了皮洛士储存在此地用于建造船只的木料。迦太基战舰还在皮洛士从西西里返回意大利时截击了他的舰队，从而成功地令罗马人免遭攻击。这种从侧面帮助罗马人举止却引来了罗马人的警惕，因为迦太基海军实际上对于罗马未来的海洋争霸是一种威胁。在击败皮洛士后，曾经的友军就成为罗马在海上的主要对手。

　　希腊史家波利比乌斯对迦太基在第一次布匿战争中海上优势的描述是——"它对大海的控制是毋庸质疑的。"当迦太基人和罗马人步入战争时，迦太基的海军统帅汉诺曾经狂妄地宣称："不经我们许可，罗马人不能在地中海洗手。"这段话听上去气壮如牛，但是结果是罗马人用迦太基人的鲜血将西西里海域彻底染红。

　　罗马则蓄意要与迦太基争夺地中海霸权。公元前264年，罗马军队开入西西里岛，第一次布匿战争开打，罗马以改进后的战舰发挥步兵优势，因为改进后的战舰在海战的战斗中如履平地，多次打败擅长海战的迦太基海军。迦太基被迫撤回本土，罗马军紧追不放，新造200艘战舰，渡海进攻，前241年一举击溃迦太基海军,夺得西西里岛,不久又攻占撒丁和科西嘉岛。

回顾历史,迦太基和罗马有着一段漫长却摩擦不断的外交关系,通过波利比乌斯所援引的两国间的三项条约,这些条约可以追溯到公元前507至前598年之间。迦太基人希望罗马人不要染指利比亚和撒丁岛,他们做出的让步是,默许罗马人在拉丁姆地区的优势地位,也授予了罗马人在西西里的商业权益——考虑到双方的动机和地位,这份协议是公平的。

公元前351年,迦太基派出外交使团前往罗马,将一个重11公斤的硕大金质王冠赠送给罗马人,恭贺他们战胜了萨摩奈人。随着罗马成为地中海西部最强大的国家,罗马人的地位日益提升,他们对于这一地位非常看重,因而决定将这个王冠安置在他们最看重的神庙——卡匹托尔山上的朱庇特神庙之中。以示感谢神灵的庇佑罗马的国运隆昌武运长久。接下来的公元前348年,两城之间签订了一份新的条约,比起第一份条约内容更加详细,也更为翔实,将西班牙并入迦太基的势力范围。这份条约的相关规定使得罗马与迦太基商人在彼此的城市里享有同等的权利与特权。新条约的条款允许迦太基必要的时候再度介入意大利事务。如果迦太基人占领了任何一座拉丁城市,需将其移交给罗马人,但其附属财产和俘虏均可留在自己手中。北非和萨丁尼亚地区仍严禁罗马商人进入,但是迦太基城除外。因此,罗马和迦太基双方之间的贸易往来十分频繁,有资料显示罗马活跃着一个迦太基商人群体。两国之间涉及鱼制品、盐。萨丁尼亚羊毛、非洲大蒜及杏仁和石榴贸易。而被置于市政官和商业元老监管仓库中的文本,无疑为这种蒸蒸日上的局面锦上添花。后来这些条约在迦太基被毁灭后都被销毁,留下的只是罗马人的片面记录,不乏将迦太基人描绘成反复无常不讲信义撕毁协议的小人嘴脸,简直是个不可与之交往的无道之邦,罗马将其毁灭是天经地义的。

事实上,远在非洲阿非利加的迦太基也是一个深受古希腊文明影响的国家,只是迦太基更注重民间的商品交易,习惯用经济规律自发调剂社会生活的方方面面。随着人口增加,海外贸易的不断扩张,才以政治权力介入经济,控制资源,支持军事行动对于海外殖民地的扩张,因其以经济实力为后盾，以商品经济为动力，经济的再生能力远远超过罗马，他们除了发达的航海技术外，还有能力弥补自己人口的缺陷，就是以大量的金钱雇佣海外军队，形成雇佣军团和罗马军团对峙周旋，甚至汉尼拔率领他的雇佣军团在意大利纵横八年之久，挑战罗马权威，这和他们具有特色的自由经济、共和政治、雇佣军事体制以及无比虔诚的宗教精神有相当的关系。

迦太基的扩张是由经济学的趋利逻辑所决定，只要这条纽带建立在贸易和商品的交换流通销售上，那么迦太基治下的领土必然是松散的，其属民无需承担更多神圣职责和繁重义务，人民对于国家民族的忠诚度必然大打折扣。然而自渗透非洲内陆以来，迦太基开始实行比较常见的领土经济管控机制——由总督、行省组织和税收组成的架构进行控制，随着领土扩张和战争的推进感控越来越严密。公元前 3 世纪中叶，迦太基的人口总数与罗马领导的意大利联盟大致相当。但是，迦太基对于贡赋的兴趣明显要大于对于兵员的兴趣。和罗马不同，迦太基并没有通过一定的补偿来笼络他的属民，更不要说授予公民权。迦太基只是属于迦太基人自己的霸权，而其他人只是属于财富的输入者和兵员的雇佣者而已，他们才是这些外来者的主人。那些外乡人只是迦太基人进行敛财和扩张的工具。用敛来的巨额钱财再去收买更多的工具，去开辟更多的土地征服和掠夺更多的财富，这点上迦太基和罗马有着共同的追求。

这样的追求促进了迦太基人内部的团结，使得整个巨商云集，城邦物阜民丰，虽然内部存在着贫富差别，但与当时同室操戈、内讧不断的希腊城邦相比，迦太基的阶级冲突因为社会的总体富庶要缓和得多。在公元前 4 世纪，妄图实施独裁的人曾经两次想要发动暴乱，但终被平息，因为这些人几乎没有城市无产者的支持，甚至连城邦的奴隶也不愿意助其一臂之力。

亚里士多德在《政治学》中对于迦太基的政治体制和政府结构颇有好评，他这样说道：这很好地体现了王政、寡头和民主三位一体的理念。他也认识到这个体系是不断发展的，自公元前 4 世纪以来已经有了相当大的变化。亚里士多德的阐述重点放在了迦太基的寡头制度上——这是一个有数百名元老长期任职的议事会。而这个议事会由 104 位法官（即"一百零四人院"）或另外 30 名核心议员组成的顾问团所控制。三者的关系也存在不确定性，但是没人否定他们共同代表了这个国家的富裕阶层。公元前3 世纪，迦太基的最高行政官员是每年经选举产生的执政官，虽然亚里士多德没有专门提及，但是迦太基的执政官起源于原先的国王，而且带有浓厚的宗教色彩，同时也是浓厚的财阀统治的产物，尽管具有最高宗教权力和民事行政权力，但是对于军队没有指挥权。假如执政官和元老意见达成一致，那么他们无需进行进一步协商就能够付诸实施。但是假如无法达成一致，他们便会把议案提交公民大会审议，在大会上每一位公民都有权发言，甚至有权提出异议——这是迦太基政治体制中的民主成分。由此可见，在政体方面迦太基的城邦制度与希腊和罗马没有太大的差别。只是在军事体制上有着较大的区别，在第一次布匿战争和罗马的首次交锋中，就由公民大会选举产生了军事指挥官，在迦太基，政客和军人生涯是截然不同的，从根本上讲前者把后者当做雇员看待。因为迦太基的男性公民一直偏少，在历史上不再依赖自己的公民当兵。唯有在国家生死存亡之际，迦太基的公民才会征召入伍。即使这种部队战力也有限，只能以方阵形式出阵迎战。迦太基的雇佣兵制度在平时维持着国家的稳定，可以省去维持本土安全的常备陆军开支。那些海外的领地则更愿意雇佣部队而非自备军队，根据不同情况选择佣兵或者解雇那些佣兵。即使在公元前 241 年至前 238 年与雇佣军起义的战争中，只有 1 万人的军队能够被征召，并与米哈尔卡在孤注一掷的死战中并肩而战，拼死一搏。

米哈尔卡、汉尼拔所在的卡巴家族长期在西班牙经营的新迦太基城，掌握着迦太基海外领地丰富的资源和大量财富，其附近的银矿开采就可以源源不断地提供给阿非利加本土大量的贡赋，等同于远离本土的独立王国游离于中央政府之外，因为不受中央财政经费支持，完全地自我供养雇佣军，军事将领有着相当大的军事自主权。

具有商业集团性质的迦太基，总是希望能够从自己的军事将领中传来捷报，而战败的消息就意味着指挥官必然要受到"一百零四人院"的严酷审判，最终被钉死在十字架上。单单在第一次布匿战争期间，就有四名军事指挥官以这种耻辱的方式丢掉了性命。而罗马元老院则均由退伍老兵出身的军事指挥官组成，这些指挥官同时又是执政官，或者监察官、大法官出身，这些行伍出身的元老熟悉战争的冲突和种种误区，往往能够给战败的将领给予充分的宽恕。甚至坎尼战败的罪魁祸首——造成罗马军团八万多将士阵亡的执政官伦提乌斯·瓦罗都得到了元老院的原谅。

罗马与迦太基的对立

因为争夺地中海沿岸地区的霸权，尤其是西西里岛的拥有权，两国之间开打第一次布匿战争。其间，跌宕起落各有胜负，死缠烂打了23年后，双方都有些筋疲力尽，耗尽国力难以继续维持战争，罗马在胜负未决的情况下与迦太基签订和约，对国民也算有所交代。其实是双方都有些打不下去了。

西西里岛是个多山地的岛屿，陆地上的冲突大多是小规模的袭击，围攻城市或封锁交通。主要封锁目的是海港，为了防止对方从本土来的增兵，军货和通讯。罗马人虽在陆战中获得全胜，但对封锁西西里和意大利南部海岸的迦太基舰队的报复行动却显得有些无能为力。

公元前260年初，罗马人建立了一支由100艘五列桨战船和20艘三列桨战船组成的舰队，这样规模的舰队在当时的地中海列国中虽并不算十分强大，但也仍然是一支可观的军事力量。而值得一提的是，这是罗马人在历史上第一次组建属于自己的海军舰队。此前，他们往往是征召盟邦的舰队，执行渡海、运输兵员和物资等后勤保障工作，真正的以舰船配备水兵进行正面对决，几乎没有任何尝试。

公元前288年，一群叙拉古雇佣兵在玛尔美提的率领下以突然袭击的方式武装占领了西西里岛东北角的墨西拿（Messina），玛尔美提自称"战神马尔斯之子"，宣布脱离叙拉古独立。他们杀了当地所有的男人，占有女人为妻，以这个城市为基地，骚扰附近的乡村和城市，包括母邦叙拉古（Syracuse）。

公元前264年，叙拉古的僭主希罗以武装夺取权力后，自称希罗二世（HieroII），决定清除这批盗匪，在一场激战中击败"战神之子"，将其赶出了叙拉古，但是玛尔美提依然盘踞着墨西拿。一年之后，希罗感觉到江山已经坐稳，决定出兵围攻墨西拿，彻底消灭这股武装匪徒。

玛尔美提同时向罗马和迦太基求救。开始，罗马并不想出兵帮助这帮名不正言不顺打家劫舍的武装匪徒。但是恰好一支迦太基的舰队路过墨西拿海湾，当希罗看到强大凶悍的迦太基海军开进港口时，他不想卷入麻烦，将军队立即撤回叙拉古。眼看墨西拿和叙拉古都可能落入迦太基的势力范围。罗马元老院开始坐不住了，如何对待来自北非的迦太基势力隔着浅浅海峡的威胁，他们必须在极短的时间内答复前来寻求救援的墨西拿居民代表。

对于拥有地中海最强大海军力量的迦太基来说，罗马人染指墨西拿海峡并不是问题。但是，对罗马人来说，把墨西拿拱手让给迦太基，便意味着在意大利本土和西西里岛之间架起了一座无形的桥梁，迦太基贪婪的目光横跨狭窄的水域，向北移动瞄准意大利本土，按照希腊史家波利比乌斯的说法：

他们必将成为最麻烦而且危险的邻居，因为他们会从各个方向来包围意大利，威胁着罗马的每一个地区，而这正是罗马人所畏惧的前景。如果罗马人不向战神之子施予援手，西西里将在迦太基人的控制之下。

尽管如此，罗马依然希望师出有名。公元前265年，元老院破例把这一问题直接交给了罗马的最高决策机构——公民大会进行议决。由享有市民权的人——也是义务兵役制的兵员所组成的市民大会，正式做出决定接受墨西拿的请求似乎更加合理合法。然而，决定参战的罗马人没有想到，这次交战会引发罗马和迦太基之间的正式对决，而且是一种牛皮糖似的漫长拉锯战，以至于一直持续了23年。

克劳狄乌斯家族是出现执政官第三多的家族，仅次于同为名门贵族、却深受民众喜爱的科尔奈利乌斯家族和瓦莱里乌斯家族。出自克劳狄乌斯家族的男人身上所有的缺点，到了领军作战的时候就都成了优点。公元前264年，在执政官任期开始的3月15日，罗马军团在克劳狄乌斯的率领下离开了首都罗马。这是一次急行军，目的地是墨西拿海峡。

罗马军团到达雷焦的时候，位于意大利南部的友邦城市提供的运输船队已经抛锚等候在雷焦港口。海面上，来自迦太基的舰队正在巡航，他们在监视墨西拿的动态。但是，执政官克劳狄乌斯没有因此而退缩，他下令让一名副官率领一小队士兵，于夜间试验性地渡过海峡。小部队顺利到达对岸。看到顺利到达的信号——对岸举起的火把后，克劳狄乌斯决定全军浩浩荡荡地于白天横渡海峡。为了避免被急流冲走，容纳了1.7万名士兵的船队挤靠在一起。然而奇怪的是，迦太基舰队对此并未加以阻击，而是视而不见。

到达墨西拿后，克劳狄乌斯没有耽搁时间，他马上与前来迎接的市民代表签署了罗马和墨西拿之间的同盟协议。就这样，为了援助墨西拿，罗马军团介入军事行动就出师有名了。正在进攻墨西拿的叙拉古感觉到了来自罗马军团的威胁。同样，驻扎在西西里的迦太基军队也对罗马军团登上西西里感到非常不安。于是，希腊民族国家叙拉古和迦太基这两个长期处于敌对关系的国家结成同盟军。叙拉古军自南，迦太基军自西，分别向罗马军团据守的墨西拿逼近。执政官克劳狄乌斯首先向叙拉古僭主希罗提出了和谈的要求，遭到了希罗的拒绝。和谈要求遭拒意味着军事行动不可避免了。克劳狄乌斯马上指挥罗马军团，向数量上占优势的叙拉古军队发起了进攻。以雇佣兵为主的叙拉古军队完全不是罗马军团的对手，城市很快被攻破，僭主希罗率先向南败走。

执政官没有乘胜追击，而是转头攻打在西边布阵的迦太基军队。向迦太基军开战的理由是他们要攻打自己的同盟国墨西拿。迦太基军队只是为了守卫在西西里的迦太基殖民地而来，强悍的水军在陆地绝对不是罗马兵团的对手，一触即溃。初战胜利后，执政官克劳狄乌斯继续施展他的闪击战。他在墨西拿留下一部分兵力，率领其余兵力向南挺进。目标是叙拉古首都。进入叙拉古领地后，军团的行军速度不减，一口气逼近至环绕首都的城墙。

第一次布匿战争开始后的第二年，即公元前263年，元老院把新当选的两名执政官瓦莱里乌斯和奥塔基利乌斯都派到了西西里战场。所谓执政官军团，指的是一位执政官指挥的两个军团。两位执政官同时被派去，意味着罗马投入了比前一年多一倍的兵力，也就是四个军团。两位执政官同时出征，意味着罗马军团的战斗人员达到了3.5万至4万人。上一年的执政官克劳狄乌斯把战场移交给两位继任者后，带着自己的部下回国了。当时的罗马每年都要更换总司令官和士兵，因为士兵都是市民，不能让他们长时间地脱离自己市民的生活。精明的希罗在反省之后，在权衡利弊跳转阵营会给自己带来更大的利益后，同意和罗马结盟，从那个时刻起他成为罗马忠心耿耿的小伙伴，在未来数十年中为罗马提供基地和补给。

在战争进行到第四个年头公元前 260 年时，新上任的海军将领，执政官格奈乌斯·科尔内利乌斯·西庇阿（Gnaeus Cornelius Scipio）统领新组建的罗马舰队 17 艘船组成的先头部队投入海战。迦太基人派出一支军队将西庇阿的舰只困在墨西拿的海港之内，惊慌失措的罗马水手很快暴露他们缺乏经验的一面，他们抛弃了自己的船只，逃向海岸。在那里他们很快和他们的指挥官一道被俘虏。与那些打了败仗的迦太基将领不一样，西庇阿的职业生涯似乎并没有受到影响，他在被赎回之后，一个传闻传播开来：导致他失败的原因，其实并不是他立功心切的鲁莽，而是被人出卖了。随后在公元前 254 年第二次当选执政官。然而，以冷嘲热讽为乐的罗马人给他起了一个恶作剧似的绰号——"阿希娜"（Asina）意为不中用的母驴。

就在这一年，西庇阿的同僚比他更能干的执政官盖乌斯·杜伊利乌斯（Gaius Duilius）取代他出任海军司令。在等待新任司令来到墨西拿这段时间内，缺乏海战经验的罗马舰队得到了更多的训练时间。在备战期间，罗马人更在战船上使用了一种新的技术装置（乌鸦吊桥），从而保证了他们在以后的海战中占有优势。罗马士兵利用这种装置能够登上敌船，从而把海上战斗变成罗马人熟悉的陆地肉搏战。这些优势在今后的海战中得到彰显。

杜伊利乌斯率领着 113 艘战船在米拉（Mylae）附近的海战中首次战胜汉尼拔统领的迦太基舰队（140 艘战船），波利比乌斯生动地描绘了接下来发生的事情：

迦太基人一看见他（杜伊利乌斯）就喜出望外，急不可待地带着 130 艘战舰冲向大海，因为他们压根儿也没有把缺乏经验的罗马人放在眼里。所有的船只径直朝敌人驶去，他们甚至觉得没有必要保持进攻队形，就像是扑向一只显然是他们的囊中之物的猎物一般……随着罗马人的船只越来越近，在每艘军舰舰首上方摇晃着的"考乌斯（乌鸦吊车）"都变得清晰可见。起初迦太基人大惑不解，对这种装置的构造感到惊奇。然而，由于确信敌人已必败无疑，打头阵的船只毅然发动了进攻。但是当这些船只撞上了罗马战舰的时候，它们全都被这种机械装置彻底钩住了，罗马水兵们利用"考乌斯"登上这些战舰，在甲板上展开了肉搏战。一些迦太基人被砍倒，其他人则被眼前景象吓得魂不附体而举手投降，这场战役已经变得在陆地上进行一样。就这样头三十艘参战的军舰连同全体船员一起被俘虏了，这其中就有指挥官的桨帆船。汉尼拔本人靠着一艘划艇奇迹般地得以逃生。剩下的迦太基舰只正在聚拢，仿佛要向敌人冲锋一样，但他们靠近的时候，看到了先头舰船的毁灭时，立即调转方向，避开这种机械装置的打击。凭借自己优秀的机动性，它们转身向敌，希望能够利用舷侧和船尾安全地打击敌人，然而当"考乌斯"朝着四面八方，以各种各样的方式转动、落下，以至于那些接近它们的战舰全都逃不脱被钩住的命运时，迦太基人最终退却并掉头而逃。这次非同寻常的经历把他们吓得胆战心惊，令他们损失了五十艘战舰。

米拉大捷给了罗马人将战场扩大到萨丁尼亚和科西嘉的勇气。在这两个地方他们发动了多次袭击，导致打了败仗的迦太基海军司令在大雾中迷失方向后遭到伏击，大多数战舰沉没，他与残部一道躲进萨丁尼亚城市苏尔其斯，被心怀不满的部下钉死在十字架上。

雷古拉斯兵败非洲

　　无论如何，击败迦太基海上力量，打破它的海上霸权，已经让罗马人在海上树立起了足够的信心，罗马决定把战场从西西里延伸到迦太基。攻打非洲，海军不可或缺，也许两次海战的胜利让罗马认为自己俨然已是一个海上强国了。这年冬天，在罗马的外港奥斯提亚以及那不勒斯、雷焦、墨西拿，造船工人夜以继日地建造战船。他们需要造出是以往两倍数量的战船，迦太基获悉了罗马意图后，其造船厂也是一片繁忙景象。迦太基为了捍卫海上强国的荣誉，不能允许有一个罗马士兵踏上非洲的土地。

　　为了阻挡罗马的进攻，迦太基聚集了一支 350 艘舰船的大型舰队准备迎战。双方在西西里岛南侧的依科诺姆斯（Economus）海岬遭遇，罗马人再次击溃了敌军，击沉和捕获的船舰超过九十艘。前往迦太基的道路已经畅通无阻。

　　罗马两位执政官在波恩（Bon）海岬以东顺利登陆，波恩位于突尼斯湾与迦太基遥遥相对。他们开始在乡间地带大肆抢掠，破坏物产丰富的庄园，并且俘获了 2 万多名奴隶。整个征战期间所向披靡，在短短时间内，罗马军队就降服了克鲁比湾周边的诸多城市，来自迦太基本国的军队也被击退。罗马军把这些战斗的胜利果实——多达 2 万人的俘虏送到了罗马，彰显旗开得胜的辉煌战果。罗马元老院因此对战况非常乐观。刚入秋，元老院就下令执政官弗尔索带着一半以上的士兵回国。按规定，现任执政官要主持冬季举行的下一任执政官的选举。所以，这次留下了另一位执政官。罗马军团是由市民兵组成的，因此，每年更换一批士兵。就算是第一次海外远征，罗马人依然要按惯例行事。在非洲越冬的，是执政官雷古鲁斯属下的 1.5 万名步兵和 500 名骑兵以及 40 艘战船和船员们。

　　冬季的驻军地就设在现在的突尼斯附近。之所以把冬季的驻军地从安全的克鲁比湾转移到距离迦太基更近的突尼斯，是因为来年春天攻打首都迦太基的准备工作已经就绪，只等新组建的罗马军团到来。这让迦太基政府有一种异常强烈的危机感，于是决定求和，向执政官雷古鲁斯派出了和谈使节。雷古鲁斯接受和谈的请求，提出了如下条件：第一，迦太基撤出西西里和撒丁两岛；第二，解散海军，战船交予罗马。迦太基认为这两个条件过于苛刻，拒绝接受。敌人虽然逼近首都，但是迦太基的海军和陆军实力尚存，未到穷途末路的境地。

按照波利比乌斯的记载：

约在这时，此前派到希腊招募的雇佣兵的军官回到了迦太基。随行带回了一大群士兵，其中一位是希腊强国斯巴达的赞提帕斯。此人经历过斯巴达系统的军事训练和调教，拥有广泛的作战经验。为了备战来年春天必定打响的战斗，迦太基聘用了雇佣兵首领赞提帕斯，他曾经在埃及和叙利亚参加过战斗，是个作战经验丰富的斯巴达人。

新年过后，适合作战的春季一到，这位斯巴达将军就向罗马军发起了挑战。执政官雷古鲁斯犯了一个无法弥补的错误，他没有等到他的罗马友军到来就接受了敌人的挑战。

非洲的春季比意大利来得早。公元前 255 年，春季刚到，迦太基军队就出征了。步兵 1.2 万人、骑兵 4000 人，以及大象 100 头。军队的规模只能算中等，但是，担任总指挥的是斯巴达人赞提帕斯。接受挑战的罗马军，其战斗力是 1 万名步兵加 500 名骑兵。罗马军的核心力量是重装步兵，都是精锐，但是没有大象。古代大象相当于现代战争中的战车。大象手骑在象背上指挥大象，三四名士兵在象背的高台上坐着进攻。所以，雷古鲁斯指挥下的罗马军无论多么勇敢、顽强，首先在步兵的人数上已经处于劣势，骑兵也只有敌人的八分之一。

更要命的是，罗马军一辆"战车"也没有。在这种情况下，如果总指挥官采用出其不意的战术，或许战况会以另一种形式展开。遗憾的是，雷古鲁斯是一位不折不扣的正统将领，信奉的是以光明正大的方式与敌面对面决战。在距第一次布匿战争第 10 个年头的初春，罗马军队被打得一败涂地，仅仅有 2000 人成功逃到了有海军守卫的克鲁比，战场上留下了多达 8000 具的罗马士兵尸体。波利比乌斯详细地描绘了这次战斗：

当赞提帕斯下令控制战象的人员前进，突破敌人的阵线，也下令两翼的骑兵进行包抄的动作，开始冲刺，罗马军队也同时前进，并依照习惯，盾牌与标枪互击，发出战吼。罗马骑兵数量过少，很快就被从两翼包夹的敌军击溃。至于步兵，在左侧者部队部分为了避开战象，部分则是因为鄙视面对他们的雇佣兵，所以向迦太基右侧冲刺，将其逐出战场，追杀到敌人军营。面对战象部队的其余罗马阵线中，前面的连队在战象的冲刺压力下退却，在战象脚下惨死，在战斗中成群死亡，可是军团的主体因为纵深，所以得以挡住一时，保持队形不破。但是最后，后方的连队在各方都被敌人的骑兵所包围，被迫转向正面对决。但另一方面，那些企图穿越战象往前突围的，并且在战象之后企图重组队形的人，却要面对迦太基重装方阵兵团，而这些新敌人却精力充沛，队形完整，因此他们被杀得七零八落。从这个时候起，罗马人从各方受到极大的压力。多数人被战象极大的重量踩死，其余则是在行列中被迦太基占有绝对优势数量的骑兵射死。只有一小群人设法逃跑，而这些人唯一撤退的路线就是经过平坦的地面。其中一些人被战象及骑兵解决，雷古鲁斯一行五百人进行撤退时，很快被迦太基军队俘虏。

罗马的两位执政官率领罗马舰队进入克鲁比湾港口后，带上在那里的所有罗马人和同盟国士兵，准备扬帆撤回西西里。从前线驻地撤出意味着他们承认非洲作战的失败。就在他们快要抵达西西里南岸时，狂风暴雨向他们袭来。前方是连绵不绝的海岸线，眼前巨浪滔天乌云密布，耳畔狂风呼啸白茫茫一片，起伏颠簸的舰船根本没有可供停靠的港口。在这种情况下，舰队应该采取的措施是尽可能远离海岸。

罗马舰队的舵手来自罗马联盟加盟国中的海港城市。他们深知在海上遭遇暴风雨时如何才能把损失降到最低的程度。不幸的是，不了解大海的罗马将军们完全听不进去他们的意见。在一眼望不到陆地的海面上，船只在暴风雨中颠簸不定，恐惧到极点的罗马人命令船员向海边靠拢。不仅如此，他们还要求所有船只一起靠岸，不得分散。船员们自然不服，极力争辩。然而，争辩无效。

试图向毫无经验的人作出解释只能是浪费时间，更可悲的是，没有经验的人还位居发号施令的指挥官之职。最后，由 230 艘战船组成的罗马舰队在急风暴雨的咆哮声中，从茫茫大海上不顾一切地向海岸靠去。就这样，地中海史上最大的海难事件发生了。230 艘战船不是冲到岸上就是相互碰撞。最终回到锡拉库萨港的，只剩下为数不多的 80 艘。据说在船只靠岸的海域一带堆满了随波漂来的尸体。这次海难事件使罗马损失了 6 万人。两位执政官侥幸脱身，因为他们乘坐的是旗舰，船员的技术格外过硬。罗马人尽管赢得了海战的胜利，却未能战胜暴风雨的袭击。他们终究不是一个有航海传统的民族。获悉这一消息的罗马国人悲痛万分。就在他们为死难者表示哀悼时，迦太基人却欣喜若狂。

这一年，罗马人在悲痛中迎来了冬季，也迎来了来自迦太基的和谈使节。迦太基认为，对他们来说，此时正是和谈的最佳时机。随和谈使节同来的是雷古鲁斯，他的任务是帮助迦太基游说罗马元老院，争取让罗马全面放弃西西里。这也是迦太基提出的和谈条件。当然，他们也要求雷古鲁斯无论是否能够成功说服元老院，都要回到迦太基。然而，前执政官雷古鲁斯到了罗马后，完全无视在场监督他的迦太基人，面对元老院议员，他说出了与迦太基的希望截然相反的话。他不仅没有游说元老院与迦太基签署和平条约，反而劝说他们不要与迦太基讲和。因为进攻非洲失利，再加上空前的海难事件，元老院议员们正深感意志消沉。他们听懂了雷古鲁斯的真实想法，明白如果此时答应和谈，那么之前的所有牺牲都将成为徒劳。而且，他们也没有忘记墨西拿海峡对岸的迦太基的威胁，因为他们的气焰又开始变得嚣张起来。

罗马元老院拒绝了迦太基的和谈请求。守约回到迦太基的雷古鲁斯被塞进一个圆形笼子，在大象的脚下像足球一样被踢得滚来滚去，最终惨遭虐杀。迦太基方面提出和谈要求时自认为可以控制局面，因此提的是有利于自己的条件，可见他们对自己很有信心，士气也极高涨。

权臣哈米尔卡·巴卡

公元前 247 年，迦太基派出了一位富有才能的年轻将军前往西西里战场。他就是哈米尔卡·巴卡，其姓"巴卡"在腓尼基语中意为"雷光"。这一年 30 岁刚出头的哈米尔卡，正是后来成为罗马人噩梦的汉尼拔的父亲。

战争史上被认为最杰出的战术家汉尼拔就是在哈米尔卡领命前往西西里战线的公元前 247 年呱呱坠地的。遗憾的是，身处布匿战争的迦太基人很不擅长利用有利于自己的好机会。这一年，虽然派出了才能卓著的指挥官，但是本该作为他有力后盾的本国政府出现了分裂。在掌握经济的人管理国政方面，古代迦太基与中世纪及文艺复兴时期的威尼斯很相似。除此之外，还有一个相似之处，就是他们都是实行权贵寡头集团统治的政权。但是，他们之间的不同也是显而易见的，最明显的就是威尼斯作为海上城市耕地少得可怜。因此，他们不得不全身心地投入与海外的贸易和国内的手工业中。与此相比，迦太基自古兼营农业善于海上的贸易行为，因而经济基础较为雄厚，也雇得起军队为自己打仗。

哈米尔卡把军队的大本营设在了巴勒莫附近的一座山上。站在山顶上，巴勒莫市区和港口一览无余。只要罗马南下的舰队在遥远的地平线上一出现，这里就会第一时间知道。山下沿海岸线偏西的地方，还有一个被悬崖遮挡住的海湾，来自迦太基的船只可以神不知鬼不觉地抵达这里，即使罗马舰队就在巴勒莫港口也察觉不到。从这里沿海岸线虽然无路可绕，但是把大本营设在山上的哈米尔卡保证了通往特拉帕尼的补给线，那儿有一大块平地直接伸向大海。埃里切的山上是唯一可以监视这块平地的地方，但埃里切距离海岸线太远，所以尽管罗马军占领了埃里切，他们也只能眼睁睁地看着迦太基士兵在远处行动自如却束手无策。

哈米尔卡并没有老老实实地待在山上，他频频率军队下山，从背后袭扰正在攻打马尔萨拉的罗马军队，却一次也没有与罗马军队正面交手。毕竟双方的战斗力相差太过悬殊。除了在陆地上，哈米尔卡的游击战还用在了海上。加盟罗马联盟的意大利南部的希腊城邦及意大利中部的伊特鲁里亚人，他们的商船成了哈米尔卡海上游击战的牺牲品。哈米尔卡采用的战术非常巧妙，也很奏效。公元前 247 年至公元前 243 的 4 年间，布匿战争完全按照哈米尔卡的预想发展。向佩莱格里诺山发起进攻的罗马军一次次地以失败告终。这一切都在哈米尔卡的预料之中，唯一出乎他意料的是，他始终没有等来罗马的和谈使者。

罗马始终在寻找打开胶着已久的西西里战况的方法，最后得出的结论是，必须切断迦太基对哈米尔卡的补给线。但是要做到这一点，必须先取得西西里西岸和迦太基之间海域的制海权。迦太基也很清楚，失去这一海域的制海权，意味着迦太基彻底失去了西西里，所以他们一定会派出舰队拼命争夺。由于哈米尔卡的袭扰，罗马始终没有能够攻下马尔萨拉和特拉帕尼。于是他们认为必须与迦太基舰队在海上一决雌雄，只要取得海战的胜利，就可以使哈米尔卡和马尔萨拉、特拉帕尼同时陷入孤立无援的境地。

罗马决定组建自布匿战争开始以来的第四次舰队。这是因为罗马现有战船大多陈旧不堪，所以必须建造新的战船。既然对手是迦太基，那么舰队的规模必须超过 200 艘。在迦太基，只有蓬特型船才被认为是战船，所以新造的这 200 艘船也必须是蓬特型战船。这就意味着公元前 242 年的罗马国库就要被掏空。元老院不认为提高税收是解决问题的办法。当然，也没有人想过一反以往的惯例，要求各同盟城市负担军费开支。于是，元老院议员决定发行战时国债。条件是战争结束，经济一旦复苏即可赎回。要求购买战时国债的不是全体罗马市民，而是有产阶级和元老院议员以及身居政府要职的这部分人。

当财源得到保证后，罗马开始着手造船。200 艘蓬特型战船在执政官卡图卢斯的率领下，进军大海。西西里西岸的战局，并没有因为久未谋面的罗马舰队一经出现就为之彻底改变。因为直到这一年结束，迦太基都没有出动舰队。但是，情况已经开始发生了变化。由于罗马舰队从海上发起进攻，马尔萨拉港落到了罗马军队的手中。至此，罗马舰队终于可以利用马尔萨拉这一天然良港了。他们知道，一旦消息传到迦太基，相信迦太基不能不痛下决心。

公元前 241 年 3 月，大概是对外贸易派成功说服了国内农业派，迦太基终于派出了舰队。舰队于 3 月的早春出动，是因为他们要利用罗马军队换防的这一时期。罗马的新执政官任期从 3 月 15 日开始，因此，罗马军队到达西西里最早也要等到 4 月末。迦太基方面就是想乘罗马军队兵力薄弱的这一时期，完成军粮的补给。但这次迦太基失算了。罗马方面非常清楚，战局已经到了紧要的关头，因此，虽然陆军在冬季休战期减员一半，但是海军和执政官卡图卢斯一起全部留在了西西里。

不仅如此，迦太基人还错误地认为，多年前的两次海难事件，再加上 8 年前的海战失利，罗马海军不会轻易挑起海战。因此，公元前 241 年春季，提前出动的迦太基舰队与其说是舰队，不如说是运输船队。船上满载着大量武器和充足的粮食，足够在西西里的迦太基军维持半年。离开首都迦太基后，舰队向东北方向航行，在马雷蒂莫抛锚，伺机向西西里西岸靠拢。

马雷蒂莫是一个小岛，位于埃加迪群岛最西端，就在马尔萨拉和特拉帕尼之间的海域。迦太基舰队打算在特拉帕尼以北的埃里切附近海岸卸下军粮，因为他们担心特拉帕尼海面会有罗马舰队。事实上，执政官卡图卢斯没有派舰队监视特拉帕尼港，他接到敌人舰队已经出动的消息后，下令全体舰队北上，集结地是埃加迪群岛中的一个岛，叫法维尼亚纳。马雷蒂莫和法维尼亚纳相距只有 10 公里，卡图卢斯就在这里等待敌军的下一个行动。

如果说迦太基舰队不知道罗马舰队就在法维尼亚纳，谁也不会相信。因为在那里，3 月份已经进入捕鱼期，200 艘蓬特型战船不可能躲过渔民的眼睛。那么，剩下的就只有一个解释。迦太基舰队明知罗马舰队就在 10 公里开外的附近，却没有改变预定的行动计划。3 月 10 日早上，刮起了西风，风力很大。埃里切位于马雷蒂莫的正东方向，从马雷蒂莫过去正好顺风。

法维尼亚纳在马雷蒂莫偏东南的位置。卡图卢斯坚信，如此难得的风天，敌人一定会有所动作。但是，他很犹豫是否向敌人发起海战。如果罗马舰队在迦太基舰队前往埃里切的途中进行堵截，就会正面迎风。这时，迦太基船队处于顺风，罗马船队处于逆风，在风大浪高的情况下，对罗马不利。思量再三，执政官卡图卢斯决定无视这些不利因素，向迦太基舰队发起海战。与满载军粮的沉重的敌船相比，罗马舰队的优势是灵活轻捷。卡图卢斯下令所有船只降下船帆，靠划桨手划桨前行。

全速向西的罗马舰队要去阻挡正要离开马雷蒂莫的迦太基舰队。当迦太基舰队看到已经进入战斗态势的罗马舰队时，也降下了船帆。海战中，只靠划桨操纵船只是惯例，所以，降帆表示迦太基方面接受了挑战。强劲的西风依旧。尽管船帆已经落下，却因为船大，惯性大，加上顺风，在大风大浪的推动下，迦太基船只以惊人的速度冲向东面的罗马舰队。船与船猛烈相撞的声音此起彼伏。冲撞中，船与船卡到了一起，双方士兵纷纷跳到敌船上，一时间，喊杀声震耳欲聋。战斗异常激烈，胜负很快决出。迦太基方面有 50 多艘船沉没，70 多艘船被缴获，余下的船只利用顺风逃回了迦太基。

取得战斗胜利的罗马舰队损失也很惨重，想要乘胜追击已无可能。所有船只几乎都需要进行大修。关于罗马方面的损失和迦太基方面的死亡人数，史料上没有明确记载。但是，逃回国内的迦太基总司令官被追究战败的责任，处以磔刑。

至此，第一次布匿战争开始以来，因担负战败责任被处以死刑的迦太基司令官达到了 3 位。迦太基政权没有等到冬季自然休战期，他们就向哈米尔卡派去了急使，命令哈米尔卡作为使者向罗马提出和谈。

执政官卡图卢斯接受了哈米尔卡提出的和谈请求。就这样，在对战争状况有清醒认识的这两位将军之间，结束第一次布匿战争的和平谈判开始了。共和政体下的罗马规定，作为军队总司令官，一旦执政官接受任务，并开始执行后，元老院不得再向他发号施令，也不得对战略战术提任何意见。在任时期的执政官兼军队司令官在作战时间、地点和排兵布阵的战略、作战方案等，完全由执政官决定，并且不追究战败的责任。从一方面讲，也是为了执政官可以毫无顾忌地专心于完成自己的使命。此外，无论是提出和谈，还是接受和谈，从和谈条件乃至到谈判结果，全权由执政官处理。至于执政官同意的和谈条件，只有经过市民大会投票通过才能成立。谈判进行期间为休战期。

卡图卢斯与哈米尔卡之间达成的和平条约内容如下：

1. 迦太基撤出西西里，永久放弃对西西里的占有权。

2. 迦太基承诺不向罗马的同盟国包括锡拉库萨发动战争。

3. 两国同时释放俘虏，互不收取赎金。

4. 迦太基以分期付款的方式，在 10 年内向罗马支付 2200 塔兰特的赔款。

5. 罗马尊重迦太基自治和独立的权利。

这份条约在市民大会上遭到了大多数市民的反对。这是一场长达 23 年的战争，即使不一一细算，罗马方面的实际牺牲也比迦太基方面大得多。罗马市民不能释怀，他们想不通，难道这就是胜利者缔结的和约吗？在罗马，每当出现这种情形，通常会派遣 10 位元老院议员组成的调查团前去调查。调查团抵达西西里后，没过多久，他们就与卡图卢斯取得了一致意见。他们对和约内容只作了一些细微的调整，赔偿金在 2200 塔兰特的基础上，增加 1000 塔兰特，变成了 3200 塔兰特，增加部分不采用分期付款的方式。要求在和约生效后一次性付清。同时在和约中明确规定，埃加迪群岛、马耳他、潘泰莱里亚等西西里周边岛屿为罗马所有。关于赔偿金额，对迦太基来说不过是九牛一毛。因为在非洲，光是农场经营，一年的收益就达 1.2 万塔兰特。还有，在和约中明确马耳他及潘泰莱里亚为罗马所有，也不过是追认既成事实罢了。罗马签署了一份让迦太基方面能够接受的和约。对于这份和约，罗马市民在听取了回国的调查团的报告后也投了赞成票。公元前 264 年开始，持续了 23 年的第一次布匿战争于公元前 241 年宣告结束。卡图卢斯在当年 6 月凯旋罗马。罗马人也沉醉于和平欢乐的气氛当中。

自从公元前 673 年以来，一直大敞着的雅努斯神殿之门，在相隔 432 年之后终于关上了。是应该让战神雅努斯好好休息了。

蒙森在评价这次战争时指出：

　　罗马终于取得了胜利。但它所获得的利益却与它最初所要求的以及敌人所承诺的相去甚远，而它却默然接受了这一切。和约在罗马遭到了强烈的反对，这清楚地表明了此次的胜利与和平是何等的肤浅、不彻底。如果说罗马是胜利者，那么毫无疑问，它的胜利一部分应归功于诸神的恩宠和人民的爱国热情，但更应归功于其敌人在战略上所犯的错误——其错误甚至远远大于罗马的错误。

新迦太基和汉尼拔出山

　　尽管哈米尔卡·巴卡是西西里迦太基军队投降事宜的谈判人，但是在这场给迦太基人带来耻辱性和悲惨命运的战争结尾阶段，狡猾的他摆脱而出，名誉不仅丝毫未受损害，反而有所提升。

　　此人在政治上的精明在于重大政治事件的谈判自己尽量不出面，而是寻找代理人出场参与和罗马执政官卡图卢斯的周旋：他派出利利贝乌姆总督基斯戈（Gisco）参与和罗马执政官的谈判，商讨相关协议，这样就大大淡化了自己在迦太基军队投降谈判中所扮演的角色。

　　实际上元老院的决定，挽救了深陷西西里战争泥沼的哈米尔卡，等于给了他一个爬出陷阱的台阶，让他全身而退，使他摆脱了签订丧权辱国城下之盟的耻辱。但是随之而来的一团乱局，使他难以摆脱他的失责。

　　这些佣兵不是迦太基公民，他们也要养家糊口，金钱是他们为雇主卖命的主要动力。现在被长年战争掏空的国库已经无法兑现承诺的巨额酬金。囊中羞涩的迦太基当局只能支付亏欠薪资的一小部分，这种违背契约的行为，立即激起阿非利加人的暴动，这无疑是一个大灾难，差一点导致迦太基亡国，如果追究起来无疑哈米尔卡就是替罪羊。这是一场十分知名的危机，史称"阿非利加战争"。因为这些人原来就是国家军队的主力，没有其他士兵能够抵挡这些久历战阵经验丰富雇佣军的凌厉攻势。手忙脚乱的迦太基政府立即征召公民士兵，在有限的时间内以国库有限的资金再去雇佣新的士兵。

　　叛乱初期，战事进行得极为不顺。波利比乌斯认为，汉诺或许有足够的才能去战胜利比亚人和努米底亚人，这些人面对迦太基的进攻几乎一触即溃，但是面对一支受过良好训练且在西西里战场经过多年锤炼的职业雇佣军团，其能力相形见绌。在攻克乌提卡城时，叛军实实在在地打了迦太基一个措手不及，他们歼灭了许多士兵，并缴获了他们的全部辎重和所有攻城器械。一支叛军武装还夺取了迦太基所有在地峡的控制权，从而成功阻断了这座城市与非洲腹地之间的交通线，令迦太基陷入重围。

迦太基没有撤换无能的汉诺，但是哈米尔卡却被命令带领一支由万人和70头战象组成的小型军队设法击败叛乱分子。在战争过程中，为了取胜，他使用了以退为进的战术，——这种战术后来为他那举世闻名的儿子汉尼拔所用，取得了辉煌的成功。在伪装撤退的过程中，引发敌军乱哄哄地前来追击，在敌人队列发生混乱时，迦太基人形成队列前来反击，继而将其击溃，8000多名敌军被歼或被俘。此时努米底亚酋长纳瓦拉斯（Navaras）率领他的2000名骑兵转投迦太基一方，大大削弱了叛军的实力。

最初哈米尔卡为被俘的4000佣军士兵留出位置，不愿留用的一律释放回家，企图瓦解对方士气。但是对方为了断绝士兵投降的念头，用十分残酷手段对待迦太基的战俘：他们的双手被砍断，双腿随后也被打断，然后全部被活埋。这一暴行收到了预期的效果，哈米尔卡以暴易暴杀死了自己这边所有的战俘，双方都犯下了令人发指的残酷屠杀行为。哈米尔卡最终粉碎了叛乱，任何落入他手的叛军全部处于绞刑。

迦太基人对于阿非利加雇佣军的取得了来之不易的胜利，仿佛像是不约而同的约定似的，在他们手中最后一块海外领地的萨丁尼亚在公元前240年雇佣军也发生了暴动。当造反者杀死了该岛总督博思达与其他迦太基人后，迦太基出兵了。然而，这支雇佣军到达目的地后，军队发生了叛乱，领军的迦太基将军被钉死在十字架上，而后萨丁尼亚岛上的迦太基人全部被屠杀。

在接下来的八年中，哈米尔卡几乎是马不停蹄地在西班牙东征西讨，他把英俊的女婿哈斯德鲁巴带在身边，这是一个拥有雄辩口才和极为灵活手段的外交高手，正如哈米尔卡是位具有侵略性而且足智多谋的将军那样，哈斯德鲁巴选择了一位美丽的西班牙公主作为第二位妻子。这翁婿两人在远征西班牙班期间占领了南部和东南部大部分领土。迦太基人也重新组织了银矿的开采，大幅提高了生产能力。据估计有4万奴隶在矿区工作。每日可创造出10万塞斯特斯（sesterces）的利润。

因为罗马人在西班牙没有战略利益和资产需要保护，所以对迦太基的扩张并不太关心。但是马赛尼亚人目睹了迦太基的扩张，引起了马赛尼亚盟友罗马的注意。罗马随即派出使团前去询问，哈米尔卡只是轻描淡写地告诉罗马人，他只不过是在努力还清需要交付给罗马人的战争赔款而已。这是一个十分机智和圆滑的回答，但是对于米哈尔卡的回答，还是引起了罗马人的警惕。

公元前 229 年，也就是米哈尔卡入侵西班牙的第十个年头，这位迦太基入侵者却死于非命，阿庇安详细记载了这次事件的始末：

他和他的女婿哈斯德鲁巴合作，渡过海峡，到达卡迪斯，开始掠夺西班牙的领土。这样他得到远离本国的机会，同时也取得了建立功勋增加声望的机会。他所掠夺的财富首先是分给士兵，以鼓励他们将来和他一起从事掠夺的热情；另一部分他送交迦太基国库；第三部分，他分配给国内的重要党羽。这个办法他一直在推行，直到某些西班牙国王和其他酋长联合起来，用下面的方法把他杀死了，他们带着许多载着木头的车辆，用牛拉着，而自己则手持武器，跟在后面。当阿非利加人看到这种情况时，他们大笑，而不知道这是一个计谋。但是当他们跑过来进行肉搏战时，西班牙人纵火焚车，当时牛还系在车上，赶着牛向敌人进攻。奔逃的牛带着火四处奔跑，使阿非利加人秩序大乱。他们的队伍行列就这样被攻破了，西班牙人乘机冲入他们的行列中，把哈米尔卡本人和那些来帮助他的许多人都杀死。

汉尼拔不到 20 岁，过于年轻，无力接管家族产业，而姐夫哈斯德鲁巴则被军队推举，负责西班牙事务，他的地位随后得到迦太基元老院的认可。

新的总指挥官继续着他老岳父的未竟的事业，在当地的部落首领之间小心翼翼地玩弄着分而治之的把戏，这位外表英俊的巴卡家族代表更像是一个游说各方纵横捭阖的希腊外交家，更多率领军队攻城略地的军事行动交给他的妻弟也是他的副将汉尼拔。他们配合默契，继续着家族在西班牙的事业，还和罗马当局划定以艾布罗河为界（Ebro，当时名为希波洛斯）互不侵犯的条约。

哈斯德鲁巴最不朽的贡献是建立了一个新的港口，这是西地中海最好的港口之一。被命名为"新迦太基"（如今的卡塔赫纳）。这座巨大的城堡宫殿建筑群屹立于半岛之上，位于加迪斯以东300英里，既可以控制港口，又离富饶的银矿很近。这里将成为巴卡家族在西班牙的统治核心——它是一座军火库，一个聚宝盆，通过源源不断地向迦太基输送贵金属，来安抚家乡人怯懦的灵魂，也给巴卡家族构建了独立自主的神经中枢，支撑起海外独立王国的勇气。波利比乌斯在他的书中浓墨重彩描绘了这座宏伟的迦太基新城：

新迦太基城位于西班牙南部海岸的中央，坐落在一个面向西南，长约20斯塔德（3.7公里），开口宽10斯塔德的海湾内。这个海湾因以下理由被当作一座海港来使用：在它出口处有一座小岛，只在小岛的两侧各留一条狭窄的通道。由于这种地理格局有防波作用，整个港湾完全一片平静，只有时而从小岛两侧水道吹入的西南风才会掀起一些波浪。然而，再无其他方向的风搅扰到它，因为它完全为陆地所包围。在海湾最深处的角落，有一座向外突出的半岛形状的山，这座城市就建立在山上，这座山东、南两面为大海所环绕，西面与潟湖相邻，潟湖向北延伸得如此之远，以至于一侧直达大海，而另一侧与大陆相连的剩余部分的宽度不超过2斯塔德。这座城市的中央地势较低，它的南端有一条平坦的通道将城镇与大海连接起来。城镇另一侧被群山包围，其中两座高大且崎岖，另外三座尽管在高度上要低得多，但陡峭且难以接近。五座山中最大的一座位于城市东面，延伸入海，上面建有一座阿斯克勒庇俄斯（Aesculapius，医神）神庙，第二大的山位置与之相对，但在小城西面，上方树立着一座宏伟的宫殿，据说是哈斯德鲁巴在渴望登基为王时所建。另外三座较小的山位于该城北面，其中最东面的一座被称为伏尔甘（Vulcan，火和冶炼之神）之山，第二座是埃利特斯（Aletes）——据说此人因发现了银矿而获得了神的荣誉——之山，第三座叫作萨社恩（Saturn，农业之神）之山。为了便于航行，潟湖和邻近的海洋之间修了一条人工的渠道。由于这条渠道穿过了将潟湖和海洋分隔开来的狭长地带，于是人们在其上方修了一座桥，以用作将来自乡村地区的供应物质运往城里的驮兽与手推车通道。

公元前221年，继承权问题再次出现：一名凯尔特奴隶的主子在此之前被哈斯德鲁巴所杀害，一天深夜这名奴隶潜入他那座豪华的宫殿，刺杀了这位西班牙的新主子，凶手被当场活捉，但是这名奴隶丝毫没有胆怯和表示任何忏悔。即使在酷刑之下他也大义凛然，最终被处决。

西班牙的军队立即推荐哈米尔卡的长子汉尼拔为他们的新领袖，这位年轻的将军时年 26 岁。迦太基公民大会随后批准了这一任命。当他在新迦太基城的宫殿正式宣誓就任新的西班牙大将军的时候，回忆起十七年前离开他的母国阿非利加迦太基时场景：

当他的父亲准备率军远征西班亚时，九岁的他，站在父亲准备向太阳神献祭的祭坛旁，占卜的征兆呈现吉祥，父亲祭酒献神，一切遵循着传统的仪式。之后，父亲下令所有参加这个神圣仪式的人远离祭坛，却吩咐他靠近，很亲切地问他是否愿意随他远征。他喜出望外，然后像是男子汉那样，恳求从军远征。父亲紧紧握着他的手，引领他到祭坛边，命令他将手放在祭品上，发誓自己永远都是罗马的敌人。这一幕他永远都铭记在心头，等待着有一天为迦太基雪耻报仇。

毫无疑问汉尼拔是一个十分优秀的军事政治人才，他不是纯粹的迦太基式的极端多神宗教所造就的死硬分子。由于在西班牙度过自己的青少年时期，深受希腊文化熏陶，能够熟练地运用希腊语写作，他的希腊语十分流利，而且深谙当时希腊人的军事操练和作战历史。如同马其顿的亚历山大大帝那样，在踏上征途时，随军带上希腊史官来记录战场稍纵即逝的历史瞬间。

汉尼拔入侵意大利

汉尼拔登上西班牙统治的顶峰，俯瞰天下，首先将目标锁定在罗马势力盘踞的萨贡托，这座城市在数年前依仗着它和罗马的同盟关系，有效阻挡着巴卡家族向西班牙北部推进的步伐。现在汉尼拔这把迦太基孤悬海外的利剑要主动出击，剑锋所向就是砍断罗马插入西班牙的这枚眼中钉肉中刺，他开始触动罗马在西班牙的这块蛋糕。

在罗马元老院分为两派，备受敬重的元老昆图斯·费边·马克西姆（Quintus Fabius Maximus）领导的费边家族反对开战，主张先进行外交斡旋和谈判；而科涅利乌斯族的西庇阿家族则主张用战争手段解决问题，因为毕竟罗马有能力集结一支大军，更重要的是，他们拥有对海洋的控制权。但是元老们很清楚，一旦站在汉尼拔的对立面，风险是无法评估的。

经过一番辩论，他们决定先派出一个代表两派意见的代表团出使迦太基探探迦太基元老院的口风再做决策。他们的使命很简单：汉尼拔的做法是否出于迦太基元老院的授意；还是汉尼拔自作主张？他对萨贡托的占领是否得到迦太基的官方认可？如果迦太基人否定授权汉尼拔的做法，那么汉尼拔必须交给罗马人处理；如果得到官方认可，那么将视为对罗马的宣战行为。当罗马使团被领入迦太基元老院时，面对的将是一批同仇敌忾团结一致的迦太基高层精英。显然，迦太基权贵寡头集团已经被汉尼拔对祖国敬奉的丰厚的贡品所打动，他们做好应对罗马使团的一切准备，胸有成竹地等待着他们的到来。

迦太基议员中最能言善辩的一位成为他们的发言人。面对罗马代表团直截了当的提问，成功地给出了模棱两可的答复。按照李维的描述，这位发言人巧妙地将元老院对孤悬海外将领为所欲为的约束不力，解释成是一种宽宏大量的美德。他辩称罗马人与哈斯特鲁巴达成并得到那位迦太基将军同意的，不得越过西贝努斯河的协议是无效的，因为该协议未征求过元老院的意见。随后在关于迦太基背信弃义的讨论中，对方巧妙地转移话题，将矛头对准罗马人：事实上是罗马人违背承诺吞并了萨丁尼亚，破坏了第一次布匿之战停战协议条款。这位发言人乘胜追击，争辩道汉尼拔并未破坏该协议条款，因为这项协议签订的时候，萨贡托还不是罗马人的盟友。为了证明这点，协议的相关部分还被当众大声朗读出来。这场精彩而煽情的表演，最终以对罗马使团的高声追问收场：发言人要求他们告诉与会的迦太基议员，罗马人意图究竟为何？

罗马人是务实的，并不想使得这次出使迦太基成为双方议员成为呈口实之快的舞台。

著名的第二次布匿战争就这样揭开了序幕。

翻越阿尔卑斯山

汉尼拔以惊人的胆略制定了在敌人境内作战的方针。公元前218年4月，他率领9万步兵，12000骑兵37头战象组成的大军在陆地出征意大利。一路所向披靡，征服各个部落，于9月末到达阿尔卑斯山北麓。

打着神明替天行道的旗号出征，沿途几乎无往而不胜，在征服了沿途各个部落后，他于9月末到达阿尔卑斯山北麓。深秋季节，阿尔卑斯山已经进入封山季节。山上白雪皑皑，道路崎岖难行。翻越雪山时大批人马被冻死，还有许多战士和大象从悬崖滑向深谷。军队和牲畜都历经艰难，方才到达寒风凛冽冰雪覆盖的山顶。下坡路段和攀升时一样危险，既窄且陡。新雪覆盖在旧雪之上，使得路面的险情更加难以预测。一处早先发生的山崩已经造成部分道路被毁，部队惊恐地从一个悬崖边缘看到谷底。回头已经不可能。但是面临死路，如何前进。他将覆盖在山脊的积雪清除，并且扎营。李维写道：

必须将巨石切开，他用一个利用高热和潮湿的妙计来解决：他们砍下大树并将之切成段，堆成一堆，实时借用强风的协助来引燃，当巨石加热到足够的温度时，士兵们将定量的酸酒泼洒在上面，使巨石容易碎裂。他们用十字镐在上面开工，凿出一条弯曲的通道，来减缓下降时的坡道，终于能够让人畜甚至战象通过。

当疲惫不堪的迦太基军队到达波河上游的平原地带时，汉尼拔只剩2万名步兵和6000名骑兵以及1头战象。汉尼拔的大部分补给和运送物资的牲畜已经丧失。但是他毫不气馁，立即在北意大利对罗马不满的凯尔特人部落进行征兵，很快便有1.4万名志愿者加入他的行列，使他获得大量的人力和马匹。而对于拒绝服从的高卢部落，汉尼拔则采取了无情杀戮的手段，无论男女老少一概遭到血腥屠杀。胡萝卜加大棒的两手，终于征服了沿途的高卢各部落。

在罗马，汉尼拔成功翻越阿尔卑斯山消息引发了巨大的恐慌。执政官提比略·森普罗尼乌斯·隆古斯被从西西里召回，派去支援在波河阻击汉尼拔大军的同僚普布利乌斯·科尔内利乌斯·西庇阿。

这场战役以罗马的军队彻底溃败而告终。或许是对自己的投枪手将迦太基的骑兵阻遏在海湾的能力过于自信，西庇阿将他们布置在骑兵预备队的前方，但当投枪手撤退到后者后面的时候，罗马骑兵立即投入战斗。最终汉尼拔的一队努米底亚骑兵成功迂回到罗马骑兵后方，开始肆无忌惮践踏他们身后的步兵，那些步兵惊慌失措，溃逃而散。罗马骑兵很快跟着溃逃。

更糟糕的是主帅西庇阿身负重伤，险遭俘获，是这位执政官的儿子率领一队骑兵折返战场，将父亲团团围住加以保护，这位也叫普布利乌斯的年轻人在后来的阿非利加的扎马会战中战胜汉尼拔，赢得了"阿非利加努斯"的称号。

汉尼拔利用敌人这种愚蠢的信心，开始布置陷阱，他在陡峭河岸潜伏了 1000 名骑兵和同等数量的步兵，交由自己弟弟马戈指挥。第二天拂晓时分，马戈派遣努米底亚骑兵越过特雷比亚河，开始主动向罗马军团营地发起猛烈进攻，并破口大骂，激怒罗马人出战。不出所料，隆古斯下令追击努米底亚人。尽管整支罗马军队仓促渡过河流，并且排出整齐的队列，但是部队未吃早饭饥肠辘辘，士兵浑身透湿在寒风中被冻得瑟瑟发抖。与之相反迦太基人吃饱喝足，准备充分。双方投入的兵力相等，分别有四万多人，军阵中央的重装步兵彼此旗鼓性当，轻而易举地击败了罗马骑兵。随后，马戈的小分队伏击了位于后方的罗马步兵。只有 1 万多罗马士兵成功杀开一条血路，逃出重围，其他罗马士兵则命丧黄泉。

隆古斯逃出重围，躲进附近皮亚琴察城，他后来派出特使企图说服罗马当局，谎称他的失败是由于天气情况过于恶劣，失去了军队本该取得的胜利。后来有位智者指出：如果不能将失败转变成胜利，那就将失败鼓吹成胜利；更高明的是，设法让失败看起来像是胜利。可惜这种罗马式精神胜利法炮制的谎言不能经受时间的考验，事实真相大白。但罗马是个宽容战败者的共和国，隆古斯和西庇阿均到任期，战败者的责任只是离开了执政官岗位。

根据李维的记载，在意大利中部出现的不祥之兆，特别是卡西里的赫拉克勒斯中圣泉出现血水的报告，使罗马人感到震惊，这一迹象明显表示汉尼拔已经成功将自己与那位希腊英雄联系在一起。罗马人的应对之策中包括到赫拉克勒斯神庙去祷告。另外采取战争应急措施，选出了一位自称是赫拉克勒斯后裔的独裁官来应对共和国紧急状态。此举表明他们试图将赫拉克勒斯赢回到罗马一边。争霸之战从天国到人间上演，这位就任只有六个月的独裁官，后来首创了著名的费边战略，也就是以消耗战最终拖垮敌人的战略战术。

老将军费边和坎尼战役

公元前 216 年，汉尼拔占领了素有罗马粮仓之称的坎尼城。公元前 218 年，汉尼拔进入意大利之后，仅仅一年时间，把罗马人打得几乎全军覆灭，罗马军队退守罗马城。随着幸存者陆续不断带回前方失败的消息，罗马城风声鹤唳陷入一片恐慌之中。由于一位执政官已经死去，另一位执政官陷入重围无法返回。罗马人决定违反共和国理念，指定一位在国家危难时期任期只有六个月的独裁官（dictator）。公民们推选曾经两度担任执政官，一度当选监察官的昆图斯·费边·马克西穆斯（Quinntsus Fabius Maximus）担任这一职务。同时推荐路奇乌斯·米努修斯（Lucius Minucius）担任他的助手骑士兵团团长。

此番老将费边临危受命，他汲取前任的教训，在与迦太基人的战斗中采取了截然不同的战略战术。他招募了两个新的军团，并且接收了杰米努斯的两个军团，前往阿普利亚（Apulia），在那里他抵挡了汉尼拔试图将他引出来正面交锋的诱惑。他的传记作者普鲁塔克记载了费边持久战的拖延战术。

费边充分运用宗教手段，借助神的力量使得人民相信神明对于罗马人的庇护，一定能够战胜汉尼拔，使人民对未来充满乐观的希望；在另一方面，他自己也坚定自己的信心，认为神明将胜利的运气赐于具备勇气和智慧的人。他的意图不是利用战场的正面厮杀；而是借助时间的拖延和持久，来消耗和磨损汉尼拔的斗志和实力，用丰裕的资源和打击缺乏给养的对手；用优势兵力来对付人数有限的敌军。他怀着这种战略目标，总是在地势最高的位置扎营安寨，使得敌人的骑兵无法接近，他始终摆出亦步亦趋的纠缠不放的姿态，敌进则进，敌止则止，维持被迫作战的安全距离，使敌人处于高度警戒的状态，无法获得休养生息的机会。

独裁官费边采取的拖延战术，在罗马普遍引起猜疑，元老院认为他缺乏战斗勇气；汉尼拔的军队对他的评价更是不堪入耳。只有汉尼拔心中明镜般地清楚。他并没有上费边的当，他明白费边采取拖延战术准备在持久的战斗中保存实力坚壁清野，拖疲拖垮远程作战的迦太基远征军，最终被迫撤退。

因此，他必须采取一切手段迫使费边和他正面决战。否则，迦太基军团将无法发挥军械方面的优势以及战士已经鼓起的勇气，难于避免居于劣势的兵力和不能维持长久的补给，最终必然难逃失败的命运。于是汉尼拔开始运用战术，打破费边所制造的僵局，逼迫他出兵会战。他不时发起攻击，并且袭击蹂躏土地肥沃的贝文内托（Benvento）以及坎帕尼亚（Campnia）等地区来挑衅罗马人，引诱罗马人直接与自己部队交锋。费边继续节制部队的急躁冒进行为，只是一有机会就尾随汉尼拔的部队进行骚扰阻击，并截杀他的突袭部队。

汉尼拔的所有计谋虽然对于独裁官坚定的判断丝毫没有影响，可是对于普通士兵以及那位二把手的骑士团长米努修斯却产生极大的影响。这家伙胆大包天，信心十足，明知时机不对，还要急于采取行动，迁就士兵们不能忍耐急于求成速战速决的心理，给他们带来狂妄的激情和空幻的希望，不停地谴责费边，煽动部下对独裁官的不满。背后称费边是汉尼拔的听差，只能跟在后面缓缓行走，除此之外一无所成。大家赞扬米努修斯是唯一可以率领罗马军队取得胜利的将领。

费边这种机动灵活的战术可以慢慢消耗敌人的实力，逐渐挫败敌人的锐气，而结果却是敌军到处骚扰乡间田园，村镇遭到很大破坏。加上米罗修斯背后大进谗言，因此遭到罗马元老院的猜忌和公民的不满。刚满六个月，费边便被罢免了独裁官。

罗马人决定彻底打垮汉尼拔，一支拥有 8.7 万人的庞大军队被集结，这个数字令人数在 5 万左右的迦太基军队相形见绌。然而，这种令人印象深刻的动员能力很快就因两名新任执政官的任职当选而遭到毁灭性的打击。

盖乌斯·特伦提乌斯·瓦罗（Gaius Teretius Varro）和卢基乌斯·埃米利乌斯·保卢斯（Lucius Aemilius Paullus）两人在如何应对汉尼拔方面存

在巨大分歧，因而无法配合一致。保卢斯是费边的忠实粉丝，欣赏费边的拖延战术。瓦罗正好相反，他决心在正面战场击败这位迦太基枭雄，建立不世之功。更糟糕是两人并肩走上了同一个战场，按照规定，两位执政官隔日轮流指挥这支军队。

到 7 月底，罗马军队追踪迦太基人到阿普利亚小镇坎尼，并在据该镇约 16 公里处扎营。8 月 1 日，在经历了一些小规模战斗后，汉尼拔率军北渡奥凡托河（river Aufidus）扎营，他向罗马人提供了正面对决的战场。保卢斯是当天的指挥官，他对这道战书直截了当地予以拒绝。因为保卢斯发现周围的地形平坦，没有任何树木对轻装步兵加以隐蔽，迦太基的骑兵力量过于强大，不宜在此处攻击敌人。他要引诱迦太基人到利于步兵作战的地形去进行正面决战，这样取胜的把握性较大。

瓦罗却因为军事经验的不足，对此建议不以为然。结果是两位统帅的激烈争执引爆统帅部不同观点的对峙。将帅不和是领兵的大忌，然而罗马的双执政官体制导致了军事上的轮流坐庄，次日便是求胜心切的瓦罗担任指挥官。他立即下令拔营启程迅速前进，去接近敌人，虽然保卢斯激烈表示反对，瓦罗执意分兵前往。

8 月 2 日，太阳升起的时候，瓦罗的统帅部旗杆上升起猩红色战旗，向汉尼拔发出表示决战信号。波利比乌斯认为，瓦罗麾下的战士都渴求一战，他在会战前夜已经发出指令，这道命令连夜被传达到各级军团单位。天刚破晓，军团长官便集结所有步兵骑兵开出军营，越过河流，和右岸少数部队会合。除了留守大营的 1 万名士兵戍守主营外，其余士兵尽数加入战场。

瓦罗这一草率的举止正中汉尼拔下怀。汉尼拔出动他的轻装部队以及骑兵，对行军中的罗马军团进行突然袭击，使得他们的队形发生混乱。然而他们成功地阻止迦太基人的第一波进攻。稍后，当瓦罗出动标枪手和骑兵进行反击时，瓦罗军团开始占了上风。这是因为迦太基人没有充足的后备部队，而在罗马人这方面有轻装步兵和不断得到补充。但夜幕降临的时候，双方鏖战不得不终止，汉尼拔没有得到预先设想的胜利。

8月3日是坎尼会战的第二天，轮到保卢斯指挥全军，他仍然不认为局势有利于双方开展决战，却难以安全地撤出部队，因为他的部队有三分之二扎营在奥凡托河边。这是唯一一条穿越亚平宁山的河流，这座绵延不绝的山脉形成所有意大利河流的分水岭。那些在西侧的河流汇入提篮里亚海，在东侧的河流则注入亚得里亚海。奥凡托河的源头来自提篮里亚海，并穿越亚平宁山脉流入亚得里亚海。保卢斯只能用其余的三分之一兵力来抵御来自渡口，也即奥凡托河右岸的迦太基军队。这里的阵地离开主要营区有1.5英里，远离敌人的主要营区，目的是保护来自河流以西罗马军团运输粮草的部队，同时又可以骚扰迦太基人。

8月4日是坎尼会战的第四天，又是瓦罗担任指挥官。汉尼拔命令所有部队装备妥当，以利行动，双方无实质性接触。

8月5日，汉尼拔将部队沿河摆开阵势，清楚表明要立即作战。然而，指挥官保卢斯不满自己所处地形，他见到迦太基人，开始移动自己的部队营地，以利取得补给，除了加强防卫外，没有任何动静。

当保卢斯继续实施着费边的拖延战术，两军对垒虎视眈眈却不交战时，这种前方畏葸不前消息很快传到罗马。激起了罗马政坛和民间的广泛恐惧。波利比乌斯如此写道：

当消息传到罗马，说两军扎营相望及前哨冲突日日发生，整城的情绪变得极度激动和恐惧。大多数人害怕带来灾难性结果，因为他们已经不止一次遭受挫败，他们在自己心中，开始描绘出完全战败的结果。所有曾经向他们发布过的神谕，都挂在人们嘴上，每间庙宇及每个家庭都被诡异征兆和奇异景象所包围；城市出现祈愿和游行的盛大场景。罗马人在危险时刻会无所不用其极地去安抚神明以及人类，这类典礼没有一项他们会认为不恰当或者配不上他们的尊贵。

8月6日，瓦罗接管指挥权，在日出后同时出动他的两个营区，也即罗马共和早期两名执政官各自率领两个军团出征，隔天轮流指挥。他带领着军营的两个军团跨过河，立即摆出作战队形，布置在左翼。保卢斯率领另两个营区的步兵军团和骑兵队随之而来，布置成右翼。

汉尼拔在和军队一起渡河之后，仔细研究了罗马人的战阵，尽管罗马在重步兵人数上占绝对优势，但是他发现罗马阵地中央的步兵紧密地拥挤在一起，因此行动方面会非常困难。他排出了一个异常另类，但是可以随机应变的阵势。汉尼拔在阵线中央部署了由高卢和西班牙步兵连队组成的、略呈阶梯状的队列，并将精锐的利比亚重甲步兵布置在每个队列末尾，由此故意削弱了中军部队，并且他们由汉尼拔自己和他的弟弟马戈一起亲自指挥。骑兵部队则被汉尼拔安置在左右两翼，分别由他的外甥汉诺和将领哈斯特鲁巴指挥。

罗马步兵正对阳光灼热的炙烤，不仅双目受到夏季酷热阳光的直射，大风卷起的漫天尘土也扑面而来。当战斗揭开序幕时，他们很快击退了正面的西班牙和高卢步兵，这当然是汉尼拔佯装失败的诱敌深入之计，接下来罗马人乘胜以排山倒海之势扑向迦太基军阵中央队列，等于是自动钻进了汉尼拔精心布置的口袋。

李维形象生动地描述了这场空前酷烈的交战：

罗马人一刻不停地追击着被击溃并在急速后撤的敌人，直到后者掉头就逃。越过成群结队的逃亡，不再抵抗的敌军，他们一直推进到部署在两翼的非洲部队的位置，这些部队的阵地位于构成前凸状的中央战线凯尔特人及西班牙部队后方不远处。当后者后撤的时候，整条战线变得平直起来，随着他们继续向后退却，战线凹了进去，变成了新月状，位于战线两端的非洲部队形成新月的两个钩尖。当罗马人鲁莽地朝两个钩尖之间突击的时候，他们被两侧的迦太基部队围了起来，两翼战线不断延伸，自罗马人的后方对他们实施了合围。到此时，罗马人之前的战果变得毫无疑义了，他们丢下凯尔特和西班牙部队——他们的后卫正在遭到屠杀——与非洲部队展开了新一轮的战斗。战斗完全变得一边倒了，罗马人不仅被四面包围，而且在之前的战斗中已经筋疲力尽的他们正在遭受一支精力充沛的生力军的进攻。

此时，和罗马公民组织的骑士团共同作战的执政官埃米利乌斯·卢基乌斯·保卢斯，在战斗刚刚开始时候被一名迦太基投石兵击中脑部造成重伤，他仍然坚持着试图将部队重新集结，但他的勇敢之举被证明是白费力气。不久之后，他变得过于虚弱，以至于无力驾驭自己的坐骑，因此他的骑兵卫队只得下马徒步作战来保护他。尽管一名逃逸的军官为他提供了一个趴在马背上逃生的机会，但他拒绝丢下自己的部下，最终无畏地战斗到为共和国流尽最后一滴血，壮烈殉国。

埃米利乌斯·卢基乌斯·保卢斯的家族是罗马历史上最古老的世家之一。对于保卢斯的殉国，普鲁塔克评述道：

卢基乌斯·保卢斯在坎尼会战中阵亡，能够证明他的睿智和英勇果真名不虚传。他力劝同为执政官的瓦罗不要从事危险的会战，没有产生效果，虽然他反对这个决定，还是挺身而出奋战不息，没有像同僚一样逃走保命。恰恰相反，瓦罗的错误陷军队于绝境，结果自己离开，留下保卢斯在战场被杀。这位埃米利乌斯家族的保卢斯有个女儿后来嫁给西庇阿大将为妻，生下一位儿子也叫保卢斯。就是后来征服马其顿王国的罗马战斗英雄。

普鲁塔克传记中提到的西庇阿大将在坎尼会战中只是一位 19 岁的小将，亲历了这场惨绝人寰的坎尼会战。普布利乌斯·科尔内利乌斯·西庇阿（Publiu Cor-nelius Scipio）身为一名军团长官，或许年纪尚轻，他已经是见多识广心智成熟和谙熟军事规则的少年英豪了。在提契诺河一战中他救了自己父亲，在坎尼会战中，他隶属第二军团，由于其社会地位和同保卢斯的关系，年轻的西庇阿似乎不太可能同那 1 万人留守营地，所以西庇阿很可能会发现他已经深陷重围，并跻身于逐步缩小的罗马步兵残部之中，由于瓦罗的误判再次落入汉尼拔的诡计。这是一次学习的经历，在面对几乎是必死无疑的危局时，他激励起侥幸逃生的罗马残部冲出重围，并且活了下来，而且幸免于成为战俘。这是他战争中学习战争的一段生死经历，最终他成功地利用汉尼拔的战术，在扎马会战中一举击败了对手汉尼拔，成功地为罗马共和国雪耻复仇。

坎尼之战成为罗马人最为惨痛的军事失利，据估计有 7 万名罗马士兵战死，另有 1 万名被俘。这场会战到底有多么惨烈？第二天黎明，在一处不足一平方英里的空间中，散落着的约 45500 名军团士兵和 2700 名骑兵尸体。当迦太基人企图在尸体上搜刮财物，并试图在死者和将死者中间寻找自己的战友时，甚至都被自己所面临的血腥场面所震惊。李维作为古代战场卓越的还原者，展现给我们一幕和其他军事史中相似而离奇的残酷画面：

被屠杀的人堆中随处可见鲜血淋漓残缺不全的躯体，这些带有严重创伤的躯体在黎明前的丝丝寒意中开始抽动，然后被迦太基人杀死；当一些人被发现时，他们尚未死去，大腿与筋肉均被砍断，他们露出脖子和喉咙，恳求他们的征服者能够将自己的鲜血放干，迅速死去。而其他人被发现时，他们将自己的头颅埋在地上的土洞之中。很显然，这些人自己挖了这样的坑洞，然后将泥土覆盖在脸上来闷死自己。然而最吸引人注目的是一位努米底亚人，他是从一位已经死亡的罗马人身下被拖拽出来的，不过土洞鼻子和耳朵已经残缺不全；因为那位罗马人已经无法用手拿起武器，所以只能在狂怒中用牙齿来撕扯那位努米底亚人。

在这场会战中，29 名罗马高级指挥官和 80 名元老院成员丧命。对于汉尼拔而言，通向罗马的道路已经畅通无阻。根据李维的记载，努米底亚骑兵统领马哈尔巴建议抓住时机，向罗马进军。

"你或许知道，"他对汉尼拔说"经此一役，我有预感，不出五天你就可以在卡皮托尔山上大宴宾客了。跟我来吧；我会带着骑兵打头阵，他们在听说你来的路上的时候，就会发现你已经到了。"对于汉尼拔而言，这个胜利看起来太过伟大，太令人兴奋了，以至于他觉得一时难以实现。他告诉马哈尔巴，自己很赞赏他的热诚，但需要时间来考虑这个方案。马哈尔巴答道："神明没有将所有的天赋赐给同一个人。你知道如何取得一场大胜，但你不知道如何运用它。"

对于李维而言，汉尼拔的迟疑实际上令罗马逃脱了灭亡的命运。

但事实上迦太基的军队人畜皆疲，而罗马离他们仍然有 400 公里之遥，而重建于公元前 378 年的城防工事的性能也极为出色。用凝灰岩石块建成的罗马城墙长度超过了 7 公里，中间分布着一座座塔楼。就连最为薄弱的部分也得到了斜面和壕沟的加固。此外，这座城市被两个驻扎在城内的军团、一些小规模的海军、其他部队和居民守卫着。因此，要想攻占罗马，必然要经历一场漫长的围攻战。这对于远离本土和西班牙根据地作战的汉尼拔而言，漫长的后勤补给线正是他有效长期围攻战的软肋。再则他的老对手费边东山再起，也使他对于进攻罗马有所顾忌。

坎尼惨败对于罗马共和国是一个重大的打击，他们不得不重新启用老将费边，重新采用行之有效的拖延战术，来消耗汉尼拔的实力。罗马人切断汉尼拔的给养供给线，又两次消灭来自西班牙的迦太基援军，力图把汉尼拔挤出意大利。

第三章
战争中成就罗马霸业

罗马共和到帝国的嬗变

　　两国交战，其实就是国家统帅、国家体制、科技、军事装备和士兵素质的较量。迦太基并不缺少智勇双全的领军统帅，名将汉尼拔曾经把罗马军团打得落花流水，一度攻入罗马统治的意大利，层层推进，纵横驰骋，所向无敌。

　　在此国家存亡之秋，罗马著名的军事家、政治家普布利乌斯·科尔内利乌斯·西庇阿在老将费边的支持下，出任罗马军团的统帅。西庇阿逐步开始改变执政官罗马军团总指挥费边的"拖延游击"战略，采取"主动出击"战略，进军西西里岛渡海西班牙，拿下迦太基在西班牙的后方基地"新迦太基城"，切断汉尼拔漫长的粮草供应线，两次歼灭来自西班牙的迦太基援军，开始了为罗马复仇雪耻的征程。他所率领出征的军团中其中就有在坎尼会战中败北、被称为"坎尼幽灵"的1万多名两个军团等待报仇雪恨的老兵。

　　公元前205年末，孤军深入的汉尼拔困守半岛南端卡拉布尼亚。公元前204年大西庇阿采取黑虎掏心战略，率领3万罗马军远征北非，在非洲迦太基城附近的阿非利加登陆和努米底亚国王马西尼萨结盟打败迦太基常规军。

　　迦太基元老院急招汉尼拔回国应战。汉尼拔在意大利征战十五年，从未打过一次败仗。为了挽救祖国，含恨撤离意大利。公元前202年双方在迦太基南面的扎马城附近展开激战。罗马军大胜，迦太基被迫求和。罗马取得第二次布匿战争的决定性胜利。迦太基订下丧权辱国的和约：解散陆海军，只留10条战舰防止海盗，未经罗马批准不准同任何国家开战，国土只限于非洲，50年里赔偿1万塔兰特白银，另交100名贵子子弟作为人质押解去罗马看押。

　　大西庇阿胜利归国，受到罗马人热烈欢迎，盛大的凯旋仪式空前壮观，在鲜花和欢呼声中一座壮观的凯旋门拔地而起。他被授予"非洲征服者"

称号，真可谓功成名就。而他的军事对手汉尼拔虽败犹荣，依然得到迦太基人民热爱，被推举为执政官，正当他准备着手清除腐败，整顿军备，推进改革，准备东山再起之际，却因触动贵族寡头的既得利益而被人向罗马占领者告发，说他准备勾结塞琉古国王安条克，发动战争反对罗马人。汉尼拔在内外交困中流亡四处，躲避罗马人的追捕。在扎马惨败 20 年后，汉尼拔在栖身的小亚细亚含恨自杀。

罗马政权在一系列的胜利面前，继续对外扩张。开始大踏步进军东方，夺取更多的财产、土地和人民。公元前 168 年，马其顿王国被保卢斯的儿子所消灭，亚历山大时代的马其顿方阵和骑兵均成为明日黄花。22 年后，罗马军团彻底毁灭了坚决反对罗马统治的希腊城邦柯林斯，城市被摧毁，居民被卖为奴隶，各种精美的古代艺术品被运往罗马。柯林斯的毁灭标志着罗马吞并了整个希腊。罗马军团就像一头凶猛疯狂的野兽，在短短的半个世纪中，吃下整个地中海地区，地中海成了罗马的内湖。

在第二次布匿战争结束不久，迦太基虽然丢失了海外殖民地，但是精明能干的布匿人经过半个世纪的生产发展，疗治战争创伤，农业和商业逐渐恢复，迦太基又变成了一个繁荣的城邦。

在罗马共和国的历史上出现过许多叱咤风云的人物，有的政治家、军事家几乎是祖孙相传一脉相承，比如古罗马历史上著名的西庇阿家族就有老西庇阿、大西庇阿和小西庇阿，均成为贵族出身的杰出的军事家，除了老西庇阿兄弟牺牲在第一次布匿战争中外，大小西庇阿都战胜过迦太基，参与的第二、第三次布匿战争均以完胜记录而名垂青史。

老加图和小加图祖孙是共和体制的坚守者和捍卫者。前者作为大西庇阿的政治反对派，一直坚守共和元老立场反对高层的贪腐奢侈，维护共和法治的尊严；后者在共和后期坚决反对恺撒的独裁和专制，直至在内战中杀身成仁，祖孙两代均被古希腊著名历史学家普鲁塔克列入《希腊罗马英雄列传》受到褒扬。

罗马共和国成败的历史既是对外扩张征服杀戮的历史，也是权贵寡头集团内部权力和财富不断再分配的历史，此消彼长，往往伴随着寡头集团内部权力斗争的你死我活，使罗马共和体制分崩离析，帝国在军阀混战弱肉强食的内斗中，直到恺撒时代定于一尊而再次辉煌，再次败落，法国著名启蒙思想家孟德斯鸠在《罗马盛衰原因论》中精辟地指出：

一些作家在他们的著作中只是说，罗马因分裂而覆亡，可是，他们却未曾看到，产生分裂是必然的，过去一直有分裂，将来也照样有分裂。造成灾祸并且促成纷争变成内战的唯一原因是共和国太大了。罗马不可能没有分裂，在对外作战中如此英气逼人、勇往直前、令人胆寒的军人，在面对国内事务时不可能温文尔雅。在一个自由的国度中，要求在战场上骁勇善战的人在平时胆小如鼠，不营是缘木求鱼。就一般规律而言，如果在一个号称共和国的国家中，人人静若死水，那必定是没有自由的。

孟德斯鸠的精彩分析，说明了战争成为统治者和国民的共同需要，统治者通过战争既可转移国内民众的视线，形成同仇敌忾的爱国氛围，同时也给共和国带来财富，增加民众的福利，大家何乐而不为。然而，战争在领土扩张中形成的海外殖民地也带来了军阀集团的割据为王，形成与中央政府对抗的独立军事力量，最终尾大不掉：

于是，士兵们的眼里只有自己的统帅，把自己的一切希望都寄托在他们身上，因而与罗马的关系日渐疏远。故而，这些军人不再是共和国的军队，而是苏拉、马略、庞培、恺撒的士兵了。率领一支军队驻扎守在行省中的那个人，究竟是自己的将领还是自己的敌人，罗马再也分辨不清了。

由罗马统治集团高层执政官或者其他官员担任的军队统帅，大部分均为贵族子弟，均受过良好的教育和军事体能的锻炼，因而很多都是文武全才的人物，比如老加图和大西庇阿等人，既建有军功，不同程度受到凯旋仪式的荣誉，同时也能著书立说，有相当的文化素养。如马略、苏拉、恺撒和奥古斯都能够依马挥戈决胜疆场，同时也能在元老院或竞选场合口若悬河，舌战群儒，在罗马历史上的重要关头都有不俗的表现。比如在朱古达战争中，马略竞选执政官时对罗马高层政治腐败的痛斥就很精彩，恺撒的战争笔记散文《高卢战记》和《内战记》堪称古罗马纪实文学典范。至于老加图和西塞罗本来就属于文人，只是老加图在征服西班牙中也曾经建立有卓越的军功。

老加图和大西庇阿在年龄上相仿佛，因为在罗马历史上老加图和他的曾孙小加图都是共和派的知名人物，为了便于区分，分别冠于老加图和小加图。而西庇阿祖孙三代均是罗马共和时期的名将，老西庇阿是指牺牲在提契诺战役的普布利乌斯·科尔涅利乌斯·西庇阿，大西庇阿也就是他的长子，与其父同名；他的养孙被称为小西庇阿的罗马名将实际出身于埃米利乌斯氏族，是卢基乌斯·埃米利乌斯·保卢斯·马其顿尼库斯的儿子，也同他的养祖父同名。

大西庇阿娶的是保卢斯的大女儿，这种罗马豪门之间的政治联姻其实只是扩大政治权势的手段，门当户对的婚姻不仅是罗马高层社会生活的常态，也是古今中外豪门显贵之间相沿成习的传统。所谓平等并不包括不同阶层血统的交融，即使所谓平民将军马略和旧贵族恺撒家族的通婚，也是在建立军功基础上晋升为新贵族骑士阶层以后的事情，亦即财产和权力对等后的锦上添花，因为马略是朱古达战争胜出的新贵，恺撒家族可以以此为骄傲，马略借助恺撒家族的血统优势谋取更高的权位也就顺理成章，不过是政治联姻的一损俱损，一荣俱荣如此而已，到了马略和苏拉争位时，这对曾经的上下级、战友展开的大屠杀，几乎对双方家人斩尽杀绝，毫不留情。

老加图的大儿子加图·萨洛纽斯娶的是保卢斯的小女儿特尔夏，与小西庇阿是亲兄妹。老加图和大西庇阿这对罗马共和史上著名的冤家对头，彼此拐弯抹角地还沾亲带故。希腊史学家普鲁塔克在他的《加图传》中记载了阿萨纽斯的轶事：

他（老加图）的儿子在德行方面受到他的陶冶和塑造，就像一件非常完美的作品，具备的天资与禀赋可以说没有任何瑕疵，只是体质太弱难以吃苦耐劳和肩负重任，因而他并不坚持他的儿子要过艰困的生活。虽说个人的健康状况不佳，但在战场他被证明是个刚强的军人，参与埃米利乌斯·保卢斯与帕修斯的决战就表现出了英雄气魄。有一次他的佩剑在一击之下脱落，也可能是手掌潮湿没有抓稳而遗失，使得他感到非常苦恼，带着一些战友回转身去，继续向敌人发起攻击，经过一场激战将敌人赶走，清理失去佩剑的地面，发现混杂在无数兵器当中，双方阵亡者的尸体堆积如山。身为将领的保卢斯表扬这位年轻人力战不屈的精神，加图有一封信给他的儿子，对于他誓死要找回佩剑的热诚极口赞誉。后来他娶埃米利乌斯·保卢斯的女儿，也是西庇阿的姊妹特尔夏为妻，所以能够与罗马的名门世家联姻，完全靠自己的功勋而不是父亲的名声。加图对自己儿子的教育关怀备至，终于获得丰硕成果。

文中提到的保卢斯指第三次马其顿战争中击败马其顿国王帕修斯的英雄卢基乌斯·埃米利乌斯·保卢斯·马其顿尼库斯，曾任执政官和监察官。因为家中子嗣太多无力抚养，他被父亲过继给了著名的大西庇阿之子，同时也是他的表兄的普布利乌斯·科尔内利乌斯·西庇阿。前168年，小西庇阿曾随生父参加第三次马其顿战争。在决定性的彼得那战役中，他勇猛追击敌军，深入险境。战争结束后，其父为进一步培养他的臂力和勇气，让他去管马其顿王家猎苑。公元前167年返回罗马，参加父亲的凯旋仪式，前152年，小西庇阿当选为财务官，进入元老院。他也和保卢斯的女儿特尔夏是亲兄妹。从这一辈分上说，他还应当是养祖父的小舅子。

正人君子监察官老加图

马尔库斯·波尔基乌斯·加图（Marcus Porcius Cato）常被称为老加图。为的是与他公元前 1 世纪的同名曾孙小加图有所区别。老加图出生于距离罗马东南 15 英里的小城突斯库隆，他成长的地方是萨宾人的乡间，他的父亲在那里置有产业，虽说他的祖先都是没有什么名气的普通人，但是他的父亲马尔库斯是品德高尚的市民，并且作战英勇；曾祖父多次立功受奖，因为骁勇善战使他的家族靠军功跻身骑士阶层。

罗马人称这些依靠本身的能力和突出的业绩进入政府管理阶层的人为罗马共和国的"新贵"或者"暴发户"。后来的执政官马略、西塞罗都属于这种平民上升为统治阶层的所谓新贵。这是和保卢斯、西庇阿、苏拉、恺撒这些资深贵族家庭子弟的不同之处。这也是加图从来不讳言祖先为共和国的建功立业而给家族带来的荣誉和骄傲。但是，他早年在乡间的那种乡绅式的耕读生活，在他成为共和国元老后依然恋恋不忘，而且这种简朴的生活方式他甚至保留了一辈子。

老加图脸型狭长，轮廓分明，目光敏锐，鼻梁高耸，皮肤红润，平时不苟言笑。到了老年，饱经风霜的脸上皱纹纵横，尤其紧抿着向下倾斜的嘴唇，使他严峻的脸庞更加威严，他就是一位浑浊官场的正人君子，至少表面上是这样。在人眼中他是铁面无私的监察官。共和国后期他的玄孙小加图和他长相酷似，连行事风格和为人处世也几乎一样。

祖孙两人都极其痛恨共和国权贵们的奢侈腐化堕落的生活方式，竭尽全力维护共和国简朴的民风，这使得他们成为那些拥兵自重的军阀独裁者政治上的反对派。比如老加图对于西庇阿，以及小加图对于恺撒、庞培、克拉苏，从文化和道德、生活层面上说都是不屑一顾的，这不仅仅完全在于价值观的不同。尽管西庇阿祖孙不仅战功赫赫，而且人品道德在腐化堕落的贵族阶层中也属凤毛麟角。只是贵族家庭政治经济地位的优越，使得他们衣食无忧，出手阔绰。对自己和部下也是慷慨大方，不拘小节。在他们心中，对于即将出生入死提着脑袋为祖国拼命的将士而言，吃吃喝喝实在是小事一桩，何必吹毛求疵呢。这是贵族和平民出身的官员对待钱物的差别。在这一方面老加图和小加图没有少给西庇阿和恺撒出难题，甚至搞得一代名将大西庇阿在战胜汉尼拔凯旋后，竟被送上了法庭，使他晚年很没有面子。

老加图和小加图最大的不同是曾祖父文治武功、演讲精彩、谈吐出众、煽动性强；在西班牙平息暴乱，出奇制胜，战功卓著，赢得过一次凯旋仪式的殊荣，可以说是一个全面发展的综合性人才。玄孙小加图虽然思想深刻，承续祖风生活节俭，厌恶奢华，有着崇高的共和理想，但是为人刻板、言辞古朴，欠缺打动人心的灵活性和幽默感。尽管史家对于他的刚正不阿多有肯定，然而性格决定命运，最终导致其在内战中成为为共和理想献身的悲剧英雄。

老加图的人生事业从参军开始，他在前217年25岁时就加入军队，参加抵抗汉尼拔入侵的第二次布匿战争。前214年费边在坎帕尼亚地区进攻一些倒向汉尼拔的意大利城市时，加图是费边麾下的一名军团长。这一时期是罗马与汉尼拔斗争的关键时刻，费边的避免正面交锋的策略受到不少抨击，但加图却非常尊敬费边，并深受其影响。前209年加图再次在费边麾下作战，参加了围攻他林敦的战役。由于加图在战斗中表现突出又恪守美德，他获得了当时在社会上有很大活动能量的年轻贵族卢基乌斯·瓦莱里乌斯·弗拉库斯的赏识。

费边那种以退为进保存实力，以小股部队牵制大股敌军，敌退我进，你走我打的战术，使得孤军深入意大利境内，希望以速战速决的会战形式聚歼罗马军团的战略难以展开，只能以攻城略地后的大屠杀而刺激费边进行决战，老费边不为所动，坚持拖延战略，消耗汉尼拔的有生力量，为大西庇阿跑到西班牙在汉尼拔后方基地捣乱打下了基础。西庇阿为此新征六个军团，造新战舰100余艘，目标瞄准了西班牙和迦太基本土，窥伺敌人弱点，拟定了突然发力一战而胜的战略，并出其不意攻其不备地取得一连串战役的胜利。

　　而此刻，比如费边将军就曾经在公元前 209 年凭一战光复塔伦城，年轻的老加图就在费将军麾下服役。为两年后年轻的大西庇阿渡海远征非洲，把汉尼拔一举调回迦太基，开展扎马会战，赢得第二次布匿战争的决定性胜利打下基础。同时也掀开了老加图和大西庇阿在官场和军界激斗的序幕，老加图和大西庇阿的分歧，开始是由于各自对外敌作战方针不同而引发，因为老费边是老加图的老上级，老上级的战略方针自然会影响到老部下。

　　这时的老加图在服役期间结识了一位名叫尼尔克斯的毕达哥拉斯学派的学者，他们是同处一室的战友，使得这位年轻的士兵了解了有关古希腊哲学的学说和典籍，时常听这位战友朗诵柏拉图的一些令他难忘的格言："欢乐乃万恶之源"；"灵魂的大患在于肉体的存在"；"思想不受肉体的羁绊就能获得解脱和升华"等等成了他人生奉行的圭臬。使他对于简朴的生活和克制对于物质肉体的欲望永远保持着浓厚的兴趣。那时候罗马的兵制本身体现着人们家境富裕，虽说是平民也必须花钱才能当兵，才能通过建立军功改变身份进入官场，晋升为贵族。

　　但是相比较出身显贵之家的西庇阿来说，加图不可能自幼接受希腊教师的专门教育，他从未学习过希腊文。这就是当时罗马社会的阶级之间的差别。这些出身和习性之间的差异，使得他一直和大西庇阿之间有着隔阂。他一直到垂暮之年才产生对希腊语的兴趣，学习希腊的语法修辞，在他的文章中经常引用希腊谚语和典故，并且在加以修饰后，充当自己文章的警句和格言加以言说，有的干脆就是从希腊原文翻译而来。

　　老加图的发迹，还依靠一位罗马显贵卢基乌斯·瓦莱里乌斯·弗拉库斯的赏识，将他提携推荐到首都罗马，进入上层交际圈，归根结底要归功于加图简朴的生活习性给这位贵族留下的美好印象。因为两家的田地连接在一起，使得年轻的贵族通过奴仆口中知道相邻田地主人非同凡响的风采。

　　加图在退伍后曾经担任诉讼代理人，一大早徒步走到法院去帮助那些需要提供咨询的人士。加图在回家以后，冬天只在身上披着宽松的长袍，炎热的夏季赤裸着上身，与家奴一起操劳耕种，中午坐在田埂地头休息，享用同样的面包和葡萄酒。这些奴仆谈到他们的主人的特性和气质，给弗拉库斯留下十分美好的印象，比如谦逊和节制的性格，特别经常脱口的那些充满睿智的格言，使得瓦莱里乌斯心生敬佩之情。特地邀请年轻的加图共进晚餐。亲眼目睹了加图卓越的气质和出众的才华，认为这位年轻人如同一颗生气勃勃的植物，目前需要充分的培养和适合的环境，经过他的劝说和催促，加图愿意投身到罗马政坛去谋求发展。加图到达首都后继续从事律师的辩护和诉讼工作，很快赢得大批志同道合者和仰慕他的人。他在政界的飞黄腾达主要仰仗于老邻居瓦莱里乌斯的大力举荐和提携。

瓦莱里乌斯属于罗马上层人士中的保守派（加图的另一个赞助者费边也属于此派），这些人致力于维护罗马的简朴传统，反对从东方（指希腊）引入奢靡的生活方式，因此与以大西庇阿为首的另一派人物不和；大西庇阿一派对希腊文化非常着迷。瓦莱里乌斯对加图的简朴作风十分赞赏，但或许更重要的是他自己的政治活动也需要一个伙伴和支持者，于是他努力提携加图，作为他政治上的潜力股进行未来的官场博弈。按照瓦莱里乌斯的建议，加图在罗马人重要的集会场所，即广场上崭露头角，逐渐获得了公众的关注并步入政界。

刚开始他就在军队里担任军事护民官，这是罗马共和政体确保军队统帅对于国家体制忠诚的设置，也是公民大会在军队的监督者。接着晋升财务官或者司库，后来他与瓦莱里乌斯同时担任军队最高指挥官，在经历各种战火考验后同时担任执政官和监察官。罗马共和时代，选举官员权力和执行机构属于人民代表大会和元老院，除了军事护民官，所有官员选举后直接对元老院负责；官职的序位是从财务官，经过法务官到执政官，除了监察官任职 5 年，其余所有官员任职都是 1 年。

普选制和官员任期制保证了执政者对于民意的尊重和对共和国的忠诚，而军事司令官在执行军事任务时，职务是元老院任命并配备军事保民官对司令官忠诚进行监督，由财务官对军费开支进行制约。

老加图和大西庇阿的矛盾在于军队中的监督制约和反监督制约。双方对于共和国的忠诚应该没有问题，但是在习性和花钱的方式方法上却大相径庭，因而在老加图担任军队财务官期间和总司令大西庇阿的矛盾，一直延续到战后对于大西庇阿兄弟的追责审判。尽管那时他们都很年轻，然而不同的家庭出身在对待钱财上的态度是截然不同的。涉及国家军事拨款，老加图对于贵族公子哥儿的铺张浪费就显得十分反感和较真。这和后来他的玄孙小加图与贵族公子出身的恺撒之间的矛盾是一致的，这里祖孙两代人有着一脉相承的共同点，不同的仅仅是小加图是全心全意维护共和体制的顽固派，而恺撒则希望借助军事力量来改革已经没落腐败的贵族共和传统，通过独裁来进行政治体制改革，以帝国独裁政治完成一统大业。

尽管小加图因为老加图也已经拥有了骑士贵族的出身，但是罗马社会依然存在着传统贵族和新贵族之间的巨大差别。恺撒在行事作风上更趋向老贵族的随心所欲大手大脚，而且在生活作风放荡风流，从来不顾及社会影响，竟然明目张胆勾引加图的同母异父姐姐塞维利亚，使得小加图和他外甥布鲁图斯对他十分反感，最终独裁者恺撒死于共和的坚定支持者布鲁图斯之手，不能不说和恺撒对于塞维利亚的勾引无关，因为布鲁图斯是塞维利亚的儿子。就这样政见不同和情感的伤害交织在一起，引发了那场著名的宫廷血案，改写了罗马的历史，这是后话。

加图于前199年任平民营造官。前198年加图担任裁判官，被元老院外派到撒丁尼亚行省。加图在任上开始实践自己的政治信条，他削减政府开支并驱逐了撒丁岛的高利贷者，这些旨在遏制铺张浪费和剥削的政策进一步提高了他在民众中的声誉。前195年，加图当选为执政官，与他的提携者瓦莱里乌斯共职。他在执政官任上的最大功绩是镇压了西班牙各部落的反叛。西班牙是大西庇阿征服的，此前控制这一地区的是罗马的强敌迦太基。加图率军前往西班牙平叛，很快就使当地部落全部臣服。根据李维的记述，加图是软硬兼施，对于不顺从者即毫不留情地加以屠杀。据说，"以战养战"的名言就是加图在这次战争中说出来的。由于这次胜利，元老院授予加图一次凯旋式。

关于加图在前194年至前191年间的政治活动，不同的古典作家的记录互相矛盾。他可能曾以资深执政官身份在色雷斯地区任总督。此时罗马政府的最大任务，是防备塞琉古帝国君主安条克三世向欧洲的扩张，安条克三世雄心勃勃地企图与罗马竞争，并于前 192 年率军侵入希腊。前 191 年加图作为时任执政官马尼乌斯·阿基利乌斯·格拉布里奥的军团长，参加了著名的德摩比利战役（所谓"温泉关"战役）。在这次战役中，安条克三世的塞琉古军抢先占领了德摩比利的那个著名隘口。为了防止重蹈希波战争中希腊人的覆辙，安条克三世命令他的盟友、埃托利亚同盟的军队去防守隘口两侧的山头，以防罗马人从波斯人用过的小路绕到塞琉古军后方进行包抄。格拉布里奥发现此事后就命令他的两个军团长加图和弗拉库斯去攻占这两个山头。战斗开始后，弗拉库斯的进攻失败，格拉布里奥从正面的攻击陷入胶着，而加图所率的罗马军团击溃了山上的埃托利亚人，并直接冲下来，结果进入了安条克三世的本阵。塞琉古军士气崩溃，终于被罗马人打得大败，几乎全军覆没；安条克三世本人仅以五百骑突围而出。这次胜利的最大功臣无疑是加图，他亲自返回罗马报告了胜利的消息。

普布利乌斯·科尔内利乌斯·西庇阿出身于西庇阿家族，该家族是古罗马著名贵族科尔内利乌斯氏族的一个支系。他的祖先中有好几位担任过执政官职务。他的曾祖父，卢基乌斯·科尔内利乌斯·西庇阿是前 280 年的贵族监察官。科尔内利乌斯氏族是古罗马六个最显赫的贵族氏族之一（其他五个是曼利乌斯氏族，费边氏族，埃米利乌斯氏族，克劳狄氏族和瓦莱里乌斯氏族），而在大西庇阿生活的时代，西庇阿家族正处于其权势的巅峰，是科尔内利乌斯氏族中最有权势的分支。

远征军司令大西庇阿

大西庇阿是前218年的执政官普布利乌斯·科尔内利乌斯·西庇阿的长子，与父亲同名。他的母亲庞波尼娅出身于罗马的一个著名平民氏族，属于骑士等级。他有一个弟弟卢基乌斯·科尔内利乌斯·西庇阿（"征服亚洲者"）也是罗马的著名将领。非常可惜的是古希腊著名传记作家普鲁塔克所撰写的《大西庇阿传》未能传世，他的事迹只能从有关阿庇安、波利比乌斯和李维的其他历史著作中去发现。

据阿庇安《罗马史》记载，大西庇阿很早就投身行伍，开始了自己的军旅生涯。第二次布匿战争爆发后，迦太基名将汉尼拔率军越过阿尔卑斯山，在击溃高卢部落后迅速南下，挺进波河流域。公元前218年，汉尼拔先后在提基努斯河战役、特雷比亚河战役中大败罗马执政官普布利乌斯·科尔内利乌斯·西庇阿以及副将尼阿斯·科尼利阿斯·西庇阿——也就是大西庇阿之父和叔父（本文中称之为老西庇阿）。公元前210年，两个西庇阿再次率军出征西班牙。可以说大西庇阿是共和国标准的少年将军。当时年仅17岁的大西庇阿随父参加了这两次战役，受到了战火的锤炼，目睹了汉尼拔的战略风采，并且表现出胆识过人的一面：在提契诺河战役中，大西庇阿曾带着骑兵突入重围，救出受伤的父亲。

公元前216年，著名的坎尼会战爆发，年轻的西庇阿作为军团长参加了这次会战，见证了罗马人空前的大惨败以及汉尼拔一生中最为辉煌的战役。酿成这次惨败的罪魁祸首——执政官瓦罗逃之夭夭，而另一位执政官——拥有一定实战经验却几乎被瓦罗架空的卢基乌斯·埃米利乌斯·保卢斯则战死沙场，为国捐躯。后来，卢基乌斯·埃米利乌斯·保卢斯的女儿埃米利娅·保拉嫁给大西庇阿为妻。

由于罗马人在坎尼会战中损失了五分之一的成年公民和许多元老、军团将校（七万人被杀，近两万人被俘），引起罗马人的极度恐慌。会战结束后，以卢基乌斯·卡埃基利乌斯·梅特路斯为首的四位贵族军团长率领残部到达卡流苏门，他们对形势感到悲观失望，组成阴谋集团企图率领残部弃罗马而去，逃离意大利去海外充当雇佣军。此刻，正在卡流苏门的军团长大西庇阿接获情报，立即率领一小队随从，手持武器闯入这些青年贵族的集会场所，将他们武装扣押，胁迫他们发誓决不背叛罗马，并继续为罗马服役，否则将处死他们。大西庇阿以武力强行阻止了这次叛逃事件，并将这些叛将押送回罗马交元老院大陪审团定罪。刚刚露头的军团内部的哗变就这样被镇压下去。

此时西庇阿获悉逃亡的执政官瓦罗身处维努西亚，他派人送信询问这位执政官是否需要他率军与之汇合，还是让他固守卡流苏门。瓦罗很快就率领自己的部队与他汇合。逃亡执政官的这一举动也许另有深意，因为阴谋活动已经不局限于那些年轻的贵族，而开始向部队基层扩散，所以瓦罗有必要尽快赶到卡流苏门，从而稳定局势。或者恰恰相反，这位有过失的执政官，想要通过对并未失序的军队进行象征性的维稳，从而以牺牲士兵的代价来保持自己的声誉？总之，当时的真相已经无从知晓。人们只知道这位从战场迅速逃离的败将，后来得到了同胞的善意对待，而那些历经艰险的坎尼老兵实际上却遭到了放逐，在西班牙、西西里岛等地去服苦役。直到大西庇阿攻下西班牙新迦太基城后，才又收编他们去非洲阿非利加复仇。

元老院和公民大会在人事上首先做出布局，很快坚实可靠的马塞拉斯从西西里被召回，派往卡流苏门，在那里重振坎尼军团，让他们尽快恢复战斗状态，而此时瓦罗受命返国去参加独裁官推选工作。当瓦罗抵达罗马后，"因为没有辜负共和国"而受到民众的夹道欢迎。李维在他的史诗性著作《罗马建城以后》中不无讽刺的提醒，在类似情况下返回迦太基的败将这将会被处死。当选独裁官的是一位富有经验的厚重老成之士——前任执政官和监察官马尔库斯·朱利乌斯·佩拉（Mjunius Pera），能力出众的提比略·森普罗尼乌斯·格拉古（Tiberius Semproniu Gracchus）为骑士团团长。此公系后来大西庇阿两个杰出的外孙古罗马著名改革家格拉古兄弟提比略和盖乌斯的父亲。他们两人将一起重建罗马支离破碎的军队架构。罗马迟早能够从他们巨大的兵员储备中恢复实力，这是孤悬海外单兵作战的汉尼拔说根本不具备的优势。

公元前212年，大西庇阿宣布竞选市政官。由于他还未达到法定年龄（担任市政官者自动成为元老，而元老要求年满30岁），保民官否决了他的竞选资格。但此时的西庇阿已因其勇敢个性和爱国情操而名声大噪，支持者众多，遂以压倒性的票数当选，最后保民官也被迫收回了自己的反对意见。就这样，西庇阿在24岁时便成为市政官，进入了罗马的官场晋升体系。

这一年，西班牙的战争局势发生重大变化。迦太基在与努米底亚国王西法克斯议和之后，立即命令汉尼拔的弟弟哈斯德鲁巴率领大军增援西班牙。根据阿庇安的记载：

从这个时候起，两西庇阿兄弟（老西庇阿）在西班牙进行战争，和汉尼拔的弟弟哈斯德鲁巴对阵，直到迦太基人召回哈斯德鲁巴和他的一部分军队应对努米底亚国王西法克斯的进攻时撤出战场，两西庇阿轻而易举就战胜了迦太基的剩余部队。许多市镇也自愿投到两兄弟的麾下，因为他们在争取同盟者时有号召力，和他们在指挥军队方面的能力一样杰出。然而，西班牙战事的转折，在迦太基人和西法克斯议和之后，哈斯德鲁巴带着更多更强的军队并且配备了三十头大象卷土重返西班牙，和他同来的不仅有他的弟弟马戈还有汉诺的儿子哈斯德鲁巴两员悍将。从力量对比来看，对于两西庇阿来说，战争更加艰难了。但是他们还是取得不少辉煌的战绩，许多阿非利加人和战象被杀。当冬季到来，阿非利加人进入狄坦尼亚的冬营修整。尼阿斯·西庇阿在奥索，而普布利乌斯·西庇阿在卡斯多罗听到哈斯德鲁巴即将来进攻的消息。他带着一支小部队出来侦察敌情，出乎意外地遇见哈斯德鲁巴，仇人相见分外眼红他和他的部队被敌人骑兵包围，全部遇难。尼阿斯一点不知情，他派遣士兵到他哥哥那里去取粮食，这些士兵又遇到迦太基另一支阿非利加雇佣军，于是双方发生激烈交火，尼阿斯火速带着轻装部队赶去支援，迦太基人已经击败了前一支部队，现在集中火力攻击尼阿斯的部队，迫使他们逃进一座木塔里，迦太基人烧毁了这座木塔。他和他的同伴都被烧死在塔里。

进军西班牙的老西庇阿两兄弟就这样壮烈殉国。大西庇阿一下子就失去两位亲人，而罗马人在西班牙的局势也变得岌岌可危。

公元前 211 年，罗马人举行了一次会议，决定推选一位将军前往西班牙挽回颓势，但无人敢担任此职。最后，年轻气盛的大西庇阿挺身而出、主动请缨，要求担任此职。他在会场发表了慷慨激昂、振奋人心的演说，阐述自己心中的家仇国恨，强调这个职位非自己莫属。然后，他又放出豪言壮语：他不仅要征服西班牙，还要征服迦太基和整个阿非利加。

许多人虽觉得这位贵族公子有些夸夸其谈，但也深为感动、大受鼓舞，支持他当选将军；而一些老年人则指责他只有匹夫之勇徒做大言纸上谈兵而已，表示反对。大西庇阿立即反击那些老年人，说如果有长辈愿意主动请缨，他可以放弃这个职位。此言一出，那些老年人立即沉默了。最后，大西庇阿在人们钦佩的目光和赞扬声中当选为远征西班牙的大将军。

是年，西庇阿率领一万步兵、五百骑兵，乘坐二十八条战舰前往西班牙，并在那里开始了自己的传奇生涯。此时加图奉派作为随军财务官和大西庇阿一起去了西班牙战场，这当然出于执政官费边老将军对于大西庇阿的不够信任，特意派出自己的亲信老加图监督大西庇阿的军费开支，生怕这位公子哥儿大手大脚乱花国家的钱财。骨子里还是对这位贵族公子不是很信任。

就是在这次远征西班牙的过程中，大西庇阿和老加图两人结怨，一直到第二次布匿战争结束后，旧事重提，大西庇阿险些被送上法庭审判。因为，以费边为首的元老们面对汉尼拔的凌厉攻势依然奉行"费边主义"的拖延游击战术，而西庇阿主张主动出击，要将战争带到汉尼拔的新家西班牙的根据地新迦太基城，最终直捣汉尼拔的老家阿非利加的迦太基。他所采取策略就是类似中国《孙子兵法》中的"围魏救赵"策略。攻击汉尼拔的战略后方，切断粮草和战略资源的供应，迫使其退兵，解除罗马被围攻的危机。大西庇阿的大胆构想受到老费边等人的强烈反对，但是对于民众的支持，他们还是勉强支持他远征，只是在军费开支和部队征集方面都是西庇阿自行解决的。

　　也就是这次加图随西庇阿出征期间，两人因为经费支出问题产生矛盾。按照加图的看法，认为西庇阿的挥霍浪费是贵族公子哥儿天性使然，把大笔金钱散发给士兵，根本不加珍惜。他毫不考虑后果向西庇阿进言：战争的费用目前不成问题，如果再给士兵额外的钱财，原有节俭的习性就会受到败坏，陷入不必要的娱乐和奢侈之中。西庇阿的回答是，他不需要精打细算的财务官，并解释说之所以大手笔的花钱，是为了鼓舞士气，全速赢得胜利，作为财务官应该向人民报告作战行动所取得的成效，至于花钱多少根本就是不足挂齿的小事。

　　加图从西西里作战基地返回罗马，开始向费边告状，公开在元老院大声抱怨，指责大西庇阿浪费了无法计算的金钱，用非常幼稚可笑的做法去"激励士气"，比如举办角力比赛和演出喜剧消磨时光，好像他们不是去打仗，而是去度假休闲玩乐似的。结果元老院派遣保民官前去调查，要是加图指控属实就将西庇阿召回罗马。

　　大西庇阿向来人表示，作战的胜利取决于准备工作的完善，并且让他们知道，在此地没有别的事可做，只不过尽可能与朋友找机会能够轻松一下，即使忙里偷闲也不至于疏忽重要的工作，更没有妨碍到完成作战任务的时间和进度，他的辩护词让护民官感到满意。摆平此事后，大西庇阿开始拔锚起航去阿非利加，正式走上战争之路。

　　西庇阿当时虽然只有 25 岁，但也是久经战阵，富有作战经验的少年老将军，尤其在追随父兄多次与汉尼拔交手过程中，学到对方许多战略战术并加以灵活运用。由于胆识超群，为人谦和，再加上共和国烈士子弟的身份，他在军中享有盛誉。他刚到西班牙便利用敌人兵力分散的弱点，采用集中优势兵力，各个击破的战略，一举拿下迦太基在西班牙的最大城市——新迦太基城，迫使汉尼拔的弟弟哈斯杜鲁巴放弃西班牙，率领 2 万残部向意大利撤退，他的撤退路线就是其兄长汉尼拔的路线，准备翻越阿尔卑斯山，与哥哥在意大利会师。

　　公元前 208 年，汉尼拔急切地等待分手 8 年的兄弟到来，会师卢比孔河，扫荡罗马城。然而，到来第二年的春天，冰雪尚未融化，哈斯杜鲁巴依然音讯杳然，他派出的情报人员翻越阿尔卑斯山，进入波河平原打探兄弟行踪，却一直没有消息，他在阿普利亚不敢贸然行动。

一日中午，哨兵来报，罗马骑兵向他的营地抛来一颗首级，血淋淋的头颅被提到主帅面前，他定睛一瞧却是他八年未见的兄弟哈斯杜鲁巴首级，他仰望晴空，放声大哭，悲痛欲绝。原来哈斯杜鲁巴在进入波河平原后，派出 6 名骑兵携带信件同哥哥联系，信件内容为两兄弟商量在卢比孔河会师的问题。信使却误入了为罗马人所控制塔伦图姆并被俘虏，信件被罗马军队缉获，致使行军路线被罗马方面完全掌握。对元老院进行汇报以后，执政官克劳狄乌斯·尼禄秘密带领一支大军北进，他让其余的罗马军队将汉尼拔挡在阿普利亚的卡流苏门（Canusium）经过一系列的急行军，尼禄来到他的同僚萨里拉托尔设在翁布里亚的军营，这里离哈斯德鲁巴的营地不远。哈斯德鲁巴凭直觉感到有些不对经，想急忙撤离。然而，他的向导逃走了，当迦太基人在寻找一处横渡梅陶罗（river Metaurus）河的地点时，罗马人迅速袭击了这支迷失方向的军队。哈斯德鲁巴不得不进行抵抗，经过一番激烈打斗，迦太基战线全线崩溃，哈斯德鲁巴寡不敌众，当场阵亡。迦军被杀一万多人，残部四散而逃。

大西庇阿终于以自己在西班牙的胜利，回到罗马，尽管他带回数量可观 6500 公斤白银和大量战利品，摆放在位于贝罗纳神庙的元老院面前，但是他未能享受凯旋式的待遇，因为他从未担任过高级地方行政官的职务。不过由于战功赫赫，他威名远扬，轻而易举地赢得公元前 205 年的执政官选举。同时他的同僚已经取下杀害自己父兄凶手的首级，血债血偿地报了家仇、雪了国耻，使他感到欣慰。然而，真正的元凶依然在意大利本土和罗马周边像是幽灵那样游荡。捣毁汉尼拔的西班牙新迦太基城只是大西庇阿迈开的第一步，以后步步为营，直至在非洲的阿菲利加扎马平原，几乎全歼汉尼拔有生力量，他又宽宏大量地保留了迦太基的国家自治和主权。

罗马之剑和科学家之死

　　马塞拉斯（Marcellus）是公元前三世纪的罗马名将，在第二次布匿战争中与迦太基悍将汉尼拔对阵，因英勇善战激起全军斗志，获得"罗马之剑的"美誉。

　　普鲁塔克称赞马塞拉斯精通武艺且经验丰富，从来不放弃和敌人肉搏的机会，在搏斗中取对手的生命易如反掌，如同折断树枝。因为逞强好胜，斗勇好狠往往在战斗中将生死置之度外。这固然是将军十分美好的品格，然而也是他致命的性格弱点，决定了他死于非命、在阴沟里翻船的不幸结局。

　　公元前208年，也是被称为"罗马之剑"的马塞拉斯第七次当选执政官，他领兵出征。汉尼拔一直不理会马塞拉斯进行决战的挑衅，这十分反常，过去往往是汉尼拔挑衅老马出战，老马谨遵老师费边的拖延战术，避其锋芒，在汉尼拔退却时，出其不意攻其不备地打击汉尼拔后方，使得汉尼拔不胜其扰。这种反常没有引起马塞拉斯的警觉，他大咧咧地进军，汉尼拔却出其不意地在山中埋设伏兵一举歼灭罗马军团和雇佣兵2500人，马塞拉斯反而被激怒发誓要为罗马军复仇，于是集中兵力，接近汉尼拔的部队，正好中了汉尼拔诱敌深入聚而歼之的诡计。其本人和另一名执政官在意大利佩提尼亚的丘陵地带被汉尼拔设伏杀死。

　　根据普鲁塔克《马塞拉斯传》记载。他和同僚克瑞斯皮鲁斯在身居护民官的儿子陪同下，前去两军营地间的一座小山区勘察地形。这一行由220名骑兵护卫，这支卫队中没有一个罗马士兵，全部是弗里吉兰和伊楚斯坎雇佣兵组成。当他们进入山谷，山丘全被莽莽苍苍的绿色森林覆盖，两边都是陡峭的斜坡，潺潺的泉水从山谷之间流出，奇怪的是汉尼拔并没有占领这座山谷，竟在山顶茂密的树丛之间布置了暗哨。因为靠近自己四个军团的营地，一向谨慎的马塞拉斯，这次实在过于自信，他们策马进入山谷勘探地形准备占领山头，不料山头早已为敌军占领，此刻正虎视眈眈地注视着他的举止，准备伺机全歼。

马塞拉斯的一举一动尽入汉尼拔的法眼，他把罗马人营地的情况观察得一清二楚。所有埋伏人员都等待汉尼拔的信号，直到马塞拉斯和他的卫队走得很近，汉尼拔的伏兵才倾巢而出，从四面八方进行围攻，用标枪和长矛对他进行冲刺，伊楚斯坎人闻风而逃，逃走的人员背部受到重伤，弗里吉兰卫兵形成一个圈子，拼死保护两位执政官，抵抗的士兵全部被砍翻在地。克瑞斯皮鲁斯被两支标枪射中，才转身逃离现场。马塞拉斯的肋部被一根宽头长矛所刺穿，这时幸存的弗里吉亚卫士丢下已经断气的执政官，前去救援已经受伤的护民官小马塞拉斯，向着营地飞奔。被杀的人员没有超过40人，5位扈从校尉和18位骑兵成为敌人的俘虏，克瑞斯皮鲁斯伤势过重，几天后身亡。

普鲁塔克在《马塞拉斯传》中记载：汉尼拔听说马塞拉斯死亡的消息后，立即策马赶到小山，检视马塞拉斯的遗体，看着马塞拉斯被长矛洞穿的尸体久久沉默不语。汉尼拔没有说一句傲慢或无礼的言辞，也没有表示出丝毫兴奋或者愉悦的神色。也许是英雄惜英雄，即便是敌手战死疆场也算是军人的英雄本色。因为，他在攻入意大利以后也曾经屡次败于马塞拉斯手下，马塞拉斯也算是一个足智多谋的杰出统帅。39岁的迦太基将军默默伫立在62岁的罗马将军遗体前。他从尸体的手指上取下金戒指，上面刻着马塞拉斯的侧脸像，还有他的名字——马塞拉斯·克劳狄乌斯·马尔凯鲁斯，毫无疑问，眼前这位躺在罗马执政官大红披风上魁梧壮汉正是马塞拉斯本人，身上还带着简陋的装备。刻着姓名的戒指正是他用着传令的印信，他取走了这枚戒指。汉尼拔认为将其据为己有之后可以发挥作用。

他叫手下抬走了马塞拉斯的尸体，按照罗马的方式，以符合一位罗马执政官身份的典仪隆重地火葬了这位敌军统帅。他的遗骸被安放在一个银制的骨灰瓮中，上面装有黄金的盖子，派部下送给马塞拉斯的儿子。途中遭到努米比亚士兵的袭击，将这只装饰精美的金银骨灰瓮抢走。骨灰洒落一地，被风吹走。汉尼拔得知这一消息后，只说了一句话："看来人不能作违反天意的事。"他处分了努米比亚士兵，但没有找回这只骨灰瓮。

努米斯特罗之战中，汉尼拔将军队驻扎在山丘上面，双方鏖战良久相争不下，经过三个小时的激烈战斗，夜幕降临收兵返营。第二天太阳升起，马塞拉斯再度把部队带出来，就在遍布尸体的地方列阵，向汉尼拔挑战决一生死。当他开始拆营撤退的时候，马塞拉斯开始搜集战利品，同时埋葬士兵的遗体，然后尾随敌军不放，虽然汉尼拔经常运用计谋，设置埋伏想要暗算马塞拉斯，但还是没有占到上风，同时双方不断进行前哨战斗，总是马塞拉斯获得优势。

在马塞拉斯戎马生平最最值得书写、也是饱受争议的一笔乃是对于建立在意大利的希腊城邦叙拉古之战，和死于那场战争的希腊大科学家、数学家阿基米德，对于这位科学家之死，史家一般都归罪于罗马当时的执政官马塞拉斯。

公元前215年诺拉之战成功阻击汉尼拔，马塞拉斯的威望达到顶峰，汉尼拔的神话再次失落。普卢塔克称这是罗马人首次迫使汉尼拔狼狈逃窜。马塞拉斯凭借这些成就于公元前214年第三次出任执政官。后来，他彻底粉碎了汉尼拔攻取诺拉的企图，转而协助围攻坎帕尼亚战略要地卡西利努姆，因为该城已经落入迦太基人之手。在攻破该城后，马塞拉斯被派往西西里。

叙拉古是西方最大的希腊城池，也是最难应付的军事强邦。因此马塞拉斯最初尝试围城时，历经一年而收效甚微，一位名叫阿基米德的数学家、科学家在本来已经极完备的武器、工事和天然屏障等守城系统基础上又贡献自己独一无二的智慧：阿基米德设计的回转起重机，在敌舰临岸时，伸出起重臂，将战舰高高吊起，悬于空中，晃来晃去，使舰上的罗马将士全部摔出舰外或摔昏后根本无法作战。再将战舰抛向海中，舰毁人亡；或者将战舰抛入敌阵，歼灭敌军。尤其阿基米德设计的投石器，可将巨大的石块抛向远方，击毁许多罗马战舰。罗马大军向叙拉古发动了无数次进攻，均被击退，损失惨重，无奈之下，马塞拉斯只好命令军队围而不攻，希望守军粮草断绝后不战而降，结果相持两年后，罗马军队才攻破叙拉古城。

阿基米德（Archimedes 约公元前287年至前212年）是希腊化时代伟

大的科学家和技术奇才。他生于叙拉古，是出色的数学家、物理学家、天文学家、工程学家、机械技师和发明家。他在 75 年生命里程中似乎一直待在叙拉古，只是在游学过程中到过埃及亚历山大城。阿基米德一生中有许多影响深远的发明，其中包括他有关地心引力和杠杆作用的革命性成果，还有他对于圆周率数值的计算，对球体、圆周柱体和圆锥体的测量法，为计算和表达大额数据所设计的方法，等等。在众多关于他脍炙人口的故事中，最为不朽的是他在流体静力学方面所做的开创性工作。阿基米德在公共浴场踏入水面满溢的浴盆后，突然意识到，如果搜集并测量溢出的水，其体积应当与他的躯体体积相等。由于这一发现为他找到了一个解决难题的方法，据说他兴奋得忘记了穿上衣服便冲到外面高喊："我找到了！"

阿基米德还制作了一个星象仪，西塞罗曾经见过该仪器，并声称这是各类行星的天象仪，演示了太阳、月球及其他行星的运动，并且演示了日蚀的出现。复滑车和螺旋桨也被看作是他的发明。

公元前 212 年，叙拉古人在某节庆期间由于分心，导致对于城防的疏忽大意，马塞拉斯乘守卫醉酒或沉睡之机，率领一支武装翻越城墙攻占该城近郊。由于顽强抵抗、迦太基人的干预以及一场瘟疫，这场战争一直持续当年晚秋季节，才因为一名西班牙雇佣兵的疏忽导致一座具有战略意义的城门被攻克，叙拉古城被占领。

普鲁塔克在《马塞拉斯传》中描绘了阿基米德之死：

阿基米德的死亡使得马塞拉斯极为痛心，命中注定也是无可奈何之事。阿基米德正在专心演算，思考力全部用在解题，就连眼睛也盯着图纸不放，根本没有注意到罗马人的入侵，也不知道城市被敌人攻占。就在他全心全意进行研究和思考时，一位士兵出其不意来到他面前。命令他跟着去见马塞拉斯；阿基米德拒绝接受他的指使，一定要先完成计算使问题得到正确解答；士兵在一时冲动之下，拔出剑来把他杀死。根据某些人的记载，说是一个罗马士兵拔出剑来准备动手，阿基米德转过头去提出请求，暂等片刻让他把工作做完，免得留下不正确的结论；这位士兵根本不听这一套，立即送掉了他的生命。还有另外的说法，阿基米德被领到马塞拉斯那里去，随身携带着绘图工具、日晷、地球仪和三角规等物品，在光天化日之下看起来非常诱人，有些士兵以为他带着很多金银，于是杀害了他将东西抢走。马塞拉斯对他的被害确感到难受，甚至认为自己干下了谋杀的行为，因而找到他的亲人特别给予礼遇和优待。

在罗马历史上，马塞拉斯对于阿基米德的被害负有不可推卸的责任，尽管作为希腊学者的普鲁塔克对于马塞拉斯的行径，包括在占领叙拉古后大量的杀戮抢劫和对于希腊文化艺术的摧毁进行了美化。马塞拉斯为了笼络人心，下令处死了杀害阿基米德的凶手，对阿基米德的家属作了安顿，并为他修了一座颇为壮观的坟墓，根据其生前遗愿，在墓碑上铭刻了球内切于圆柱的图形。

这样的记载，没有后来的史家所传说的那样具有传奇般的故事性，相对比较简单，普鲁塔克在《马塞拉斯传》结尾中写道：

骨灰瓮还是交给了他的儿子，举行光荣而盛大的葬礼。除了在罗马为他建立记功碑，西西里人感激他的仁慈，卡塔那有一座宏伟的角力馆题上他的名字；他从叙拉古拿走的雕塑和画像，全部放在萨姆色雷斯的庙宇内，奉献给一位卡比利的神祇（水手和海员的保护神）。

林杜思的米涅瓦神庙，特别为他立了一座雕像。雕像基座上刻有罗马著名诗人波塞多纽斯六音步抑扬格诗句：

来客凭吊名将，

罗马神圣荣光；

七次出任执政，

英勇杀敌无双。

林杜思是罗德岛南海岸的古希腊宗教圣地，马塞拉斯家族在他死后继续兴旺发达有185年之久，始终拥有高贵的地位和声望，奥古斯都的姐姐屋大维娅和盖尤斯·马塞拉斯所生的儿子，在前23年担任市政官时英年早逝。不久之前他还有幸成为罗马帝国首任执政官奥古斯都女儿尤利娅的老公，也就相当于帝国第一执政官的驸马爷。屋大维娅为了纪念她的爱子，特别奉献了一座图书馆，奥古斯都也为他建了一座剧院，这两座宏伟的建筑都使用着他的名字。马塞拉斯这个伟大的名字，使帝国的子民们永远铭记着这位在罗马历史上开疆拓土，反抗迦太基入侵战斗到最后一滴血的英雄。共和国元勋的后代们消费的是老一代的政治资源，使得荣华富贵代代相传，永不衰竭伴随到罗马帝国的灭亡，进入历史，功过是非只有后人评说了。

然而，对于被他杀害的古希腊科学家、数学家一代大师阿基米德的祭奠，更多在于他对人类科学的杰出贡献，就此来说罗马人的敬仰之情比叙拉古人更加强烈。至少古罗马杰出政治家西塞罗一直在追寻着阿基米德的遗踪，寻找他的墓园。公元前 75 年，西塞罗出任西西里财务官时，专程去叙拉古拜谒阿基米德之墓。当然，并未发现如他所期待的那种纪念碑：

在我任财务官时，我追查他的墓穴——叙拉古人对此一无所知（因为他们完全否认它的存在），发现它周围完全封闭，为荆棘丛林所覆盖；由于我记得铭刻在其墓上的几行打油诗——正如我所闻，其中提到在其坟墓顶端竖有一个球体和柱体。据此，在仔细观察周围情况后（因为在阿格里甘图姆门附近有大量坟墓），我发现有一个稍高于灌木丛的小型圆柱，上面有球体和柱形图形。于是，我立即向叙拉古人（我请他们重要人物和我同去）宣布，我认为它就是我要找的。有奴隶受命带镰刀进入其中清除地面障碍，在通往该处的通道开辟出来以后，我们走近面对我们的柱基，铭诗尚可探明轮廓，其中诗句有半数可读，后半部分已经磨损。

球体和柱体将西赛罗的注意力引至阿基米德的墓葬。据说，这两种形体是阿基米德自己要求放在墓穴上方的，这说明他相信他对球体和柱体的几何学研究将是他一生中最为重要的贡献。

在迦太基与罗马的对决中，使汉尼拔佩服的人不多，大西庇阿算是一位，马塞拉斯死后，汉尼拔为他举行了隆重的葬礼，这不得不说，正是马塞拉斯的精神力量赢得了他一生中最重要的敌人——伟大的汉尼拔的尊重，也不得不说，伟大的灵魂总是相通的，英雄的惺惺相惜，同样适用于马塞拉斯和汉尼拔。

双雄对决的扎马会战

西庇阿凯旋罗马，前205年当选为罗马执政官。在竞选时当着全体选民发出誓言：结束战争，把战火引向北非阿非利加，将迦太基变成罗马新的行省。许多元老，包括和汉尼拔对抗多年的费边和弗拉库斯认为这不过是西庇阿竞选的豪言壮语，根本不可能实现。他们习惯于被动的防御战略，求稳怕险，觉得在汉尼拔依然盘踞意大利的情况下远征北非过于冒险，万一失败，整个战局可能改观。然而，大西庇阿的大胆计划却在公民大会顺利通过，因为人民急于结束这场战争，恢复和平。

元老院不能违背公民大会的意志，但是在兵力部署上进行诸多限制，仅给予他驻西西里的两个军团和30艘战舰，这两个军团是当年曾经蒙受坎尼战役之辱的败军，不过允许他自行招募军队。出乎意料，西庇阿招募令一出，意大利各城反应强烈，7000名志愿者加入军队。40艘战舰被捐献出来。

公元前204年，罗马年轻的大将军西庇阿率领3万罗马大军远征北非，在离迦太基城35公里处登陆。起初他试图攻击海港乌提卡，获得一个立足点，但是受到迦太基和努米比亚军队的夹击后撤围。第二年他施巧计击溃迦太基和努米比亚联军。迦太基元老院难于组织有效反击，急招汉尼拔回国应战。

汉尼拔接到命令后心情沉重，他在罗马征战15年，从未打过一次败仗，现在为了挽救祖国，只能在公元前202年早春季节，冒着肃烈的寒风，率领部队默默登上舰船，含着夙愿未酬的遗恨，撤离意大利。他的老兵不少已经战死异国他乡，剩下的也多数带有战争中留下的累累伤痕，这使他颇为伤感。

汉尼拔出身于将门之家，贵族之后，是一位文武兼资历经战火考验的资深战略家。他的父亲哈米尔卡·巴尔卡系第一次布匿战争落败的迦太基将领。古代罗马史料中有大量关于汉尼拔憎恨罗马的信息，其中流传最广的就是他在童年向父亲立下誓言一定要征服罗马。

在父亲与姐夫哈斯特鲁巴的悉心培养下，他受到良好教育，尤其在军事外交方面，获益匪浅，他有良好的文化素质，多年的军旅生涯，长期的艰苦环境丰富了他的军事知识，培养了他坚忍不拔的毅力和吃苦耐劳的精神。哈米尔卡移居西班牙的第十年，也即公元前228年，取名"新迦太基城"（现在的卡塔赫那）的西班牙东海岸城市建设宣告落成。在这里哈米尔卡建起了家族城堡，看上去与王宫无异，在这里汇集了来至西班牙各地的丰富物产，是卡巴（"巴尔卡"）家族统治西班牙的大本营。哈米尔卡没看到新城的建成，就在一年前的一次战斗中阵亡。公元前221年，罗马北部防御体系尚未健全，就在这一年迦太基驻西班牙统帅哈斯特鲁巴被他的高卢仆人刺杀身亡。26岁的汉尼拔被推举为成为迦太基在西班牙军队的最高统帅，得到迦太基元老院的认可，在以后的两年内他纵横西班牙，东征西讨，征服了艾布罗河以南的所有地区，做好了出征意大利的所有准备。

离开新迦太基城出征意大利时，他正值英年。告别时却已经是两鬓挂霜，面容憔悴，进入中年的四十五岁。此次能够随他返国的迦太基和努米比亚人只有4000多人。舰队离开意大利西南岸，向迦太基缓缓驶去。

汉尼拔倚在船的舷梯护栏旁，望着渐渐远去的海岸线，心中无限感慨，他心里比谁都明白，以目前迦太基的实力，再也没有可能重返意大利实现自己的少年壮志了。想到15年艰辛，他身经百战，耗去无数心血，付出巨大牺牲，几乎打遍意大利没有遇到像样的对手，如今竟是这样黯然离去，悲壮往事随波逝去，他不禁怅然泪下。他把目光移向海天一色的远方，想到已经兵临迦太基城下，英姿勃发和他有着杀父之仇的年轻西庇阿势头锐不可当，不禁打了一个寒颤，可以说是前路胜负茫茫，这是一个不可忽视的对手。因为，时至今日西庇阿到达北非已经轻易击溃努米比亚和迦太基联军，俘虏了努米比亚国王和王后，并准备将他们带回罗马去充当战利品，改变了这个北非小王国的政局，恢复了原来被驱逐国王马西尼萨的王位，可以说现在这位国王已经成了西庇阿的坚定盟友。罗马共和国的铁定盟国，直到马西尼萨去世，努米底亚王国因为王位之争发生内乱，罗马全面介入内战，朱古达战争暴发。此刻，面对压力迦太基元老院已经启动和罗马的谈判程序。

现在存世的罗马史料已经很难见到迦太基名将汉尼拔的完整记载，人们只能从零碎的记载中复原这位将军的面貌，从古罗马史家李维转引其他同行者西勒若斯的记载，可见汉尼拔的当年风采：

严寒和酷暑他都默默地承受。餐饮内容和士兵们完全一样，但是，几乎从不按时进食，常常是感觉肚子饿了才想起来吃饭。睡觉也是一样。需要他处理的事情堆积如山，总也做不完，为此，他只好牺牲休息时间。对他来说昼夜毫无意义，睡眠并不意味着柔软的床铺和安静。

对士兵来说，汉尼拔裹着士兵的斗篷，在树荫下倒地而卧已是司空见惯的情形。士兵们在经过他身边的时候，总是很小心地不让武器发出声响。

根据古罗马史家阿庇安《罗马史》的记载，气急败坏的迦太基元老院命令汉尼拔破坏休战和约，尽快和西庇阿进行决战，可以说汉尼拔方面在会战的准备上是很不充分的。首先是粮食不足。因此，在汉尼拔通知休战终止时，西庇阿以迅雷不及掩耳之势攻下迦太基的大城市帕修斯，就在汉尼拔军营附近扎营，汉尼拔派出三名暗探去罗马兵团的大营打探虚实。西庇阿抓获了三名暗探，不知出于什么动机却没有按照惯例处死他们，西庇阿反而命令他的卫兵带他们去参观他的营地、兵器库和正在操练的军队，显得非常大度，总之按照汉尼拔对情报工作的要求，让暗探们在大营中看了个够，然后释放了暗探，让他们把这里探到的一切军事情报如实禀报给汉尼拔。也许这正是西庇阿怀着对取得决战胜利的绝对自信，故意要释放这些信息。

汉尼拔听了探子们的汇报，提出要和大西庇阿进行会谈的请求。

罗马历史学家弗洛鲁斯（公元1~2世纪）曾记载迦太基统帅汉尼拔和罗马将军西庇阿会面时的场景："两位一向闻名的将军，一个在意大利战场屡次得胜，一个在西班牙战绩辉煌……两位统帅本人就达成和平条件会晤谈判。他们两长时间相对无言，一动不动，彼此流露出对对方的仰慕之情。

汉尼拔和西庇阿各带一支骑兵离开各自的营地。西庇阿指定的地点位于两军中间一个低矮的小山上。两支队伍来到半山腰，骑兵们留在这里，只有两位将军带着翻译继续前行。随西庇阿前往迦太基前线的希腊学者波里比乌斯和李维的著作根据罗马元老院议员皮克写的《战争记》整理，日本学者盐野七生翻译全文如下：提出会谈要求的汉尼拔首先发言：

最幸福的选择大概是罗马人的手不伸向意大利以外的地方，迦太基人不走出非洲以外的地方。因为迦太基和罗马之争的起因是西西里，是撒丁岛，是西班牙。

但是，这一切已经过去，问题是现在。现在，我们甚至准备赌上自己国家的存亡来决一胜负，这是极其危险的赌局。为了避免出现这种情况，我们只有停止两国之间的争端。我已经打算这样做了。因为我从自身经历中，已经学到了命运是怎么回事，他就像对待幼儿一样，可以任意摆弄我们人类。可能导致你身败名裂。

西庇阿，你还年轻，也许你还不能接受。因为直到今天，在西班牙，在非洲，你还没有尝到失败的滋味。所以，对你来说，理解起来可能很难。但是，这种事情从历史上寻找先例。因为现在，就有一个很好的例子。

坎尼会战以后，我曾经是意大利的主人，我甚至逼近过首都罗马，可以说在当时，汉尼拔是决定罗马人生死和罗马国家生死存亡的法官。但是现在，我回到了非洲，我在与你——一个罗马人就救赎迦太基的问题进行会谈。

我希望你不要把我看成是一个傲慢的男人。我想说，我们还有将来，虽然现在将来的事情无法预料。我们能做的只是尽可能让好事情多一些，坏事情少一些。

面对步步逼近的危险，一个谨慎的人不会选择迎头而上。在你和我的交锋中，即使你赢了，也不会提升你的名气，更不会提高罗马的声誉。相反你输了，不仅西庇阿迄今为止的辉煌战绩一笔勾销，还可能导致你身败名裂。

因此，我有一个建议。把罗马和迦太基之间争夺的西西里、撒丁岛及西班牙所有这些地方归属罗马，迦太基人发誓绝不再诉诸武力，试图重新夺回这些地方。我相信这些条件，不仅可以保证迦太基有一个安全的未来，同时，你和所有罗马人也能享受到极大的荣誉。

汉尼拔说完了，现在轮到比他小 12 岁的西庇阿开口：

挑起这场战争的不是罗马人，而是迦太基人。这一事实，汉尼拔，你比谁都清楚。如果是诸神在帮助罗马人一步步走向胜利，那一定是诸神知道错在哪方，所以他愿意庇护为保卫自己而奋起的人。

我也知道命运无常。而且，我自以为了解一个人的能量最大限度可以做到什么程度。如果在罗马进军非洲之前，你主动离开意大利，或者，我提出的和谈没有破裂之前，你提出这样的建议，也许你能够得到满意的答案。

遗憾的是，你离开意大利不是出自于你的本意。因为罗马将进军非洲取得了重大胜利，你不得不撤离意大利。既然这样，和谈条件自然要变。请你不要忘记了，在罗马，市民大会已经同意了和谈内容。但是遗憾的是，由于迦太基方面的原因，和谈破裂了。

请问你有什么资格要求我做什么？站在我的立场上，请问，您会怎么做？总之，不管您和迦太基政府多么不愿意，都不可能改变我提出的和谈条件。

汉尼拔，您能做的只有好好备战明天的会战。因为迦太基人，尤其是您，实在太不擅长在和平环境中生存了。

对于面临国家遭到覆灭的可悲前景，汉尼拔的发言多少有些强词夺理，但是依然不失大将风度和底气，所谓底气，也就是他在入侵意大利的过往以坎尼会战为标志所取得的辉煌胜利。也正是这场会战使得西庇阿的父亲和叔父葬身于战火，随后的交战中罗马和迦太基其实是互有胜负的，尤其是青年将军西庇阿挂帅以来，先是黑虎掏心般攻克西班牙由汉尼拔父亲和姐夫开创的新迦太基城，等于是捣毁了汉尼拔在入侵意大利的后方基地。后是直接进入迦太基在非洲阿非利加的势力范围，再次威胁到迦太基的生死存亡，双方的胜负已经初见端倪，因而大西庇阿信心满满，甚至自信到可以完全敞开自己的军营，让汉尼拔直接感受自己的军事实力的强大，目前的态势是完全不能以军队数量多寡和武器优劣来论成败了。比的是意志和智慧，战略的精心谋划和战场战术的运用，在这方面西庇阿信心满满。

根据《罗马史》作者阿庇安记载：汉尼拔接着解释说，迦太基之所以要撕毁以前的和约，是因为罗马当局胃口太大，要的赔款数额太高，如果西庇阿愿意免除这一项，如果罗马人愿意满足迦太基对于西西里、西班牙和他们现在所占岛屿的领土要求，协议是可以的持久的。显然汉尼拔所代表的迦太基方面并没有和谈停战的诚意。对于自信满满的大西庇阿而言，也只有坚决打到底一条路可以选择。所谓以前的和约条件太苛刻，只是借口。和约签署暂时休战期间，迦太基元老院旱地盼甘霖那般等来了他们的救星汉尼拔，虽然只是一根稻草，但是稻草点燃了他们拯救国家于水火的希望。对于善于玩弄政治的政客而言，所谓契约只是某种欺骗的手段，诚信随时可以因为政治军事形势的逆转而抛弃。因此，撕毁和约是必然，讨价还价的筹码自然因为汉尼拔的回师而变得充满了希望，尽管这种希望仅仅是画在墙上的大饼，水中的月亮，至少幻境是美丽的。

面对汉尼拔的讨价还价，大西庇阿平静地对汉尼拔说："将军你从意大利逃回迦太基本身就已经赚了很大的便宜，如果你能从我手中满足你提出的这些条件，你也实在是太贪得无厌了。时至今日，我们已经无话可谈，你今后也不必再写信来提什么和谈了，直接等待我罗马军团奉上天旨意对你们进行惩罚吧！"

汉尼拔说："请将军记住，我汉尼拔曾经纵横意大利十五年，也曾击败过你们罗马军团，取得过令世人瞩目的胜利，我们谁胜谁负还很难说，还是在战场一决高低吧。"他们双方互相威胁了一番，汉尼拔寄希望于会战侥幸取得胜利，他的侥幸心理是建筑在过去胜利的基础上的，而时事变易，一切已经成为往事，汉尼拔已经完全没有机会实现自己在少年时期的梦想了，以后的事实证明了他的理想已经完全破灭，他悻悻告辞而去。

谈判破裂，两位将领分别从左右两侧下了山，回到各自的营地。扎马平原所在的西拉市镇附近有一座凸起的小山，易于建立营地，西庇阿抢先一步占领了这座山头。

汉尼拔的部队被截断在平原的中间，那里没有水源，部队整晚地在沙砾地中辛苦地掘井，尝试着找到能够饮用的水源，经过一番艰难的挖掘，只是涌出一股浑浊不堪的水，根本不能饮用，经过一晚的煎熬，汉尼拔的部队无法睡眠，也没有水喝，几乎是筋疲力尽。汉尼拔不希望在这种情况下进行决战，但是他已经进退两难，无路可走了。因为退却显然会增长敌人的士气，自己的军队会遭到步步紧逼，遭遇更大的损失；进攻则疲惫之师很难有决胜的把握。但是他不得不勉强投入决战，因为他没有选择，他第一次感到遭遇失败的直觉。当这一直觉沉重地抑压他的神经时，他在战略战术上就不可能考虑得十分周密，就有着某种被动应付的沮丧感。

历史上著名的扎马会战将在明天一早开始。秋天和煦的阳光照耀在扎马和纳拉格拉之间开阔的平原上，两军铠甲分明，战旗猎猎飞扬，军号声声嘹亮，双方已经摆开决战的阵势。汉尼拔把 1.2 万雇佣军布置在中间的第一线。前方配置 80 多头战象。正面的第二线是吕底亚和迦太基人的步兵方阵，总兵力为 4.6 万人，第三线，即后翼约 2000 奴米比亚人骑兵，总数约在 5 万人。

大西庇阿的兵马约有 4 万，在布阵上并无多少创新。他同样正面布置了三条阵线。罗马军团重装步兵居中，同盟步兵在两侧，骑兵置于左右两翼。由于争取到东努米底亚国王的支持，他的骑兵人数较汉尼拔多出 2000 人。总兵力汉尼拔占据明显优势，但是比较骑兵优势，罗马军团占据优势总计达到 6000 人。战斗打得异常惨烈。汉尼拔安置在最前线的战象，披挂整齐，由全幅盔甲装饰着，骑在象背上的士兵用刺棍驱赶指挥着象群威风凛凛在尘土飞扬中排列在最前方，阵势有些吓人。

当双方排列布阵完毕，两位将军都骑着马进行战前动员，鼓励各自的士兵奋勇杀敌。西庇阿当着全体将士的面向着诸神祈祷，这是他每次大战前必有的动作，借助神灵的光芒照耀自己，使自己庄严的面庞格外神圣，他激励部队为神的意志而战。他说：

迦太基人撕毁和约，就是违背和侵犯了神的意志。无需考虑敌人的数量，而要考虑自己的勇敢。由于勇敢，使得过去同样多的敌人，甚至更多的敌人，被我们罗马军团所击败。如果我们这些一直胜利的人还有恐惧、焦虑和怀疑的话，那么那些曾经被打败的人更加会感觉压力。

他引导士兵们回忆起曾经在西班牙和非洲取得的战斗成果。他说，好运在向我们微笑，今天与之战斗的军队是希望与我们讲和的敌人。他还特别对坎尼会战的幸存者、担任重装兵团士兵们说，今天将是最后一场决战。如果他们战败，连一个安全避难的地方都没有；如果胜利，罗马的势力将会大大增强，我们也能享受和平得到休息，你们可以带着荣誉回到家乡与亲人团聚。

汉尼拔让属下将军对雇佣兵进行演讲，自己只对自己从意大利带回的亲兵进行演讲。他说：

16 年漫长岁月里，在意大利领土上，我们取得了一次又一次会战的胜利。没有一支罗马军队或一位罗马将军可以战胜我们。今天指挥敌军的是提契诺和特雷比亚河败军之战败将之子，是死于坎尼会战的执政官保卢斯的女婿。今天为了汉尼拔和汉尼拔的战士们不朽的荣誉，我们要乘胜追击，打他个片甲不留。

他骑在马上，用马鞭指着对方的阵地说，敌人从数量上比我们少，迦太基和全阿非利加的命运将取决于这次战役，如果战败，我们就会受到奴役；如果胜利的话，我们将永远统治着这些战败的人。在这 1.5 万人的精锐部队中，汉尼拔的这段话，引起了 16 年来一直与他同甘共苦的 8000 名老兵强烈的共鸣，他们群情激愤，愿意为自己的统帅扑汤蹈火，万死不辞。

战前动员之后，汉尼拔首先命令号兵吹响军号。战象开始投入战斗。骑在象背上的士兵用刺棍驱赶象群扑向敌人。西庇阿予以回应，罗马军团吹响喇叭，擂响战鼓，敲起铜锣，努米比亚骑兵雨点式标枪投向象群，迦太基的士兵已经完全无力驾驭这些庞然大物，眼看着战象纷纷惊恐地逃离战场，受伤的大象开始疯狂奔跑，罗马军团成功地避让了象群，在向两翼迂回时，迦太基骑兵队列被罗马骑兵的优势兵力击溃，第一线步兵也未得到第二线步兵的有力支援而溃散奔逃。

在两军激烈战斗长时间未分胜负时，两位主将彼此冲向对方，想以决

斗的方式来决定胜负。因为消灭了对方的统帅，队伍自然不战自乱，这是
一种比较简洁的取胜之道。两人彼此都向对方冲去，同时向对方投掷标枪，
大西庇阿的标枪穿透了老汉尼拔的盾牌，而老汉尼拔射中了大西庇阿的马。
那匹马因为受伤刺痛，载着大西庇阿向后卫奔跑，直到换上另一匹马，大
西庇阿又向老汉尼拔投射标枪，连续两次未能击中，而击中他身边的骑士。
正在这时，马西尼萨带着他的骑兵冲向前来，罗马军团看见他们的统帅和
普通士兵一样冲锋在前，士气高涨个个奋勇杀敌，将迦太基的努米比亚雇
佣军一举击溃。

　　汉尼拔的老兵在雇佣兵和努米比亚兵溃散后，被迫提前投入战斗，尽
管孤军作战，却英勇无畏，显示出训练有素的惊人作战能力。罗马军团长
时间无法突破敌人的阵地，战死的敌人身上汩汩流淌的鲜血使得草地变得
滑腻而腥气逼人，堆积如山的尸体，严重妨碍了罗马士兵的前行的步伐，
他们只能搬开尸体，小心翼翼缓缓前行，一面向敌人的阵地艰难推进，一
面不停地对阵着敌军的顽强抵抗，直至骑兵赶到敌军侧后才打破僵局。45
岁的汉尼拔只能眼睁睁地看着追随自己远征意大利的亲兵纷纷被杀，1.5
万名精锐全部被歼灭。迦太基方面全部被歼者超过 2 万人，还有多达 2 万
名战俘。余下的溃兵向着 10 日路程以外的首都迦太基仓皇逃去。罗马方
面战死者 1500 人，大西庇阿完胜。

　　汉尼拔逃跑时，看见许多努米比亚骑兵重新集合起来，他跑上去恳求
他们不要抛弃他。在获得同意后，他率领他们企图进行反扑来挽回败局。
然而，他首先遇到了西庇阿的盟友努米比亚马西利亚的新国王马西尼萨率
领的骑兵劲旅，这位国王也是罗马历史上一位举足轻重的人物，以后老马
的去世，引发王位之争，成为后来直接引爆"朱古达战争"的导火索，这
场战争使得罗马历史上马略和苏拉两位军阀寡头脱颖而出，促使了罗马共
和体制的解构，这是后话。

　　马西尼萨是迦太基的死对头，他与汉尼拔可谓仇人相见分外眼红，他
们两人都凶猛地冲向对方，马西尼萨用矛洞穿了汉尼拔的盾牌，而汉尼拔
则再次击伤对手的马。马西尼萨被抛下马之后，开始徒步向汉尼拔冲过去，

他用标枪击毙一个向他冲来的骑兵，他的象皮盾牌被对手的标枪击中，他反手拔下盾牌的标枪向汉尼拔投去，却击中汉尼拔身边的骑兵，自己的手臂受伤，暂时退出战斗。

当大西庇阿闻讯前来救援时，马西尼萨已经包扎好伤口，再次骑上马投入战斗。战斗激烈而又残酷，罗马军团形成新的战争排列严阵以待，马西尼萨虽然受伤，却立功心切，紧追不放，希望生擒汉尼拔，把他献给西庇阿。但是夜色已经降临扎马平原，眼看败势无可挽回，汉尼拔带领贴身卫士冲开一条血路，逃往附近的城市哈德鲁迈图。这是汉尼拔开战以来的第一次会战的失败，也是最后一次会战失败。

公元前 202 年 10 月 19 日，北非扎马，血红的夕阳下笼罩着北非平原，战火硝烟渐渐散去，黄昏的天际飘散着暗红色的霞光，照耀着被血水染红的草地，天上地下笼罩着一片令人恶心的暗红色。触目所见到处都是士兵、战马与战象的尸体，仿佛是令人恐怖的坟场。罗马人依照自己的风俗，将战死同胞的尸体集中起来焚烧，这时空气中弥漫着尸体焚烧时特有的恶臭。成群的秃鹫落到尸体上，用它们钩子形状的喙撕开尸体的皮肤和肌肉，啄食鲜嫩的内脏。每当搬运尸体的罗马士兵经过，它们就飞到不远处，等待罗马人离开，不时发出令人心悸的鸣叫声。

大战之后，士兵们正将一面面缴获的盾牌、长矛、旗帜以及许多别的战利品堆起来——根据罗马人的传统，这些东西将被烧掉——作为战神马尔斯的祭品。就在几个小时前，他们赢得了一场伟大的胜利，超过两万名迦太基士兵被杀死、两万人被俘，最重要的是，敌军的指挥官是巴卡家族的汉尼拔——迦太基最优秀的将领和罗马最危险的敌人被击败。击败汉尼拔的则是罗马人乌布利乌斯·科尔内利乌斯·西庇阿和努米底亚人马西尼萨。大西庇阿的父亲普布利乌斯·科尔内利乌斯·西庇阿（又称老西庇阿）和叔叔尼阿斯·科尔内利乌斯·西庇阿，均被汉尼拔的弟弟哈斯德鲁巴·巴卡所杀。

现在，大西庇阿用扎马会战的胜利为亲人报了仇，马西尼萨则是努米底亚人马西利亚部落的国王。他自幼在迦太基长大，在迦太基有许多朋友，还差点成为迦太基将军哈斯德鲁巴·吉斯孔的女婿。但世事变化无常，努米底亚人最强大的国王西法克斯要求得到哈斯德鲁巴美丽的独生女，否则他就将倒向罗马人。迦太基人用马西尼萨的未婚妻换来西法克斯的支持，而将马西尼萨推向了罗马人一边。具有讽刺意义的是，马西尼萨及努米底亚骑兵对西庇阿在北非的一系列胜利中起到了极为关键的作用。

正当大西庇阿与马西尼萨在军帐中痛饮着胜利之酒时，迦太基最后的指望，巴卡·汉尼拔正在夜色的笼罩之下逃往扎马以东一个叫托恩的小镇子。当时，他身边还不到二十个骑兵。当这些精疲力竭的人赶到目的地后，汉尼拔发现镇子里人声鼎沸，到处都是扎马的败兵，其中有许多西班牙雇佣兵和勃罗丁人（当时意大利南部的一个城邦）。迦太基将军觉得危险，因为无论是西班牙雇佣兵还是勃罗丁人都有可能将他抓起来送给罗马人。西班牙雇佣兵是为了赏金，而勃罗丁人则是为了逃避罗马人对他们的惩罚——勃罗丁人虽然也是意大利人，但却在汉尼拔的麾下和罗马人作战。后来，汉尼拔设法弄到了几匹马，他和一个最信任的骑兵两天两夜跑了555公里，来到了哈德鲁米图姆港。

当初，汉尼拔便是从这里出发前往扎马与西庇阿交战的。他的全部军需、金钱和武器都在这里。为了保护这些物资，这里还留有一支人数不多的军队。于是，他以此为基础，开始向周边地区募集士兵，同时也收容败兵准备再战。

当汉尼拔忙碌于重建军队时，有许多他的支持者从迦太基逃亡到了他所在的地区。这些人带来了坏消息。原来，一得知扎马的败绩后，迦太基元老院就立即派出了求和的使者——汉诺与哈士多路巴·伊利福斯。这两个人都属于寡头派（经营大农庄的奴隶主），与汉尼拔所代表的巴卡派（工商业奴隶主）是对头。他们从罗马人那里带回了以下求和条件：

1. 必须三十天内交出所有与罗马人的战争中获得的战利品，除十艘三列桨战船外的所有其他军舰、战象以及战俘和罗马人的逃兵，在迦太基军队中的意大利人，并补偿罗马人在过去一年里违反停战协定造成的损失（数量由罗马人决定）。

2. 马戈（汉尼拔最小的兄弟）必须于六十天内从意大利撤兵。迦太基驻军必须退出腓尼基壕沟（即公元前201年划定的迦太基边界）以外的所有城市，并交出其他城市的所有人质，壕沟以西的土地和城市全部归还给马西尼萨，西南地区予以独立。

3. 在未来的五十年里每年赔偿罗马250优卑亚塔兰特（古代希腊世界的货币单位，1优卑亚塔兰特等于28.86公斤白银，这是一笔巨款）。

4. 禁止在凯尔特人与利古里亚人（古代西班牙民族，以当雇佣兵而著称）当中招募雇佣兵，禁止与马西尼萨以及罗马人的其他盟邦发生战争，禁止在迦太基有任何人进行反对罗马人以及罗马人盟邦的行动。

5. 迦太基必须成为罗马的盟邦，并承担相应的义务。

6. 如果迦太基人接受以上条件，罗马人将于150天内离开非洲。

7. 为确保迦太基不利用和谈来拖延时间和准备战争，在迦太基的使节前往罗马前，迦太基必须先交出150名家世显贵的人作为人质（这些人由罗马来选择），达成和约后，人质将被释放；立即支付1000优卑亚塔兰特作为军队的薪水；提供军粮。

在讲述完所发生的一切后，人们向汉尼拔控诉寡头派们在休战期间将粮食运给罗马士兵，而让迦太基的公民挨饿，他们要求汉尼拔带领军队回到迦太基，从寡头派手中夺取权力，领导迦太基与罗马继续战斗。他们不愿意做罗马人的奴隶。

汉尼拔并没有立即回答，得知迦太基已经为是否接受罗马人的条件而分裂，激愤的平民们正在焚烧当权者的住宅，甚至城邦已经处于内战的边缘时，他也只表示自己将立即返回迦太基。

不难想象，那些远道而来的人们对汉尼拔的表态有多么狂喜。汉尼拔的行动非常迅速，当他走进迦太基元老院时，是否接受和约条件的辩论还在继续。哈斯德鲁巴·吉斯孔（就是那位差点成了马西尼萨岳父的迦太基将军）正在讲坛上发表反对接受罗马人条件的演讲。汉尼拔径直走上讲坛，一把抓住他的宽袍把他拖了下来。正当众人为之惊诧时，汉尼拔说道：

"我在九岁那年离开祖国，整整已经离开祖国三十六年，一直在军中服役，我不懂城市生活，我很清楚在战场上怎么做。请原谅我遗忘了此间的礼仪。我只是震惊并难以理解，迦太基处于如此绝境，却得到如此宽宥的条件，居然有迦太基公民不知道为自己的幸运向众神感谢。在我出征前，有人说起假如罗马人赢得胜利，迦太基将受何等灾难，你们的恐惧无以言表，而现在却犹豫不决。赶快答应下来，然后向众神祭拜，祈求罗马元老院会批准这个条约！"

这是在扎马会战前，罗马军团司令官西庇阿提出谈判条件的价码，战胜国增加谈判筹码也是理所当然的。当然在全军覆灭，迦太基已经完全失去反击能力的情况下，保全国家和民族，以图东山再起，两害相权取其轻，无疑是最明智的选择。因为留得青山在不愁没柴烧，否则就是国家覆灭，种族灭亡。汉尼拔的表态起到了决定性的作用。迦太基元老院立即按照西庇阿的要求，交出了人质和1000优卑亚塔兰特。无疑，在汉尼拔讲这些话的时候，是留有潜台词的，一位久经战阵的战将，当然刻骨铭心地牢记着九岁时出征罗马前的誓词，当前迫不得已的战败认输，只是未来东山再起的开始。在战场上的服赌认输，只是强者暂时在力量悬殊前的退却，战略上的退却，意味着寻找适当时机再次反击。并不是像哈斯特鲁巴那样在不对等的力量面前空谈爱国，只能使国家在大军压境的情况下走向灭亡，国家灭亡了，便意味着整个种族的灰飞烟灭，寻求死灰复燃就很困难。现在国体仍在，人民仍在，国家振兴的希望如同火种是不灭的。

其实，当时罗马元老院对于是否批准这个和约，还是干脆乘胜一鼓作气干脆消灭迦太基展开了激烈的争论。大西庇阿认为，罗马已经推翻了迦太基的霸权，已经是一个可以满足的胜利，为了保持罗马人的纪律，希望保留一个能够和罗马人竞争的邻国，使罗马人不至于因胜利而冲昏头脑，因为过于繁荣而贪图享乐，导致精神的堕落，丧失了进取精神。这也是中国生于忧患死于安乐的道理。

第二次布匿战争以罗马军大胜而告结束，罗马成为地中海霸主。西庇阿签订了和约后，就带着他的军队从阿非利加渡海返回了意大利，在进入罗马时，罗马元老院为他举行了盛大的凯旋仪式。作为对他所取得非凡成就的致敬，他将以"非洲征服者"的名号，永远为后世称颂。

汉尼拔和大西庇阿的结局

公元前 203 年初，大西庇阿当着迦太基全城人的面，当众高调烧毁了迦太基舰队的船只，拉丁和罗马逃兵也遭到处决。西庇阿随即率领部下及 4000 名被迦太基人释放的战俘登船返回罗马。在罗马元老院为他举办了声势浩大的凯旋式。所有参加凯旋仪式游行的罗马人都头戴桂冠，号兵领着前卫，车辆上载满战利品。沿路抬着罗马军团所攻陷城市的模型和描绘着战绩的宣传画，接着就是掠夺来的金银货币和金银财宝以及所有战利品；接下来就是各个城市、各同盟国以及军队本身的代表，为了表扬将军的勇敢而赠与他们嵌着金银头饰的桂冠。其次，就是盛大的白色公牛阵仗，公牛后面是战象方阵和俘虏的迦太基和努米比亚的首领游街行走。穿着紫色紧身衣的侍从走在将军们前面，由一个竖琴手和吹笛手组成的乐队吹奏起雄壮的军歌，他们佩着皮带，戴着金冠，依照整齐的排列，随着军歌的节拍前进。接着是许多持有香烛的人簇拥着一辆装饰着各种花纹的战车，西庇阿将军头戴黄金宝石冠冕，穿着一件金星交织的紫色宽袍。将军手中持一柄象牙权杖和一条桂树枝，象征着罗马军团的胜利。一些俊俏的童男童女同他一起坐在战车内；两旁跟着那些骑在马上的青年人都是他的亲属。他们的身后是在战争中追随他左右的秘书、助手和持盾的警卫；跟在后后面的就是军团代表，按照队和大队的排列，他们都戴着花冠，拿着桂枝，其中最勇敢的立功者佩戴着勋章。当西庇阿到达卡皮托神庙的时候，游行完毕，按照当时的习惯，他在神庙里大张庆功宴席，款待元老和朋友们。

西庇阿在盛大的凯旋式后被赠予"阿非利加征服者"的光荣称号。他拒绝被授予其他更高的荣誉（曾有一些西庇阿的支持者甚至提出授予他终身执政官或独裁官职位）。前 199 年，西庇阿当选为监察官。在从监察官职位卸任后，他在许多年里都没有参与政治活动，直到前 194 年第二次出任执政官。

前 193 年西庇阿与其他几名代表一起前往非洲，试图调解正在扩张中的马西尼萨与业已衰落的迦太基之间的尖锐矛盾。由于罗马人明显偏向马西尼萨，这次调解没有取得任何成果。前191年，罗马与东方最强大的希腊化国家塞琉古帝国爆发战争。

这次战争的起因，和迦太基的落败者汉尼拔借助塞琉古国王安条克三世的野心，企图再次实现当年在神庙消灭罗马誓言的尝试有关。

汉尼拔在第二次布匿战争被西庇阿击败后，依然被选为迦太基的执政官。据有关罗马文献记载，汉尼拔仍然牢牢地控制着他的旧部，到了公元前196年，他雄心勃勃企图重整迦太基的经济，希望有朝一日在政治军事上的东山再起，一洗扎马之战给他和国家带来的耻辱。他很快就证明自己从政能力并不亚于带兵打仗。

第一步当然必须恢复战后一蹶不振的经济，他采取了开源节流的办法，节约经费，调整开支的做法，强制施行经济振兴的政策，取得了显著的成效，但也得罪不少权贵阶层。

第二步他开始对于长期存在的陈规陋习进行整顿。他提出一项规定，104人法庭人选今后应当由一年一度的公民大会选举产生，且任何人不得连任。这样的平民主义做派永远不可能得到元老院的欢心。他似乎完全成了迦太基权贵们的众矢之的。

第三步宣称要对国库收入进行稽查，并由他亲自监督，他招来了更多的仇恨。据说在主持一次彻底的调查时，发现了很大一笔国有资金被官员们侵吞。他随即在公民大会上进行宣布，如果财产税和港口税被正常征收的话，迦太基无需征收特别税就足以缴纳给罗马的战争赔款。尽管此举无疑进一步提高了汉尼拔在国民心目中的威望。但那些贪官们对他敌意越来越深。

可以肯定的是汉尼拔这些方针的通过和实施，更多回避了和元老院的交锋，而是直接由公民大会来通过法令来实施，对于权贵阶层特权加以限制。有人认为，汉尼拔也是一项雄心勃勃的首都重建计划的背后推手，这套方案见证了新居民区内诸多建筑拔地而起，以及这座城市在整体发展上取得重大成就。元老们担心这些平民主义改革措施的推进，会演变成汉尼拔企图建立一个独裁政权企图。

汉尼拔同时还紧锣密鼓地避开罗马在迦太基的耳目，私底下悄悄进行着外交活动，他暗中与叙利亚塞琉古国王安条克三世暗通款曲，常有秘密书信往来。汉尼拔是迦太基的军事强人，自信心十足，作风强悍而自以为是，干起事来雷厉风行，不计后果，改革经济的做法首先得罪的是迦太基元老院中的既得利益集团，在忍耐了六年汉尼拔的蛮霸作风后，终于忍无可忍，起来抵制。

他们向罗马当局投诉，理由是汉尼拔贼心不死企图暗中与叙利亚国王勾结，策动反罗马的战争。这一指控当然不是空穴来风。公元前195年，罗马决定派出考察团前往迦太基，51岁的汉尼拔只得离开祖国。他趁着夜色策马来到海边，登上事先准备好的船，他要投靠叙利亚国王安条克。他的突然离开证实了指控的真实性。

对于战神汉尼拔的突然到来，安条克三世自然喜不自禁，热情地接待了他，并就有关战事向他咨询。安条克想首先入侵希腊，因此而发动对罗马人的战争。汉尼拔建议，因为希腊长期以来受到战乱破坏，进行这场战争是可行的；但是在国内进行这场战争最为艰苦，因为战争会引发饥荒；而在国外引发战争就比较容易对付。安条克绝对不能在希腊战胜罗马人，因为他们在那里有充足的本地出产的谷物和足够的资源，因此汉尼拔劝他占据意大利某些地方，作为军事行动的根据地，这样罗马的势力在国内国外都可以削弱。他说："关于意大利我有经验。有一万人我就能够占据战略上的要点；写信给我迦太基的朋友们，煽动人民暴动。他们已经对现状不满，他们不信任罗马人，如果他们又知道我在意大利攻城略地，他们会充满了勇气和希望。"看来汉尼拔高估了自己的威望和号召力影响力，自信的人往往如此，况且是曾经征服意大利的英雄。然而迦太基的统治者和人民并不希望挑起战端。他们在罗马人的庇护下过的很安稳，并不想轻易打破来之不易的和平，对于汉尼拔的始终保持了警惕。

只有蠢蠢欲动的安条克大王认真倾听了他的豪言壮语，天真地认为迦太基的加入，对于他下一步进取希腊，挑战罗马在地中海的霸权是有好处的。他激烈鼓动汉尼拔写信煽动国内的党羽能够趁机起事反对罗马当局。
出于安全考虑，汉尼拔没有写信，因为罗马人正在迦太基调查所谓汉尼拔
和安条克的阴谋。在战争尚未公开发动时，一切都是暗中的阴谋，阴谋如
果公开，阴谋的制造者立即成为迦太基和罗马当局的共同敌人，对于汉尼
拔而言并非明智之举。汉尼拔只是派遣了一个叫亚利斯托的商人以经商的
名义潜入迦太基城，悄悄去了汉尼拔的朋友处，鼓动这些人在汉尼拔侵入
意大利的时候，挑动迦太基人为他们受到罗马人的欺凌而起来造反复仇。
亚利斯托这样做了，但是他的举动很快为汉尼拔的政治对立面所获知。执
政当局马上警觉起来，仿佛一场革命就要发生，元老院派出军警到处搜查
亚利斯托及其同党，为了使汉尼拔的朋友不至于暴露，亚利斯托干脆在晚
间秘密将信件贴在元老院议事厅前，信中以汉尼拔的口吻写道：

　　迦太基众元老、众百姓：汉尼拔现在已在叙利亚，可仍未忘记家乡的
父老乡亲，更未忘记罗马人对迦太基犯下的滔天罪行。我今已投靠安条克
大王，以期共击罗马。请大家立即行动起来，依靠叙利亚的力量挽救祖国。

　　亚利斯托做了这一切之后，连夜偷渡离开了迦太基。因为信件是针对
全体元老和全体百姓的，汉尼拔的朋友因为此信向元老院的公开而免除了
被追查的恐惧。然而，整个迦太基城却因这封信而骚动起来，人民对罗马
当局的不满情绪被进一步煽动起来。迦太基亲罗马当局查来查去并未查出
名堂，也就不了了之。但是，汉尼拔和安条克相互勾结，企图攻打希腊，
入侵意大利的阴谋，完全暴露在光天化日之下，不得不引起罗马当局的
警觉。

　　罗马最初希望通过外交手段解决这一问题。公元前 193 年派出以执政
官西庇阿为首的三人外交使团前去叙利亚，他们在小亚细亚的埃菲索斯见
到了叙利亚国王安条克。因为罗马无意军事介入，52 岁的安条克大王刚刚
迎娶了一位 24 岁的美女，沉浸在新婚的欢乐中，无意马上进取希腊，因
而外交斡旋无果。

　　也就在这一次出访，罗马使团和汉尼拔有一次不期而遇，迦太基的克
星西庇阿和汉尼拔有一次关于评论将才的交谈，这对昔日战场上的死敌，

再次相会，不计前嫌，谈笑风生，颇有大将之风度。西庇阿问汉尼拔：

你认为谁是世界上最伟大的将军？

汉尼拔道：首推马其顿亚历山大大帝。

西庇阿听罢，又问：其次呢？

汉尼拔道：乃战象将军皮洛斯。他是一位大胆的将军，其冒险精神无与伦比。

西庇阿颇为不快，但是他不露声色，又问汉尼拔：第三位是谁？

显然西庇阿希望从汉尼拔口中听到的名字是自己，但是他失望了。

汉尼拔却十分轻松地说：

那就是在下了，在下于年轻时征服西班牙率军翻过阿尔卑斯山，进入意大利乃世界罕见之事，使罗马人恐惧万分……

西庇阿哈哈大笑，打断了汉尼拔的话，反唇相讥道：将军如果你没有被本将军打败，你会把自己放在何等地位？

西庇阿终于忍不住起而反驳汉尼拔对自己的蔑视。

汉尼拔微微一笑，看出了他的嫉妒心，便道：

在下会把自己列在亚历山大之上。

这是一场充满智慧的谈话，汉尼拔在不吝自我吹嘘中巧妙地赞美了西庇阿，因为这无疑是暗示西庇阿战胜了一位比亚历山大还要伟大的将军。这一年汉尼拔 54 岁，西庇阿 42 岁，离扎马会战已经 9 个年头。当时汉尼拔第一次在叙利亚独裁者安条克的王宫中供职，行动处处受到限制，而且自己的战略设想也处处受到自视甚高的安条克大王的抵触，为此他深感绝望。

这次谈话后，汉尼拔邀请西庇阿作为自己的客人去府上作进一步交流，被西庇阿婉言谢绝。西庇阿回答说，汉尼拔如果不是和安条克一起密谋针对罗马的战争，他会很乐意成为汉尼拔的客人，因为罗马人怀疑安条克正在私下筹划着针对罗马的战争，汉尼拔深深卷入了其中。但是他们两位当年堪称伟大的将军能够在战争结束后抛弃前嫌而推心置腹地交谈，也是堪称千古佳话，尽管这样的佳话不能排除后人编造的可能。

　　这次战争的起因是塞琉古国王安条克三世侵入巴尔干，然而罗马人的扩张意图也起了决定作用。在安条克三世被赶出希腊后，罗马元老院决心派遣远征军入侵位于亚洲的塞琉古帝国本土。大西庇阿的哥哥卢基乌斯·科尔内利乌斯·西庇阿被元老院任命为罗马军队的指挥官，而大西庇阿与他同行（作这种安排的原因是，西庇阿刚于前194年的执政官职位卸任，尚未达到再次出任执政官的时间间隔）。很有可能，真正掌握军队领导权的是大西庇阿。前190年，罗马军队在马格尼西亚（位于小亚细亚）彻底打败了安条克三世。大西庇阿由于生病没有亲自指挥这场战斗。在返回罗马后，他的哥哥卢基乌斯获得了"征服亚洲者"的称号。

　　也因为这次与西庇阿的私下交谈，安条克对汉尼拔产生了怀疑，开始对他疏远。当然也安条克也是以小人之心揣度君子之腹，终究是英雄不堪和竖子相谋，两人不是一股道上跑的车。因为安条克生怕挑战罗马的丰功伟绩被汉尼拔抢占了去，他要独挑大梁占尽先机，然而他并非胸怀韬略，腹有良谋的明君，而是鼠目寸光，图眼前蝇头小利注重虚名的昏君庸君，岂能容得下真正的大英雄，汉尼拔也是所遇非人壮志难酬。

　　后来叙利亚和罗马果然开战，汉尼拔已经没有机会和西庇阿对阵来一洗当年扎马之败的仇恨了，这位才华盖世的战将只是一个郁郁寡欢的旁观者。眼看着志大才疏，眼高手低的安条克在西庇阿兄弟率领的罗马军团面前，先是在海战中折戟沉沙，后是在陆战中损兵折将，一败涂地，不得不签订和约成为罗马共和国的附庸。汉尼拔欲借助安条克的势力东山再起的希望化为一缕轻烟，消失得无影无踪。

　　前189年，西庇阿在马格尼西亚接受叙利亚国王安条克投降，双方签订和约，达成如下协议：

　　第一，罗马将叙利亚看成是同盟国，承认叙利亚的独立和自治，罗马军全部撤出叙利亚，前提是叙利亚军必须全部撤离欧洲。

　　第二，在亚细亚，以小亚细亚的罗托斯山脉为界，叙利亚承诺不侵犯西北部。

　　第三，作为战争赔偿，向罗马支付1.5万塔兰特。1.5万塔兰特中，

500 塔兰特在签订和约时付清，2500 塔兰特在和约内容取得元老院和市民大会同意后，和约开始生效后支付。

第四，向帕加马支付 400 塔兰特赔偿金。

第五，为了确保两国继续维持和平，作为人质，由罗马方面挑选 20 个叙利亚人的子弟送到罗马。

第六，对罗马来说，叙利亚国王保护下的汉尼拔是个危险人物。所以他和埃托利亚的三位首领必须引渡到罗马。

在眼看自己要作为战犯被引渡到罗马，汉尼拔不得不再次逃亡，躲避罗马人的追捕。他最初的目的地是克里特岛，西庇阿知道他的行踪，但是没有派人前去追捕。

但是，在西庇阿兄弟征服叙利亚安条克大王以后一段时间，西庇阿权力达到了顶峰，他成了元老院自费边以后的"第一元老"，然而也就是在权力顶峰上，他遭到了其他权贵的家族的猜忌，只是这种忌恨并不是一开始就表面化，所有的阴谋都在暗中酝酿，等待合适的时机发酵。催化剂就是大西庇阿的健康在恶化，公元前 187 年，西庇阿在打败叙利亚回到国内后，遭到了两名护民官的举报，检举的对象开始只是作为执政官的哥哥路奇乌斯。

理由是由安条克支付的 500 塔兰特的用途不明。而护民官的身后晃动着共和国监察官老加图的身影，这涉及他们长期的政见和个人作风的巨大差别，老加图是出身平民处事严谨的所谓"正人君子"，是罗马传统文化的坚守者，顽固地排斥着希腊文化的侵入，这种正人君子往往面具戴得很深，且处事极端，出手带有道德正义感因而显得不近人情，尤其对敌人更是冷酷无情，由此老加图成为西庇阿反对者中的代表人物。相比较而言，西庇阿兄弟出身资深贵族，待人接物充满着性情仁慈，出手大方阔绰，不拘小节，且深受希腊文化熏陶，思想相对开明。再加上老加图早年在西班牙就因举报西庇阿浪费国家资财，而被西庇阿严词驳斥，一直耿耿于怀。当然西庇阿个人性格上的某些缺点给他竖立了不少政敌，这次被加图逮住了机会，以为抓住了把柄，在背后支持怂恿两位保民官从路奇乌斯开刀，最终拿下西庇阿，夺取元老院的权力。

　　显然从大西庇阿和他哥哥卢基乌斯战胜安条克三世返回罗马开始，人生的下坡路已经开始。以马尔库斯·波尔基乌斯·加图为首的政敌已经说服元老院通过一项法案：执政官的军队指挥权期限不得超过一年。

　　前 187 年，保民官指控卢基乌斯挪用了安条克三世偿付罗马 500 塔兰特白银的赔款。西庇阿不得不出面为哥哥进行辩护，尽管他知道政敌们真正的目标是他本人。西庇阿在法庭上质问，为何保民官如此关注 500 塔兰特白银的去向，而不关注已经进入国库的 15000 塔兰特；他是在暗示罗马能获得赔款一事本身就是卢基乌斯的功劳。"非洲征服者"西庇阿傲慢地当着元老陪审团的面撕毁了军费账簿，这种高调的举动弄得法官们不知所措，于是这次审判不了了之。但这样做并没有帮到自己。感受到对手虚弱的老加图及其支持者继续向西庇阿兄弟施压，后者越是拒绝对接受这笔钱的行为进行解释，他们的猜疑就越多。

　　但事情并没有这样了结，最终公元前 184 年大西庇阿本人直接耻辱地因收受安条克贿赂接受法庭审判。这问题接连纠缠了西庇阿兄弟好几年（实际上，大西庇阿去世后卢基乌斯终于被定罪，被课以罚款并险些坐牢）。前 185 年，西庇阿本人遭到指控，他被控在战争期间接受了安条克三世的贿赂。这事一直闹到公民大会。

　　根据记载，西庇阿在公民大会上发表了一篇演说。他在演说中完全不提审判本身，而是向民众强调他对罗马的贡献，尤其提醒民众注意，审判他的这天正是他在扎马战役中战胜汉尼拔的日子。结果他成功地在人民中引起了一场支持他的狂热。许多人，包括一些法官都簇拥到他身旁，一直跟着他到卡皮托里山（罗马七丘中的一座，朱庇特神庙位于其上）上去了。他们在那里举行祭典，并向神祈祷给予更多像大西庇阿这样杰出统帅的尊重和宽容。西庇阿感受到政敌的势力蒸蒸日上，他已经无法应对，当即选择离开罗马，前往他位于坎帕尼亚的特隆迪（Liternum）庄园，老加图终于达到将西庇阿挤出罗马高层政治圈的目的，便终止了起诉。

　　而加图其实也是另一元老院资深贵族、他在官场的知遇恩人瓦莱里乌斯·弗拉库斯家族的代理人。他们的政治目的当然是为了将这位阿非利加的征服者从权力顶峰拉下来，好由自家的代理人顶替这一权力空缺。

在他们正准备逮捕西庇阿时，元老院一位年轻的议员格拉古挺身而出，为西庇阿作了有力的辩护。格拉古是坎尼会战以后，在罗马苦战时期，与费边和马塞拉斯共同战斗过的前执政官的儿子，其父也是抗击汉尼拔直至身亡的骑士团将军的后代。他在元老院讨论逮捕西庇阿时说：

在诸神的庇护下，西庇阿为祖国做出了重大的贡献。在共和国罗马，他登上了最高地位，深受人民的感激和敬爱。对于这样一个人，现在，我们竟然想把他送上被告席。我们竟然想把他押到演讲坛下，强迫他倾听我们对他的弹劾和声讨，甚至想让他接受无心少年的恶骂。这种事情不仅玷污了他西庇阿的名誉，更玷污了我们罗马市民名誉。

可以说他们所策划的审判不但无损于西庇阿崇高的声望，而且使西庇阿在民间的威望更显突出，但是他们要将西庇阿逐出权力中心的目的已经达到，西庇阿从此淡出罗马政坛，隐居乡间的别墅度过余生，从此再也没有踏入罗马共和国的土地，直到病故，他对祖国实在是太失望了。此后，成功挤走西庇阿的老加图把持了罗马的朝政。

大西庇阿把自己的女儿科尔涅莉雅嫁给了公然为他辩护的年轻人格拉古，生下了两位杰出的儿子提比略和盖约。他们就是名将西庇阿的外孙，当他们试图从根本上改变罗马共和的政治和经济体制时，被权贵集团阴谋杀害。

公元前 184 年，在老加图当政的时期，开始了对汉尼拔的严密追捕。汉尼拔此时已亡命于黑海海岸的比提尼亚（Bithynia）王国，据说他在那里以一名城市规划师的名义设计了一座新的首都。还发明了一种在海战中将装满蛇的罐子掷到敌舰甲板上的战术。尽管汉尼拔为提比尼亚国王普鲁萨斯（Pruisas）贡献有加，却在外交层面受到汉尼拔的连累。

公元前 183 年，罗马将军提图斯·昆西图斯·弗拉米尼乌斯（Titus Quinius Flaminius）访问比提尼亚，当弗拉米提乌斯发现汉尼拔正在该国时，直接训斥了这位国王，普鲁萨斯对于罗马势力在这一地区扩张日益增长时，包庇这位争议很大的人物带来的严重后果忧心忡忡，当即决定交出汉尼拔。当比提尼亚士兵封锁了汉尼拔位于海滨地区的藏身之处的所有出口时。汉尼拔宁死不当俘虏。他说："罗马人焦虑已久，让我们替他们解决了吧，因为他们认为，为了等待一个老头子之死，已经付出了太多的耐心。"他取出随身携带的毒药，一饮而尽。就这样一代名将汉尼拔在比提尼亚服毒身亡，享年67岁。

几个月后，他的征服者大西庇阿也追随他去了地下。西庇阿拒绝葬在阿皮亚大道沿线的西庇阿祖祖辈辈的墓地里，原因是墓地在罗马境内。西庇阿留下遗言："不知感恩的祖国，你们有何资格拥有我的遗骨。"他的墓位于利特尔卢姆。

在名人辈出的罗马历史上，大西庇阿无疑属于难得的顶尖级人才，他既是优秀的军事将领，同时又是出色的政治领袖。作为贵族出身的他，热爱希腊文化，人格高尚，善良仁慈，深谋远虑，为罗马战胜汉尼拔建立不朽功勋，也为罗马成就地中海霸主扫清最后的障碍，终其一生都在以自身的行为弘扬着罗马的进取精神。

他的战略眼光远远超越同时代的罗马将领，当罗马经历过坎尼之战遭受严重挫败后，在费边的主导下进行"尾随拖延"战术，几乎无人敢与同汉尼拔进行决战。但西庇阿却冷静地指出：在意大利围剿汉尼拔不仅损失巨大，而且即使打败汉尼拔也只是伤其筋骨，如果能够将战火引至汉尼拔后方西班牙，切断他的根据地，那汉尼拔就成了困兽了，迦太基也将失去一个重要的经济来源。于是，果断向元老院提出向西班牙进攻，并在短短的一年多时间里征服了西班牙。当他征服西班牙后，又马上着手准备进入迦太基本土，并在扎马会战中彻底击败汉尼拔，赢得最后的胜利。以彼之道还治其人之身，大西庇阿就这样以汉尼拔最擅长的战略方式击败了汉尼拔。可以说青出于蓝而胜于蓝，不知当时汉尼拔对他这样的学生作如何的感想！

大西庇阿作为一名优秀的军事将领，他在军事素养上表现了极高的天分和想象力。率领少数军队夜袭新迦太基城就是其用兵如神的杰作；面对刚登陆非洲大陆的不利境况，以麻痹的方式奇袭迦太基军队以少击多取得完胜；而在扎马战役中，他又轻松化解汉尼拔的象队战术，使得迟暮英雄汉尼拔遭遇一生中唯一的一次败绩。

即使他在军事上取得如此重大的成就，为罗马赢得了无数的荣耀，但他并未忘乎所以，骄横狂妄，仍然优雅、大度、宽容地对待他的敌人、被征服者，甚至，他对待敌人的宽容达到令人尊敬的地步。努米底亚王子马西尼萨是伏击其父并导致其死亡的元凶，当西班牙战事结束后，他首先作的一件事就是向其示好，与之结盟。汉尼拔蹂躏意大利半岛十五年，造成罗马公民死伤数十万，毁坏城镇无数，但在与迦太基签署和平协议时，并未附加苛刻条款要求迦太基交出汉尼拔，相反对汉尼拔尊敬有加。

他积极的推进稳健的扩张政策，与迦太基、叙利亚签署的条约清楚地表明：他并非要消灭某个国家，而仅仅是消除潜在的竞争对手的势力，使之军事水平维持在自卫水平，这样，罗马的利益就可以得到保障。

就这样，西庇阿就以他的智慧、美德、宽容解除了罗马面临的军事威胁、宣扬了罗马精神、感化了他的敌人，使罗马在短短的几十年间一跃为地中海霸主。作为罗马世袭贵族的代表，西庇阿身上体现了罗马的"贵族精神"，乐于奉献、作战勇敢、宽容自信，但其身上的一些性格特点也损害他的声誉。由于为罗马建立过不朽功勋，他身上的个人英雄主义倾向使之更加高傲。当他利用自己的威望、影响让元老元选择平庸无能的其兄担任执政官，严重违背了共和精神。在审判西庇阿时，他没有选择为自己辩护，相反，撕毁了账簿，带领众议员进入神庙，让他们回忆他为罗马带来的功绩。之后，他又主动放弃元老院的职位隐居乡野，竟然让他的整个家族凭其个人的功绩来分享国家公职的荣耀，内心的高傲竟让他连国家的法律都不屑一顾；内心的脆弱竟然让他遭受不公正待遇时连政治理想都放弃。这些行为无不显示，大西庇阿虽然功勋卓著、人格高尚，但性格中仍然缺乏坚韧的力量，在这一点上，汉尼拔要远远超过他。

迦太基将领汉尼拔是和大西庇阿旗鼓相当的杰出将领和政治家。当他孤军奋战，带领着一群自行招募习性相异的各国雇佣兵跨过比利牛斯山、翻越积雪连绵的阿尔卑斯山，行军路程长达千里，历经艰险时，靠的是顽强坚韧的决心和意志，同时他身先士卒为人表率的平民作风也是凝聚军心的固化剂。他带领的雇佣军有利比亚人、西班牙人、努米底亚人、高卢人、希腊人，但他的军队却没有发生过一次哗变；他带领的军队纵横意大利半岛十六年，在没有获得国内的支援下，没有发生过一次败绩；他从出发时的10万士兵到意大利北部时仅剩2.6万人，说明了深入意大利腹部作战的艰辛。

他一生当中只输过一次的扎马战役，除了遇到旗鼓相当的西庇阿外，还在于他的祖国缺少有力的支持，过分功利的目的，不仅断送了汉尼拔军团，又中断了生气勃勃的国运，可以说是迦太基奴隶主寡头政治体制的必然结果；而元老院权贵内部的矛盾纷争，使得汉尼拔宏伟的政治经济改革计划和远大的复国梦想中道崩殂，可谓大业未竟身先死，长使英雄泪满襟。他就是汉尼拔，杰出的天才战术家，举世无双的迦太基名将的悲剧性结局，英雄末路，令人扼腕叹息。

作为战术家，他在军事领域取得的成绩鲜有人能及。带领庞大军队翻越阿尔卑斯山的壮举让世人目瞪口呆；与罗马军队进行的四次战役几乎将罗马推入深渊使罗马为之颤栗；在战役中采用两翼包抄、发挥骑兵的机动性、伏击等军事策略让人眼花缭乱。他的一生是如此的精彩，但最终他却失败了，而且以他祖国的被毁灭作为代价。他一生只输过一次战役，但却彻底输掉了整个战争，他几乎没有得到祖国强有力的奥援和支持，以海外贸易立国的迦太基充斥着商人的自私而缺少强国应有的战略情怀，对于汉尼拔而言，仅仅是唐·吉坷德似的带着家族似的单打独斗，没有体制的举国支持，他的落败几乎是必然的，无可挽救的。

当他遵从父亲的誓言要终生与罗马为敌时，他没有深刻的意识到这是一个寡头政体国家与共和政体国家的生死存亡的战争，而非一个人对一个国家的战争，由于缺乏这种政治高度，他后来的最终失败看起来就显得那么的必然了。对于与罗马的战争，他在军事上做了充分的准备，无论是进攻路线的选择、情报的收集还是瓦解罗马同盟的方式，但最关键的在于他没有政治准备，他没有取得迦太基政府的同意，也没有为自己争取同盟。这种政治错误是体制使然，并非以个人之力能够挽回。

他缺乏将战斗胜利转化为胜利果实的气魄。坎尼一役罗马八万精锐尽失（其中包括八十名元老院议员），罗马城陷入恐慌，城内弥漫哀悼之声时，他却没有向罗马进军，而是继续瓦解罗马同盟，向意大利南部进军。正如他的部将所言：他拥有战胜敌人的能力，却不会利用胜利。这是一次重要的战略失误，给罗马带来喘息，却埋下了毁灭的种子。如果当时率领大军围攻罗马城，那对于罗马造成的压力可想而知，罗马毕竟是意大利人的精神、文化中心，在罗马遭受到如此重大的战役失败后，罗马同盟未必能够展开对罗马的支援，即使汉尼拔缺乏攻城器械，缺乏足够的围城部队，罗马城墙足够坚固，但围攻给造成罗马的压力远超过对意大利南部的占领。正如高明的搏击之士，与其伤其四肢，不如猛击心脏，汉尼拔完全有能力这么做，而且他可以在围攻的同时开展外交游说，有效瓦解罗马同盟。

他在外交政策上也缺乏很好的策略。他对高卢人采取的策略相当高明，利用战役的胜利获得他们的支持和加盟，但在争取罗马东部民族的支持上却始终不够积极。当马其顿菲力五世尝试与其结盟共同对付罗马时，他却没有很好利用这一时机，如果此时能够争取马其顿、希腊城邦、塞琉古帝国与之结盟，从意大利半岛东部对罗马进行攻击，那罗马将陷入面临腹背受敌的境地了。而同期罗马却利用希腊城的内部矛盾展开积极外交，并取得埃托维利亚同盟的支持在马其顿周围结成反菲力同盟。很显然，与罗马相比，汉尼拔在外交上是完全失败的。

老加图决心毁灭迦太基

　　罗马政权在一系列的胜利面前，继续对外扩张。开始大踏步进军东方，夺取更多的财产、土地和人民。公元前 168 年，马其顿王国灭亡，亚历山大时代的马其顿方阵和骑兵均成为明日黄花。22 年后，罗马军团彻底毁灭了坚决反对罗马统治的希腊城邦柯林斯，城市被毁，居民被卖为奴隶，各种精美的古代艺术品被运往罗马。柯林斯的毁灭标志着罗马吞并了整个希腊。罗马军团就像一头凶猛疯狂的野兽，在短短的半个世纪中，吃下整个地中海地区，地中海成了罗马的内海。

　　在第二次布匿战争结束不久，迦太基虽然丢失了海外殖民地，但是精明能干的布匿人经过半个世纪的生产发展，疗治战争创伤，农业和商业逐渐恢复，迦太基又变成了一个繁荣的城邦。

　　马尔库斯·波尔基乌斯·加图已经是一个 80 多岁的垂暮老者，但是其强硬的政治立场与残忍的处事方式却丝毫未曾改变。正是这两种特质让出身卑微的他平步青云，登上了罗马政坛的顶峰，当上了执政官。以禁欲主义的生活方式与道德操守的严格而闻名的老加图，在整个执政官生涯都以自己苛刻的价值观对待元老院的同僚。毋庸质疑的是，加图阴谋策划了迫使"非洲征服者"大西庇阿下野的斗争，并且获得了成功。老加图对迦太基怀有明显的恨意，这与他亲身经历的第二次布匿战争有关，当时他正在罗马军团中服役，并参加了围攻塔伦图姆的战斗，以及公元前 207 年的梅陶罗河战役。

　　公元前 153 年，迦太基与努米底亚王国发生纠纷，罗马作为保护国于次年派遣老加图率领罗马使团来到迦太基，调查事件原因。最终他们决定，将被占领的土地留在努米底亚人的手里。因为老加图看到的情况引起他的警觉。迦太基人将他奉为贵宾，令他在城内参观，好吃好喝伺候着，却引起了他不安和忌恨。加图惊异地发现，迦太基尽管背负着巨额战争赔款，却完全不像是个战败国家。这里国库充盈，居民富裕，人们骄傲自信，聪明能干，各种武器装备应有尽有。农村地区的庄稼足以养活城里不断增长的人口，罗马使团还发现迦太基还囤积大量木材，这些材料足以建立一支强大的舰队。这一切，老加图都看在眼里，记在心里。他表面上敷衍着接待人员，心中却滋生着邪恶的念头：必须消灭和铲除迦太基，如若不然，迦太基实力会不断增强。最终会成为罗马的劲敌，导致尾大不掉。

回到罗马后，这一念头越发强烈，在向元老院汇报此行结果时，他有意将长袍一抖，一枚从北非带回的鲜果滚落在地。元老们啧啧称赞这果子真鲜美。他顺势煽动说："你们知道吗？长这种果子的地方据罗马只有三天航程，就是迦太基。在我看来必须消灭迦太基。如果不除掉迦太基，罗马身边就会永远有一个潜在的威胁。"

但是业已年迈、进入元老院的西庇阿却不同意加图的看法。他希望罗马人保持对迦太基的恐惧，居安思危，控制罗马公民的骄奢淫逸，胡作非为。最后他说："在我看来必须宽容迦太基。"然而，罗马人并不喜欢恐惧，他们通过扩张带来的领土增加，财富积累，使得自己更加穷凶极欲，欲壑难填，元老院贵族集团中支持加图的呼声日益高涨。等待老西庇阿去世后，老加图当政，对迦太基的战争机器轰然启动。

西庇阿是公认的军事天才之一，他的军事才能获得各个时期研究者的承认。但在政治上，西庇阿是温和而保守的：他赞同在被罗马武力征服的地区建立附庸国而不是进行直接统治。被称为"稳健的帝国主义"，即只是建立海外的霸权，不允许中小国家对于罗马霸权的挑战，打破帝国同盟力量的平衡，而并不主张对外派驻军队，占领领土。这表明他代表的主要是依靠自然经济的奴隶主的利益。这使他遭到那些一心想建立新的行省，以对海外进行搜刮的商业奴隶主阶层的反对。

然而，西庇阿通过第二次布匿战争获取的过大权力和个人威望，也使他广受批评。这是西庇阿的政敌们攻击他的主要原因之一，他们担心他会建立独裁。西庇阿对罗马外交政策的过度影响，以及将军队"个人化"（使士兵忠于他们的指挥官）从长远看是危险的。现代研究者，如戴维·肖特在其著作《罗马共和的衰亡》中甚至认为，西庇阿为共和国后期那些权力完全不受约束的军阀（马略，苏拉等人）开了先河。

　　罗马人剥夺了迦太基的一切海外领地，彻底打击了迦太基的海外贸易，削弱了迦国的经济实力，使其无力再跟罗马抗衡。但是迦太基的民众，并没有因为惨败而垂头丧气，一蹶不振。迦太基元老院的众元老为重建国家，反复磋商，认为迦太基虽然败于罗马之手，尚保有非洲，应该以非洲为基础，重整旗鼓，以发展农业为重点，尽快疗治战争创伤，其后才能重振海外贸易与商业，使迦太基重现昔日雄风。可见在迦太基全民族的潜意识中依然有着汉尼拔的雄心壮志，只是在力量不足以与罗马抗衡时，玩弄韬晦之计，暂时潜伏爪牙。

　　此刻的迦太基元老院也已经分化为亲罗马和亲马西尼萨及主张民主的党派。每一个党派均有自己的领袖。亲罗马的领袖为班诺，代表着大土地所有者的利益；亲马西尼萨党人的领袖为汉尼拔，代表着卡巴家族的利益，主张发展海外商业；以哈米尔卡和卡泰罗为首所谓民主党人，代表着小土地所有者和部分商人和手工业者的利益。党派之间开展了你死我活的斗争，最终亲罗马派和民主党人联手，清除了亲马西尼萨党人，汉尼拔被迫流亡叙利亚，一部分人投奔了马西尼萨。

　　努米比亚的国王马西尼萨仰仗着罗马人的支持，不断蚕食迦太基的领土，迦太基求助于罗马，罗马明目张胆地袒护马西尼萨的侵略行为，名为调解，实际公开支持。老加图也就是在这时打着调解的名义出使迦太基，发现迦太基人凭着聪明才智和吃苦耐劳精神，很快将迦太基建成了一座繁华的大都市，与各部落均有贸易往来，还和埃及等国建立了广泛的贸易联系。故而深深感到迦太基这个民族在骨子里的可怕，预感到将来对罗马最根本的威胁，来自于一个不服输并同时具有民主共和体制的城邦国家，迦太基和专制独裁的马西尼萨王国在潜力上几乎是无可比拟的。

　　老加图细思极虑，千方百计要灭了迦太基，消除罗马的潜在对手。为此，罗马元老院受命在全意大利征集一支军队，对外称该支军队乃用于应付紧急事变，实际上乃是为了对付迦太基。因为罗马也得知迦太基暗中启用该国主战派将领哈斯德鲁巴为军队司令官，名义上为对付马西尼萨，也隐含着在万不得已时应对罗马的入侵。

迦太基元老院得知罗马方面的整军备战的信息，担心罗马会以迦太基与罗马同盟者马西尼萨的争斗为借口，出兵迦太基，便在表面上将军队司令官哈斯德鲁巴判处死刑，实际上是将这位将领悄悄幽禁，在监狱中保护了起来，以备不时之需时再重新启用，因为这位司令向来以对罗马的强硬而著称。当年就是他在扎马会战惨败后在元老院呼吁要血战，结果被汉尼拔一把从演讲台上揪了下来。现在精明的迦太基人又玩起了苦肉计，以防罗马人借口发动战争。

迦太基元老院特地派出使团前往罗马进行解释，将与马西尼萨的战争责任统统归咎于哈斯德鲁巴等鹰派人物的煽动，罗马当局不为他们的解释所动。继续含糊应对，使得迦太基当局摸不着头脑，继续地惶恐不安。

恰在此时，迦太基的邻居，一向结怨于迦太基的乌提卡城邦自愿投降罗马。乌提卡乃非洲第二大城，其港口宜于停泊舰船，便于罗马军队登陆，离迦太基仅 11 公里，是一个极佳的军事基地。得此支持，更加坚定了罗马剿灭迦太基的决心。

公元前 149 年，罗马正式向迦太基宣战。罗马两位执政官，亲自率领 8 万步兵，4 千骑兵、600 艘战船组成的强大军队，集结在西西里岛准备发动第三次布匿战争。临行前元老院密令执政官"迦太基未被铲成平地，不得结束战争。"参与远征非洲的罗马军队，均为挑选的精兵强将，众人对于此次远征的胜利充满着绝对的信心。

迦太基人一再退让，交出几乎全部武器，并如数献上 300 名贵族子弟作为人质，依然乞求和平而不得。于是他们派出亲罗马元老班诺（号提基拉斯）为首的使团，向两名执政官做出最后的恳求，动之以情，晓之以理，班诺苦苦哀求道：

罗马人啊，如果你们对我们以前说的话还有一点尊重的话，我愿意说几句话，不是好像我们在为权利而争论（因为对于不幸者来说，争论总是不合时宜的），而是想要你们知道在你们一方面，怜悯我们不是没有理由或者没有缘故。我们曾经是阿非利加大部分领海的统治者，跟你们争夺帝国。在西庇阿时代，我们停止了争夺而把我们所有的战舰和战象都交给了你们。我们同意缴纳贡税给你们，我们按时付给了，现在以神明的名义，请求饶恕我们，尊重西庇阿所宣的誓言，说罗马人和迦太基人应该做同盟者和朋友。我们没有破坏这个条约。我们没有战舰、战象，我们没有拖欠贡税。相反的，我们帮助你们跟三个国王作战（指马其顿国王菲力和帕修斯以及叙利亚国王安提拉）。

……对于这种情况，西庇阿是我们的保证，你们两位执政官就是目前情况的制造者和见证人。你们要求人质，我们把最好的给了你们。你们要求我们的武器，我们就收了全部武器。

班诺说，当我们交出人质和武器后，你们承诺可以让迦太基自由和自治，然而在迦太基交出人质和武器后，你们要毁灭迦太基城。如果你们毁灭迦太基是对的话，那么，你们怎么能够如你们以前所说的让他自由和自治呢？他指责罗马当局单方面撕毁和迦太基签订的和约，企图毁灭迦太基，他最后说：

我们代表一个遵照神明的命令建立起来的古代城市，代表一个过去传遍全世界的声名，代表它境内许多神庙和那些对你们没有作过恶行的神明，向你们恳求，不要剥夺他们的夜间宴会、他们的宗教游行和他们的祭祀仪式，因为死者没有伤害过你们。如果你们怜惜我们的话，请不要破坏我们的炉灶，不要破坏我们的广场，不要破坏主持我们会议的女神，以及一切活着的人所酷爱和珍视的东西。你们已经占了我们的船舰、我们的武器、和引起你们怨恨的战象，你们对迦太基还有什么害怕的呢？至于迁移居住的地方，我们的人民不可能迁移到那个地方去，因为我们许许多多的人是靠海上贸易维持生活的。我们提出另一个对我们比较愿意，对你们比较光荣的办法来。不要破坏我们的城市，因为它从来对你们无害；但是你们如果愿意的话，请把我们杀掉，因为你们要我们迁徙。

话说到这种地步，算是苦口婆心了，但是道义是不能打动侵略者的良知的，如同当年汉尼拔在侵入西班牙、意大利时，也是杀人如麻，完全没有怜悯之心的，在两强争霸中完全凭借实力说话，但是对于弱者的同情却是道义的捍卫者遵循的原则，这是过去西庇阿所遵循的原则，多少带有古希腊哲学先知的平等原则在战争胜利后的贯彻，当年罗马在战胜了马其顿菲利普五世后，西庇阿的副手马其顿战役的总指挥弗拉米尼说：

罗马人的传统在于包容失败者，我们对扎马会战的败将汉尼拔的态度，已经证明了这一点。彻底消灭失败者不是罗马人的做事风格，对待武装的敌人，我们要用武装起来的决心对付他们。但是对于解除武装的失败者，我们也应该解除他们的心理武装。这是我们迄今为止一直遵循的做法。

这也就是当年第二次布匿战役中西庇阿所遵循的所谓"稳健帝国主义"对外策略。可惜时事变易，现在执政的加图执行着更加坚定的"大罗马"对外扩张路线，西庇阿的宽容理性这一套完全失去了作用，就是置对手于死地的强硬路线，尽管已经完全解除武装的对手。在将共和逐步推向帝国的同时，也埋下走向衰落种子。

班诺的请求，理所当然地被两名执政官冷酷拒绝。在面临亡国灭种的情况下，迦太基元老院选择了誓死捍卫主权宁死不屈的决绝态度。正式向罗马宣战，宣布解放奴隶，推选将军，动员曾经被判处死刑的哈斯德鲁巴领衔出山，消除过去怨愤，共御外侮，出面主持拯救祖国危难的大业。因为他在当年对抗马西尼萨入侵时已经聚集了三万人的队伍，依然完整保存着只等待他的召唤，即可成为一直抵抗罗马大军的有生力量。

迦太基城位于大海湾深处，四周均有坚固的城墙保护，三面临海，一面与陆地相连，地势极为险要，易守难攻。元老院放出被囚禁的前司令官哈斯德鲁巴，释放所有奴隶，紧闭城门，将石块运上城头。在城内他们推选马西尼萨的外孙（也叫哈斯德鲁巴）为将军。在最后的希望破灭后，迦太基人完全不需要强者的怜悯，决定破釜沉舟与敌人决一死战，迦太基元老院对罗马宣战，全民进入临战状态，召集所有成年人——不分男女，不分自由人和奴隶，迅速组编成一支新军，并重新铸造防御武器。愤怒至极，使他们化为了保卫家园的强大力量。他们拆毁公共建筑以提供金属和木材，珍爱的神像被熔化用以锻铸宝剑。所有的圣地、庙宇和每个宽敞的空地此刻变成了工场，男男女女日日夜夜在那里按照固定的作息时间表工作，轮流用餐。他们每天造一百个盾，三百把剑，一千部投石机、五百支标枪和矛以及尽量多的弩炮。全城男女老少，同仇敌忾，捐出所有金属打造武器，妇女剪下头发制造弓弦，几乎全民武装，两个月内，在爱国激情鼓舞下制造了 8000 个盾牌，1.8 万把剑，3 万支长矛，6 万个石弩，并在内港建立了一个舰队，新造舰船 120 艘。可见迦太基的民心和可供发掘的实力，真是不可小觑他们据城坚守的决心。

当迦太基人正在匆忙而又满腔热忱进行全民战争动员的时候，罗马的两名执政官却迟迟没有动作，他们认为手无寸铁的迦太基人根本没有作战能力，他们随时可以轻而易举地进攻，轻易拿下这个没有武装的城市。等到他们各带一支部队进攻迦太基时，他们以为迦太基人没有武器，故而极为轻敌。不料一交手，令执政官及罗马将士大吃一惊，对手不仅武器充足，且士气旺盛。数次进攻，罗马人均大败而归。无奈只好收兵，将军营设置于城外不远处，便于攻城。

接下来罗马军队又强攻数次均未奏效，罗马人决定暂停进攻，待做好周密准备再动手。一天，执政官率军去湖边伐木，以建造攻城机械与云梯，遭到迦太基骑兵司令官法密阿斯的突然袭击，瞬间损失将士 500 余人。

罗马将士面对坚如磐石的迦太基城，屡攻未果，无可奈何，这场对峙双方足足进行了三年。罗马军队久攻不克，军纪开始松弛，士兵懈怠，商人妓女出入营盘。致使战斗军令无法执行。

小西庇阿闪亮登场不辱使命

在罗马兵团和迦太基人对峙不下，兵团内部开始斗志松弛时，西庇阿家族第三位英雄人物闪亮登场。这就是后来继大西庇阿再次赢得"阿非利加"征服者光荣称号的小西庇阿登场亮相。这也是一位在罗马政坛和军界屡建战功赫赫有名的人物，在征服迦太基之战中，正是他最终打破僵局克敌制胜，最后为自己的军旅生涯铸就了一个响亮的句号。此后，他挂甲退出现役，投入政界，继续为共和国效力，可惜最终在他的堂弟格拉古兄弟的平民化土地改革中死于非命，至今依然是罗马史上的悬案。

西庇阿家族子孙的卓越，证明了罗马的贵族子弟从小就受到文化、政治和军事的良好教育，普遍素养较好，并非所谓靠家族优势上位的公子哥儿。他们和克劳乌狄斯家族的马塞拉斯一样深受希腊文化熏陶，少小从军，有良好的军事素养，经过很好的战略战术熏陶；同时具备报效祖国，忠实于共和的理念和廉洁奉公的个人品质。包括老加图的后代小加图等人虽然政治理念有差别，在个人品质方面却有异曲同工之妙，无论新老贵族，均受到时代风尚和贵族传统的影响。

通常人们都把小西庇阿视为大西庇阿的养孙，据笔者阅读普鲁塔克的《罗马英豪列传·保卢斯传》时考证，小西庇阿应该是大西庇阿嫡系孙子，并非保卢斯家族过继后代，只是在血统方面融合了西庇阿和保卢斯的基因，实为两个家族共同的优秀子孙。

罗马的政治军事体制是一体两翼不分彼此的。作为每年当选的执政官，既是行政首脑同时也兼任最高军事指挥官，平时执政，战时领军，实行双首长相互制约的政军体制，同时受市民大会和元老院的领导，实际由贵族寡头集团在背后操控，共同接受民主政治的监督制约。执政岗位要求执政官必须具备较高的政治军事修养和良好的个人品德。

公元前216年，罗马和迦太基爆发第二次布匿战争，迦太基悍将、领西班牙总督衔的汉尼拔率领多国雇佣兵团，翻越阿尔卑斯山脉，深入意大利腹地所向披靡。这一年当选罗马共和国执政官的是卢契乌斯·埃米利乌斯·保卢斯和瓦罗，两人率领 8 万人对阵汉尼拔的 4 万雇佣兵，在军力上占绝对优势，两人各率两个军团，隔天轮流担任部队总指挥。保卢斯谨遵老将军费边的教导，曾经力劝瓦罗不要轻易和汉尼拔进行决战。但是瓦罗刚愎自用，一意孤行，坚持速战速决，进行会战，因为他认为自己在军力上占绝对优势，会战胜利有绝对把握。

貌似为了躲避尾随而来的罗马军队，汉尼拔一路南下，直到位于奥方托河注入亚得里亚海的坎尼村才终于停下脚步。坎尼村是罗马和意大利同盟国储藏粮草的基地。攻下坎尼，汉尼拔补充了粮草，坐待罗马军队的反攻。然而，双方对峙两月，并未交战。汉尼拔刻意挑逗，在 8 月 2 日，瓦罗担任指挥官的日子里，急功近利终于耐不住寂寞主动出击，保卢斯劝阻无效，罗马同盟国骑兵不敌汉尼拔努米底亚骑兵袭击，节节败退。瓦罗率50 名轻骑逃出重围，保全了生命。保卢斯率领 7 万步兵坚守阵地，被汉尼拔 5 万步兵包围，拼尽最后一滴血，他和前任执政官塞尔维利乌斯壮烈殉国。这就是罗马共和历史上著名的坎尼惨败。据说从阵亡罗马将士手指上摘下的金戒指就堆成小山。罗马市民手上的金戒指不仅是结婚信物，而且还是自己的印鉴，既大又重。汉尼拔方面战死者仅 5500 人，其中三分之二是高卢兵，可以说是完胜。

这位埃米利乌斯家族的保卢斯有个女儿，后来嫁给西庇阿大将为妻，生下一位儿子也叫保卢斯。也许大西庇阿是为了纪念共和国的烈士，因此将自己的儿子姓了自己媳妇娘家的姓氏，就成了埃米利乌斯家族的新掌门人。

这位埃米利乌斯·保卢斯参加过父亲和叔父两位西庇阿对叙利亚塞毓古王国安条克三世的战争，在出任执政官时率军参加了镇压西班牙起义的战争，立下赫赫战功。据普鲁塔克本传中记载：

在参加第二任执政官落选后，放弃从政的念头，在担任占卜官的同时，竭尽全力教育子女，不仅如同他当年那样接受罗马古代的纪律，而且拿出最大的热诚运用希腊人的学习方式。为了达成这个目标，他花钱请老师讲授文法、逻辑和修辞，还有一些专门教导雕塑和绘画，以及马匹、猎犬、调教和管理，再加上各种体育活动的教练，这些人全从希腊聘雇。他在公务繁忙之际稍有余暇，就会与儿女一起从事学习，或者进行体能训练，可以说是全罗马最疼爱孩子的父亲。

保卢斯是一位文武全才的执政官兼将军，他人生最后的辉煌是对马其顿王国的征服，在政治上落寂多年后，终于东山再起，为自己军事生涯写下了完美的句号。至于他的儿子小保卢斯又是如何改回爷爷家的本名小西庇阿的，这和父亲埃米利乌斯的一场婚变有关系，他又回归西庇阿家族，由爷爷抚养长大成人，养孙的由来和父母婚变以及他被父亲舍弃有关：

他的第一位妻子帕皮里娅是前执政官玛索的女儿，他们的婚姻生活维持了很长一段时间，虽然她生了几个非常优秀的儿女，就是举世闻名的小西庇阿和费边·马克西穆斯，使他成为受人尊重的父亲，最后还是离异分手。到底什么原因，至今还是无人知晓。好像真实情况是另外有位罗马人与妻子离婚，他就将自己的妻子让给了这个人，认为这是更合适的婚姻。他因而受到朋友的责备，大家异口同声地说道："难道她不贞洁？难道她不漂亮？难道她不生育？"这时他把鞋子拿起来给大家看，然后问大家："难道这双鞋子不是新的？我穿起来不好看？谁知道这双鞋会夹我的脚。"确实如此，夫妻之间有些情节重大或众所周知的缺失，反而不会造成双方的决裂，倒是一些细微的琐事，不断产生的烦恼，特别是个性的冲突所引起的厌恶之感，带来的疏远和反目，使得双方都不能容忍，导致多年的配偶不能再生活在一起。

埃米里乌斯休掉帕皮里娅后，娶了第二位妻子，从她那得到两个儿子，带到自己家抚养，就把前妻所生的两个儿子，让给罗马最显赫和最高贵的家庭，年长的哥哥被五次出任执政官的费边·马克西穆斯所收养，由于西庇阿·阿非利加努斯之子是埃米里乌斯的表亲，就把年幼的弟弟送给他当养子，得到西庇阿这个名字。埃米里乌斯的女儿，一位嫁给加图的儿子成为伊留斯·图贝罗的妻子。

小西庇阿成为大西庇阿的养孙，实际只是认祖归宗，在被父亲保卢斯遗弃后，继续由西庇阿家族抚养成人。他的生身父亲埃米里乌斯·保卢斯于公元前 172 年在 60 岁高龄时第二次当选执政官，率军参加了罗马和马其顿国王帕修斯的战争，并在公元前 168 年 6 月 22 日参加皮德纳会战，一举击败马其顿国王帕修斯。

　　罗马元老院将马其顿王国分裂成四个地区，建立了一套新的政府管理体制后，保卢斯回到罗马，接受了十分隆重的凯旋仪式。然而，他和第二任妻子所生养的两个小儿子在他隆重凯旋仪式举办前后相继去世。一位 14 岁，在他的父亲举行凯旋仪式的前五天；一位 12 岁，在游行结束后的第二天去世。埃米里乌斯于公元前 164 年出任共和国监察官，因病积劳成疾，亡故于公元前 160 年。身后留下的价值不菲的产业，遗嘱由两个分别过继给费边家族和西庇阿家族的儿子继承。小西庇阿将这笔财产赠送给了自己的兄长阿非利加努斯，也即大西庇阿的孙子。他经常提到自己生父最著名的遗言是：

　　一位优秀的将领，除非确有必要或是态势极为有利，绝不要轻易与敌人会战。

　　普鲁塔克在本传中对于埃米里乌斯廉洁奉公的高尚品德给予很高的评价：

　　我们最为推崇埃米里乌斯的地方，是他征服像马其顿这样伟大而富裕的王国，并没有为自己谋取一个铜板的好处；虽然他对别人非常慷慨，有关钱财的事，非仅不沾甚至连看都不看一眼。

　　仅就这一点，他的高尚品质和同时代的那些统兵打仗借机敛财坐大的军事强人马略、苏拉、克拉苏、恺撒相比要高出许多倍。可以说有着优雅而又高洁的风范。这样的品德和家风，后来影响到他的儿子小西庇阿，在罗马共和国官场无官不贪的恶浊旋涡中，他们是一股清流，值得后人刮目相看。

　　介绍了小西庇阿的出身，再回到迦太基前线。公元前 147 年，新执政官老西庇阿的养孙小西庇阿来到前线重新整顿军纪，首先清除城外牵制军队，继而从陆海两面围困迦太基城，最后发起总攻。

围攻迦太基城的激烈的战斗进行了六天六夜，小西庇阿不停督战，全城在大火中被焚烧只剩残垣断壁，军民无一投降。在迦太基城即将被攻克的夜晚，月色惨淡，气氛悲壮，全城残余的迦太基男女老幼在领袖哈斯杜鲁巴的率领下，聚集在护城的防御墙内，准备最后一战。

指挥官哈斯杜鲁巴泪流满面，恳求全城残余百姓为了保留迦太基的血脉开城投降。他愿意以自己的一家为国殉难，为了民族和国家的未来，大部分的迦太基人只能选择屈辱的投降。

第二天清晨，在罗马人发动攻势前，几名迦太基人从烟雾中出现，头戴神圣花环，手持象征请愿和平的橄榄枝，径直悲壮地走向西庇阿，恳求罗马人宽恕自愿放下武器的、离开首都比而舍的布匿人的生命。小西庇阿欣然允诺。卫城的一扇门悄然打开，五万男女老幼相互搀扶着缓缓走出。城内只有哈斯杜鲁巴与他的妻子和两个儿子率领 900 士兵，退守山顶的神庙，依靠高险地形做拼死悲壮一搏，通向神庙的道路，只有 60 级窄小阶梯，罗马人攻打一天未能奏效。守军也已筋疲力尽，绝望中点燃神庙，与祖宗神庙在升腾的烟火中壮烈殉国。迦太基的大火燃烧了 15 天，按照罗马元老院的命令，整个城市被夷为平地，五万降民被卖为奴隶，整个迦太基领土成为罗马的一个行省。罗马终于清算了历史旧账，在历史上留下了侵略者凶残暴虐的记录。

藏匿的迦太基人数以百计，皆被大火烧死。一座 50 万人口的富庶城市只剩下 5 万人得以逃生，繁荣长达 700 年之久的城市全部被熊熊的烈火化为灰烬。小西庇阿从本意上讲是不愿夷平全城的，特地遣人去罗马请示，元老院答复说，不仅是迦太基，所有支持过其作战的迦太基附属城市皆要完全毁灭；其土地先犁翻，再播撒盐于上，并进行正式祈祷，谁企图在是处重建城市，就请诸神降祸。迦太基焚城达 17 天之久。

对于迦太基守军总司令哈斯特鲁巴的死，在阿庇安的《罗马史》中记载并不如演义中所说的那样壮烈，他最终为了乞求保全生命，向罗马军队投降，获得小西庇阿的允许，他的妻子在痛斥了他的贪生怕死行为后，和儿子一起投身大火之中，以身殉国，也可谓巾帼英雄，比起迦太基战役之前夸夸其谈行事极端残暴，而最后关头投降的丈夫在气节上有着天壤之别：

哈斯德鲁巴戴着橄榄枝，秘密地逃往西庇阿那里去了。西庇阿命令他坐在他的脚旁边，把他指给逃兵们看看。当他们看见他的时候，他们请求西庇阿暂时停止进攻。西庇阿一答应，他们就对哈斯特鲁巴大加辱骂，接着纵火焚烧神庙，他们自己葬身火中。据说当火点燃的时候，西庇阿可以完全看得见，哈斯多路巴的妻子尽她能够在这场灾难中所能做得到的打扮自己，把她的两个孩子放在她的旁边，她大声说，使西庇阿能够听得到："对于你们罗马人，神明没有愤怒的理由，因为你们是行使战争的权利。但是这个哈斯特鲁巴，出卖他的祖国和祖国的神庙，出卖我和他的孩子们，愿迦太基的神明们对他进行报复"，愿你做迦太基神明的工具。于是转而对哈斯特鲁巴大声说："鄙夫、叛徒，男子中最卑鄙的懦夫，这个火是我和我孩子的坟墓。至于你这个伟大的迦太基的领袖会去装饰一个什么样子的罗马人的凯旋仪式呢？啊！什么样的惩罚你不会从你现在坐在他的脚边的那个人手中得到呢？"她骂完他之后，她两个孩子投入火中，跟着她自己也跳入火中。

西庇阿祖孙三代人把非洲强国迦太基变成了罗马的新非洲行省，小西庇阿在回国参加凯旋仪式后，人们称呼他是第二个非洲的征服者，人民的英雄。当时和西庇阿共同参与迦太基之战的希腊历史学家波里比乌斯记录了在攻占和焚毁迦太基后的场面，按照波利比乌斯的说法，当西庇阿望着熊熊燃烧的迦太基城的时候，他潸然泪下，随后，他独自冥想，反思那些不可避免地走向灭亡的城市、民族、帝国和个人，反思着曾经辉煌的特洛伊城、亚述、米底亚（Median）、后来的大波斯帝国，以及离现在最近的，显赫的马其顿帝国所遭受的命运。就这么苦思了很久之后，荷马史诗《伊利亚特》中的诗句自觉或不自觉地从他嘴里脱口而出，这是特洛伊首席战将赫克托耳所说：

可是我的心和灵魂也清清楚楚地知道，有朝一日，这神圣的特洛伊和普里阿摩斯，还有普里阿摩斯挥舞长矛的人民，终将要灭亡。

在一次不经意的谈话中，西庇阿（波利比乌斯一直是他的家庭教师）

被波利比利乌斯问及他说出的那些话，是否意有所指？波利比乌斯说西庇阿毫不犹疑地坦承，他指的就是自己的国家。因为当他觉得人间之事是那么变幻无常的时候，他就为祖国的命运担忧。

然而，小西庇阿的冥思和痛泣，不是为胜利也不是为阵亡的将士哭泣，而是为罗马的敌人——迦太基人的悲惨遭遇而痛苦。当旁人问及原因时，他回答道："这曾经是一个伟大的民族，拥有着辽阔的领地、统治着海洋，在最危急的时刻比那些庞大的帝国表现了更刚毅、勇敢的精神，但仍避免不了灭亡。想想过去的亚述帝国、波斯帝国、马其顿帝国还有那个高傲的特洛伊，又有哪个能避免这样的结局。我真害怕在将来有人会对我的祖国做出同样的事。"为被战胜的敌国的悲惨遭遇痛哭，赞扬他们刚毅、坚韧，这是一个伟大政治家的情怀，且从敌国灭亡的教训中深谋远虑居安思危，而看到帝国未来的盛极而衰的命运，不能不说西庇阿家族的睿智和远见，包括和他有着近亲血缘关系的格拉古兄弟。

记录下这些布匿战争杰出指挥者点滴瞬间的人，就是希腊最伟大的历史学家波利比乌斯，也是唯一可以和希罗多德、修昔底德鼎足而三的人物，他公元前208年出生在阿卡迪亚（Areadia），他父亲是第三次马其顿战役中埃托利亚大希腊联盟的领导人之一，公元前189年曾经充任驻罗马大使，公元前184年当选为联盟统帅。波利比乌斯生长在一个充满政治军事氛围的家庭，从小在军营被训练成军人，在小亚细亚参加过罗马对抗高卢的战役。公元前181年他父亲任驻埃及大使，他随父前往。公元前169年他受命为埃托利亚联盟骑兵指挥官。他的背景使他付出代价：罗马为惩罚埃托利亚联盟对于马其顿国王菲力五世帕修斯对抗罗马人的支持，公元前167年将他和1000名被捕人质带回罗马。他遭到放逐达16年之久，据他自己说有时甚至"精神全失和心灵麻痹"，但是罗马名将小西庇阿与他十分友善，把他引进了罗马贵族知识分子组成的西庇阿集团。当罗马元老院决定将放逐者分散到意大利各地时，这位名将又说服元老院让波利比乌斯与他同住。成为小西庇阿军事集团的重要幕僚，他追随小西庇阿参加了许多战役，并提供了许多有价值的军事意见，为小西庇阿探察过西班牙和非洲的海岸。

公元前 146 年当罗马人焚烧迦太基时，他就站在小西庇阿身边。他于公元前 151 年获得自由，前 149 年被任命为罗马特使前往希腊，去安排希腊各城邦与罗马元老院之间签订临时和平条约，他圆满地完成了这项不讨好的任务。为此，希腊联邦的许多城市曾立碑纪念他。他在整整奔波 60 年后，淡出政坛，隐退著述。写了一本《战术论》和《菲诺皮门亚的一生》和 40 部《史书》，现在仅存 4 部。82 岁时，这位著作等身，经历丰富的历史学巨擘在打猎归途中坠马而死。

罗马经过绵延三个世纪的对外扩张，已经称霸于整个地中海地区，领土和财富均膨胀为一个庞大的帝国，共和的袍褂已经难于包裹其庞大肥硕的躯体。共和早期，相对简单的土地关系使得公民的小农经济如同汪洋大海一般，连一些贵族的土地面积也为数不多，自己也需要在土地上躬身耕作。在农民的生活中产生出淳朴的乡情，崇尚艰苦朴素，廉洁奉公的风尚。然而，大征服带来的疆土扩张，财富暴涨，形成了新的贵族和军功骑士阶层，可分配财富的增加，导致新的生产关系、财产关系的变化，人们开始疯狂地追逐财富和豪华奢侈的生活方式。分配不公，贫富不均，贪腐蔓延，也导致了社会矛盾的激化，罗马以外的意大利人和奴隶的起义动摇着共和国的贵族特权体制，格拉古兄弟先后的土地制度改革，虽然由于旧贵族的反抗而失败，但是在客观上提升了平民和意大利人的地位，再加上对外扩张中马略和苏拉等军事强人对原有兵员体制的改革，导致不少服役的奴隶和意大利人借助军功改变原有身份，进入平民阶层，逐步晋升骑士阶层并不断享有政治权力。

平民权力的提升，摧毁了旧的尊卑有序的氏族制度，贵族与平民之间的界限逐渐泯灭，由于废除债务奴役制，将本国的破产自由民变为奴隶已经不可能，导致罗马奴隶的来源只限于战俘和买进的外来奴隶，随着罗马国家体制的完备，经济文化日益繁荣，国力日益强盛，出于政治和现实利益的需要，罗马开始走上大规模对外扩张掠取外来奴隶和领土、资源的道路。在诡秘的政治军事争斗中，军人僭主集团应运而生，旧共和体制在强权和军事实力面前开始瓦解，军事强人的独裁专制破土而出，帝国渐渐崭露头角不断膨胀。

尽管法律一条一条完善，领土一点一点扩张，却带来了奴隶主贵族集团利用权力对于土地的兼并，对于广大平民和奴隶的残酷剥削，直接导致了社会矛盾的激化，军事寡头对外扩张亟需国家经济的支撑和兵员的不断补充，这些都给共和体制造成财政和兵员补充方面的危机。从维护共和体制的根本利益出发，统治集团内部曾经涌现出一批呼吁限制特权，改良土地所有制，将土地政策向普通贫民倾斜的改革者。但是涉及土地生产资料所有制的改革，必然牵扯到权贵集团的根本政治和经济利益的重新调整分配，稍有不慎，将必然导致共和体制的瓦解和混乱。改革不仅遇到既得利益者的层层阻挠，而且改革得罪了权贵集团的大多数人，最终正直无私的改革者本身，先后遭遇体制的集体对抗，难以逃避本人被残酷虐杀的悲剧性命运。

共和国精英魂归何处

罗马名将大西庇阿晚年一直遭到政敌的攻击，后来隐身郊外，死后西庇阿拒绝葬在阿皮亚大道沿线的西庇阿祖祖辈辈的墓地里，原因是墓地在罗马境内。大西庇阿两位杰出的外孙格拉古兄弟均因为倡导对于共和政治体制的改革，惨死在贵族既得利益集团煽动的暴乱中。

小西庇阿死于公元前 129 年，这正是当年他的堂弟盖约·格拉古争取第二个保民官任期，以及实施土地改革三人委员会一系列政策措施共和国平民和元老贵族矛盾空前激烈的时期。面临贵族多余土地的重新分配，也牵扯到意大利同盟协助罗马共和国战胜迦太基、西班牙、塞琉古同盟军在追随小西庇阿征战过程中许多立有战功的老兵，所得到的土地重新分配问题，也包括共和国新晋贵族骑士阶层的既得利益受到严重影响的问题。平民、老兵、新老贵族的矛盾错综复杂纠结在一起，使得小西庇阿不自觉地挟裹在其中。从他思想谱系来讲，他和大西庇阿以及他的两个堂弟格拉古兄弟都是属于受到希腊民主意识影响的政治家，自然是站在平民的利益一边，反对贵族阶层既得利益集团对于土地资源的兼并垄断，因而受到平民阶层的欢迎。而这些罗马以外的土地，原来就属于战利品，在重新分配给退伍老兵时没有很好丈量，产权也模糊不清。所有者保持的田契和分地的证据并不完整，由于时间过久，公有和私有界限消失。根据市民大会通过的《格拉古土地法》，这些土地将被重新分配给无地平民，自然涉及原有土地所有者的利益。于是这些战争中建立赫赫战功的老兵和骑士阶层开始找到当年的执政官、总司令小西庇阿诉说心中的冤屈，极大地影响到已经退居元老院的小西庇阿的政治选择。他曾经在战争中利用他们的拥护，战胜了敌人，不可能无视自己子弟兵的诉求，完全去支持自己堂兄弟的土改法案，这是他对于情义的选择，符合小西庇阿的性格。

按照《罗马史》作者阿庇安的记载，他虽然由于对平民的尊重，没有公开地批评格拉古兄弟的法案，但是他详细阐述了实施这些法案的困难，极力主张那些土地产权纠纷案件不能由三人委员会裁定，而应组织专门法庭判决。因为诉讼者不信任三人委员会能够公正处理这些诉求。元老院采纳了他的要求。从此，没有人再向三人委员会投诉案件，土改三人委员会实际被元老院架空，土改法案无法实施。因此，罗马平民开始迁怒于小西庇阿，因为他们看到，原来过去他们拥护小西庇阿反抗权贵，引起贵族对平民的仇恨，他们甚至两次违反法律选举他为执政官，而在涉及平民土地权益的关键问题，小西庇阿背叛了平民而帮助了意大利新贵。小西庇阿的政敌利用了这些矛盾，散布谣言西庇阿为了达到这个目的要废除格拉古兄弟法案，并编造了小西庇阿不惜发动流血政变的流言蜚语，激化矛盾。

当罗马民众听到这些谣言的时候，心理发生极大恐慌。直到最后，在黄昏时分，小西庇阿在自己寓所的床边准备书写一篇第二天在元老院的演讲稿时，被发现了猝死在床上，身上没有任何伤痕。这件事非常蹊跷，当时就有人怀疑是他的老岳母也即大西庇阿的女儿、格拉古兄弟的母亲科尔涅尼娅，在她女儿的协助下实施了这次政治谋杀，他的女儿塞姆普利尼娅是小西庇阿妻子，但是他们夫妇感情并不好，长期分居，因为妻子是一个残疾人，夫妻没有子女。到底是因为科尔奈尼娅担心格拉古的法案被取消而痛下毒手，还是小西庇阿因为自己陷于矛盾痛苦而自杀，长期在罗马人舆论中莫衷一是。小西庇阿就这样莫名其妙地死了，死于亲友还是政敌的借刀杀人，或是平民的泄愤，已经成为千古谜案。他虽然对罗马共和国势力的扩张做出过杰出贡献，但是他死后连国家公葬的荣誉也没能享受到，因为人民对他的愤怒超过了对于他过去的感恩。

在罗马历史上大西庇阿的女儿、小西庇阿的岳母、格拉古兄弟的母亲科尔涅利娅是一位非同凡响的妇女，同时也是一位极具政治责任感的母亲，她对格拉古兄弟的政治生涯具有决定性的影响。在她的丈夫原共和国监察官提比略·塞姆普罗尼乌斯·格拉古和格拉古兄弟死后，她仍然是罗马贵族妇女圈德高望重的有影响人物。经常有政界的官员和学者就有关国家事务征求她的意见，尽管她的家族很有势力，她还是根据自己的胆识赢得了罗马权贵的敬重和信任。她的两个儿子先后为罗马的平民运动献出了宝贵的生命，但是她以此为荣。普鲁塔克对这位英雄的母亲有很高的评价：

科尔涅尼娅照看孩子，管理地产，身为母亲，她端庄贤淑，品德高尚，即便是托勒密国王提出与她分享王位并向她求婚时，她依旧婉言谢绝，保持独身。在这个国度，她的孩子多数夭折，只有三个活下来；一个女儿后来嫁给小西庇阿，还有两个儿子提比略和盖约……柯尔涅尼娅无微不至地照顾两子，虽然罗马人公认此二子天赋极佳，但他们仍将二人的美德归因于教育而不是天赋。

普鲁塔克记述了科尔涅涅尼娅在格拉古兄弟死后是如何继续生活的：

据说，科尔涅尼娅对自己的所有不幸均抱有宽容之心，谈及两个儿子的遇害之地时，她称那里才是与其所掩埋的死者相配的坟墓。她居住在一处名为米赛鲁姆的海岬上，并未改变早已习惯的生活方式。她友人甚多，由于周围经常有许多希腊人或者文人，因此家中常备美酒佳肴以展现她的好客之情；当时在位诸王均与她互赠礼物。当她向来访者讲述她的父亲西庇阿·阿非利加努斯的生平和品性时十分和蔼可亲；然而，当她追忆两个儿子时并未流露悲痛和泪水，着实令人敬佩，她还向所有询问者讲述他们的成就和命运，如同谈论罗马早期人物一样。某些人由此认为是年迈或巨大的悲痛削弱了她的心智，使她对自己的不行麻木不仁，他们不知道人们在忘却悲痛时，要在多大程度上借助于崇高的知性和高贵的出身与教育，才能够克制悲伤和惨痛的命运，培养自己乐天知命的理性。

普鲁塔克在他的传记中用简略的笔墨，勾勒了一位高贵而美丽的母亲培养了自己一对伟大的儿子，她的睿智、理性、顽强、坚韧的品德体现了罗马贵族女性对国家、民族和人民义不容辞的责任感，虽然格拉古兄弟对于罗马土地制度的改革功败垂成，但是改革终究在贵族保守势力的强权干预和民主派的血泊中开出艳丽的花朵，渐渐结出丰硕的果实。

大西庇阿在政治上的对手老加图是第三次布匿战争的发动者、迦太基被覆灭的始作俑者，他死于公元前149年，也即战争刚刚发动这一年，享年85岁。以后战争的进行，基本按照了他所制定方略渐次展开，共和国彻底走上侵略扩张和争霸世界的道路。这位刚正不阿的老监察官以他坚毅刚健的秉性和强辩幽默的口才给罗马历史烙下深深的印记。他后来的继承者西塞罗在《论加图》一书中将他理想化，老加图的玄孙小加图在思想精神上继承了他的衣钵，但是缺乏他的机智和幽默感，显得古板刻薄和不近人情，小加图在与恺撒的争斗中落败，最终在恺撒战胜共和派军队攻占乌提卡前夕切腹自杀。

然而，老加图唯一的成功，只是残酷毁灭了迦太基而已。而他反对的大希腊主义的意识形态战争却完全失败；罗马的文学、哲学、演讲术、科学、艺术、宗教、道德、仪态及服装，每一领域几乎全部笼罩在古希腊灿烂文化的光环之中，降服于古希腊文化的影响，他虽然深恨希腊哲学生，怕同化了拉丁文化，但是他没有自己的哲学思想，等于没有民族文化的魂灵，而他的那位著名的玄孙小加图在自尽前最后阅读的书，是柏拉图的名篇《斐多篇》。老加图其实没有自己的宗教思想，他的复兴罗马精神的设想在他死后继续衰微下去。所谓罗马精神其实只是希腊精神的移植，而加进了更多亚历山大大帝马其顿帝国对外扩张的军国主义内容，促使罗马走向帝国称霸之路。每一次新的征服，都使罗马越来越富裕，而随之而来的腐败伴随着残忍，使得道德底线完全崩塌。罗马赢得的每一次战争，都使不同的军阀枭雄的强势崛起，贫富差距的不断拉大，阶级矛盾的对立加剧，社会各阶层平衡的打破，社会动乱和变革就将来临。诚如西庇阿的养孙小西庇阿的预言，迦太基的毁灭，除去了内部分裂与斗争的最后一个制衡。经过 100 年恺撒和屋大维所谓的罗马政权体制的革命，小西庇阿的预言正在不断为严酷的事实所证明，罗马即将迎来遭到统治世界之后的严厉惩罚。

北非努米底亚国王马西尼萨活了九十岁（公元前 238 年——公元前 148 年），86 岁还生了一个儿子，他善于养生之道，差不多到他死时身体还很健康。他把他的游牧民族改组成了一个定居农村的社会和有纪律的国家，他极其精明能干地统治国家，不断拓展疆土，以堂皇的建筑装潢他的首都锡尔塔，现在还遗留下他和大小西庇阿的动人友谊，他的陵墓大金字塔现在依然矗立在突尼西亚的君斯但丁（即古之锡尔塔）附近，自扎马之战被大西庇阿收编后，他就是罗马的铁杆盟友，他借助扎马会战的胜利余威，乘迦太基不能擅自宣战之难，在罗马当局的庇护下不断蚕食迦太基领土，从而激化矛盾，最后控制了迦太基陆上几乎所有通道，可以说是马西尼萨首先点燃了罗马与迦太基之间的战争导火索。他去世后，王国陷入几个王子之间争位战争，靠强权胜出的庶出王孙朱古达终于得罪罗马当局而爆发罗马历史上著名的"朱古达战争"，这场战争导致努米底亚王国灭亡，并入罗马阿非利加行省。领土虽然扩张，但是罗马共和政局全面腐败堕落的征兆也一一败露，马略、苏拉等军阀趁势崛起，开始了新的一轮权力斗争，揭开罗马从共和由内战向帝国转型的序幕。

伴随着所谓古希腊的民主政治原则的衰落，一个一个军事强人登台表演，在血腥的丛林规则中军事僭主地位显著蹿升，罗马共和的体制却在一步一步变异。尽管罗马共和的民主体制外壳依然保存着，却已经开始形式化、空壳化。

帝国的独裁专制体制在血泊中诞生，在漫长的历史长河中演化凝聚成血色浪花，演绎成了文艺复兴时期罗马政治理论家《君主论》的杰作，在后来的政治运作中，马基雅维利给予君主的忠告不幸屡被言中，有些格言一直脍炙人口，被奉为圭臬：

任何人都认为，君主守信，立身行事，不使用诡计，而是直道而行，那是多么令人赞美呵！然而我们这个时代的经验表明：那些曾经建立丰功伟绩的君主却不重视守信，而是懂得怎样运用诡计。不用权谋、讲求信义的君主，往往受到大家的赞美，并且终于把那些直道而行的人们征服了。

马基雅维利在《君主论》第 18 章"守信与失信"中，谈到了君主争雄的两面人格，也即一半是人，一半是野兽。而类似古罗马那些建成不世功业的伟人们，无一不是半人半兽的怪物，如马略、苏拉、庞培、恺撒、屋大维等人。

第四章
古罗马改革先驱的悲剧

新旧势力的生死博弈

　　古罗马王政和共和时代，古拉格兄弟短暂的改革，继承了古希腊的民主共和传统，在土地制度上进行了大刀阔斧的变革，将生产资料的土地资源再行分配，开始向平民和奴隶阶层倾斜。随后，便是平民和奴隶争取政治平等的运动，遭到了贵族奴隶主既得利益集团的群起抵制，改革归于失败。两兄弟均在前后十二年中惨遭杀害。

　　老大提比略·格拉古（Tibrius Gracchus）的惨死开了一个可怕的先例，普通公民之间不仅可以用杀戮解决争端，而且连法律规定人生不可侵犯的民选护民官员，也可以不经审判便被置于死地。于是罗马奴隶制社会的各种社会矛盾和斗争达到前所未有的激烈程度，流血代替了讲坛辩论，内战代替了和平稳定，战火从罗马延烧到整个意大利，继而烧遍海外行省，接踵而至的动乱震撼了整个共和国。在这种持续不断的动荡中，罗马共和国开始由奴隶主内部的民主共和，经过漫长的军事僭主集团的内斗，逐步转向元首独裁定于一尊的专制帝国，而这一切恰恰起始于格拉古兄弟的改革与提比略·格拉古和盖约·格拉古（Gaiuscchus）的先后被残杀，改革派遭到暴力清洗，首开共和和帝国的政治斗争暴力化先河，后来被苏拉、马略和奥古斯都所沿用，挟持元老院以"国家公敌"的名义血腥清洗政治反对派，以实现对于权力的垄断。

改革先行者殒血广场

　　公元前122年初秋的一天,共和国首都罗马城的上空,蓝天飘浮着白云,暖风中还残留着夏季的余热。虽然阳光灿烂,却使人感到有些烦闷和燥热,隐隐约约酝酿着某种不安。熙熙攘攘的人群,不断涌向首都的中心地带,渐渐聚集在元老院大厦前宽阔的市民广场上,这里也是贵族元老院的办公场所。

　　全城的人民,似乎都沉浸在某种保民官选举前的骚动之中。罗马周边地区的那些贫困的农民纷纷向罗马城中心的广场集中,往日的欢闹之城由于这些选民或者没有选举权正在争取选举权的意大利人的大量涌入,失去了安谧和宁静。广场人头攒动,熙熙攘攘仿佛想以汹汹民意替代选票,以声威壮大声势来保住自己心目中的保民官——人民利益代表者盖约·格拉古的第三个任期。

　　选民心目中的候选人是著名的改革派首领盖约·格拉古,这不仅因为盖约是十二年前被元老院谋杀的保民官提比略·格拉古的弟弟,而且他已经连任了两届共和国的保民官,现在正在争取连任第三届保民官。保民官具有极大的权力,可以直接否定执政官和元老院的某些建议,同时提出自己的建议。这些建议如果在公民大会获得通过,就成为必须贯彻的法案。这些成文的法案就成了悬在共和国权贵集团头顶上的一柄达摩克利斯剑,随时可能以人民的名义降下,砍向贵族所拥有的土地特权,粉碎特权意味普通人可以分得土地,从此改变贫困不堪的命运。有些奴隶在获取土地后即可转变卑贱身份,而进入平民阶层,享有了政治权力也即选举和言论自由的权力。这是一次争取民主、自由、平等的斗争,也是共和国在实行农商主义政策,国力开始强盛后,对外扩张,对内压迫,而以元老院贵族为首的特殊利益集团用特权绑架国家,和统治集团内部开明改革派进行生死博弈,双方都高度重视,不敢掉以轻心。

　　这场博弈从公元前133年格拉古兄弟的老大提比略当选保民官开始,

前前后后拉锯式展开十多年，其间此起彼伏，血流成河，而改革者却不屈不挠前仆后继，誓将改革进行到底，最终功败垂成。

让我们将时间拉回公元前133年的初秋季节，在保民官选举期间，平民的政治积极性空前高涨，在罗马城内的公共场所譬如柱廊、纪念碑石、房屋墙壁上到处张贴标语，呼吁青年贵族提比略站出来为贫苦公民收回公有土地，进行再分配。一向富有正义感和社会责任感的提比略挺身而出，参加保民官的竞选，并顺利当选保民官。上任伊始，提比略便与志同道合的元老院贵族提出一份温和的土地改革方案：

第一，每一个土地占有者至多占有五百优格（古罗马土地面积单位，一优格等于中国四亩）土地，如有儿子，每个儿子可占二百五十优格，但以二子为限。这样，每个家庭可以占有土地一千优格。

第二，在规定的限额以外，多占的土地无偿交给国家，然后国家以三十优格为一份，分配给少地和无地农民，分地的农民每年要向国家缴纳少量租金；份地不准买卖，以免再出现无地游民。

第三，为了实施上述提案，他还提议成立一个分配土地的三人委员会，由公民大会选举产生，每年改选一次。

这份十分温和的法案遭到元老、贵族、大庄园主们的激烈反对，他们声称提比略是想利用重新分配土地来收买人心，破坏共和政体，利用平民不满鼓动一场颠覆国家政权的革命。说穿了，他们就是反对这个损害其既得利益、制约权贵兼并蚕食国家土地特权的法案。在讨论法案的公民大会上，提比略面对罗马公民进行演说，动员民众支持改革，人们仿佛还记得他那声若洪钟般的演说：

意大利土地上游荡的野兽尚且有一个栖身的洞穴，而那些为意大利奋勇作战，不怕牺牲的人，却除了享受空气和阳光以外，一无所有。他们没有固定的住处，携妻带子到处流浪。将军们欺骗士兵，在会战中督促士兵为保卫祖先的坟墓、祭坛和家园去同敌人战斗，可要知道，因为没有一个士兵有自己祖先的祭坛和坟茔，又无自己的家园。士兵们在战场上出生入死，只不过是为别人的豪华和享乐而献身，他们虽然被说成是世界的主人，但却没有哪怕一寸土地属于他们自己，这难道公平吗？

　　提比略的这番演说激动着在会场上每一个人的心，人们为他欢呼跳跃，不时发出赞许的欢呼和经久不息的掌声。在人民群众的鼓励和推动下，提比略的法案获得通过。提比略的土地法案是罗马国家克服兵员危机，维护奴隶主阶级长远利益的愿望，同时对破产平民也是一种抚慰，因而得到他们的广泛支持。但是提案却遭到贵族特权阶层的疯狂反对，因为贵族们所占有的大量土地早已成为各家的私产，吞进肚子的肥肉，要想吐出来是十分困难的。如果提案得到实施，势必损害他们的既得利益。

　　有许多贵族装疯卖傻，蓬头垢面，身穿丧服，装出一副悲哀可怜的样子，在大街和广场上游逛，企图博取同情。同时，他们还在暗中收买刺客，图谋杀害提比略。贵族们的一切企图都是为了阻止法案通过。在罗马公民大会上提比略排除各种干扰，在平民代表支持下罢黜保守派的头目屋大维乌斯（Octavius）的保民官职务，通过土地改革方案。公民大会还选出三人委员会：被选入委员会的有提比略，他的岳父阿庇安·克劳狄和他的弟弟盖约·格拉古。盖约当时只有二十岁。公民大会选出提比略和他的亲属参加三人委员会，表明人民对他们的信任。

　　元老院试图阻挠提比略的改革，拒绝拨付土地改革委员会任何经费。与此同时，提比略通过亚细亚家族世袭庇护关系获悉，帕加马王国末代国王阿塔鲁斯（Attalus）死了，临终前将自己的王国赠送给了罗马人民。因此提比略建议或者威胁说，人民大会必须从这笔巨款中拨出部分资金，用于土地委员会安置移民，同时形成法案，将阿塔鲁斯留下的家财分配给获得国家分配土地的公民。使得这些国民有钱购买牲口和农具开垦土地。这意味着提比略利用人民大会的力量再次避开了元老院。这项法案的通过严重打击了元老院对于外交和财政事务的控制。虽然元老院的权力没有法律规定，但是传统使得元老院在事实上是这样操作的，传统再次被人民行使的权力被打破，意味着外交和财政的大权被人民所分享，这似乎是不能容忍的。

　　于是各种谣言变成脏水开始泼向这位贵族改革家：元老庞培乌斯

（Pompeius）告诉他的同事们，他是提比略的邻居，知道帕加马王将王冠和紫袍送给了提比略，这种刻毒谣言意味着提比略企图恢复王政，这在罗马共和国是绝对不能容许的大逆不道行为，人人可以得而诛之。元老奎因都斯·梅提拉斯（Quints Melellus）火上浇油，谴责提比略数典忘祖，说他父亲老格拉古担任监察官的时候，只要在晚餐后下班，罗马人都会熄灭灯火，免得被他发现民众在违反饮酒作乐的禁令；然而现在却发现极其贫穷和厚颜无耻的民众在夜间打着火炬陪同提比略回家。

提比略领导的三人委员会在贵族的各种无耻攻击和平民的热情支持下，积极开展工作，在较短时间内，有许多无地农民分得土地。但是，土改工作遭到贵族保守派的阻挠和破坏，困难重重。贵族所占有的国有土地和私有土地之间的界限，随着时间的推移，已经不复存在。因此，他们把大片国有土地说成是私有土地，拒不交出；即使那些可以确定为应该没收的国有土地，贵族也借口在上面修建了房屋、排干了沼泽，培植了葡萄园而提出过高的赔偿要求。对于新分配土地购买农具和种子的贷款，元老院也迟迟不予批准，而导致大量土地贫困农民分得的土地撂荒。按照罗马法律，保民官是有任期限制的，工作进行到一半时，就要重新竞选下一任的行政官。这样改革的连续性因可能任期的限制中途搁浅。而此刻，元老院的保守势力对他恨之入骨，纠集所有的势力，对他进行招摇中伤蛊惑人心，说提比略践踏共和国法律和保民官的权力，用暴力代替共和制原则，清洗元老院监禁执政官，阴谋篡国夺取政权，要当罗马国王，实行独裁统治。这些毁谤和攻击，其目的在于阻挡土地法案的进一步推进。

元老院及其几乎所有贵族，都希望通过明年保民官的选举把提比略赶下台，选出倾向于富人的保民官。提比略则担心如果一旦去职，贵族保守派必然要对改革派进行反攻倒算，改革成果将会化为乌有，其本人将会遭到迫害。为了把改革进行到底，他决心再次参加竞选，争取连选连任，一如既往地把土地改革进行到底。面对各种造谣中伤，他再次在市民大会挺身而出，利用自己雄辩的口才为自己光明正大的行为和保民官的权力进行了理性的辩护，清楚地阐明了保民官的职责权利和义务，以及依法被罢免的程序，合情合理合法，正面回答了那些污蔑他企图颠覆共和恢复王政独裁的谣言和传说。表明自己依法履行保民官职责的义务，限制权贵特权，保障民众权益，表明自己参选下一届保民官的决心。因此，他又提出新的法案：减少公民在军中服役的年限，上诉审判权从陪审团转移到市民大会，除了从元老院议员中指派陪审团成员，骑士阶层可以选出同样数量的员额。总而言之，他的法案涉及现行体制的司法改革，增加了民众权力对贵族寡头权力的制约和限制。遭到贵族反对派的强力抵制，他们在元老院发表连篇累牍的发言攻击他的提案，企图拖延表决时间，将提案扼杀在摇篮中。提比略也面临着随时被暗杀的危险。他的处境引发民众担忧，有些人甚至在他家的周围搭起帐篷，整夜警戒保护他的安全。

选举保民官那天，天刚大亮，位于卡皮托尔山下的罗马广场已经是人头攒动，出现了少有的热闹和喧哗，谁都明白这次选举关系到土改的深入或者夭折，提比略一身去留关系到成千上万罗马公民的利益。所以不少远在伊特鲁里亚、中意大利的农民都是星夜赶到城里，早早占好位置，目睹选举结果。选举开始，投票按照选区进行，已经有三十五个选区投了提比略的票，眼看提比略胜券在握。贵族保守派一看形势不妙，心急如焚，就故意制造混乱，有些人狂喊乱叫，不时发出鼓噪声，有的推推搡搡寻衅滋事，整个会场顿时混乱起来。

这时有人来到会场对提比略说："富豪们已经组织了武装，要来杀掉你，你们快做准备。"提比略随即将这一阴谋告诉了身边的人。大家闻言群情激愤，准备卷袍撸袖参加战斗。而站在远处的人群不明白发生了什么事情，就大声询问，因为人声嘈杂，提比略用手指了一下自己的脑袋，意思说生命受到威胁。群众顿时冲动起来，把在场的富豪全部赶跑了。保民官的其他候选者也被吓得目瞪口呆，在惊慌之中逃离现场。会场内外一片混乱。

这时，元老院的贵族们正在议事大厅研究对策，当广场发生骚乱时，元老院派去的密探跑回来报告说："提比略罢免了所有保民官，自任为下一届保民官；他在演讲台上一再用手向自己头上指，意思是要给他戴上王冠，他要当罗马国王。"元老们听到这一消息，个个暴跳如雷。宗教界最高首领大祭司长普布利乌斯·科涅利乌斯·纳西卡（Pubius Comelius Scipio Nasica）像是一头受伤的野兽那样，对着元老们煽动说："凡是要维护法律的，跟我来！"说完，他就撩起长袍，带头冲向广场。元老们纷纷将长袍撩上肩膀，怒气冲冲，紧随其后。

当这些有影响力的共和国大佬在纳西卡的带领下气喘吁吁地冲向元老院广场时，身后跟随着一批手提棍棒的打手。人们先是一惊，随后恭恭敬敬站在一边，给这些共和国的头面人物让出通道。当他们冲进人群，径直冲向提比略开始大打出手时，人们才从惊慌错愕中清醒过来，急忙进行反击。双方用木棍、木板、石块展开激战。显然元老院的打手们冲着改革派的领军人物提比略有备而来，就这样罗马贵族中觉醒者平民利益的代表者死于政治对手的乱棍交加之下。同时殉难的还有他的追随者三百多人。鲜血染红了元老院前的广场，纳西卡等人丧心病狂，竟连提比略的弟弟盖约·格拉古收尸的要求也不被准许，殉难者的尸体统统被抛进台伯河。

任何思想的先驱者、改革的实践者都难免悲剧性的命运，殉道者的厄运从提比略开始。他们只是希腊神话中把真理之火从天堂盗窃到人间的普罗米修斯，打破权贵专制的黑暗，为弱势群体带来光明，他们又是贵族群体中的叛逆，殉道者必然是理想主义者，面对强大的权势，凭着叛逆者的勇气，踏着荆棘中的血迹冒死前行。提比略的改革在旧贵族的残酷镇压下失败了，但是残酷镇压并不能消减社会不公带来的苦难，因而平民争取地权平等和人格政治认同的斗争并未止息。

提比略·格拉古遇害的消息迅速传遍罗马城，人民群众悲伤痛哭，咒骂制造这场血腥屠杀的人；而既得利益贵族集团却欣喜异常，弹冠相庆。元老院继续镇压改革派，他们组成暗杀密捕小组，到处搜捕改革派，有的被放逐，有的被处死，其手段之残忍，令人发指。然而，平民的反抗也空前激烈。在罗马平民的压力下，元老院既不敢明目张胆地废止提比略的土地改革法案，也不敢公开解散三人委员会，这个委员会仍然在继续活动。

随后，又发生意大利人要求获得罗马公民权运动。意大利人是被罗马征服的居民，在政治上不能享有罗马的公民权；在经济上，也无权分得国家的份地，相反却要分担沉重的捐税和兵役。因此，他们对于罗马的统治极为不满，要求获得公民权和土地的呼声日益高涨。这一斗争与罗马的平民争取土地的运动高度聚合，形成一股强大的反政府力量。正是在平民运动高涨的形势下，盖约·格拉古以平民运动领袖的身份，继承乃兄遗志，挺身而出，登上凶险迭出的政治舞台，开始了那场戴着镣铐跳舞，却注定要失败的悲壮演出。

贵族殉道者的成长之路

格拉古兄弟的母亲科尔涅尼娅·西庇阿妮丝·阿非利卡娜是罗马战胜迦太基的英雄、第二次布匿战争的罗马统帅大西庇阿的第二个女儿。她被视为"罗马妇女的完美典范"，她教育出来的两个儿子格拉古兄弟非常有名，他俩先后担任罗马保民官并都被杀身亡。科尔涅尼娅是罗马历史上非同凡响的妇女，对提比略和盖约的政治生涯有着决定性的影响。

科尔涅尼娅是一位地位显赫罗马贵族淑女，出身于罗马最高贵最富有的家庭，从小受过良好的教育，培养了自己在知识上多方面的兴趣，她的生活光鲜亮丽，是个有品位的百万富翁，她的衣着简洁优雅，作风平易近人。如普鲁塔克所言，身边常有"希腊人和文化人随侍左右"，有次她招待一位来自坎帕尼亚地区的女性朋友，在那个地区，珠光宝气和豪华的排场是社交礼仪的时尚，她的客人特别注重佩戴珍贵的珠宝，而科尔涅莉娅一直等到她的两个儿子放学回家后才说："这些才是我的珠宝"。

罗马高层贵族的女儿很少因为爱情才结婚，更多是高层政治利益的交换联姻，西庇阿家族的美丽姑娘自然不能例外，科尔涅尼娅的丈夫提比略·塞姆普罗尼乌斯·格拉古曾经出任过一次监察官和两次执政官，获得举行两次凯旋式的光荣。虽然在政见上和老西庇阿有所不同，他是属于政治军事上的稳健派"费边主义者"。但是在老加图及其朋党起诉科尔涅尼娅父亲大西庇阿和叔父贪污受贿时，他坚决支持了大西庇阿兄弟。西庇阿将女儿许配给了老格拉古。她那时才十二岁，而格拉古已经四十二岁。科尔涅尼娅为老格拉古生育了十二个子女。当时有传闻某次老格拉古在卧室抓到两条蛇，有占卜者警告他，既不能将两条蛇全杀死也不能全放走；他杀死公蛇等同杀死自己，如果杀死母蛇，科尔涅尼娅将会遭殃。由于老格拉古极其宠爱自己的妻子，他考虑到年龄的差距，自己已经是花甲老人，已经不惧生死，而妻子仍旧年轻，于是杀死公蛇，放走母蛇。没过多久老格拉古逝世。西塞罗在《论占卜》中详细记载了这则故事。

提比略和盖约是一对有着共同信仰和价值观一致的亲兄弟，他们出生于罗马的名门望族。父亲提比略·塞普洛尼·格拉古担任的执政官是共和国的国家行政首脑，但是老格拉古不居功自傲，一生谨言慎行，淡泊自守，注重道德修养，因而在罗马人心目享有美德者的崇高威望。母亲科尔涅尼娅美丽娴雅，清高脱俗，是当时罗马最著名的贤妻良母和才貌双全的高门贵妇。大西庇阿曾经率领罗马军团一路所向披靡远征非洲，是打败过当时地中海的强国迦太基汉尼拔的英雄，在罗马享有很高的声望。在罗马腐败成风，浊流遍地的情况下，出身于这样脱俗高雅的家庭，养育出这样的子弟实在难能可贵。

老格拉古和科尔涅里娅共生有子女12人，只存活二子一女，即长子提比略·格拉古和次子盖约·格拉古，以及后来嫁给小西庇阿的女儿塞普洛尼娅。老格拉古英年早逝，丧偶后的科尔涅里娅静心守寡，面对托密勒国王的求婚，她毫不动心，一门心思抚养自己可爱的儿女，把他们调养得勇敢、自制、慷慨、雄辩、高尚、学识渊博、嫉恶如仇，总之人类应该具备的优点、美德她都尽可能地教给了他们，她自己也在子女教育中精神得到升华。而这些优点和美德正是格拉古兄弟日后不避生死投身轰轰烈烈民主改革的主观因素。

大西庇阿虽然是军事将领，但是思想开明，深受古希腊民主政治的影响，他曾经聘请希腊学者波里比乌斯为他孙子小西庇阿的家庭教师。格拉古兄弟深受波里比乌斯的影响。罗马人在第三次战胜马其顿之后，波里比乌斯作为希腊阿卡亚联盟1000个贵族人质之一被带到罗马，受到西庇阿的礼遇，曾经担任他的随员远征过非洲。后来著有《罗马史》。波里比乌斯的《罗马历史》的一大特色是夹叙夹议，面对纷繁复杂的历史事实，波氏提纲挈领第穿插了许多关于罗马政制的深刻见解，发挥了古希腊亚里士多德权力相互制约的理论。波里比乌斯把政府分为三个要素：人民（或人民代表会议）、元老院和执政官。人民大会是罗马共和国的主要国家权力机构之一，罗马的公民们参加大会，就会议所讨论的问题集体投票议决。但是由于居民流动，战事频繁，能够参加大会的人很少，实际权力被元老院和执政官、保民官所架空。人民大会所掌握的重要权力是对官吏的升迁、赏罚之权，后来被元老院实际控制，同时拥有国家财政权力，这样人事任命和经济大权均落入元老院贵族集团之手。执政官在武备、战争和国家日常事务中的权力在实际上漫无边际。那么这一制度中，留给人民哪些权利呢？波里比乌斯指出："只有人民才操有赏罚之权，而赏罚之权，正是一切王国，一切国家，或者干脆地说，一切人类社会，所赖以维系的纲纪"。从法律上讲，人民和人民大会拥有立法权、最终刑事审判权和选举官吏的权力，并决定官员任期的权力。

但是，在罗马共和国后期，共和制进入表面的虚假繁荣，战乱频生，土地扩张，国内贫富悬殊，矛盾激化，贫民抗争，奴隶起义不断爆发。贵族把持的元老院大权独揽，统治集团内部缺少有效监督，贪污腐化蔓延，贵族统治千疮百孔，共和制度已经形同虚设。扩张后的罗马大贵族奴隶主阶层，伙同战争中暴发户——金融高利贷贵族，借助连年的战争和兵役负担对小农进行的打击，大肆兼并罗马农民的土地；借助权势大量侵吞掠夺来的被占土地；他们在位于中南意大利和西西里的自己的土地上建起大批奴隶制庄园，成为古代世界奴役奴隶最多、最广泛的奴隶主阶级；他们利用担任国家和军队高级职务之便贪污受贿，搜刮民脂民膏；他们放高利贷，承包国家税收、矿产、公共工程、公有土地大发横财，尤其是包税简直是一本万利。

富有的罗马奴隶主阶级有权、有钱、有地、有大量的奴隶劳动力作为仆役，财富的累积以几何等级暴增，于是开始模仿起东方美索米亚达和古埃及王国君主的豪华奢侈生活。富人们围着帕拉蒂尼山大修豪华住宅。这些住宅仿照希腊样式，有柱廊、花园、住室、浴室、贵重的大理石和壁画浮雕装饰的墙壁、精致的地板等等。有了好房子还要有好饭菜、好首饰、众多奴婢的服侍，声色犬马，纸醉金迷，人欲横流在娱乐消遣中醉生梦死，社会也就在奢侈的享受中一天天满足，一天天堕落着。

权贵们在享受特权的奢侈豪华中塑造了自己特有的生活方式。过去严肃呆板的聚餐为挥霍无度的狂饮暴食所取代，简朴外罩内衣为华美的服饰所取代。富人家的妇女精心装饰自己，烫怪诞的发式，涂抹用鹿膏、熊脂、羊脂制成的发油，以及口红、脂粉、眉黛、佩戴精致的耳环、项链、戒指、首饰、手镯。上流社会妇女婚姻相当自由随意，婚姻次数增多，伦理道德崩溃，家庭分裂解体。人们醉心于举办各种公共娱乐活动，如歌舞、斗兽、角斗等。这种奢靡之风反过来刺激人们去追逐新的财富。上层元老、骑士贪污受贿、兼并土地、放高利贷、搜刮地方财富的行为越演越烈。那位后来遭到西塞罗所痛斥的西西里总督瓦莱士，在任三年，贪污公款、收受贿赂、敲诈勒索，离任时竟积累起4000万塞斯退斯（罗马银币单位）的巨额资产，珍奇古玩还不算。

这时虽然不乏一些严于律己、为官清正的元老，但总体上腐败之风已弥漫于罗马官场和社会当中。著名元老贵族家庭出身的政治家盖约·格拉古去萨丁尼亚岛当了两年财务官，返回罗马的同批人中只有他是带着满袋银币而去，两袖清风而归，其他人都是赴任时带的是葡萄酒桶，回家时桶里装满金银财宝。

公民大会、行政官、保民官提出的一些改革措施，尤其是牵动削弱贵族特权集团的制度，往往遭到体制内顽固派的群起抵制，甚至不惜制造血案，以镇压持不同政见者，体制内改革和反改革的势力此消彼长，你死我活。

其实，作为共和体制的维护者，从统治秩序稳定的根本利益出发，格拉古兄弟提出的改革举措，实乃是从缓解阶级矛盾，消除贫富差别，稳定社会秩序所提出的土地改革向贫民倾斜的方案，实在是思虑缜密的改良国政及社会的办法，从根本上来讲，是为了维护共和体制长治久安，延缓体制瓦解的补天之举。然而，整个体制已经病入膏肓，无药可救了。

格拉古兄弟曾经深受到他们的老师波里比乌斯古希腊平等自由思想的影响。提比略和盖约曾经前后担任罗马共和国的保民官，提出对于共和国土地进行再分配的改革方案，规定一人或一家拥有土地的最高限额，多余土地分给无地农民。限制贵族统治集团对于土地兼并和垄断的特权，并启动给予贫民或者奴隶的土地再分配政策，但是这一举措因为触动贵族的奶酪，先后引来杀身之祸，改良失败，专制回归，帝国将在军事独裁者的怀抱中酝酿着，只待时机成熟。

格拉古兄弟早年丧父，兄弟姐妹全靠母亲抚养成人。由于家庭和社会地位以及优越的生活条件，两兄弟从小就受到很好的文化教育。当时罗马势力已经深入到希腊地区，希腊文化已经为罗马上层普遍接受，格拉古兄弟曾经在其外公西庇阿处受到希腊学者波里比乌斯的耳提面命，从小就受到希腊文化的熏陶，希腊的奴隶制民主政治及公民平等的思想对他们影响至深。

格拉古兄弟在青少年时期就很关心政治，积极投身罗马的政治活动。当时罗马人很重视演讲，一个人如果要投身于政界，想在社会上获得声望，必须经常参加各项社会活动，在公共场所发表演说，对社会问题发表政治见解。青年时代的格拉古兄弟都是一流的演说家，他们常常在大庭广众之下发表演说，对当时的政治形势和社会问题提出个人见解，获得了罗马广大平民和中小奴隶主阶层的好评。

兄弟俩的体型面貌相似，宽阔的肩膀，浓密的卷发，身材魁梧壮实，神采奕奕，淡蓝色的眼睛，双目炯炯有神，使人感到具有一种健壮的阳刚之美。

相同的体貌特征，相同的价值追求，但在性格上却差异很大。哥哥提比略为人朴实，沉着文雅，平易近人，演讲时站着不动，安详和蔼，说话有条有理，娓娓动听。弟弟盖约的脾气暴躁，性急如火，演讲时在台上走来走去，一刻也不能安静，有时慷慨激昂，甚至破口大骂。据说，为了克服自己爆烈的性格，他让仆人跟在身边，手里拿着一把琴，每当他演讲嗓音变得粗暴时，仆人就拨动一下琴弦，发出柔和的音响，让他的语调变得柔和一些。当然这种办法也不是永远都奏效的。琴弦的柔音往往压不住内心的激动，有时仆人即使弹了琴，他的怒气还是缓和不下来。

普鲁塔克评论弟兄两人的异同时说：

提贝里乌斯无论是面部的轮廓和表情以及他的姿势和神态，都非常温和宁静，表现出泰然自若的气质。盖约不仅热情奔放而且激烈进取。他们对着民众发表演说的时候，一位的讲话方式非常平静有条理，稳如泰山，站在同一个地点；另一位在讲坛上来回走动，等到演说最为热烈的高潮时，会将长袍从肩膀上拉下来，是第一个利用洒脱动作进行演讲的罗马人。……盖约的演说激进而且热情洋溢，对于每件事情的描述都用夸张的口吻，然而提贝里乌斯保持良好的君子风度，极具说服力，引起大家的同情产生恻隐之心。提贝里乌斯的措辞精纯正确而且再三斟酌务求不出差错，盖约的用语奔放有力，表现出华丽的风格。

他们的生活方式和饮食习惯非常雷同，提贝里乌斯节俭又朴素，盖约要与其他人相比可以说是自奉刻苦一丝不苟，但跟他的兄弟还有一点不相同，就是爱好新奇和罕见的珍品，他的政敌德鲁苏斯曾经对他提出指控，说他买了几尾银制的海豚，仅就重量而言每磅的价值是1250德拉克马。

兄弟俩不同的性格，直到成年以后依然秉性难改。不过两人不同性格最终归宿于他们的共同理想信念，也即共同的价值追求。比如兄弟俩都非常勇敢豪放，为人正直，能够主持公道，嫉恶如仇，面对邪恶毫不畏惧。在个人生活上不贪图享乐，不追求安逸，有着某种为理想献身的洁身自好和壮烈毅勇的殉道精神。这些品格在罗马贵族青年中是出类拔萃的。更难得的是虽然出身豪门，却能突破既得利益的眼界局限和利益束缚，站在弱势群体的一边，为他们争取平等自由的权益，这就是贵族知识分子自奉良知的价值体现。

按照罗马贵族的从政途径，子弟们必须先从担任神职和军职开始，打下基础后再进入政坛，格拉古兄弟也不例外。提比略先当占卜官后到姐夫小西庇阿麾下服役。小西庇阿和其祖父一样是古罗马共和国一位名将。他最大的功绩是作为罗马共和国的执政官，率领罗马军队消灭了罗马的宿敌迦太基。他第二大的功绩是征服西班牙，攻破其土著的首府努曼底亚。这两个荣耀为他带来了罗马元老院的荣誉称号"征服非洲的人"和"征服努曼底亚的人"。提比略在攻打迦太基的战斗中不求亲戚庇护，战时总是冲锋在前，平时严于律己，赢得了士兵拥戴。作为许多重要战役的参加者，他在途经意大利农村时，看到农民稀少，到处是奴隶制庄园的奴隶在从事劳动，开始萌发出改革现状，挽救小农经济的念头。然而，他没有死于战火硝烟中的对外扩张，却在政坛权力争斗的改革中首先死于非命，不得不使人扼腕叹息。

前仆后继改革功败垂成

　　盖约·格拉古和他哥哥提比略一样，在政治上是一个早熟的青年，很早就受到改革派的思想影响。在他哥哥从事改革时，盖约正在军队服役。哥哥遇害以后，他回到了罗马，悄无声息地待在家中。表面上，他对政治一无所求，既没有参加政治活动，也不去为哥哥申辩，似乎已经置身于政局之外。

　　事实上盖约是一个有着非凡抱负的青年。他的隐忍不发，韬光养晦的目的是为了积蓄力量等待时机。也就是依法按照程序进入权力中枢，去践行哥哥未竟的理想，实现自己的政治抱负。

　　公元前126年，盖约当选为财务官，这年他27岁。财务官的任务是管理财政收支，职务不高，但岗位重要。在元老院杀害他哥哥的凶手们对他心存忌惮，不敢让他留在罗马，而将他外派到萨丁尼亚省（今萨丁岛）管理财务。在元老院看来，将他远放海岛是为了防止他在罗马制造麻烦。而盖约的愉快履任却是暂避敌人锋芒的好办法。在萨丁任职期间，他工作勤恳，办事公道，深得同事和当地百姓的信任。两年后他返回罗马。当时罗马形势非常紧张，平民要求土地的运动日趋高涨，改革派和保守派之间的斗争十分激烈。盖约·格拉古看到时机已经成熟，便积极投身群众运动，在群众中赢得很高的威望。

　　改革的支持者不断催促他去竞选保民官，而保守的元老们则透露出对他参与竞选的恐惧。据说大格拉古曾经出现在他的梦中，对他说："无论你如何延迟自己的命运，你必然会遭到与我同样方式的死亡"。对于老二执意去参与保民官的角逐，母亲科尔涅尼娅是不同意的，她并不希望弟弟去重蹈哥哥的覆辙，再次去和势力十分强大的贵族寡头既得利益集团对立而遭到报复。现在留存她的一封信，在信中她告诉小儿子："除了那些杀害提比略·格拉古的人之外，没有哪个人会像你一样给我制造如此的麻烦及忧虑。身为我唯一幸存的儿子你应该努力并谨慎，使我在晚年不再有担忧。"

小格拉古拒绝了母亲的请求。接受了自己不可避免的命运，他在公元前124年，也就是提比略死后的第十年，在群众支持下当选保民官。

盖约在品德上和哥哥一样公正无私，充满浩然正气。但在行为方式上有明显区别。提比略温文尔雅、严肃理智，盖约锋芒毕露、咄咄逼人。他是罗马人中第一个在讲坛上脱掉长袍、仅穿短衫短裤并且在说到动情之处拍打着大腿助兴的人。因此，他的激情澎湃和动作幅度很大的演讲对民众有更大吸引力，对保守的元老派贵族更具威胁和危险性。

果然盖约就职后，提出了一系列的改革法案：首先他推行两道新法律抚慰兄长的亡灵。第一道法律禁止任何曾经被免除公职的人以任何方式再度任职。这明显是针对被提比略在公民大会上罢免的护民官屋大维卷土重来。其次通过法令，禁止任何没有经过公民大会同意的重刑审判，任何人以处刑或者流放形式来剥夺他人公民权，将公民当成国家敌人，审讯都必须经过公民大会批准。这道禁令可以追溯旧案。所以曾经在公元前132年迫害大格拉古追随者的执政官，现在被迫流亡。这不仅是因为复仇的痛快，而是因为需要提醒那些反动元老：他们忽视或者践踏人民的意志将面临清算的下场。

其次，盖约制定法案，对于粮食价格进行国家限制，防止贵族哄抬粮价，稳定市民生活。

再次，对审判制度进行改革，把审判权从元老院手中夺回，交给骑士阶层，制约政治腐败和官员贪赃枉法，削弱元老院权力。

其四，在军事改革上设立兵役法，禁止征召十七岁以下男性公民服兵役，并规定由国家供给战士服装，保障战争中兵员的充足。

其五，在交通筑路方面，由盖约亲自主持，在意大利境内修建了许多公路，做到条条大路通罗马，为商品流通，物资转运提供了方便，大大促进了经济和社会的繁荣，同时也为平民提供了大量就业机会。

其六，面对领土的不断扩张，提出行省法，法令规定：亚细亚省的收税权包给骑士阶层。

盖约的改革法案获得了平民和骑士阶层的大力支持，因此在公民大会上顺利通过，并成立了一个以他为首的三人委员会负责法案的实施。三人委员会在平民的支持下，冲破各种阻力，积极落实各项法令，获得显著成效。盖约是个实干家，他精力充沛，办事认真热情，所有改革项目他都亲自过问，甚至制定计划，负责监督落实。

公元前 123 年秋，在城乡平民和骑士阶层的支持下，盖约再次当选为公元前 122 年的保民官。这时，盖约大权在握，踌躇满志，威望空前高涨，连任之后，继续推行土地改革政策。面对意大利境内土地分配已经完全不能满足平民需求的现状，他将目光投向了罗马海外领地，于是移民法应运而出，即将无地贫民向外迁移到人烟稀少，土地荒芜的地方。为解决土地不足的矛盾，盖约提出了建立三处移民点的计划，两处在意大利境内，一处在非洲迦太基。按照罗马法律规定，海外领地只有元老院才有权处理，但是在平民运动高涨的压力下，元老院已经无权阻止盖约的改革举措的实施。

然而，盖约权势的增长，却使得贵族既得利益者们内心十分恐惧和忌惮。他们施展种种阴谋诡计，笼络平民，破坏改革。他们寻求代理人提出更为激进然而根本无法落实的改革计划，比如利用大部分平民不想背井离乡远去非洲的心理，提出在意大利本土建立十二个移民点的计划，而实际情况是意大利已经没有那么多的闲置国有土地分配给平民，这些承诺只是为达到分散盖约选票的目的。为了争取群众，盖约提出授予其他意大利人为罗马公民的权力。这一法案的提出，引起了罗马平民和骑士阶层的不满，平民不满是因为他们不愿意新公民分享国有土地和廉价粮食，骑士不满是因为害怕意大利商人的竞争。这样盖约渐渐失去人民支持而陷于孤立。

公元前 122 年秋季，盖约面临第三次竞选保民官，而在此关键时刻盖约犯了一个致命的错误，选举之前他不在首都罗马，却跑到了远在非洲的殖民地去筹建迦太基海外移民点，一直忙活了七十多天，移民城区才确定下来。而这一空间给了贵族中的保守派有了大量的活动时间，对他发动疯狂反击。他们散布流言蜚语，说盖约剥夺人民的自由权力，滥用职权，独断专行，谣言如同苍蝇在传播着瘟疫，到处流窜的谣言无形中损害着盖约的声誉。

盖约返回罗马即与元老院和新任执政官卢修斯·奥皮姆斯（Lucius Opimius）发生公开冲突。奥皮姆斯上任伊始，便立即废除了盖约已经颁布的几项法案，盖约要召开公民大会，允许意大利人参加，元老院则支持执政官发令，禁止非罗马人在大会召开前后进入罗马。有一次官方举行奴隶角斗士表演，大多数官员都借职权之便，在角斗场周围安放座椅出租赚钱。盖约看了气恼，命人把座椅全部撤走，以供贫民大众随便观看。于是几乎所有高级官员都反对他，在他争取连任保民官的选举时就串通起来给他小鞋穿，伪造监票报告，结果盖约竟在得到多数选票的情况下落选。元老贵族们额手相庆。然而，在着手取消盖约立法时，矛盾空前尖锐起来，双方摩拳擦掌，内战一触即发。

有时一个火星便会激发出一场燎原大火，在奥皮姆斯的策划下，准备表决废除盖约的所有改革法案。等到这个决定性日子到来那天，两派人马很早就在卡皮托神庙相遇。当执政官完成祭神仪式后，他的随员奎因都斯·安特留斯（Quintus Antyllius）带着用作牺牲的动物内脏对盖约的支持者弗尔维斯说："你们这些爱好党派倾轧的市民，应该改邪归正做奉公守法的人"，当时弗尔维斯周围全是盖约的支持者。这家伙仿佛向平民派示威那般，伸出裸露的手臂用力挥舞着，对民众做出轻蔑和不屑一顾的威胁。为的是激起平民派怒火，做出极端的举动，也即是将矛盾推向极端后制造镇压的借口，奎因都斯果然被激怒的民众用书写蜡板的铁笔刺成重伤不治身亡。这正是执政官希望看到的结果。市民大会因场面的混乱而无法进行。盖约对这场突然发生事件感到非常失望，严词谴责那些动手的平民，正好给政敌带来对平民派出手攻击的借口。

奥皮姆斯非常高兴自己的阴谋得逞，他立即匆匆忙忙赶往元老院，企图说服元老们投票通过紧急法案，宣布国家进入紧急状态。奥皮姆斯鼓动元老院通过"元老院最终劝告"等于是向改革派正式宣战。此时，天气突然变色，天空乌云翻卷，顷刻之间大雨倾盆而下，可谓山雨欲来风满楼。

次日清晨，执政官召开元老院会议，奥皮姆斯在议事厅召开元老会议发表演讲的时候，奎因都斯的遗体就放在尸架上被抬着穿过罗马广场，正对着元老院议事厅，柱廊外不断传来示威者的喊叫声和恸哭声，形势的发展完全在奥皮姆斯的掌控之中，但是他依然故作大吃一惊的样子，带着元老院议员装出了解情况的模样，去了广场。元老们站在遗体四周，对奴仆奎因都斯的死表示沉痛哀悼，目的在于煽动群众愤怒的情绪。奥皮姆斯公开谴责暴民的野蛮和残暴。广场聚集的民众似乎已经忘记了十年前发生的那场暴乱，正是祭司长纳西卡带头挥动木棒残害了保民官提比略，提比略残缺不全的尸体被抛进了台伯河。

元老院"最终劝告"获得通过，等同于执政官受命使用致命武器，来对付那些正在危害国家安全的叛乱分子。但是元老院实际上是否有权去剥夺一位罗马公民基于宪法的权力呢？元老院在穷尽所有力量之后，充其量只是一个咨议顾问机构，它的决议没有法律效力。执政官有指挥权，但是法律规定——被盖约·格拉古最近通过的立法所强化——执政官不得越过审判去处决公民。这是因为公民有向公民大会上诉的权利。但是实际上，很少有人会不服从执政官的命令，但是执政官也必须明白，在他离职后，会遭到法庭审判和公民大会的裁决。

这些法律上的细节考虑，在当时双方矛盾不断激化的情况下，没有人会去认真推敲。奥皮姆斯呼吁元老们武装自己，并要求骑士阶层在次日凌晨，各带两名武装仆役，以备不测之需，内战一触即发。罗马度过了一个不安的夜晚。

第二天早晨，格拉古家族率领武装的平民攻占了埃尔文丁山，这里平常就是平民集中的地区，历来都是平民举事者的避难之地。小格拉古拒绝携带武装，只带了一把平时用于防身的匕首。他只穿了一件单薄的托加袍离开自己的家。仿佛这只是平常的一天，他准备赶往罗马广场处理日常事务。他的妻子黎西莉亚（Licinia）一手抱着年幼的孩子，一手抓住他的托加袍恳求他：

盖约，不管你是保民官还是立法者，我不让你离开我去市民大会发表讲话，也不愿意你去参加获得荣誉的战争。诚然每个人都会面临死亡，如果命当如此也无所埋怨，哀悼的心情也会获得安慰。你现在赤手空拳无一凭仗，暴露在谋害提比略的凶手面前，除了让自己受到伤害，不能起到任何作用。甚至你的死亡在目前对于公众没有任何好处。党派倾轧盛行之际，主持正义完全靠着权势和武力。如果提比略在努曼夏战死疆场，敌人也会把他的尸体归还给你；看来我的命要苦得多，到时候要向河神和波神去恳求才能得到你的遗骸；想到提比略都未能幸免死要见尸的命运，难道我们还能够相信神明和法律吗？

盖约在朋友的帮助下毅然决然地摆脱了妻子的阻拦，义无反顾地和他的朋友们向着平民的圣山埃尔文丁山赶去。贵族中的既得利益捍卫者们对于改革派的反击和清算是十分残酷而充满血腥的，一场针对改革者有预谋的大屠杀正在酝酿中。

选举后的第二天清晨，元老派召开紧急会议，宣布全城戒严，任命执政官奥皮姆斯为独裁官，并授予最高权力，负责共和国安全。表明他们已决心动用武力镇压改革运动。奥皮姆斯组织武装党徒和贵族占领了卡匹托尔山。改革派洞察保守派的图谋，组织平民反抗力量占领埃尔文丁山，盖约拒绝以武装抗暴，但是无法控制少数支持者的激情。在协商不成之后，奥皮姆斯下令弓箭手前往埃尔文丁山，向民众发出利箭造成混乱。盖约·格拉古为发生的事变感到愤怒，但没有参加战斗。他走上了狄安娜神庙那宽阔的台阶，登上山顶的平台，随后进入神殿。讽刺的是这座神庙是为了社群献祭、避难和仲裁之用，但当天没有这些活动。盖约情绪沮丧想要自杀，但是为他的同伴所劝阻，劝他逃命。

保守派部分骑士和士兵包围了埃尔文丁山冈，以弓箭、标枪进行猛烈射击。由于改革派准备不足，又缺乏弓箭等武器装备，死伤惨重。终因寡不敌众，圣山惨遭攻陷。盖约带着仆人菲克拉特逃到台伯河右岸的丛林中，面对追兵迫近，菲克拉特按照盖约的命令，割断他的喉咙，然后持刀自刎，卧倒在主人身边。盖约·格拉古的头颅被砍下，准备带给奥皮姆斯。因为他承诺要将头颅相同重量的黄金奖赏给凶手，杀死格拉古的凶手将其脑部清空，装上铅块，目的是让头颅更重一些，奖金更多一些。

此次内战盖约支持者被杀害三千多人，死者尸体被抛进台伯河，盖约的财产被没收，妻子不准服丧，黎西妮娅带着盖约的骨肉暂时去了自己的哥哥马尔库斯·黎西纽斯·克拉苏家避难。

一场平民争取土地和民主权益前后长达十二年的改革运动，就这样被贵族保守派以血腥手段残酷镇压。从提比略及其追随者的血溅广场到盖约的伏尸丛林，先行者的人生悲剧升华了改革者为真理而殉道的精神。格拉古兄弟的半身大理石雕像至今矗立在罗马广场上，每天都有许多人在雕像前祭奠。兄弟俩殉难的地方也成了罗马的两处圣地，那儿常常摆放着鲜花和鲜果。

两位格拉古的伟大母亲科尔涅尼娅在盖约被杀之后离开了罗马。她定居在米塞努姆，这是那不勒斯北端以一处裸露的巨石为终点的狭窄海岬，这地方景致优美，人烟稀少，而且靠近他父亲大西庇阿晚年隐居的庄园利特隆（Liternus）不远。然而科尔涅尼娅并没有将自己隐居起来，在这个海边别墅中仍然保持着她自己固有的生活方式，在众人崇仰的目光中灿发出独特的光彩。普鲁塔克说：

她的朋友不计其数，她用亲切的态度在她的住宅接待很多外乡人，特别是她的四周经常出现希腊人和学者。来访的外国君王会与她互赠礼物。任何人只要与她谈起她的父亲西庇阿·阿非利加努斯，她都会滔滔不绝提到当代这个最伟大的人物的习惯和生活细节，使得宾主尽欢大家极其满意。她在提到自己儿子的时候，毫无任何悲戚的表情，详细叙述他们的事迹和不幸遭遇，好像在谈论古代的英雄，确实令听者感到无限钦佩。

在失去她最疼爱不已的两个儿子之后，科尔涅尼娅又度过十多年的光阴，在她那个世纪即将结束之时去世。

从共和到帝制的嬗变

盖约死后，统治当局用暴力清除改革势力，打击反对派的政治迫害还在有计划有组织地残酷进行着。元老院大肆搜捕改革派，许多人被送进监狱，有的被处以绞刑。然而，屠夫们知道他们一手策划的公民大会广场外流血事件和血洗埃尔文丁山的事件是极其不得人心的，于是千方百计地掩盖粉饰他们的阴谋和罪恶。为了洗刷自己屠杀民众的罪行，曾举行过一次洗罪形式，后来元老院又在卡皮托尔广场修建了一座和睦女神庙，意在表明他们镇压平民运动，是和睦女神保佑的结果，以此掩饰政府的血腥暴行。然而，在一个夜晚，神庙大殿的铭文下被人刻上了一段讽刺文字：

一桩极不和谐的事件，却生出一座和睦之殿。

盖约之死结束了历时十二年之久的格拉古兄弟改革运动。此后元老院陆续废除了格拉古兄弟的改革法案。法庭审判权虽然仍然掌握在骑士手中，但骑士已经完全贵族化。农民分得的土地又被收回，元老院还下令取消份地不准买卖的规定。此后，土地可以自由交易，贵族集团的土地兼并进一步猖獗，农民失地现象加剧，导致贫富悬殊矛盾尖锐。不久元老院正式取消三人委员会，改革成果彻底丧失。

值得一提的是，借助暴力推翻宪政体制，屠杀民众毕竟是件极不光彩的事情，当年率先谋杀提比略的大祭司长纳西卡，在实施暴行后，自己的日子很不好过，成了过街老鼠，无论走到哪里，人们都向他叫骂，咒骂他是玷污罗马的罪人屠夫。元老院为了他的安全，将他调往外省，仍然摆脱不了罗马公民对他的指责。他像丧家之犬，调了好几个行省，最终郁郁寡欢死在小亚细亚。

那位被元老院任命全权处理紧急状态、宣布戒严、负责镇压以盖约为首的改革派及其民众的大屠杀总指挥、当时的执政官、独裁官奥皮姆斯先生由于名声实在太臭，元老院为了平息民愤，不久就将他放逐到北非努米底亚王国充当特使，调解王室纠纷。因为按照《罗马法》，不经审判便屠杀 3000 多名同胞，无疑是一种严重的大屠杀犯罪行为，只不过奥庇姆斯乃是为了捍卫统治集团的特权而充当了贵族们的先锋打手，手上既然已经染上鲜血，执政官的职务就不能担任了。他的罪行也必须和道貌岸然的贵族统治集团进行切割。

屠夫奥皮姆斯是第一位执政官盗用独裁官权力，没有经过任何审判就将 3000 多名公民定罪杀害，包括保民官盖约·格拉古和弗尔维斯·弗拉库斯在内的凶手，后者曾经担任过执政官，因战胜高卢蛮族而被授予凯旋式荣誉，无论品德和地位都是罗马共和国的优秀人才。奥皮姆斯最后被发往北非殖民地小国努米底亚，贪贿秉性却毫不收敛。他在努米底亚王国大肆贪污受贿，被人抓住把柄。早对他恨之入骨的罗马市民群起控告他的贪污罪。法庭在审理期间，元老们恶闻其名，没人敢为他开脱，结果被判有罪，处以罚金。从此他越发臭名昭著，出门便受到民众唾弃，在冷落和孤寂中死去。

奥皮姆斯的罪恶其实是整个罗马体制的腐败堕落，他只是一枚安装在政体机器上运转的螺丝钉，螺丝钉的被拆卸，并不意味旧机器解体，旧政体运作下的机器，已经难以生产出合格的产品了，改革失败，意味着整个官场的前腐后继，贫富悬殊越拉越大，官民矛盾越发激化。共和国"劣币驱逐良币"的逆淘汰马太效应迅速彰显，预示着罗马共和体制的衰落到消亡已经开始以难以阻挡的步伐，迅速走向深渊。

格拉古兄弟相继殉难后不久，北非罗马殖民国努米底亚两个王位继承人发生激烈内斗。其中一位叫朱古达的国王不顾罗马使臣的调解，不仅独吞了整个努米比亚，还把去那里经商的意大利商人和另一位王储一起处决。罗马几次派人进行调解、威胁，无奈是罗马官员已经腐败成风，继奥皮姆斯因受贿被处以罚金后，所有派出的使团——被朱古达利用金钱、美女所腐蚀，罗马元老院在公元前 111 年对朱古达宣战。以罗马军团过去赫赫有名的战绩，对付这样的蕞尔小国应该不费吹灰之力。不料，由执政官贝斯提乌斯亲自率领的 4 个罗马军团却在努米底亚打了三年毫无进展。

原来朱古达精于银弹攻势，而罗马军团早已不是当年西庇阿祖孙统帅的纪律严明能征善战的军队。军官爱财，士兵捞钱，公民军早已从根子上出了问题。朱古达买通前线军官，三年战争竟未死几个士兵，两军和平往来，战场如市场。朱古达的贿赂一直送达罗马元老院，许多元老为朱古达说话。公元前 109 年，新的执政官梅特鲁斯来到北非前线才发现，营寨无人站岗，士兵热衷于做小买卖，军官勒索钱财，妓女、商贩穿梭往来军营，罗马军团已经完全堕落为一群毫无战斗力的乌合之众。

直到公元前 107 年军事强人马略当选执政官，开始整顿军队大刀阔斧进行兵制改革，变公民义务兵为职业军人制，取消当兵财产资格，大举招募失地农民当兵，服役期 16 年，复员老兵国家给予地产助其安家立业，军队面貌才有所改观。马略的改革不仅通过长期训练增强了士兵的作战技能，改善了军队的军事素质，而且使罗马产生了一个个有组织、有领导、有自己集团利益的强人军事集团，这些集团的领袖是手握军权的军事寡头，他们维护士兵的利益，士兵追随他们远征国外和参加国内政治斗争，以军事手段介入国内外政治外交经济，造成了军事强人的独裁专制，原有的共和体制在军事强人的权利争夺中被瓦解瘫痪。

罗马开始出现以马略和苏拉的军阀征战，到恺撒、庞培、克拉苏的"前三头"到后来的屋大维、安东尼、雷必达的"后三头"政治，军事寡头僭主集团的争斗到屋大维胜出，奥古斯都称帝。逐步完成从共和到帝制的转型，罗马帝国进入奥古斯都大帝的辉煌时代。而后来法国大革命雅各宾派在"热月政变"中的覆灭，导致了军事强人拿破仑的崛起，拿破仑帝国和奥古斯都帝国出现的轨迹有着惊人相似。这就是历史的重复。伯克在《法国大革命反思录》中写道：

在某种权威的削弱过程中，以及所有权威的动荡起伏中，军队的军官们将在一段时间内保持反叛状态，内部派系林立，直到某个广受欢迎的将军——他懂得安抚军人的技巧，掌握命令指挥的真正精神——将所有人的目光都吸引到到自己身上。军队将只是在他个人的名下听命。这种事实状态下，没有任何办法能够担保军队服从。但是在这种事实发生的那一刻，那个实际号令军队的将军，就是你们的主人；你们国家的主人；你们国王的主人；你们议会的主人；你们整个共和国的主人。

奴隶制改革失败的教训

斯宾格勒在《西方的衰落》中认为，格拉古兄弟的失误在于他们相信拨转历史的可能，想回到罗马以自耕农为主体的旧时代。然而，格拉古兄弟的改革虽然是以理想主义的复古面目出现的，但代表的却是对罗马未来问题的前瞻性预见。

格拉古兄弟的改革悲剧，奏响了共和国覆灭的先声，说明了统治阶级内部企图借助改良或者改革实施自我纠错自我更新的能力已经完全丧失，建立在权贵家族既得利益基础上的特权体制，使得贫富悬殊的阶层固化，已经难以借助内部力量改变。试图通过内部改良改变不平等的格拉古兄弟的横死，意味着罗马政治在宪政框架之下的和平博弈彻底结束了。在此之后，就是政治的武装化——两个阶层的矛盾不再在政治范畴的宪政框架内以非暴力的方式来解决，而是以流血冲突的暴力手段来解决，包括对外的征伐和内部权斗上升为内战，共和只剩一张华丽的画皮，骨子里的体制机制已经完全被逐步蚕食干净。

盖约去世几十年后，没落贵族出身的喀提林试图利用贵族与平民相争的局势，计划刺杀执政官西塞罗和其他元老，并发起一场政治革命。没有人知道他的计划，也许也与罗马巨大的贫富差距有关。但西塞罗在元老院以一场雄辩的演说揭穿和挫败了喀提林。喀提林出逃后，在与政府军的战斗中兵败身死，他和他的起义团队死得很壮烈，当时的法务官恺撒对于喀提林的起义抱有同情态度，在政治观念上他们是同道，只是恺撒比较务实，属于平民派的理性领袖，喀提林比较激进，属于平民派中的极端派。

在贵族元老院中，两派进行了激烈的争斗，民主选举中喀提林落败后，走上暴力夺取政权的道路，最终被元老院贵族武装集团残酷镇压。恺撒坚持在共和政体框架内逐步胜出，在对外扩张中取得军事领导权，最终以武装力量为后盾，改变共和政体政治架构，开创由共和和平过渡到帝国的政体，然而共和国的形式一直延续到奥古斯都帝国时代，但是罗马城邦的共和政体，已经发生了根本性的逆转。其实，恺撒和西塞罗时代的共和贵族体制，已经成了孕育腐败的温床，即使是元老院中企图维持贵族统治的元老院共和派官员包括西塞罗、小加图等人，也都敏感意识到共和政治无可挽回的衰落，他们只是想通过体制的小修小补来达到维护共和国的长治久安。

西塞罗在元老院对西西里岛总督《对瓦莱士的控告》（也有译为饶勒斯）中慷慨陈词，在演说结尾中曾经大声疾呼：啊，自由！这本是每一个罗马人喜欢听到的声音，这是罗马公民的神圣权利！曾经是神圣的，如今却横遭践踏！果真已经如此严重？一个地位不高的地方官，一个总督，在一个与意大利近在咫尺的罗马行省里执掌着罗马人民赋予的全部权力。难道就可以任意捆绑、鞭笞、以酷刑折磨一个罗马公民，并使之受辱而死吗？难道清白无辜者痛苦的叫喊，旁观者同情的眼泪，罗马共和国的尊严，以及对国家法制的畏惧都不能制止这个自恃财富而冒犯自由的根基、蔑视全人类的冷酷的恶人吗？能让这个人逃脱惩罚吗？元老们，绝对不能！绝对不能让他逃脱，除非你们愿意毁坏社会安全的根基，扼杀正义，并为共和国招致混乱、屠杀和毁灭！

在这篇演说词问世前后的共和国，已经陷入某种程度混乱，那种复杂的政治格局和盘根错节的利益共同体，形成固化的难以撼动权贵利益关系网，任何改革者进入这个无形的网络去伸张正义，只能被束缚窒息扼杀而死，包括西塞罗自己。前后两次的"三头政治"，以及持续性的内战。平民和贵族互相仇视，而新兴的实力人物在中间左右周旋，为自己赢取政治利益。很显然，罗马共和国已经无法维系了，时代要求某种新的格局出现。军事僭主集团在对外扩张的同时，借助军事实力登上政治舞台，以铁血手段取代共和民主，事实上走向军事独裁，尽管不同军阀之间权斗惨烈，你死我活，如马略和苏拉，恺撒和庞培、克拉苏、安东尼。由于骄人战绩而备受穷人拥戴的恺撒试图在平民与贵族之间达成妥协，塑造一种新的共识，但是，他突然遭遇的刺杀，却阻断了这一进程。不过，也许历史要求一个人扮演独裁者恺撒的继承者。最终，在亚克兴海战中击败安东尼的屋大维接过了舅公恺撒的旗帜。屋大维毁灭了旧贵族的权力，建立了独断专行的帝制，从而让罗马从一个新的起点上，以帝国的新面貌复兴。

格拉古兄弟付出生命代价探索答案的难题，最终在经过一百多年的阶层战争之后，由屋大维做出了解答——当然，军事僭主屋大维登上历史舞台建立奥古斯都帝国，也不过是按照丛林"胜者为王，败者为寇"的规则，在嗜血的战争碾压中胜出而已。这也只是另一场治乱循环的开始。

美国历史学家威尔·杜兰特举了古希腊和罗马两个截然不同的例子，来说明改革和坚守传统体制带来的不同结果。公元前 594 年的雅典，根据普鲁塔克的说法"富人与穷人之间的财富差距，已经达到了最高点，所以这座城市似乎处于一种危险状态，没有其他手段可以将它从骚乱中解放出来……似乎可行的办法是自由动用专制权力。"这些穷人发现自己的促进一年比一年更加糟糕——政府掌握在他们主人手里，贪赃枉法的法院做出的每一项判决，都对穷人不利——于是他们开始谈论暴力反抗。而富人呢，又对他们在财产分配上提出挑战的行为勃然大怒，也准备用武力来保卫自己。最终理智占了上风，温和的势力确保了梭伦（Solon），一个出身贵族的商人当上执政官。梭伦贬值货币，从而减轻所有债务人的负担（尽管他自己也是债权人），他减少一切人间的债务，并且终止因欠债而坐牢的处罚；他取消了拖欠税款和贷款的利息，创立了一种累进所得税制度，使得富人需要比穷人多付十二倍的税钱；他在更多的民意基础上改组法庭；安置那些在战争中为雅典牺牲者的后人，由政府承担他们的生活费和教育费。富人抗议说梭伦的措施就是赤裸裸的没收；激进分子则抱怨梭伦没有重新分配土地。但是，人们几乎一致认为，梭伦的改革将雅典从革命中拯救了出来。

罗马元老院因智慧而闻名，但在意大利财富逐渐集中到临近爆炸点的时候，它采取不妥协的态度，结果引发了长达百年之久的贫民与贵族之间的战争。提比略·格拉古本身是一个贵族，却被选为代表平民的保民官，于是提出限制所有权的议案，元老院拒绝了他的提案，认为这样等于没收。他竞选连任保民官，但在一个选举日的暴乱中被杀害。他的弟弟盖约继承他的事业，但并未能阻止暴力的发生。他下令让仆人杀死了自己。盖约的三千追随者，全部被元老院下令处死。马略成了平民领袖，当运动几乎演变为革命的时候，他退却了。喀提林组织了一支由"可怜的穷人"组成的革命军队，意图取消所有债务。但他在西塞罗激昂的滔滔辩才前无地自容，并在对政府的战役中死亡（公元前62年）。尤里乌斯·恺撒试图妥协和解，但经过五年内战，也被贵族篡除（公元前44年），马克·安东尼将支持恺撒的政治与个人野心和恋情搅在一起，被屋大维在亚克兴海角击败，屋大维从而确立"元首政治，在帝国疆域内和各国之间，各阶级之间维持了210年的"罗马和平时期"。

威尔·杜兰总结道：

"财富的集中是自然而不可避免的，只是会周期性地在暴力或和平方式的部分再分配中缓解。从这一观点来看，整个经济史就是社会有机体的缓慢心跳，财富集中和强制性的再分配，就是一场大规模的心脏收缩与舒张的交替。"

格拉古兄弟虽然自身出生于门第显赫的贵族，但是因为受到古希腊民主平等哲学的影响，成为积极的平民思想家，两个出身贵族的后代，能够从贵族的既得利益集团中突围而出，直面矛盾坦荡地公开从体制开刀，企图改变现状。而这个体制曾经养育了自己和自己的家族，这就是既得利益。他们的伟大在于能够突破这种利益格局，敢于在民主平等意识主导下，形成新的法治治理体系，来践行自己的崇高理想。

这对叛逆的兄弟竟然拿贵族们最最重视的土地所有制开刀，借助改革重新分配贵族既得利利益统治者手中的权力，然后改变在他们看来是世代不可变更的尊卑等级，等级意味政治秩序，意味体制基础，意味共和国在政治体制上的颠覆。因此，这块奶酪是不可触动的。但是国家又面临着深刻的债务危机，不断扩大的版图虽然带来了庞大的可供驱使的奴隶，但是维护统治的经济资源日益匮乏，更重要的是维护国家扩张的军队经费、兵员的捉襟见肘。这些都必须在政治经济上进行调整，才能解决。

格拉古兄弟作为统治集团内部的改革派，从维护统治的根本利益出发，希望能够日益缩小贫富差距，变革土地制度，维护日益衰落的政府权威。

然而，要从贵族吞进口的肥肉中切割出一块分给广大平民和奴隶是十分困难的。罗马共和国的立法机关是公民大会，任何重要法律都必须在公民大会上讨论通过方能有效。然而，表面的共和民主政府已经进入难以避免的塔西佗陷阱而不可自拔。

共和衰败、军事扩张和政治腐败

在罗马共和国时期的民主政体中，罗马基本完成了对外的军事扩张，随着版图的扩大，掠夺的财富日益增加，同时也创造了罗马的繁荣。建立在巨额财富之上的贵族统治集团和在战争中崛起的新贵——骑士阶层，在垄断共和国政治、经济权力的同时，腐败也在高层滋生，形成了"罗马亦繁荣，罗马亦腐败"的奇特混合体。证明了共和初期形成的权力制衡体系的失效、法治的荡然、公民整体道德水平的下滑，埋下了共和政体衰败的种子，僭主军事寡头集团的崛起为独裁帝制的诞生创造了基础，最终导致帝国的覆灭。

在相应的历史时间段中，帝国政治基本建立在军事独裁专制的基础上。共和时期的武装军事权力归于代表国家的元老院授权，由民选的执政官统领军队，俟战争结束后军队解散，战士归于平民或者农夫身份。而马略军改后由兵役制改为募兵制，职业军人的出现提高了部队的战斗力，各阶层、包括奴隶阶层也可借助军功，直通仕途改变人生，在官僚队伍成分多元的情况下，强人借助武装力量崛起，军阀势力膨胀，有枪便是草头王的丛林规则回归，共和宪政则趋于崩溃。

罗马对外重大的对外征讨作战，均在共和时期完成。罗马政治权力的基础是市民会议，可以分为百人连大会和公民会议两种，百人连大会由一百九十三个百人队组成，除贵族阶级外，富有的人员组成第一阶级和骑士阶级。第一阶级有七十个百人队，骑士阶级有十八个百人队。在作战时，骑士阶级人员自备马匹参加骑兵队。共和时代的骑兵被称为骑士，是军团中最具作战能力的部队，因为他们都是贵族的后代，具有尊贵血统，由罗马和意大利的世家子弟组成。他们靠在马背上的军队资历，成为进入元老院担任议员和执政官的阶梯，只要凭自己的英勇建立功勋，有朝一日就会赢得同胞的选票，甚至能直接进入最高统治阶层，比如格拉古兄弟去担任执政官或者保民官，他们都有军旅作战的经历。自从风气变迁和朝代更替以后，骑士阶级和最富有的人士通常在政府机构中担任司法和税务工作，不论何时想要从军报国，立刻就可以指挥一队骑兵或者是一支步兵支队。

在共和时代，运用军队的权力取决于一定阶层的市民，他们都有国家去爱、有财产要保护、分享执行法律的权利。维系这个体制不仅涉及本阶层和个人的既得利益，也是自己应尽的义务。爱国心是古代罗马大众必须遵循的德行，身为自由政体成员，基于个人利益产生强烈的感情保护政体，使之能够绵延不息，是贵族子弟的责任和义务。此种情操使共和时代的军团所向无敌。士兵进入军队服役时，要举行庄严的宣誓仪式，绝不背叛祖国，背弃连队队标和鹰帜。

到了军事僭主和专制君王时期，随着领土的扩张，马略对于兵制改革，领土不断扩张，兵源逐步扩大，不少行省底层民众招募入伍，成为职业军人，征兵制变为募兵制。人民的自由权利随之丧失，战争逐步发展为军事艺术，同时也恶化成商业掠夺行为。按照财产资格服兵役制度取消后，罗马的军队虽然仍然由家世良好、受过教育的军官指挥，一般士兵很像是近代欧洲的雇佣兵，出身贫贱，而且很多是由卑劣分子和罪犯组成。军团成了军事强人的私家军队，因为只有忠实于军事将领才能在服役期间领到定额的薪饷和经常性的奖赏，并在掠夺的巨额财富中分到一杯羹，在退役后分到土地和一定的补偿。利益导向的军队忠于的只是给自己带来利益的军事长官，共和体制的理念已经极为淡薄。以致后来在奥古斯都时代和平日久，军队开始腐化起来，早年创业时期的战斗力得到明显削弱。日益成为内部权斗的工具，镇压民众反叛的鹰犬。对于所谓外部蛮族的入侵，只能依靠日耳曼雇佣军去抵抗，最终西罗马帝国毁于雇佣军之手。

屋大维在共和末期内战胜利后，为了重建帝国，建构了一套政治体制。这套体制表面上维持了共和形式，实际上是皇帝个人独裁专制，如《罗马衰亡史》作者吉本指出："共和体制的形象，从表面上看受到尊敬和推崇：国家主权似乎仍旧掌握在罗马元老院手中，而执政治国大权则全部授予给皇帝。"奥古斯都大帝摧毁共和贵族，压抑平民力量，去除了传统罗马政制的制衡力量，依靠军事实力大权独揽。

从早期的罗马共和体制到中期的僭主独裁政体和晚期的帝国皇权专制，无不依靠军事力量对外掠夺，对内镇压，保护元老贵族集团和军事寡头、帝王统治的政治经济权力和利益。因此，军队始终是罗马政治、军事、社会体制中举足轻重的力量。罗马军队平时的编制约为三十七万五千人，分为三十个军团，驻防在帝国各地。两万名精兵组成"城防军"和"禁卫军"。几乎每一次造成共和国和后来的帝国政治上的动荡，均有军事统帅的身影介入其中，尤其是在军事僭主独裁时期，借助军事力量开疆拓土的强人们如马略、苏拉、恺撒、庞培、安东尼、屋大维等，都由自己亲信组成的禁卫军团来巩固自己的独裁专制统治，因而时常造成统治集团内部的军事火并，给国家带来兵燹和战乱。因此，"禁卫军"弄权干政是帝国体制衍生的重大毒瘤。禁卫军类似后来的御林军，既负有保卫元首执政官的职责，又是罗马警察部队，同时还是搜集刺探情报的特务组织。

奥古斯都深知他的专制统治必须依靠武力维系，禁卫军随时以备保卫元首，威吓元老院，或在第一时间扑灭叛乱，维护政权稳定。到他的继承人提比略时期，禁卫军被允许在罗马设置永久军营。吉本认为，此举"不啻是帮国家套上镣铐"，在他看来，罗马禁卫军的"跋扈，是罗马帝国衰亡的第一症候和原因"。

法国政治学家路易斯·博罗尔在《政治的罪恶》序言中指出：

千百年来，人们都在寻找自己的统治者，但是，他们寻的统治者往往是一些杀人不眨眼的屠夫、刽子手、狂人、大盗、伪善者、破坏者、疯子、道德败坏者和邪恶传播者。作为人类政治的统治者，他们肩负的责任本是非常巨大的。他们被赋予了权威，理应利用它去开启人们的智慧，增进人类的德行。但是，客观的政治现实恰恰与之相反。政客们常常制定出台各种邪恶的法律，树立起恶劣的榜样，败坏人类的德行，使人们堕落。在人类社会中，最大的犯罪莫过于政治上的犯罪者。政治上的犯罪者往往通过他们的野心、贪婪和争权夺利煽起人们之间的不和与仇恨，由此导致的灾难没有任何其他罪行导致的灾难能与相匹敌。被法院判决的普通的犯罪者虽然杀人抢劫，但受害者人数很少，他们对社会造成的危害被限制在一定的程度，而政治上的犯罪者动辄杀戮千百万人，伏尸百万，流血千里，受害者不可胜数，对社会造成的危害非常巨大，最终会导致整个国家和民族的彻底败坏和毁灭。

罗马政权兴衰的历史，就是一部对外武装侵略、扩张、杀戮、掠夺、对内血腥镇压的杀人历史。罗马政治权力孕育出的军事集团像一头凶猛的野兽，在政治欲望的支撑下，在短短半个世纪中鲸吞了整个地中海地区。奥古斯都大帝在临终前依然训示说，罗马帝国的版图应当扩大到由自然界划定的永久屏障和疆界范围。西至大西洋，北至莱茵河和多瑙河，东至幼发拉底河，南自阿拉伯和非洲大沙漠，几乎囊括了半个地球，而恰恰在他死亡之后帝国曲线开始下滑，极速地向覆灭深渊迈进。吉本在《衰亡史》论述道：

罗马帝国的衰亡，乃是无节制的扩张带来自然而不可避免的后果。繁荣埋下了衰败的伏笔，而随着征服的扩大，其毁灭的因子也倍增；而一旦时间或者灾难移走其人为的支柱，其庞大的构造遂被其自身的压力所压垮。

格拉古兄弟的政治体制改革失败后，罗马权贵的迅速腐化堕落。经济政治体制改革的无望，意味共和国日益在旧体制的轨道上加速滑下腐败的断崖。在投枪挥舞的强势开拓中，罗马领土的不断扩张孕育着军事集团的崛起，镇压如同烈火烹油般地在欧亚非大陆张扬。火光照耀下，浑身铠甲，满脸杀气的马略、苏拉等高级将领陆续登上罗马政治舞台，先后扮演执政官、兵团总司令官的角色，远征非洲，去镇压敢于造反的非洲附属小国努米底亚王国。这个王国很小，却有一个深谙银弹铸造的国王朱古达，他用糖衣裹着炮弹直接命中远征大军统帅前执政官贝斯提乌及其整个罗马军团，潜规则的战线从非洲一直延伸到罗马共和国的元老院。前线罗马军团的官兵直接躺倒在银弹面前成了商人和嫖客，在历史上被传为笑柄。

第五章
朱古达战争，共和国的转折

战争中崛起的军事集团

对罗马而言，共和国的名存实亡导致了罗马帝国的应运而生。其间又穿插着利益集团因分赃不均而导致的大规模内部争斗，内战外战的残酷争斗必然孕育出一批狡诈而又出色的军事将领，成为寡头政军集团的新的领军人物。如同古罗马这样政治军事合一的国家体制，成为政治家必然就是武装集团的总司令，而政军首长的个人素质往往是战争胜负的关键因素。一场战争有可能影响到整个国家政治体制的变革，而使共和体制发生嬗变，也即军事强人到政治强人的出现，最终由外部战争催生军事僭主集团而导致难以避免的内战，演变为帝国强人的血腥登场，实行在共和名义下的军事独裁统治。

朱古达战争就是在共和体制普遍腐败的背景下发生的。腐败影响到罗马军团的战斗力，努米底亚的国王朱古达靠着他的金钱攻势渗透到整个腐败的罗马高层，元老院和各级官吏几乎没有一位不接受他的钱财。他的父亲马西尼萨就与罗马高层有着密切的关系，而作为王位继承人之一的朱古达更是曾经在罗马的小西庇阿军团服役，经受过战火的考验，具有丰富的作战经验。更重要的是他在罗马军团中建立了深厚的人脉资源，他借助这种战斗中结成的关系，畅通无阻地打开了通向高官显贵的渠道，同时他把费边老将军的拖延游击战略运用得得心应手，将罗马军团玩得团团转，他对罗马大后方的糖弹攻势又恰到好处地阻滞了整个战争的进程。如果不是马略参加竞选担任执政官改任前线总司令，果断进行军事改革，加之苏拉利用离间计诱杀朱古达，这场战争还不知道要拖到猴年马月才能结束。

很明显，没有朱古达战争，罗马贵族的腐败还不能暴露得这样彻底，而马略也就没有机会在竞选演说中痛斥高层腐败而赢得民意，也就不会当上执政官率领军队来到北非的阿非利加。他的军事改革也许会推迟若干年后才会出现，也许会出现在另一个什么人身上；但只要战争存在，改革便是一个不以人的意志为转移的规律，作用于罗马政体本身。

　　军队隶属于军事寡头集团的个人，根本上违背了古罗马共和国军队国家化规定，也是后来苏拉、恺撒、屋大维军事集团崛起逐步走向帝国一统的开始。从这个意义上说，军人也有了当罗马皇帝（最高执政官或者第一公民）的机会。因此，朱古达战争在罗马历史上的作用和后果无论如何都是不可低估的。

枭雄朱古达的篡权之路

马西尼萨老国王死于公元前 149 年。作为游牧民族在罗马与迦太基的战争中成长起来的中兴明主，也可称得上那个战乱年代胜出的一代枭雄。他的脱颖而出，使得努米底亚王国由原始社会的游牧酋长制国家成为北非的奴隶制农耕文明的强大王国。

强人政治下的专制王国最大的问题是强人之后的继承人问题，努米底亚王国为了保证王政的血脉延续，马西尼萨将自己百年以后王国安危正式托付给了他的世交大西庇阿的养孙小西庇阿，他们也是在毁灭迦太基那场血战中的生死之交，后来又在战胜马其顿王国和叙利亚安条克大王中联合作战。

马西尼萨身材魁梧高大，直到晚年身体还很健壮，依然能够披挂上阵，亲自参加了很多战役。直到他死之前，不需要人帮助就能独自跨上战马。他有顽强的生命力和繁殖生命的能力，一生育有许多儿女，许多儿女先他而死。但是，同时活着的儿女不少于十人，据说在他去世前，还有一个四岁的儿子。为了避免他那过于庞大的王子群争夺遗产，他先将自己的部分产业和财富分配给了庶出的儿子，又将三个嫡子共享王国权力和国库财富以及国家收入的方案草拟得很明确，至于如何分配，他指定小西庇阿为他的遗嘱的执行人。

小西庇阿作为遗嘱执行人，将国王尊号和首都锡塔城的宫殿由长子米奇普萨继承，国政大权由次子古鲁萨和小儿子马斯塔纳巴鲁继承。朱古达是马斯塔纳巴鲁侍妾生的儿子，马西尼萨在生前明确他并不具有王族身份。朱古达和他的祖父马西尼萨一样体魄健壮，仪表英俊，头脑聪慧，智力超群。他的父亲马斯塔纳巴鲁于公元前 118 年病故后，伯父米奇普萨国王将他收养在膝下，虽然未曾明确身份，但是朱古达是在努米比亚王宫中长大的。在成人后，他完全没有沾染上王族子弟养尊处优骄奢淫逸的恶习，而是遵照本民族的习惯，在骑马、射箭、投枪、击剑等各项武艺的掌握上取得突出成绩，在王族中声名鹊起，超过其他王室成员，赢得了国民的普遍爱戴。此外，他还将许多时间用在狩猎上，狩猎几乎是历代王族子弟用于锻炼体魄，培养毅力，增强骑射实际操作的户外运动。在骑射的队列中，他常常冲在最前面猎杀猛兽，以证明自己是个出类拔萃的人物。

这种庶出子弟的智勇双全者且享有崇高的名望，在普遍养尊处优的王室子弟中，犹如鹤立鸡群般地引人注目，就形成了对其他嫡系王孙鲜明的对比。偏偏朱古达又不是那种政治上甘于寂寞的人，他孔武有力，胸怀大志，腹有良谋，就如同王室接班人卧榻旁的一只猛虎，时刻潜伏爪牙窥伺着王位，这使米奇普萨国王不得不对他有所提防。

对于朱古达的突出表现，国王米奇普萨喜忧参半，喜的是这可以为王国带来荣耀；忧的是，自己已经上了年纪，两个儿子年龄还小。朱古达的崛起，难免不会不威胁到自己儿子的顺利继承。这种深深的忧虑，还来自于本国民众对于朱古达的爱戴。而这样一个深孚众望的人物是很难设计杀害或者用暴力铲除的，这样会导致王国的叛乱而陷于战争。

正在他为如何处理朱古达绞尽脑汁时，西班牙原住民发生叛乱，罗马当局执政官小西庇阿率军平叛，努米底亚国王米奇普萨趁机派出自己的侄子朱古达去前线充当小西庇阿的后援。这种安排潜藏着国王缜密的不可明言的心思，这是一箭双雕之计策：一方面对足堪担当大任的朱古达委以重任，满足他急于建功立业的虚荣；一方面盘算着这个羽翼渐渐丰满的侄儿也许会在命运的安排下死在凶险莫测的西班牙前线，对于王位潜在的威胁也就自然化解在无形的战争环境中。然而人算不如天算，结果并不是米奇普萨想象的那样。精明强干的朱古达很快熟悉了当时罗马统帅小西庇阿的性格和对付敌人的种种战术，这些战术被他今后娴熟地利用来对付罗马兵团，竟然青出于蓝而胜于蓝。重复了当年费边和大西庇阿对付汉尼拔的那一套路，在战争中学习战争，取敌之长，为己所用，在与敌人的周旋中克敌制胜。当然这些都是后话。

在西班牙战争前线，他服从命令，作战勇敢，不仅受到罗马士兵的爱戴，连总司令小西庇阿都对他青眼有加，将所有困难的任务都委托给了朱古达，把他当成自己的朋友看待，并且对他日渐赏识。除此以外，朱古达对朋友的慷慨大度和办事的果断敏捷，使得许多罗马将军成了他的朋友。可以说在战争中不仅锻炼提高了他的军事作战能力，同时也扩大了他在罗马军界政界的人脉关系。这些军人在战争中大部分都立有战功，战后军队解散，他们都将踏进政界，有人会凭借卓越的功勋进入罗马高层，这些都为他未来周旋罗马高层埋下了伏笔，成为他收买罗马高官可资利用的有效资源。

曾经的罗马执政官，后来的历史学家兼文学家撒路斯提乌斯在《朱古达战争》一文中这样评价道：当时在我们的军队中有许多更关心财富而不讲道德不自尊重的新人和贵族。这些人在国内是阴谋家，他们对联盟者虽有影响，但与其说是受到尊重，毋宁说是臭名昭著。这些人煽动朱古达的野心，办法是让他怀有这样的希望，即如果国王米奇普萨去世，他可以独揽努米比亚的大权，因为论功业他是首屈一指的，而且在罗马是没有用金钱买不到的东西。

公元前 133 年，努曼提亚在罗马军团和意大利联盟的强大攻势下被摧毁。罗马联军总司令小西庇阿向即将回国复命的朱古达赠送了礼物，并当着全体将士的面给予他极高的褒奖。按照罗马法解散了军队之后，他将朱古达带到自己的营帐，以私人的身份对这位年轻人谆谆告诫：要培养对整个罗马公民的友谊，不要养成贿赂个人的习惯。他说，向少数人购买属于多数人的权力是危险的。如果他像战争开始时那样踏踏实实地干下去，那么名声和王位自然会降临到他的身上。但是，如果他操之过急，使用自己的金钱去贿买，会给自己带来杀身之祸。小西庇阿对他的临别赠言，完全在朱古达身上应验。但临别之际小西庇阿为朱古达向他的伯父写了一封热情洋溢的推荐信：

你的朱古达在努曼提亚战争里的勇敢是极为突出的，我确信这一点会使你感到高兴。他的功业使我们对他深为眷恋，并且我们将尽一切力量使元老院和罗马人民对他怀有同样喜爱的感情。作为你的朋友，我祝贺你有这样一位配得上你本人和他的祖父马西尼萨的英雄人物。

米奇普萨国王从这封前线最高统帅对自己侄儿热情洋溢的评价信中，

证实了前方传来对朱古达表现的赞扬是真实的。他觉得自己这位雄心勃勃的侄子羽翼已经丰满，声望和功业均难以小觑，渐成尾大不掉之势，以武力除之已经难以做到，不如以恩惠和善意争取他对于王权的支持和效忠，于是正式将他过继为自己的儿子，并且在自己的遗嘱内明确指定和自己的亲生儿子为联合继承人。

几年之后，老国王年事日高体力不支疾病缠身，离大限之日越来越近，他把朱古达叫到自己身边，当着自己两个儿子和所有亲友的面嘱托道：

"因为我相信，由于我的仁慈，你会像我的亲生儿子那样爱我，事实证明我没有错看你。因为你的一系列优秀的表现和伟大行为在努曼提亚战争中得到了体现。通过你所取得的光荣给我和我的王国带来了荣誉，这是一般人难以做到的事情。现在，死神即将降临我的身边，我希望你举起右手，凭着对王国的忠诚，恳请你爱护眼前的这两个孩子，他们是同你有血缘关系是亲属，由于我的善意你们又成为兄弟。"

国王临终嘱咐是希望他们兄弟之间团结一心捍卫王国的利益，因为和谐能够使国家强大，即使小国也能够变得伟大；而内部倾轧却会使强大的国家削弱。他希望年长的朱古达能够不要使他的希望落空，因为他比他们的年龄都要大，且阅历丰富，比他们都要聪明。希望自己儿子能够尊重这位为国家立有卓越功勋大哥，学习他的优秀品质，并以自己的努力表明自己的亲生儿子会超过自己的继子。

朱古达明白国王的话并非出自本意，而他自己也有着自己的盘算。但是在表面上他表示了对弟弟的忠诚。几天后，米奇普萨带着满心的忧虑撒手人寰。这是公元前 118 年的事。老国王隆重的葬礼刚刚举行完毕尸骨未寒之际，努米底亚王国果然不出老国王所料，在朱古达和两位王子间发生了你死我活的权力和王位的争夺。

弟兄三人开始坐下来商讨对于财产和权力的重新分配。首先关于座席问题的分配就产生了矛盾。三人当中年纪最小的希延普撒尔原来就非常看不起朱古达这位庶出大表哥，于是他就大咧咧地坐在自己亲哥阿多尔巴尔的右手边，目的是不让朱古达坐在主要位置上，而这个居中的位置在努米底亚人看来是最尊贵的位置，这显然是对于朱古达的蔑视。但是他的哥哥认为应该尊重年长者，这家伙很不情愿地坐到了另一边。这一切都被朱古达看在眼里记在心里。此时老三恰好租住在朱古达最贴心侍卫的房子里，朱古达对侍卫下达刺杀希延普撒尔的命令。这名侍卫忠实地执行了主子的命令，就这样老三血淋淋的首级就被献给了朱古达。这一可怕的罪行很快传遍了阿非利加，使得阿多尔巴尔和先前希延普撒尔的追随者吓得胆颤心惊。就这样，努米底亚王国一分为二，大部分的臣民站在阿多尔巴尔一边，但是王国最精锐的部队却掌控在朱古达手中。这时，握有军事实力者很快用实力说话，朱古达用军队迅速占领了王国的一些重要城市，准备武装统一国家。阿多尔巴尔一边带领着自己的军队准备抵抗朱古达，一边派出使者迅速向罗马报告弟弟被害的消息和自己的危急处境。

朱古达凭借自己的军事实力很快占领了努米底亚全国，坐定了王位之后，才开始考虑罗马可能采取的措施。他回想到在西班牙前线，他的那些哥们儿提示，整个罗马都是可以为金钱所收买的，而他登上王位后恰恰并不缺少金钱。在阿尔多巴尔如同丧家之犬流亡罗马，以宗主国的道德情谊企图感化罗马元老院时，朱古达开始了他的银弹攻势，利用他当年在西班牙战争中结下的高层人脉关系，开始撒下收买罗马高层政权核心成员的大网，利用他们的贪欲来化解他们的愤怒和对弱者的同情心。

几天后，他派出使团携带大量金银财宝到罗马，指示他们首先对他在高层的老战友进行贿买，然后用礼物在老战友引荐下去敲开新朋友的家门。

一切皆可收买的罗马共和国

努米底亚的使节到达罗马，并按照朱古达的指示，把大批礼物送给他过去的朋友以及当时很有势力的元老，于是原先高声谴责朱古达大逆不道行为的元老们感情发生了变化，口风立即转向。朱古达面临的已经完全不是罗马贵族的敌视，而是他们的关照支持。在完成了这一切前期铺垫后，朱古达的使节们开始去罗马元老院应对质询。

当他们踏上元老院议事大厅台阶的时候，嘴角散发出淡定的微笑，他们自信满满，胜券在握，他们期待着元老院发生预料中的逆转。

元老们先是仔细聆听了他的堂弟阿多尔巴尔声泪并下的申诉，堂弟先是陈述了根据祖父的遗嘱，表达了对于宗主国罗马始终不渝的忠诚和为增进两国传统友谊作出的卓越努力，他也会按照祖父和父亲的教导，为罗马共和国贡献出自己的智慧和生命。而朱古达却无视罗马共和国的权力，篡夺了我——马西尼萨孙子的王位和我的全部财产。在冗长的发言最后结束时，他诚恳呼吁：元老们凭着你们自己的名义，凭着你们的孩子和双亲的名义并且凭着罗马人民的尊严名义，我请求你们在我遭遇不幸时帮助我，正视不公道的行为，别让属于你们的努米底亚王国由于邪恶的行径和我的家族被杀害而遭到毁灭。

在阿多尔巴尔结束发言后，朱古达的使节仰仗着他们的贿赂所带来胆气，作了简单的回应。他们说希延普萨尔之所以被努米底亚所铲除，是因为他的残酷暴虐；无端挑起战争并且遭到失败的阿多尔巴尔之所以抱怨，是因为人们不允许他干伤害他人的坏事。他们说，朱古达请求元老们不要轻信污蔑他的言论，而改变对他的看法，要看他的行动。

元老院在他们离开后立即展开了讨论。那些受了朱古达贿赂的大多数元老运用自己的声望、口才和其他手段竭力为朱古达辩护；只有少数比较正直的元老出于公义建议帮助阿多尔巴尔。最终结果是受到贿赂的腐败集团占了上风，开始在表面公正的幌子下，分割努米底亚王国，将马西尼萨的王国领土一分为二：将靠近玛乌列塔尼亚（今摩洛哥）土地肥沃人口稠密，有更多港口和建筑物的那一块分给了朱古达；另一块地貌看起来比较好，实际上土地贫瘠，交通闭塞，有大片缺水的沙漠，人口稀少的那一块分给了阿多尔巴尔。

前去努米底亚王国主持这种完全不公平的领土划分的特使，就是杀害盖约·格拉古的凶手、当时已经被罢免落魄的前执政官奥庇姆斯（又译奥庇木）。这位臭名昭著的大贪官在接受了朱古达大量的金银财宝贿赂后，完成了这次努米底亚王国内部所谓调解，在这场肮脏的交易中，朱古达收获了肥沃的土地，奥庇姆斯满载着金币返回罗马。直到若干年后，奥庇姆斯被人举报，遭到法庭审判，由于他利用贪贿的钱财对法官大肆行贿，仅被判处罚金，最终在千夫所指中忧郁而死在罗马寓所。

朱古达并不满足到嘴的肥肉，他的野心是鲸吞整个努米底亚，最终独霸阿非利加地区。使节们在王国分割后离开了罗马，而朱古达却仿佛悟透一个真理，他看到了当年在努曼提亚战争中罗马军团战友的提示"在罗马，任何事物都可以买到"原则的普适性，用当今的话来说就是金钱万能。他成功地尝到了钱权交易的甜头，滋生了扩张的野心，干脆一不做二不休，率领一支大军，出其不意地攻入阿尔多巴尔的领土，掠夺了大量的人口和牲畜，放火烧毁建筑，利用骑兵不断攻城略地挑起战争。希望阿尔多巴尔能够应战，进一步扩大事态。

但是，阿尔多巴尔只是一味忍让，只能派出使团再次赴罗马告状，希望罗马人主持公道。然而，使节带回是罗马人傲慢无礼的答复是，不干涉同盟国的内政，并不理睬他的申诉。他只能自己拿起武器捍卫国家尊严和领土完整。双方开战后，罗马多次派出使节调解无效，最终劝说阿尔多巴尔投降，只是要求朱古达不得伤害他的生命。但是朱古达自恃在罗马的后台很硬，在阿尔多巴尔投降后将他拷打致死，并且无情杀害了所有不愿放下武器的成年努米底亚人和被发现手里握有武器的意大利商人。

这一暴行发生在公元前112年，消息传到罗马，群情激愤，一向奉行不干涉内政的罗马元老院显然被激怒了，当元老院开始讨论这一问题时，那些接受了朱古达大量好处的权贵代言人先是企图拖延时间阻止讨论，在拖延未达到目的时，他们企图利用自己的影响试图掩盖这些屠杀的残酷性。然而，这一年当选保民官的是罗马著名的清官盖乌斯·梅特鲁斯。朱古达坚信在罗马可以用金钱买到一切，他派出他的儿子，在他两个战友陪同下来到罗马，企图故伎重演，但是在梅特鲁斯的坚持下，朱古达的一切企图宣告失败，因为元老院最后提出除非交出朱古达和他的王国，否则使节必须在十天内离开罗马。朱古达派出的使者被拒之城外。游说失败后，罗马正式向朱古达宣战。

第二年（前 111 年）罗马军登陆北非，朱古达派来投降使者。使者表达朱古达的投降的条件，只要罗马认可他的努米底亚国王王位，他愿意臣服并继续保持在罗马霸权之下的同盟关系，罗马大军撤回。

然而，朱古达贼心不死，在前 110 年时，暗中派出杀手在罗马杀死了他的堂兄弟，此举再次激怒罗马，罗马大军再次开往努米底亚。这次迎接的却是全副武装的努米底亚军队，准备不足的罗马军团被包围，要么全军战死，要么解除武装，10 日内退出非洲。罗马军团选择了缴械投降，屈辱地返回罗马，朱古达再次激怒了罗马人。

征战中孕育的军事强人马略

骑虎难下的罗马当局决意认真对待朱古达的战争。这次担任前线总指挥的是公元前 109 年新当选执政官梅特鲁斯。梅特鲁斯家族属于元老院最有威望和影响力的家族，其本人充满贵族出身的优越感和高贵品质，且具有指挥作战的能力，又是一个清正廉洁的绅士，对于金钱贿赂从来不屑一顾。为他配备的副将是平民出身久经战阵历练的佼佼者——时年 48 岁的马略。

公元前 109 年夏，梅特鲁斯的罗马军团在努米底亚与朱古达的军队之间爆发了首场战斗。梅特鲁斯率步兵，马略率骑兵投入战斗，这一战以罗马军团的胜利而告终。朱古达混在四处逃窜的士兵中才得以逃脱。从此不敢再与罗马军队展开正面交锋，他利用对于地形地貌的熟悉和对于罗马军团战法的熟悉，开始了和梅特鲁斯部队的长期周旋，同时拖延战争时间。梅特鲁斯也不急于消灭朱古达的部队，只是不停地分化瓦解努米底亚的部落，孤立朱古达。公元前 108 年，梅特鲁斯和朱古达进行第二次会战，朱古达再次失败后狼狈逃窜，由于朱古达在当地有较高的威望，分化瓦解的策略很难奏效，战争就这样无限期拖延下来。

副将马略试图说服梅特鲁斯改变策略，但梅特鲁斯根本不听，于是马略准备自己参加下一年度的执政官竞选。他向总司令提出退役，赶回罗马竞选，但是遭到了梅特鲁斯的嘲笑。应该说马略从资质、才识、履历上是足够参与执政官选举的，只是马略是罗马郊区小镇的平民出身，虽屡建功勋却出身寒微，显贵出身的梅特鲁斯并不把他放在眼里。

马略提出退出现役参加执政官竞选，明显就有着染指总司令官职位的个人目的。因而梅特鲁斯心中很不爽快，他指着自己身边 20 岁的儿子说："你不要急着赶回罗马去参加竞选，当我的儿子成为一名竞选人的时候，你还有足够的时间去参与竞选"，口气中明显流露着不不屑和奚落。梅特鲁斯有着贵族子弟通常都有的毛病，也即凭借出身的优越，目空一切自视清高的傲慢品性。

面对总司令官的讽刺，反而刺激起马略追求荣誉功名取代梅特鲁斯的决心。他自认为，除了门第以外，他具备担任执政官的一切有利条件：杰出的军事教养、作战时的百折不挠精神，和平时的谦虚朴实、正派。由于他出生在罗马东南的阿尔皮努姆地区，并且在这里度过童年，一到能够参与军事训练的年龄就全心全意投入现役军人的训练，因此特别瞧不起如同梅特鲁斯这类显贵家族所崇尚的希腊文化风气，可以说平民副将和贵族司令官在文化追求、性格秉性上有着很大的差异，从骨子里两人是互相瞧不起的。于是马略带着膨胀起的政治野心和被羞辱后滋生出的愤懑，立志要取代梅特鲁斯的总司令位置，然后一鼓作气荡平朱古达之乱，建立不世功勋，跻身贵族行列。

马略从两个方面开始排除阻力，执意参加竞选：一是在罗马军团内部散布对于梅特鲁斯的不满，自我吹嘘只要一半军队就可生擒朱古达，结束战争，污蔑总司令是有意拖延战争，因为他是虚荣心极强的人，具有国王般的傲慢，喜欢玩弄权术等等，这些言论特别能够打动一些商人的心，这些言论不时会传到罗马，对总司令造成不利的舆论；二是在军内拉拢一些不满的权贵为自己上书元老院，呼吁他出任下届执政官取代总司令位置，尽快结束战争。

有一位名字叫伽乌达的是马西尼萨的孙子，属于努米底亚王国第二顺序王位继承人，这家伙身体虚弱，在精神方面也很懦弱。此人曾经请求梅特鲁斯给他王族特权，允许他在梅特鲁斯旁边特设座位，按照国王仪仗配备近卫军。理所当然遭到梅特鲁斯的拒绝，因为只有受到罗马共和国任命的人才能担任国王。这个家伙因此一直对梅特鲁斯怀恨在心。马略和他大套近乎，称赞他就是一位国王，一位强大有力的英雄，因为他是马西尼萨的孙子，如果朱古达被捉住或者被杀死，他立刻就会被决定为努米底亚国王。如果他当选执政官，被派来领导战争，这件事很快会就会落实。结果是那些商人也即骑士和伽乌达写信给罗马的朋友，对梅特鲁斯进行中伤，要求马略出山担任前线总司令。就这样梅特鲁斯不得不批准马略退役，参加执政官竞选。

当距离选举日还有 12 天时间时，马略终于如愿以偿，快马加鞭在四天四夜内赶到罗马参加前 107 年的执政官竞选。他恰到好处地利用罗马市民对于共和国腐败切齿痛恨和罗马内政外交陷于僵局的困境，以平民将军的身份出现，煽动民众对于权贵阶层的不满，他那份口若悬河的竞选演说是一份民粹主义的宣言，不管是不是出自于他的手笔或者由他的幕僚代笔，都成为罗马历史上的千古名篇：

公民同胞们，我知道，大多数的人是通过不同寻常的方法要求从你们手中获取权力，并且在取得之后行使这一权力。在他们当选执政官之前，展示给公众的形象是勤勉、谦虚和行为有节制的公仆形象。但是在取得权力之后，他们就变得懒散和傲慢。在我看来，整个共和国比起一位执政官或一位行政长官的位置更有价值。治理共和国时对于国家和民众福祉的关心，比追求官职所表现的兴趣有价值得多。

感谢你们对我的信任，我深知身上肩负的责任重大，既要为战争做准备，又要为国家节省开支。在征召士兵的同时，不能忘记士兵也是公民，他们不仅仅是奋不顾身为国家服兵役的人，更是保卫共和国的勇士，这一点我将牢牢记住。我不得不在老权贵反对的质疑中履行我的职责，我所遇到的困难往往要超出诸位的想象。那些比我拥有高贵出身的人们，他们如果犯了错误，他们的显赫门第、祖先的光辉业绩、家族势力及其追随者，都可能成为他们政治上的保护伞。而我只能靠自己的努力，用我纯正无私的品德和诚实正直的品性来支撑实践我的理想和信念。

我一生从童年直到今天，都保持了良好的习惯，过着直面艰难困苦的生活。公民同胞们，我在没有得到你们信任担当大任之前，在毫无报偿的情况下所做出的努力，我会坚持不懈地继续努力下去。对于那些怀有野心而伪装公正廉洁的人来说，要他们在行使权力时有所节制是困难的，对于我这样一个终生都过着品德高尚生活的人来说，诚实正直已经成为我的第二天性。

我马上就要率领罗马兵团去参加镇压朱古达的战争了，可是对于你们的委托，权贵们心中是极为恼火的，他们对我的批评一天也未停止过。但是他们的批评是毫无根据的。那些权贵子弟对于战争一知半解，他们的知识来源于书本和课堂，而我却是在战场上学来的。现在请诸位想一想，徒放大言和实际行动那一种更有价值？他们瞧不起我的卑微出身，我还瞧不起他们的昏庸无能呢！他们嘲笑我的贫寒低贱，我根本不屑于他们的傲慢和狂妄。就我而言，我相信人是生而平等的，只有最勇敢和正直的人才是生来就高贵的人。他们确实是错了，甚至错得十分可笑。当他们对你们讲话，在元老院发表演讲，永恒的主题总是称颂他们的祖先，通过罗列祖先的种种功勋，他们就以为自己也无上光荣了。实际上恰恰相反，他们的祖先一生越是光荣，他们自己的卑鄙也就越显得无耻。祖先的光荣就仿佛照在他们身上的一道光，他们后代的德行和缺点都逃脱不了光的荣耀。我得承认我没有这样的光荣，公民同胞们！但是我有权谈论自己的功业，这一点要比他们光荣许多倍。看一看权贵们是多么不公平吧！由于祖先的功业，他们就能向社会攫取自己想要的一切。他们却不允许我通过自己的功业而取得应该属于我的东西。

显然，我不能摆出家族祖先的塑像，也列举不出我祖先的凯旋式或执政的官职，但是如果需要，我可以摆出长枪、旗帜、胸饰和其他战利品。我还可以将胸部的伤痕给你们看，这些就是我骄傲的塑像；这些就是我有权置身于权贵之中的证据，这些是通过我无数次的出生入死以命相搏争取而来，不像他们的贵族身份是继承来的。

我讲话并不是斟字酌句的，德行本身能够充分表现自己，本色的美好不需要任何装饰，只有他们这些纨绔子弟才需要利用花言巧语去掩饰自己本性的卑劣。我没有研究过希腊文化，不熟悉那些华而不实的东西，因为人们不能够通过浮华的文字培养起美德。但是我却为自己祖国的利益学到了克敌制胜的能力，保家卫国的能力，不惧怕各种污言秽语的能力，无畏天寒地冻露营的能力，忍受军旅长途跋涉和忍饥挨饿的能力。

权贵们说我是一介平民，举止粗俗，因为我不能设精美的筵席款待客人，因为我没有在任何一个优伶身上花过钱，没有在任何一位厨师身上花费超过管家的薪金。这些我都乐于承认。公民们！同胞们！因为我父亲和其他正直的人教导我说，文雅的礼仪交给妇女，只有劳苦才是男人的事情；所有有道德的人应该无比珍视自己的荣誉名声，少要一些财富；使人获得荣誉的不是精美的家具，而是从事战斗的锐利武器。

好了，让那些阔老阔少们继续沉湎于声色犬马。他们的奢侈与懒散对他们来讲是享受，可是却摧毁了共和国健全的肌体，使国家陷于堕落。

我要告诉诸位公民的，就是以上这些。这不是作为最高司令官居高临下的讲话，而是作为一个普通公民倾诉给全体公民的肺腑之言。

马上就要成为士兵的公民们，让我们同甘苦共患难，拯救国家，拯救罗马！

不论行军的时候，还是战斗的场合，我都会与诸位在一起，我是你们的指挥官，我又是和诸位平等分担危险的战友！

我确信，有众神的守护，胜利、名誉、赞赏，全部属于我们！

那些有选举权的平民大众，最感兴趣的当然是候选人对于高居权力中枢贵族利益集团的攻击，马略的演讲无疑就是一篇控诉罗马既得利益集团腐败无能的檄文，迎合了大多数选民的需要，激起了平民对于贵族集团的仇恨。据撒路斯提乌斯记载，马略在讲完这些话后，看到了他的话大大激发了民众的情绪，他把食品、金钱、武器和其他的必备物品装载上船，就命令他的副帅启程奔赴努米底亚前线。

他根据新的兵役法，去除身份和财产的歧视，允许任何人自愿参加军队，他的新军中大部分是无产者，他深深知道他的平民出身和对权贵腐败的攻击，最能吸引的是贫苦失业的城市贫民和失地农民。他们的入伍将大大改变罗马军团过去有产者成为军队主力的现状。因为他们一无所有，所以没有任何财产方面的顾虑。结果马略带着他的远征军出发阿非利加时，他率领的队伍比元老院批准的数量要大许多。他理所当然地取代了梅特鲁斯的总司令位置。梅特鲁斯派他的副帅进行了交接，他不愿意看到马略那副趾高气扬兵强马壮的声势，带着十分复杂的心情离开了阿非利加前线，灰溜溜地回到了罗马。

平民将军马略的成长之路

　　盖乌斯·马略（Caius Marius）属于罗马的平民等级，没有受过多少正规教育。普鲁塔克在《马略传》中曾经说，有一次他经过意大利亚德里亚海滨的港口城市拉文纳，在那儿看到一尊马略的大理石雕像，面容呈现出传说中记载的那种严厉而刚毅的神色，就身体强壮和黩武好战的特质而言，他更为熟悉军营的训练而不是城市的教育，一旦大权在握，他的行为必然凶狠而暴虐难以揣摩。据说他从来没有研修过希腊文，也没有在正式场合使用过这种象征良好教育的语言，他甚至认为花时间去学习这种被征服民族的语言是非常荒谬的事情。

　　马略出生于一个没落而贫穷的乡绅家庭，靠着每天出卖劳动力才能过活，马略到罗马去踏上自己的军旅生涯之前，一直住在罗马远郊的阿尔皮努姆（Arpinum）地区一个名叫色里顿（Cirhaeatia）的小村庄，过着粗野而简朴的乡村生活。那里与繁华的城市生活无法相比，他的家庭属于靠军功起家的骑士阶层，虽然不能与贵族豪门相比较，但也算是家境殷实的小康之家。他很早就投身军旅，大半辈子在征战中度过，可以说是身经百战，他曾经与盖约·格拉古几乎是同时在公元前133年参加对西班牙努曼提亚的塞尔特布里夏人战争，他们都在小西庇阿手下作战，受到盖约·格拉古平民思想影响，并深受西班牙战争前线总指挥小西庇阿的赏识。他的军事知识和与士兵同甘苦共患难的品质深受盖约·格拉古的影响，可以说是军旅生涯和作战实践成就了马略在军事政治上的雄图大略。

　　也是在平定西班牙努曼提亚部落的叛乱中，他熟悉了当时同他并肩作战的同盟国战友，努米底亚的朱古达，熟悉他的秉性和战法，为后来在朱古达战争中取得最后的胜利奠定了基础。

　　据普鲁塔克在《马略传》中记载：在这次战争中，他曾经在全体兵团将士的见证下，接受一位敌军将领的挑战，两人进行个人近身肉搏，将对手斩杀于众目睽睽之下，从而获得小西庇阿的赏识。一次军中宴饮中，所有的指挥官围坐一桌谈笑风生，其中一位问小西庇阿，您离开西班牙后谁能接替您的前线总指挥位置？这时马略坐在他身边，西庇阿轻轻拍着马略的肩膀说："很可能就是这位老弟，他在未来的罗马共和国历史上将有伟大的建树"，由此可见小西庇阿有着极强的辨人识人之才，包括他对两位老部下朱古达和马略的预言都很准确。

那正是平民在和贵族的斗争中不断取得胜利权利不断扩大的年代。马略作战勇敢、富有谋略、能够关心体贴部下，受到大部分平民士兵的拥护。在作战时，士兵能够效命，就是他取得胜利的保障。所以转而从政后，他又出任过保民官、大法官这样共和国的要职。任期届满，他出任西班牙行省的总督，在海外殖民地的扩张中，孕育了他的军事、经济、政治实力。

等到总督任满回到罗马的时候，凭着他积极进取的性格、永不懈怠的努力和朴素坦诚的作风，得到普通民众的尊重，为他在官场的擢升奠定了强大的民意基础。因此，他才有资格与盖乌斯·尤里乌斯·恺撒家族结亲，娶到出身世家贵族的尤利娅（Youlia）为妻。恺撒就是他的侄子，后来成为罗马最伟大的人物，和马略在政治上的关照有相当的关系。恺撒在很多方面都以马略为楷模，借助马略的功劳和地位培养自己的势力，后来成为平民派领袖，在和元老贵族派的权力斗争中胜出。

马略在性格上的坚韧克制和刚毅勇敢，得到罗马公众的交口赞誉，在一次外科手术中给人留下深刻印象。他的两条腿都长了很大的肉瘤，也就是类似腿部静脉曲张，医生给他施行外科手术，在没有麻醉技术的古代，他的身体并没有按照常规被固定，他只是伸出一条腿，他以顽强的意志忍受着医生操刀割除的剧烈痛苦，始终保持泰然自若的神色，不仅毫无畏缩之感，连一句抱怨的话都没有说。等到外科医生要对另外一条腿动手术的时候，他加以婉拒说："我认为治疗这种小毛病还要这么麻烦，真是太不值得了。"

马略带着新招募的罗马军团来到阿非利加，新军与老兵团的融合彻底转变了罗马军团面貌。马略率领着他的军团首先在努米底亚地势较平缓、防守较松懈、经济相对发达的地区，攻克了一些城镇、缴获了一批战利品后，全部分给了将士，大大鼓舞了士气。当全军上下看到那些临阵逃脱的士兵不是被俘虏，就是被杀掉，而作战英勇的士兵反而是最有安全保障的士兵时，当他们认识到保卫自由，保卫祖国是和自己将来的家庭幸福和军人荣誉联系在一起时，就变得格外勇敢。

在马略军团势如破竹的攻势下，朱古达与他的女婿毛里塔尼亚（Mauretania）国王波库斯（Bocchus，也有翻译成包古斯）觉得和罗马军团的正面交锋肯定是难以占到便宜，于是决定分别撤退到地理环境险峻的大山深处，凭着对地形的熟悉，和马略玩起了猫捉老鼠的游戏。在朱古达和波库斯的游击战中，马略的大兵团战略根本无法施展，战争就在双方明争暗斗中继续拖延下去。马略对于选民早日结束战争的诺言一直无法兑现，心中也是十分焦急。在执政官任期即将结束时，朱古达依然健在，似乎躲在暗处嘲笑着马略的无能，他有耐心等待马略任期结束后新任总司令履任，也许战争就能在金钱的运作和利益输送下获得转机。

公元前106年，在执政官任期即将结束前，马略向公民大会提出如果非洲战事持续进行，就要给予他绝对的军事指挥权。公民大会通过了对于他的授权，他得以继续担任执政官兼非洲前线总司令。他在仔细研究了敌我双方的实力后，密切注视着两位国王的一举一动，不允许自己的部队有丝毫的松懈情绪，也不给敌人以丝毫的喘息。当波库斯和朱古达的部队前来偷袭和抢劫时，坚决给予迎头痛击，将他们分散击溃。

马略开始对于两位国王进行分化瓦解工作，暗中与波库斯接触，这种王国之间的联姻其实是很松散带有功利性的勾结，朱古达的女儿虽然嫁给了波库斯，但作为妻妾成群的一国之王，夫妇间谈不上什么感情，只是某种政治利益的联姻，利益发生变化，联姻立即瓦解。马略看准了这点，当波库斯派出使者前来示好时，两方暗中达成互不侵犯的条约。这时朱古达战争中另一位风云人物——苏拉粉墨登场，那年他22岁。

破落贵族苏拉登场表演

卢基乌斯·科尔涅利乌斯·苏拉（Lucius Cornelius Sylla）出生于罗马破落贵族世家。他的六世祖鲁菲纳斯·苏拉曾经显赫一时，在皮洛斯入侵意大利时，两次当选执政官。可此人晚节不保，在其府邸抄出超过 10 埃斯的金银器具，这在当时是法律所禁止的，受到社会舆论的谴责，于是被逐出元老院，罢免行政职务，抄没家产，声名狼藉，抑郁而亡，至此苏拉家族一蹶不振。

苏拉的父亲并没有泯灭家族复兴的决心，把希望寄托在聪颖过人的儿子身上。从苏拉雕像可以看出，他除了魁梧的身材以外，那张棱角分明的脸庞更透露出坚毅的个性，湖蓝色的眼睛犹如深不可测的湖泊，使人捉摸不定，眼神锐利闪烁着逼人的光芒，脸上凸凹不平的红色粉刺更是透出狰狞，令人感到恐怖。罗马有人用隐喻写下这样的打油诗：

要说苏拉是何人，麦粉上面撒桑葚。

从小父亲给予苏拉和其他贵族子弟一样的良好教育，这为他以后的崛起打下了基础。由于家庭经济条件的拮据，苏拉曾经长期居住在廉价寓所中。后来得到继母的资助，使他涉足上流社会交际圈。他爱慕虚荣，沉溺酒色，广交博结各类朋友，放荡不羁的个性得到展露，这种习惯一直保持到他的晚年，登上权力顶峰后一直乐此不疲。其后他承袭继母及另一歌姬的遗产开始发迹。稍后，他又继承了父亲的遗产。这样高贵的出身和巨额的财富，为他跻身军旅及晋升政界创造了条件。

马略和苏拉建功立业的时代，正值罗马共和国进入没落，社会各种矛盾激化到集中爆发的时期，悠悠乱世为军事政治野心家的崛起提供了条件，战争可以作为转移国内外矛盾焦点，掩盖政治经济危机，煽动民众爱国热情的手段。但同时也是动摇共和国政治经济基础的一剂毒药，国家军队变成了军阀的私家军队，从而改变了共和国的整个政治格局，罗马帝国在军人携武力而挟裹政权的现状中瓦解。受到军事强权染指的共和体制在风雨飘摇中，孕育出了独裁帝国破土而出的坏胎，苏拉是首开先河者之一。

　　苏拉和其他贵族子弟一样，政治上的蹿升是从建立战功开始的。公元前106年苏拉报名参军，有幸成了古罗马最著名的统帅马略手下的一名青年军官。公元前107年苏拉随马略远征北非，参加平定朱古达叛乱的战争，出任财务官，开始崭露头角。后来因军功晋升副将。

　　马略到了非洲后，加紧了对于朱古达的进攻和围剿，朱古达凭借对地形的熟悉，几次使马略的进攻受挫。马略的大部队虽然打了几次胜仗，可是骁勇善战的朱古达总是突围而去。正当马略一筹莫展时，当时担任副手的苏拉却意外得手。

　　毛里塔尼亚国王波库斯是朱古达的女婿（有说老丈人，此处采用撒路斯提乌斯《朱古达战争》中的记载）。他听说苏拉是罗马军队中的一员骁将，便想见见他。他派使者向马略说，他可以帮助马略抓住朱古达，条件是把苏拉派到他的部队去。于是苏拉和波库斯几经商谈，为了抓住朱古达，苏拉代表马略答应了波库斯的条件。经过缜密考虑，苏拉决定计诱朱古达，他觉得可以冒险一试。他在马略面前表达了自己无所畏惧的决心，斩钉截铁地慷慨言说道："如果我的牺牲能够换取这次非洲之战的胜利，我毫不吝惜自己的生命。"由是给马略留下了忠勇可嘉，智勇双全的印象。

　　苏拉被带到波库斯那里，两人一见如故，一连几天把酒言欢，射箭骑马，各自展示才艺，颇有英雄相见恨晚的惺惺相惜之意。但是波库斯就是不谈交换朱古达的事情，波库斯虽然不喜欢这个狂妄自大善于玩弄心计的老丈人，但毕竟是老婆的父亲，真要下决心以自己名义去诱骗捉拿还是有些举棋不定。苏拉巧妙地利用波库斯和老丈人之间的矛盾，极力策动波库斯下决心和他一起设计诱骗朱古达上钩，因为马略答应只要抓住朱古达，努米底亚的一大块土地就会成为毛里塔尼亚的领土，这种诱惑实在太大，这就是政治上的叛卖和利益的重新组合带来的巨大魅力。

　　波库斯终于被苏拉的花言巧语所说动，借口说要把已经被擒获的苏拉绑交朱古达处理，约他面谈。朱古达深信不疑，想不到女婿会暗算他，应约而往。当朱古达带着亲兵出现在会面地点时，事先埋伏好的士兵把他们围成一团，朱古达的亲兵被剪除，本人被活捉。就这样共和国的心腹之患——朱古达，被苏拉用一条锁链锁住，带回罗马大本营。这场旷日持久的朱古达战争，以苏拉靠诡计生擒朱古达而告终。

朱古达之死和将军分道扬镳

这次胜利给马略带来巨大的荣誉，但是京城流传的都是苏拉的智慧和果敢导致朱古达的被擒，这使苏拉有着比马略更高的殊荣。他右手无名指上片刻不离地带着一个金指环，戒指的顶端镶嵌着一枚硕大的鲜血似的红宝石，这是从朱古达处掠夺而来，上面请罗马最好的珠宝工艺师刻上波库斯将朱古达献出来的情形，作为自己的功绩到处炫耀。马略为此大为不满，而对于马略独享朱古达战争的胜利成果，从来闭口不提苏拉生擒朱古达的英勇事迹，苏拉也非常不满，常常口出怨言。两人之间从此埋下仇恨的种子。

朱古达战争终于以生擒敢于挑战罗马霸主地位的朱古达而胜利告终，努米底亚和以前一样作为承认罗马霸主地位的独立国家继续存在，由元老院选定朱古达的小舅子担任新的国王。功劳自然全部记在马略的头上，马略人还在非洲阿非利加，公民大会已经选定其为前104年的执政官。

公元前104年1月，罗马万人空巷前来观看为马略举办的凯旋式，更多的人其实是想欣赏一下敢于向超级大国罗马叫板的非洲蛮族国王朱古达的真实嘴脸。这个曾经踌躇满志利用金钱攻势打败无数罗马高层权贵的蛮族国王，此刻和他的两个儿子作为罗马军团的俘虏，披枷带锁步履蹒跚，走在凯旋大军的最前列游街示众。跟在他们后面的战车上挺立着罗马执政官兼阿非利加前线总司令马略，头戴金冠，身穿金色铠甲，在罗马市民注目下，带领着他的凯旋大军穿行在去朱庇特神庙主干道上，而他的副将苏拉只是紧随其后，带领着军乐队和罗马军团的骑兵为马略助威，使他仿佛成了马略的马弁，他感到屈辱，但是只能咬碎牙和血吞，谁叫他只是副将呢？而被马略和苏拉擒获的朱古达则在六天后，在一条绳索中结束了自己充满辉煌也是罪大恶极的一生。

朱古达战争的结束代表外患清除，但内斗接踵而至，战争中涌现出的两大英雄马略和苏拉在暗中实际上已经处于相互敌视的状态。马略独享朱古达战争的胜利成果，根本无视苏拉擒获朱古达的首功，使得苏拉一直怀恨在心，却怯于马略的权势明面上发作不得。马略对于这位飞扬跋扈使他荣耀黯然失色的副手，在人面前提起总是怒气冲天。他们的矛盾总有一天要爆发，强人之间争斗，终究要演变成血流成河的内战。

努米底亚的新国王波库斯现在已经成为罗马的好朋友，他将好几尊胜利女神的雕像奉献给卡皮托广场的朱庇特神庙，附带地进贡了一块雕刻精美的黄金饰板，上面的浮雕是朱古达被擒获交到苏拉手中的画面。马略内心感到十分恼怒，认为这是苏拉和他争夺荣誉，所以拒绝接受这件礼物。苏拉却使出浑身解数与马略对抗，心安理得地接受了波库斯的礼物。

由于战争的需要，马略暂时还离不开苏拉，两位今后的竞争对手暂时还是同路人，在继平定朱古达叛乱后，又相继击退意大利和日耳曼人入侵，扑灭西西里几万奴隶的大起义，为巩固罗马政权两人都立下赫赫战功。战争资源的积累使得军事实力很快转化为政治实力，当两大巨头势均力敌时，争斗就不可避免了。

第六章
内战开启：血泊中呻吟的罗马

马略和苏拉野心的对决

公元前 104 年，马略再任执政官，率军征讨刚刚将罗马打得大败的日耳曼人，在马赛和波河将他们击溃，并且一气屠杀了十万战俘。他的这些大功，使得他在罗马人民心目中享有崇高的威望。后来，他连续四年被选为执政官，建立诸多功业。马略的实力在罗马政坛几乎无可动摇。这时另一个军事强人苏拉横空出世，使得马略的后半生在内战的血雨腥风之中度过，成千上万的民众在内战中丧生，同时丧生的还有罗马共和国统治集团的政治和军事精英。罗马共和国元气大伤，已经难有回天之力。

马略在二任执政官时仍然擢拔苏拉为副将。马略三任执政官时，举荐苏拉为保民官。任期内，苏拉参加了西里西亚战争，迫使马尔西人宣布为罗马同盟。随着苏拉不断积累的战功和步步提升的政治地位，其野心越发膨胀，他绝不甘心成为马略麾下的附庸，一山难容二虎，他终于决心摆脱恩师的阴影，开始自立山头，与马略一争高下。他先是投靠了马略的同僚卡图卢斯，卡图卢斯优柔寡断，缺乏宏图大略，事事仰仗苏拉。使得他的军事才能得以充分发挥，他帮助卡图卢斯整饬军纪，训练士兵，使得卡图卢斯军队的战斗力大大增强，接连打了好几次胜仗。对于这些成功，苏拉表面上很谦虚，将功劳全部归于卡图卢斯，他极力吹捧卡图卢斯，赢得主帅的信任，同时也得到全体官兵的信赖，渐渐羽翼丰满，开始有足够资本去攫取更大权力了。

苏拉在征服了阿尔卑斯山区蛮族绥靖北疆之后，踌躇满志地回到罗马，为征服体制内的元老加紧积蓄力量，准备和马略为争夺执政官宝座一决雌雄。公元前 94 年的执政官选举，他毛遂自荐担当大任，但是愿望落空，只得到一个市政官的地位。他从这次败选中吸取教训，利用市政官的位置干了不少笼络民心的事情，翌年，他靠行贿和谄媚骗取了平民和大多数元老院贵族的信任，终于当上罗马执政官。任期届满，他被元老院任命为基里基亚的总督。开始盘踞一方，建立自己的根据地。

公元前 93 年，本都（Pontus）王米特拉达梯六世（Mithridates）和比提尼亚国王尼克美德斯都觊觎卡帕多基亚王位。米特拉达梯暗害卡帕多基亚国王阿里阿拉亚特六世，企图以亲属身份继承王位。而尼克美德斯更加阴险，娶国王遗孀为妻，抢先将军队开进卡帕多基亚。双方明争暗斗，争执不下，遂请罗马元老院仲裁。元老院趁机排斥双方，将罗马亲信、卡帕多基亚显贵阿里俄巴赞尼斯扶上王位。本都王联合亚美尼亚国王起兵反抗罗马。元老院派苏拉出兵干预，苏拉完成使命，回到罗马，欲像其他政治领袖那样在神庙为自己竖立雕像。

当时罗马最有权势的人物仍然是马略。马略嫉妒苏拉的成功，亲自带兵去神庙制止。苏拉面对这位大人物兼老上级的蛮横干预，气得暴跳如雷，想拔剑与之斗个你死我活。在许多人的劝说之下，苏拉暂时忍下一时之气，等待时机再行报复。至此，马略和苏拉的矛盾已经完全公开化。只是公元前 91 年爆发的同盟国战争及时遏止了两人矛盾的激烈对抗。意大利那些人多地广的国家为争取与罗马公民享受同等权利，公开结盟与罗马兵戎相见，极大地威胁到共和国的安全。

意大利半岛统一之后，被征服的意大利居民被称为罗马的同盟者。他们政治上没有公民权，不能参加罗马公民的政治活动。经济上受到歧视，军事上受到限制。反之，他们大片的土地被罗马人侵占，又必须为罗马军队提供兵饷和援军。对此意大利人异常愤怒，敌对情绪日益加剧。统治集团内部的民主派杰出代表格拉古兄弟、德拉苏等人先后都提出给予意大利人公民权借以缓和国家危机的法案，均遭到元老院贵族的激烈反对。法案流产，民主派领袖惨遭杀害。绝望的意大利同盟者被迫拿起武器进行反抗，意大利各民族组成意大利联盟共和国，向罗马宣战。

公元前 90 年，同盟战争爆发，苏拉又得以大显身手。特别是公元前 88 年，苏拉和克文杜斯、庞培当选为执政官，使得他更可以随意操控权柄，玩弄阴谋，以血腥暴力残酷的手段迅速迈向独裁。

古希腊罗马传记作家普鲁塔克曾经如此评价苏拉：

苏拉在年轻时心地善良，天真活泼，脸上时常挂着笑容，极富同情心，常常会因为同情而潸然泪下。然而，到后来，他却变得残酷无情。尽管他曾经以权力和荣誉会败坏人的本性为由而谴责过分地占有权力和荣誉，但是他并不努力去限制自己的权力欲和荣誉感，而是拼命地去追求，使自己的竞争对手们都一败涂地。他不仅在追求权力和荣誉中使自己变得残酷无情，丧尽天良和人性，而且也使他们的竞争对手变得残酷无情，丧失天良。"荣誉会败坏人性"是一条拉丁格言，在政治生活中追求权力而不使本性败坏的事例是极为少见的。

在同盟战争中，苏拉所率领的南方战区罗马军团以狡诈，残酷的手段对起义军展开凌厉攻势。他进入坎佩尼亚，攻克斯塔比埃、赫库拉纽姆和庞贝诸城。马尔西人将军营扎在苏拉营寨附近，苏拉在罗马劫粮队伍未返回之前，抢先发起进攻，第一次未成功。第二次在劫粮队的增援下，反败为胜。马尔西人在高卢人的增援下再次同苏拉大战，不料敌方军队被罗马士兵的勇敢所吓倒，惊慌溃逃，起义军的阵线被冲破，全军瓦解。军士们毫无秩序，争先恐后地逃往诺拉。被踩死杀死的起义者达 3000 人。当诺拉人打开一扇门，这些仓皇溃逃的人拥挤在一起，被苏拉大军屠杀 20000 之众。在同盟战争中，苏拉以出类拔萃的军事才能，成为公认的优秀统帅。

而此时，老将马略由于多年征战，老病缠身，精力一年不如一年，身体每况愈下，虽然病马伏枥，依然志在千里，但也只是心有余而力不足了。人们劝他干脆功成身退，去海滨浴场，治疗身体的伤病，颐养天年算了。而马略确实在米塞努姆海边有着一座风景优美装饰豪华的庄园。这座庄园原来是格拉古兄弟的母亲科尔涅尼娅的隐居之地，后来卖给了罗马名将卢库鲁斯，卢库鲁斯就是功成身退，最终保得荣华富贵的典范。马略以 250 万德拉克马买下，又耗费巨资进行了重新装修，但适应了权力顶峰颐指气使的马略不甘寂寞，不准备在那不勒斯海边消磨余生。他拖着臃肿肥胖的身躯，依然要展示自己当年的虎威，可惜只是一只病猫了，勉强披挂上阵，只能贻笑大方。

普鲁塔克在《马略传》中记载：

马略根本不理会别人的看法，完全出于非常幼稚的情绪，想要赢得盖世的英名。他亟待摆脱年迈和衰老的印象，每天前往战神教练场，和年轻人一起接受操练，显示自己仍旧身手矫健，说到骑术，他滔滔不绝，以专家自居；然而人到老年，行动非常迟钝是无法避免的事，更为难堪的是过于昏聩和肥胖。有些人看他处于这种状况感到极为高兴，带着恶意对他在操练中与人竞争所展示的尴尬模样指指点点。

马略购买了意大利最最迷人的那不勒斯海边的别墅，因为罗马贵族们往往都云集在这块旅游胜地以展示奢华和身份，这是地位和财富的象征，马略当然不能免俗，他本身就是行伍出身爬上高位的俗人，就更要以现在的身份显示自己的尊贵。

但是，马略的选择特别引人注目，很多人都认为他可能准备和当年的卢库鲁斯一样准备退出军界或者官场平安着陆，去风景如画的海边安度晚年。因为那里离海边的牡蛎养殖场很近，也很方便享受温泉城镇拜厄的硫磺浴，吃吃海鲜，洗洗温泉浴，是退休将军和执政官不错的选择。苏拉也希望昔日的老上级能够主动让贤，他好顺势上位。但当他应邀参观了马略新装修好的别墅后，他在惊叹之余也深感失望，预感到在权力争夺上他们之间必有一番你死我活的恶斗，因为马略那座著名别墅的建筑出卖了马略的内心——其格局模仿的是军营，周边的状况暴露了他对战壕的热衷，显示出马略指挥生涯的风格。别墅结合了军事特征的实用与建筑风格的壮美，正是这位老将军自我认识的最好表达。

离开马略别墅后，苏拉走向海岸，走进坎帕尼亚无花果园和葡萄园，身后传来阵阵轰鸣的海涛声。此时的苏拉指挥 13 个军团的庞大军队，包围着平原上反叛者的城市，迫使他们一个接一个地投降。现在的苏拉不再是部将，不再是学生。他已经走出马略的阴影，用军功为自己赢得了同盟战争中最能干将军的名声。尽管老将和野心勃勃学生间的竞争已经展开，但是表面上那层纸还没有完全被捅破，双方只是心照不宣地维持着礼节性周旋，暗中在深水激流中涌动着的野心不断碰撞。苏拉从未对前指挥官看走眼，从马略的别墅中，别人看到的也许是虚弱和无为，苏拉则看到了他的雄心壮志。

共和末期，罗马统治集团分为民主派和贵族派，两派之间不断斗争。马略的平民派传统以后成为他的侄子恺撒所继承，平民继续被作为筹码，为他政治上的崛起奠定民意基础。而以苏拉为头目的坚定共和贵族体制维护者，在苏拉死后却由小加图、西塞罗、布鲁图斯等继承，和恺撒进行了殊死的争斗。双方在政治舞台的角逐都是戴着面具的表演，争取民意的支持只是某种政客的宣传鼓动手段，最终的目的仍然是问鼎中枢最高权力，实施自己专断国事的野心。

苏拉成为执政官以后，立即举行了他的第四次婚礼，娶了罗马大祭司的女儿、显贵遗孀采齐莉亚·梅达拉为妻。借助这桩政治联姻，他与元老贵族结成新的政治联盟。与此同时，原罗马附属国本都王趁内战时期，率军进攻罗马在小亚细亚地区属地，击溃罗马驻军，迅速占领小亚细亚全境。公元前 87 年，罗马几乎丧失在东方所有土地。本都王当时成为罗马最大的外患。

公元前 89 年初，为了平息本都王叛乱，罗马元老院召开紧急会议举荐合适人选带兵镇压。马略为了扩大自己的势力范围，极力争取统兵平叛；苏拉也认为是自己争取荣誉扩张权力的大好机会。两人都在暗中活动争取贵族元老的支持。元老院对这两个炙手可热的权贵无法做出抉择。最后采取抽签的办法决定谁去统兵。苏拉抽到了统兵权，这下激怒了马略，他与保民官苏尔皮基乌斯·卢福斯（Pubius Sulpicius Rufus）结成同盟，绕开元老院，召开公民大会，提议让马略率军征讨叛乱。苏拉不甘示弱，他以执政官的名义同庞培一起宣布休假，停止一切公务活动以抵制提案表决。在马略策划下，保民官苏尔皮基乌斯利用一支自己控制的武装力量对苏拉派展开血腥屠杀。贵族内部的权力之争，终于以武力一决胜负，马略这一派人多势众，杀死了一批苏拉派分子。

苏拉一看大事不妙，亲自跑到马略府邸负荆请罪，宣布取消休假，表示要将带兵权让与马略，企图以退为进。马略的亲信卢福斯被派往若拉为马略接受军队。但是，脱离了险境的苏拉，在自己军队的保护下逃出罗马，抢先来到若拉兵营，煽动士兵哗变。哗变的士兵用石块打伤前来带兵的卢福斯，将他们赶回罗马。苏拉趁热打铁，拉起队伍向罗马进攻，决心铲除政治对手马略。他站在高台上对数万名激愤的官兵发表演讲，义正严辞口若悬河地历数罗马当局的腐败，打着"拯救祖国，使他不受暴君统治"等极富煽动力的口号。在他的鼓动下，狂怒的士兵一致拥戴他为统帅，喊叫着要进军罗马推翻腐败政权。

苏拉率领六个军团三万人马，杀气腾腾迅速杀向罗马。开创罗马共和国历史上自己的军团向首都罗马统治集团开战的历史，然而面对叛军，马略毫无准备。苏拉是开弓没有回头箭，只能一路反叛到底，抢占权力顶峰，所谓合不合法，全凭军事实力说话。元老院派出了一个又一个使者，企图劝阻苏拉回头，苏拉轻松地回答："自己是为了将祖国从专制者手中解救出来"，越过红线的苏拉只能一往无前迅速占领罗马。

当苏拉的军队开进到罗马郊外时，马略和护民官苏尔皮基乌斯派出了最后一名使者，信誓旦旦地保证召集元老院会议，讨论苏拉的请求，他们将服从元老院的决定，他们要求苏拉在离城五公里处名叫帕莫里姆（pomerium）的地方安营扎寨，这是一个神圣的界限，希望苏拉不得逾越。所有人都知道这条界线的存在的警示作用。虽然罗马存在许多神灵，但是罗马没有比帕莫里姆更神圣的地方。这是一条古老的政治戒律，象征着罗马开国君主罗慕路斯开出的犁沟，逾越犁沟就是叛乱，自古代王政时期就未改变过。罗马绝对禁止任何公民携带武器越过帕莫里姆，因为界线以内是朱庇特的地盘，而朱庇特是罗马的保护神，罗马和平的捍卫者。当苏拉告诉使者，他将接受马略等人的条件时，马略轻信了他的承诺。而阴谋叛乱者是不会遵守承诺的，他根本就不相信即使越过了这条号称神圣土沟，神又能够拿他怎么样呢？枭雄从来不迷信，他只相信手中的实力。于是他悍然命令军团尾随使者，派出三个小队迅速占领了罗马的三座城门。

罗马陷落，但是罗马城内展开了激烈的巷战。市民用石块和屋顶瓦片还击叛军，苏拉干脆下令焚烧民房，击退抵抗。马略不甘心束手就擒，试图在罗马城内组织抵抗，但是抵不过苏拉军队的顽强进攻。苏拉身披铠甲，亲自摇旗呐喊，他的军队以摧枯拉朽之势，一天之内全部占领罗马全城。

当火势蔓延到城市的主要大街时。苏拉正骑着高头大马，行进在罗马城市最宽阔的萨克拉大街上，进入了城市的中心。马略企图动员组织城市的奴隶进行对抗，但面对苏拉军团的虎狼之师，根本不是对手。马略落荒而逃。全副武装的士兵占据了各个关键部位，包括元老院。叛军首领苏拉凭借军事实力成了罗马事实上的统治者。

苏拉在元老院召开会议，面对大兵压境，元老们在心惊胆颤中通过苏拉的提案，宣布马略及其儿子等十多人的死刑，包括他的老对手护民官苏尔庇修斯。

这位苏尔皮基乌斯作为护民官是胆大包天心狠手辣的角色，个性不仅残酷、卑鄙、贪婪，而且行事寡廉鲜耻毫无是非之心。他把罗马的公民权在市场上公开设立柜台讲价收钱，出售给外国人和奴隶，牟取暴利，根本无所顾忌。他身边经常有几十名护卫簇拥还有一批年轻的骑士啸聚周围，自称代表公民的利益，向元老院的权贵叫板。由于他与马略结成同盟对付苏拉，成为"反元老院派"骨干。他制定的法律规定元老院议员的债权契约最多不能超过 2000 德拉克马，等他被苏拉残杀后，发现他生前发放的高利贷总额高达 300 万德拉克马。

艰辛备尝的流亡生活

　　马略带着为数不多的亲信仓皇逃出罗马，遭到以苏拉为首的执政当局的通缉，成了国家公敌，开始了自己晚年颠沛流离的流亡生涯。他亡命在外，流离颠簸，几次面临死亡都神话般地幸免于难，最后在靠近非洲大陆的一个小岛落脚，征集到一支不足千人的队伍，因为这里曾经是他当年在阿非利加朱古达战争中的根据地，在这里留有他不少的旧部进行殖民垦殖，因而依然享有相当的声望，他只有等候时机，以图东山再起。

　　苏拉用火与剑攻下罗马后，恐于民心未服，大开杀戒，废除所谓改革措施。宣布马略及其追随者 12 人为罗马公敌，财产充公；废除民主派法律，将立法置于元老院的严密监控之下；取消部落表决权；特别规定任何法律不经元老院批准不能在百人团会议通过，实际上本末倒置地废止了具有众议院功能的百人团会议，并取消保民官的否决权，取消了保民官在国家政治生活中代表人民对于执政官的监督，统治者内部的共和民主制度在剑与火的恐怖阴影中摇摇欲坠，迹近瓦解。

　　当时罗马还处于同东方米特拉达梯六世的交战状况下，苏拉来不及巩固自己的地位，在出征之前。他匆忙中提出他的亲信格里乌斯·奥克塔维乌斯（Gnaeus Octavius）为执政官，另一名原民主派元老路科内利乌斯·秦纳（Cornelius Cinna）也被推举为执政官。他心中明白，元老院（相当于参议院）还有相当一部分人对他以武力破坏体制的行为强烈不满，他对秦纳的当选心底很不满意，但是他想把自己的行为和捍卫共和国的利益联系起来，把进军罗马粉饰成清除腐败，保卫罗马的角色扮演好。面对选举结果他表面上假惺惺地说："看到人民由于他而享受自由，我感到十分欣慰。"他尽可能地保持了优雅的风度。但是在同意两位新执政官走马到任之前，苏拉要求他们在圣山卡匹托尔当众发誓，绝不改变苏拉通过的法律。宣誓时秦纳捡起一块石头远远地投掷出去，若不遵守对于苏拉的承诺，就让他像石头一样被罗马扔出去。

罗马历史由此进入马略和苏拉争雄的拉锯战，两股势力的你争我夺，此消彼长，使罗马和意大利人民陷入兵连祸接的战乱之中，而此刻外患未平，苏拉必须在短期内率领他的军团，开赴米特拉达特斯前线。公元前88年，两位新任执政官走马上任，罗马人生活如故，一切都很正常。元老们向他们提出各种建议，街道上没有士兵。与此同时，苏拉率领的军团在希腊登陆上岸，他那狂野的才干不再用于对付同胞，又一场战争在等待他赢取，其严峻程度在共和国历史上前所未有；共和国的敌人等待他去消灭。苏拉军团雄赳赳气昂昂地向东方进发。

此时，上了年纪、身材臃肿的共和国落难英雄马略踏上了艰辛的流亡之路。仓皇之中，他将自由权利赐给了奴隶，条件是宣誓入营参加迎战苏拉叛军的斗争。然而，应者寥寥，响应的奴隶只有3个人。匆忙中他率军迎战苏拉，一战即溃。无奈中他逃回了位于罗马郊区的乡间别墅，身边的人员作鸟兽散。这时他的朋友为他准备了一艘前往非洲阿非利加的小船，他终于挥泪告别故乡，开始了漂泊四方的流亡生涯。

海上刮起了一阵强风，升起风帆的小船，沿着意大利海岸快速前进，不久又下起了暴雨，67岁的马略忍受着晕船的痛苦，在狂风暴雨的袭击中登陆明图尼港。这位当年征服努米底亚王国的英雄，现在浑身湿透，白发散乱，饥肠辘辘，毫无目的地在海岸附近乱逛，像是被驱逐得到处流浪的野狗无处栖身。海上和陆地对他来说同样不安全，遇到任何人都可能给他带来危险。但要是连一个当地人都遇不见，他们很可能就会饿毙于途中。虽然时间已经很晚，他们还是遇见了几个路过的贫穷牧人，当他们获知眼前这位衣衫褴褛的老人就是曾经六次当选罗马共和国执政官的马略时，劝他赶快离开此地，因为一队骑兵正在搜寻他的踪迹。马略发现他已经到了无路可逃的境地，他们离开了大路，藏身小树林，找到了一栋荒弃的小木屋，此时风停雨住，月光穿透窗棂照进木屋的床榻，终于他们可以在吱吱呀呀作响的床上和衣休息一夜，他说服他的同伴们不要抛弃他。

当他一觉睡到黄昏时分时，被窸窸窣窣的脚步声惊醒，面对他的却是寒光闪闪的宝剑。他的面前站立着一位身材高大的高卢卫兵，他是奉行省总督之命令前来捉拿"共和国公敌"马略的。正当这位高卢人迟疑着是否要刺杀这位前执政官时。马略翻身从床上坐了起来，双目在黑暗中射出凌厉的光芒，炯炯有神犹如电光，同时放出如雷的吼声："你敢杀害盖乌斯·马略？"高卢人大声喊道："我不能杀害盖乌斯·马略"说完，像是疯子那样转身逃出门外。此事令明特尼的行政长官仿佛明白了那则七只小鹰的传说，他们深信高卢人是受到神的启示而感到害怕。他们把马略一行送到城外安全的住所，提供了食物和水，让他得以继续流窜逃生。马略继续向海边逃去，抢夺了一只小船渡海去了努米底亚，因为害怕努米底亚国王将他们献给苏拉，他在船中度过了整个冬季。他的一些旧部和儿子小马略闻讯也来到他的身边，同时他在努米底亚和整个阿非利加地区都留有不少老兵，他在暗中召集旧部和遗留在当地殖民开垦的老兵组成一支部队，时刻准备窥探时机，杀回罗马。

苏拉率军出征东方离开罗马后，平民派乘机活动，执政官之一秦纳反对苏拉的政策，遇到苏拉党徒奥克塔维乌斯的抵制。他们的分歧主要来源于在同盟战争结束后，马略答应给予意大利同盟国成员罗马公民身份，享受同等权益，这部分人被称为新公民。而罗马老公民当然不愿意自己的权益被分享，导致新公民许多权益未能落实，产生不满，双方发生激烈冲突。

冲突酿成新公民在罗马暴动，秦纳是支持新公民的，暴动使得否定新公民权力法案的两名保民官被刺身亡，元老院进行镇压，死伤一万多人。奥克塔维乌斯获胜，秦纳逃出罗马，在意大利各地募集军队准备与苏拉派较量。马略闻讯立即带领着他招募的6000名士兵在伊特鲁里亚登陆，声称要给奴隶自由，与秦纳汇合一起，扎营台伯河畔准备向罗马进军，包围了首都，在与奥克塔维乌斯对阵的战斗中，马略和秦纳切断粮食运输，统迫使元老院不得不投降。马略大胜，一路掩杀进城，屠杀了数千人，还把元老院一些议员的头颅挂在广场的演讲台前示众。奥克塔维乌斯镇定异常地穿着执政官的官袍，坐在执政官的象牙宝座上，劝阻了部下逃跑的建议，非常冷静地等待自己残酷命运的降临。

马略率军入城，有意衣衫褴褛，满头散乱着白发，声泪俱下地控诉苏拉对他的残酷迫害，然而言辞中布满着腾腾杀气。果然在他们控制了罗马政局后，恢复《苏尔皮基乌斯·卢福斯》的法案，取消部分债务，增加粮食分配，实行币制改革，分给马略老兵土地，恢复新公民权益。与此同时，他们实行前所未有的恐怖统治，宣布所有政敌不受法律保护，搜杀苏拉党羽，对支持苏拉的骑士元老进行政治迫害，致使许多著名人物和无辜者惨遭杀戮。反对秦纳的执政官奥克塔维乌斯被斩首，头颅被悬挂在共和国广场讲坛上示众，这是罗马史上破天荒的头一遭。从此，这一残酷手段被不同政治派别的罗马人所沿用，成为恶习。

苏拉所有的亲朋好友都受到牵连，财产充公，脑袋被砍，房屋推倒，苏拉本人被宣布为"人民公敌"，许多被秦纳、马略征入军队的奴隶扬眉吐气，发泄对自己原主人的仇恨，冲入原主人家中抢劫烧杀无所忌惮。这种以下犯上的暴行，触犯了奴隶主阶层的整体利益，于是秦纳在一个晚上，将奴隶士兵统统消灭。大屠杀持续了五天五夜，暴乱的余波则持续一年之久。

公元前86年，秦纳第二度当选执政官，马略第七次当选为执政官，他的七只小鹰的夙愿终于在血腥的杀戮中实现。然而任职不过十几天即忧郁成病。因为苏拉在征讨米特拉达梯取得胜利的战报不断传来，苏拉已经占领了东方行省，即将率领大军杀回罗马。这使得他忧心忡忡，夜不能眠，精神已经无法支撑下去，他忧虑即将到来的又一场战争，面对的却是得胜回朝的苏拉虎狼大军，忧虑使他愁肠百结患上了结肠炎，在卧床七天以后，他与世长辞，终年71岁。马略一派虽然一度得势，但是对手握重兵在外，我行我素的苏拉却奈何不得。

征战中恢复的罗马霸权

马略派得势后，任命路克优斯·瓦列利乌斯·弗拉库斯为东方战线统帅征讨苏拉。弗拉库斯离开意大利东征之时，苏拉正围攻与米特拉达梯一同反叛的雅典，在苏拉赢得东方战线空前胜利的情况下，罗马征讨大军两个军团要夺取苏拉军事指挥大权。

两个罗马军团加上骑兵总共 1.5 万人，苏拉指挥的"非正规军"有 3.5万人，实力比对手强大许多。但是苏拉并不准备在这两支原本非常熟悉的罗马军队在境外开战。毕竟罗马人不打罗马人，因而两支军队的对峙更像是一场自家弟兄的战争游戏。

苏拉率领大军沿小亚细亚西岸南下，一直开到严阵以待的弗拉库斯驻军的地方后，开始安营扎寨。罗马式的军营要在周围挖掘战壕、竖起围栏，一般来说在敌人眼皮底下开挖战壕，十之八九是要开战了。但是苏拉的士兵干活却是慢慢悠悠的，弗拉库斯的军队受苏拉士兵情绪的影响，不由得也松懈下来。进而他们干脆换上便衣、不带武器靠近正在干活的苏拉士兵，苏拉士兵就邀请他们过来聊天，弗拉库斯的士兵边聊便帮助苏拉士兵干活，两军就像是一家人一样亲密无间了，苏拉士兵就邀请他们一起吃饭喝酒，既然饭也吃了，干脆就睡在了一起。一来二去，很自然弗拉库斯的士兵也就集体逃亡，加入了苏拉的军队。这时中央军的军营已经成为一座空营。这时苏拉派代表前来拜会弗拉库斯，称已经为他准备好返回罗马的船。弗拉库斯是性格刚烈的人，他拒绝了苏拉的"好意"，独自走进帕加马的宙斯神庙，自杀身亡。秦纳为了遏制苏拉而派出的罗马"正规军"，非但没有削弱苏拉的势力，反而为苏拉的"非正规军"策反，悉数归顺苏拉军团壮大了他的实力，也算战争史上的奇观。

公元前 87 年春，苏拉在希腊登陆。希腊的城邦全部派遣使者前来觐见，表示对罗马共和国的效忠。唯有雅典的僭主亚里逊自恃有米特拉达梯的支持，自己也有些小才气，能够写些不入流的打油诗，并不把苏拉放在眼中。

他写了一些内容粗俗的歌曲，讽刺苏拉长满粉刺的脸，还让雅典人在城头上唱个不停，故意激怒苏拉。他自己还亲自跳上城头，夸张地做着手势手舞足蹈，像是一个披着执政官和诗人外衣的跳梁小丑。

苏拉终于忍无可忍了，开始指挥大军在雅典城周围安装投射器，并且将城外当年柏拉图和亚里士多德教学的吕克昂学院周围的小树林全部砍伐殆尽，作为攻城的器具。城外茂密的林荫全部毁于那场著名的雅典攻防战。随后，苏拉竭尽全力开始攻城。雅典军民进行了顽强的抵抗，但是缺粮带来的灾祸，使人开始难以忍受，他们派出使团开始和苏拉谈判。来使高谈阔论，大谈雅典建城以来的辉煌历史。苏拉粗暴地打断了来使的演讲，他说："罗马不是叫我来聆听古代历史的"，他把使团粗暴地打发了回去。文明的雅典遇到野蛮的罗马军团，也就是秀才遇到兵，有理说不清了。雅典城最终困饿到吃煮熟鞋皮的地步，文化首都雅典饿得只剩最后一口气，终于被苏拉攻克。

苏拉被罗马当局宣布为"人民公敌"后，他的军费支持完全被切断，而战争是需要金钱支撑的，唯一的来源只能靠抢掠。苏拉派兵强行进入希腊各处的神圣场所，连奥林比亚神庙也未能幸免，存放在那里的祭品神器无比华丽且价值连城，都被苏拉军队强行掠走。他还写信给德尔菲的安菲克提昂希腊联盟，要他们最好把献给神明的财宝给他，不仅可以安全保管，就是暂时挪用也会如数归还。特别交代要点清所接受的项目，称出重量——注明在清单上。

价值不菲的财宝在运送的过程中，没有引起希腊民众的过分重视，王室奉献的纪念物当中，有四只银制大瓮原来是祭献给菲尔德阿波罗神庙的，体积硕大而且沉重，没有任何运输工具可以容纳，安菲克提昂联盟的人员只能将之切割成大块分开装载运到雅典苏拉处，这使他们不禁联想到过去罗马军团也曾多次占领过希腊的城邦，他们不仅禁止士兵亵渎希腊人的神庙，同时还将礼物和祭品奉献给神明，促使大家对宗教神明的敬仰和虔诚，他们都是拥有合法权力的指挥官，率领的都是坚韧和服从的士兵，出自于高尚的心灵和简朴的习性，受到良知和重大责任的约束。而苏拉这个家伙就是一个军事加政治的双料流氓。他的窃据高位，不是靠功勋和实力，而是靠强权和野心，因此他要讨好自己的士兵，纵容他们的抢掠和杀戮，收买人心，才能赢得忠心，实现野心。

正当苏拉在希腊战场纵横掠夺时，传来马略、秦纳攻陷罗马的消息，他苦于无法在希腊战场脱身。更主要是希望通过这场战争赢得声望和钱财，便忍住仇恨，一直把战争进行到小亚，在雅典他很快依靠商人，建立起效忠罗马的临时政府，他继续向北方进军。遭遇并打败了两支米特拉达梯派到希腊的援军。不久以后苏拉和米特拉达梯见面，迫使米特拉达梯求和并退出放弃部分进攻性军事实力，让出一切被征服地区，赔款 3000 塔拉特，达成停战协议。主要是两人都不想再打下去了，米特拉达梯要赶回去巩固自己的王位；苏拉也要赶回去向马略和秦纳复仇。

公元前 84 年，苏拉带着大批贡物回到希腊。他以胜利的罗马将军惯用的手法继续他的偷窃和抢劫。宙斯神庙的柱子被拉倒，准备拉回罗马。苏拉把运动员召集在一起，作为胜利的展览品，使得奥林匹克运动会上没有明星运动员，只剩下赛跑还能看看。苏拉最得意的是对雅典图书馆的劫掠，他将全部藏品一扫而空。今后谁要研究亚里士多德，就得跑到罗马去，他愉快地报复了希腊哲学。

经过三年苦战，苏拉杀害东方人民达 16 万，罗马在希腊和小亚细亚的统治得以恢复。于是苏拉腾出手来开始收拾政敌。他先致信元老院说："要为自己、为罗马城向那些有罪的人复仇。"

在给元老院的一封信中，他不无骄傲地为自己评功摆好，他条分缕析地摆出他为共和国做出的卓越贡献：

在担任财务官时，他参加了在阿非利加对抗努米底亚人朱古达的战争，以副将资格参加了对抗西米布赖人的战争，以大法官资格参加了西西里亚和同盟国的战争，在担任执政官时期，在差不多的三年中，他赢回了米特拉达梯吞并的一切，使得希腊和亚洲重新承认了罗马的霸权。

话锋一转，他说他已不能代表罗马共和国：他在罗马建立的政府已经倒台，他本人被缺席判处死刑，他的家产被抄没，他的房屋被毁坏，他的朋友被处死，他的妻子和儿女历经磨难才与他会合。他绝不能容忍这样的侮辱，现在希腊已经驯服，他要杀回老家去，为自己，为全罗马城，对那些有罪的人进行复仇，他依然深信自己的运气和维纳斯女神的庇佑。

当元老院收到他这封措辞强硬的信之后，开始在惊惶不安中等待苏拉的到来。公元前 84 年，苏拉在东方战线取得全线胜利，率领部队乘坐 1600 艘舰船从小亚细亚渡海进入意大利，苏拉军队一路烧杀抢掠，几乎把意大利洗劫一空。公元前 83 年春天，苏拉率领着满载金银财宝的四万大军在布伦迪西港登陆，大批幸存下来的贵族，像是欢迎亲人那般投靠在苏拉麾下，痛说马略等人的残暴。

苏拉阵营中的哼哈二将

就在苏拉凯旋时，"前三头政治"中两员大将克拉苏和庞培先后投奔在他的麾下，成为他的得力助手，使得苏拉的武装力量进一步发展壮大，简直势不可挡。

马尔库斯·尼基尼乌斯·克拉苏（Marcus Licinius Cras-sus）出身于罗马最显赫的家族，其父曾经领导反对马略派，失败后被杀。随之而来的血腥清洗中，他的哥哥被杀，庞大的家族财产几乎丧失殆尽。因为他的父亲不仅热衷于政治，而且利用权力经商开展对外贸易，进而成为罗马首富。克拉苏继承了父亲传统，认为财富是权力的基础。为了躲避杀害他父亲的凶手，他逃去了西班牙，他父亲曾经担任过西班牙总督，获利丰厚。他躲在海边一个偏僻的地方深藏时，依然保持着奢侈的生活方式。让随从向他躲藏的山洞中送食物和年轻的女奴。几个月后，秦纳的死讯传来，克拉苏想急于收回自己的家产，他招募了一支达2500人之多的私人军队，带着这支军队在地中海转悠，和各种反马略的派别接触，试图结成联盟杀回罗马，夺取被收缴的庞大资产。最终他去了希腊，把赌注压在苏拉身上。毫不奇怪，苏拉热情接待了他。

还有一位更年轻、更富有魅力的年轻将军的到来，使得苏拉喜出望外。他就是庞培的儿子格奈乌斯·庞培（Gnaeus Ponpeius），初出江湖统兵作战的庞培时年23岁，他是被称为"墙头草"的斜眼庞培的小儿子，一个早熟的自大狂，自我吹嘘的天才。对于成功常常表现出孩子似的洋洋自得。喜欢听人吹捧他好话。从一开始苏拉就表现出对他的纵容，助长他的自负和虚荣。而苏拉有自己的待人接物方式，只要能够确保庞培对自己的忠诚度，苏拉很乐意奉承他，乐意送上一顶顶高帽子。而庞培也担当得起各种奉承和吹捧。从墙头草的前执政官斜眼那儿，他继承了不仅仅是意大利的产业，还包括见风使舵的敏锐嗅觉。与克拉苏不同，他同马略阵营没有家仇。投奔苏拉前，人们也在秦纳的营帐前看到他，显然他曾经希望借助秦纳的提携迈入政坛，实现自己的政治野心。然而秦纳军的崩溃和兵变让他明白，支持苏拉是最好的选择。庞培一直有嗅出最好机会的本领，投机是他的爱好也是他的软肋。

元老院命令秦纳和另一位执政官卡波停止召集军队，等待苏拉的答复。但是两人不愿束手待毙。等待苏拉的使者一离开，两人立即宣布为下一年度的执政官。这样就不用赶回罗马去主持下一年度的选举。他们走遍全意大利招兵买马，聚集军队，分队乘船渡海，开往利布里尼亚，这个地方是反抗苏拉的根据地。第一个分队渡海成功，但是上岸的士兵纷纷逃离部队，尚未迎战即作鸟兽散，因为他们不愿意同自己的同胞作战。第二个分队又遇到了暴风雨。其余的士兵拒绝到利布里亚去，秦纳大怒，召集全体将士进行训话，为秦纳开路的侍卫殴打了一个阻挡他道路的士兵，士兵进行了回击。秦纳命令逮捕那个士兵，激起在场军人的愤怒，四面八方喊声大起，许多石块向他飞去，那些站在他附近的兵士拔出短剑直接刺向他，执政官秦纳就这样被哗变的士兵刺杀了。

另一执政官卡波召回那些已经渡海的士兵，保民官敦促卡波回罗马主持选举，选出另一执政官顶替秦纳的缺。随着秦纳的死，元老们看到了和平的希望，然而，苏拉傲慢地拒绝了元老院中间派的建议，根本不考虑和解。虽然马略和秦纳先后死去，但是马略党徒还是牢牢地控制着政权。尤其是马略的儿子小马略一个花花公子式的纨绔子弟，以血统的高贵的掌握实权者自居，继承了父亲对于苏拉的刻骨仇恨，这种仇恨是他自己追随老爹在非洲流浪中所孕育的。

按照罗马对于执政官的要求，小马略还不到三十岁，在年龄资质上显然不够格，尚未及选举，他就凭借老马略留下的军队以天然执政官自居，得意洋洋地带着他的侍从保镖趾高气扬地走在广场上，这个元老眼中26岁的毛头小伙子，罗马人对他素无好感，虽然他们也并不喜欢嗜杀成性的屠夫苏拉。尽管苏拉口口声声他的"清君侧"是为了恢复共和国法律权威，恢复元老院在罗马的至高无上的地位。但是对于军人野心家的赌咒发誓，从来都是不可信的，有时只是实现政治野心遮羞布，玩弄权谋诡计的欺诈手段而已。

公元前 83 年，由于雷电击中卡匹托尔山的朱庇特神庙，使这座建筑了四百多年的庙宇被大火焚毁，人们没有任何理由去解释这种自然现象，只能归咎于上苍的惩罚，预示着一场大屠杀的出现，天意警示意大利和罗马被自己人的征服，罗马城的陷落和共和国宪法的动摇等等一切的不祥之兆都像是乌云那般扑向罗马，人心惶惶，哪有人去筹备执政官的选举，选举就一直犹豫着没有进行，似乎这时候出任执政官无疑是飞蛾扑火，面临战争，政客们都不愿意去争抢这个烫手山芋。

卡波只能孤身一人以执政官的名义迎战苏拉，还有一位也就是自命为执政官的小马略，这小子在神庙起火时第一个冲了进去，不是冲向神像，不是冲向西比尔的预言书，而是扑向神庙中的财宝，那是可以招募更多军队所需要的资金。几个月后，他开始自己登上了公元前 82 年的执政官宝座。

罗马又一场空前残酷的内战拉开序幕。当苏拉将军队开到意大利，罗马执政当局对他的突然到来显得准备不足。执政官卡波调集军队进行还击，惨烈的战争足足打了三年，上万人阵亡的战役发生过多次。仅在罗马的争夺战就有五万人丧生，血雨腥风席卷整个意大利。

这时苏拉有了克拉苏和庞培的援助，实力大大增强，仅仅庞培就带了两个军团，这两军团奉命前去阿非利加迎战卡波的余党，恢复海恩普萨尔的努米底亚王国。因此，庞培虽然没有到法定年龄，仅仅是骑士等级，苏拉却破天荒为他举办了一次凯旋式。

苏拉阵营中的哼哈二将庞培和克拉苏注定要成为罗马共和国将来叱咤风云的风云人物，再加上马略的侄子恺撒，组合成后来共和前三头政治联盟，演绎了一幕幕有声有色埋葬共和体制的闹剧。而庞培和克拉苏各有各的特色，他们的性格优势同时又构成各自的软肋，他们的争权夺利又为他们的死亡埋下了伏笔。

苏拉在放了那把大火后，夺取了罗马，在恐怖统治中处决了很多反对派人士，这种恐怖做法很容易被滥用。克拉苏可能是从中获利最多的人。他自己的家产就曾经被充公，在这方面嗅觉异常敏锐。罗马火灾频发造成房屋倒塌，原因在于建筑物的高度和位置过分紧密，他手下的奴隶很多人是营造商和建筑师，他招揽的这方面人才达 500 人之多，他开始着手买下在火灾中受损的房屋，还有那些靠近火灾现场的建筑物，有的属于低价购买，有的干脆就是无偿奉送。因此，罗马大部分的建筑用地就落在他的手中。他还拥有好几处银矿和在矿山工作的成群奴隶，他拥有大量各行各业的人才，像优秀的教师、誊录、银匠、管家和侍者，他非常重视对他们的专业培养，不仅因材施教，还经常亲自给他们上课，他认为主人的首要责任是照顾好自己所有的奴仆，成为家庭的生财工具，他的财富首先是注重人才的培养，靠杰出的人才去创造财富。因此，他本身就是一位财富的创造者和人才的综合管理者。可以说他这一生除了疯狂敛财，没有什么其他爱好，他没有苏拉和恺撒那些享受人间美色的情趣和爱好，可以说是一个索然无味的人。当然他对于外乡人非常热情好客，几乎是来者不拒地妥善安置他们的生活工作，他借钱给朋友不要利息，这是一种感情上的投资，目的是让人产生"滴水之恩，涌泉相报"的意识，尤其是对那些大手大脚的贵族子弟，因为身份本身意味着政治的前程，在寡头集团特权阶层控制的政坛，政治权力意味着对财富的攫取，克拉苏深谙其道。

等到苏拉攻占罗马，开始对政敌进行大屠杀之时，克拉苏贪婪的本性充分暴露，他巧取豪夺各种奇珍和房产。他用低廉的价格，甚至不花一文钱获得大量充公产业，同时不断提出赏赐的要求。最终，当克拉苏过分地将一个无辜的巨富加进剥夺公职者名单时，苏拉失去了耐心。两人的关系无可挽回地恶化了。失宠于苏拉的克拉苏已经富得流油，对于苏拉的不满并不在乎，他知道苏拉离不开他。

对精通战略的苏拉来说，同盟友交恶也是一种策略，通过对克拉苏的公开压制，显示自己的公正无私，完全可以不顾个人利益，一切的所作所为包括血洗意大利都是为了共和国。他夸张地表示震惊于克拉苏的贪婪，但几乎没有人相信。

而克拉苏则巧妙地利用了苏拉的政策，他明白苏拉毁灭敌人和让部下致富是一个分币的两面，他不可能彻底得罪克拉苏，毕竟克拉苏手中还掌握着一支力量雄厚的军队。因此，对于克拉苏的谴责只是嘴上说说而已，他们其实也是一损俱损一荣俱荣的利益共同体。况且占领罗马后的克拉苏主动放弃了军职，开始从事文职工作，靠着施惠推恩、诉讼辩护、借贷金钱、助选拉票为人谋取一官半职，凡有需要的人，他都愿意给与资助，他的慈善大门永远敞开着，他平易近人善于与人交往，并且全心全意投入公众事业，利用手中掌握的建筑人才资源，为遭受磨难千疮百孔的罗马市政建设做出了贡献，同时依靠借贷中的高利盘剥和承揽公共建筑工程中饱私囊，为他的财富资源和人望提升带来诸多意料之中的好处。而那些著名神庙及建筑修复和文化娱乐场所的恢复，也是为苏拉政权的稳定增光添彩。至于其中是否有着和独裁官苏拉之间的钱权交易，这是谁也说不清楚的事情，毕竟他们有着共同的政治利益，而政治利益的链接，有时候就是金钱，克拉苏从来不缺钱。

克拉苏有自知之明，他知道自己在军事上不如庞培，他只顾闷声大发财，更明白有时政治目的的达到是可以通过经济手段得到的，但是共和国是军事立国的，而执政官有时又是和军事指挥官两位一体的，他总有一天得和庞培在军事上比试比试。而庞培绝对是一个把名声看得比利益更加重要的人，他喜欢出风头，喜欢被人吹捧，尽管有时是虚名，苏拉深知他的嗜好，不惜屈尊把这个比自己小两轮的小家伙吹捧为"大将军"，庞培很是受用。以后小加图和恺撒都利用了他性格上这个弱点来达到自己的政治目的。

克拉苏看到庞培在各方面的成功，心中十分恼怒，特别是这小子还没有进入元老院，就获得了举办凯旋式的荣誉，民众将他的名字冠上"大将军"他反问"他有多大？"暗含讥讽这小子乳臭未干而已。他知道自己在战场的功勋不如庞培，只能逐渐靠着声望去获得高官厚禄和显赫权势。普鲁塔克在《克拉苏传》中说：

这两个敌手当中产生这样一种奇特现象，只要庞培离开罗马身处异国，由于战争的功勋和建树，他在首都的名声和势力如日中天；等到他班师回国后，就不如克拉苏那样一帆风顺，起因在于他的自负和傲慢的处事方式，对民众摆出一副避鬼神而远之的架势，很少出现在罗马官场和市民大会，只愿对少数人施与援手，他认为无需广结善缘，已经有强大的势力足以解决自身的问题。克拉苏则不然，凡是有需要的人他都愿意给予资助，他的善门大开，很容易与人来往交际，全心全意献身于公众事务，对人彬彬有礼而且言行轻松自如，比起庞培的拘泥于礼仪真是有天壤之别。

也就是说这两个人的待人接物和处世作风存在着巨大的差别，庞培注重贵族的礼仪和繁文缛节，给人感觉有着不可接近的傲慢，除了他的自高自大，对成功的虚名有着孩子似的洋洋自得，喜欢人们的吹捧，乐意戴着高帽子表现自己的与众不同，但是他不懂那些凡是愿意送上高帽子的人往往有着自己的政治目的。另外给人感觉不可接近也和他不善言辞，难以与人沟通的性格缺陷有关。而克拉苏正好相反，更多是凭借商人和气生财的秉性施惠大众，拉拢人心，为未来的政治崛起积累资源。

杀戮中建立的独裁统治

苏拉凭借他过去的威望和东征的胜利，率领纪律严明作战经验丰富的军队，一路势如破竹很快推进到罗马城下。当然事情不会总是那般顺利，公元前82年登上执政官宝座的是马略的儿子，他虽然年仅26岁，却是一个强硬有毅力的人物。他的晋升最高宝座显然严重违反罗马共和国官场晋升程序和年龄限制的规定，借助老僭主（即不是君主的君主）的帮派势力忝列高位，属于非法定蹿升。因而在元老们眼中，他就是一个志大才疏、自以为是的花花公子，他曾经有相当一段时间追随父亲在非洲、西班牙等地流亡，因而对苏拉及其党徒有刻骨的仇恨。

这两位凌驾于罗马共和国传统法律之上的军界枭雄，政界僭主，不管他们打着"平民派"或是"贵族派"的旗号，骨子里都是为争权夺利不择手段嗜杀如命的魔鬼，而苏拉更是被称为"一半是狮子，一半是狐狸"的大独裁者。

小马略组织军队与苏拉展开了殊死的拼搏。但是小马略窃据高位却缺乏政治经验，也没有父亲那般崇高的威望，却比父亲更加残忍，结果在公元前82年萨卡里波尔图斯那场激烈的战役中被老政客苏拉击败。在败退之前他下令将城内的苏拉分子一个不留地杀光。他则率领残余部队撤出罗马，退居山城普莱内斯特。

苏拉攻进罗马城几天之后，小马略最后的据点普来内斯特投降了，小马略自杀身亡，城中几乎所有男性都被苏拉杀死，以后虽然遇到几个城市的不太顽强的抵抗，但是没有太多的麻烦，苏拉最终完全控制了整个意大利。至此，罗马进入了苏拉独裁统治时期。

在北方苏拉的部队受阻，但是得到克拉苏和庞培的帮助，用了一年半的时间消灭了萨姆尼乌姆人的反抗。嗜杀成性的苏拉，对战俘进行了大规模的屠杀。普鲁塔克在《苏拉传》一书中这样写道：

直到大部分敌人遭到歼灭后，苏拉赶往安廷纳，那里有3000人被围，他们派遣一位传令官向苏拉恳求赦免，苏拉答应饶他们性命，条件是投降之前要清理自己的队伍，他的承诺引起了自相残杀，许多人死在自己的战友手中。然后，苏拉将这些放下武器的幸存者全部集中在马戏场。他们（萨姆尼乌姆人）有6千人被俘，其中有身负重伤的彭提乌斯·铁列西努斯。根据苏拉的命令，他们被引到马尔斯原野上，被封锁在马戏场中并一个不留地被杀死了。

正是在这个时候，苏拉在离屠杀场所不远的倍洛娜（战争女神）的神殿中召开元老院会议。正当他开始自己的演说时，受命这样做的战士们便着手杀死了那6千人。挤在一小块空间上被杀死的这样多的人呼喊声自然会传到神殿那里去。元老们惊恐非常，但是毫无惊恐表示的苏拉继续着自己的演讲。只是带着冷漠无所谓的表情告诉元老们，要他们注意听他的话，不要因为外面事而不安；那里只是根据他的命令教训一小撮恶劣分子而已。

这里所说的马尔斯平原上的马戏场，恐怕是翻译的问题，一般理解也即是罗马郊区离卡皮托山西麓的台伯河边，紧靠战神贝洛娜神庙，通常被翻译为大校场的地方。也是罗马举办大型集会和群众性娱乐活动的场所。每年的群众性选举就在这片广阔的场地进行，在这个场所战胜归来的罗马军团一般在此地解除武装，士兵退出现役，解甲归田，因为罗马军人是不能携带武器进入罗马城的。同样罗马兵团雄伟庄严的出征仪式也在这里举行，罗马公民聚集在这里进行宣誓后成为军人。

这一禁忌可以追溯到王政时期，公元前88年苏拉打破了这一古老传统，带领部队冲进罗马城去清除共和制度的破坏者马略党徒。这里也曾经多次爆发流血事件，比如当年格拉古兄弟及其平民改革派就是被元老派贵族残杀，大量的尸体丢进了台伯河。

当苏拉以胜利者的姿态重新回到这片宽阔的场地，一幕幕的历史场景浮现在他眼前，可以说他的官场生涯和军人业绩也是从这里起步的。他曾经当选过共和国财务官、大法官、执政官，所以对于这个宦海扬帆、军舰起锚的出发地并不陌生。在这里，人们是根据各自拥有的财产和地位组织起来，由贵族、骑士依高低贵贱的等级排队鱼贯进入被称为"羊圈"的投票场地，神圣庄严地投下自己的一票。候选人在投票之前，还可以进行慷慨激昂激动人心的竞选演说。

无论是战争年代还是和平环境，公民们都是生活在共和国严格的尊卑等级之中，最上层是那些能够买得起马匹的人，他们组成骑士团，立有战功者立即可晋升贵族行列；骑士阶层之下是五个步兵阶层；最下层是无产者，他们穷得连投石器和石弹都买不起。这七个阶层再划分为最小的单位，即"百人团"，使罗马人能够更细致地区分不同等级的社会和军事单位。

长久以来，几乎没有公民不想沿着这个阶梯往上爬的，阶梯越往上越陡峭。越过一层后，罗马人总是发现前面的风光更加诱人。挤进骑士阶层后，觉得距离元老院的席位不远了，成为元老后，行政官的职位又在向自己召唤，司法官、保民官乃至执政官正在这里向自己频频招手，不能不说这是某种诱惑。在共和国，公民最重视的是选举权和竞选获胜的机会，贵族们典型的失败标志是丧失继承自己父辈的显赫地位。一些有的重大活动中豪门大族的后人甚至会带着自己战功赫赫祖先的蜡像，以显示门第的荣耀。

广阔的大校场只有很少的人工建筑，其中最大的就是围场，里面全是栅栏和通道，就像养殖牲口的围栏。罗马人在这里举行行政官的选举，不同阵营的公民从不同的通道进入，阵营的组合随选举不同而发生变化。例如，选举保民官时，选民是按照部族划分的。在同盟战争结束后，意大利人被接纳，大批新公民介入重新组合成了不同阵营，名义上每个部族的每个人都有选举权；外地人中只有富人才能去罗马参加选举，因此实际的结果还是偏向了富人。选举时公民按照行军时那样排好队，富人们在前面，穷人在后面，这意味上层阶级首先进入"羊圈"，他们的选票占了极大的份额，往往能够决定一场选举的成败。

乱哄哄的选举有时要进行一整天，疲惫不堪的选民可去"公共别墅"休息。克里内门战斗结束后，苏拉把萨摩奈俘虏就关押在"公共别墅"内，别墅的中央是一个两层的接待大厅，装饰得富丽堂皇，看起来并不适合做俘虏的监牢。四处的雕像和精美的壁画美轮美奂，对于关押战俘地点的选择，显示了苏拉的玩世不恭。这种对整个共和体制的嘲弄并非每个权贵都能够随心所欲表达的，只有站在权力顶峰，知道自己举足轻重地位的帝王似的僭主，才能将整个世界玩弄于股掌之间。他将地位尊贵的共和国元老们召集到卡皮托山下的贝洛娜神庙来开会，看上去漫不经心，其实别有深意，在战俘被屠杀的惨叫和呻吟声中，元老们个个胆颤心惊，如同刀架脖子，只有惟命是从，实际这种大屠杀造成的恐怖效应是一种致命的恫吓。

战俘的屠杀很彻底，死尸在杀戮现场一层一层堆得很高。一切结束后，尸体立即被拖过大校场，扔进了台伯河。大量尸体拥塞在河岸和桥下，"最后台伯河在蓝色的海面冲出一条血带""公共别墅"里的一片狼藉难以清除。三年前这里还进行了人口调查，完成了资料卷册的整理；如今，这里散发出刺鼻的血腥。显而易见的象征意义令人震惊：苏拉戏剧性地暗示，他是准备给共和国动手术。

进入罗马后，苏拉逼迫被吓得半死的元老院发布"公敌公告"，以极其残酷的手段报复、迫害马略和秦纳所代表的"民主派"分子和反对他的人。苏拉在公民大会上露骨地威胁与会者要服从他的指挥。他脸上没有一丝笑容，双目透着凶光道："我将对我的敌人一个也不宽恕，将以最残忍的手段对付他们。"全场鸦雀无声，只见苏拉用令人惊恐不安的声音念出一个接一个的"人民公敌"的名字。冗长的名单在苏拉令人恐惧声音中吐出，使得在场的贵族元老忐忑不安。苏拉宣布对"公敌"暗杀有奖；告密者有赏。整个意大利笼罩在血雨腥风之中。苏拉开启了屠杀、告密、没收财产的恐怖时代。

在罗马，苏拉是第一个把要受惩罚的人列成正式名单公布于众的独裁者。40名元老、1600名骑士首批成为公敌，此后公敌的人数天天在增加。许多人莫名其妙地被人杀死在家中、街道上或神庙中。有些人被拖过城市，任人践踏，无人敢于过问。数以千计的民主派分子和无辜平民被杀害，其中一些人仅仅因为富有而被杀。有人只因为自己豪华的住宅被杀，有的则为自己的地产或者漂亮的澡堂子丧失了自己的生命，有个叫奥列里乌斯的人，平时胆小怕事，安分守己，有天偶尔到广场看公敌名单，竟发现自己也名列其中，他失声叫道："这是我的阿尔巴庄园要了我的命！"话音未

273

落被人一刀捅死。

一时间神庙、家宅、亲朋好友家都成了是非之地，风声鹤唳，人人自危。有人说"私仇乃是残杀肆掠的原因，财产成为招灾惹祸之源"，苏拉将没收的政敌财产、土地分配给了自己的12万老兵。

和秦纳同时当选执政官的卡波，被苏拉得力干将庞培在希腊抓获，头颅呈送苏拉。马略的儿子小马略在绝望中自杀，首级也交给苏拉。他效仿马略，把所有首级都悬挂在罗马广场讲坛前示众。在"公敌"的房宅被焚毁，财产被洗劫，土地被充公，数以千计的人被杀害的恐怖中，苏拉举行了盛大的凯旋式。他的镀金骑士像竖立在战船坛（罗马大议会的演讲坛，坛上雕刻有仿照战船船首上雕饰故名）前。上面刻着铭言——"永远幸福的科尼利阿斯·苏拉"。因为立像的谄媚者们认为他是幸运的常胜将军。苏拉改组的御用元老院肉麻地吹捧他为"维纳斯神钟爱的人"，这样罗马人在推翻王政400年后又事实上恢复了没有国王的国王式僭主独裁统治。共和制已经不再适应奴隶主统治阶级的需要，罗马政体开始向君主专制逐渐转化。

苏拉不仅仅镇压活着的人，连死人也不放过。对从前的宿敌马略掘墓鞭尸挫骨扬灰，将骨灰撒进了阿尼奥河。剥夺制度一直延续到公元前81年6月1日。因此而丧命的有5千多人。苏拉本人也从剥夺者身上大发横财，连他手下的亲信也跟着一起发了财。为了巩固自己的地位，他从被宣布为"公敌"人的奴隶中释放了1万多年富力强的人，将他们编入军队。后来这些人成了苏拉一支特殊的禁卫军，成了苏拉靠得住的得力部队。

恐怖统治下的改革

苏拉之所以这样做，一是将自己装扮成解放奴隶的救世主；二是借用他们的支持巩固自己的政治地位，这不能不说是苏拉的精明之处。苏拉采取的第三个步骤是通过合法手段确立自己的独裁官地位。他迫使公民大会把自己当选为无任期的独裁官，集立法、行政、司法等大权于一身；有权修改根本法，处死任何公民，没收其财产任意分配，苏拉废除了具有民主进步思想的法律，如城市贫民廉价配给粮食制度。恢复了贵族派制定的法律，如不法侵害法、刺杀毒杀法、叛逆法等。他从忠于他的骑士和意大利新贵中选拔300名亲信充实元老院。此刻的元老院只有卑躬屈膝，阿谀逢迎，成为徒有虚名的装饰和摆设，成为苏拉独裁的御用工具，苏拉在被吓破胆的元老院贵族们推举下，名正言顺地登上独裁官的宝座。

对于苏拉新法的确立，有些人很不以为然，尤其是协助苏拉篡夺江山的老军人更是自恃有功，竟然试图与苏拉在政坛上平分权力，这在苏拉眼中是绝对大逆不道行为。因此需要杀人以立威。苏拉手下的骁将奥菲拉自恃有功，尚未出任过财务官和行政长官便伸手讨要执政官。苏拉劝说无效，且越劝态度越强硬，一点不买苏拉的账。他甚至要提请公民大会公断，这就是借助民意胁迫苏拉让步的意思了。苏拉怒不可遏，突然拔出佩剑，一剑洞穿了他那颗噗噗跳动的野心，奥菲拉应声倒在了广场中央。

苏拉遂决定召开公民大会，苏拉是在24名手持"法西斯"大斧、背负荆棘大棍的侍卫官簇拥下，威风凛凛来到会场的。刀斧手一部分在台上护卫着他，一部分虎视眈眈站在台下，监视着全体与会的公民大会代表。会场充斥着凝重的恐怖感。苏拉面色铁青地端坐在讲台中央的象牙圈椅中间，像是一尊活阎王。他从容地从象牙圈椅中踱步走到台前，面对惶恐不安的，挤成一团的民众道："公民们，你们要知道从奥菲拉身上吸取教训，这就是必须服从我的法律。"停顿了一下，以威严凛然不可侵犯目光扫视着现场，全场聆听训话的民众，低垂着脑袋头像是霜打秋叶那般不敢仰视，无人敢和那双鹰隼似的目光对视。苏拉轻声咳嗽了一声，脸上挤出一丝笑容，继续慢条斯理地说道：

我和你们说个故事。有个农民在犁田时被虱子咬了一口，他停下来抖抖衣衫继续干活。那虱子又咬了他一口，他又停下抖了抖衣衫，当虱子第三次咬他时，他索性把衣衫烧掉，免得耽误了他的工作。我要告诉你们，如果你们使我两次动手的话，那你们可要当心，第三次你们就需要用火来帮忙了。

这种杀气腾腾的公然恫吓，使得众人战战兢兢，噤若寒蝉，在强大压力和恐怖气氛中谁都会本能地保护自己。罗马共和的民主体制在刀棒压力下开始崩溃解体。而新的秩序也不断在屠刀和棍棒的驱使下逐步建立。苏拉是打着整顿共和国政治经济秩序的口号，开始对反对派的残酷杀戮的。按照罗马法律，执政官、监察官、护民官提出法案，须经公民大会表决通过后方能生效。但是独裁官所提法案则无需经公民大会表决，苏拉的想法可以立即成为政策法规，在用强力对罗马撕开一道裂口后，共和国被无情解剖放血，旨在制造政治恐怖的气氛，以利于对于共和国的政治制度进行必要的改革，这些改革延伸到经济、司法、社会甚至地方行省各个领域，目的在于巩固摇摇欲坠的贵族寡头共和国体制。

有关护民官制度的改革举措，其实并没有真实反映苏拉的想法。苏拉认为，格拉古兄弟光天化日之下被杀害之后，罗马进入了"迷失期"，而"迷失"恰恰是元老院统治能力日渐衰退和护民官权力日益增大造成的。在苏拉看来，要强化元老院的权力这一点不能动摇，自然要弱化护民官的权力。苏拉具有超强的政治敏感性，他深知当下不能废除护民官制度，但是必须限制护民官的权力。权衡之下，他保留了护民官制度。只是不能让护民官成为带领民众造反的旗帜。为了弱化护民官的作用，苏拉设立了一项有关护民官制度的法律，这项法律保留了有护民官经历者方可进入元老院的制度，但特别限定其不能获选其他官职。这项法律实施后，对于以政治家为目标的年轻人来说，当选护民官对于今后仕途的顺畅多少带来不利，不如去尝试其他途径，比如去军队当财务检察官也可实现进入元老院的目标，却不受转任其他职务的限制，当然对仕途更为有利。这样一来，对于那些志存高远，前途有望的优秀年轻人来说，护民官不再是从政的最佳途径，自然会对竞选护民官失去兴趣，从而使护民官整体素质下降，护民官率领民众对抗元老院的能量必然大受影响。

对与格拉古兄弟那样不把护民官职位当做进入政界的跳板，而是全心全意想为民众干点好事的人，苏拉也设计了相应的对策。独裁官苏拉在法律中明确规定，护民官和执政官一样，任职期满后必须相隔 10 年后方可竞选同一职位。

罗马共和国的衰亡

　　在共和国的神话中，元老院指导着罗马走向辉煌，赶走国王，战胜汉尼拔，征服世界，苏拉把恢复元老院的权威作为自己政体改革的主要目标。虽然一有机会他就把元老院踩在脚下，但这是建立独裁统治实行铁腕改革，排除阻力的需要，等到体制健全完善，他终究要还权于元老院，当前主要目标，是把被马略等平民派搞乱的政体进行拨乱反正，因而集权是必要的，目的是将被市民大会和保民官夺取的权力再用暴力夺回来。至于下层民众的愿望历来为贵族出身的苏拉所蔑视，代表他们愿望的保民官则为苏拉所仇视，他还记得苏尔皮基乌斯就担任过保民官，差点要了他的命，这次改革他干脆就取消了保民官提出法案的权力。他还堵上了从保民官一职向上爬的通道，使它失去对潜在麻烦制造者的吸引力。苏拉巧妙地发出威胁，禁止担任保民官一职的人争取别的行政职务，会计官、财务官或许仍然梦想当上执政官，但不再考虑保民官。

　　以上这些改革举措，构成了罗马历史上借助王政独裁向贵族寡头政治倒退的复辟，但也美其名曰是"改革"。苏拉从公元前81年开始操作，第二年，这些改革措施全部付诸实施。他完成了再造共和的使命后，开始逐渐退出官场，皈依加勒比海岸边的豪华别墅去颐养天年了。

　　苏拉的所谓改革目的，在于继续修补千疮百孔的罗马共和贵族寡头集团的统治秩序。在他看来，少数贵族精英对于罗马大多数平民的统治是天经地义的。罗马平民其中并不包括没有解放的奴隶，因为在贵族眼中这些奴隶不是人，只是贵族财产的一部分。源自于古希腊苏格拉底所创立的斯多葛学派的"自然法"理论，是建立在人类平等原理基础上寻求"公平""公正"权力的平民理论。苏拉在攻打雅典城邦共和国时，一把大火烧毁了那座由苏格拉底大弟子柏拉图创立的树林学校，连同烧掉了希腊前贤们柏拉图和亚里士多德的求学的圣迹。在攻破希腊城邦时，又抢掠了希腊图书馆的所有亚里士多德的著作。然而，效仿希腊城邦制度的罗马共和国正是建立在古希腊政治哲学基础的所谓城邦制共和国。苏拉在制定共和国改革计划时，从罗马的实际出发，又深入研读了亚里士多德的政治学著作，开始了对罗马共和体制进行了贵族式的修修补补。

人类历史上"共和"是一个悠久的传统；在古希腊、罗马的城邦实践史上又是一个国号名称。西方著名的共和主义思想家包括古希腊的亚里士多德和古罗马的西塞罗。苏拉所针对的目标是早期的平民改革家格拉古兄弟及其后来的政敌马略。他所代表的是执掌共和权柄的元老院贵族寡头特权集团的利益。因此，仍然可以说是贵族体制的改革修补者。这或许是某种倒退，但是打的依然是十分时尚的旗号，美其名曰"改革"。这种古罗马历史上一直延续"平民派"和"贵族派"的斗争，在苏拉死后依然激烈地进行着，后来西塞罗具体阐述了"共和"的理念和他的战友小加图共同一起与打着"平民"派旗号的喀提林、恺撒进行过生死拼搏。当然恺撒和庞培、克拉苏结成联盟，纵横捭阖，合纵连横，恺撒在内战中一枝独秀，在内外战争中终于完成了定于一尊的宏伟大业，从而奠定了帝国基础，却又在共和派的谋杀中丧生。最终代表"平民派"的屋大维继承恺撒遗志，荡平各路军阀，完成奥古都斯罗马帝国的大业，却自称为罗马"第一公民"。

按照亚里士多德对于共和政体的划分：正宗的政体有三类：一人当政且维护共同体利益为君主政体；少数人当政，且维护共同体利益为贵族政体；多数人当政，且维护共同体利益为共和政体；如果背弃共同体的公共利益，"正宗"政体就转化为"变态"的政体，也有三类：作为君主政体蜕变的僭主政体；作为贵族政体蜕变的寡头政体；作为共和政体蜕变为的平民政体。这就是著名的政体六分法。而亚里士多德最欣赏的是少数贵族精英统治的共和政体，罗马早期确是这样的政体，到共和后期礼崩乐坏，法治荡然，权力集中于贵族元老寡头之手，共和体制式微，已经"变态"或者"异化"成为僭主寡头政治。城邦扩张后由联盟衍化成为邦联形式的大帝国，因而由早期的原始君主制进化为大一统的帝国君主制。无论是以什么形式出现，叫元首或者首席执政或者第一公民，本质上和专制独裁一样。亚里士多德最反感的是所谓平民政治，在他看来就是民粹式的暴民政治。

　　这也是西塞罗所坚决反对的政体，表面上是平民在前面演出，背后的操纵者却是一批政治贵族。下面登台表演的"喀提林阴谋"中的一小部分没落贵族就是这样的代表。

　　西塞罗说，最好的国家体制应该包括"卓越的王政因素，同时把一些事情分出托付给显贵们的权威，把另一些事情留给民众们协商和决定"，如果将这些正面的说法逆向解释，那么按照"混合均衡共和政体"的设计理念，政治生活的"公共性"应该防范各种形式的公共权力私有化——僭主化、寡头化，抑或平民化。

　　古罗马共和政体所设执政官、保民官、监察官、元老院和公民大会即为权力共享和相互制约的制度框架。大体说来，他们分别代表和体现了政权中的君主因素、贵族因素和平民因素。按照马基雅维利的看法，当三种因素各得其所，形成均衡状态的时候，完美的共和国就诞生了。鼎盛时期的罗马共和国就这样。"他在授权贵族的时候，未全然放弃君主制的品质；在授权平民时，也未攫尽贵族的权力。在这一体制下，他创建了一个完美的共和国。"

　　当然这些也只不过是马氏与罗马史作者李维的美好想象，更多地来自于希腊雅典城邦思想家柏拉图《理想国》中的一厢情愿，更多的理论家思想家都愿意构建乌托邦的形而上的哲学思维，包括亚里士多德在内，形而下更接地气的却是马基雅维利的《君主论》，教导君主们如何攫取权力、集中权力、巩固权力的统治天下之权术，带有更多阴谋论的特色。这就是后来延伸出的卢梭似的"道德理想国"那种乌托邦和奥威尔似的反乌托邦小说《动物庄园》和《1984》的哲学思想来源。因此，可以说马基雅维利和奥威尔更像是安徒生童话中的孩子那样，揭露乌托邦式的君主是"什么也没穿"的真理预言者。

　　根据亚里士多德梳理的政治谱系，平民政体像僭主政体和寡头政体一样，也是一种"变态"的政体形式。这意味着"共和"和"民主"只是一个事物的两端，实为一个母体孕育的孪生兄弟，这两个兄弟形似而神离，在共和体制建立开始，权力就受到金钱和权力本身的侵蚀不断异化变质，权力的膨胀导致寡头利益集团对权力的垄断而攫取社会财富，以壮大自己的家族，形成自己的势力，进而操纵选举制度在各层级官员中培养代理人，共和国的对外扩张导致体量增大，对外征伐导致军事僭主势力崛起成为庞大的集团，染指政治权力。此时共和体制的崩溃也就指日可待，僭主坐大而演变成帝国的生成。苏拉、恺撒、屋大维等人的陆续登台表演为以后定于一尊的奥古斯都帝国揭开了血腥的序幕。

综上所述，苏拉的政治体制改革只是为千疮百孔的共和袍褂进行缝缝补补，其实军事僭主已经使得奄奄一息的共和国气若游丝，只剩一件补丁连补丁加上纸糊美丽外衣的锦绣袍褂，帝国宝座的觊觎者们早已虎视眈眈地等待着窃国大盗苏拉的死去，自己取而代之。他们是喀提林、庞培、克拉苏、恺撒，当然，最后共和国的守夜人是一帮崇尚空谈善于雄辩的理论家西塞罗和小加图，充其量也只不过是一帮满脑子充满着美丽梦想的文弱书生，使得共和国借助枭雄们的内斗苟延残喘了一段时间，最终他们伴随共和国的覆灭同归于尽。此刻，恺撒大帝驰骋欧亚，驾着阿波罗的驷马高车返回罗马，成为帝国崭新的统治者。

共和体制最终覆灭的根本是最终失去了民心，才使得枭雄集团借助"平民派"的旗号异军突起，形成恺撒独裁，残存的"共和"余孽小加图的外甥布鲁图斯阴谋刺杀了恺撒，却未能取得民众支持，最终丧生在屋大维的刀剑之下，奥古斯都帝国雄起，完成了改朝换代大业，罗马进入另一个辉煌时期。

独裁者功成身退及死亡

　　苏拉在全面清除政敌的时刻，举行了排场盛大而壮观的凯旋仪式，被战胜国王家的战利品富丽堂皇极其罕见，使罗马民众尽享眼福。最光荣和最高贵的人员是当年被马略、秦纳等平民派放逐的贵族成员，苏拉眼中他们是受到马略、秦纳迫害的优秀精英和卓越的市民，他们头戴花冠跟在苏拉军团的战车后面，高呼苏拉是他们的救星，连同着苏拉军团将士们的回应，震耳欲聋如同山呼海啸，很使苏拉陶醉和受用。

　　因为无论是流放归来的贵族通过反攻倒算夺回房产、土地，还是得胜还朝分得土地房产的将士，仿佛都是出自苏拉个人的恩典。就是因为苏拉，他们才能返回故国，享受与妻子儿女团聚的天伦之乐。苏拉成就了他们巩固权力和发财致富的梦想，他们成为苏拉在高层贵族和底层士兵中的统治基础。

　　庄严的典礼完毕后，苏拉发表了激动人心的演讲，将他的成功归结为老天的恩赐，将战争中所建立的功勋全部归于洪福齐天的运气。他自命为菲利克斯也即希腊文"幸运"的意思。此时，他的妻子梅提拉给他生了一对孪生子女，他把男孩的名字取名为福斯都斯，女孩取名为福斯塔，就拉丁文意思而言分别是"吉祥"和"快乐"的意思。苏拉沉浸在功成名就、家庭美满欢乐的幸福中。在权势上他已经凭借武力和灭绝人性的杀戮登上顶峰，他将成为罗马历史上最享有盛名的独裁者。

　　苏拉时代是恐怖的时代。据阿庇安记载：两次内战中，他使10万罗马青年丧命，毁灭了90名元老、15名与执政官职位相当的官吏、2600名骑士（包括被放逐的人）。他曾命令恺撒同妻子、秦纳的女儿科尔涅尼亚离婚，被恺撒拒绝了。但恺撒不得不逃离罗马以躲避苏拉的迫害。他妻子陪嫁的财产全数被没收。直到苏拉死后，恺撒才返回罗马。根据苏拉以往对于权势的贪恋，人们普遍认为他将他的独裁大权会一直抓住不放，无限期地延期下去。

但出乎意料的是，公元前79年，苏拉在完成了对罗马共和国政体的改革后，突然宣布放权，辞去终身独裁官的职务，他将隐退于自己在库玛海滨的别墅颐养天年。他召集人民大会，在会上宣布说他要交出独裁权。这一决定的突然性，使人们不敢相信这是真的，以为又是一次独裁者对于人心的试探。尽管他解散了侍从、警卫，并且不再公开露面，可他仍然像是一个巨大的幽灵一样，影响和支配着罗马的政治生活。

他冒着生命危险和狡诈的手段拼命争取到的权力，就这么轻易地放弃了？人们在充满疑惑的心态中，注视这眼前政坛发生的一切。随着岁月的流逝，人们观察到，苏拉退出政坛的决定并非虚言。大约是看惯了政坛的那些为权力争夺尔虞我诈你死我活的争斗，享尽了人间财富和贪欲带来奢侈豪华，苏拉把一切都看得云淡风轻了。苏拉逐步淡出罗马政治舞台，兑现自己只是一个普通的公民的庄严承诺。然而，作为一个政治人物，曾经叱咤风云，威名赫赫，权势熏天，只要他生命不止，权势的余威是不会退出政治舞台的，他所制定的一切，还在通过他所营造的人脉关系网中按部就班地有序运作着。

自从那次公民大会发布退位宣言后，人们看见苏拉只带着几个朋友到广场街头散步，身边没有了手持大斧，身背荆条的侍卫，也没有了大批的跟班和禁卫军，起初大家只是恐惧、惊愕地注视他的举动。这其实是苏拉高度自信自己的命运在神的庇护下，始终都不会有性命之忧虑。虽然他处死了不计其数的公民，完全破坏了共和国的法律，改变了政府的体制，他认为自己都是顺天道而行，挽救共和国垂死命运的正义壮举，正义是无可指责不受惩罚的，这是天命所归，因而即使将选举执政官的权力归还给人民他也无所畏惧。

只有一次，当苏拉往自己的豪宅走去时，一个小男孩尾随着他开始辱骂他，苏拉惊奇地看了他一眼，若无其事地继续着走路。那男孩见苏拉未理睬他，越发骂得起劲，苏拉的朋友要揍他但被苏拉制止。苏拉有十分强大的自信心知道自己在社会和政坛的地位，他的威势是无可撼动的，因而完全可以恰到好处地显示他对于不同意见的宽容，这是大政治家的宽容、宽松，显示的是气度。因为他的改革已经成功了，他的文治武功无人可以比拟，他完全可以功成身退了。只有使罗马市民相信苏拉是真正地退出庙堂而皈依江湖，他才可以在平静的田园生活中安度晚年，而不是像马略那般，在对权力的殚精竭虑中病死在执政官岗位上。

苏拉想用婚姻关系来套牢庞培大将军，确保他的忠诚度，他指令庞培与发妻离婚，娶他的妻子梅提拉与前夫所生的女儿伊米莉亚，大将军庞培实在是个如同其父"斜眼庞培"一样，是个利用联姻关系巩固政治地位的高手，先后几次婚姻都是和权贵联姻来巩固自己的政治权势，他顺从地娶了执政官的女儿。

在苏拉隐退后，他似乎觉得自己的羽翼已经丰满，就不太把前独裁官放在眼里了。在选举公元前 78 年的执政官时，公然不顾苏拉的反对，唆使野心家埃米利乌斯·雷必达参选。退出政坛的苏拉显然尊重了共和国的法治，没有强制干预这次选举。这一年的选举，苏拉党徒昆塔斯·卡塔拉斯和雷必达共同当选执政官，但是两人之间矛盾几乎不可调和，一旦爆发必然是致命的，要的当然是共和国的命以及和共和国同命运的复辟贵族的命，雷必达这颗埋藏的地雷在等待着引爆的时机，苏拉对这一点看得很透彻。

等到选举尘埃落定，庞培的目的达到，带着成功的喜悦得意洋洋地回家。苏拉叫住他说道："小伙子，你的行为真是不够光明磊落，竟然挤掉了好好先生卡塔拉斯，硬要拉拔雷必达这类坏蛋，从这件事看来你实在很勇敢，不顾一切加强敌手反对自己的力量。"苏拉说得还算客气，但是确实点到了位，准确地预言了雷必达桀骜不驯阴鸷狡诈的反叛秉性，后来果然成了反对庞培及其朋友的敌人，成了苏拉的死敌，在苏拉死后立即竖起反叛的大旗。

反叛的原因，在于如何处理苏拉死后所留下的庞大的政治遗产问题，雷必达认为这些都是寄生于共和国的负资产，然而苏拉党徒势必誓死捍卫苏拉的政治遗产，这场斗争在苏拉葬礼结束后，两位执政官也即雷必达和苏拉余党卡塔拉斯爆发了激烈的争执，罗马早已分裂的民意也分别支持或者反对两位执政官，这是一代枭雄去世后，乾纲独断权威消失后的必然。原因在于原属马略平民派的雷必达提出，他将恢复苏拉曾经夺去意大利同盟国反对派的土地，苏拉贵族派代表卡塔拉斯对此坚决反对。鉴于两派各自都有自己的势力和大量支持者，且手中均有军事权力。元老院对于两派势力都不敢得罪。因此，要求两家宣誓不得因为他们的纠纷引发战争。

为了防止两人矛盾激化，根据抽签决定势力范围，把山外高卢分配给了雷必达，他再也没有回到罗马参加元老院的会议，自然也无缘去和苏拉余党去理论，这也更加助长了雷必达拥兵自重问鼎罗马的野心。他知道他和卡塔拉斯的誓言只在执政官期内是有约束力的。一年之后，元老院企图召他回罗马，他却带着他的军团越过卢比孔河进入罗马，这就是一种反叛。在他拒绝了元老院最后劝阻后，卡塔拉斯带着他的武装进行反击，就在离马修斯大校场不远的地方，双方发生激战，雷必达被击败，逃亡萨丁尼亚，在那里罹患肺病而死。他的军队分散解体，大部分被他的部将柏彭那带往西班牙，投靠塞多留。苏拉分子们对付这场战争又打了八年。这都是大独裁者苏拉死后的故事。最震撼的是他的老对手马略的侄儿恺撒的归来，又一位改写历史的独裁者横空出世。

苏拉隐退在他在库马的滨海别墅中，独裁者主动放弃权力，这在罗马史上是首例，因为他们对于权位的贪恋不仅仅在于攫取社会财富的特权，更加惧怕的是反对派引爆民众怒火后的清算。或许是苏拉对于自己创建的体制充满信心，根本不怕篡权和清算；或许是他厌倦了战争、杀戮和罗马城因争权夺利而显得肮脏；或许是由于无法治愈的皮肤病的折磨；更有可能是他对人类的彻底鄙视和冷漠无情，和对海量财富挥霍不尽到达了根本视而不见的地步。他杀人无数树敌众多，却能以一个普通公民的身份当着罗马公民的面，不需要任何保镖和扈从随驾护卫，悠闲地散步到广场再返回家中。毫不畏惧被害者的亲友、流亡者及那些城墙被摧毁，土地、金钱、特权被一扫而光的城市居民对他进行伤害。

事实上他虽然放弃了权力，仍然是罗马国家的实际统治者。他有12万忠于他的老兵和1万科尔涅利乌斯人，他们都是他在对外战争的受益者，现在成为他政治上的坚强后盾。有这些准军事力量作为后盾，他完全不用忌惮那些挑战他权威的政治反对派的卷土重来。

退休后的苏拉，将他十分之一的家财献给了大力神赫拉克勒斯神庙，他认为正是这位古希腊的英雄，赐予他英勇无畏的神力，使他无往不胜地攻克道道难关而取得举世无双的胜利。他用奢侈豪华铺张的宴会款待罗马市民，供应的食物数量大得惊人，每天都有大量吃剩的肉类倒进台伯河，他们喝 40 年以上的陈酿美酒。

在连续很多天的欢宴中，他的妻子梅提拉罹患重病，即将谢世，神庙的大祭司禁止他去探视病人，为了不让府邸染上妻子丧事的霉气，他写了一纸休书了结了他们婚姻。在妻子尚未咽气之前，就将她搬到了另外的住处。这种对于妻子绝情的举止出于某种宗教的禁忌，他不想因为感情而触犯神灵的启示，因为大祭祀是神灵在人间的代表。为了缓解自己的悲伤，他不惜违反自己制定的《节约法》，在豪华酒宴中与优伶丑角们寻欢作乐麻痹自己，因为他依然是没有独裁者身份的独裁者。在刚刚安葬了妻子梅提拉仅仅几个月后，苏拉以 59 岁高龄还娶到了年轻貌美的范莱丽雅。

公元前 78 年，苏拉丢下他新婚不久的妻子范莱丽雅，在病痛中死去，根据普鲁塔克的记载，他实际罹患的是肝癌，一代杀人如麻的旷世枭雄在病痛的折磨中走完了自己 60 年跌宕起落的人生，归于沉寂。

对于苏拉的死，贵族利益集团的权贵们当成整个民族灾难的降临而痛心疾首，1 万多科尔涅利乌斯族人和苏拉军团的 12 万退伍老兵，都是苏拉执政时期的获利者，对他感恩戴德更是如丧考妣，他们害怕苏拉生前慷慨赐予的财富，在他死后被人清算剥夺。他们都是把苏拉作为领袖和恩人来崇拜，他们准备用武力来捍卫自己所得到的一切。

元老院颁布命令，由国库出钱，举行盛大的具有帝王般尊荣的葬礼。他的遗体被他的部将和老兵安置于金舆之上，从海滨别墅出发，浩浩荡荡的送葬队伍一路换肩巡游意大利抵达罗马。浩大的人流最前列是苏拉用过的旗帜和权标，其后跟着骑兵和军号手，再后是他的士兵和朋友赠送的礼品。队伍进入罗马，经过街道，最后送达罗马的马修斯广场，将遗体陈列在大校场中央的讲坛上。大批罗马公民前来参加送葬集会。苏拉的老部下们，高擎着镶金边的军旗，手持镀银盾牌以烘托声势，无数吹鼓手轮流演奏着伤感的哀乐。在罗马大议场的祠堂里，元老院为苏拉举行了隆重的葬礼。元老、贵族、骑士、军团士兵、民众、被解放的奴隶依次举哀恸哭。人们都谈起死者生前的勇敢和他的丰功伟绩。这位曾使罗马和意大利为之战栗的独裁者，最终在马尔斯广场中心，在无数桂冠和花圈围绕下被火化。所有的祭司们和女祭司们都穿上职业盛装护送遗体，元老院的全体议员和高级行政长官全部穿上官服参加葬礼。据说罗马的妇女捐献了大量的香料，总数有 210 升之多，用最贵重的乳香和肉桂制成了两尊等同真人高低的塑像，分别是苏拉和他的亲信扈从。

这一天从早晨开始乌云密布，送葬的人群在下午第三个时辰才抵达马修斯大校场，苏拉的遗体备安放在柴火堆上，狂风吹起点燃的烈焰，遗骸很快被烧得干干净净。火焰熄灭之后，暴雨倾盆而下，一直延续到夜晚。他的纪念碑矗立在马修斯大校场。苏拉的墓碑上刻下了他自撰的墓志铭：

没有一个朋友给过我多大的好处，也没有一个敌人给过我多大的危害，但我都加倍地回敬了他们。

第七章
党争下的"喀提林阴谋"

英雄后代喀提林

公元前 63 年，恺撒卷入平民派激进领袖喀提林的政变阴谋。所谓"喀提林阴谋"是在共和国走向末期，罗马表面上繁荣而内部动荡不安，即将发生巨大变革的前夕发生的一起政治事件，曾经掀动起朝堂政治斗争的滔天巨浪，引发各种政治力量的角力。代表保守力量的元老院和势力急速膨胀的庞培、克拉苏以及异军突起的恺撒等军方枭雄，乃至以没落贵族野心家喀提林为首的民粹派之间进行的一场你死我活的斗争。

这些人虽然分别以贵族派和平民派自居，但是彼此之间有着既相互依存，又相互排斥的复杂的利益关系和矛盾冲突：属于元老院贵族集团内部的权力斗争，逐步走向由贵族集团内部分化出的失意政客鼓动民众武装对抗寡头贵族共和体制的一场内战，最终遭到统治集团的残酷镇压，起义者全部壮烈牺牲。

历史上对于这场由密谋而推波助澜转化为武装对抗的性质一直存在争议。喀提林是阴谋家、野心家的代表还是平民起义的领袖莫衷一是，因为历史往往由胜利者所书写，这场权争的胜出者是古罗马最负盛名政治家、思想家、理论家共和理念的坚定捍卫者西塞罗。因而，破落贵族在暴动失败后完全被妖魔化是理所当然的事情，符合残酷政治斗争"成王败寇"的丛林规则。衍生出贵族出身的恺撒、喀提林成了民主派的代表；而象征平民新贵骑士出身的西塞罗、小加图却秉持正统立场，成了捍卫共和贵族体制的保守力量的旗帜。罗马共和史上著名的"喀提林阴谋"事件就是这种利益缠斗权力争夺的爆发点，也成为共和衰落的起点，帝制草创的开始。

路奇乌斯·塞尔吉乌斯·喀提林（Lucius Sergius Catilnia），公元前108 年出生在一个有广泛上层联系的破落贵族家庭。他和恺撒一样有着曾经辉煌的家族史，两人挥霍无度的秉性也是不相伯仲。他的曾祖父是反抗汉尼拔侵略的战斗英雄，曾经在布匿战争中被砍断手臂，使用医生为他安装的一只铁臂同汉尼拔部英勇作战，铸就一世英名，成为家族的骄傲。但是在政绩上始终没有大的作为，因而在罗马人眼中这位铁臂英雄也仅仅是徒具匹夫之勇，而无治国理政才能的莽夫。

家族在四百年里没有出过一位执政官，在政坛上几乎无所作为的现状，使得喀提林和恺撒一样，希望能够以自己的努力去重振家风，在这种急功近利的心理操纵下，自然就有着为达目的不择手段的阴暗心理。况且喀提林这种破落贵族子弟本身就不是心地坦荡的正人君子，尤其是在苏拉和马略争斗的内战中，共和国的秩序完全为政治斗争所搞乱，于是类似喀提林这类已经堕落底层的破落贵族沉渣泛起，谋求上位。他像政治赌徒那样把赌资压在苏拉一边，成为苏拉实施暴政的一位凶恶打手。

喀提林在公元前 68 年出任过阿非利加行省的行政长官，公元前 67 年他任满返回罗马，曾经因为勒索罪被送上法庭。在公元前 67 年提出竞选次年的罗马共和国执政官被取消竞选资格。

他认为这是罗马执政当局刻意阻挠他参加执政官选举，因为在罗马现行体制下外放行省的执政官几乎无官不贪，而行省长官回任后常常被控告乃是官场一种常见的现实。本来所谓审判也只是走走过场，糊弄糊弄老百姓而已，完全是可松可紧的事情，却偏偏主持此事的执政官沃尔卡奇乌斯·图利乌斯揪住他不放，毫无宽宥的意思，致使他坐失当选执政官的机会。

对于一年一度的执政官及其他官员的选举，熟知罗马政坛运营潜规则的喀提林认为，所谓投票选举只是走走过场而已。因此，走完了行省总督程序的他，坚定执着地认为执政官位置非他莫属。一次不行就两次三次乃至无数次地如同西西弗斯那般，周而复始地去演绎攀登权力高峰的游戏，最终合法当选不成，干脆就运用暴力手段去抢。

喀提林丢掉了公元前 65 年的这场选举，他又准备前 64 年的选举，这次选举他再次落败。而这一年喀提林终于用金钱摆脱了那场官司，他太相信罗马的一切几乎都可以用金钱摆平的。作为出身高贵的破落贵族，政治上的期望值几乎和他放荡奢侈的生活方式成为反比例，从来就不知道洁身自好，这是作为政治家致命软肋。他虽然有着不达目的决不罢休的韧劲，但是选举是要花钱的，欠了一屁股债的喀提林到哪里去弄一大笔钱去贿赂别人助选呢？喀提林这样出身贵族家庭的人，只要不挥霍、不放荡要竞选执政官钱应当是不成问题的，做一任执政官也不是难事。

现在过去搜刮来的钱财已被他挥霍殆尽，而且还留下巨额债务的亏空有待填补，只能指望做一任执政官，再外放行省去当一任总督去捞钱。否则，这一年又在摆平官司和吃喝嫖赌中荒废了，这种生活使他感到了厌倦。贵族出身，使他对于权力和财富带来天生的眷念，这不仅事关古老家族的声誉，而且关乎他后半生的权力享受和财富的挥霍，这似乎是他与生俱来的天性，天性使然，他愿意放手一搏，哪怕豁出生命也在所不惜。

西塞罗的成长之路

故事要从公元前 63 年那场执政官的选举谈起，竞选这一年度执政官职务的一共有七人，其中选民呼声比较高的是大律师、雄辩滔滔带有学者风度的西塞罗；其次就是带些旧贵族做派的喀提林，喀提林虽无什么钱财，但是出手阔绰、讲究义气、活动能力强，很能笼络人心；再次是盖乌斯·安托尼乌斯·叙布里达。喀提林在暗中得到了罗马首富克拉苏的金钱支持，已经一改穷酸落魄的状态，变得趾高气扬起来。安托尼乌斯（也可译作安东尼）是死在马略的屠杀之手的罗马大演说家马尔库斯·安托尼乌斯的儿子，也有一掷千金的浪荡公子的毛病，一度曾被元老院除名，但他的父亲是元老院权贵的代表人物，很快重返元老院。同为贵族子弟当然和喀提林臭味相投，他们是搭档竞选执政官的，由于有着权贵父亲的支撑，在选举中占很大的优势。

20 世纪英语世界中最出色的古罗马史学家罗纳德·塞姆在《罗马革命》一书中，分析罗马共和国时期，贵族元老院既得利益集团实施权贵家族垄断罗马执政大权的现象时指出：

当那些通过革命收获了财富、荣誉和权力的个人与阶层又作为秩序井然的政府领导者现身时，他们并不会交出任何东西。

而在共和体制的掩盖下，社会的等级制度仍旧存在于罗马城内，并支配着一个庞大的帝国。贵族家族主宰者罗马共和国的历史。为其中的各个时代命名。这里有西庇阿家族、麦特鲁斯家族到恺撒家族以及奥古斯都家族的延续。其中家族统治的秘密法宝为：家族、金钱和政治联姻结成的联盟。这种金钱左右的人脉关系网络比行政官职更为重要，比任何誓言和利益的约束都更加牢靠。

《罗马革命》一书的作者指出：

显贵们不仅警惕地把守着进入元老院的门槛，他们还试图垄断执政官这一职位。如果一个并非出生于名门望族的人当上了罗马共和国的最高行政长官的话，那将成为一桩丑闻和一种污染。

…………

因为，倘若某个候选人的名字不是已经流传了几百年，足以成为共和国历史的一部分的话，态度保守的罗马选民是不大可能投此人一票的。因此，罗马的"新人"其狭义含义是指一个家族中第一位担任执政官、随后步入贵族行列的人，其实凤毛麟角。

这样的所谓"新人"，也即是破落老贵族喀提林眼中十分不屑的西塞罗。尽管名义上的法律并没有阻止平民参与执政官的竞选，但是贵族集团却把执政官这一职务掌控在自己手中。无论此位新人多么光明磊落、多么众望所归，世人仍然会认为他亵渎了这样的崇高的荣誉。于是类似喀提林这样的罗马革命抵御外敌英雄的后代就曾经说：我看到地位并不尊贵的人居然能够占有至高的荣誉，尤其是西塞罗这个外来的罗马公民。"他感到是对他贵族血统的羞辱，涉及贵族的荣誉感和所承担的责任感是必须誓死捍卫的。

而元老统治集团在喀提林和西塞罗两人之间的选择，也实在是喀提林野心勃勃阴谋借助民意而颠覆寡头集团统治，触动贵族既得利益两害相权取其轻的结果。即便如此，依然要为西塞罗配备一名权力等同的贵族执政官，安托尼乌斯虽然平庸无能，但是作为政治棋子去限制西塞罗的权力是有用的。

西塞罗因其学识和口才早已声名卓著，他虽然没有高贵的门第作为政治支撑，但是比起持不同政见、类似于黑社会头目的喀提林，显然西塞罗是正人君子学者型的共和国人才。这类人才有见识有思想，对共和体制绝对忠诚。而且，这种忠诚是建立在理性认识基础上的，而不是见风使舵口是心非的政客。毕竟对统治集团的忠诚度是第一位的。因此，高层元老普遍认为，选举一位刚刚跻身于骑士阶层的所谓"新人"，对于共和国的前程更加保险一些，况且西塞罗对于共和理念的论证非常清晰，他和小加图都是从理论到实践上忠诚于共和主义事业的斗士。在共和元老贵族眼中和喀提林这类专事挑战体制的不安定分子相比要靠谱得多。

　　马尔库斯·图利乌斯·西塞罗（Cicero）出生于公元前 106 年 1 月 3 日，
他的老家是罗马东南郊的利里斯河东岸的阿尔皮努姆镇，他和马略是同乡。
他们都来自骑士家庭，被老贵族们称为新贵阶层。这个小城镇的居民自公
元前 188 年以来便取得了罗马共和国充分的公民权。在西塞罗青少年时代，
它已经是一个自治的市镇。这个小城镇诞生过两位在罗马历史上举足轻重
的人物：马略是朱古达战争中的主要人物之一，因为朱古达战争充分暴露
了罗马共和体制的腐败，是政体转变的转折；西塞罗却跃上了喀提林阴谋
的政治前台，他和小加图并肩作战，成为和喀提林、恺撒对垒的主要角色，
是罗马共和统治集团内部矛盾的总爆发前夜升起的双子星座，照耀着共和
国的夜空，显得绚丽夺目。

　　传说中西塞罗和马略有亲戚关系，这样连带着恺撒与西塞罗也有亲戚
关系了。西塞罗的家庭是那种比较富裕而且有教养的骑士家庭。所以他那
位爱好文学的父亲在罗马的卡里奈购置了一所房子，以便使西塞罗和比他
小四岁的弟弟克文图斯能够受到良好的教育。父亲在罗马的朋友圈几乎不
是执政官就是大学者、占卜师，比如说当时著名的演说家马尔库斯·安托
尼乌斯就是公元前 99 年的执政官也是西塞罗父亲的座上宾。由此可见，
西塞罗从小在有高层次交往的家庭中受到不寻常的熏陶。

　　西塞罗在学校时就显露出过人的天才，在罗马得到过希腊名师的指点。
主要是斯多葛学派的一些哲学家对他有较大的影响。修辞学家阿波罗尼乌
斯·摩隆先后在前 87 年和前 81 年两次到罗马讲学，后来西塞罗又专程去
罗德岛求学，在修辞、演讲、哲学、政治学等方面有广泛的涉猎，在马略
和苏拉的内战中，西塞罗没有积极参与，只是短时期在斜眼庞培的部队中
服役，这位庞培就是后来罗马政坛军界炙手可热的大将军庞培的父亲。西
塞罗在青年时期就得以结识和他同龄的少年将军庞培，两人因此结下了友
谊，后来在政界和恺撒的斗争中有着很不错的关系。根据《西塞罗传》作
者普鲁塔克的记载：

　　看到事情会发展成一场内战，而内战必然会演变成不折不扣的专制，
于是他转而去过一种宁静的冥思的生活，同有学问的希腊人交往并专心致

志地研究学问，直到苏拉控制了局势而国家似乎安定了下来。

公元前79年，西塞罗辞别新婚的妻子特伦提亚渡海去希腊求学。二年后返回罗马，他的女儿图利娅出生，这一年他担任罗马财务官去西西里履职。公元前70年，他以无可辩驳的证据指控他在西西里长官盖乌斯·维勒斯贪污受贿，他的控诉词雄辩滔滔，成为修辞学的范文。就连当时最有权威的演说家克温图斯·霍腾西斯·霍尔塔路斯也不得不放弃为维勒斯的辩护。因而对于维勒斯的控诉案成为罗马历史上著名的反腐败成功案例，虽然维勒斯通过贿赂法官仅获轻判，西塞罗的控诉词却名列史册千古流传。

公元前69年西塞罗出任高级营造官，这是一个花费很高的官职，恺撒曾经担任这个官职，花光几乎全部家当，还欠下一屁股债务，原因当然是不惜工本地增添公共实施取得政绩以博取民心，而谋取更多的选票，踏上更高的官位。西塞罗则称他在这一任上没有花许多钱，主要得益于他扳倒了臭名昭著的西西里总督维勒斯，得到西西里人民的慷慨资助。

在参与公元前66年的罗马执政官竞选的7个候选人中，西塞罗是真正具备一切条件的人选，唯一的缺陷就是他没有做过元老的显赫祖先，也就是血统不是很高贵，而遭到顽固的"血统论"秉持者贵族遗老遗少鄙视。这一点很难使他在类似老贵族后代喀提林和安托尼乌斯这些权贵后人中出头。他的胜出，完全是因为喀提林在竞选活动中，摇唇鼓舌八方许诺，以平民代表自居，对平民们承诺只要他当上执政官将取消一切债务，这些说辞自然得到城市贫民和农村退伍老兵的广泛欢迎，其实这只是取悦民众拉取选票的空头支票，在权贵阶层掌控一切政治、经济资源的罗马共和国几乎是不可能兑现的。

仅这一点，就引起了元老院贵族对于喀提林的警觉，因为这样的竞选宣言无疑触动了元老权贵的既得利益，在元老眼中喀提林是个危险分子，而作为骑士阶层的新人西塞罗则不会威胁到元老家族的切身利益。

在公元前67年的执政官选举中，新人西塞罗是有意识想和老贵族喀提林搭档竞选下一年度执政官的。当时克劳狄乌斯正从东方返回罗马，急于在法律上露一手，他指控喀提林在阿非利加行省总督任上犯有敲诈罪。

西塞罗主动提出要充当喀提林的辩护人，希望来年两人联手竞选执政官。然而喀提林并不领情，他以贵族式的傲慢口吻拒绝了西塞罗的善意。显然作为官场混子喀提林并不怕打这场官司。很快他被宣告无罪。私下里有可能他与克劳狄乌斯是串通好的。至于克拉苏，高昂的贿赂费用肯定是由他承担的。现在喀提林可以自由地竞选前63年的共和国执政官了，他将和西塞罗进行你死我活的正面交锋。

喀提林同另一个贵族安托尼乌斯公开结成联盟，而这个家伙声名狼藉放荡堕落，很难使人相信他是前罗马执政官著名演说家马尔库斯·安托尼乌斯的儿子，面对这两个臭名昭著的候选人，贵族和平民都用选票作出自己的抉择，他们选举西塞罗担任下一任的罗马执政官，选票遥遥领先。而安托尼乌斯把喀提林又甩了好大一截，喀提林只能屈居第三位，再次与执政官位置失之交臂。

这次选举对喀提林来说是一次耻辱，更是一场灾难，因为债务已经将他压得喘不过气来，而精明的克拉苏绝不可能再对一个政治落败者进行投资，这是商人的精明，最终所谓的喀提林阴谋也是被克拉苏首先挑破揭露的。

野心勃勃的喀提林是绝不甘心失败的，当西塞罗披着执政官紫色镶边的长袍，带着大批随身护卫威风凛凛地走马上任时，他一边在暗中舔着伤口，一边策划着新一年度的卷土重来的阴谋，企图再次为家族400年的执政官空白添上浓墨重彩的一笔，可惜渲染过分而戳破了画纸，一副想象中的美丽画卷，被描绘得一乌尽糟，最终被扔进了历史的垃圾箱。

绝望使得喀提林只能选择破釜沉舟背水一战，他拿自己的生命和荣誉在进行赌博，或许能够置之死地而后生，因为在政坛他只是被冷漠的元老们所拒绝，而在民间他还有众多的支持者，包括和他一样的破落户和负债累累的赌徒，对他那利用执政官的权力通过一纸"赖债不还"的法律，很受均贫富、吃大户的底层民众寄予不切实际的厚望，其中不乏出生高贵的追求社会平等自由的理想主义青年。他已经激起了他们的热情和希望，在乡村，农民们已经开始磨刀霍霍，准备投身一场社会革命来改变自己的贫贱命运。

在罗马，反抗社会不公的游行示威已经接近骚乱。甚至元老院也有一些由于在政治的失落和经济上的窘迫而心怀不满的老贵族，也在窃窃私语着"革命"这一令人期望的词汇。这就是喀提林阴谋出笼前后罗马朝野骚动不安的氛围，似乎革命的地火在罗马城郊流窜着，只等一把大火点燃来实现改朝换代。喀提林等人则趁势火中取栗，登上权力高峰。

对于这一点，新上任的执政官西塞罗洞若观火，心似明镜，他只是静待坐变，等待把矛盾推向极端，才好以叛乱颠覆共和国的罪名将喀提林及其党徒一网打尽置之于死地。

西塞罗在表面不动声色，暗中对于动乱的爆发进行了严密的防范，他亲自主持了公元前 62 年度的执政官选举。在选举会场他如临大敌，为防不测，在长袍下面穿上了全副铠甲并且有武装侍卫严加保护。喀提林不顾后果的孤注一掷，虽然在少数破产者中赢得了一些支持，但是对于残酷内战记忆犹新的民众，还是怕喀提林再次挑起内战，大家不得安生，因而是没有多少群众基础的。选举的结果是喀提林再次落败。

喀提林图谋政变

喀提林的再次选举失败，使他加紧了阴谋的实施，一是借助苏拉老兵的残余势力准备实施武装暴动，依靠的主力就是曼利乌斯在伊特鲁里亚北方纠集的一支残缺不全的部队。追随他的大部分是出卖了土地，挥霍完了财产，欠了一屁股债的苏拉老兵，这就是他的基本武装力量，是一批一无所有的死士；二是召集一批罗马高层的失意政客以及对于现实严重不满的贵族官僚，纠集为死党，阴谋在罗马城内谋害高官，纵火制造混乱，趁乱与伊特鲁里亚的部队内外勾结进而夺权。

根据《喀提林阴谋》一书撒路斯提乌斯的记载，这批高层阴谋分子聚集于密室，摒弃了所有闲杂人员，喀提林进行了冠冕堂皇的战前动员，首先对着他的高层死党，对于当前形势进行了貌似客观的分析，对于这帮死党进行了鼓励，他希望自己的同伙为自由而战。他说：

如果我不是已经考验了你们的勇气和你们的忠诚，那么即使十分有利的时机已经出现，那也是无济于事的，即使把巨大的希望和权力放在我们手里也没有用处；而且如果我身旁只是一些胆小鬼和不坚定的人，那么除了有十成把握的事情之外我也就不敢进行任何冒险行动了。但是通过多次重大考验，我深深地认识到你们的勇敢和对我的忠诚，因此我才有勇气计划一项极为伟大而光荣的事业，这样做还因为我看到，在善与恶的问题上，我和你们观点是一致的；因为我们好恶一致——这一点，并且只有这一点——才是我们结成真正友谊的保证。至于我提出的计划，我在同你们进行个别谈话时已经向你们进行了说明。但是当我考虑到如果我们不采取措施解放我们自己，我们将会在怎样的条件下生活的时候，我的决心就一天比一天加强起来，因为自从国家受到少数强有力的人物治理和统治以来，各地的国王和统治者一直向他们纳贡，各民族和国家也一直向他们纳税。他们之外的所有我们这些人，这些奋发有为而又有才干的人，无论贵族还是平民，那只不过是既起不了作用而又没有威信的一群贱民；我们的命运掌握在这样一部分人的手里，而在一个自由的国家里，我们本来应当是这一部分人恐惧的对象。因此全部影响、权力、地位和财富都在他们手中，或者他们想要就能够获得。而他们留给我们却是危险、失败、迫害（中译者注：给某人加上罪名或者判刑）和贫困。勇敢的人们，请问，这种情况你们要忍受多久呢？与其在人们颐指气使下做一个玩物，而不光彩地地把我们悲惨而耻辱的一生断送掉，那么英勇地死去，岂不是更有意义吗？而且我还要请诸神和世人同来作证，我敢发誓说胜利肯定是在我们手里的。我们都处在盛年，并且我们都是勇敢的。反之，岁月和财富却使他们变成老朽。我们只需要勇敢地迈出第一步，其余的人自然会跟上来。请问，哪一位真正的男子汉大丈夫能容忍我们头上的暴君拥有大量的财富，浪费无数的金钱在海上进行营造（中译者注：罗马权贵常常在沿海附近的小岛上修建别墅）或是把山削平，而另一方面，我们却是连购买日用品的钱也没有。我们能够容忍他们竟然并排修建两座或更多座宅邸，我们竟连一个栖身之所都没有吗？他们聚敛绘画、雕像、刻花的酒瓮，拆掉新的建筑以便另行修建别的建筑物，总之他们千方百计地滥用和糟蹋他们的财富，而尽管他们过着穷凶极欲的生活，他们的财富却是用也用不完的。但是我们怎么样呢？我们在家里一贫如洗，在外面我们有负了一身债，当前过的是悲惨的日子，而未来却更加看不到一丝希望。总之，除去只有悲惨的日子之外，我们还留下什么呢？醒来吧！看哪，就在这里，就在你们眼前，就有你们长期渴望的自由，还有随自由而来的财富、荣誉和光荣，这一切是命运给予胜利者的奖赏，这一事业本身、机会、危险、你们的悲惨处境、大批的战利品，这一切比我的任何发言更有说服力。你们可以把我当作你们的一位领袖或当着一名普通的士兵来使用我。我将全心全意地听候你们的召唤。我希望自己作为你们的执政官，能够帮助你们实现这些计划，除非我也许是自己欺骗自己，并且你们也甘愿处于受奴役的地位而不愿统治别人。

平心而论，喀提林这篇战前动员令写的水平相当不错。由此可见，其作为破落贵族的子弟文化修养还是有基础的。绝不比大演说家西塞罗针对他的四次演说差，其所指出罗马贵族的骄奢淫逸和贫富之间的巨大差距也是符合当时罗马共和国实际的。对于坠入社会底层的破落贵族和高层失意政客以及广大平民阶层有着极大的煽动性，而其目的十分清楚，就是要当没有执政官头衔的执政官。对于未来的前景展望，也没有多少空头支票，而是十分实际的权力和财富重新分配的承诺，一切都是在争取自由的崇高幌子下进行，因而更加具有蛊惑力。

历史的风云诡谲之处在于：因为喀提林的平民起义失败了，而一切历史都是胜利者的历史，因而对于"成王败寇"的社会政治斗争现实而言，喀提林是否被妖魔化也是值得研究的。总之，罗马历史上的喀提林无论从个人品德和政治抱负都是负面的。

喀提林此刻面对的死党，按照同时代的撒路斯提乌斯的记载，这些人有极多的各样的个人不幸。既没有财产，对前景也是希望渺茫。看来只有通过社会骚乱打破现有政治格局，才能趁乱浑水摸鱼捞上一票，在财产和权力的重新组合中铤而走险，获得丰厚报酬。当这伙亡命之徒要喀提林说明如何发动战争，他们又能得到什么奖赏时，喀提林答应首先是取消一切债务，宣布富人不再受法律保护，并且把政府的高级官吏、大祭司的职位分配给他们，在社会动乱中放手让他的同党去抢掠，并提供一切的战利品。他还说，他那布置周密的政变计划得到了西班牙国王皮索和毛尼塔尼亚国王普布利乌斯的军事支持。他说，盖乌斯·安托尼乌斯将是他成为执政官的合伙人。当他这些真真假假的承诺和许愿煽动起这帮死党情绪后，他们共同起誓，并且一起刺破手腕将他们的鲜血滴入面前的葡萄酒碗中一饮而尽。在这些庄严的仪式举行完毕后，喀提林宣布具体阴谋政变的计划。

喀提林预计的暴动时间定在10月28日，也即苏拉胜利纪念日这天进行。罗马人会在这一天有盛大的纪念活动。本来的计划是在这一天杀掉执政官西塞罗，然后在罗马各地纵火制造混乱，迎接各地到来的起义军，企图在内外夹击下夺取罗马政权。

这一计划遭到不少历史学家的质疑，因为主谋者当中具备指挥才能的只有喀提林，暴乱首领除了苏拉的老部下曼利乌斯之外别无他人。事实上，加普亚一地或者是南、北意大利根本就没有适当的主事者，即使提到罗马境内骚动的主谋成员，也是寥寥可数。也就是说喀提林进行里应外合的政变条件无论是组织力量、军事骨干，还是在人财物以及舆论上的群众基础根本不具备。所谓阴谋有点像是空穴来风的恶意编造。

难道西塞罗为了证明自己平息喀提林叛乱捍卫共和国安危的正当性，不惜危言耸听夸大了阴谋的事实，歪曲了事件的本来面目，为自己的平叛寻找借口？连同时代的撒路斯提乌斯也存在着这样的疑问，但是他没有确凿的证据来证明西塞罗所提供事实的虚假性，只能存疑。

历史的真相，往往是掩盖在胜利者提供的话语文本中代代相传。于是历史按照自己的逻辑演绎下去。后来留存的史料，早期的阴谋策划均带有西塞罗的政治痕迹，后期叛乱似乎又是喀提林在政治上被逼上绝路后的无奈之举，有点官逼民反民不得不反的意味。当然喀提林已经被丑化得完全就是一个道德败坏负债累累的跳梁小丑了，这位小丑最后在撒路斯提乌斯的笔下竟然成了殉道的平民起义的悲剧英雄。

政变阴谋曝光

在参加阴谋的人当中，有一位出身显贵家庭的花花公子，名字叫克温图斯·库里乌斯，曾经因为道德败坏被元老院开除。此公吃喝嫖赌且喜欢自吹自擂，是一个很难保守团伙秘密的家伙，他有一个情妇是当时罗马贵族中有名的交际花富尔维娅。当他在财务上十分窘迫，对富尔维娅自然百般讨好，竭力逢迎，为了赢得情妇的欢心，他开始吹牛，向她许愿说等待他干的一票大买卖成功后，连高山大海都可以给她，不经意之间就这样泄露了喀提林阴谋的细节。

而这些关于喀提林阴谋似是而非的流言蜚语流窜于贵族宅邸和平民街巷之间时，不可能不引起西塞罗的注意，反而助长了西塞罗在执政官竞选中的筹码。西塞罗买通了政变集团的头目克温图斯的情妇，上流社会交际花富尔维亚充当自己的内线，因而在第一时间便获悉喀提林阴谋的全部细节，并在罗马城作了全面的防政变部署。

喀提林的落选，并没有收敛他的野心，相反他开始加紧实施他的武装政变计划。在意大利各战略地点收集武器，以他本人或者同党的名义到处举债，准备将武器和经费送到他的战略据点：伊特鲁里亚北部的城镇费祖莱，交给他的死党曼利乌斯在起事时使用。曼利乌斯原是苏拉手下的一名百人团长，因为挥霍无度而负债累累才和喀提林勾结在一起，企图利用兵变而捞取一把，他所纠结乌合之众均为苏拉手下破产老兵，兵变在紧锣密鼓中暗中筹备。另一方面喀提林党徒开始准备谋刺行政长官西塞罗。按照阴谋者的决定：曼利乌斯的队伍于公元前63年10月27日向罗马发动进攻。喀提林在罗马城内纵火接应，趁乱把所有元老杀死。

这时，另一个喜剧化情节非常凑巧地出现了，10月20日深夜，一位不速之客突然来到执政官西塞罗的官邸，敲开大门。罗马首富51岁的克拉苏和元老院很有势力的议员克劳狄乌斯·迈提努斯、梅特鲁斯·西庇阿一起来到他的家，他们事先似乎是商量好的，克拉苏当着大家的面拿出一

个小包说:

"这是放在我家门口的一沓信,我拆开收信人是我的那一封,上面写着趁惨事发生之前,迅速离去等字样。没有寄信人姓名,这里还有其他收信人的信,我想应该拿到执政官您这儿来。"

他声称这些信件是一个"身份不明的人"交给他的守门人的。信件证明了喀提林准备在罗马搞一场大屠杀的证据。

西塞罗通过富尔维娅早已获知了喀提林阴谋的所有内容,恰巧这次外间广泛流传着克拉苏卷入阴谋的说法。克拉苏在两位元老的见证下企图和已经臭名昭著的喀提林切割,而且这些信件中还涉及另一位平民派领袖恺撒,这无疑是为共和派首脑提供了打击政敌的炮弹,而这些证据来得太是时候了,巧合得实在蹊跷,就不免令人对于事件真实性的怀疑。

西塞罗随即在10月21日召开元老院会议,报告了他所掌握的喀提林准备夺取政权取消一切债务的阴谋详情。执政官站在朱庇特神庙的协和议事大厅中央,拿着一沓信一一唱名,把信交给对方。而拿到信的人,被要求把信的内容大声朗读出来,克拉苏率先以身作则。信的内容大同小异,而且都没有寄信人落款,西塞罗一直不动声色,仔细观察收信人的一举一动,他在寻找隐藏在元老院的同谋者。

恺撒被认为策划政变阴谋的重要嫌疑人,遭到以西塞罗为首的元老院贵族的攻击,恺撒以一贯的漫不经心,甚至游戏人生的姿态来回击元老院贵族的攻击。在执政官西塞罗召集的元老院集体会议上,西塞罗根据告密者提供的信中的政变集团名单,一一点名涉案者,要求大声朗读喀提林信件内容。恺撒却一直心安理得在自己的座位上写信,他的仆人进出拿信又来送信。

恺撒的一举一动都被贵族派议员加图看在眼里。这位加图就是当年陷害大西庇阿的老加图的曾孙,被称为小加图。当仆人回来递给恺撒一封回信时,小加图跳起来发难,一定要恺撒当众宣读信件内容。小加图认为一定是恺撒和已经躲藏起来的喀提林和恺撒在互通款曲,秘密联络,准备密谋叛逆。

不等他把信看完，小加图从座位上跳起来大声说："你们看，诸位议员，那就是恺撒和外面躲藏的喀提林秘密联络的证据。"恺撒镇定地回答："那只是我的一封私人信件而已。"但是小加图坚定认为这是秘密联络的证据，迫使他公开信的内容。恺撒很无奈地将信件递到小加图手中。小加图浏览了信之后，却红着脸，再也不吭气。他把信扔给了恺撒大声骂道："你这个风流鬼！"并肩而坐的议员们却发出一阵大笑。

大家取笑小加图搞错了情况，这是一封小加图的同母异父的姐姐塞维利亚回复恺撒的一封充满柔情蜜意的情书。恺撒与塞维利亚的婚外情是罗马人所共知的秘密。这时塞维利亚儿子布鲁图斯已经22岁了。布鲁图斯曾经写道："塞维利亚对恺撒如痴如狂。"这样一来对于恺撒卷入喀提林阴谋的说法烟消云散。但是恺撒的平民派思想和喀提林是相通的，只是恺撒注重于在现体制框架内，在法律正当程序中逐步掌握政权，提出法案和平改良体制达到政治目标，可以称为平民派的改良派。而喀提林却在执政官落选后准备秘密起事以暴力推翻政权，可称为革命派，因而恺撒在思想上其实是同情类似喀提林这类社会革命家的。

西塞罗在元老院宣读了这些信件之后，元老院宣布意大利处于战争状态，并在第二天的会议上宣布授予执政官西塞罗以应付紧急局势的全权。并为此决定罗马全城戒严，在要害处由营造官、保民官、和财务官负责布置巡逻兵，严防事变；推迟下一年度执政官的选举。恐慌的气氛在罗马蔓延着。

英国罗马史研究者汤姆·霍兰在《卢比孔河》一书中写道：

克拉苏公开出卖他的门徒后，又躲回了他的阴暗角落。读着这段令人难以置信的故事，我们很难避免一个明显结论：公元前63年秋，喀提林并不是唯一一个搞阴谋诡计的人。那个"身份不明的人"是谁？我们只知道一个人，同时认识西塞罗、克拉苏、喀提林。他就是凯利乌斯。

他是著名辩论大师马尔库斯·安托尼乌斯的儿子，和西塞罗同时当选执政官的这位花花公子之所以一度和喀提林勾结非常紧密，有着自己打算，他的那点花花肠子被西塞罗看得一清二楚，他对症下药，开始分化瓦解喀提林的官场联盟，安托尼乌斯和喀提林的相互勾结，无非看重是“利”字。为了分化他们，切断自己身边这个眼线，西塞罗把本应当属于自己的马其顿行省主动让给了这位权贵子弟，这样至少在收拾喀提林的时候让这个花花公子保持中立，不至于成为自己身边的麻烦。

马其顿行省是个盛产牲畜、谷物、水果、木材的富裕省份，它的银矿在罗马世界也很有名，让出马其顿这一点证明，西塞罗从政有他的理想和抱负。他绝不是唯利是图，贪得无厌的人。另一方面，作为执政官，他时时对喀提林加以防范。喀提林以其门第的高贵和上层广泛的人脉关系，从来就不把他这个寓寄罗马的“新人”执政官放在眼里，这是他们建立在高贵血脉基础上滋生出的狂妄骄横和忘乎所以，最终导致在政治斗争中翻船。喀提林折戟罗马元老院后，开始赤裸裸地扯旗造反，作困兽犹斗的最后一搏。这时西塞罗派遣他的副手安托尼乌斯担任平叛军团总司令，征讨自己曾经的战友喀提林，迫使安托尼乌斯不得不站在早已形成压倒性优势的首席执政官一边。

果然安托尼乌斯无颜或者干脆不忍针对当年的同党哥们下手，他装成痛风病发作，根本回避面对老朋友的正面对阵挑战，把军队指挥权交给了副帅马尔库斯·佩特列乌斯指挥。当然这是后话，暂时不表。

眼看阴谋败露，喀提林匆忙中于11月6日在元老马尔库斯·波尔奇乌斯·莱卡家中召开秘密会议；会上拟定了于次日凌晨刺杀西塞罗并占领全城的计划。盖乌斯·科尔涅利乌斯和路奇乌斯·瓦尔恭泰乌斯自告奋勇，准备利用早晨向西塞罗致意的机会去刺杀执政官，因为罗马执政官按例都有在清晨接见陈情者的习惯。于是11月7日凌晨，两位自告奋勇的刺客身穿托加袍，怀揣利刃来到执政官官邸。但是，早已尽数悉知喀提林阴谋的执政官不仅加强了官邸的戒备，并且拒绝会见来访者，两人吃了闭门羹，致使刺杀阴谋流产。

两位不速之客的到来，证明了喀提林阴谋实施情报的准确性。西塞罗匆匆赶到朱庇特神庙的议事大厅（协和大殿），召开元老院紧急会议，喀提林、恺撒、克拉苏、小加图都参加了这次会议，西塞罗首先发表了义正辞严的演讲，他在演讲中公开揭露喀提林阴谋，他开门见山，矛头直指阴谋策划者：

喀提林，到底你还要把我们的耐心滥用到什么时候？你的丧心病狂的行为还要把我们玩弄多久？你的肆无忌惮的作风将要嚣张到什么什么程度？帕拉提乌姆夜间的守卫根本不在你眼里；到处都有的巡逻根本不在你眼里；人民的惊恐根本不在你眼里；元老院在这一防守坚强的地点（神庙建在帕拉丁尼山顶）开会根本不在你眼里；难道所有在场的人脸上的表情也根本不在你眼里？你不知道你的计划已经暴露？你也没有看到，由于在场各位元老都已经知道了此事，而你的阴谋已经被紧紧制服住？你以为在我们当中还有谁不知道昨天夜里你干了些什么，前天夜里你干了些什么，你在什么地方，你集合了哪些人，你制订了什么计划？这是什么时代，什么风尚！这些元老院都知道，执政官也看到了。可是这个人还活着！我不是说过吗，还活着！而且更有甚者，你还来到元老院参加国家大事的讨论，用目光挑选和标定我们当中每一个将来要遭到杀害的对象。

可以说西塞罗的演说，像是一封讨伐喀提林党徒的凌厉檄文，用连篇的排比反诘句式，从修辞上构成排山倒海般磅礴的气势，犹如排空的巨浪直逼喀提林的命门，使得他毫无还手之力。他企图进行反驳，据撒路斯提乌斯记载：

什么都不准备承认的喀提林就座之后，便低着头用恳求的语气请元老不要相信对他的没有任何根据的指控；他说他的家庭出身和他从年轻时期就养成的生活习惯，使得他只能向往美好的事物。元老们不应当认为像他这样的贵族，一位像自己祖先那样对罗马人民做出了巨大贡献的贵族竟会因推翻共和国而得到好处，而另一方面，同罗马城毫不相干的居民（西塞罗是阿尔皮努姆人，并不出生在罗马，被喀提林轻蔑地称为"寄居者"）反而成了共和国的救星，此外，他还讲了另一些咒骂的话。但是这时全体元老的吼叫声把他的话压了下去，他们骂他是卖国贼和凶手。于是他在一阵狂怒的喊叫后喊道："既然我的敌人这样逼我，把我投入绝望的深渊，那我会用一片瓦砾把烧向我的大火压下去的。"

说完这些话后，他便冲出元老院回家去了。由于他的暗杀执政官计划没有任何进展，并且他看到夜里值班的人，又使他无法对罗马实行纵火的勾当，于是他对形势进行了长时间的思考，认为最好的办法就是赶在军团的征募之前扩大自己的军队，加强自己的军备。于是他便在深夜带着一些党徒去曼利乌斯营地。

西塞罗为巩固自己的执政地位的谋略大见成效，但他借助的却是捍卫共和国和人民利益的名义，这一点和元老院贵族既得利益集团维护自己政治特权、保障统治集团政治秩序的稳定性的目标高度吻合，因为政治秩序的稳定是保障政治特权恒定的前提。

汤姆·霍兰在他的书中继续写道：

可以肯定的是，为查明敌人的动向，西塞罗使用了一些卑鄙的手段。除此以外，他还干过什么我们就不知道了。事实上，如果西塞罗不策划把敌人逼进角落里，他就不像个罗马人了。每个执政官都梦想在自己任期内留下光辉的印迹，自我发展的游戏就是这么玩的。

撒路斯提乌斯在他的《喀提林阴谋》中，披露了喀提林在离开罗马前致元老院贵族派领袖卡图卢斯信件的全部内容，企图为自己辩解，因为在罗马，唯有元老院领袖才能有足够的权威制约执政官的胡作非为，这是共和国体制设计的权力制约体系的重要环节：

路奇乌斯·喀提林致书克温图斯·卡图卢斯。你突出的忠诚是我深有体会的，这种忠诚在我遭到极大危险时，曾经使我十分感激。因而它使我有充分的信心向你提出一个请求。我因此决定不为我的不寻常的举动进行任何辩解。我向你解释这一举动不是因为我感到我有罪，并且我深信你将会承认我的话是公正的。我已被种种不公正的待遇和侮辱逼得走投无路。因为我被剥夺了我的劳动成果并且无法取得荣誉地位，所以我才依照我的习惯做法，把保卫苦难者的利益的大事担当起来；我这样做并不是因为我的个人财产不足以清偿我个人负的债务（欧列丝提拉和她的女儿慷慨解囊相助，这甚至使我可以清偿别人的债务），而是我看到庸碌之辈身居高位，看到我之受到排斥是因为我受到没有根据的怀疑，正是为了保全我自己，我才采取了同我自己处境相适应的体面措施。本来我还可以多写一些，但有人告诉我，我正在受到暴力威胁。现在我把欧列丝提拉托付给你，相信你会很好地保护她不受任何侮辱，我以你自己孩子的名义恳求你，再会。

西塞罗收拾阴谋分子

喀提林一不做二不休地发动武装起义，开始了他孤注一掷走向死亡的道路。也许这一切结果都是可以预料的，但是为了捍卫自己所谓贵族的荣誉和责任，他要以武犯禁。最后，他来到了曼利乌斯的营地干脆和曼利乌斯一起自封为执政官，使用起了执政官才能够使用的仪仗束棍加法西斯大斧，也即公开自立为王扯旗造反了。

罗马方面知道这些情况后，元老院立即发布"元老院最终劝告"，宣布喀提林和曼利乌斯为国家公敌，并且为其他阴谋参加者设定一个最后期限，要求他们放下武器可以免受惩罚。此外，元老院还决定由行政官招募军队，喀提林曾经的狐朋狗友安托尼乌斯为征讨军团总司令，西塞罗则负责保卫罗马防止喀提林余党趁机闹事。奇怪的是，面对元老院发布的到命令，所有参加阴谋的人当中没有一个人逃离喀提林的营地向政府投诚。

一旦喀提林的阴谋由密室走向营地，由秘密被逼向公开，就正好坐实了西塞罗的预言，卡图卢斯想把另外两名卷入阴谋的嫌疑人克拉苏和恺撒也列入清算名单，但是西塞罗不这么想，他不希望卡图卢斯那么做，西塞罗不希望把克拉苏和恺撒这样的人逼得走投无路，因为他们身后代表了一批人的利益，克拉苏代表了罗马新兴的商人阶层，恺撒却是马略以后罗马平民派的代表，抓捕他们势必引起罗马城的混乱而由骚乱导致暴乱，整个局面将不可收拾，共和国因此将走向分裂，从而爆发内战。执政官将面临严峻的执政危机。聪明的办法就是将打击面只缩小到喀提林集团的少数头目。

12月5日，西塞罗在元老院召开会议，讨论危机处理事宜。他宣布，已查明喀提林阴谋集团头目，并逮捕他在罗马城内的五名同党，名单上没有克拉苏和恺撒。元老院拟事涉国家安全为由，企图不经法院审判即立即处以死刑。为此在元老院内部展开了激烈的争论，以西塞罗和小加图为一方的贵族共和派和平民派领袖恺撒唇枪舌剑对阵议会。恺撒引用《森普罗尼斯法》："罗马公民不可在无裁决、无控诉权之下被处死的相关规定，必须维护法治尊严。"小加图则认为"叛徒造反是国家濒临危机，而且杀人放火、计划对国家和全体市民施暴，这已是证据确凿的事情，谁都认为他们罪该万死。为了忠于祖先信念，我主张他们应该被处以极刑"。作为执政官的西塞罗以其法学家的能言善辩，多次在议会发表了振振有词的长篇演讲，就是那篇传之后世的演讲学范文《对喀提林的弹劾词》。结果在公元前 63 年的元老院最终表决中，共和派的提案以压倒性的票数决定将 5 人处死。执政官西塞罗也确认了"元老院最终劝告"的实施权限，这种所谓劝告就是对叛国犯"国家公敌"的最后宣判。西塞罗和小加图如同得胜的将军一般，在步出会场时受到人们的欢呼。

五名密谋者被宣判死刑，其中一名是前执政官朗图路斯。在困惑而恐惧的罗马公众注视下，他被引领着走过广场。西塞罗走在他身边，一脸的正义凛然，后面依次跟着四名元老。当血色的晚霞笼罩着帕拉蒂尼山麓的朱庇特神庙前的广场，黄昏的阴影越来越浓的时候，五个密谋者被带进神庙地下室，接受绞刑。然后西塞罗从黑暗中走向广场围观的群众，简单地对大家宣告了结果。广场上有许多人是死者的朋友，听到结果后群众便散开。但在城市的其他地方，人们用雷鸣般的欢呼声表示庆贺，路上燃起耀眼的火把，从广场一直通向西塞罗的家。由罗马最著名的人士组成的方阵护送着西塞罗。人们欢呼他是国家的救星。

喀提林在获知五名同党被处死后，没有进一步动作。西塞罗动用"元老院的最终劝告"将他定为叛国暴徒后。西塞罗开始巩固自己的统一战线，在惩治首恶的目的达到后，绝不扩大战果去搞上层的大清洗，他拒绝调查他的执政官同事安托尼乌斯，虽然后者曾经是喀提林的亲密朋友，并任命他为剿匪总司令率领罗马正规军两个军团自南挥师北上，北面由梅特鲁斯率领 3 个军团南下合计 3 万人马，前去捉拿阴谋起事的喀提林。

造反者的悲剧结局

喀提林在其藏身的托斯卡纳纠集 1.2 万名乌合之众企图进行对抗，这些人大多数是奴隶、贫民，且缺乏武器，双方力量悬殊，喀提林心知肚明这是一次无谓的对抗。但只能是明知不可为而为之了。

喀提林让参与暴动的民众回家，最后仍有 3000 死硬分子愿意与其共生死同患难。没有人知道喀提林和他的 3000 部属今后有何打算，也许只是困兽犹斗。但是他们仿佛抱定了慷慨赴死决不投降的决心前去殉难。他在最后一次面对追随他的士兵进行了慷慨陈词的演讲：

我的士兵们，当我想到你们并且考虑到你们的功业的时候，我充满了胜利的极大希望。你们的精神、你们的青春、你们的勇气使我鼓舞，更不用说那甚至使胆小鬼勇敢起来的贫困了。在这个峡谷内，人数占优势的敌人是包围不了我们的，但是如果命运不同情你们的勇敢，那么就要死得让敌人同时也受到报复。不要做俘虏，不要像牲口一样遭到屠杀，而是像英雄一样的战斗，让敌人即使胜利也要付出惨重的、可悲的代价吧。

说完这一些话后，他便下令吹起喇叭，并且以战斗行列率领着他的军队下到平原上来。继而他又把所有的马匹送走，也就是使军队破釜沉舟，置之死地而后生。为了让使指挥员和战斗员都处于同等的作战环境，从而提高士兵的勇气，他亲自徒步走在队列的前面，将部队带出两面是山的峡谷，来到视野开阔的平原。他在队列的最前面安排了八个步兵中队，并且把其余的人以更加密集的行列排在后面作为后备力量；从这些人中间他又抽调出百人团长，包括所有精锐的士兵和重新召回的老兵以及武装最精良的士兵，把这些人放在队伍的最前面。他把右翼的指挥权交给了盖乌斯·曼利乌斯，而把左翼的指挥权交给了一个费祖莱的男子。他本人则和他的被释奴隶与随军的仆从们集合在鹰标军旗下，据说这个鹰标在马略对于金布里人作战时便使用过。

另一方面，自称患有痛风病而回避与过去的哥儿们作战的盖乌斯·安托尼乌斯·安东尼，把军队交给了自己的副帅马尔库斯·佩特列乌斯来指挥。佩特利乌斯把招募的老兵组成步兵中队，安排在第一线，其余的人则安排在他们的后面作为预备部队，他本人则骑着马来回巡视，叫着名字激励他们，并且请他们不要忘记，他们是为了保卫自己的祖国、自己的孩子、自己的祭坛和炉灶而同没有正规武装的匪徒作战。他是一个有作战经验的人，在三十多年的时光里他曾以军团司令官、指挥官、副帅或统帅的身份在战场上立下卓越的功勋，他本人就认识他的士兵的大部分和他们的功业，通过提起这些功业他激起了他们士兵的斗志。

最终，喀提林和他的死士们在前往皮斯托亚的时候被南北两支政府军团团围住，两军展开交锋激战。由于这是一场力量悬殊的对决，胜负很快分晓。喀提林和他的3000勇士全军覆灭，这其实是平民激进派为恺撒的崛起作出的某种血肉的铺垫，因为至少为恺撒在平民百姓中赢得了空前的名望。

撒路斯提乌斯最后满怀同情地描述了喀提林最后的战斗。作者着墨不多，但是给读者留下了十分深刻的印象。这不仅因为作者作为恺撒的部下与恺撒和喀提林有气味相投的一方面，而且因为喀提林一伙不管他们怀着怎样的个人动机，他们毕竟是在同腐化的贵族统治集团的殊死斗争中英勇地倒下去的。

公元前62年夏，喀提林拼凑的部队被消灭了，战争期间一直装病的安托尼乌斯匆匆赶到马其顿，开始专心敛财。西塞罗则成了拯救共和国的英雄，被授予"国父"这一崇高无上的称号，威望达到顶峰。

45岁的大将军庞培从东方前线凯旋归国，从意大利半岛南端的布林迪西登陆后，他解散率领的军队，只身回到罗马，准备参加执政官的选举，成为恺撒、克拉苏在政治上的竞争对手。

恺撒虽然没有参与喀提林起义，但在公民会议上公开为喀提林出庭辩护，反对元老院不经审讯就判处喀提林及其同盟者死刑。并在会上公布了自己的演讲稿。因此，恺撒在下层民众中获得了很高的声望，当选了第二年（公元前62年）的法务官，时年37岁。

第八章
崭露头角的共和国豪杰

艰难中脱颖而出的恺撒

公元前 1 世纪，罗马已成为一个囊括整个地中海地区的奴隶制大国。此时以城邦为基础的罗马共和体制已不适合奴隶制经济的发展，政体变革成为必然趋势。罗马统治阶级在镇压奴隶起义过程中发现军事独裁是一种比较适合的统治方式，但元老贵族则反对将所有权力集中于一人。为建立军事独裁体制，统治集团内部元老贵族和骑士民主派之间展开了激烈的斗争。许多人企图登上军事独裁者的宝座，其中最有实力的三个人：恺撒，他以改革派的形象和赫赫战功，得到骑士与平民的支持。庞培，他曾率军团在东方掠得许多土地和财富，是罗马烜赫一时的人物。克拉苏则是镇压斯巴达克起义的刽子手，在苏拉大清洗和所谓改革中的既得利益者，成为罗马共和国的首富。三人势均力敌，无论谁都没有足够的力量独揽大权。经恺撒撮合，三人在公元前 60 年结成秘密政治同盟，历史上称为前"三头同盟"其实质是为追求权力的平衡而暂时组合的军事寡头统治集团。

恺撒（Cornelia）出生于公元前 100 年 7 月 12 日，他的家庭是罗马的贵族世家。但是他出生时家族已经败落，只是贵族的传统还严格保留着，也即重视对于子女的教育，希望有朝一日能够重振家业，而使贵族血统重新发扬光大。曾严厉批评马略"欠缺政治教养"的历史学家蒙森，称赞恺撒是"罗马诞生的唯一天才"。

恺撒的家族是一个由贵族破落为平民的家庭，因而他家不像其他资深贵族的豪华宅邸建筑在风光幽静美丽、空气清新、鸟语花香的帕拉丁尼山麓，而是紧邻罗马广场的大市场不远叫着"苏布拉"的地方，庭院不够豪华，但是绝不贫寒，而是家道殷实富庶，充满着书卷气息的贵族之家。这使得青少年时代的恺撒就能够接触平民社会，了解政治斗争的险恶和统治集团对于老百姓的伤害，并直接影响日后他在政治斗争的选择。

追溯恺撒家族的远祖，可以追溯到王政时代的罗慕路斯对于阿鲁巴的征服。阿鲁巴部落归化于罗马，逐步在战争中累积战功而成平民贵族。恺撒的拉丁音译就是"大象"的意思，也就是在第一次布匿战争中，恺撒所在的尤里乌斯家族成员力战迦太基军的"象群"而英勇无畏，被授予骑士称号，恺撒后来就成为家族名号，后来成为国家元首的象征。

公元前1世纪，尤里乌斯家族的"恺撒"出了一位执政官，名叫盖乌斯·尤里乌斯·恺撒这，也就是著名的授予意大利同盟城市奴隶平民身份开放公民权的《尤里乌斯公民权法案》的那位，他的提案终于以法律的形式，实现了格拉古兄弟多年为之奋斗而不得的解放联盟城市奴隶的理想，这位尤里乌斯就是小恺撒的伯父。后来的小恺撒组建"三头军事联盟"并从中脱颖而出，成为罗马首屈一指的军事沙皇"恺撒"（俄语的沙皇就是恺撒译音而来），其文治武功反而超过其伯父。

恺撒的父亲没有担任过执政官，只是担任了次一等级的法务官。这位法务官任满后准备去出任西班牙总督，正好暴发马略和苏拉争雄的内战。他的父亲曾经追随马略参加过"同盟战争"，所谓同盟战争，也即是过去和罗马共和国军队共同战胜汉尼拔的同盟国，因为一直难以获得罗马公民权的一次集体反叛。这场战争一共打了九年，战争的最高指挥官即是小恺撒的大伯父和姑父马略。战争的结束，是以伯父名字命名的《尤里乌斯公民权法案》的通过为标志，同盟国的平民和奴隶们获取罗马公民身份，反叛者的政治诉求达到而自然罢兵，巩固了罗马与意大利同盟国之间的战略关系。使得罗马迈出了从都市国家城邦走向世界帝国的关键性一步，对此恺撒的伯父居功至伟。

但是，他的父亲却死于那场苏拉和马略争雄的内战前线。在内战方酣之际，其母亲对小恺撒婚姻的选择，即将马略派执政官秦纳（Cinna）的小女儿娶进自己的家门，就可看出恺撒的母亲奥瑞莉亚在政治上的选择是忠于马略、秦纳的所谓"平民派"的。作为共和国资深法务官，老恺撒在即将退出任职之前到伊特鲁里亚为马略招募士兵，在那个夏日的清晨，他在途中弯腰系鞋带，突然脑溢血猝然去世。他在没有任何亲人在场的情况下被火化，骨灰被送回家乡交给他的妻子。

当秦纳的信使把骨灰盒交给奥瑞莉亚时，她还不知道自己的丈夫已经去世，她究竟如何感受，她究竟有何想法，没有人知道，就连她的儿子也不知道，而她的儿子在距离十五岁生日还有一个月时，就成为他们家的一家之主了。没有人看到她流眼泪，而且她的脸色也没有丝毫改变。因为她是奥瑞莉亚，她在自己的内心世界牢牢驻扎。她是一栋公寓楼的女房东，除了她的儿子之外，她对任何人都没有对自己工作那么用心。

恺撒的成长得益于他有一个非同寻常的母亲，他的母亲奥瑞莉亚出身于以学者著称的奥利乌斯·科塔家族，她本身就是罗马小有名气的女法学家，她的哥哥是执政官奥利乌斯·科塔，她聘请当时最优秀的希腊籍家庭教师对恺撒进行各个方面的教育。恺撒少年时代的教育就由他的母亲负责。他的同学有姐姐、妹妹和家中奴隶的子女，由此可见其家风的民主纯正，这也影响了恺撒从政后的政治抉择，即成为罗马共和国的平民派领袖。

在小恺撒还未及出生前，家中还引来了一位家族的明星也是克星，也即是父亲的妹妹、恺撒的姑姑尤利娅，尤利娅嫁给了当时的法务官马略，出身寒微的马略借助尤里乌斯家族的声势开始在军界政界青云直上，后来七任罗马执政官，其间声威显赫，荡平朱古达叛乱、取得"同盟战争"胜利、击退日耳曼人入侵、解决退役士兵问题；同时也因为和苏拉的权争遭遇坎坷，在官场可谓大起大落，大喜大悲，生动体现了马略和恺撒家族"一损俱损，一荣亦荣"的政治联姻关系，而恺撒对姑父和另一位权贵苏拉之间权斗的卷入，也影响到以后恺撒在政坛起落沉浮。

这两位枭雄此起彼伏的内部争斗充满血腥和杀戮，使得尤里乌斯家族包括恺撒本人在整个青少年时期都笼罩上难以抹去的阴影。他的两位伯父被列入姑父马略的黑名单，在马略清算苏拉余党的政治斗争中死于非命。原因仅仅是他们作为元老院议员，没有出面劝阻苏拉对于马略党徒的血腥报复。

恺撒的人生就这样一直掺杂在马略和苏拉的血腥权斗之中，难以分身，但是总体的倾向他是根据母亲思维走的，姑父始终是他心目中的英雄。这一定程度上成为后来苏拉对他迫害和他在登上权力顶峰后遭遇杀身之祸的原因，这同样与他在罗马政治中关于平民派的政治选择有关，也和他后来与马略的政治同盟者秦纳女儿在政治上联姻有着密切关系。17岁那年因为姑父马略的关系，他与罗马前执政官富有的康苏夏解除婚约，娶了罗马执政官秦纳的女儿科尼莉娅，这场政治联姻给恺撒带来可以预见的好处，在马略及其同党秦纳的鼎力推荐下，他出任朱庇特神庙的少年燃火祭司，这是他踏入政坛的第一步。

这项政治联姻是在苏拉扫荡东方小亚细亚大获全胜后，开始率领他的常胜军团向马略、秦纳发出复仇宣言时完成的。这是共和国的生死存亡之秋，执政官秦纳将15岁的女儿嫁给了17岁的尚未成年的恺撒，这一婚嫁得到母亲奥瑞莉亚的竭力促成。母亲为独生子选择这门婚事，在相当程度上被认为是在政治斗争中选择了平民派。而娶秦纳女儿为妻，进一步表明了他的政治立场。

第二年春天，苏拉率领4万大军自意大利半岛南端的布林迪西登陆，一路杀向首都罗马，风卷残云般地顺利到达罗马附近的罗慕路斯壕沟。然而，苏拉率领的军团并没有停止脚步，直接越过马修斯广场向罗马进军。这是明显违背罗马法律的叛逆行为，有可能被元老院宣布为"国家公敌"，他所率领的罗马军团就是叛军。然而，这支叛军却是经过东方战场考验虎狼之师，且对苏拉十分忠诚，作战十分英勇，由于在战争中发了大财，装备十分精良。面对数量高达二十万却人心涣散心慌意乱的共和国军队，一路势如破竹，不可阻挡地攻入罗马城。

苏拉着手对马略的平民派官员进行血腥屠杀，开始了他灭绝人性的政治复仇。在长长的复仇黑名单中，作为马略侄子和秦纳女婿的恺撒也被列入死刑名单。尽管恺撒只是一个18岁的青年，根本无法进行有效的政治活动，然而恺撒并不知道避祸韬晦，反而以祭司候选人的身份出面参加竞选，由于苏拉暗中阻挠，恺撒的登记被拒绝。等到商议是否要将他处死时，很多上层人物为他求情，一开始苏拉根本不予理睬，因为从恺撒身上苏拉看到了这个被称为黄口小儿的家伙具备比马略更为可怕的叛逆潜质。

当罗马极受尊敬的女祭司长也出面求情时，苏拉勉强同意将恺撒移除出"死刑执行黑名单"，但是他提出恺撒必须和秦纳的女儿离婚。然而，完全出乎所有人意料的是，恺撒坚决拒绝了苏拉的提议，不忍抛弃父亲刚死又有孕在身的妻子。独裁官苏拉自我解嘲地警告说，这小家伙身上明显保留有马略的枭雄气息。事实上，两人性格还是有很大差别的，恺撒身上更多体现的还是某种英雄气概，拒绝和公敌的女儿离婚不仅需要勇气，还需要忠诚、强烈的贵族式骄傲，以及对自己将来转变命运的强烈信心。此刻，恺撒担任的职务是神庙的少年祭司，他悄悄地带着几名贴身奴隶逃离罗马，在很长一段时间漂泊海外。

普鲁塔克在《恺撒传》中写道：

恺撒听到风声就隐匿起来，很长时期住在萨宾人的区域，经常更换藏身地点，有天晚上为了便于修养起见，从一所房屋迁移到另一所房屋，为苏拉的士兵所捕获，当时的守备部队正在那些地区搜查潜逃人员。恺撒用2泰伦向他们的队长科尔涅利乌斯行贿，获得释放以后马上登船出海，驶往比西尼亚避难。他在奈克米德王的宫廷稍作停留，返回罗马途中在法玛库萨附近被海盗所虏。那个时候这帮海盗拥有实力强大的舰队和无数小船，在海上杀人越货无恶不作。

普鲁塔克在传记中对凯撒和海盗的斗智斗勇介绍得绘声绘色，海盗起初对恺撒只提出20泰伦的赎金，恺撒讥笑海盗是狗眼看人低，竟然丝毫不知道他这位罗马贵公子的身价，如此低的身价简直是对自己高贵人格的侮辱，他主动提出自己可以支付59泰伦的赎金，这对于贪得无厌的海盗而言当然求之不得。他立即遣散随行人员到各处去筹款，身边只留下两名侍从和一个朋友，陪着他留在全世界最凶恶残暴的西西里亚魔窟中。然而，恺撒并不将这般海寇放在眼里，每当他想要睡觉，就大咧咧地吩咐这帮家伙们不许大声喧哗。在被海盗扣留的38天中，他如同世界上最快乐的人质，和海盗们完全打成一片，任意参加他们的各项活动和游戏，大块吃肉，大碗喝酒，完全没有贵公子的做派，对这帮海寇呼来喝去，好像他不是被看管的肉票，而是他的卫士。他写作诗歌和演说词，把海盗们当成忠实的听众，那些不懂得极口称赞的家伙被他讥讽为尚未开化的蠢货和大字不识的蛮族老粗，时常以开玩笑的口吻威胁要把他们全部吊死。海盗们非常欣赏他这种天不怕地不怕的态度，把他毫无顾忌的信口开河视为秉性直爽的淳朴。等到恺撒的赎金送来获得释放后，立即将人员配置在几艘船上，从米利都的港口出发去追捕海盗，使得大多数海盗都被捕获。海盗掠夺的钱财都成为他的赏金，人员全部关在帕加姆斯的监狱里，然后与担任总督的朱利乌斯联系。朱总督虽然振振有词地说惩治海盗是他的职责所在，但是心中盘算的却是占有缴获的海盗财产。于是只是应付地说，等他有空时会去考虑处理这批被捕获的海盗。恺撒看说话不投机，告辞而去，他一不做二不休地赶到帕加姆斯，将海盗押出来全部凌迟后钉在十字架上公开示众。惩处的方式正是他在充当人质时的所谓玩笑话，当时人们讥笑他是痴人说梦，现在看来，他是言出必行非凡人物。

那年恺撒已经 19 岁，苏拉 57 岁，他和苏拉拼的是年龄上的优势，他在等待大独裁者苏拉的自然死亡，再去努力实现自己政治抱负。所谓君子报仇十年不晚，流亡是一种对于胆识和学识的历练，他去过小亚细亚总督米努修斯的行营，作为随从人员参加过莱斯博斯岛的攻防战，此次战役使他获得"市民冠"的"勋章"。米努修斯所统辖的爱琴海诸岛属希腊文化圈，他如饥似渴地全面接触了学习了希腊先贤留下的典籍，使自己的心胸逐步开阔，知识不断丰富，在军事作战中能力显著提高，养成了吃苦耐劳、豪侠仗义的性格。四年之后苏拉死去，他重返罗马。开始了自己在政坛和罗马元老院那些苏拉派政客角逐周旋的生涯。

他从基层的律师当起，开始熟悉罗马法律和政治辩论的各项技巧，参与弹劾苏拉派权贵多拉贝拉在行省的腐败行为，诉讼失败后，为了躲避苏拉派的迫害，再次流亡希腊文化圣地罗德岛，进入罗德岛著名的阿波罗纽斯学院学习辩论术和修辞学。阿波罗纽斯是名闻天下的学者，西塞罗就出自他的门下。据说恺撒有优异的禀赋，可以成为伟大的政治家和演说家，他曾经努力学习，发展自己这方面的才华。但是他的远大志向并不在于此，同政治相比，他更热衷把军事和权术作为擢升登峰造极的手段，因为他姑父和苏拉的崛起，使他看到了军事绑架政治的神奇魔力，所以对于修辞和辩论的学习，他如同蜻蜓点水点到即止，最终还是将自己的心力智慧转到了征伐和谋略。

公元前 74 年，恺撒参加了由舅舅罗马执政官科塔和卢库鲁斯分别率领的水陆两路征伐本都国的罗马军团，从海上率领罗马舰队进入爱琴海和黑海内海普洛潘提斯海的科塔，在不到一年时间内，整个舰队全部葬送在米特拉达梯海军之手。这位罗马著名法学家在军事上完全是外行，被本都国的米特拉达梯（Mithridates）率军击溃。几乎全军覆灭后，科塔狼狈地病死在逃亡途中。米特拉达梯乘胜追击，进入亚洲行省。科塔的同事执政官卢卢库鲁斯只能放弃对于本都国的进攻，回援科塔。

公元前 71 年，卢库鲁斯赶走了米特拉达梯，几乎占领了整个本都国，罗马一个新的行省诞生，卢库鲁斯因此为罗马建立了不朽的功绩，他的崛起和恺撒老舅科塔的无能形成极为鲜明的对比，后来的卢库鲁斯功成身退，返回罗马后退出政坛，以元老身份在豪华的府邸中安享荣华富贵，颐养天年，在险恶的罗马政坛得以全身而退。老舅科塔遭遇惨败丧生时，外甥恺撒正在军中参赞军事，他接到罗马当局指令，接任舅舅遗留下的祭司职务，返回罗马。

27 岁时恺撒被擢拔为罗马军团的大队长，公元前 71 年克拉苏和庞培残酷镇压了斯巴达克斯奴隶起义，6000 名叛乱奴隶被钉死在沿着阿皮亚大道并排而立的十字架上。

为马略翻案确立领袖地位

公元前69年，恺撒位列共和政府的20名财务监察官行列，这是共和国的下级官吏，却是贵族子弟进入官场必须历练不可少的资历积累，他终于站在了进入罗马官场的起跑线上。他的任职地点远在西班牙的利比里亚半岛南部。而此时他的闻名不在于举世瞩目的军功和业绩，而是靠举债维持奢侈生活的花花公子做派。除了获得这一绰号外，他似乎毫无反省之意。在他财务监察官任期届满后，按照规定获得元老院议席，成为元老院后座议员。

恺撒在政治上出头露面的机会来了，这一年他的姑姑前独裁官马略的遗孀尤利娅逝世，在送别姑母的葬礼仪式中，他作为姑姑的直系亲属主持了葬礼仪式，这种仪式十分隆重，从住宅出发沿着通往市中心的道路逶迤而行，表情凝重的恺撒竟敢捧着"人民公敌"马略画像在众目睽睽下招摇过市，借亡灵而抒发自己明确释放出平民派准备东山再起的信号。罗马市民中当年平民英雄马略的形象蓦然出现，引起人群的一阵骚动，恺撒发现人们眼中噙着泪花心情显得很激动，显然马略在民间的巨大影响力依然是存在的，也是恺撒在政治上崛起可以利用的力量。

普鲁塔克在《恺撒传》中记载：

他在罗马广场公开发表一篇令人感动的悼词，用来推崇他的姑母尤利娅，也就是马略的妻子，尤利娅的出殡行列中，他竟敢把马略的遗像展示出来，自从苏拉掌握大权，马略这派人马被宣布为国家公敌，尘封的画像从来没有出现在大庭广众之前。有些在场的人士开始提高嗓音指责恺撒，民众却站在一旁喝彩和鼓掌，因为他把马略在这个城市久受湮灭的荣誉，重新由坟墓深处挖掘出来，不禁让他们感到喜悦和满足。

因为马略的儿子孙子几乎为苏拉杀光。他作为血亲在所致的悼词中借机吹捧了自己那些充满神话色彩的伟大祖先。因为罗马是多神教的国家，有着敬畏祖先的古老传统，他说姑姑的娘家——尤里乌斯家族，来自于爱神阿芙洛狄特的儿子埃涅阿斯，他的先祖就是拉丁族人的先祖、从特洛伊城逃出来的埃涅阿斯流落到意大利，与当地公主拉维尼亚婚后生子阿斯卡尼乌斯。罗马人将阿斯卡里乌斯称之为尤里乌斯。吹捧姑姑的家族，就是炫耀自己的高贵身世，在民众中提高自己的声望。因此，恺撒能够以爱神之后夸耀于世，也即他对家族事业的振兴是有着天命所归的意思。他几乎是赤裸裸地借助神的名义为他的姑父马略翻案，宣示自己挑战苏拉体制，继承马略平民派首领位置的决心。

在举行葬礼时，恺撒不动声色，略带悲伤地为这位年长的前执政官妻子发表追思演说，颂扬她的高贵品德和美好形象，这是罗马对于贵族妇女去世的古老传统。没过多久，更加令罗马市民瞠目结舌的是，他的年轻妻子科妮莉娅因难产而去世，她是前执政官秦纳的女儿，秦纳也是被苏拉宣布为"国家公敌"的马略死党，他竟然再次冒天下之大不韪，公开颂扬自己妻子的心地宽厚，渲染两人婚姻的伉俪情深，这简直是变相公开表达对于目前仍然在罗马政坛上牢牢控制着大权的苏拉派元老贵族的不满，是向苏拉体制的极大挑战。等他办完这两桩明显带有政治复辟色彩的丧事后，就以财务官的身份去西班牙总督手下服务。

但是，这一系列暗藏政治玄机的信号并没有引起罗马贵族元老院的足够重视。因为元老院的当权者根本就没有把这位刚刚获得元老院席位的花花公子放在眼里。罗马依然牢牢掌控在苏拉派手中，恺撒作为马略的余党，根本就是小泥鳅掀不起大浪来。他们实在是对于现行体制过于自信，而丧失了对于政治的敏感性。

然而，恺撒的这些看上去不经意的举动，却唤醒了无数罗马市民和曾经的马略老兵对于老当家辉煌过去的记忆。苏拉所苦心孤诣建立的共和贵族寡头体制开始松动，为今后恺撒在政坛的崭露头角奠定了基础。也就在这一年，恺撒迎娶了他的第三任妻子庞培娅，庞培娅是庞培乌斯·鲁弗斯（公元前88年罗马执政官）和苏拉女儿高乃莉娅所生的女儿，系斜眼庞培的侄女，后来的马格努斯·庞培的表姐，敌对势力的两派就是以这种门对户当的联姻关系纵横交错地纠缠在一起，互相作为亲戚或者政敌在罗马政坛存在着。恺撒唯一的女儿尤利娅就是庞培娅所生，后来嫁给了大将军庞培，成为恺撒和庞培政治联盟的胶合剂。

恺撒依然按部就班在自己的仕途上缓慢升迁。公元前 65 年，35 岁的恺撒当选为按察官。恺撒决定利用这个堪称罗马营建官的职务实施自己的政治计划。他深知在罗马共和民主政体下和民众搞好关系的重要性，因为民心可以换取选票。按察官一共有三位，他根本不顾其他同僚的意见，在工程预算没有经过元老院批准的情况下，一意孤行地举债开建大手笔工程。这些工程都是恺撒的政绩工程。

首先，对公元前 312 年修筑的阿皮亚大道进行了大规模的整修。其次，举办大型角斗比赛，迎合罗马市民心理，争取民众支持。他雇佣 320 组共计 640 人的角斗士，让他们在右手臂戴上在阳光下闪耀着动人光彩的纯银铠甲进行角斗，非常吸引市民的眼球，在印象深刻的双方对阵杀戮中给民众留下深刻印象。元老院长老们虽然颇有微词，但是民众却乐此不疲，看得兴趣十足。虽然，在恺撒担任按察官一年，他的个人债务几乎达到天文数字，但是他毫不在意。因为欲成大事者从来都是不拘泥小节的，财物在他看来都是身外之物。他利用修路和角斗士比赛积累起了很高的声望，而几乎没有动用国库一分钱。

第二年即将任满之前，他竟然骇世惊俗地把原来被苏拉摧毁的马略纪念碑重新在朱庇特神庙前竖立了起来。并下令制作马略画像和胜利女神雕像，在雕像和画像彼此交集的两位主人公手里公然塞进了战利品，他偷偷在夜间不动声色地将这些神话前辈的作品安放在了卡皮托神庙的大殿，将马略暗暗比喻为国家的保护神。这种公然修复"国家公敌"纪念碑和绘制伟人画像的行为，已经变成了对现行政权的挑战。

第二天早晨，人们看到这些金光闪闪的雕像和制作精美的画像，只能是惊奇和感叹，瞬间激活了马略这位平民出身将军的记忆。因为，雕像基座上刻着的铭文，记叙了马略战胜辛布里人的色科蒂流斯泉和维西里的两大战役的丰功伟绩。正是这两大战役使得罗马公众把马略比喻为共和国的伟大救星，称赞他是继罗慕路斯和卡米拉斯之后罗马第三位奠基者。大家对于放置者的大胆感到惊奇，但是大家不难猜出这是谁的主意。

事件很快在罗马公众中迅速传播，不少人来到神殿，两派意见尖锐对立，有些人高声责难，斥骂恺撒企图阴谋颠覆政府，改变对马略"国家公敌"的定性，这种做法是用来试探民众舆论的一种手段，伺机推行马略式的平民化改革，是对现行体制和元老院权威的公然挑衅。而在另一方面，马略派的人马士气大振，欢欣鼓舞，庆祝他们又有了新的领袖。元老院的贵族们虽然内心十分不满，但也十分无奈，因为民众似乎很欢迎，不少人依然对于马略这位平民英雄十分敬仰怀念。无数拥护者欢呼着踏进神殿，看到马略画像的时候，饱含热泪喜极而泣，人们对恺撒大加赞扬，认为在马略的众多亲戚中只有他没有辜负这位伟大人物的厚望。

元老院为此专门召开会议讨论此事。确实恺撒放出的这个试探民心民意的气球，引爆了民众心中潜藏的对马略的怀念，也使某些元老怒火中烧。比如苏拉事业铁杆捍卫者，当时罗马最显赫的人物之一，元老院派大头目卡图拉斯·卢塔久斯在会上对恺撒大肆攻击，他用精辟的语言警告说："恺撒并不是在暗中破坏体制，已经公开装设投射武器，开始推翻政府。"恺撒却并不买账，他挺身据理力驳，赢得了元老院大部分议员的赞赏，毕竟苏拉是个有争议的已故独裁者。那些拥护他的人，劝他不要为任何人的反对而轻易改变自己的主张。

公元前63年，爆发了破落贵族喀提林率领的平民派反抗苏拉贵族派的大起义，起义被迅速而残酷地镇压了。恺撒在骨子里是起义的同情者，只是他对喀提林这种赌徒式的孤注一掷并不感兴趣，他要通过合法的手段逐渐一步一个脚印地登上高位，实践自己治国平天下的理想。他看到了共和国为每一个公民追求荣誉的愿望开放了通道，尤其是具有贵族血统的身份青年更加具有得天独厚的先天优势，他只是在官场椭圆形的跑道等待突破的机会。机会不负有心人，家族的先天优势总是存在的，姑父马略的声望在民间依然如日中天，尤其是共和国权贵既得利益集团普遍腐败的当下，平民对于现政权的不满是可资利用的资源，这是某种地下流窜的烈火，需要有火种点燃，这火种也许就是死去故人的亡灵。无疑马略的遗产就是这位前执政官的无可替代的声望，这是家族留给他的宝贵财富。

也就在这一年，罗马最高宗教头目大祭司梅特鲁斯·皮乌斯去世，37岁的恺撒决定角逐这一职务。恺撒集中攻击元老派贵族卡图卢斯，此公是苏拉的死硬派，曾经贪污公共建筑资金，中饱私囊，也是恺撒竞选罗马大祭司的主要竞争对手。这一职务由35个选区，抽出17个选区进行民主选举。于是恺撒利用其积累起的名望，动员自己平民派的粉丝团出入家庭拉票、去街头拜票、利用名人游说，这种当代民主政治下的竞选方式，其实早在古罗马时期就已经采用了，因为罗马各级高官还是比较顾忌民意的。

对于债台高筑的恺撒而言，他的竞选经费除了粉丝团赞助外，就是继续举债。因为大祭司这一角色没有什么政治特权，一般充满政治野心年轻精英绝对不会举债去争夺此职位。但是大祭司也有许多独具一格的优势：大祭司为罗马宗教界的最高领袖，是极少没有同僚的单独履职者，大祭司还可兼任其他公职，罗马其他公职人员均有任期限制，大祭司是唯一例外的终身制，大祭司是唯一由政府提供官邸的公职人员。在恺撒看来，宗教也是国家统治的重要工具。

因此，对这一职务恺撒志在必得。他利用竞争对手卡图拉斯的苏拉派贵族元老在民众中并不受待见的弱点，利用政治鼓动和经济笼络的手腕，在马略平民派中占有巨大民意的优势，在民众的支持下，获得了成功，最终将自己的家搬到了市中心罗马广场的大祭司官邸，在这一不很豪华的官邸中接待来访群众，处理公务，一直居住到他被布鲁图斯血腥谋杀于元老院议事大厅的象牙座椅上。

迈出建功立业第一步

公元前 60 年，这位债台高筑、被认为花花公子的大祭司恺撒在法务官任满后，担任了西班牙行省总督。这一任职也许是罗马元老院想把他打发出罗马，免得老是在罗马不时制造麻烦。

况且西班牙南部有一些民族很不服从殖民当局的管制，时不时有人起，或者干脆占山为王对抗罗马当局，就让这个不安定分子前去管理这个不安定的省份吧。在一班贵族看来，这是一个是非之地。但是恺撒认为这是他大显身手的机遇，越是艰险越是能够显示出自己的政治治理能量。因为这等于将整个西班牙南部交到了他的手中，他就是那里的国王，是自己大显身手的舞台，是一块迈向执政官位置的跳板，看看眼前的罗马新贵庞培和卢库鲁斯的发迹，哪一位不是在海外行省的扩张中建功立业大发横财的。

但是在履任新职前，债务缠身的他被债主追讨得走投无路。这时他已经欠下 2500 万塞斯提尔斯，眼看西班牙去不成，不但雄心抱负不得施展，没准还要去坐牢。因为以西塞罗和小加图为首的文人政客们口口声声称罗马共和国是依法治国的法治国家，欠下巨额债务而又不思偿还，是显然的违法行为，既然违法就得承担法律责任。

这时，那位靠抢掠马略党人巨额财富和镇压斯巴达克斯起义发了大财的克拉苏出面救了他。马尔库斯·克拉苏（Marcus Crassus）是罗马首富，将欠债人打入大牢显然不利于这笔巨债的偿还。况且恺撒这个不安定分子马上要就职的西班牙总督也是个肥缺，平息叛乱本身也是一次掠夺财富的机会，他自己就是在平息斯巴达克叛乱中发的大财。克拉苏是恺撒在罗马的主要债权人，不如就此送个人情给这个不安定的家伙，没准就是一笔不错的政治投资。政治上的结盟，其实就是以权力和势力作为连接的纽带，结成政治扩张相得益彰的权势联盟，从而攫取更大的政治经济利益。因此，克拉苏不但将偿还自己债务的期限延长，而且还出面担任恺撒对其他债权人债务偿还的担保人。有了罗马首席富翁克拉苏的保证，终于使新任西班牙总督顺利走马上任。

　　在西班牙总督任上的一年时间，恺撒对政务基本无所用心，把主要精力放在理财和募兵上。在很短时间内招募建立了一支自己的军队。依靠这支军队先后征服西班牙各民族，对西班牙全境的敌对势力进行了有力清剿，把那些没有向罗马当局臣服的民族一一剿灭。这样既为自己挣得盆尖钵满，又把抢掠来的大量财物填充了罗马的国库，把元老们哄得心情舒坦，为他以后的升迁打下牢固的经济基础。一年任满之后，他胜利而归，不仅偿清欠债，而且腰包还塞得满满的，他也成了家资饶富的新富翁。

　　他原本可以搞个隆重的凯旋仪式炫耀军功。然而，鱼和熊掌不能兼得，按照罗马的法律，功勋仪式和官位只能在两者之中选其一，恺撒凭借他在西班牙的战功向元老院提出竞选下一届执政官。按照当时罗马法律：任何人如果要享受凯旋仪式的荣誉，必须住在城外等候元老院的召唤才能进城。同时法律还要求参与执政官、护民官竞选者必须亲自到场，参加竞选。

　　恺撒率兵返回罗马前时，恰好在竞选前夕，享受荣誉就得放弃竞选，参加竞选必须放弃荣誉。恺撒着眼于长远的政治目标，放弃了眼前的荣誉。但是，他也绝不能放弃靠战争争取来的民心民意，没有正式仪式，他可以自己制造声势来招揽人心。

　　他直接骑着象征凯旋的高头大白马，既轻车简从又不失张扬地冲进罗马城来，一路马蹄声声，接受群众自发的欢迎，就这样在市民的欢呼声中，他来到卡匹托尔山，向国家公文书馆提出执政官候选人登记。这样似乎更多的罗马市民开始关注他这位从西班牙凯旋的将军，为他顺利当选公元前59年的执政官争取了名声和选票。

　　虽然和其他竞争对手相比，他的本钱还不是很足，但元老院不得不认可他的候选任职资格，因为恺撒是身为前法务官的行省总督，而且具有接受凯旋仪式的充分军功。40岁的恺撒成功了，尽管只有短短的一年任期，这一年任期将成为他铺筑未来通向大权独揽之路的良好开端。未来他还将有接受好几次盛大的凯旋仪式的机会。

　　命运女神一次次地眷顾于他，这次幸运来自伟大的庞培。当时从征服东方归来的庞培已经是罗马最有名望人了，他找恺撒诉苦道，他回国后虽然热闹风光了一阵子，但是元老院根本就不服他。那帮尸位素餐的权贵只知道在无所事事中安享荣华富贵，在政治上玩弄权术或者以华丽的辞藻哗众取宠，过去曾允诺给他所征服的东方君主名号和管理城市的权力，以及落实对于老兵的安置，没有一件兑现的。弄得他在那些老部下眼里很没面。

恺撒听取了庞培的倾诉，立即表示同情和支持。庞培大为感动，立即表示全力以赴支持恺撒竞选执政官。恺撒和庞培站在一起并不表示他要去反对克拉苏，在三方力量势均力敌的情况下，只能求得暂时的妥协和权力的平衡。也即共同瓜分权力，利益共享。因为庞培拥有重兵，公元前70年与克拉苏一起当选执政官，多次率兵出征，先后剿灭海盗，镇压小亚细亚起义，消灭西亚塞毓古王国，在东征中功勋卓著，成为罗马最有名的军阀。恺撒是前军阀马略的侄子，在重塑马略形象中获得平民和马略老兵支持，是声誉鹊起的平民派的代表。恺撒能言善辩，办事果断狡诈，且在评定西班牙内乱中孕育了自己的武装，在为民主派激进同党喀提林辩护中积累了很高的名望。克拉苏在镇压斯巴达克斯奴隶起义中立有大功，因而在国内也有强大的政治势力，他又是大奴隶主，拥有巨额财富。三人各有优势，在政治角逐中难分伯仲，罗马人称：克拉苏的财富，庞培的势力，恺撒的声誉，在罗马政坛三足鼎立的权力天平上各占一级，既然谁也难吞并谁，只好相互妥协，利益共享。在恺撒的撮合下，"三头同盟"政治经济利益共享同盟雏形初显，使得共和体制开始瓦解，政治军事寡头垄断权力利益均沾的体制开始建立。

热衷功名的庞培大将军

庞培（Pompey）在 23 岁时被独裁者苏拉尊称为"大将军"，这并非虚名，而是来自于他的军事实力和卓越的指挥才能。他是公元前 89 年罗马执政官"斜眼庞培"斯特拉波（strabo）的大公子，其家族有财有势，富甲一方。在苏拉和马略、秦纳争夺天下时，他在家乡利用父亲巨大的影响力和饶富的家资招兵买马，拼凑出两个军团投靠苏拉，得到苏拉的赏识。以后在内战中平息马略余党叛乱，为苏拉的独裁统治立下汗马功劳。在巩固罗马共和统治，征服欧亚非洲诸王国，开疆拓土，建立不世之功业，奠定了政治上崛起的雄厚基础。

他在青年时代起就平步青云，位极人臣。25 岁时因为辉煌的军功，苏拉破例为他举办了凯旋式。以后又在苏拉麾下屡建功勋，成为叱咤罗马军界、政坛的风云人物，在古罗马历史上享有举足轻重的地位。由于在与恺撒争雄的内战中，他意外地丧生于由自己扶植的傀儡埃及国王托勒密之手，使他的死蒙上了一层浓烈的悲剧色彩，因而令人扼腕叹息，成为悲剧中的英雄，这依然还是出于他在谋略上缺乏心机，失去了东山再起或者和恺撒达成妥协，重返罗马安度晚年的机会。

庞培的父亲庞培乌斯·斯特拉波作为执政官，在攻占派西隆地区反叛城市奥斯库隆时立有功绩，但由于过于贪婪钱财，他获得的大量战利品不肯分给手下的官兵，遭到部下怨恨，树敌较多，乃至于在公元前 87 年部下不愿防守罗马，对抗秦纳、马略的部队的入侵，发生著名的抗命事件。其实，斜眼庞培在活着的时候是个所向无敌的勇士，在军方有很大的权势，一般人对他充满畏惧，只是敢怒不敢言，等到他遭到雷击亡故，大家为了泄愤就将他的尸体从火葬的柴堆尸架上拽了下来，对尸体进行了羞辱，至于他的功绩也就忽略不计了。

和其父亲相反，对手庞培生前及死后的评价一直是正面的，即便是他的政敌、内战时期的对手恺撒，也对庞培在埃及的意外罹难表示了深切的同情和哀悼，恺撒在占领了亚历山大港后，处死了杀害庞培的凶手，逼走埃及国王托勒密十三世，扶植他所钟情的埃及女王上台继位。恺撒将庞培的骨灰交给了家属，使客死异邦的大将军魂归故国，入土为安。

普鲁塔克在《希腊罗马英豪列传·庞培传》中评价道：

没有一位罗马人能与庞培相比，不论命运的枯荣盛衰，都能够获得同胞的衷心的善意和挚爱，更不要提他的崛起是那样的快速，他的成就是那样的伟大，他的不幸是那样的恒久。他们痛恨斯特拉波只有一个主要理由，就是他那永不餍足的贪婪；庞培有很多长处使他获得大众的拥戴，诸如节制的个性、用兵的素养、雄辩的口才、正直的精神，以及友善的谈吐，任何人在请求他帮忙的时候，都不会感到自惭形秽，即使他赐给任何人恩惠，表现的风度也使人感到如沐春风。总而言之，他的施与绝不摆出傲慢的神色，他的受惠尽量保持尊贵的身份。

少年时期的庞培，因为英俊的外貌和乐善好施的性格得到广泛好评，在乡间间里有着良好人脉关系，既有男人缘更有女人缘，由于他拙于口才，不善言辞更加使人增添了忠厚的感觉。普鲁塔克称赞他：即使是玉树临风的年华，就能表现慷慨的习性和高贵的品格，等到成年更加成熟以后，自然流露威严的气势和王者的风范。他的头发从前面稍微向上梳起来，略带忧郁气质的眼睛和面孔的轮廓，与亚历山大大帝的雕像极为神似，大家都有这种说法，事实也的确如此。

庞培曾经婚配四次，尤其是与恺撒的女儿尤利娅和梅提拉斯·西庇阿的女儿科尼利娅，都是贵族式的政治联姻，满足的都是双方的政治欲望和其中潜在的家族政治利益的诉求。可以说庞培得益于此，也失之于此。随着罗马政治局势的转换，他因为妻子的转换基本保持了和老丈人的一致性。因为最后的两个老丈人在政策上基本南辕北辙，他和恺撒女儿的婚姻因此结成的政治联盟，因为恺撒女儿难产身亡而终结，恺撒是反共和权贵政治的平民派领袖，婚姻的重启意味着庞培在政治上重新进行抉择，这一点很像他的父亲"斜眼庞培"，此公因为时常的政治投机而有"墙头草"的绰号。庞培又娶了梅提拉斯·西庇阿的女儿，又成了共和的捍卫者。在恺撒跨越卢比孔河，公开竖起造反大旗反对共和国时，庞培受命于危难之际，成为捍卫共和国的主力。然而，面对恺撒的强大攻势，他只能流亡到非洲的埃及，最终死在埃及国王的刀下，头颅作为埃及国王的投名状，献给了恺撒。

庞培和卢库鲁斯（Lucullus）都是苏拉征服东方米特拉达梯的大将，两人曾经在争夺指挥权时发生尖锐的矛盾，双方关系非常恶劣，乃至卢库鲁斯在失去执政官后将统兵大权移交庞培时，庞培仅仅将1600名老弱病残的老兵油子交给他，组成他的卫队返回罗马，在其他方面也是针锋相对互不相让。同时两人在战争中都掠夺了大量财富。然而在生活方面，庞培的生活方式要比卢库鲁斯简朴得多，卢库鲁斯在政治的进退方面则要比庞培成熟许多，他看透了罗马高层政治的险恶，在他从米特拉达梯战胜归来，年仅50岁时就退出了政坛，开始了自己富家翁的奢侈生活。成为一个功成身退，广置产业的艺术品收藏家、美食家、图书善本鉴赏家和学术研究者。他作为政治元老、战争中的英雄，享受自己的荣誉而不染指政治，在豪宅美食的享受中，吃吃喝喝，游戏人生，安度晚年得以善终。庞培却始终陷身于政治的旋涡中心，好大喜功，追求政治上的荣誉感和如日中天的好名声。在与恺撒的权争中最终死于非命。

普鲁塔克在《庞培传》中记载：

从他的饮食可以知道他不讲究排场，生活非常简朴。据说有一次他生病胃口不好，吃下普通的肉类就会引起呕吐。医生的处方是要他每天吃一只鸫鸟，发现时令不合无法买到，有人告诉庞培说只有卢库鲁斯才会终年供应不绝，于是他说道："总不能说靠卢库鲁斯的奢侈，庞培才能活下去吧！"于是不理会医生建议的食疗，将就吃些易于购买到的肉类。

卢库鲁斯也是罗马历史上文武全才的世家子弟，苏拉麾下举足轻重的大将，苏拉对他的人品、才情评价极高，超过对于庞培的评价。苏拉在临终前完成的二十二卷《回忆录》扉页题写的是"献给比他写的更好的人"，指的就是卢库鲁斯，并且将自己未成年的儿子托付给卢库鲁斯。可见对他的信任程度大大超过庞培。

此时，庞培正和苏拉的政敌执政官雷必达打得火热，果然不出苏拉所料，雷必达在庞培鼎力支持下当选执政官后，企图以平民的立场制定政策，推翻苏拉一系列旨在巩固共和国权贵寡头特权的做法。立法企图失败后，雷必达起兵造反，最终被元老院宣布为"人民公敌"，遭到权贵集团的残酷镇压。

普鲁塔克对卢库鲁斯的评价是"这是一个清白公正的人，个性又极其温和"，而且深明大义，在权力功名的追逐上并没有过高的欲望，对于财产奢侈生活的追求，也许只是某种韬晦和掩饰，更多是明哲保身的手段，在政治上表明自己没有政治野心，不至于因为"功高震主"成为政敌猜忌和攻击的目标。他因此被庞培、恺撒、西塞罗等强势人物认为是庸庸碌碌贪图吃喝玩乐的凡夫俗子。而真实的卢库鲁斯骨子里透出深厚的文化底蕴和政治智慧，这些均是庞培这个热衷于功名权势的一介武夫和克拉苏这个以经营产业的手段来经营政治的掮客所缺乏的品质和素养。

功成身退的卢库鲁斯

卢库鲁斯的祖父曾经担任过执政官，他的舅舅就是公元前109年担任执政官征服朱古达的梅提拉斯，后来老舅被马略取代，怏怏不乐地回到罗马，转任前102年的监察官，因为弹劾元老院两名元老不成反被倒咬一口，遭到打击报复，被逐出罗马，流放了很久才回到罗马。卢库鲁斯的父亲因为被占卜官塞维留斯举报贪污渎职被治罪，卢库鲁斯在年轻时就为了报父亲被诬陷入罪的仇恨，反告占卜官，虽然没有成功，但是他的胆识和勇气依然受到罗马市民的称赞。

从幼年时代开始，卢库鲁斯为了达到将来从政的目的，致力精研经国济世之道，追求心智奔放的自由，不为现实陈规陋习束缚，每有闲暇时间便进行哲学方面的学习，激发沉思默想的天赋，弃绝野心勃勃的念头。普鲁塔克说这是他与庞培最大的不同之处。

卢库鲁斯学以致用，成为一名潜力无限的演说家，他同时精通希腊语、拉丁语。他的演说用词文雅，事先对法律业务有充分的准备，因而显得有理有据文采飞扬，宣传效果远远超过那些在市民广场发表演说的一般政客，很能吸引大众的眼球，因而声名鹊起。

贺廷修斯是苏拉的副将，也是历史学家、著名演说家，卢库鲁斯在涉世未深时曾经和他开玩笑说，他想写一部关于战胜马西人的"意大利联盟战争"的史书，不知是用希腊韵文还是拉丁散文写作为好，想用抽签来决定。贺廷修斯说，你说话要算数。抽签的结果是用希腊文，卢库鲁斯所写的这部战史果然成为传世之作。

在同盟战争中卢库鲁斯还很年轻，他的战斗经历证明他英勇而且指挥卓越。苏拉对他的坚韧宽厚赞不绝口，经常将重要的工作交给他。特别是涉及战争军费的筹措工作，牵扯到将缴获的大量金银铜铁等熔铸为流通货币的监造工作，把这项重要的工作交给老成厚重的卢库鲁斯进行，为有效保障战争经费，使得掠夺的财富变化为货币在流通领域使用，卢库鲁斯不负重托，圆满完成任务，使得当时流通的货币被称为"卢库鲁斯铜板"。

公元前66年，在外征战7年之久的卢库鲁斯带着庞培交给他的1600名老疲兵油子胜利归来，这年他50岁，已经两鬓斑白，满脸皱纹。罗马元老院为他举行了空前隆重的凯旋仪式。凯旋式的游行队伍从战神马尔斯广场出发，绵延数里，展示着他与本都国王、亚美尼亚国王战斗中缴获的各种东方华丽的武器和铠甲。凯旋式以10辆装有双巨镰的东方战车为先导，其后是被俘虏的60多名本都和亚美尼亚的高官；接着是用一队牛车拉着的110艘战船的彩绘青铜撞头；再后面是用黄金打造2公尺高如同真人大小的米特拉达梯雕像，以代替没有被抓获的国王本人；接下来是数量众多的战利品，用20副担架排成一队，包括一个镶嵌着名贵宝石的盾牌，众多的银壶和33个金杯；再就是8头驴拉着黄金制成的轿子，轿子上堆放着56块银锭和270万德拉克马（希腊货币）金币。让市民们看得目瞪口呆。在队伍最后，是一队士兵举着的大牌子，牌子上详细记载了卢库鲁斯取得的各项战绩，其中一块牌子记录了向庞培移交军权后剩余的军费余额和上缴国库的银两，以及发放给军团官兵的奖励金额，等等。

满面春风的卢库鲁斯穿着战神马尔斯式铠甲，在乘坐着四匹白马拉着的战车出现后，凯旋仪式完美结束。凯旋式结束后的当晚，卢库鲁斯一掷千金邀宴罗马及附近村庄的市民。卢库鲁斯的辉煌到此结束，从此他渐渐淡出政坛，隐居乡间别墅开始自己有声有色丰富多彩的晚年财主生活。

在隆重的凯旋式结束后，卢库鲁斯陷入家庭和政治的双重挑战。他长期在外征战期间，他的妻子克劳狄娅（Ciodia）竟然和自己兄长普布利乌斯·克劳狄乌斯（Publius clodius）私通，造成家庭丑闻。卢库鲁斯不得不和妻子离婚，迎娶了"元老派"小加图的姐姐塞维利亚（Servlia），事实证明这是一桩非常不幸的政治婚姻，这场婚配的背后隐藏着"元老派"也称为"共和派"两位头面人物小加图和西塞罗的政治目的，想借助卢库鲁斯的崇高声望来抵消庞培的独裁专制和恺撒、克拉苏与之政治联盟的巨大影响力。

卢库鲁斯凭着自己对政治的敏锐洞察力，感觉到小加图和西塞罗纯粹是夸夸其谈而缺少实践能力的空头理论家、思想家，他们所谓维护共和体制的理想，已经变成某种陈腐的空洞宣传。他感觉自己无力回天，也不愿意成为这些政客手中挡箭牌。为了避免马略在辉煌顶峰后沉重跌落，被政敌掘墓鞭尸挫骨扬灰的悲惨结局。他要洁身自好，急流勇退。如果抱着难以满足的野心，追求永久的名位和无限的权力，甚至到了垂暮之年，还要去领导政治党派与年轻人去争权夺利，让自己陷入你死我活的党争之中，最后的下场是极为悲惨的。卢库鲁斯选择了和平的安宁和幸福的长寿，在功成身退后安度余生，而"前三头"政治强人理所当然地选择了对于功名利禄权势的追逐，即在血泊中塑造起自己不同凡响的伟人或者超人形象，即便粉身碎骨也要成为主宰世界的枭雄，这就是价值观的不同而导致的不同人生。

卢库鲁斯开始刻意和日薄西山的"共和派"保持距离，渐渐淡出政界，但他也绝不背弃信仰而卖身投靠新崛起的所谓"平民派"，他深深知道所谓"平民"的幌子只是野心家达到独裁充当僭主所利用的民粹工具，最终还是要踏着平民的肩膀而走向帝制一尊，苏拉走的就是这条路，只不过苏拉修补的是千疮百孔的共和国这件华丽外衣，而恺撒最终要抛弃的就是共和袍褂，为早已扩张成帝国的罗马披上没有皇帝的皇帝新衣，"恺撒"就意味着没有边界的无上权力。

普鲁塔克在传记中这样评价晚年的卢库鲁斯：

卢库鲁斯传记就像一出老式喜剧，开幕的时候呈现在我们前面的是政治行为和战争行动，到了终场除了吃喝玩乐，其他一无是处。看来"人生如戏"倒是所言不虚。我对他那些造价不菲的厅堂、柱廊、和浴场评价不高，就是收藏的画作和雕塑觉得也不过尔尔，他对这些爱好之物，都花费了一番心血，付出很大的价钱，他从战争中获得的财富很多浪费在这些方面。

他在那不勒斯的庄园挖掘巨大的隧道穿过小山，使得环绕房舍四周的壕沟和鱼池能与大海相通，同时在海中建造表演大厅。斯多葛派的哲学家看到以后，把卢库鲁斯比作波斯国王"身穿罗马长袍的薛西斯"，他在突斯库隆也有极其精美的府邸，建有多处望楼，每个套房连接宽大的阳台，以及可供散步的柱廊。庞培前来拜访，看到建好的房舍只供夏季使用，冬天没有人居住，难免讥讽他过于浪费；这时他带着微笑回答道："要是我不能按照季节变换住所，那你就会把我看作连大鹤和鹈鸟都不如了。"

一位法务官花很大的费用和精力，要民众举办一场表演，特别向他商借若干件紫袍供合唱团的人员穿着，他说要回家看一下，会按照法务官的需要如数送过去。次日他问这位法务官需要多少，说是100件就够了，他嘱咐是可以加倍带走。诗人贺拉斯听到这件事特别有所感慨，说是一座房屋是否值钱，不在于可以看得到的装潢，而在于里面所储藏的财宝。

卢库鲁斯出手的阔绰，不仅是一种个人感官和精神肉体的极致享受，更多的是某种政治失势后巨大财富的炫耀，尤其是他曾经征服过的国家客人的来访，更是某种功绩的展示，对于这一点他不惜工本。他曾经接连几天接待来到罗马的希腊人，这些来客心存顾忌，婉拒他的邀请，说是每天花费这么多钱让他们心存不安。卢库鲁斯笑着对他们说："各位希腊朋友，这些花费只有一部分用在大家身上，主要还是为了卢库鲁斯自己。"邀请的客人从某种意义上讲只是陪衬，更多是满足主人在场面上的虚荣，铺张浪费支撑起的奢华，更多是弥补政治上落寂，以致招摇和夸张地制造着气氛，不仅使用高贵的紫色作为餐巾，就连餐具也镶嵌着名贵的宝石。餐饮间穿插着歌舞和短剧，每道菜都变化多端，烹调极其精美。有一次他独自用餐，家常饮食只上了一道菜，他将管家叫来加以训斥。管家说，今天没有邀请客人，所以没有大费周章准备丰盛的菜肴。于是他说："什么！今天是卢库鲁斯请卢库鲁斯吃饭，难道你不知道？"

卢库鲁斯虽然远离了政坛，但是见到政界大佬即使是过去的政敌，依然是客客气气表面上礼数周到，表现了宽阔的情怀。罗马流传着这样一则传闻，有一天庞培和西塞罗在市民广场遇见无所事事的卢库鲁斯在闲逛，西塞罗是卢库鲁斯常来常往的朋友，两人关系亲密，而庞培则因当年在希腊前线指挥权的移交闹得很不愉快，双方退出现役后，卢库鲁斯对于庞培已经不构成威胁，他们也经常见面聊天，表面上看两人心中芥蒂全消，也就是剩下战争年代并肩战斗的亲密战友关系了，在官场上两人都戴着深深的面具，相互不动声色地应酬着防范着。

西塞罗和庞培都知道这位老兄生活铺张奢侈，有心想去实地见识一下。西塞罗说："像今天这样的好日子，你应该请我们到你府上去享受一下美味佳肴。"卢库鲁斯却说："吃饭是没有问题的，但是我要告诉仆人准备一下。"西塞罗说："不必了，我们也就是想到你府上看看你究竟吃些什么好菜。"卢库鲁斯说："那也得准备一天时间呢！"西塞罗说："不必惊动你的手下了，不要让他们知道什么人什么时间去用餐。我们就在今晚上去吃一顿便餐。"显然这两位并不想让卢库鲁斯兴师动众，只是想在突然之间去卢府探个究竟，证实一下坊间的传闻。

卢库鲁斯于是吩咐手下，将两位贵客安排在阿波罗厅。原来卢库鲁斯接待宾客分别按照等级安排在不同的餐厅用餐，用餐的标准是不同的，阿波罗厅是最高等级的餐厅。他的奴仆只要听到餐厅的名字就知道客人享用什么样的标准。通常在阿波罗餐厅用餐晚宴的标准是 15000（盐野七生记载是 50000，此处采用普鲁塔克记载）德拉克马银币，而那时候普通人民一年的收入才只有 5000 德拉克马。使庞培和西塞罗感到吃惊的，是所有准备都是现成的，而且款待的周到和执行的快速令他们瞠目结舌惊讶不已。

普鲁塔克充满感慨地评述道：卢库鲁斯将他的财富当成自己征战的成果来进行炫耀，好像与获得的俘虏和蛮族奴隶没有什么区别，所以才会如此任意糟蹋和浪费。而这两位国家的高官也只不过是自己美味佳肴的俘获者，也同样是自己手中的猎物。这是卢库鲁斯的幽默之处，也是其政治智慧的体现。

卢库鲁斯和他的主帅苏拉一样，在繁重的军务活动之余除了大量掠夺占领国的财富以外，也绝不忘记对于文化艺术产品的占有。对于希腊那些有着深厚文化底蕴和艺术特色的城邦更是情有独钟，他本人弄到的图书典籍和雕塑绘画作品足可以建立自己的私人图书馆和博物馆，况且他本人也是精通希腊文字和熟悉希腊先贤文学哲学著作的专家。他搜集到很多精选的抄本，建立了一座典藏丰富的图书馆。这座图书馆对公众完全开放，尤其是前来访问的希腊学者都能够自由出入，观众在参观了图书馆高大的罗马柱支撑起的长长回廊和宽大舒适的阅览室后都为之折服。这不仅是赫赫战功的炫耀，也是雄厚财力的展示，更能体现主人深沉的文化内涵。他们穿梭其中，感觉到进入了缪斯的殿堂，漫游回廊之中和这位留着大胡子曾经威武庄严的军人，现在如同温文尔雅的哲人，共同探讨学术和哲学问题，显示了主人高深的文化素养和对于艺术的广泛爱好，这是他人生的一大乐趣。对于卢库鲁斯而言，也是他退休生活加上艺术哲学多姿多彩的点缀，展现了他学者和文学艺术家风采的另一面。

卢库鲁斯经常去自己的图书馆消磨时光，与友人漫步于挂满希腊绘画作品和布置着巨型雕塑的回廊、阅览室和草坪之间，娓娓而谈着相互感兴趣的艺术、文学、历史话题，他甚至臧否罗马当下政治人物，对政坛人物从鸟瞰的高度提出意见和观点。那些前来访问的罗马的希腊人，都把他那豪华的府邸当成居所和欢聚的公共场所。卢库鲁斯在学术上颇有民主作风，对于各门各派的哲学观点都能够虚心聆听欣然接受，且能够说出十分中肯精到的意见，证明他阅读的面非常宽泛，并具有很专业的独到见解。他俨然就是一位有着传奇军人经历的学者。他特别爱好和崇拜柏拉图的哲学，对此非常用心地下过一番功夫。

作为苏拉的副将、得力的助手，他在政治上是坚定的"共和派"，因此和共和国的第一大理论家西塞罗关系亲密，在政治上他和庞培这类在恺撒平民阵营和共和阵营间摇摆不定的投机分子有着本质不同，他是有理论支撑的共和国自觉捍卫者，只是不愿意参与公开的权争而已，更多带有学者似的恬淡心态，来平和地表达自己的政治倾向。因为他还是元老院的议员，有着举足轻重的参政议政的权力，由于他的显赫军功，谁也不敢忽视他的意见，而他恰到好处地运用自己的影响力来干预政局，使得任何一方都不敢对他有所轻视和小觑。其实他并没有完全摆脱公共事务，只是不再有政治野心和对于权力的追求。他在心中对于庞培的伟大功勋始终嫉妒不已，只是自己已经不出面公开挑战，明面上的对立自有克拉苏和小加图去做，只要这两位勇士敢于出头，他就会不失时机地出现在市民广场去发表自己用词典雅、充满着法理依据的演讲予以支持。

为了打击庞培的野心和傲慢，他也会进入元老院参加会议。比如庞培为了解决自己手下老兵退役后的生计问题，提出把土地分配给老兵的法案，就因为他的反对无疾而终。小加图支持了他，迫使庞培和克拉苏、恺撒结成联盟，也可以说是一个三人串通以军事手段干预政治的谋逆集团。他们将全副武装的士兵布满罗马全市，加上煽动起的退伍老兵的街头示威抗议，元老院迫于武力发布律令通过了该提案。在公民大会表决提案时，三头同盟将卢库鲁斯和小加图驱离了广场，并指使恺撒党徒用粪便将小加图的女婿、另一位执政官比布卢斯浇了一头一脸，玷污了执政官宽大的紫色镶边法袍，庞培的老兵们一拥而上开始殴打执政官的侍从，毁去了象征权力的法西斯束棍。在一片哄笑声中，比布卢斯带着护卫仓惶逃离，在场的恺撒、庞培、克拉苏三位阴谋策划者视若无睹。从此三人勾结组成强强联盟，开始瓜分共和国的权力，共和国名存实亡，进入寡头政治操控一切的时代。整个罗马充满着恐怖的阴谋气氛。

这时一位名叫维久斯的家伙跳了出来，公开指控卢库鲁斯指使他谋害大将军庞培，而维久斯的说法在元老院和公民大会根本没有人相信。当权者罗织罪名构陷卢库鲁斯的阴谋即将败露，维久斯的尸体却被监狱抛出，身上伤痕累累，显然当权者因为阴谋败露而杀人灭口，官方给出的结论却是自然死亡。

当卢库鲁斯最后一次走出隐居状态出头露面时，恺撒以非常轻蔑的敌视目光恶狠狠地盯着他，仅仅对视了几秒，他的精神开始崩溃，竟然"噗通"一下顾不得尊严地双膝跪地，请求宽恕。这样一个傲慢的大人物能够如此自轻自贱的举止无异于唾面自干。震惊了在场的所有人，无形中使得元老院的贵族们受到了威胁，此时三头联盟以无可匹敌的胜利者姿态出现在罗马政坛。西塞罗、加图为首的共和派联盟支离破碎彻底瓦解。受到这一事件的惊吓，卢库鲁斯为了明哲保身，深居简出，不再卷入政治漩涡，听说一代英豪从此患上了老年痴呆症，两年后离世。三头联盟甚嚣尘上，不可一世地驰骋罗马所向无敌。

西塞罗在帕拉丁尼山麓的豪华别墅被暴徒一举摧毁，他忧郁地离开罗马只身流亡马其顿躲藏了起来。小加图被放逐到塞浦路斯岛去当总督，可以说"共和派"在"平民派"借助民粹的力量的疯狂出击下，作鸟兽散。罗马共和国成了三位寡头僭主的天下。

公元前56年，曾经驰骋欧亚大陆的罗马名将卢库鲁斯在精神恍惚中病逝。他的死还是使罗马市民沉浸在悲痛之中，马尔斯广场的人越聚越多，罗马人是怀旧的，尤其是一位落魄的但曾经为共和国的辉煌作出过特殊贡献的人。出身显贵的年轻人抬着他的遗体到市民大会广场供大家瞻仰，他们想要强行将他的遗体埋葬在马尔斯广场苏拉的墓旁，据说这是他的遗愿，表现一个苏拉的老将对老帅共和理念的尊重和毕生的追随。这无疑是借助死去的人来表达对执政当局的巨大不满，也许是出于政治上的避讳，不至于过度刺激以恺撒和庞培为首的统治集团，避免出现意外的情况，家人出面劝阻悲伤的民众，最终卢库鲁斯的遗体被安葬在突斯库隆一处家族产业的墓地。

恺撒、庞培、克拉苏的三头政治正值如日中天，他们的陨落还要有一个过程。三年后，高龄61岁的克拉苏执政官任期届满，为了和庞培争风吃醋，率领四万之众的罗马兵团远征亚洲去叙利亚总督任上履职，结果惨败于帕提亚王子之手，几乎全军覆灭，父子被枭首示众。而这里曾经是当年卢库鲁斯和庞培大败帕提亚和亚美尼亚人取得辉煌战绩的旧战场，曾经在庞培、卢库鲁斯手下无往不胜的罗马军团就这样因为克拉苏的颟顸无能而蒙羞。

第九章
庞培大帝

斜眼父亲俏郎君

庞培的悲剧人生却是在一连串胜利的锣鼓声中闪亮登场，待到攀上人生的巅峰又开始下滑。在与恺撒的权谋争斗中他受命率兵抗击恺撒，在法萨卢斯战败后，逃往埃及，被曾经臣服于他的托勒密王朝出卖谋杀，结束了自己曾经无比辉煌的一生。太阳升起如日中天时，等待的却是夕阳西下的黄昏，最终在尼罗河上坠落于黑暗，英雄末路莫过于如此，令人扼腕。

苏拉起兵反抗马略、秦纳、卡波集团时，格涅乌斯·马格努斯·庞培在家乡自组三个军团，一路所向披靡打败执政官卡波的狙击，顺利和苏拉叛军会师，以后又在苏拉夺取政权的内战中立下赫赫战功，被苏拉戏称为"马格努斯"也即拉丁语"伟大"的意思，时年仅 23 岁，当他荡平西班牙马略余党，又远征非洲阿非利加横扫马略余党的最后据点，苏拉破例为他举办了第一次凯旋式，庞培当时年 24 岁。

苏拉死后，他奉命荡平雷必达谋反和地中海沿线海盗，继而挥师出征亚洲，征服米特拉达梯六世，几乎降伏十多个亚洲王国，导致地中海成为罗马共和国的内海，可以说在扩大罗马共和国版图逐步走向超级大国的罗马帝国过程中居功巨伟，无人可与匹敌。以后，他就大言不惭地自称庞培·马格努斯。他所率领的罗马军团横扫非、欧、亚诸国，从地中海打到两河流域几乎无往而不胜，可以说他在内外争斗正确地使用了各种战略战术，铸造了罗马历史上几乎无与伦比的功勋。

在 48 岁的壮年，他已经在其人生中有着三次凯旋式的光荣。他的功勋可和马其顿的亚历山大大帝相媲美，罗马人尊称他为庞培大帝是名实相符的。在古罗马的历史上能够称为大帝的，唯他与恺撒以及开创基督教治国的君士坦丁一世。

征服东方的伟人庞培的祖先有着高卢凯尔特人的血统，虽然他的父亲庞培·斯特拉波（拉丁语斗鸡眼）自称自己是完全的罗马人，以示自己血统的纯正。罗马居民自然与出身外省的人相比有着血统的优势，高贵的血统标志着权力来源的合法性。因为传统的创业贵族都世代居住在罗马七个山丘的附近，罗马早年城邦王政和共和早期被称为"七丘之国"。连年征战后，先是征服了意大利，形成松散联邦形式的意大利同盟国。

在针对同盟国争取公民权的对内战争中，涌现出了一批新贵和枭雄，如同马略和庞培的父亲斯特拉波以及后来的西塞罗，都属于罗马七丘古城以外后来崛起的新贵，通常是当地有钱和有些名望的乡绅或者子弟，他们都属于有经济实力和军事才能的骑士阶层，逐步地以军功和地方势力行贿权贵问鼎中枢，担当大法官、高级营造官、监察官、执政官、行省总督进入元老院，成为终身议员，算是进入了权贵集团。

如果以贵族集团的尊卑排序而言，又有新权贵和老权贵的差别。显然老权贵虽然败落，但是在血统上更加高贵。因此，在共和国举行庆典时，他们往往可以携带着创业祖先的蜡像以壮身价招摇过市，显示家世的显赫。这就是老贵族喀提林看不起新贵族西塞罗，阴谋政变夺权的原因，因为他骨子里认为天下是他们的前辈用人头和鲜血打下的，非我族类权力不用人头和鲜血岂能够用选票去共享？

斜眼庞培声称自己是罗马人的主要依据，是他属于克鲁斯图米纳部族，这个历史悠久的郊区部落位于台伯河谷的东部。但是一些罗马老权贵怀疑，庞培氏族早在罗马人攻克皮塞努姆之前就在那里居住。因为罗马在那里为新公民建立的部落叫做维利纳，而且住在皮塞努姆翁布里亚东部庞培氏族土地上的人大部分属于属于维利纳部落。罗马老权贵对此解释说，庞培氏族是皮塞努姆人，在罗马对这个地方发挥影响之前就建立了势力，所以才能有钱让自己的族人进入比维利纳更好的部落。

庞培·斯特拉波的父亲是他们家族中第一个到达罗马的人，他在元老院中得到一个席位，并且娶了著名的拉丁语作家盖乌斯·卢基利乌斯的女儿为妻。卢基利乌斯家族是坎帕尼亚人，得到罗马公民权已经有好几代人的历史，这个家族有钱有势有声望，卢基利乌斯曾经出任过罗马执政官。只是卢基利娅小姐长相实在太丑，好在庞培·马格努斯的祖父并不在意夫人的长相，在意的是建立在高贵血统之上的政治前程也即官场的仕途，因为太太家族拥有的血统会因此而注入庞培家族，成为雄厚的政治资源。

在罗马高层，婚姻从来都是一桩冷冰冰的交易，与爱情无关，最主要是家族和个人的政治利益，由此而延伸出家族巨额的经济利益。卢基利娅生下了斯特拉波，这小子天生着一对不讨喜的"斗鸡眼"，他不是个好学生，更不可能成为一个好学者，他更喜欢罗马历史上四处征战的统帅。曾经在好几位统帅下担任过初级军官，但是很不受长官待见。不仅因为他长着一对古怪的斗鸡眼常常被人取笑，遭到嘲笑的还主要是无论经过多少罗马教育的打磨，都不能消除他与生俱来的粗鲁和野蛮。他早年在军队中服役的经历乏善可陈，后来升为军团指挥官的经历也没有出彩之处。多的却是投机钻营，贪婪残暴的不良记录，没有人喜欢庞培·斯特拉波。

斯特拉波以父亲为榜样，也娶了一个卢基利乌斯家族的丑姑娘，幸亏庞氏家族的血统够强大，可以克服卢基利乌斯家族的弱点，斯特拉波虽然是斗鸡眼，而他和他儿子的相貌都不丑，就像庞培氏族先人一样，他们都相貌俊美、皮肤白皙、眼睛碧蓝、鼻子秀挺。在庞培·鲁弗斯（斯特拉波堂兄曾经担任过罗马执政官）一系中都是红色头发，而斯特拉波一系都是金黄色头发。

斯特拉波带着四个军团穿过皮塞努姆往南进军，留下他的儿子小庞培在罗马跟着母亲继续接受教育。但是斯特拉波的儿子也不是什么读书的料子，而且深受父亲的影响，对他的斜眼父亲极度崇拜。庞培家族虽然在罗马属于借助缘亲关系的暴发户，但后来小庞培也借助于这种家族遗传的功能在政治上走向顶峰。

他的家族在意大利翁布里地区有着强大的号召力，粗暴血腥的"斜眼"庞培却是个模范慈爱的父亲。庞培识字伊始就是以一篇赞美父亲的作文开始的，这和母亲卢基利娅的幼年教育有关，他从少年开始就深受希腊神话中大力神赫拉克勒斯影响，想当一个开天辟地的大英雄。从少年时代起，他就收拾行囊离开罗马的家去了父亲的军营皮塞努姆北部。因为斯特拉波在卸去军职后并没有按照罗马当局的规矩解散全部部队，而是悄悄藏匿了两个军团的武装，由留下的一些百夫长在那里将自己的食客训练成军团士兵。

　　斯特拉波的儿子就成天和这些士兵混在一起，在他还未成年的时候就开始参加严格的军事训练。他和父亲不一样，几乎受到所有人的喜爱。那时大家只是称他为格涅乌斯·庞培，他的眼睛一点不斜，而是很大很蓝，看起来相当漂亮，为人性格也很谦和大方，谈吐温文尔雅，交友有情有义，显然小少爷比大老爷更得人心。他的母亲夸奖儿子天生长着一双诗人的眼睛，仿佛如同伟大的亚历山大大帝一样，是个未来挥写罗马共和国伟大史诗的英雄。后来他赖以从家乡起兵的三个兵团，其中有两个就是父亲悄悄藏匿的家乡子弟兵，全是能征善战的老兵，他又打着父亲斯特拉波的啄木鸟军旗新招募了一个军团，新老混编总共有三个军团共计2.5万兵马，成为苏拉部队的劲旅，杀向罗马，所向无敌。

非同凡响地横空出世

庞培的父亲斯特拉波一命呜呼后,庞培事实上成了父亲产业和事业的继承人。斯特拉波除了"斜眼"的绰号不太中听外,还有一个难听的绰号"屠夫",源于他对战俘心狠手辣,残酷无情,这和他的秉性有关。作为斜眼庞培"屠夫"的公子,他从小追随父亲的军旅南征北战,也培养了浓厚的军人气质,所谓子承父志,主要体现在指挥作战方面有着天生的血统传承,并且青出于蓝而胜于蓝。

庞培家族在意大利翁布里亚派西隆地区有很大的产业和势力,是当地有名的大庄园主。因而在苏拉和马略、秦纳争斗中,庞培能够很快地借助父亲的声威,组建一支部队,率领三个整编的军团,迅速向苏拉靠拢,因为他并不是两手空空的逃亡人士,而是带着自己的部队,以友军的面目出现,很自然地受到苏拉的尊重,不久即因为自己的实力创建功绩获得荣誉。同时,他也拒绝了秦纳继承人另一位执政官卡波派来使者的招降,毫不犹豫地杀死了这名使者,表示了自己对于苏拉的忠诚。这年庞培23岁。

罗马的执政官是共和国的最高官职,源于公元前509年废除王政以后,国王的职位由两名年选的行政官员代替,开始称为大法官,后来改成执政官,拥有国王大部分的权力,但是这种权利不能一人独享,而是两人分工协作,轮流分时间段行使,形成相互制约的体制,任期只有一年。执政官一直由贵族担任,直到公元前367年,平民才得以竞选这一职位,参加竞选的最低年龄限制为36岁,后来增加到42岁。执政官由百人团大会选出,在选举中首先达到票数的被称为高级执政官。高级执政官在一月份率先享用肩扛束棍上插有法西斯大斧的十二名扈从的仪仗。低级执政官要到二月份之后才能正式履职,两位执政官轮流享用这项殊荣,执政官具有军事指挥权和民事行政权。作为军事大权的代表者,他们是罗马军队的总指挥,负责征兵、任命军事指挥官等,领导军事行动。作为民选政权执政官,负责召集元老院会议和公民大会,担任会议主席,提出建议和法案,主持官吏的选举，执行元老院和公民大会的决议，并主持某些大型节庆的庆典仪式。因此是一个权势熏天无比荣耀的职务，执政官离职后还可外放行省担任总督，并自然成为元老院议员。

凡是罗马贵族或者平民中的志存高远者，无不以登上执政官的宝座作为人生的最高奋斗目标。执政官任职资格限制除年龄限制外，必须从行政官员的最低台阶由最初的财务官、法务官向监察官、营造官、大法官等一个一个台阶攀爬。而庞培的崛起是个特例，他是以显赫的军功而登上执政官象牙宝座的年轻将军。他的起家还是得归功于他那过早死去的执政官兼大财主、大地主的父亲。

这位青年将军率领的骁勇军团一路所向披靡，击败所有罗马执政当局派来狙击的部队，在苏拉的接应下，两支军团顺利会师。当庞培和苏拉会面的时候，这位年轻将领率领的部队铠甲鲜明威武雄壮军容严整，俨然就是经过严格训练的精炼劲旅。青年将军和他的部队初次亮相，就使得苏拉对他刮目相看，虽然年龄比苏拉小了一轮，苏拉依然屈尊称他为"大将军"。这一般是在会战取得重大胜利后对于主帅的称呼，在帝国时期直接就是对于皇帝的称呼，庞培在年纪轻轻就获得独裁者苏拉这样的尊称，足见他在苏拉心目中的地位。

作为初出茅庐的毛头小伙子，他也不会忘乎所以地享用这个无比珍贵的头衔，他在苏拉面前表示出了足够的低调和尊重，他取下镶有集束红缨的银色头盔，笔挺恭敬地向这位枭雄行礼，表示了自己对于主帅的绝对服从，这很使苏拉受用。苏拉派他前去高卢接管高卢行省，当时这个行省在老将梅提拉斯的掌控之下，梅提拉斯却一直无所作为。庞培表示了足够的明智，他认为梅提拉斯曾经是苏拉的上司，在朱古达战争中立下战功，也曾经是一位名声显赫的资深执政官，只是在与马略的权斗中落败，失去了战争指挥权才灰溜溜地只身返回罗马，后来又遭人诬陷被流亡多年，本身是个正直廉洁无私的人。如果贸然去夺取梅提拉斯的指挥权，这种做法会引起非议。如果梅提拉斯主动邀请他前往协防驻守，他当然欣然从命。

当梅提拉斯得知了庞培的诚意后，欣然邀请他前往高卢前去共同平定蛮族的叛乱，庞培的到来，不仅给梅提拉斯的部队注入了新鲜血液，而且也使老将焕发了青春，激发了梅提拉斯的勇气，他们合作愉快，很快在高卢征服蛮族，打开局面，庞培功不可没。

利益投机的婚姻关系

庞培和发妻安蒂斯夏的婚姻也是利益投机的产物，两人谈不上有什么真情实感，这段姻缘要追溯到他的父亲斜眼庞培被雷电劈死后，在火化时被愤怒的士兵从柴火架上拖拽下来，由毛驴拖着赤裸的尸体游街示众，使得原先的堂堂执政官、军事指挥官死无葬身之地。不仅如此，后继执政官秦纳和卡波开始对斜眼进行政治清算。目的当然是为了敲诈大财主斯特拉波家族的大量钱财，因为秦纳急需大批经费去支撑他新招募的军队，用于抵抗即将在亚洲战场取胜归国的苏拉军队，庞培家族的钱财足以支付这笔巨大的开支。

于是老庞培死了，小庞培受到了指控，因为这项指控原本是针对他父亲的，一向贪婪的老庞培曾经非法侵占了从阿斯库鲁姆·皮森图姆掠夺的一些战利品。具体说就是一张捕猎网和一些图书，根本就是一些无足轻重的东西。问题关键不在于罪行的轻重，而在于罚款多少。

深谙高层权力斗争的审判官知道这只是当局的借口，目的当然是指向庞培家族巨额财富。既然斜眼庞培在家乡的势力很大，在高层也有雄厚的实力，要想扳倒这样巨家世族是很困难的。且案件背后权力斗争的复杂性使他不想蹚这潭浑水。与其如此，不如与这位前程无量的英俊公子作一场交易，他试探着说出想招赘庞培成为自己女婿的意愿，庞培心领神会审判官的意思，在婚姻问题上表现了极大的灵活性和投机性。显然这种秉性，继承了老庞培的风格，因为斜眼庞培除了"屠夫"的绰号外，还有一个绰号叫做"墙头草"，带有极大的功利色彩。这一点小庞培和老庞培一脉相承，尤其是在名利声望上小庞培极易受到诱惑而轻易改变政治立场。他表示非常乐意迎娶审判官漂亮年轻的女儿安提斯夏。作为富甲一方的大领主大财主表示愿意娶一名出身并非富豪的后座元老的女儿，自然使得审判官喜不自禁。

罗马元老院的元老也是分等级的，排在前排的资深元老都是非富即贵的老贵族，排在首位的是首席元老权力最大。审判官只是属于坐在后排的中间等级元老。对于身为大半个翁布里亚和皮塞努姆的大财主、前执政官的大公子愿意娶自己的女儿做媳妇，审判官当然是正中下怀，乐意在审判中刻意回护，只不过也只是送给庞培家族一个顺水人情而已，因为案发后庞培家族已经花巨资聘请了强大的辩护团队，作为司法独立的罗马共和国，以执政当局为背景的检控方未必见得就能够赢得官司。

安提斯夏的父亲一直拖延案件开庭审判的日期，对于未来女婿的案件就一直没有开庭审判过，总是因为种种不祥之兆、陪审员的贪腐、元老院的会议、瘟疫和灾荒而一再拖延，整整拖了半年，低级执政官卡波不得不劝说高级执政官秦纳到别处去寻找他所需要的资金。于是庞培面临的财产威胁就消失了，他被未来的老丈人宣告无罪。这样不到十八岁的安提斯夏就和二十一岁的庞培结为连理，成为庞培家族那高大的黑石城堡的少奶奶。

直到公元前83年，庞培打着父亲的旗号在家乡招募了三个老兵军团，经过短暂培训后，这些跟随"老斜眼"南征北战的老兵一路所向披靡击败卡波所率领的政府军，投靠了苏拉。苏拉不久即攻破罗马成为共和国的独裁官，陡然变身成全罗马最有权势的人物，卡波等人却成了流窜各地的土匪。为了拉拢庞培，建立更加密切的私人关系，苏拉建议庞培休掉自己的发妻安提斯夏娶他的继女埃米莉亚（Aemilia），善于政治投机的庞培欣然从命，抛弃发妻成了苏拉的女婿。

虽然这段婚姻非常短暂，因为不久埃米莉亚就因为难产而去世。后来庞培的走马灯式婚变无不掺杂着政治因素，婚姻就是罗马乃至中外家族统治保持特权地位的筹码，所以以爱情为基础几乎是天方夜谭，庞培只是古今中外政治主导婚姻的代表人物。罗纳德·塞姆在《罗马革命》中这样评价庞培复杂多变的婚姻关系：

为了能在罗马呼风唤雨，庞培需要显贵们的支持，以往政治巨头们的婚姻证明了这点。为达目的不择手段的苏拉娶了麦特拉（Metella），而庞培这个苏拉权力的追求者突然与自己的妻子离婚，随后娶了麦特拉的女儿埃米莉亚。埃米莉亚死后，为了继续保持这种联系，庞培又娶了这个家族的另一个女子。庞培同梅特鲁斯家族这种暧昧不明、不无波折的联盟关系在苏拉死后维持了约 15 个年头。

　　相比较而言，恺撒要硬气许多，面对苏拉的淫威断然拒绝抛弃自己的妻子——秦纳的女儿，只能流亡海外，直到苏拉死去才归国，而此时庞培早已如同新升起的一颗亮星，照耀着罗马的天空。他继续在苏拉麾下屡建战功。在荡平马略、秦纳余党方面不遗余力，为苏拉独裁政权的巩固立下汗马功劳。和他政治上对手克拉苏相比，两人发迹的起点就有很大的差别，克拉苏也是遭到马略党徒的迫害，利用父亲遗留在西班牙的庞大产业也即锡矿和铅矿，招募了一批家族食客和矿工奴隶，组成五个步兵大队投靠苏拉，成为苏拉的下属，庞培却是靠三个能征善战的整编老兵军团，成为几乎可以和苏拉平分秋色的同盟军，庞培和苏拉的联手作战一直保持着相对的独立性，两个后来的政治对手同属苏拉阵营，但是在苏拉心目中，显然庞培的地位要高于克拉苏，对于苏拉未来的军事威胁也远远大于克拉苏。两人因此在后来的争斗中分分合合，始终处于政治上的对手角色。

凯歌声中安享尊荣

西西里总督帕平纳（Perpenna）是马略、秦纳余党流亡的据点统治者，他收容了许多被苏拉政权公布为"人民公敌"的人，最重要人物是秦纳的副手前执政官卡波，应该说也是庞培的老上级，后来也因为庞培的审判案帮助过庞培。庞培以法务官的名义率领6个军团前去征讨，帕平纳望风而逃，西西里岛落入庞培军团之手，庞培对待归顺的民众十分仁慈，而对被俘的头目却一个不饶，尤其对曾经是他顶头上司，担任过三次罗马执政官的卡波竭尽羞辱之能事，他并不直接下令将他处死。当卡波戴着手铐脚镣被带进军事法庭时，庞培自己高高坐在审判台上，反复盘问案情以确定哪些违反了法律条文，其实卡波也就是权力斗争中政治上的落败者，严格地说苏拉、庞培才是越过罗莫路斯壕沟的反叛者，只是胜者为王，败者为寇而已，落草的凤凰不如鸡。所有在场的人员都为庞培这种刻意羞辱前执政官尊严的丑陋行径感到愤愤不平。最终卡波还是被下令处死了。

对待著名学者奎因都斯·瓦莱里乌斯（Quintus Valerius）庞培也是极其残酷，在如同猫对老鼠百般戏弄后将其虐杀。因为此公不仅学识渊博，对于自然科学也有很深的造诣。瓦莱里乌斯被押到庞培面前，庞培围着他不停地走动，像是打量着一只到手的珍稀动物。在开始与他谈话时，提出许多不同的问题，在听取了这位学者的详尽解答后，下令将这位睿智的学者处死，智慧的脑袋毕竟抵不过屠夫儿子的屠刀。

就在庞培忙于处理西西里亚的事务时，他又接到苏拉的命令奔赴非洲阿非利加，解决那些依附罗马的小王国反叛的问题，大多数也是过去在西庇阿祖孙和马略摧毁迦太基和平定努米底亚朱古达之乱后降服的小王国。庞培不费吹灰之力在四十天中就摧毁了马略余党的反叛势力，重新任命了新的代理人，将这些附属国纳入了苏拉的势力范围。

这时庞培接到苏拉的命令，除了保留一个军团，其余部队一律解散，等待另一位将领接受收编他的部队，这是苏拉的削藩诡计，目的是名正言顺地削弱他的兵权。这使他和跟随他多年作战的部下都非常不满，对于老兵而言就是失去饭碗，对于庞培而言就是失去自己赖以生存发展的军事资源，如同失去羽翼，雄鹰难以在更高的空间自由翱翔，只能听任独裁者的摆布。

但是共和国的法律是不能违背的，他感到十分犹豫，抗命就会受到独裁者和各路诸侯的声讨。他在心中掂量着，或者拒绝解散军队在地方割据坐大，以后伺机杀回罗马，效仿苏拉成为新的独裁者；或者遵从命令，继续效忠苏拉，成为苏拉忠实打手。他的大部分官兵都鼓动庞培拥兵自重割据一方，官兵们表示誓死效忠庞培，以图最终杀回罗马，因为这是他父亲斯特拉波长期豢养的私家军队，并不是原本意义上的共和国军队。但是，经过再三考虑，他最终劝服他的部队服从苏拉的调动。

他不想冒险成为叛军，他还要在政治上图谋更大的发展空间。在政治家和军阀的选择上，他选择当政治家，政治家的空间是整个罗马及其逐步成为帝国的广阔领域，军阀只是局限于自己家乡的这批子弟兵，相比较而言，前者驰骋的余地更大。他是眼界广阔的伟大军事家、是未来统治天下的伟大政治家，而不是鼠目寸光盯着眼前利益的军阀头目。子弟兵也只是供政治家驱使的牺牲品，想到这里，他的政治野心征服了眼前的军事和经济利益。

庞培用坦诚的谈话，努力安抚跟随自己南征北战的子弟兵服从罗马的统一指挥，劝他们不要感情用事，还是早些打点行装，带着在战争中掠夺来的钱财退役回到故乡，至于未来的生计，共和国会依法解决他们的土地分配问题。然而，他的劝告毫无效果，庞培流着眼泪离开将坛，退回自己的帐篷，士兵们跟随在后把他架起来再次拥上将坛，他只能以死明志表示自己决不当叛军的决心，这样才勉强平息众人的愤怒。

最初苏拉接到的信息是庞培已经带兵叛变，他无奈地对幕僚们说："在我看来，这也是命中注定的事，衰老之年还要和黄口小儿争强斗胜。"暗示此次事变的严重性。后来传来的消息使他感动，当庞培班师回朝时，他以隆重的礼仪欢迎庞培的胜利归来。罗马市民几乎倾城而出，苏拉站在欢迎队伍的最前头，见面就和庞培热烈拥抱，称呼他为"大将军"，以后庞培就开始心安理得地享受这样称号。

他现在渴望能够享受凯旋式的至高荣耀，但这不符合罗马共和国规定，只有担任执政官和法务官的人除外，任何人不得僭越。但是为了笼络住庞大将军，也是对他放弃军权给予的荣誉补偿，苏拉犹豫再三，还是同意破例为他举行凯旋式，这年庞培24岁，时间是公元前81年3月12日。

据说，此前苏拉坚持按照规定办，庞培坚持要凯旋式入城，他留给苏拉的话是："要记住顶礼膜拜东升的旭日而非西沉的夕阳"，似乎是告诫苏拉他的权势正在逐步高涨，苏拉却日渐衰落，言谈话语中透露出某种傲慢和威胁。苏拉对这种狂妄的言辞惊愕得几乎难以置信。沉思权衡片刻，他大声近乎吼叫地说："让他举行凯旋式！让他举行凯旋式！"于是青年大将军如愿以偿。

开始庞培准备以缴获的四头大象拖拽着战车，穿着朱庇特大神的铠甲，脸上涂抹着大神似的赭色油彩，头上戴着金冠，左手持着节杖，右手持一束月桂，接受全体元老和官员、市民的夹道欢迎，士兵们戴着花环手持军团旗帜随着军乐声骑着战马紧随主帅战车之后，后面是枷锁披身的战俘队伍和自己缴获战利品的车队，一直游行进城，到朱庇特神庙举行完祭神大典。然而，在入城式时城门太窄，大象身躯庞大根本进不去，他只能采用战马拖拽进城举行完这场隆重的仪式。由此可见庞培的功利心、虚荣心，也即是对于自己尊荣的重视，远远超越于一切将领之上。

澳大利亚著名女作家、《荆棘鸟》作者卡林·麦卡林在描述庞培式尊荣追求者如是评论：

尊荣！在一个罗马上层人拥有的所有资产中，最不可捉摸东西就是尊荣。一个人的权威是他的权势，是他的公共影响力，是他左右国家大事的能力，是他对元老院、祭司和国库等国家组织的影响力。

尊荣却很不同，尊荣是非常私人的东西，但却延伸到公众生活的所有领域。尊荣实在难以定义！所以才有了一个专门的名词来形容这种东西。尊荣是一个人的私人魅力或荣誉？尊荣概括了一个人的状况，作为一个独立的人，尊荣完全代表了他的骄傲、他的品德、他的智慧、他的行为、他的能力、他的知识、他的立场、他作为一个人的价值……尊荣在一个人死去之后仍然存在，这是他战胜死亡的唯一途径。是的，这是最好的定义。尊荣是一个人对自己肉体死亡的胜利。

公元前71年，庞培和梅提拉斯平息了西班牙暴乱，结束所谓"塞多留战争"。罗马两位统兵将领采取了完全不同的做法。温良敦厚的老将梅提拉斯忠实执行了苏拉订下的法律，在率军回到罗马边境的卢比孔河的时候，将所率领的军队解散。

庞培却从西班牙到达阿尔卑斯山以西的高卢，从那里越过横断高卢的阿尔卑斯山，于公元前71年夏天到达作为意大利行省的"阿尔卑斯山以南高卢"，从西北向东南到达卢比孔河，拒绝解散军队，冒险渡过卢比孔河，一直开到罗马郊外宿营，按规定这已经是反叛共和国的大逆不道行为，他借助重兵要挟罗马元老院提出如下要求：

一、给自己指挥下参加西班牙战斗的士兵分配土地。

二、给自己举办凯旋式。

三、提名自己为下一年度即公元前70年的执政官。

开始元老院并没有答应庞培的无理要求，因为他没有担任财务官、法务官的经历，且不是元老院议员，年龄只有34岁，按规定执政官任职年龄是40岁以上。

元老院希望同属苏拉阵营的克拉苏说服庞培，因为克拉苏刚刚镇压了斯巴达克斯奴隶起义，在消灭了斯巴达克斯大部分主力之后，正准备乘胜追击，企图全面围剿三千漏网之鱼，而这伙人正企图翻越阿尔卑斯山向南高卢逃窜，迎面撞上庞培从西班牙返国的罗马大军，庞培不费吹灰之力就结束了这股逃窜的游兵散勇，轻而易举地结束了这场战争。

这使得即将克竟全功的克拉苏对庞培的土匪行径十分不满，但是也无可奈何。克拉苏也就效仿庞培，提出自己也想当执政官的要求。因为他的任职资历比庞培更加完善，他本身是元老院议员、当过法务官，年龄43岁。他也效仿庞培，将镇压斯巴达克起义后本应解散的8个罗马军团带到了罗马附近，这两位苏拉的高足完全仿效前辈苏拉的做派，形成南北夹击之势，共同要挟共和国政府和元老院，共和国法律在重兵压境之下变得支离破碎，开始了瓦解崩溃的过程。先例一开，就是江河决堤，并导致了以后恺撒越过卢比孔河的所谓叛国举止，罗马帝国就是在共和国这种"礼崩乐坏"的废墟上诞生的。

无可奈何中，元老院只能答应庞培和克拉苏的无理要求，为他们分别举办了凯旋仪式，对于庞培来说这是第二次享受这种隆重的仪式。仪式结束，庞培和克拉苏分别解散了自己的部队，两人联袂参加公元前70年的执政官选举。元老院特地为庞培放宽年龄限制的标准，他如愿当选执政官，并且按照选民的意见，恢复了被苏拉废止的保民官权力，使他大获罗马市民的欢迎。他还制定了新的法令，将法院的审判权交还给骑士阶层，赢得了中产阶层的拥戴。

庞培在第二次凯旋仪式举行完毕后，兑现诺言，戏剧性地表演了自己解散军团回归于平民的一幕，在政治作秀上他比克拉苏更胜一筹，他的尊荣更加水涨船高，其实作秀的目的中潜藏了他更加深沉的政治筹谋。

他亲自提出请求从军中退伍，这是在带兵要挟成功后庞培的表演，似乎表明他开始遵循罗马共和国骑士阶层的光荣传统，在战争结束后完成使命，解散军团。他牵着战马来到马尔斯大校场，恭恭敬敬出现在两位监察官面前，交出一份记录，上面记载着服役单位的指挥官和将领的名录，军队驻防的地点、每人在服役期间受过的奖励和惩戒记录。两位监察官非常威严地坐在将坛上面，审查聚集在他们面前的等待通过的骑士。大家远远看到庞培亲手牵着战马，带着执政官的仪仗来到市民广场，等他到达后就命令扈从校尉为他开路，随后带领战马到达将坛下面，当所有的市民都一头雾水的时候，大家都安静下来。监察官看到这种情况，脸上混合着尊敬和钦佩的神色。资深检察官问他："庞培我要求你回答，是否按照法律的规定，完成战时所需的服役年限？"庞培大声回答："是的，我已经全部完成。"民众自发地发出响亮的欢呼声，整个大校场沸腾了庞培的声望达到了顶峰。监察官起身陪同他回家，他的身后追随者大批市民，民众一路鼓掌和欢呼，使得热衷功名和声誉的庞培十分陶醉。

　　他的权势和名声已经超过了罗马首富克拉苏，此时他表示了他的宽宏大量，完全满足克拉苏担当罗马另一名执政官的要求，亲自出面为克拉苏的当选进行游说，使克拉苏如愿以偿成为和他共享权力的第二执政官。但是财主克拉苏在心中依然强烈地妒忌着庞培，这种嫉妒伴随着他的终身，如果不是对于庞培赫赫战功的强烈妒忌，他不会铤而走险，在公元前53年率领四个罗马军团去远征帕提亚。

　　庞培和克拉苏的一年执政官任期很快结束，两人的明争暗斗却日益激烈。有一位平时并不参与公众事务的骑士，有天在召开市民大会时跳上讲台发表演说，宣称众神之王朱庇特在梦中向他显灵，交代他告诉两位执政官，他们应该在离职之前，双方成为朋友，和好如初。他说完之后，庞培神色平静毫无表示。克拉苏却激动地抓住庞培的手，向他致敬。然后貌似真诚地说："各位市民，你们如此宠爱庞培，在他还没有长胡须的时候，就把'大将'的头衔赐给他，以示尊荣，即使没有元老院，我也同意给他举行两次凯旋式的殊荣，所以我今天不认为先向庞培表示歉意，会给个人带来什么屈辱或者委屈。"这番话中有话的表白，使得外人看来他们是在友好的气氛下交卸了职位，再次返回平民的普通生活。

　　而事实上并非如此。普鲁塔克在《庞培传》中这样评述两人：

　　克拉苏还是过他早年追求的生活方式，庞培不再像一个律师那样到市民广场去亮相，甚至很少出现在公众场合，每当他露面的时候通常都会跟着一大群追随者。事实上不论是遇到他还是去拜访他，很少没有成群结队的民众在他身旁，他自己对于受到簇拥一直乐此不疲，四周包围水泄不通的人群，就是一种无限夸耀和排场，他认为只要与罗马人民建立紧密的接触和亲切的关系，就可以保持永久长存的尊严和地位。

　　任何一个人要是立下赫赫战功和拥有崇高的声望，再请他从高耸入云的神圣高空降为一介平民的生活，从辉煌到凡俗的落差，就很难适应众生平等的庶民生活。功名心一旦被激发释放，就如同脱缰的野马，时刻准备驰骋疆场或者是在政坛跃马扬鞭，心安理得地享受着鞍前马后簇拥旌旗，或者阵仗鲜明的仪仗宣示着威仪和声望，渴望着盈耳的颂歌和人们谄媚笑脸下大言不惭的吹捧。此时的虚名直上云端，就有着时刻坠落的危险。头面人物期望在城市受到尊重和军营的伟大将军一样。国家在长治久安的文官治理之下只要经历长期的和平，武人的声名必然逐渐遭人淡忘，因此不断需要战争去激发豪情，以豪情赋写新的篇章，伟人的伟大在于不断地追求辉煌，直到绚丽之极而归于平凡，最终寂灭。庞培的人生曲线就是如此，不过眼下他正值青壮年，还是建功立业打天下的年龄段。

　　从另一方面来看，任何一个市民即使在战争中毫无表现，而导致在城市就不能居于领导地位，一样令他无法容忍。因为一个勇士的声誉来自胜利和凯旋式，等到摇身一变成为辩护律师出现在市民广场，那些同行当然会尽全力对他进行施以封杀和打压，要是他放弃法学专家的名望或是退出这个行业，只要没有达到遭到嫉妒的程度，他们还是愿意维持他的军事声誉和权势。

和米特拉达梯的战争

在古罗马的历史上还有一位被称为大帝的蛮族国王，他就是以东方小国弱国之尊和罗马共和国霸权相抗衡的本都国国王米特拉达梯（Mithridates）六世。这位后来在罗马大将苏拉、卢库鲁斯、庞培面前大摇大摆左右周旋的小国君主，早年在父王宫廷中也是历经磨难，属于大器晚成的狠角色。

米特拉达梯是位于黑海南岸遥远国度本都王国的统治者。对一般罗马人来说，该国接近世界边缘，却是当年亚历山大大帝国的一部分，而且已经充分希腊化。它的官方语言就是希腊语，如同希腊形式的城邦散布在沿海地带。在内陆地区，群山环绕一大片草原，在那里波斯贵族主宰着一群当地农夫。该王室自称源自于波斯大流士三世，那是一位当年被马其顿征服者所推翻的万王之王。米特拉达梯的家世出身是通过他的族谱来推测的。他的父亲被谋杀，母亲死于监狱。五位手足同胞（共计七位）全部死在他手上，这在希腊化王朝中并非特别罕见，因为国王最大的敌人通常是他最亲近的亲属。

米特拉达梯大约出生在公元前120年，是两位存活下来的本都国王王子中年长的一位。十一岁时他的父亲在宴会上被毒死，受益人因此可能是凶手，即国王的妻子安条克三世的孙女，她在儿子幼年的时候掌握朝政。她似乎偏向于他的幼子克里斯图斯（Chrestus）而非米特拉达梯，因此她没打算让任何一个孩子长大成年，她想由自己获得权位控制王国。

在四十岁时，米特拉达梯开始担心自己的安全。他以外出狩猎为借口，一去无回，长达七年，他浪迹在以本都为中心的森林和山谷中，游弋在广大民众中，当他最后带着他的人马返回首都锡诺普（Sinop）时，他得到群众的支持，逼迫其母亲退位，他同意和克里斯图斯一起统治王国。但是随着大权在握后，他抛弃了对母亲的诺言，对他兄弟来了一场公开审判，并将其亲兄弟处死，开始了自己的独裁统治。

　　传统上本都执行的是罗马的政策，但是性格强悍的米特拉达梯要挑战来自西方罗马帝国的权威，开始对周边国家进行侵略扩张政策，企图建立本都帝国的势力范围，不断挑战罗马当局的底线。在公元前99年或前98年，马略以私人身份进行东方之旅时出现在附近，曾经警告米特拉达梯"要么比罗马人更强大"，他建议说，"否则就服从他们"。

　　但是桀骜不驯的米特拉达梯一直阳奉阴违地从事着他的王国的扩张，公元前90年，当罗马投入与意大利盟邦的战争自顾不暇的时候，米特拉达梯再次出击，肆意攻击罗马在东方的代理人俾斯利亚，占领拉戈尼亚，并处死元老院派出的委员会特使曼利乌斯·阿奎留斯（Manius Aquillius），从而引发罗马和本都在东方大地的漫长的战争，虽然最终败于庞培之手，但他以个人出色的智慧和灵活多变的战略战术，联合亚洲诸小国采用"连横合纵"的战略，有效对抗了拥有优势兵力的罗马军团，和苏拉、卢库鲁斯周旋了28年，最终祸起萧墙，众叛亲离，死于庞培军团的凌厉攻势之下。这位本都国王受到世人的尊崇，也被称为"米特拉达梯大帝"，因为拉丁语中的"大帝"一词是"伟大"的延伸。

　　庞培以他那辉煌军事生涯不败的战绩，进入政界进行勇猛冲刺，战场的辉煌仿佛是为仕途的崛起背书，作为人生绚丽一幕的背景，两者的相辅相成形成自己勇猛精进的一生。庞培开始借助军功营造自己的政治势力，通过经常与元老院议员的接触，不断地更换配偶，推陈出新地以联姻巩固自己的政治联盟，同时不停地征战，增加自己庞大的产业，以经济资源加持政治资本，形成自己的团伙，等到基础稳固后获得的报酬是指挥围剿海盗的战争和米特拉达梯战争，两场战争打下来，他的人生达到辉煌的顶峰。

　　海盗的横行最早出现在西里西亚，开始的时候这个行业是很冒险且声名狼藉的行当。等到米特拉达梯战争爆发，海盗团伙常常被本都国国王雇佣，为对抗罗马兵团攻击的力量。

　　在意大利境内同盟国起兵造反，罗马自顾不暇之际，小亚细亚原马其顿亚历山大大帝征服的王国包括比提尼亚、本都、卡帕多西亚，以及东临的亚美尼亚，还有埃及的托勒密王国，这些国家王室继承的都是希腊血统，统治国家的方式却是东方式的专制方式。

此刻的本都国在国王米特拉达梯六世的统治下趁机坐大，企图挑战罗马在亚洲的霸权。米特拉达梯六世即位于公元前 115 年。他本应于 7 年前继承王位，但因为年纪幼小被其母夺去王位，米特拉达梯只能在小亚细亚四处流浪，最终成功夺回王位。他是一位长相俊美，在生理和心智上特别成熟的少年君王。这和他在幼年时代饱经磨难的人生经历阅历有关。他决意利用罗马共和国和意大利同盟国的战争，在政治陷于迷失的当下，乘机建立自己的东方帝国。

公元前 92 年，米特拉达梯经过长期准备后，将自己的代理人推上邻国比提尼亚王位，紧接着又将自己的一个儿子推上另一邻国卡帕多西亚的王位。这两个王国落败的王室成员去罗马告状。而此刻罗马正陷于与同盟国的战争泥潭不可自拔。使得野心勃勃的米特拉达梯六世悍然率领 30 万大军进行西征，本都铁骑一举踏破比提尼亚、帕加马领土，帕加马原来就是罗马行省。罗马在结束了战争后，开始集中精力对付米特拉达梯六世的挑战。

平定西里西亚海盗

盘踞地中海的海盗则在罗马共和国与本都国国王的持久战中不断坐大，乃至成为一股尾大不掉的势力，为害一方，牵制了罗马军团的很大实力，影响到罗马东方战略的实施。

海上盗匪由于和本都王国军队的勾结，形成官匪一家的格局，变得极为活跃和胆大包天。罗马人由于受到内战的牵扯，苏拉和马略之间斗得你死我活，甚至在罗马城门前发生激战。海洋的大门洞开根本没人守护，海盗不仅在海上劫掠船只和肆意绑架人质，勒索钱财，甚至蹂躏岛屿和海港城镇，还有不少出身贵族、骑士和富裕之家的子弟入伙。使得海盗团伙越发壮大起来。海盗有各种军械库和专用港口，沿着海岸设立瞭望哨和烽火台，他们的舰队配备有优秀的水手、有专业的领航员和舵手提供服务，全部由轻便的快艇组成，机动作战的水平极高。适合对特定的目标从事突击活动。

海盗船的数量超过 1000 艘，洗劫了 400 多个城市，到处亵渎神明的庙宇，很多圣地过去从未受到过侵犯，当前已经在劫难逃，获得的战利品使他们富甲王侯，俨然成为国家之外的海上独立王国。他们除了在海上杀人越货，还经常顺着四通八达的罗马大路进入内陆，抢劫和摧毁村庄。有一次海盗掠走两位身穿紫袍的罗马法务官，连带他们下属军官和扈从校卫，付出大笔赎金后才把人放回。安东纽斯是当过执政官的显赫人士，他的女儿外出旅游，也被海盗掳走，同样在支付巨额赎金后被释放。海盗的非法行径已经到了不得不予以剿除的地步。

海盗势力的不断扩大，对于罗马当局控制整个地中海海域带来极大的挑战，无论是航行还是通商都缺乏必要的保障，公元前 68 年至 67 年的冬季由于埃及的粮食不能运到罗马，粮食缺乏使得市场萧条，要是持续恶化，会给意大利带来饥馑和灾难，罗马决定派庞培去肃清海盗，恢复海域安宁。公元前 67 年的护民官盖比纽斯提出法案，授予庞培征讨海盗海军司令专责，享有直布罗陀海峡范围之内军政要务独断专行的权力，以便集中力量全歼海盗，恢复地中海地区秩序。根据法案授权，他可以在元老院遴选12名副将，并且指定他们每人负责一个行省，他可以随心所欲支用国库经费，或是租税承包商手里的钱财。他的水师拥有200艘船只，可以随时征召士兵和水手，必要时有权采用强迫服役的办法。

广大人民群众群情激动，一致表示支持。元老们认为庞培的个人权力过于庞大，不受制约，可能危及共和国安全，一致反对这一法案。恺撒表示支持，此时他从西班牙财务官任上返回，还未出任任何官职，为获得民众拥戴争取选票，必须迎合民众的愿望，而且他也在流亡海外期间受过海盗的绑票勒索。最终提案付诸公民大会表决得以通过。通过的法案额外又增加了许多扩大权力的条款，比如他的水师可以拥有500艘人员配备齐全的船只，征集一支大军包括12万步兵和5000骑兵。他可以指派24名元老院议员出任他的副将和军队将领，同时可以拥有两名财务官。就在此刻，粮价开始回落，民众无不欢天喜地，大家都认为只要凭着庞培的名望，就可以结束肃清海盗的战争。

庞培为了完成肃清海盗的使命，将整个地中海和所有海洋划分为13个区域，分别设置一个分遣舰队，由他任命的军官负责指挥。他的作战兵力分散到各个方面，对于任何地区的海盗均可形成合围之势。这时海盗的船只几乎被他一网打尽，只要捕获就将他们带回港口。那些及时撤离的船只或是能够摆脱的，他的舰船都紧追不放，他们全部驶向西西里海，如同蜜蜂返归蜂房躲藏一样。

庞培首先肃清意大利周边海域，以确保粮食供应的安全，这是收获民心的重要一步，随后向周边海域拓展，逐步接近海盗老巢，以收一网打尽之效。最后他亲自率领60艘战船，向西里西亚海盗老巢进击。罗马史家关注到，庞培在此次战役中率领的部队数量之众多和权力之庞大，在罗马共和国历史上几乎是前所未有，然而，好大喜功的庞培绝对不愿意与别人分享权利。

海盗当中数量最多、实力最强的帮派，往往都是狡兔三窟，将自己的家人、财富和那些在战争中派不上用场的闲杂人员，全部送到陶鲁斯山脉四周的城堡和防守严密的要塞隐藏起来，准备背水一战。他们完成战船的装备以后，就在西里西亚的科拉西色姆登船起锚，去迎接庞培的海上大会战。面对庞培舰船和人数众多且训练有素严密布防的海上大军，海盗们连吃败仗。只能撤退回陆地，但是在陆地这帮乌合之众更加不是罗马军团的对手，他们被围困得水泄不通插翅难逃，最后只能投降。为了求得庞培的宽恕，他们愿意交出一切，无条件投降，包括被占领的城镇、控制的岛屿和据点，这些地方防卫森严，易守难攻，缺少可以接近的路线。

战争在短短三个月的时间就宣告结束，横行四海的海盗势力完全冰消瓦解，这期间俘虏了 2 万多名海盗，还有各种型号的船只和 90 艘安装青铜撞角的战船。按照通常做法，会把他们押到奴隶市场卖掉。然而庞培没有这么做，他了解到，这些人中的大部分是因为东方国家的纷争内乱致使家园流失才投身海盗职业的，并非天生残暴非要危害社会不可，有必要为他们创造安居乐业自食其力的条件，使这帮数量庞大，且好战成性的家伙不至东山再起，啸聚江海。庞培不仅恢复了他们的自由，还给了他们土地，使他们完全脱离原来的生活环境，适应新的生活方式，获得教化而重新做人，如同野兽获得驯化就会丧失凶狠的天性。

经过反复权衡利弊得失，他决定将这批海盗从大洋迁入内地，让他们住在市镇从事农耕，当时的小亚细亚，不像西班牙、法兰西那样尚未开发，而是已形成村、镇布局，但由于诸王之间争斗不断，战火纷飞，很多村镇已经无人化。庞培把这些原来的海盗移到这些无人化的村镇落户，但特意关照一点，即一定要远离大海的内陆地区。因为希腊裔居民已经在沿海地区定居，如果这些海盗移住附近，会招致希腊裔居民的反对。庞培还把原海盗落户的其中一个小镇取名为"庞培小镇"。

诸如之类对于海盗的绥靖人道化处理政策，在罗马统治集团内部不是没有不同意见，罗马人将斯巴达克斯奴隶起义中放下武器的 6000 人全部钉死在十字架上，恺撒将俘虏他的海盗全部处以极刑，庞培对海盗如此宽容，和克拉苏和恺撒相比他更像是一个人道主义者。不仅如此，他还想将自己在西里西亚绥靖海盗的经验向在克里特岛从事同样任务的老将梅提拉斯推广，因为从理论上讲，他负有统筹指挥清剿海盗的事务之责。但是在实际操作中，也还是存在各自为政的现象。

比如梅提拉斯和庞培有着很深关系，他们曾经是西班牙战争中的亲密战友，梅提拉斯刚刚从执政官岗位卸任，以法务官的身份兼任克里特行省总督，负责清剿克里特岛的海盗。作战经验丰富的梅提拉斯已经完成了围歼海盗的战略计划，那些困兽犹斗的海盗已经被梅提拉斯围困在防守严密的据点之内，人数在接战之后不断减少，已经迹近围歼之命运。克里特岛的海盗收到庞培安抚海盗的宽容政策后，致书庞培表示愿意投降。并请求大将军派人来接受他们的防区，因为这是庞培管辖范围，于是庞培正式发函给梅提拉斯，命令停止清剿海盗命令。同时派人前往所有城市，告知不得遵从梅提拉斯的指挥和命令。他派出部将渥大维斯执行将领职责，进入被围的海盗防卫工事之内，为保护海盗而战斗。庞培一时似乎成了海盗们的保护伞。

这一荒谬的做法让梅提拉斯很反感，完全违背天理和人情以及法律规章，纯粹是出于他对梅提拉斯的嫉妒和争胜，才会把自己的声誉放在为海盗建立庇护之上。当时罗马高层的看法是庞培怕和梅提拉斯共同分享清剿海盗的功勋，目的仅仅是为了剥夺一位法务官举行凯旋式的荣誉。梅提拉斯总督根本无视庞培的命令，完全按照自己的战略部署行动，继续进行征讨海盗的战事，直到战事结束，给予所有海盗应有的惩罚。渥大维斯在全体官兵的围观和羞辱的唾骂声中，狼狈离开了梅提拉斯的营帐。《庞培传》作者普鲁塔克，引用了当年希腊盲诗人荷马在《伊利亚特》中讽刺阿格硫斯用手势制止他的希腊人与特洛伊城王子赫克托耳搏斗的诗句：

　　害怕别人施以致命一击，让他丧失战胜敌将的荣誉。

征服本都王挥师东方

战争是庞培追求人生卓越的阶梯，他依然不遗余力地向上攀登，这架阶梯无疑有许多追求功名者都在拥挤着熙熙攘攘争先恐后地爬上去，他将不择手段将别人挤下去使自己出人头地。但是他并不出头露面，只要他在朝廷的代理人借助他如日中天的名声感召天下民意，就能一步将他送向云空。只要战争的机遇到来，庞培当仁不让。

此刻，他过去的老战友卢库鲁斯正在本都国的米特拉达梯战争中苦斗，已经取得决定性胜利。这场战争是公元前 74 年开打的，被称为第二次米特拉达梯战役。

苏拉麾下曾经的老将卢库鲁斯率军出征，将米特拉达梯六世驱赶出本都国。公元前 70 年的斯巴达克斯起义，庞培抓住时机，在克拉苏取得前期决定性战果时横插一刀，断尾终结了这场和起义军的对决。公元前 68 年米特拉达梯六世夺回本都国，庞培肃清海盗后率军征讨米特拉达梯。此时，他在朝中采取了一些小权谋，让他的代理人护民官曼留斯在公元前 66 年借助民意提出法案，取代卢库鲁斯取得战役指挥权。

这一法案获得他的朋友西塞罗的鼎力支持，在元老院和公民大会获得通过，虽有部分元老坚决反对，但是反对的声音终究为汹汹民意所湮没。在公民大会进行表决时，所有 35 个区部都表示赞成，法案通过交由元老院颁布敕令正式实施。庞培人不在朝中却成了独揽大权的中枢以外的僭主。

据说庞培接到元老院的敕令后，还装模做样假惺惺地作了一番表演。当时他的幕僚都在场，大家兴高采烈地争相讨好，大拍主帅的马屁，这时他脸上假装露出不愉快的神色，皱起眉头，用手掌拍打大腿，带着不胜其烦的口吻言不由衷地说："哎呀！怎么这些苦差事一桩接一桩而来，要是我不能像一个士兵那样结束役期，就无法逃脱他们授予我的重责大任，何况还要招来怨恨和嫉妒。我真羡慕那些默默无闻的人，他们能在家乡与妻儿子女过太平日子。"事实上他所以会敌视卢库鲁斯，就是他胸中始终燃烧着追求荣誉和权势的熊熊火焰。

庞培的野心一开始还装模作样地遮遮掩掩，时间一长就像假面脱落的油彩，露出攫取军事指挥大权的狰狞面目。他首先到各个驻防地点发布公告，指示所有士兵纳入他的编制，召集所有属国国王和君主必须听从他的调度，卢库鲁斯所裁定的事项和颁布的规定全部遭到废除和变更，卢库鲁斯在军队的权势已经完全终结，只有他才是这支军队的新的主宰。但是，表面上的交接仪式还是必要的。开始双方还尽量保持着官场表面的礼仪。两位都是位高权重的将领，扈从校尉高举着权标走在队伍的前列开路，权标上面用月桂树的叶子作装饰，卢库鲁斯来自林木葱郁的南国，庞培经过长途行军，路过苦寒贫瘠的地区；卢库鲁斯看庞培权标上月桂叶子尽行枯萎，就送了一些新鲜的叶片给他更换，这样看起来更加生气勃勃一些。似乎给庞培送去了吉利，反倒象征着卢库鲁斯获得的荣誉和功勋全部被庞培所夺走。卢库鲁斯任执政官在前，资格比较老；但是庞培年纪轻轻就已经举行过两次凯旋式，地位更显赫。会晤之初，双方互相言不由衷地吹捧一番，友善地尽力恭维对方的作战行动，彼此祝贺对方的胜利和成功。随着会谈的深入，双方开始互相指责，反目为仇。庞培指责卢库鲁斯贪婪成性，卢库鲁斯诋毁庞培野心勃勃，结果闹得不欢而散。

卢库鲁斯仍旧留在自己的驻地，不肯撤军，把征服地区的土地分配出去，同时将礼物送给他所赏识的人。庞培的驻地离此不远，同时颁布禁令要求当地政府不得执行卢库鲁斯的命令，他要无条件接收卢库鲁斯的部队，只给卢库鲁斯留下 1600 名老弱病残和不服从命令的油子兵，充当他返回罗马的卫队，摆出一副咄咄逼人的姿态。

庞培还经常用讥讽的语气公开贬损卢库鲁斯所获得的战绩，批评卢库鲁斯的会战只能算是舞台演戏，讲究耀人眼目的排场，战略战术老旧陈腐用兵迟缓等等，反正是一无是处。另一方面卢库鲁斯不甘示弱，反唇相讥庞培前来打一场虚无缥缈的战争，通常在人前表现得如同是一只贪食腐肉的兀鹰，聚在别人所杀的尸体前，把战争的遗骸啄得七零八落，惨不忍睹。

卢库鲁斯对庞培大加谴责，说他贪天功为己有，把对塞尔托里乌斯、雷必达和斯巴达克斯叛党的胜利全部窃为己有；严格说来，应该分别归功于梅提拉斯早期的大捷、卡图拉斯打下的基础和克拉苏用兵的成就等等。但是，骂归骂，最终失去兵权的卢库鲁斯只能灰溜溜地带着他那些老弱病残的卫队卷起铺盖打道回府，罗马当局还是为他举行了盛况空前的凯旋式，安慰这位受到不公正对待的老英雄那颗破碎的心。

因为卢库鲁斯用高超精湛的军事指挥艺术，干脆利索地战胜了 10 倍兵力于自己的本都国王米特拉达梯、帕提拉国王迪古拉斯的军队，战胜了东方君主们。这个战绩就连亚历山大大帝都会自叹弗如。当初亚历山大大帝率 3.6 万士兵果敢东征，汉尼拔靠 2.6 万人就敢在意大利横冲直撞。卢库鲁斯与他们使用同样的战术，即以较少的兵力压制住大军集结的敌人，掌握战场上的主动权，最终大获全胜。

后来的事情大家都知道，卢库鲁斯开始了他新的人生，他的归隐田园开创了罗马高层的铺张、奢侈、糜烂、腐败之风，瓦解了共和国的道德法治，导致了共和国的彻底堕落。如同美国著名哲学家、历史学家威尔·杜兰在他那本煌煌巨著《世界文明史》中描述道：

卢库鲁斯是高尚的贵族，曾于公元前 74 年率军援助苏拉讨伐米特拉达梯。8 年来，他以勇气和纯熟的技术来率领他的军队。当他的战役几近成功阶段之时，厌倦的士兵起而反叛，他只能率领一小部队撤退到伊奥尼亚，历经千山万水。由于政治阴谋，他被解除统帅职位。回罗马后，他靠着世袭的财产和一些战利品过其平静恬淡的晚年。他在平西安山坡上建造一个拥有宽敞大厅、走廊、图书馆和花园设备的宫廷；他在条斯坎兰的房地产绵亘几里之远。他以 1000 万苏斯特斯买了一栋别墅；又把尼西达岛屿的整个岛屿美化成避暑胜地。他拥有各色各样的花园，以其园艺革新名闻遐迩。举例说，樱桃树就是他从本都国介绍到意大利来的，再从意大利移植到北欧和美国。他的晚餐之丰富当时无人能出其右。他的住宅简直就是精选艺术品的陈列馆；他的图书室则是学者专家和其好友的阅读胜地；而他本人更精于古典文学和哲学。他对庞培的求功好利之心，嗤之以鼻；对他来说一次出征已够受，多了就是虚荣、空幻。

对外侵略和征服的战争既是共和国开疆拓土建立世界霸权的手段，也是掠夺世界弱小民族和国家资源的重要方法。作为统帅者个人而言，除了功名之上的政治利益外，也是某种创造个人及家族财富的机遇，因此，元老院、公民大会以及执政官们千方百计地挑起战争，趋之若鹜地争夺战争的统帅之权。

要将老将卢库鲁斯挤下登天之梯的庞培，开始了他人生历史最伟大最辉煌的远征，这次远征将他送上了人生的顶峰。这一切攀登荣誉和权势高峰的登山运动的起步，正是从这两场战争开始。先前已经介绍了他的剿灭海盗之战，现在从公元前66年的米特拉达梯战争说起。这一年庞培40岁，他从卢库鲁斯手中接过东方战争的指挥权，手中的兵力有10个军团6万余人的陆军和270艘战船组成的海军，相当于卢库鲁斯所掌握兵力的2倍。

为了攻击被卢库鲁斯打跑又回到本都的米特拉达梯六世，庞培率军从小亚细亚北上，向黑海沿岸的本都进军。米特拉达梯没想到庞培来得那么神速，急忙招了3.3万名士兵仓促应战，被庞培凌厉的攻势一举击溃。米特拉达梯又开始使用对付卢库鲁斯的老办法，向东方的深山老林中逃窜，使得追讨他的罗马军队疲于奔命一无所获，最终卢库鲁斯在士兵的抗命下不得不撤退到西方。米特拉达梯希望这一招能够妥善应对庞培，但是偏偏庞培不中招，并没有穷追不舍，而是通过外交手段分化瓦解米特拉达梯和周边国家的联盟，使他没有藏身之处。过去卢库鲁斯曾经也想这么办，无奈实力有限，区区3万人马，米特拉达梯周边的帕提亚（波斯）王国和亚美尼亚加上本都国都是地中海地区的军事强国，三个强国的联盟对于罗马共和国来说威胁太大，必须分化瓦解。

庞培首先同帕提亚国王进行谈判：罗马公民和元老院承认帕提亚王国在美索不达米亚一带的领土主权不可侵犯；以幼发拉底河为界，划定帕提亚和罗马两国霸权势力范围。帕提亚国王最终抛弃了处于弱势的本都国，和强国罗马结成同盟。帕提亚倒向罗马动摇了亚美尼亚与本都继续结盟的决心，具有强烈危机感的王子竖起了造反的旗帜，公开对抗父王与本都王结盟的策略，派出使节来到庞培军中，说要废弃和本都国的同盟关系，转而与罗马结盟。高层统治集团的公开分裂使得亚美尼亚国王迪古拉斯非常被动，他转而开始背叛同盟，公开以巨额悬赏通缉米特拉达梯六世，作为投名状，向罗马大将军示好。

两次败于庞培的老米，原本想逃到亚美尼亚境内。过去遭到卢库鲁斯围剿时，他曾经这样做过。但是此一时彼一时，力量的均势发生了变化，战局立即逆转，亚美尼亚形势反转，已经成了罗马的帮凶。同盟瓦解，曾经野心勃勃的米特拉达梯大帝唯一的选择，只能在他的卫队和少数忠臣的掩护下狼狈逃窜到高加索山中隐藏。因为黑海沿岸出海口已经完全为庞培的海军严密封锁，可以说插翅难逃。

此时祸起萧墙，米特拉达梯的儿子法尔那恺斯也对这位年老势衰、性格残暴的国王失去了幻想，本都国的大臣们已经公开抛弃了国王。王子趁机起兵造反，投靠庞培。米特拉达梯此前因为怀疑儿子加害而残暴地杀死了四个儿子，68岁勇猛彪悍的一代枭雄米特拉达梯六世是波斯王大流士的第十六代孙，是脱离了马其顿取得本都王国的米特拉达梯的第八代孙，即位时是一个弱不禁风的孤儿，在位五十七年，曾经征服了周围的蛮族和许多小国，曾经和罗马激烈争斗四十年，先后与苏拉、卢库鲁斯、庞培等诸多罗马名将周旋缠斗。战争中，除常侵入罗马人的亚细亚行省，侵入弗里基亚、阿夫拉哥尼亚、加拉西亚、马其顿外，他多次征服俾泰尼亚和卡巴多西亚。他侵入希腊，在希腊做了许多惊人之举，他统治自西里西亚到亚得里亚海面，直到后来苏拉消灭了他16万大军后，把他限制在自己的世袭王国内。虽然这次遭到惨败，但是他毫不困难地再次发动战争。他和当时最著名的将领交手，他曾经战胜过曾经的罗马执政官奥利乌斯·科塔，全歼罗马海军。最终在庞培以绝对优势兵力的围剿中走投无路，众叛亲离，只能选择服毒自尽。

罗马史的作者阿庇安如此评价米特拉达梯六世：

他嗜杀成性，对一切人都是残酷的——他杀害了他的母亲、他的兄弟、他的三个儿子和三个女儿。他自己所送给尼米亚和特尔斐的盔甲表明他的身躯很高大。他是如此强大，骑在马上投掷标枪可以达到最后一个人。他能够骑在马上一天走185公里，每隔相当距离换一匹马。他常用16匹马驾驶一辆战车。他具备希腊文化素养，因此，熟悉希腊的宗教祭祀，喜欢音乐。他大体上饮食有节，刻苦耐劳，只是喜欢女人。

他的遗体被法尔凯拉斯用一条三列桨船舰送往庞培在锡若普的军营，听候处理。庞培下令举行隆重葬礼，盛装厚殓将这位对手安葬在本都国首都锡若普历代国王的陵墓中。因为庞培佩服这位对手的坚韧顽强和所取得的伟大成就，认为他在当时的国王中是居于首位的。庞培与法尔那凯斯签订和约，把他安排在比原本都国领土更加往东的、黑海东岸的地方当国王。本都国原来的领土成为罗马的行省。

庞培自从苏拉玩笑般地称他为"马格努斯"意为"伟大的人"之后，因为苏拉在世而不敢启用这一称号，但是这一称号一直使他难以忘怀，始终牵动着他的心，仿佛埋在心底的宝藏，时机成熟就可能去尽情地享用。庞培不是一个善于掩盖自己心机的大智若愚之人。在经历了平定海盗，征服东方后，已经完全没有了顾忌，他在签署文件时就开始使用"庞培·马格努斯"，自以为是伟大光荣的非凡之人，他完全以伟大君主的气度，接待那些东方小国的国君，包括慷慨大度地对待被俘虏的海盗、米特拉达梯大帝的儿子和美妾，仿佛自己已经成为征服欧亚的马其顿国王亚历山大大帝。当他成为执政官的时候确实有拥戴者称他为"庞培大帝"，他也很乐意地享用着。

庞培由剿灭海盗和的战争开始，打开了东方战线的局面，稍后又选择继续南下，率领罗马军团在叙利亚兼并了已经毫无影响力的塞琉古王室，控制了犹太王国，并开始直接出兵保护埃及的托勒密王朝。庞培也因此成为罗马建国以来最大的"东方征服者"，由此登上自己事业的顶峰。在若干年后的内战中，以上地区的财富和军队，成为他同恺撒叫板与克拉苏争锋的重要资源。

登上人生荣耀的顶峰

公元前 61 年 9 月 28 日，伟大的庞培从东方返回罗马，元老院为他举行了第三次隆重的凯旋仪式。盛大的场面在罗马建城史上是无与伦比的，焦点是这位战无不胜的英雄。为照顾那些看不清楚的观众，人们在队伍中竖起了一个巨大的半身像，完全用珍珠打造而成，塑像最有特色的地方是前额的一缕卷发。18 年前庞培第一次凯旋式就是留的这种发型。曾经的少年天才已经为无数事实证明自己是百战百胜的。34 岁时，罗马见证了他的第二次凯旋式。

第三次凯旋式特意安排在他 45 岁生日这天。此刻，庞培身披的就是亚历山大大帝的斗篷，凯旋式搞得华丽而壮观，虽然搞了两天，但是显然对于展示他对于共和国的伟大功勋是不够的，还是砍头去尾节省了许多浩繁的环节的浓缩版，已经令罗马人眼花缭乱到了瞠目结舌的地步。

游行队伍最前面的位置高举着许多木牌，上面写着他征服的许多国家和民族的名字：潘达斯、亚美尼亚、卡帕多西亚、帕夫拉果尼亚、米底亚、科尔契斯等将近二十个国家和地区，以及在海洋和陆地消灭的海盗势力，他攻取了不下 1000 个坚强的据点，占领了 900 多个城市，俘获了 800 多艘海盗船只，建立了 39 个城镇。还有许多木牌记载着共和国遍及各地的贡金，在他开始征战之前岁入总额为 5000 万德拉克马，经由他的努力使国家的赋税达到 8500 万德拉克马，庞培抢掠到的国库财富有纸币、各种金银器皿和贵重饰物总值到达 2 万泰伦。凯旋式的导引由战争中俘虏的海盗头目为首，还有各国的王子王孙、嫔妃，包括了米特拉达梯大帝的姐妹和五个儿子以及一些贵族妇女列队其中，后面跟着各国王室送来的大批人质。除此以外还有缴获的大批战利品。伟人庞培取得的空前辉煌的成功，没有一个罗马人能够达到。他的三次凯旋式代表了他纵横驰骋的三个庞大的区域：第一次是讨伐非洲，第二次是枚平欧洲，第三次是征服亚洲，象征着全世界都掌握在手中。

公元前1世纪的庞培大帝，把地中海波涛荡涤的所有地方统统变成了罗马的行省或者盟国。这时期的地中海已经成为罗马共和国的内海。而这一年他只有43岁，可以说正值人生壮年，属于"长风破浪会有时，直挂云帆济沧海"的黄金年龄段，是政治前程无可限量的大好年华。随后他陷身于罗马共和的肮脏内斗，继续如饮鸩酒般陷身于功名追求的陷阱而最终不可自拔。

曾经在征服东方掠夺了大量财富的庞培，首先为自己建立了豪华壮丽的府邸，以建筑雄伟和阔大而闻名于世。为了平息罗马权贵们的嫉妒和愤怒，堵塞悠悠众口。他提出要建一座庞大雄伟的大剧院送给罗马人民享用。他带回了一幅壮观的米蒂利尼剧场的草图，打算在罗马也建造一座超过这座希腊式建筑规模的大剧院。在人们还在打扫凯旋式遗留的一片狼藉时，他的建筑工就开进了竞技场。它靠近广场，平整、空旷，新剧场的地基几乎延伸到马修斯广场前"羊圈"前，完成后的建筑直接矗立在投票处前，这座建筑于公元前55年建成，取名为"庞培剧院"，是罗马第一座用花岗岩砌成的宏伟建筑，里面有近2万座位；一个宽大的回廊公园，以供观众幕间休息时散步所用。人们感觉这似乎是在庞培的阴影下进行选举，庞培可谓声望如日中天，权势覆盖天下，他的人生大戏正值喜剧性高潮，离悲惨谢幕还有一段起伏跌宕的小高潮，然后最终归于寂灭。

然而，伟大的庞培大帝与他政敌恺撒大帝的悲惨谢世几乎是殊途同归，两人皆死于谋杀。伟大的英国戏剧家莎士比亚在其最后一部作品喜剧《暴风雨》中一反常态地不写悲剧而以喜剧总结这种历史现象时指出：

我们的狂欢已经终止了。我们的一些演员们，我曾经告诉你，原是一群精灵；他们已经化为一群淡烟而消散了。如同这虚无缥缈的幻境一样，入云的阁楼，瑰丽的宫殿，庄严的庙堂，甚至地球自身，以及地球上所有的一切，都将同样消散，就像这一场幻景，连一点烟云的影子都不曾留下。

狂欢的凯旋式中包含着盛极必衰的悲剧阴影，包括酣睡在梦幻中的庞培大帝以及后来接踵而至的恺撒大帝，无不紧随着米特拉达梯大帝的阴魂走进悲剧。诚如哈姆雷特王子和霍拉旭在墓地对着坟墓中挖掘出的国王骷髅，说起历史上的伟人亚历山大和恺撒：

> 恺撒死了，你尊严的尸体
> 也许变成泥，把破墙填砌
> 啊！他从前是何等英雄，
> 现在只好替人挡雨遮风！

第十章
三头联盟和克拉苏之死

罗马三巨头的利益同盟

小加图（Cato the Younger）是刚正不阿的前监察官老加图的曾孙，他是共和传统的坚定捍卫者。他早就想和庞培较量一番，于是联合妒火中烧的克拉苏，组成了一个反庞培独裁的集团，从各个方面突然出击集中攻击庞培。他们尽力贬低庞培的荣誉，怂恿元老院拒绝批准他在东方为安排退伍老兵分配土地，甚至他对米特拉达梯的战争也被加图说成是一场针对女人的战争，庞培却显得对这位固执的学者型老政客有些无可奈何。这更加助长了小加图的嚣张气焰。

庞培的家族不够古老，血统不够高贵，也就是说他身上的贵族血统在基因方面还不够过硬，因而他的内心往往不够强大，因为这一点对于共和国权力的继承十分重要。门第的显赫在政治权力的天平上是可以增加砝码的。因此，新贵庞培在老权贵小加图面前总是有些胆怯心虚，加图的门第和声望折磨着他，令他又钦佩又嫉妒，他希望加图能够尊重他，就像他对加图的尊重一样。

于是，他宣布自己和儿子共同要娶加图的两个侄女为妻。庞培是善于拿自己和晚辈的婚姻做政治交易的。但是，碰上刚正不阿的加图就是一头热。作为政治家，他的想法太幼稚，这反而让加图更加瞧不起他。那种想靠家族之间的联姻来壮大自己政治实力的企图，一眼被老政客加图看破。使得这位在政坛以刚正冷漠著名的贵族政治家更加看不起这位军功显赫却在政治上极为不成熟的大将军。

庞培知道，小加图的曾祖父被称为老加图的学者型政客素以清廉刚正而著称，嫉恶如仇特立独行在加图一族是有传统的，老少加图都是罗马舞文弄墨的高手，当年打败汉尼拔的罗马著名将领西庇阿的毕生名节，就湮没在老加图那些真真假假捕风捉影的口水之中。所以作为庞培不得不委屈自己去刻意逢迎加图。在弄巧成拙之后，反而更加暴露了他攫取权力不择手段的心态，这和他大将军的身份极为不符。

庞培的这种伎俩被加图不留情面地严词加以拒绝。加图轻蔑地说："庞培应该知道，对我来说，从姑娘的闺房包抄毫无用处"。

当然，小加图的伟大还在于他对于共和国的捍卫，最终如同他的希腊前辈苏格拉底那样慷慨殉道，而且显得更加惨烈悲壮。自命伟人的庞培，反而在附属国埃及的儿皇帝面前猥琐地死去。看来他战斗英雄的光环在罗马这个讲究门第家世渊源和精神高贵的社会顶层不太起作用，只能博得底层民众的廉价掌声。

直到公元前60年7月，远在西班牙行省总督任上干得风生水起的恺撒，风尘仆仆从西班牙赶回罗马准备竞选下一年度的执政官。庞培前去诉苦，希望得到恺撒对他的支持，他无奈地诉说了自己和加图以及克拉苏的矛盾。

足智多谋的恺撒，决心拉拢庞培和克拉苏，分化瓦解克拉苏和加图的关系，对他来说老对手加图、西塞罗是必须重点打击的对象，至于贪图蝇头小利一心只想闷声大发财的商人政治家克拉苏完全是可以争取的对象。而虚荣心极强，极端缺乏政治头脑的庞培，则完全可以多多奉送高帽子，将他牢牢笼罩在虚伪空洞的美妙颂歌之中。

经恺撒的撮合，庞培和克拉苏加盟，三人为了共同对付元老院，瓜分罗马政权，结成秘密同盟，史称"前三头同盟"。其实就是三人的军事独裁政治利益共同体。为了巩固同盟，恺撒甚至将自己已经订婚的女儿尤利娅嫁给了庞培。因为恺撒的女儿，原本是答应嫁给他的情妇塞维利亚的儿子小布鲁图斯的，为了笼络大将军庞培，恺撒不顾女儿的强烈反对，强行将她许配给了比自己还大七岁的庞培，他因此成了庞大将军的小岳父。

三头同盟只是在个人力量难以撼动共和国基础时的一种利益共享的权力暂时组合，目的在于动摇共和国统治的柱石——传统的贵族寡头统治，因为这是一种军事的同盟，也是势力范围的划分，分散的是寡头集团借助元老院对于国家政权的垄断，创建的是以军事集团为基础的新权贵分赃体制，是临时性的政治军事合作共赢机制。

政治枭雄注重的是政治利益的组合，在权力重组中各自攫取更多的利益。如庞培也只不过是博取更大的社会荣誉感而已，克拉苏借助恺撒去同庞培在政治上一争高下，至少也应该在经济上平分秋色，不相上下。于是这帮军阀政客共同将炮口暂时对准了手无缚鸡之力的元老集团头目加图和西塞罗。

然而，毕竟罗马政权还注入了诸多城邦共和政治的平等民主理念，共和国就是贵族和平民共生公治权力平衡的产物，一切民粹对于元老贵族的不满都是可供利用的资源，况且作为民主派或者平民派领袖马略的亲侄子恺撒，完全继承了姑父马略的衣钵，以平民派领袖自居，自然也是可以左右朝堂的一股不可忽视的力量。

这对于出身不够硬正的外省人，甚至还有着很不光彩高卢血统的庞培和唯利是图的商人克拉苏都是有吸引力的，他们三人都曾经是统兵挂帅的军人，在罗马军团中有着不可小觑的力量，这显然是书生君子小加图和理论家西塞罗不可比拟的优势。

三强联合就是猛虎添翼，最终发展的趋势就是把恺撒送上独裁者的宝座，形势比人强，不管庞培、克拉苏本意如何，三人中的胜出者必然是胸怀壮志，腹有良谋的一代枭雄恺撒。庞培喜荣耀，给他点空名头就可以满足虚荣；克拉苏喜钱财，让他去提着脑袋东奔西讨掠夺财富，没准就一命呜呼在征途中。这就是人们难以摆脱的名缰利锁而铸成性格的异化，异化引起的质变必然走向极端而最终走向不归之路。反之，恺撒又如何呢？登上权力宝座顶峰后，却被共和余孽谋杀在宝座之上，为首者就是他视若己出而刻意栽培的布鲁图斯，及其被他宽恕的共和国内战中庞培的余党卡西乌斯。

对于恺撒的政治图谋，元老院那些以政治为职业的议员时刻警惕着。当三头联盟处于隐蔽阶段时，他们可以容忍，但是在走向政治前台日益显山露水后，这些老谋深算的家伙时刻准备利用庞培的政治虚荣性来分化瓦解三头联盟，从而实施孤立平民派头目恺撒的目的，进而遏制他篡夺罗马政权的图谋。

利用政治婚姻加上利益同盟的力量，恺撒顺利当选前58年执政官。在当选后他果然兑现诺言，批准庞培在东方的一切举措。同时推行新税法，降低"包税人"预交税率，满足克拉苏的经济利益。这样原来在暗中勾结的三头联盟，越来越走向公开化明朗化，成为突兀地雄踞在罗马政坛的利益共同体，看上去不可瓦解。但是按照罗马共和设计的政治体制，再强大的权力都必须受到制约，政经权力和军事权力都必须在法治规范下运行，而法律是人定的，也是可以改变的，一切合法而温和的手段难以达到目的，就是直接使用军事手段的革命。因此，后来的罗马史学家如英国的罗纳德·塞姆直接将恺撒和屋大维创建罗马帝国这一阶段的军事、政治变革称为"罗马革命"。

恺撒、庞培、克拉苏这些人不正当的阴谋手段必然激起了以古希腊柏拉图"道德理想国"继承者、罗马共和体制的坚定捍卫者自居的小加图的极端愤怒。小加图以贵族中的君子著称，本人两袖清风、不好女色，不贪图钱财，在个人品质上几乎无可挑剔，况且他是共和理想主义者、贵族所谓法治体制的坚决捍卫者。

这样的政治对手其实在内心中是自以为强大的，他的英雄姿态对枭雄恺撒而言，也是很可怕的。他是一个能够为自己的理想舍生取义的人。正因为这种理想主义使得他和已经世俗化的罗马高层格格不入，因而他几乎是很不受官场欢迎的人物。凡是理想主义者都带有某种乌托邦式的美好情怀，如果这种情怀仅属于个人的精神追求当然无可非议，问题是他们往往把这种不切实际纯属主观的理念，作为衡量客观事物的标准来衡量一切事物，未免变得有些迂腐和不近人情。

斯多葛主义奉行者小加图

小加图出生于公元前 95 年的罗马，是马尔库斯·波尔基乌斯·加图与他的妻子塞维莉娅·德鲁莎的儿子。年幼时就父母双亡，由时任罗马保民官的舅舅李维乌斯·德鲁苏斯（Livus Drusus）抚养。他的舅舅也同时抚养了昆图斯·塞维利乌斯·西庇阿（Caepio）的儿子和两个女儿：塞维莉娅（Servilia）·西彼欧尼和小塞维利娅·西彼欧尼两姐妹，这是从他第一次婚姻而来的孩子（昆图斯·塞维利乌斯·西庇阿被认为是加图的亲兄弟）。

加图在很小的时候就显示出他的固执性格，无论说话、神情或者参与游戏都表现出宁折不弯的个性，他能够尽力克制自己的情绪，对任何事情都保持择善而从的顽强性格，他的坚定意志超越年龄限制，使得他一旦下定决心就会勇往直前坚持到底，对于奉承讨好他的人，往往回报以粗鲁的言语和无礼的态度；任何人如果敢于威胁他，他宁死也不会屈服。他的老师撒尔佩东（Sarpedon）说，他很难被说服，很难被感化。小加图天性固执而顽强，对于别人的说教很难心悦诚服地接受。

普鲁塔克说过一个故事：公元前 91 年，意大利同盟中马西人的首领昆图斯·庞培乌斯·西罗（Pompaedius Silo）曾经到罗马元老院希望给予同盟国的人民罗马公民的身份，这件事在元老院争议很大。因此，他来拜访朋友马尔库斯·李维·德鲁苏斯，同时也与和德鲁苏斯生活在一起的孩子们见了面。在一种轻松的气氛里，西罗希望孩子们支持他，除了加图以外，所有的孩子都点头微笑。加图却用怀疑的眼光盯着客人。西罗请他给一个明确的回答，但是没有得到回应。这时西罗捉住加图的脚，将他倒吊在窗外，不停地摇晃，加图依然一言不发，并没有表现出惊慌的样子，当时加图只有 4 岁。西罗将他放了下来，无可奈何地说："好在他还是一个孩子，意大利的运气不错，如果他是一个成人，我相信在罗马市民中一定会听到这家伙反对的声音。"后来西罗果然成为意大利同盟的造反领头人，最终战死在与罗马人的战争中。

罗马的独裁者苏拉很喜欢与加图及其兄弟西彼欧谈话。甚至在加图公开违抗其意见和政令时，也要召见这名少年（苏拉的女儿科涅利亚·苏拉嫁给了加图的舅舅李维）。根据普鲁塔克的记述，在内战激烈之时，名望高重的罗马贵族被从苏拉的别墅中带出去处死，而其时 14 岁的加图问老师为何无人杀死独裁者。撒尔佩东回答：“孩子，他们怕他胜于恨他。”

加图回答：“给我一把剑，让我将国家从奴役之下解放出来。”此后，撒尔佩东意识到这孩子的共和信仰很坚定，便小心地使他在城中始终有人照顾。

他生活得非常正派（像他的曾祖父老加图）。他经常让自己接受艰苦的训练，学习穿着最少的衣服忍受寒冷和大雨。他只食用身体所需的食物，饮用市场上最便宜的酒。他所得到的他舅舅的遗产完全能够让他生活的非常舒适，他这么做完全是因为哲学的原因。他长时间生活于公众关注之外，很少在公众场合出现，但是当他出现在论坛上时，他的演讲和修辞学技能得到了最高的称赞。

罗马广场上的波休斯会堂，是他的曾祖父老加图在公元前 182 年担任市政官时期的建筑，是罗马最早的长方形柱廊式建筑，紧挨着元老院，是罗马的护民官的工作场所。因此被冠以老加图的族名“波修斯”，以此来纪念这位刚正不阿敢于挑战权贵的共和国监察官。但是有些护民官认为这个会场的廊柱设计不合理，为了方便安排座位，多次提议要拆除进行重建，或者另外寻找办公地点。小加图听到这个消息，立即赶往市民广场，对护民官的意见公开表示反对。这件事使他获得普遍赞誉，这栋建筑也因此得以保存，直到前 58 年因为民粹头目克劳狄乌斯被米洛刺死，罗马市民发生骚乱火烧元老院，才连带着被烧毁。这次对于护民官的抗议演讲，不仅表现出他的勇气，也让人知道他说话的分量。普鲁塔克说：

他讲话非常老练绝不矫揉造作，有事直话直说不会拐弯抹角，用语虽然听起来刺耳，但是有思考者不留情面的态度，才能引起大家的重视。演说者的特殊个性在各方面都能表现出来，使得严厉的措辞有时会激起与生俱来的感情，不仅愉悦而且使人深感兴趣。他的声音字正腔圆又响亮，能够使大群民众能够听得清清楚楚，他的精力旺盛不知疲倦为何物，经常发表一整天的演说都不停止。

等到抗议事件获得完满的结局，他继续过着读书求知和不问世事的生活，从事各种劳累和激烈的体能训练，即使是酷夏和严冬的天气，习惯于光着脑袋不打遮阳的伞，或是戴上帽子御寒，任何季节外出都是步行。他外出旅行，通常是让朋友骑马而自己徒步行走，虽然如此还是与他们轮流在路上边走边谈。他在生病的时候，忍耐和自律的功夫极强，这方面使大家非常敬佩，有一次他患疟疾，不让任何人探视，一直到完全康复不再发作为止。

普鲁塔克继续评价他：

一般而论，小加图提起那个时代的罗马人，认为他们的风俗和生活方式，已经堕落到无以复加的地步，改革是势在必行之举，所以很多事情他都与常理常情背道而驰，当时流行最亮丽最鲜艳的是紫色，他却经常穿着深黑的服装，早餐用完，不穿官靴和长袍就出门，所以衣冠不整在他而言无所谓羞辱，因为他根本不会去追求虚名，能够把一切都看成身外之物。

小加图一位堂兄去世，他获得的遗产大约有100泰伦，他将这些庄园房舍全部换成现金，任何一位朋友有急需，他将钱借给他们不要利息。为了帮助另外一些朋友，他提供田地和奴隶作为国库抵押品。

小加图的所谓改革，就是要回到共和艰苦创业初期的那种清廉和纯正的社会风气。然而，时过境迁，他显然成了不为世俗官场所容的一股清流，表现得过于突出而遭人嫉妒，所谓阳春白雪和者盖寡，和卢库鲁斯、恺撒、庞培、克拉苏等官场新老权贵格格不入，连他的亲密战友西塞罗经不起金钱物质的诱惑，在帕拉丁尼山麓风景绝佳之处的贵族居住区建起了豪宅。

小加图与他的曾祖父老加图一样，是一名深受古希腊"斯多葛派"哲学影响的古罗马政治家。在社会生活中强调顺从天命，安于所处地位，恬淡寡欲，才能获取幸福，宣扬人类是一个整体，只有一个国家，一种公民。而这个国家只能由智慧的贵族来统治。相比古希腊消极避世追求独善其身的"伊壁鸠鲁派"，"斯多葛派"是积极入世的进取主义者，某种国家至上主义的坚定捍卫者，这一点和柏拉图精英治国理论相吻合，反对民粹所谓的民主理论，因而他和喀提林、恺撒之流的所谓平民民主派领袖，在价值观和政治实践观上是格格不入的。

面对希腊失去独立，希腊人陷入迷茫，伊壁鸠鲁提出人生最高的目标就是幸福或者快乐，而斯多葛学派则提出不同的理论，他们认为人生最大的价值不是快乐或者幸福，而是德行、品格、职责，个体服从全局的利益。这种理论建立在宇宙是一个有理性的世界，有条不紊的运行着，每个个体在其中都有自己的价值，但个体只有服从整体的利益才能获得至善品格。

斯多葛学派建立了自己的逻辑学，他们认为，逻辑学就是运用概念、判断、推理、论述的科学，最主要的问题就是知识的起源和知识的标准。知识起源于知觉，感官知觉是一切知识的起源，人在头脑中先有一般的观念，然后按照类别概括许多个别的事物，根据同类形成一般的判断，这种能力叫理性，是思维和使用语言的能力。而知识的标准是印象和概念的自明性，是确信有与之相应存在的实在的感觉。如果没有那样的确信，就不必赞同那样的观念或者作出判断。

斯多葛学派的形而上学提出万物是由两种基质构成：主动的基质和被动的基质，他们彼此不分离，融为一体。天体万物中的动力形成一种无所不在的力量和火，这一基质是有理性的，是世界活动的灵魂，是一切生命和运动的源泉。他们也发展了他们的宇宙论，认为宇宙是从火演化而来，气、土、水都来源于火，这些神圣的元素根据纯净度分为无机界、植物界、动物界、人类，而人类是唯一能运用理性进行有目的的行为，是纯净度最高的形式。全宇宙形成连绵不断的因果链条，没有任何东西是偶然发生的，一切都是必然地来自一个初始因或第一推动者。

斯多葛学派在形而上学和宇宙论的基础上提出他们的伦理学。他们认为，宇宙世界是一个完善的有理性的因果链条世界，每个部分都不是偶然的，每个部分都服从于整个世界，最大目的就是实现宇宙的目的，因此，在现实中，人类要遵从自然的生活方式，只要符合理性，过有德行的生活，就会实现真正的自我，就是为宇宙的目的服务。真正有德行的行为就是有意识的导向最高的目标的行为，这也是最高的道德准则，而要避免或者摆脱不好的行为，就必须具备完备的知识，而完备的知识与意志力量或者品格有联系。他们进一步建立了政治学理论，因为人是宇宙世界的小宇宙，也是宇宙世界的一部分，他就具有维护人间世界的职责，所有人都有关系，一切都是兄弟姐妹，因此必须遵从同一种法律、同一理性，这必然要求人们把公共利益、社会福利置于个人利益之上，因此，一个人要履行他们作为世界公民的职责，积极参与公共生活、政治生活，为自己的国家和人民谋取福利。这样，个人就实现了真正的自我，实现了世界的善，实现了世界的大同。

他们主张在物质世界之上附着了道德世界，从而拓展了自然的涵义，使之不仅包含了有形的宇宙，而且包含了人类的思想、惯例和希望。因此，作为天道的自然法根本说来乃是一种人道法则。如何确定把握人道和天道，在于人之异于禽兽的理性，凭借人的能力，超越丛林中的动物，也即智慧的贵族能够超越常人认识到外部世界发展的客观规律，又有在社会生活中辨别是非的能力，并推崇和鼓励具有道德关怀的向善的行为，意味着建立在理性之上的正义法则。本质上就是适应于所有社会成员的"公正"和"仁爱"的法则。由此而推演出的国家政治理论也就是从国王到贵族、平民共存共和的体制。这是介于国王独裁专制和民主民粹之间最佳的国家体制——城邦共和体制。这基本形成了亚里士多德政治学核心，为古罗马的政治家加图祖孙和西塞罗共同推崇。诚如小加图不够亲密的战友西塞罗所言：

事实上有一种真正的法律——即正确的理性——与自然相适应，它适用所有的人并且是不变而永恒的。通过它的命令，这一法律号召人们履行自己的义务；通过它的禁令，它使人们不去做不正当的事情……用人类的立法来抵消这一法律的做法在道义上决不是正当的，限制这一法律的作用在任何时候都是不能容许的，而想要完全消灭它则是不可能的……它不会在罗马立一项规则，而在雅典立另一项规则。有的将是一种法律，永恒不变的法律，任何时期任何民族都必须遵守法律。

在他们的心目中，贵族共和的政治体制及其法律制度是不容改变的。如果说理论家西塞罗还因为功利得失，在与平民派恺撒的斗争中常常带有投机动摇背弃理想的行为，有时去刻意迎合恺撒。而小加图则是坚定的共和政体拥护者，有过从军参与作战的经历，是道德完善主义的真正君子。问题是在一个充斥伪君子和犬儒主义盛行的共和国高层，小加图的坚守一成不变的崇高理想往往显得十分迂腐可笑，也就成为佼佼者易污，峣峣者易折的典型，只能成为贵族共和体制坍塌前的殉道者也即垂死体制的殉葬品。后来他死得十分悲惨壮烈，而赢得千古美名，完全符合一个烈士为理想殉道的高大完美形象。

他在政治上竭力鼓吹元老院主导的寡头政治，反对军事独裁者、批判道德堕落行为。他本人率先践行自己的政治主张，而且公正无私，完全以维护罗马城邦的利益为最高职责，因而在多元政治的共和体制下不很得人心。在共和国后期诸多政治人物中，小加图是一道很有特色的风景线，仿佛落日夕阳下的回光返照中的孤独行者，显得不合时宜，不得人心。

小加图一生不像庞培、恺撒那样通过军功实现自己的野心，也不像西塞罗那样通过雄辩实现自己的理想，而是通过坚定的立场展开对贪腐的批判、对军事强人的警惕、对共和的维护来践行自己的政治理想。任何人，无论职位高低，无论财富多寡，只要有破坏共和政体的倾向他都不遗余力批判他。可以说，终其一生，他都用他的公正无私捍卫着共和政体，如果是他的朋友损害了城邦利益时，他会毫不留情的予以驳斥；而他政敌的做法有益于城邦时，他会马上伸出援手。因此，虽然没有人喜欢他，但在关键时刻，大家都知道他是一个值得信任的人，他就以这样独特的方式征服了罗马公民、他的朋友、他的政敌。

小加图的公正固然值得称颂，但不可否认的是他的公正近乎于顽固不化，达到不近人情的地步。作为一名政治人物，他所面临的是复杂的政治局面，保持坚定的立场没有错，但如果过于追求绝对的公正，在某种程度上也会对国家造成巨大的灾难。在喀提林阴谋中，他不惜违制，极力坚持判处喀提林同党死刑，造成共和国的动荡；当庞培从东方凯旋时，由于他的坚持，致使庞培颜面尽失，不得已与恺撒、克拉苏结成同盟，对共和国造成极大的灾难。实质上，如果在当时复杂的政治局面中能审时度势，不一味坚持固执立场，内战的冲突也可能会消弭于和解。这不能不说作为小加图的为人处世方式未必能对国家有积极的意义。这就是历史上那些所谓的"泛道德主义者"追求纯粹，对于社会多元强求一律带来的社会危害。

在"三头同盟"从幕后走向前台，逐步显山露水时，小加图敏感地意识到对共和国的威胁，他在元老院会议上惊呼：

"对罗马国家来说，各种政治派别及其领袖间的争斗加在一块儿也不如这三人的力量统一那么可怕。'三头政治'将是降临在罗马头上最主要、最巨大的灾难。"

因为这是罗马最有权势财富和军事实力的强强勾结，不是权力和军事均衡制约的结果，威胁的其实是共和国元老贵族政体的特权，借助的是军事实力和平民及老兵的民粹基础。至于"三头"军阀之间的借助联姻来巩固政治同盟，恺撒将自己已经订婚的22岁女儿，不惜撕毁婚约嫁给50岁的失意军人庞培。庞培将自己的女儿嫁给克拉苏，而恺撒则是迎娶了"三头"内定好的执政官皮索的女儿等等。更使得小加图感觉到他们的无耻，他愤怒地痛斥这种借助裙带关系牟取国家权力，将国家权力裹挟进家族势力的卑劣做法。而他这种从国家利益出发的正义吼声，如同石块落进臭水塘中，简直是波澜不惊。家族政治联姻和权势的相互勾结，本身就是共和国无可挽回的坠落，他想充当中流砥柱，只能被无可阻挡的帝国一统潮流所淘汰。活跃在那个时代的人物，只能身不由己地被推动着积极向前，恺撒就是这样的人物，这种人都是身兼狐狸的狡猾和野兽的凶猛，缺少的却是对于政敌的残忍。这也是后来小加图在海外以身殉道，恺撒在功成名就之后被政治对手谋杀的原因之一。

小加图荣耀的从军生涯

　　公元前 73 年—71 年罗马发生斯巴达克斯（Sparlacus）奴隶大起义，罗马派出前 72 年的执政官杰留斯（Gellius）去平叛。小加图的哥哥西庇阿在军队担任军事护民官，因为哥哥的原因，他自愿从军，开始贵族子弟必须经历的军旅生涯。到达部队后他大失所望，他理想中的地中海劲旅——罗马军团和他眼前的实际差距实在太大。将领的领导素质实在过于低劣，使得他根本没有机会展现建立在斯多葛主义理想基础上的军人威武之风和卓越的军事统御才能。所以在他受命担任兵团指挥官期间，他力主严明军队纪律、善于把握战机、以统帅和将士智勇双全的特色塑造罗马军团的钢铁雄风而威震敌胆。虽然军队的舞台总体并不尽如人意，但是他个人的表现比他的曾祖父老加图毫不逊色。杰留斯对他非常器重，发布命令要授予他最高军事奖励，但是他拒绝接受，理由是自己的作为不够资格获得如此殊荣，这种谦恭反而被别人认为他的个性不仅古怪而且孤僻，因而不受待见。

　　罗马过去在法律上严格禁止公民参加官员选举时发生任何形式的拉票助选行为。然而在实际操作中，不少候选人公开进行拉票，助选员则将拉票人姓名告诉候选人，以便兑现贿选资金。但是轮到小加图参选军事护民官时，却严格遵照法律规定，拒绝拉票贿选。他只是非常用心地记住每一位选民的名字，在与选民交谈的时候就能够直呼其名向对方表示致意，表现他的亲民作风。虽然不少参选者在表面上对他极力恭维赞扬，但是在骨子里难免既羡慕又带着嫉妒的心理。他们认为他做得实在太好，难免只是一种作秀，而这种公然表示廉洁的自负，他们却是难以效仿的，因而在心中愤愤不平，这在作弊贿选成风的共和国晚期官场已经成为普遍遵循的潜规则，大部分官员难以免俗，小加图疏枝斜出，一花独秀。

　　公元前 67 年，不到 30 岁的小加图当选军事护民官，他被派遣到驻马其顿的罗马将领卢布流斯（Rubrius）的麾下服役。临出发前他的妻子非常担心，在他离开之前一直在哭泣，小加图的朋友穆拉久斯（Munatius）安慰劝说道："阿蒂莉娅，你别担心，我会在旁边照顾他的。"小加图还加上一句："那是毫无问题的事。"这本来也就是一句朋友间的玩笑话，小加图却当真了，当他们走完一天行程，晚餐后到达住宿地后，小加图对穆拉久斯说："为了做到你答应阿蒂莉娅的事，以后无论日夜你都不能离开我。"从这时起，他就特别交代他住的房间必须加上穆拉久斯的床，以后小加图的营帐里，除他和穆拉久斯外，还住着不少人，使得护民官的房间拥挤不堪，穆拉久斯很不适应，小加图却如鱼得水，他是不讲究吃穿住行条件和官员排场的。他让这些追随他的人都骑马而自己步行，赶路的时候，他轮流与他们边走边聊天，以示与部下同甘共苦，似乎这也是斯多葛派追求天然民主平等的象征，后来普鲁塔克发现为他塑造的铜像，他的小腿肚子的肌肉都很强健凸出，这是他长期行军锻炼的结果。

等到他们抵达马其顿军营，驻扎的军队有几个军团，卢布流斯要他指挥其中的一个军团。他认为军团首长的职责在于尽全力激发士兵的斗志，使得他们具备优良的军事人员的道德品质。为了达到提升部队素质的目的，他对于他指挥的军团注重恩威并施赏罚分明，对士兵中存在的问题特别注重说服教育，来提升他们的品质。经过一番精心调教，他的部队有良好的纪律和训练有素的作战能力，既表现英勇无畏的气概，又能够坚守正义的原则，当然这些都是建立在对于共和国忠诚的基础上的。这支军队对敌人而言是战无不胜的对手，对盟军而言是彬彬有礼的朋友，小加图处事谨慎小心避免决策错误；战时冲锋陷阵为荣誉而战。这当然是普鲁塔克在本传中对他的褒扬之词。

和大将军庞培不同，小加图无意于对于功名利禄的获取，但是他对于信仰的身体力行，却为他赢来了莫大的光荣和极大的名望。所有人员都对他赞不绝口，属下士兵更对他敬佩有加。无论任何工作他都能身先士卒；他的衣着、饮食和行军方式，完全等同于一个士兵，不像一个军官。特别是在统帅军队方面，他的顽强意志和用兵的智慧方面，超过当时军队的所有知名将领。使得他在不知不觉中赢得全军对他的热爱。

　　学识渊博知名于世的希腊斯多葛学派导师阿色诺多鲁斯（Athenodorus）
生于塔尔苏斯，这位年事已高的老学究住在帕加姆斯（Pergamus）王国，
一直以秉承王国的自由意志为职责，拒绝与达官贵人打交道。小加图了解
到这一状况，觉得不能仅仅靠派人前往或者写信去说服他改变自己的生活
方式，必须亲自前往动员老先生前往罗马，传授他的学说扩大本学派的影
响力。他利用假期请假离开军营，亲自前往亚洲去拜见这位隐居的老学者。
小加图与这位他所心仪的学者交流后，求贤若渴的诚意使这位自命清高的
老学者深受感动，打消了隐居的念头，随着小加图进入罗马军团的军营，
并在公元前 70 年随加图去罗马定居讲学，一切生活费用均由小加图资助。

　　小加图在马其顿军营服役期间，他的长兄西庇阿在亚洲旅行期间病倒
在色雷斯的伊努斯（Aennus），写信请他立即赶去照顾。但是大海的风暴
使得所有船只停航，小加图只能登上一艘小型运输船，带着两位朋友和三
位奴仆匆忙启程，冒着生命危险从马其顿首府提萨洛尼卡（Thessalonida）
启程。等赶到伊努斯时大哥已经断气，这位哲学家抱住哥哥的遗体痛哭不
已，他长时间沉浸在悲痛之中，不惜花费巨资为兄长举行了隆重的葬礼：
遗体涂抹使用最名贵的油膏和香料，换上最昂贵的袍服，然后举行了火葬
仪式。并在伊努斯市为哥哥竖起了一座纪念碑，使用的是名贵的萨索斯岛
大理石，费用惊人。

　　这场耗费巨资的葬礼被他政敌作为攻击他的口实，说他是两面三刀言
行不一的伪君子，表面上谦虚谨慎，实际上利用自己哥哥葬礼收取巨额奠
仪，趁机敛财，有些谣言编造得更加离奇，说他将兄长的骨灰用筛子细细
地筛过，为的是筛取火化时溶解的黄金。这种说法完全是血口喷人的诽谤。
看来心怀恶意的造谣诽谤者企图用毒舌和刀笔来质疑他的高尚道德，损害
他的公众形象，就是小加图这样的君子也难以逃避小人在暗中射来的冷箭。

　　小加图带着他哥哥的骨灰盒回到军营，他的军中服役期限已到，即将
返回罗马述职。在他向他的战友和士兵告别时，对于他返回罗马进入元老
院的祝福和对他在军旅生涯的赞扬几乎是众口一词，完全发自内心。他与
战友和士兵们含着眼泪拥抱依依惜别。他们把衣服脱下来放在他的脚下，

同时去吻他的手。普鲁塔克在写下这些事时，不禁感叹道："在那个时代的罗马人，已经很少有人能够享受这样的殊荣。"

小加图在离开军队后，决定在返回罗马从事公职前先到亚洲去旅行，实地考察一下共和国行省的风土人情和政军事务。他吩咐随行人员不得惊动行省地方官员，免得被动接受宴请和那些官场迎来送往的繁文缛节，因而一众人低调出行，沿途住宿餐饮一概如同普通民众，有时难免遭到商家冷遇，小加图也不以为然，他就是想要体会一下共和国行省和同盟国普通民众的生活。他是不愿意趋炎附势阿谀奉承权贵的，也不愿意刻意显示自己的贵族身份，只是希望洁身自好干干净净做人，踏踏实实做事。普鲁塔克在《小加图传》中对他的行程做如下评述：

每天清晨要面包师和厨师打前站，先行抵达当天晚上要留宿的地点，这样一来他们可以安静进入市镇，如果那里没有小加图和家族所认识的熟人和朋友，可以先找一个客栈，免得打扰不相干的人士。只有在找不到客栈的情况下，才去麻烦当地官员，帮助他们找到住处。对于所有的安排从来不会抱怨。他的奴仆受到叮嘱，去见官员不能大声争吵或者摆出威胁的姿态，因而时常会受到冷落和忽视。

小加图有很多次抵达落脚处以后，发现找不到任何供应物品，他自己比起他的奴仆更加受到藐视，他们看到他坐在行李上面，一句话都不说，立刻把他当成没有一点背景的人，所以不敢提出任何需求。有时遇到无人理睬的情况，就会将他们叫过来说道："你们这些没有头脑的人哪！一定要祛除不友善的态度，并不是所有的访客都像小加图那样好讲话，唯有礼貌才能避开权力可以致人于死地的利刃。不管你们多么的不满，来人能够夺取你们的一切，根本不需要任何一个借口。"

小加图的祖先虽然是出身平民阶层的骑士，但是在老加图那一代早已跻身罗马高层，在监察官、执政官位置久经历练，而且为共和国打拼立下过汗马功劳，且为上马击狂胡，下马草军书的文武全才型知识分子老将军加资深政治家，加上家风纯正，个人品德高尚，在罗马口碑相传，几代下来造就历练成了资深贵族，在罗马及其海外行省有着相当的影响力和个人魅力。而小加图是生性淡泊之人，他并不想利用这些家族的雄厚资源，只是想以普通人的身份去实地考察行省的社会风貌。难免在沿途遇到一些与自己贵族身份不相吻合和自己习惯不相融合的尴尬事。

就在小加图这行十多人仿佛像是苦行僧式的到达叙利亚首府安提阿时，却遇到一件十分可笑的事情。加图等人看到城门外聚集了一大群人，很守秩序地排列在道路两旁：年轻人披着长长的斗篷，儿童都穿着统一的服装，装饰得很华丽，祭司和官员们头戴花冠穿着白色的礼服。小加图以为当地人摆出隆重的仪式前来欢迎他。那些派出打前站的奴仆竟然做出这种事情，让他很生气。他要求所有人员下马，大家一起随着他步行。就在快要接近城门时，一位穿着白色托加像是接待的礼宾官那样长者，手里挂着一根拐杖头上戴着花冠，喜笑颜开地向着小加图迎上来。还没来得及行礼，开口就问他在什么时候和德米特里（Demetrius）分手的，德米特里大人何时光临本城？

小加图这时才明白，安提阿城摆出这么隆重的仪仗，原来是总督用来接待庞培宠奴德米特里，而不是接待他的，他深为自己表错情在心中暗指感到好笑。这位长者提到的德米特里是被称为征服东方大帝的大将军庞培的奴仆。那个时候全世界的视线都聚焦在庞培身上，就因为这个家伙是庞培的奴仆，所以才会处处受到逢迎和礼遇。小加图的朋友目睹这种张冠李戴的荒唐感到十分可笑，当他们通过欢迎人群的时候一直笑个不停。小加图只说了一句话"可怜的城市啊"以后，就板起面孔再也不置一词地走过这座势利的城市。他对罗马这种拜倒在权贵脚下的庸俗风气在行省的流播感到悲哀，连身份低贱的奴仆也因为主人的身份攀升而变得身价百倍起来，小加图最不屑一顾的，就是这种靠阿谀奉承以宠上位的小人。

因为德米特里只是庞培众多幕僚和仆役中的一个自由奴，是一个非常有见识的年轻人，但是有时候又是一个自恃主公恩宠，不知天高地厚到处显摆的小人。据说庞培对于德米特里的表现居然能够忍受，庞培邀请朋友赴宴，非常讲究礼数，在门口恭迎，直到人员到齐才开席宴饮。而这位德米特拉却早早地躺在卧榻上面，对来宾不理不睬，而且他缺乏教养地将穿的长袍挂在耳朵上，从头顶垂下来，完全不顾及礼仪。在他随庞培征战回到意大利之前，在罗马郊外买下了一栋非常舒适的别墅，豪华的柱廊和大厅可以招待宾客，还附有景色优美的花园，他开始使用很贵族化的名字德米特留斯以示高贵。

更可笑的是，当小加图这行人来到小亚细亚行省首府以弗所时，受到驻跸在此的罗马大将军庞培异乎寻常的超规格接待，这使得小加图反而更加感觉到庞大将军的愚昧和无知，也使他脸上感到很不光彩。庞培当时已经五十多岁，小加图只有三十多岁，两人年龄悬殊，在此之前庞培曾经表示要娶加图年幼的女儿为妻，被加图严词拒绝，而庞培并不以为是一种羞辱，反而对加图更加尊重了。庞培在外统兵，镇守爱琴海入海口以弗所监控欧亚，可谓重任在肩。听说小加图游历到此，他没有端坐大营等待加图光临拜见，而是亲自出城迎接，把他当成身份比自己高贵的客人来接待，他主动走上前去，先是握手然后像是老朋友一样拥抱，表现出殷勤周到的热情。庞培当着众人的面说了许多恭维的话，就是众人离开以后依然对加图赞不绝口。现场的人都对小加图表示了尊敬。而小加图依然保持着惯有的淡定，对众人保持着亲切平易近人的习性和光明磊落的情怀。

普鲁塔克评论说：实在说庞培对他待之以礼，只是敬重他的高尚品格，有点敬鬼神而远之的态度，就是某种口头上表示的敬佩，并没有一种求贤若渴的真诚，要是其他年轻人来访，他一定会加以挽留，与之共同创业共谋发展。但是他并没有挽留小加图，好像这位处事严谨刻板的来客会束缚他的权力使用一样，对于小加图的告辞，他有着某种如释重负的感觉。然而，在庞培危难之际，在所有的罗马人中，他能够托付妻儿的唯有道德情操高尚的小加图，可见小加图人品的可贵，以及他和庞培的亲密关系并不拘泥于表面的礼仪和豪奢排场，以及名利金钱的功利性往来。

此行之后，小加图几乎经过所有的城市都受到尊敬和礼遇，有的为了接待他不惜举行宴会和各种歌舞表演。因此，加图特地交代他的朋友必须谨言慎行，为他注意周围的反映，以免无意中被他的朋友祭司长盖尤斯·斯科瑞波纽斯·库里奥（Caius Scribonms）说中，他是在利用出游去拉关系广结善缘。这位很熟悉的朋友曾经是公元前 76 年的执政官，公元前 57 年当选大祭司长。他对小加图耿直坦荡刚正不阿的性格并不欣赏，在他参军前问他："在退役后是不是要到亚洲去看一看。"小加图说："没错，是有这个打算。"库里奥说道："很好，等你回到罗马，无论脾气和作风，都会变得更加通情达理。"然而，人的性格是很难改变的，尤其小加图这种坚定的斯多葛主义，对于自己的理想和情怀的坚守在秉性上始终如一，完全不受亚洲东方王国和行省的腐败习俗干扰。

平民派和共和派的博弈

小加图和西塞罗、马尔库斯·比布鲁斯（Marcus Bibulus）联手反对恺撒讨好平民的实用主义改革法案说来荒谬。因为共和国由城邦制再扩大到意大利境内后，将边界拓展到相关周边地区，城邦已经成为具有许多行省的帝国。显然，日益膨胀的共和国所套的袍褂就不再符合庞大的躯体需要，因而政体变革势在必行，也就是帝国体制将脱颖而出。恺撒也许有个人的野心，但是野心归野心，他心中盼望的就是自己用双手托起新时期帝国的曙光，他是笼罩在曙光中光彩夺目的英豪。

首先涉及的是对被占领地区包括整个意大利地区的土地分配和人民身份的确认，原意大利自治同盟国民享受的权益也要求与罗马共和国国民完全一样的权益，这是理所当然的正当诉求。恺撒支持这样的诉求，这使得他被称为平民派领袖。因为罗马政府统治集团高级成员在名义上都是民选的，至少形式上是如此。军队的领导权归于元老院，恺撒所要坐实的是让原本假大空的形式变成显贵寡头集团的实质性操控。在共和体制依然在权贵垄断下运作时，逐步做空共和权贵，使之慢慢达到寡头垄断下的权力垄断。这也许就是恺撒暗中所希望达到的目的。庞培和克拉苏只是他达到政治目的可以暂时利用的资源，统一战线旗帜下的同路人，到了时机成熟时，一定会分道扬镳。

西塞罗和小加图被称为共和贵族派，贵族派希望维护的就是显贵掌控下的共和体制，继续保持政治权力，以政治特权攫取经济权力、控制军事权力，保持中枢利益集团分赃体制的平衡。以恺撒为首的平民民主派和小加图、西塞罗为代表的贵族共和派两派尖锐对立，后来发展到公开刀兵相见你死我活的地步。

这时，前执政官法学家西塞罗已经在自己位于在帕拉蒂尼山麓的豪华别墅中专事著书立说，准备百世流芳了，对于繁琐的政治问题似乎已经置之脑后，不是很感兴趣。这样坚定的理想主义者小加图看起来更像是后来的堂·诘珂德先生，骑着瘦马在那里孤军奋战。因为恺撒先生身后跟着大批量的城市贫民和退伍老兵以及农村的贫困农民。这种充当强权者顺应历史潮流的反对派角色，几乎预示了小加图今后必然被历史潮流所席卷的悲剧性命运。

在恺撒看来，小加图就是一个不识时务的人，就是一只令人讨厌的乌鸦，不停地在耳旁絮叨嚼舌。他必须排除干扰，实施自己的政治抱负。小加图像以前一样，在元老院肆无忌惮地发表长篇大论，企图妨碍恺撒改革土地所有制这样讨好贫困农民和复员退伍老兵的平均地权法案的通过。这时一直处于保密状态的"三头政治"利益共同体开始发挥作用。

根据现场证人的西塞罗书简记载：即使是3月，南国罗马的阳光依然肆无忌惮地洒落，从罗马广场中央稍微偏北的地方，有一座长24米、宽10米的演讲台。它的前方有一片露天集会场所。那天，庞培所动员的老兵一大早就集合在那里了。此事关系到以后的生活，所以即使没有庞培的动员，他们也会参加。围绕着露天集会场的神殿及会堂的廊柱和石阶，满是身着短衣的贫穷公民。在3米高的讲台前方及左右两侧是身穿镶着红边托加的人，这些一看就知道是元老院议员——罗马的统治阶级。

恺撒担任此次公民大会的议长，也即会议主持人，这样他可方便把握会议进行的节奏。他特地挑选了自己执政的3月份来召开这次大会。反对农地改革的元老院派低级执政官小加图的女婿比布鲁斯也参加了这次会议。恺撒身穿镶红边的白色托加，站上了3米高的演讲台。恺撒所处的位置，表明他是最能主导会场的角色。其他角色的表演尽在其掌控之中。他首先请演说家小加图发表演讲。

小加图一登上讲台，刚刚开始他那冗长的演说，仿佛军号刚刚开始吹响，军团未及出动，就遭到敌军的拦腰阻击。这次冲锋的主力不是恺撒，而是广大复员老兵和贫穷民众，他们像是大旱盼望云霓那般盼望《农地法》的出笼。小加图一出场，众人已经明白这是阻止法案通过的陈词滥调，立即涌到台前进行威胁。恺撒成功地运用了民粹的手法，利用乌合之众的吼声，打断小加图的演讲。有些人甚至跳上讲台拉扯着小加图的托加，企图将他拉下台痛殴。幸好有强壮的元老院议员把他一路护送出会场，他才没有血溅会场，如同格拉古兄弟的老大那般被发疯的民众痛殴致死。

第二天，执政官恺撒在小加图又开始滔滔不绝准备演讲时，干脆叫守卫将他保护性强制带离会场。恺撒决定将《农地法》交公民大会议决，他就这样利用群体的威胁排除了小加图的威胁。西塞罗当时也在场，已经吓得面色惨白，干脆不吱声。以后凡遇公民大会议事，恺撒就事先将小加图强行监护在监狱不让他发言，只是好吃好喝伺候着。小加图就这样被恺撒以保护人身安全为由，剥夺了元老议员的言论自由，失去了鼓动人心的机会。

眼前另一位低级执政官比布鲁斯是小加图的女婿，是加图刻意安排牵制恺撒的人选。恺撒和庞培则利用民粹的力量对他进行百般侮辱，反正庞培手下有的是退伍老兵，也就是一大群嗷嗷待哺的饥民，在望眼欲穿地等待着《农地法》的出台，为了分得土地安居乐业，完全地不择手段。当比布鲁斯企图以种种借口拖延农地法通过时，恺撒干脆绕过了元老院直接交付广场召开的公民大会。于是大批庞培的老兵云集于广场，大呼小叫形成某种排山倒海的压力，使得恺撒的敌人惊慌失措。

比布鲁斯眼见着民众对小加图的愤怒，心中十分害怕，于是轻言细语地表示，依据占卜官的意见，今天不宜表决法案，话音未落，就被群众轰下了讲台。这时他竟然有些心慌意乱语无伦次，对愤怒投票人群说，他根本不在乎老兵的要求。这无疑是火上浇油激怒了在场的退伍老兵，正当比布鲁斯面对广场老兵怒吼声不知所措时，一桶粪水泼了他一头一脸，将他执政官法袍弄得肮脏不堪，在场的恺撒只是捂着嘴偷笑。并不出面制止暴民们肆意侮辱执政官的暴力行为。

不幸的执政官尚未从突发的事态反应过来，就被愤怒的老兵围成一团，先是将他的扈从痛殴了一顿，并且毁弃了象征执政官权力的束棍法西斯。在民众的一片嘲笑声中，比布鲁斯带着他的扈从狼狈逃离广场。投票就是在老兵和市民的群情激愤中开始的。

庞培是军人不善于辞令，恺撒就将法案条款一条一条读给他听，这是对庞培大将军表示尊重，他一条一条表示认可，因为法案恰好兑现了他对复员老兵的承诺。庞培好虚荣，恺撒就将《尤里乌斯农地法》执行监督官的高帽子奉送给他。

激动万分的庞培此刻忘记了自己不善言辞的弱点，开始情绪激昂地发表演讲。他说，如此受到执政官与公民的托付实在是光荣之至。除此之外，他表示了《农地法》实施的必要性。结尾处，他慷慨激昂地表示：

"如果有人执剑刺向这个法案，我庞培定会化为盾牌进行阻挡！"

市民中再次爆发出雷鸣般的掌声和欢呼声。

投票结束，土地法案毫无疑问地通过。为实施这个有很大油水可捞的法律，由庞培和克拉苏组成委员会负责实施这一法案。接着恺撒指名克拉苏发言，他简洁地表示支持法案后就步下讲坛。克拉苏赞成的就是中下层"骑士"阶层所赞成的。台下报以热烈的掌声。

小加图的同盟者、前执政官、元老院议员西塞罗看到这样的场面，已经完全失去了演讲的兴趣。他后来对友人表示，他觉得在罗马似乎无所事事，就想到别的乡村走走，专心从事笔耕。而屡遭挫败后受到泼粪惊吓的执政官比布鲁斯，即使处于执政官任期内也一直猫在宅邸内闭门不出。公元前59年4月《农地法》组成20人委员会开始实施。由于比布鲁斯的自动退出，一直到任期结束的12月止，为期九个月，恺撒实际是一个人执掌国政。

在施政上，他恢复了格拉古兄弟当年实施《农地法》的做法，尽量满足人民需求，为自己的施政奠定更加坚固群众基础，进一步赢得民心。他要求元老院把意大利最好的土地分给平民，尤其是家庭负担重、有三个孩子以上的父亲。当元老们表示反对时，他干脆直接将自己施政目标在公民大会上公之于众，以获取民众的支持。

针对民众利益的关注，使他获得底层的拥戴。他又把自己的权力触角伸向骑士阶层，以笼络这些权力场的新贵，分化了共和国贵族阶层，为我所用。恺撒的方法是免除他们拖欠国库债务的三分之一。骑士们莫名其妙地从国库获取了这笔资金，等于是意外之财，感情的天平自然倾向于平民执政官恺撒，乐意为这位马略的继承人效力。恺撒自掏腰包，在罗马城举办各种大型表演、比如斗兽、角斗等，当然对于高层贵族有钱有势的人他绝不会怠慢，给他们送去各色名贵礼品，这一切活动使他成为罗马最受欢迎的人。小加图、西塞罗反而成了人人喊打的过街老鼠。

恺撒伸入罗马官场的长臂

在一年任期结束后，恺撒借助于执政官积累起的威望，开始寻求在对外扩张中建立自己的军队，拓展建功立业的宏图大略，在业绩上他必须超越庞培。他要率兵出征到高卢去。这年他42岁。在出征前他将在政治上进行布局，安插自己的亲信担任下一任执政官，为了实行双保险，对于具有否决权的平民保民官人选绝不掉以轻心。此举不仅针对元老院的贵族共和派，同时也是针对他的两位同盟者克拉苏和庞培。虽然他们是同盟者，但是在权势分享上还是各怀鬼胎的，因此不得不防。

恺撒在秦纳的女儿柯尔涅莉雅去世以后，又娶了庞培的表妹庞培娅作为新的太太。这时一位世家显贵子弟33岁的普布利乌斯·克劳狄乌斯·普尔克尔（Publius Clodius）闯入他和庞培娅的情感生活，成为可耻的第三者。这是一次非常偶然的意外发现，也是一次必然暴露的婚外性丑闻。普布里乌斯出身于古老的克劳乌狄乌斯家族，这一显贵家族在公元前312年出钱出力修建了著名的阿皮亚大道。

恺撒决定和妻子离婚，显然大祭司及其家族想淡化处理这桩丑闻，而他的政治对手们却想借此大做文章。判决的结果以有罪的25票对无罪释放的31票。克劳狄乌斯被释放，恺撒得以解脱。此后，克劳狄乌斯发誓一定要报复西塞罗。这样克劳狄乌斯在私通了恺撒老婆后，反而成为恺撒的心腹。

在恺撒执政官任期届满后，准备出任高卢总督去打天下时，这位风流冤家克劳狄乌斯自然浮出水面，成为恺撒看守罗马后院的忠实打手，为恺撒遥控罗马政局继续掌控政坛的代理人。在恺撒的授意和克拉苏、庞培的支持下，克劳狄乌斯成为保民官的首席人选。而这位豪门子弟与元老院反恺撒的急先锋小加图在年龄上相仿佛，在行动能力上足够和西塞罗相抗衡，而且两人还是政治上的死敌。

三年前，恺撒伸出的援手在政治上等来了回报。唯一的障碍却是这家伙的豪门贵族身份，因为罗马法律规定护民官必须出身平民才能够形成与贵族相互制约的作用。为此在恺撒的暗中策划支持下，这家伙竟然无耻地放弃贵族身份，将自己改宗为平民。在罗马的保民官和执政官都安排好自己弟兄接任后，恺撒就准备整军备战，渡过卢比孔河进军高卢了。

恺撒是古代奴隶社会著名的政治家和军事家。在征服欧、亚、非洲的过程中，客观上摧毁了当地的氏族制残余，随恺撒远征军进入这些地区的还有军人家属、商人和手工业匠人，他们将农耕、铁器、纺织和木制房屋建筑技术等带进这些不发达地区，加速了当地科技文化的发展，促进了当地经济的繁荣。

恺撒还是一位造诣颇深的历史文学作家，在军务倥偬之余他热衷于执笔著述。在征服高卢的过程中，于公元前52年—前51年的冬季，恺撒写成历史名著《高卢战记》七卷。记录他在高卢作战的经历，从公元前58年到前52年，每年的事迹写成一卷。后来他在高卢助手奥卢斯·伊尔久斯又续写了《高卢战记》第八卷，记述恺撒公元前52年至前50年在高卢的主要活动。恺撒另外还有一部著作《内战记》三卷，记述他同元老院贵族和庞培斗争的经过。这些著作合起来统称《恺撒战纪》，对研究当时历史有相当重要参考价值。

恺撒的《高卢战记》叙事详实精确，文笔流畅，历来为历史学家所推崇。《战纪》不仅是一部罗马征服高卢的战争实录，也是研究高卢和日耳曼的社会历史、风土人情的宝贵资料。恺撒是罗马共和时代第一个亲自深入高卢西部和北部，并到了不列颠和莱茵河以东的日耳曼地区的政治家，他目睹了当地山川形势和风土人情，给人们留下当时的第一手资料。同时《高卢战记》对高卢和日耳曼各地政治、社会风俗、宗教都有记录。

普鲁塔克在《古希腊罗马英豪传·恺撒传》中如是记载了恺撒在高卢前线的作风和对待部下官兵时的作为：

恺撒对待他的部下无论是金钱或名位，赏赐的时候毫不吝惜，同时他借着事实向他们表明，在战争中集聚的财富，不是为了供应自己的奢华生活，满足个人的淫逸享乐。他把所有的收入当成公共基金，作为奖赏和鼓舞英勇行为之用，特别是他本人对于任何危险都乐于面对，任何辛劳都绝不规避，他的士兵都知道他对荣誉始终保持所在必得的勇气，才会对危险视若无睹，他们见惯以后不会感到惊奇。他能忍受各种艰辛，显然已经超过天赋的体能，这方面倒是是大家无法置信。他的体型瘦削，皮肤白皙，患有脑疾和癫痫，偶尔会发作，据说第一次受到这种疾病的侵袭是在西班牙总督任上的哥多华。

他从未拿身体的孱弱用为寻求安逸的借口，反而把战争的艰苦当成医疗体质的处方。他用不知倦怠的行军、粗粝不堪的食物、风尘仆仆的露宿和永不间断的劳累来克服病魔增强体力，抗拒外来的侵袭。他通常在车辆或者肩舆上面睡觉，使得休息时间也不白白浪费。白天他乘车前往城堡、驻地和军营，一名奴仆坐在他的身边把他行进中口述的谈话笔录下来，另外还有一名士兵持剑站在他的身后。他行进得非常快速，第一次离开罗马前往高卢，不到八天的工夫抵达隆河。他从童年时代起就精于骑术，上马以后通常会用两手紧握马背，使得坐骑得以全力向前奔驰。由于经常练习，他在高卢战争中竟然能骑坐马匹口授信函。他同时使用两位秘书帮忙记录，要是根据奥卢斯的说法，数量还不止两位而已。

据说他是第一位设计密码与朋友通讯的人。他的事务繁忙加上帝国幅员辽阔，在有紧急事情需要迅速处理时，来不及与朋友当面商议，因而想出这种办法。

他对于饮食从不讲究，从下面这个例子可以看出，有一次瓦莱里乌斯·李奥在米兰用晚餐款待他，有一道菜是芦笋，上面没有浇橄榄油而是用一种甜汁，恺撒食用毫无厌恶之感，听到他的幕僚加以挑剔。他说道："对那些不喜欢的菜，自己不吃也就算了，要是像这样指责别人没有见过世面，正足以证明自己毫无教养。"

有一次在赶路途中，正好遇上一场暴风雨，逼得要到一家贫苦人家的茅舍里去躲避，发现只有一间房间，很小只能容纳一个人，于是他对同伴说道，好位置应该让给地位较高的人士，有需要的住所要留给身体虚弱的朋友，因此他吩咐健康状况很差的奥卢斯住在屋里，他和其他所有人睡在门口的棚子下面。

恺撒就是这样一个足智多谋，在战争中以身作则，体恤下情的最高指挥官，因此在他的军团中很有人格魅力，从而在对外征服中逐步形成完全效忠于自己的武装力量，足以和元老院贵族集团相抗衡，为谋取最高权力蓄势待发。

征服外高卢各部族

公元前 58 年，恺撒执政官任满，出任山南高卢总督。所谓总督其实就是出征高卢的前线总指挥官，在实行攻城略地军事占领后，开展殖民统治的行政兼军事最高统治者。高卢之战从前 58 年至前 51 年这场征服和反征服的拉锯战旷日持久，整整进行 8 年之久。这部《高卢战记》堪称战争散文名著，不仅记录下一场场经典战役的过程，同时还穿插了高卢各民族部落的风土人情。这部战纪是恺撒奠定自己政治上攀上高峰借以改变罗马共和历史的军事实录，为后人留下了极为珍贵的第一手史料。

他的同时代政治对手西塞罗对之评价不是很高。西塞罗是在文字上自视甚高的人，文风也偏重于辞藻的华丽和逻辑上的严丝合缝、结构上的完整性。他主要侧重于演说和书面语言的典雅及艺术表达的水平，他还是一位当时颇有影响力的诗人。因而其文字带有比较大的主观审美色彩。他看到了恺撒作为政治领导人兼具军事指挥官其文字记载的纪实性作品，有其本身的史料价值。他在公元前 51 年写道：

这几卷作品，在毫无修饰当中有一种奇特的魅力，好像人脱光了身上的衣服，纯粹以裸体示人。也许正是为了给写历史的人提供史料，恺撒写下了这本书。于是有人将其间的事件东拼西凑作为写作历史的材料，真正得到好处的可能也只有以这种方式写历史的笨蛋吧。对于深思深思熟虑的贤明之士，反而让他们失去了写作历史的欲望。

西塞罗这段话带有明显的政治偏见和不同写作风格作家的异见。一个是坐而论道语不惊人死不休的政客，虽然不能说西塞罗的文章毫无价值，很多思想至今依然闪烁着真理的光辉，成为人类思想史上的典范，但是思想家和政治家、军事家毕竟在身份和角色扮演上是有差别的。作为务实的政治家、军事家恺撒，在军务倥偬，战事频发中，只是朴实地不加修饰地真实记录了原生状态的人物、事件。不像注重形而上的哲学家、法学家西塞罗等老学究过分注意修辞的华丽和辞藻的堆砌，在逻辑上的自洽，往往

410

将自己的主观意图和政治倾向装饰在华丽的托盘中去讨好读者，赚得未来读者的赞赏，累积历史的荣誉感。有时反而会因为政治上的需要，隐恶扬善而失去某种真实。从记录历史的角度，恺撒的《高卢战记》和以后的《内战记》两书，要言不赘，文笔洗练、流畅朴实、描写生动、用词精准，特别爱用动词的行进时描述，描述战争场面栩栩如生，扣人心弦，使读者更具现场感。完全可以作为历史的真实素材，为后来的历史学家提供当年的第一手资料。

恺撒就任前的高卢是指莱茵河左岸、意大利卢比孔河至比利牛斯山以北直到大西洋的广阔地区。连绵不断的阿尔卑斯山将它拦腰斩断，南半部称为山南高卢，北边叫山外高卢。山南高卢及山北高卢一小块地方早已被罗马辟为山南高卢和纳尔波高卢行省。恺撒管辖的正是这两个行省，外加伊利里亚。高卢其他地区尚是部落族居的世界，所处位置与现代法国与比利时全部、荷兰与瑞士的大部分领土相当。居民分成几支凯尔特人，被罗马人统统称为蛮族人。

高卢人即今法国、比利时、德意志西部和意大利北部的凯尔特人。公元前1500年始，他们从莱茵河流域南下和向西移动，公元前5世纪到达地中海沿岸，公元前4世纪进入波河流域，称为"山南高卢"，曾经不断南下到达亚得里亚海意大利沿岸，长驱直入侵略罗马。罗马人屡战屡败，公元前390年占领罗马，最后只得退守卡皮托山丘。高卢士兵偷袭罗马卫城，神庙的鹅群突然发出叫声，罗马人顿时惊醒，奋勇还击，终于打败偷袭者，保住了罗马。

公元前3世纪，罗马人与高卢人在意大利的冲突激化。公元前218年迦太基将领汉尼拔入侵山南高卢，后又攻打罗马。随着迦太基的失败，山南高卢各部落从公元前197年起相继被罗马降服，山南高卢遂归属罗马统治。公元前122至前117年间，罗马军队又征服了罗纳河流域。

恺撒时期（公元前44年），高卢分为三个部分：山南高卢，（指完全罗马化的高卢）；那尔波高卢或称行省；和"野蛮"高卢。这片地域上居住着阿奎丹人和凯尔特人（比利牛斯山和伽鲁姆那河之间的西南部）；

在北方以塞纳河与莫塞河为界的中央或高卢本部则是凯尔特人的主要居住地；在北部，处于塞纳河与莱茵河之间的地区居住着比较开化的克尔特——日耳曼部落。

恺撒的《高卢战记》叙事详实，文笔清新简朴，一般认为这是恺撒在高卢作战九年的纪实性战报，其中前七卷是每年向罗马元老院呈送的作战报告，写到公元前52年为止，但他直到公元前50年才离开高卢，最后两年的事迹没有记录。在恺撒被谋杀后，由他的随军秘书官奥卢斯·伊尔久斯续写了第八卷，补齐了这段空缺。

利用进取攻占外高卢的机会，恺撒趁机大举扩军，把军团增加到8个，超出原先商定的军团数的一半。他胸有成竹地踏上征途，一路颇为顺手。在他眼中这些凯尔特人多数属于未开化的蛮夷之族，虽然人数众多，但是战术落后，有勇少谋，一群文盲领导下的乌合之众而已。征服整个外高卢似乎指日可待。

当时，高卢人分裂成许多相互敌视的独立部落。其中，有的部落仍处于氏族公社时期，而有的部落已出现了明显的社会分化。统治阶级是部落贵族，他们拥有大量的奴隶和财富，高居于氏族成员之上。祭司的势力很大，预言和占卜的法术使他们在高卢人中间享有极高的威望。

据恺撒在《高卢战记》中记载：在高卢，凡是有一些地位和身份的人都分属于两个阶层，一个是祭司阶层，一个是骑士阶层。祭司专管神灵方面的事情，主持公私祀典，进行审判和排解纠纷。祭司是特权阶层，被免除赋税、兵役和一切义务。而骑士的职业就是征战疆场。他们中的一些最高贵、最富有者养有许多奴仆和门客。至于普通平民，处境跟奴隶差不多，他们大多数不是受债务或沉重的租赋压迫，就是受到贵族的欺凌。因而贵族对于他们实际上就有主人对奴隶一样的权力。高卢人相信灵魂不灭，热心于宗教祭祀。凡染上重病或去参加战争的人都要向神许下誓愿，或是当时把人当作祭品，向神奉献牺牲，甚至把活人放在火中活活烧死，以讨好神灵。

恺撒利用外高卢凯尔特各部落间的矛盾，采取分化和武力征服等手段，将外高卢并入罗马版图。在高卢他首先拿号称"勇武超过一切人"的赫尔维希亚人开刀，这些赫尔维希亚人曾经入侵过罗马，杀了执政官卢西乌斯·卡修斯。现在恺撒在同一地方，将他们一再击败，赫尔维西亚人最终举族投降。别的高卢部族看到赫尔维维希亚人尚且不是对手，纷纷归附。

罗马军队在高卢地区四处出击，引起比尔及人的不满与恐慌。公元前57 年，比尔及人结成同盟，共同反对罗马。比尔及人大多数是日耳曼人的后代，他们勇猛善战，在很古老的时候，他们就越过莱茵河，驱逐当地的居民，在莱茵河西岸的肥沃土地上定居下来。他们曾抵挡住钦布里人和条顿人的侵犯，在军事上享有较高的声望。比尔及人的同盟集合了 40 余万人的军队，其中俾洛瓦契人在人数方面占优势，有 6 万人，苏威西翁内斯人有 5 万人，纳尔维人出兵 5 万，另有 12 支部族共出兵 26.6 万人。

比尔及人结成反罗马同盟的消息很快传至恺撒耳里。他立即调集了 8 个军团的兵力开赴阿克松奈河北岸驻营扎寨（公元前 57 年）。起初，恺撒由于比尔及人的联军人数众多，又一向负有骁勇善战的声誉，决定避免与他们正面交锋，只是每天派骑兵去骚扰比尔及人的军营以试探虚实。在罗马骑兵不断获胜后，恺撒决定与比尔及人正式开战。由于比尔及同盟军中汇集了各部族的人马，他们一方面求胜心切，以解给养供应不及时之险；另一方面又担忧自己的家园被罗马人洗劫，所以军心涣散，战斗能力受到极大影响。罗马军队轻而易举击败了联军中的主力——俾洛瓦契人，迫其投降并交出 600 名人质。

恺撒乘胜追击，在萨比斯河与比尔及同盟中的另一主力——纳尔维人展开大战。纳尔维人勇猛剽悍，他们绝不允许商人们把酒和奢靡的东西带到他们的居地，认为这些东西会减弱勇气，消磨意志；他们还有一项自古传下来的习惯——没有骑兵，所有的军事力量全放在建设步兵上，为了阻止邻国的骑兵劫掠，他们就把半切开的嫩枝弯着插向地下，不久嫩枝就向四面八方生许多繁茂的小枝，荆棘也密密地夹杂其中，很快就长成恰似城墙的藩篱。

当纳尔维人听到俾洛瓦契人投降后，一面把妇孺病弱者集中到有沼泽阻隔的安全地带，一面积极应战。纳尔维人在领袖波陀奥耶多斯指挥下曾一度使罗马军队遭到重大损失。纳尔维人侦察到，罗马军团在行军时，往往是在1个军团与另1个军团之间，插有大量辎重部队，当前面1个军团已经进入营寨，其余的军团还隔着一段距离时，乘机攻击那些身负行囊的士兵并非难事。于是纳尔维人埋伏在密林丛中，当缓慢的辎重部队进入他们视线时，他们突然以全部兵力猛冲出来，使罗马军队仓促之中陷于混乱。他们又用难以想象的速度奔到河边。一时看上去似乎在林中、河边，以至罗马人身边，到处都是纳尔维人。他们甚至还以同样的速度赶上山去，冲向罗马军的营寨，骚扰那些忙于筑工事的士兵。

这些突如其来的袭击，使罗马军队来不及做好战争准备，他们甚至连戴头盔、准备好盾牌的时间都没有，处于被动挨打的地位。那些繁密的藩篱阻挡了罗马人的视线，加之地形不熟，罗马军队损失惨重。第12军团第4营的全部百夫长阵亡，其余各营的百夫长不是负伤便是阵亡，形势对罗马一方十分不利。恺撒从后军的一个兵士手中拿过一个盾牌跑到阵前亲自指挥作战，才稳住了阵势。同时在大军后面保护辎重部队的两个军团及时赶到，对纳尔维人展开了疯狂冲杀，已经疲惫不堪的纳尔维人仍然顽强不屈地战斗，当他们最前列的人阵亡时，旁边的人便马上站在倒下的人尸体上继续战斗。他们就这样前赴后继地战斗，直到再没有力量作战为止，可以说是浴血奋斗到最后一个人。

萨比斯河战役后，纳尔维人的600个长老只幸存下来3人，能持武器作战的6万名士兵中，仅活下来500人。按恺撒的话："这场战役，差不多把纳尔维人这个民族连带他们的名字都消灭掉了。"接着，恺撒又降服了阿杜亚都契人。

为了庆祝恺撒的胜利，作为高卢总督的女婿执政官庞培召开了元老院的会议，投票决定是否为岳父举行一次为期十五天的谢神仪式。此时的共和派大佬西塞罗已经不问政事，决定退隐帕拉蒂尼山新修复的豪宅著书立说，并和恺撒妥协进行利益交换，他悄悄将自己弟弟昆图斯安排在恺撒的高卢军团担任军团长的职务，高卢的胜利自然也有老弟的功劳，因此他对恺撒的爱国壮举和攻城略地的伟业赞不绝口，元老们也不断起身赞扬恺撒的伟大功勋。只有加图一人无动于衷，他冷冰冰地说道：

"先生们，你们再次失去了理智。按恺撒自己的说法，他屠杀的男女老少多达四十万人，而这些人与我们并无争执，也未和我们交战。此外这场战役也没有经过元老院或者罗马人民投票批准。我想补充两个你们应该考虑的问题：其一，我们不该举办庆典，而应该向诸神献祭，以防他们因恺撒的愚蠢和疯狂而将怒火发泄到罗马和军队身上；其二，恺撒既然已经表现出战犯的样子，就理应将他交给日耳曼部落，由他们来决定他的命运。"

但是，他的这番话引来了众人的怒吼："卖国贼！""亲高卢分子""日耳曼人"，几个元老甚至跳起来对他进行推搡。让他跟跄了几步几乎摔倒在地。在很快站稳脚步后，加图鹰眼圆睁，逼视那些围攻他的元老，于是有人干脆建议让执法官将他关进卡塞尔监狱，直到他道歉为止。可是聪明的庞培绝不愿意看到加图成为反对独裁的殉道者。他嚷嚷道："加图的话对于自己的伤害甚于我们对他的惩罚。"他宣布，"把他放了，没关系的，他将因口出逆言而永远受到罗马人民的谴责。"元老院就这样破天荒专门为恺撒的战功举行 15 天的谢神祭祀大典。

这种祭神仪式常常在面临巨大灾难时才使用：比如第二次布匿战役惨败，五万罗马被俘将士遭受轭门之辱后的祭典；此番祭神则是在取得巨大胜利后的一次盛典，罗马全城的庙宇开放，神像和圣物都摆放在公共场所，供人献牲奉祀，各祭祀团体也都举行隆重的祭神仪式。举行这种典礼的日期长短，由元老院决定后，执政官公布执行，普通为一至三天，五天到七天已经很少，庞培在东方大捷后才举行了十天的仪式，已经是破格。而恺撒对于高卢的征服大大破例，有十五天时间，算是天大的荣誉。因此，恺撒在《高卢战记》中虽然只有短短的数行文字，简单地记录，但是得意之情溢于言表。

然而，烟香缭绕，战神美名弘扬之际，正是"三头同盟"产生裂痕缝隙之时。因为对于元老院衮衮诸公而言，在表面隆重的庆功仪式下，暗藏着军阀坐大，尾大不掉，功高震主的隐忧；在庞培、克拉苏而言则是同为共和国股肱大员，恺撒脱颖而出，意味着他们势力的衰落。同僚的妒忌和不满，正是元老院政治反对派可资利用针对恺撒同盟分化瓦解，各个击破，进行权力制约的手段。

恺撒在高卢攻城略地，他留在罗马亲信眼线也没有闲着，他的铁杆粉丝兼共和国保民官克劳狄乌斯紧盯元老派贵族一举一动，并不断提出无视元老院的过激法案，还成立恺撒粉丝团的准武装团体——自费组织了护民官的警卫团。这样更加容易操控公民大会和平民大会。并且利用公民大会通过了对于元老院共和派喉舌、首席理论家西塞罗去放逐去西班牙的决定。克劳乌迪斯的狂妄和对于选民的贿赂讨好，遭到了罗马政界的普遍不满，同时也引起庞培和克拉苏对他的反感。

公元前57年8月，西塞罗的共和战友小加图从任职的塞浦路斯归来被选举出任保民官，他伙同两名执政官提出对于西塞罗解除禁令的提案，如同9个月前一样，两个截然不同的提案，同样都是压倒性多数票通过。证明了罗马的人心向背的逆转。阔别9个月的西塞罗回到罗马，受到英雄凯旋一般的欢迎。西塞罗的资产被发还，被烧掉的帕拉蒂尼山的用地也被发还，同时新居的建筑费用也决定由国家赔偿。西塞罗再次成为活跃在罗马政坛的权势人物。小加图也从塞浦路斯任上回归罗马担任保民官。

此时，出于对于平民派克劳狄乌斯个人警卫团的对抗，元老派暗中纵容共和派激进分子米洛针锋相对组织暴力团，以暴抗暴针锋相对。两个暴力组织各自打着平民派和共和派的旗帜在罗马市中心逐步升级而至持续的暴力斗殴，给首都治安带来极大困扰。这些都给在外面应对战事却对首都情况了如指掌的恺撒反击元老院的充足理由。因为无需举证，元老院的体制连首都治安都无法维持，正显示出共和机制缺乏统治能力，需要进行根本改革。

恺撒用掠夺来的巨额财富收买罗马民心，在常年征战中形成了忠实于自己的军事力量。恺撒势力的膨胀，使元老贵族深感忧虑，三巨头间也经常发生摩擦。克劳狄乌斯的狂妄和恺撒对于高层统治集团的贿赂，使得庞培对他积怨愈深，克拉苏也与庞培旧怨重提，一时罗马政坛波云诡谲，三头同盟面临瓦解。安在京城的眼线克劳狄乌斯不时打来小报告，手下和亲朋党羽穿梭往来于高卢与罗马之间。恺撒每年则向元老院写出一份无可挑剔的官方报告，也就是后来汇编成书的《高卢战记》，尽量做到表面上的礼数恭敬。暗地里还不断向元老院权贵们输送掠夺来的大批金银财宝和土特名产，上下贿赂，左右打点，广结人脉。这是他相比克拉苏、庞培的高明之处。

权力再分配和二次分赃

为了缓和矛盾，不至于在政治上形成新的对立面，在军事上造成新的对峙，恺撒还是有所顾忌的。因为庞培和克拉苏这两位大佬毕竟都是手握重兵，还兼着行省总督的权势人物。不可在恺撒忙于对外征战时祸起萧墙，在后方被元老院贵族拉拢，成为新的对立面。而此时原来借以连接庞培的政治婚姻，因为恺撒女儿尤利娅难产去世，已经形成裂痕。恺撒的女儿原来已经和塞维留斯·西庇阿（Servilius Caepio）定了亲，过去为了牢牢控制庞培，又把女儿作为商品转送给了盟友；恺撒转告塞维留斯他可以娶庞培女儿为妻，庞培女儿早已答应许配给了克拉苏儿子福斯都斯（Faustus）。不久之后，恺撒和皮索的女儿卡普尼娅（Calpurnia）结婚，使得皮索成为下一年度的执政官。这种权贵家族之间的彼此联姻共同瓜分权力，以政治联姻谋取家族利益的丑恶做法，遭到了小加图的猛力抨击，他在元老院慷慨激昂地愤怒指出：

这班人用婚姻将政府的职位当成人尽可夫的娼妓，靠着女人建立关系相互包庇，都能掌握军权、瓜分行省、朋比为奸，真是让人感到是可忍孰不可忍。

在小加图对于权贵家族政治联姻，攫取政治经济利益，难以忍耐却是毫无办法的时候，这种建立在利益基础上的婚姻，也随时会因为婚姻的破裂或者当事者的意外死亡而产生缝隙，庞培和恺撒之间政治联盟就因为尤利娅的意外死亡而导致分裂。

根据普鲁塔克在《庞培传》的记载，庞培和尤利娅虽然是老夫少妻，但两人婚后，一直伉俪情深，家庭关系和睦，庞培大将军对小妻子很是体贴。尤利娅因流产而丧生，引发的原因是公元前54年秋天高层的血腥权斗：年度执政官的选举期间发生激烈打斗，有几个人在庞培身边被杀，衣服上沾着血迹需要更换，他在奴仆的忙乱之中把这些东西带回家中，庞培年轻的妻子正好怀着孕，看到染满鲜血的长袍，一阵紧张竟然昏倒在地，醒来之后造成创伤性休克使得她流产。尤利娅再次有妊生下一个女婴，却因难产而丧命，没过几天婴儿跟着夭折。庞培要把妻子葬在阿尔班的产业家族墓园，民众坚持要为她举行丧礼，希望她能长眠在战神教练场的恺撒家族墓地，不仅是出于对庞培和恺撒的感激之情，也是对她香消玉殒的追思。这是罗马人民看出这两位战功赫赫将军之间产生的高下之别，征战在外的恺撒比起长期逗留家园的庞培，无论名望还是声势已经后来居上。

也就是说这种联姻从政治的角度来看，联姻的线索因为偶然的事件而脆断后，政治上的利益即将因为新的婚姻关系而发生逆转。对于庞培而言，婚姻只有政治的舍弃，他的妻室虽然走马灯式地更换，但都是明媒正娶。妻子亡故不久，庞培又和罗马世代贵族西庇阿家族结上了缘分，娶了元老派梅提拉斯·西庇阿的女儿范莱丽娅为妻。这位妻子乃是新近战死帕提亚战场的克拉苏的儿媳妇。小克拉苏的遗孀据说既有沉鱼落雁似的美貌，又是秀外慧中的才女，不仅弹得一手好琴，还精通几何学，经常聆听哲学讲座，学养很是深厚。她的娘家和其本人都有很好的口碑。只是在世人眼中两人的年龄也是过分悬殊，反倒是成为庞培的儿媳妇更加合适。因为夫人的选择，老丈人的更换，再加上恺撒的声望日益盖过自己，导致了庞培政治立场的转换。

这是一般人的说法，其实更深层次的原因，乃是罗马执政官的"双头制约"体制导致了双雄对峙内斗纷争的局面，最终的结果就是兵戎相见，在内战中争夺统治天下的权力。如同马略和苏拉、恺撒和庞培以及后来的屋大维和安东尼的血腥争斗，铸造了"胜者为王，败者为寇"专制帝国定于一尊的独裁体制。如同东方的"天无二日、国无二君"之说的君权神授家天下。共和体制打破世袭家天下，企图实现权力的制约共享。结果还是贵族寡头政治和平民民粹政治的长期对立，使国家陷于长期动乱纷争之中。

如果说过去庞培和恺撒的争斗还笼罩着一层温情脉脉的婚姻面纱，而婚姻因女方的遽然辞世而重新组合，贵族的政治联姻必然带来政治的重组。因为女方的父亲梅提拉斯·西庇阿是元老院共和派的头目。庞培政治立场的转变既有和恺撒争权的现实选择，也有讨好新婚妻子的感情需要。两者

　　的结合对于庞培大将军而言是珠联璧合的。和恺撒的分道扬镳无法避免。

　　恺撒看到了三头同盟出现裂痕的危机，这场政治危机势必要影响到他征服欧洲对外扩张的战略计划，因而弥补裂痕保持暂时的内部权力平衡是战略选择，他派人联络庞培和克拉苏，三人于公元前 56 年在卢卡城会晤，史称"卢卡会谈"。

　　当时被称作"阿尔卑斯以南高卢"的行省就是现在的北意大利。担任此地统治与防卫的行省总督的官邸在拉文纳，位于距罗马国与行省边境卢比孔河 35 公里以北的地方。自公元前 56 年后，巡视行省的恺撒就常落脚在在拉文纳，在这个自然风光优美的小镇总督行辕中密切地注视着罗马城中权贵的一举一动。

　　这场"三头会谈"完全公开进行，仅在罗马要人身边手执权杖的侍卫就达 120 人，除了三巨头外，光是元老院议员就有 200 人参加监督。但是会谈的只有这三人依然秘密进行磋商，弥补分歧，再次达成瓜分权力的协议：庞培和克拉苏担任前 55 年的执政官，任满后分别抽签出任西班牙和叙利亚总督，恺撒在高卢的任期再延长 5 年。会谈还确定了三头可使用兵力，各为十个军团。两位总督将有征召军队、宣战和媾和的权力，不必经过元老院和国民会议批准，另一项法案给恺撒类似的特权，三人将直接控制 20个军团，还有罗马最重要的几个行省。这样元老院和国民会议的政治权力被合法地分化到了"三头同盟"的军事寡头手中，成为事实上军事寡头的政治专制。

　　小加图和西塞罗等政治理论家对于共和国的担忧，在军阀僭主集团的军事威胁下成为某种无可奈何的政治现实。这是共和走向帝制的预兆，尽管即使到恺撒和奥古斯都时代，共和这块早已被蠹虫蛀空的招牌依然被油漆得金光灿烂高高悬挂着，实际已经成为独裁者的幌子。因而，后代往往把那些独裁者称为"皇帝"，而他们自称为共和国"第一公民"或者元首。这种共和体制名存实亡的现实始终是共和精英头脑中始挥之不去的噩梦，包括后来的历史学家阿庇安、塔西佗和政治家马可·奥勒留等人，西塞罗沮丧地感叹道：

正是那些优秀的人被贪婪的欲望攫取，没完没了地追求行政官职和军事指挥权，追求权力和荣誉。

公元前 55 年那个火热的夏天，执政官的选举，也变得火辣辣的，使一向头脑冷静行为谨慎的政治家们头脑血脉贲张热血上涌，举止变得疯狂张扬，自然选举又是一场闹剧。"三头"手下的粉丝团，竟然连推带搡地把以小加图为首反对派元老轰赶出了广场，庞培差点杀了小加图。而在一次关于总督权力的辩论中，克拉苏恼羞成怒，竟然不顾礼仪狠狠扇了一个元老的耳光。庞培、克拉苏宣布自己为下年度的罗马执政官，不久又通过法案各自领有叙利亚和西班牙，完全架空元老院，兑现卢卡"三头会议"的秘密协议。小加图等人只能继续在会议上唠叨，却丝毫难以阻挡"三头"对权力垄断的步伐。

迈出第一步的是克拉苏。但是好大喜功，却志大才疏，军事作战能力平庸的财主克拉苏变得夸夸其谈。他在抽签抽到叙利亚总督后，他无比兴奋，滔滔不绝地讲个不停，即使年龄接近六十岁，他也显得像是一个未成熟的老顽童似地在朋友面前大吹他企图远征亚洲，征服叙利亚及其周边国家，拓展共和国疆域建功立业的宏伟蓝图。他企图效仿庞培和恺撒通过战争创造政治和财富奇迹。而功利心却意外地将他导向了死亡的陷阱。

他常年窝在罗马，原本政绩平平，就是凯旋仪式也只为他平定斯巴达克斯奴隶起义意外的胜利，举行过一次。眼看着另外"两头"地盘的逐步扩大，军团的不断壮大，尤其是恺撒在担任高卢总督后，元老院已经因为他攻城略地而多次为他举办神祭大典，一时风头大涨，盖过了他这个当年的大债主，使他内心翻倒了五味瓶，很不是滋味。

这回得到了叙利亚行省的统治权，使他与恺撒、庞培比拼的念头如同烈火更为炽烈，连执政官任期还未结束，就带着他所辖的军团去叙利亚赴任。他脑子里已经构成了一幅宏伟壮阔的美丽幻景，要像当年马其顿王国的亚历山大大帝那样，先灭安息、再创大夏、然后直扑印度，创立可与其他"两头"相媲美的丰功伟业，名垂青史，世代扬名。但是人算不如天算，他在安息国（帕提亚）就遇到了强劲的对手，结果自己和儿子全部葬身在叙利亚的安提拉大沙漠，连同他带领的军团全军覆灭。

而此刻（公元前55年）恺撒已经越过莱茵河侵入日耳曼地区。同年他又渡海侵入不列颠群岛，遭当地居民反抗后撤回了高卢。庞培却因为迷恋着年轻的娇妻尤利娅的美色，不愿意离开他在罗马近郊的豪华官邸再去进行远征而劳师动众，他要享受世俗幸福美好的生活，可惜的是因为在市民广场的竞选活动中发生流血事件，导致血溅官袍后，使得小夫人受到惊吓难产死亡。此事就发生在克拉苏出发远征亚洲的时候。这是撬动三头联盟开始瓦解的第一块板砖，而后克拉苏的战死，三头只剩两头，两雄之间必有一番争霸政坛的恶斗。

克拉苏执意远征帕提亚

公元前54年，即恺撒进攻不列颠的前一年，罗马执政官克拉苏率领四万兵马七个罗马军团入侵波斯安息帝国（即帕提亚）。61岁的老将克拉苏老当益壮雄心勃勃，尚未及卸任第三任共和国行政长官职务，即准备率领大军去叙利亚行省总督任上履新，顺便打开通向东方世界的门户——帕提亚。

克拉苏对于自己能够出任叙利亚总督，真的是欣喜若狂，认为是好运气降临到自己身上，可谓红光高照天灵盖，发财称霸世界统治罗马的机会来了。政治人物总是过高估计自己的政治能量，而使野心搅拌着贪欲膨胀，却看不到任何凶险的征兆。克拉苏正处于其一生事业的巅峰。他是罗马三巨头之一，也是罗马最富有的人。虽然拥有无与伦比的权力、金钱、美女和豪宅，他的贪欲仍难以满足。因为传说中帕提亚富甲天下，皇宫中藏金不计其数，克拉苏对此早已垂涎欲滴。况且征服波斯打开的只是亚洲、非洲的一扇窗口，看到的前景却无限广阔，那就是广袤的土地和无限的财富，这些都可以为他带来超越恺撒和庞培的显赫战功和无尽的荣耀。

虽然元老院按照三头商定的权力分配方案，任命他担任叙利亚行省总督，并未指定他去攻击帕提亚，然而他早已掩盖不住自己的兴奋心情，急于到处在朋友圈倾诉自己的雄心壮志。一厢情愿地以为当年卢库鲁斯对抗泰格拉尼斯等亚洲诸王国和庞培征服米特拉达梯顺带将亚洲诸国收入囊中的战争，就如同儿童游戏般的易如反掌，简直是不费吹灰之力。手握重兵的政治家往往轻信自己的军事实力铤而走险，在利令智昏的时候往往智商如同儿童，通过任性的幻想去在梦中实现自己的理想蓝图。于是他开始忘乎所以地自吹自擂，连他的朋友听了都觉得他此时的心态十分地幼稚滑稽，和他的身份和年龄都完全不相称。

但是面对强势的军阀寡头，人们只是言不由衷地吹捧着这位骨子里贪婪的大财主。克拉苏在私下有着自己的盘算，要创建共和国历史上经天纬地的光辉业绩，绝对不能局限在叙利亚和帕提亚之间，而应当将目标锁定在巴克特里亚和印度，还有更为遥远的海洋甚至是非洲大陆的印度、缅甸甚至于更为庞大的大汉帝国，因为那里的丝绸展现了无穷的魅力，像是一位远在深山的绝色美人，勾引着他奋不顾身地扑上去。

罗马高层几乎人人都知道克拉苏的狼子野心之所在，攻城略地的目的就是去掠夺财富，因为他看到恺撒和庞培在对外征服中所累积的巨额财富和卢库鲁斯幸福晚年的豪华奢侈，无不与战争连在一起，尤其是自己当年最大的债权人恺撒几乎通过对外的战争在瞬间就成为富翁。所有的功成名就无非是"名利"二字，对外征战猎取的其实就是功名和利禄。利禄他很富有，现在缺少的就是和庞培、恺撒等量齐观的显赫功名，功名折射着无比显赫的地位，地位带来的权势其实就是财富的象征。这种功名利禄混合成的哈哈镜，使他看到了战争带来的辉煌远景。政治家有时就是昏头昏脑生活在自己编造的哈哈镜的世界里，一切都是变形的放大了的现实。而现实往往是冷酷而又无情的。

奇怪的是深知克拉苏才具和为人的恺撒，竟然在高卢前线写信给他，对他那不切实际的野心予以鼓励，高度称赞他老当益壮志在千里的雄心壮志。似乎纵容鼓励志大才疏的克拉苏义无反顾地向火坑里跳。恺撒的鼓励令老克拉苏感动，恺撒慷慨地承诺，将派随同自己在前线作战的克拉苏的小公子——小克拉苏普布里乌斯率领 1500 名骑兵劲旅前去，协助父亲远征帕提亚，这就形同父子领兵出征，为最终父子同归于尽埋下伏笔。一年后，克拉苏父子的惨败带来了整个罗马军团的覆灭，虽然他们父子两人都成为罗马共和国历史上著名的悲剧英雄。在罗马共和国建政 700 年的历史上，罗马大败总共只有三次：

第一次是公元前 390 年，被高卢人占领首都的痛苦经历。

第二次是公元前 321 年被萨莫奈人打败的三万将士受到"轭下之辱"的惨痛教训。

第三次公元前 216 年与汉尼拔的坎尼之战，罗马军团 7 万将士全军覆灭。

这是第四次的罗马军团的灭顶之灾，却是克拉苏未经授权一意孤行自取灭亡的行动。从另一方面说明了军阀寡头做大，元老院和国民大会等权力机构被架空，监督机制失灵，罗马共和国朝纲紊乱权威丧失，离灭亡已经不远的现实。

其实当时共和国官场都在等着看克拉苏的笑话，唯有护民官阿提乌斯（Ateius）头脑是清醒的。这位护民官企图在克拉苏出兵前加以阻拦。他的忧思是有道理的，因为罗马民众早就在私下里窃窃私语：帕提亚这个民族不仅没有伤害到罗马人的利益，反而对历届共和国政府表达出真诚的善意，作为同盟国，每次对于罗马共和国的对外战争都给予人力物力的支持，那就不应该撕毁协议，对这个友好的国家发动侵略战争。

也就是说，克拉苏这次的远征缺乏正义性，战争也就师出无名，拿国家信誉和人民生命财产去展开自己功利的冒险赌博，是不仁不义的鲁莽举止。阿提乌斯在城门口等候着，克拉苏披着红色大氅，穿戴着银色铠甲，骑在高头大马上志得意满地在手持法西斯束棒的扈从簇拥下准备出城去阿帕丁尼山麓下的马修斯教练场领兵出征，迎头碰上等候在那里的护民官。阿提乌斯去对这位总督进行劝导，提出口头警告，请他不要出兵帕提拉，克拉苏傲慢地执意前行拒不接受劝阻，护民官直接命令属下逮捕克拉苏，但是其他护民官不同意，克拉苏在被关押数小时后被释放。

似乎从高层元老院和基层公民，都没有人理睬阿提乌斯阻止克拉苏出兵帕提拉的倡议，从上到下都在冷眼旁观克拉苏的军事冒险。也许元老们认为冒险成功，共和国上下都有好处，冒险失败也就是这位政治野心家、财富贪婪鬼的身败名裂，元老院失去了一位潜在的篡权者，三头联盟从此破裂，对共和体制的巩固不无好处。

克拉苏出征几乎没有什么人去送别，他怕再次遭到民众的阻拦，于是邀请伟人庞培陪同他出城，庞培乐于奉陪，由于庞培的出现，安抚了民众的不满，大家安静下来让克拉苏出城，按照规定前去率领他的浩浩荡荡大军出征。

无奈之下，保民官阿提乌斯守在城门外的阿庇安大道旁，他站在火盆旁边，当香料燃起，散发着淡淡香气，袅袅升空，他举手酹酒，痛哭流涕，祭拜共和国先烈的亡灵，烟香缭绕在早春的寒风和雾气中，飘荡在近郊古代英雄的坟墓之间，他开始手舞足蹈，唱着古代神圣的歌曲，仿佛在召唤古代的神明。尽管歌词难以被人理解，但是其中的意思十分明确，保民官认真地演绎着一场巫术式的诅咒，念念有词地咒骂着祸国殃民的克拉苏，这场赌咒牵动着每一个罗马公民的心，人们似乎在心中都期待着克拉苏远征传来的噩耗。包括两名他曾经的政治对手和现在各怀鬼胎的同盟者——恺撒和庞培。可怜的克拉苏浑然不知，继续信心满怀地渡过了亚德里亚海，向他的东方行省进军。

总督父子的丑恶行径

这一年的春天，克拉苏来到他的新行省。并继续向东部边界进发，在幼发拉底河的那一边，一条大道延伸在平坦的沙漠中，一直伸向不见尽头的地平线，克拉苏对于波斯的地理、历史，人文一无所知。他也懒得去了解，克拉苏深信，在他的七个罗马军团四万大军面前，任何军队都将是不堪一击的。而征服波斯只不过是一个开始，他还要继续向印度进军，完成亚历山大征服世界的遗愿。克拉苏的狂妄倒也并非全无道理。

二百多年前，亚历山大就是率领三万希腊联军在高加米拉一举击破波斯皇帝大流士三世指挥的二十万大军，从而攻破波斯帝国，才有了后来东方那些希腊化的小王国。克拉苏明白，自己的罗马军团要比亚历山大的马其顿重步兵强大得多。而波斯在他看来则已经没落了，眼前的这个所谓的安息帝国和二百年前的波斯帝国是不能相提并论的，只是称霸地区的小王国而已，相比较而言，充其量也只不过是猫和老鼠的关系。

看着前方冉冉升起的太阳，他信心满怀，在恍惚中看到了香料、玛瑙、红玉髓、珍珠等等那些令人沉迷的宝贝。关于东方的财富，罗马高层流传着许多难以置信的说法。据说，波斯有一座金山；印度的周边用"一座象牙城墙"护卫着；在中国，丝绸是由比甲虫大两倍的生物织成。虽然有头脑的人不会相信这些荒唐的传说，显然克拉苏财迷心窍，他看到的只有堆积如山的财富，诱人的前景冲淡了脑海中仅存的常识和良知，满门心思梦想着他作为东方的总督将成为罗马帝国最富裕的人。

开始他的远征似乎出奇地顺利，当他抵达叙利亚后所有的事务都很得心应手，他毫无困难地在幼发拉底河上架起了一座桥梁，军队安全通过，美索米拉达的一些城市不战而降。在奇若多夏（Zenodotia）他的士兵有一百多人被害，他率领部队进行征讨，采用突然袭击的方法攻下城市，对城市大肆洗劫后，将所有居民出售为奴。他在夺取这座城市后，让他的军队用"凯旋将军"的头衔，向他欢呼。在取得这些微不足道的胜利后，他就开始志得意满起来。

公元前 250 年，安息部落首领阿萨斯脱离条支人的控制，建立了帕提亚王国。此后的二百年中，条支人不断衰落，帕提亚王国得以向西面扩张，并且占据了两河流域的巴比伦和塞琉西亚等大城市。此时的帕提亚和积极东扩的罗马共和国发生了碰撞。当年卢库鲁斯和庞培在进攻米特拉达梯时都同王国签订过和平协议，克拉苏根本就不将协议放在心上。公元前 54 年夏，他在渡过幼发拉底河后迅速占领了帕提亚几座边界城市，并留下少量军队驻守，自己率大军返回叙利亚继续进行计划中的掠夺。帕提亚国王阿萨西斯（Arsaces）派出使团，带来愤怒的口信：

"要求克拉苏撤出所占领的城市，要是罗马人执意派遣军队前来挑衅，他会与对手打一场你死我活的战争；据国王所知，这件事完全是克拉苏违背城邦意愿，基于个人的贪婪才入侵他的领土。国王阿萨西斯有好生之德，对于克拉苏将军的老迈昏聩产生同情之心，愿意让克拉苏留下的士兵安然撤离，因为这些人在他看来不是守备部队，而是一群可怜的俘虏。"

克拉苏带着吹嘘的口吻告诉使团，说他会在塞琉西亚城答复国王的提出的要求。使团中最年长的使者瓦吉西斯（Vagises）笑着举起手说道："如果你能活着见到塞琉西亚，这个手掌就会长出草来。"

克拉苏非常轻蔑地拒绝了阿萨西斯的请求，在新征服的地区留下了少量的守备部队，就回师叙利亚实施冬季休战宿营。这时恺撒兑现承诺派遣他的小儿子普布里乌斯·克拉苏（Puplius Crassus）从高卢前来会师，小克拉苏带来身经百战的骑兵作为恺撒赠送的礼物，协助老克拉苏的战略作战行动。这样克拉苏更是有恃无恐，在他发动战争后的一年之内，他把时间花在劫掠上，耶路撒冷的圣殿和其他许多地方被洗劫一空。收获的财宝一天天地越堆越高，克拉苏仔细地计算过，他征集到足够的军队为他的野心服务：7 个军团，4000 轻步兵，同样数量的骑兵。加上小克拉苏那些身经百战的 1000 高卢骑兵，使他更加感觉到有恃无恐，可以和野蛮的安息人放手一搏。

据普鲁塔克在《克拉苏本传》中记载，除了这次远征本身的问题以外，克拉苏所犯第一个也是最严重的的错误，就是没有继续前进夺取巴比伦和塞琉西亚，这样一来使得敌军有充分的时间，加强准备提升与他对抗的能力。

显然克拉苏并非有意阻滞军事行动，而是对于财富攫取的贪婪干扰了思维，使他的精力不是放在战略行动上，而是出于商人的贪婪本能，在休战期间他趁机大肆敛财，到了不顾形象不择手段的地步，普鲁塔克非常轻蔑地写道：

他在叙利亚的那段时间给人的印象，好像是一位放高利贷的掌柜而不是一位统率大军的主将，对于军事方面漠不关心，没有想到要加强部队的军事训练，增进士兵的战斗技巧，全部用来计算城市的税收。当地的金库存放在海拉波利斯的神庙，他用很多天的时间用天平和大秤去秤金银的重量；对于特定的市镇和王国发布征召士兵的命令，等到他们支付相当数额的金钱，就可以免于服行兵役，敛财的作风使得他们信用扫地同时还为人不齿。

第一次出现的凶兆来自一位女神，有人说她是维纳斯，也有人认为是朱诺，还有人说是自然女神，产生水汽滋润万物得以孕育和发芽，供应人类生存所需的各种技能和知识。他们走出神庙大门时，年幼的克拉苏（即普布利乌斯·克拉苏）不小心跘倒在地，竟和他的父亲跌成一堆。

当然他们父子嘻嘻哈哈地滚在一起，并不意味这种在圣殿抢掠是一种罪过，或者是神的咒语在起作用的先兆。保民官在临行前赌咒正在克拉苏父子的轻佻举止中一一应验。可见古罗马人也是相信"天人感应"的自然法理论的，克拉苏父子敛财无所不用其极的作为，已经到了人神共愤的地步，焉能不败。民心此刻的体现也就在神筮的预告上。

公元前53年春天，一切准备就绪后，克拉苏再次率军渡过幼发拉底河进行他的战争冒险。等到过了冬季休兵期，他率领军队离开冬营准备渡河进军帕提亚。对于他所要占领的帕提亚他其实根本就不了解。只知道当地人像所有东方人一样，既狡诈又软弱。

他想征服的所谓的帕提亚就是当时的安息帝国。当年亚历山大所打败的波斯是农耕民族的古文明，那时的波斯军队除了几件新奇的兵器，如战象和战车外，基本的战略战术和希腊军队并没有多少分别。罗马军队代表了那个时代西方重步兵阵战的最高水平。在西方，任何民族和罗马军队打堂堂之阵的会战，都不会有太大胜算。然而，将波斯帝国取而代之的安息人，却是地地道道的东方民族。他们会向罗马人展示一整套后者闻所未闻的战术理念。安息人原本是居住在里海东岸的游牧民族，可能因为受到异族的挤压而南迁至帕米尔高原。安息人没有文字，语言则属于印欧波斯语族。在古波斯帝国兴盛时期，他们是帝国的藩邦，一直为帝国军队提供优秀的弓箭手。亚历山大攻灭波斯帝国后，帕米尔高原出现权力真空，安息人在这一时期迅速发展壮大。

安息人是马背上的民族，他们培育出了非常优秀的马种。安息马不如欧洲马高大，然而强健有力，速度快，耐力好。安息的战马自幼便接受小步快跑的训练，跑起来又快又稳。另一方面，安息人的弓箭和欧洲军队常用的弓箭也有不同。欧洲人的弓是以一根直木棍制成，取材通常选用弹性良好的紫杉木或柳木。欧洲弓在不用时一般不上弦，以防止材料过度疲劳。东方民族使用的弓则是组合反曲弓。弓的材质包括榆木，牛角和牛筋等，以鱼胶紧密粘合，制成的弓是弯的，从弓背到两端弧度渐缓，最后再将弓反向弯曲安上弓弦，是为反曲弓。反曲弓的形状和欧洲弓截然不同。欧洲弓呈一个完整的弧形，而反曲弓则有两个弧形，在中央握把处内凹，整个弓的形状宛如骆驼背部的双峰。这类弓异常强劲，射程可达三百米，在五十米的距离内能穿鳞甲。相较之下，欧洲军队使用的弓箭无论在射程还是穿透力上都望尘莫及。是以包括安息人在内的大多数东方民族都非常擅长骑射，即便是在快速退却时依然可以在马上回身射箭，其准确程度丝毫不受影响。

安息军队的兵种和战术都建立在弓马娴熟的基础之上。安息军队为纯骑兵，且以轻骑兵为主。轻骑兵的主要武器是弓箭，其次是一柄长刀。他们只著轻便的革胄，以保证高度的机动性。轻骑兵通常采用游击战术，不会与敌人短兵相接，而是保持一定距离，以密集的箭雨削弱敌人的战斗力。

除轻骑兵外，安息人和其他很多东方民族一样，还拥有一种铁甲骑兵。安息铁甲骑兵全身披甲，其中头盔和胸甲为整块精钢打造，其余部位为鳞甲或锁甲，骑兵的脸部遮盖有一个造型凶恶的金属面具，坐骑的铠甲多为青铜质地的鳞甲，覆盖全身，长及马膝。不过，由于身披重甲，在沙漠地带烈日的烘烤之下不得不忍受可怕的高温。安息铁甲骑兵的主要武器是一支长约 3.5 米的长矛，辅以长剑，铁锤或狼牙棒等。这些铁甲骑兵并不打头阵，而是待敌人被己方轻骑兵的箭雨大大削弱之后，趁其队形散乱时，排成密集阵形自正面冲击敌阵。虽然安息铁甲骑兵的冲击速度并不是很快，但却威力惊人，可谓是披坚执锐所向披靡。

罗马军队的建制和战术理念则全然不同。这一时期的罗马军队已经过马略改制。其基本组织单位为百人队，步兵数量为一百一十人的百夫长率领。一个罗马军团包括十个营，共五十五个百人队。第一营为主力营，执掌军团的鹰符，由十个百人队组成。其余营都只有五个连。一个罗马军团总共有步兵六千一百人。罗马步兵的标准装备包括青铜或铁制头盔，此外只有躯干部分著铁甲或革胄，以保证行动自如。其武器包括一面长方形木制盾牌，表面蒙一层牛皮，高 1.2 米，宽 0.75 米。还有三支标枪，其中一支为重型标枪，长约 2 米，还有一柄 0.5 米长的短剑。罗马军队通常由一个百人队组成一个纵深八行方阵，行列之间保持一米的距离，行与行之间错开站位。实战时，罗马步兵以方阵为单位逼近敌阵直至二十米的距离上，开始投掷标枪。罗马军队的重型标枪射程不足二十米，但却威力巨大，能够穿透任何军队的盾牌和盔甲。标枪掷出后，罗马步兵就拔出短剑冲向敌阵，和敌人近身格斗。罗马步兵的格斗动作简练有效，通常是左手挽盾抵住敌人，右手持短剑自盾牌下方猛刺敌人腹部。这种战法远比挥剑砍杀致命。罗马军团的一个营配属骑兵一队。主力营的骑兵约有一百三十二人，其余营则为六十六人。一个罗马军团总共有骑兵七百余人。

罗马骑兵只著轻便的锁甲，武器为一面盾牌，一支标枪以及一柄长剑。罗马军中的骑兵多数来自高卢或日耳曼，他们的坐骑主要是身高腿长的北非或西班牙种马。罗马骑兵都接受过步兵训练，因此他们落马后依然能够

431

继续有效战斗。这一时期的罗马军队并不重视弓箭的作用，军中的弓箭手往往都是于战区当地临时招募的仆从部队，数量也并不多。此外，罗马军队在和欧洲游牧民族作战时，发展出一种龟甲阵。当罗马军队遭遇游牧民族大量弓箭的袭击时，便会收拢队形，第一排步兵以蹲踞姿势将盾牌拄地，第二排步兵将自己的盾牌置于前排盾牌之上，第三排及之后的步兵将盾牌举过头顶，如同瓦片一般相迭。这样就组成了一个密不透风的盾阵。

罗马共和国和安息帝国接壤的东部边疆，是地中海沿岸的叙利亚和巴勒斯坦。这里狭窄的沿海平原带有典型地中海气候的特征，温暖湿润。紧邻着沿海平原的是一组南北向的山系，其中的黎巴嫩山脉高达二千五百米。越过群山，便是两河流域的上游。此处的地貌是广袤平坦的荒漠，仅有少数绿洲点缀其中。渡过幼发拉底河，再向东跋涉五十公里，便到了已有千年历史的古城卡莱。

克拉苏的大军在叙利亚过冬时，罗马共和国的盟友，亚美尼亚国王阿塔巴祖前来拜访。阿塔巴祖表示愿意亲率一万铁甲骑兵助战，同时建议克拉苏大军北上，取道亚美尼亚南下，直接进攻安息帝国的都城泰西封。这条行军路线所经过的都是山地，可以限制安息骑兵的活动。然而傲慢的克拉苏并没有采纳这个建议。他不愿绕道，执意要横穿美索不达米亚平原，长驱直入。这个决定最终葬送了他的七个罗马军团。

帕提亚国王阿萨西斯获悉克拉苏入侵，立即召见出身苏伦家族的统帅苏莱那。他决定由自己亲率大军北上打击亚美尼亚，阻止阿塔巴祖驰援克拉苏。同时，他留给苏莱那不足二万的骑兵，其中铁甲骑兵1000人。国王的计划是，由苏莱那尽可能地拖住克拉苏，直至自己解决了亚美尼亚人，再赶回来与他会合，与克拉苏决战。

出身名门贵族，时年仅三十岁的苏莱那（Surena）是帕提亚最杰出的军事统帅。普鲁塔克如此描述苏莱那：

苏莱那不是寻常人士，无论是财富、家世还是声誉，在王国可以说是一人之下，万人之上，要是说到武德和勇气更是首屈一指的名将，体态匀称而容貌英俊，是出名的美男子。无论他的私人出游还是旅行，总是有

1000 匹骆驼装载他的行李，200 辆大车运送他的侍妾，1000 名全副武装的卫士，加上无数的轻装士兵，至少有一万名骑兵，为他承担各种勤务和充当随行护卫。他的家族长久以来享受高官厚禄的地位，海罗德王登极由他来加冕，即使后来遭到放逐，受到他的拥戴得以复位。他夺取塞琉西亚的主要城市，第一位爬云梯登上城墙，亲自出战打败防守的部队。虽然这时候他年龄不到三十岁，智慧和见识都高人一等，完全是基于出众的特质，他才击败克拉苏；虽然克拉苏在开始的时候极其傲慢自大，后来屡遭不幸的打击变得自暴自弃，可以说克拉苏是他谋略和诡计的牺牲者。

苏莱那曾仔细研究过罗马军队的战术，从而非常有针对性地训练了自己的骑兵，使他们知道何时进，何时退，何时集结，以及何时分散。他从未打算按照阿萨西斯的那个设想行事，而是决定以自己手中的这支精锐骑兵直接和克拉苏的主力决战，消灭他们。面对来势汹汹的罗马军队，苏莱那定下了诱敌深入的策略。他命令所有军队，一旦遇上克拉苏的主力便佯装向内地逃逸。

罗马全军主力是 7 支罗马重装步兵军团，共有 34000 人左右。此外，克拉苏还带来了 4000 骑兵和 4000 步兵，在骑兵里尤为引人注目的是 1000 名久经战阵的高卢骑兵，他们追随恺撒多年，在小克拉苏普布里乌斯指挥下是一支屡战屡胜的劲旅。

正当克拉苏踌躇满志准备一举拿下帕提亚王国时，又一个不速之客来到营地，这家伙不怀好意地来为罗马军团总司令指点迷津，这些都为克拉苏的傲慢和颟顸火上添油，使他贪婪的野心之火熊熊燃烧，直到柴薪燃尽无可挽回地走向生命之火的熄灭。这是一位名叫亚里阿姆尼斯（Ariamnes）的阿拉伯酋长，自称是罗马人的老朋友，有些庞培手下的老兵甚至还认识这个得到庞大将军许多恩惠的阿拉伯人。其实这家伙早已经被帕提亚国王用巨资收买，成了帕提亚人的奸细，他狡猾又机警，用三寸不烂之舌，引诱克拉苏父子尽可能离开河流和山地，进入开阔的沙漠，好将他们一举围歼。

此人见到克拉苏，就吹嘘当年庞大将军就是他的恩主，竭尽吹捧之能

事，赞誉克拉苏的军队战斗力很强，只是有一点使他这个罗马人的老朋友
感到奇怪，将军完成了各项准备工作，为什么要耽搁这么多宝贵时间，要
是不加快进军速度，对面的敌人早就有打算，带着他们的家庭和财富，逃
到锡西厄人和海卡尼亚人那里去避难。

　　这家伙说："你如果想要作战，应该在国王恢复勇气和集结军队之前，
打他个措手不及；目前马萨西斯派苏莱那和塞拉西斯前来牵制你的行动，
就是不让你有发起攻击的机会，好让他置身事外。"正是这家伙一番貌似
忠诚的"好意"劝进，将克拉苏引导向死亡之路。普鲁塔克认为这是造成
克拉苏全军覆灭主要和最致命的因素。

损兵折将父子殒命卡莱城

几个月来，克拉苏大军一直对帕提亚军队紧追不舍。他不断催促自己的七个军团急行军，终于在盛夏之际，进入了一望无垠，无树无水的一片茫茫无际的荒漠之中。罗马士兵由于在高温干燥的环境下长时间急行军，越发疲惫不堪，几乎耗尽所有体力。然而，克拉苏数月来都没有见到过帕提亚的主力。

终于有一日，罗马军团的侦骑向克拉苏报告，前方出现大量安息军队。克拉苏欣喜无比，立即下令全军展开战斗队形。起初，他按惯例将七个军团的步兵一字排开，骑兵则处于两翼，以防帕提亚人迂回他的阵线。

但克拉苏很快便发现帕提亚军队自四面八方涌现出来，而且根本没有固定的阵形。克拉苏意识到自己已经中了对方的诡计。不过他自知在兵力上据有优势，所以并不慌张。他重新部署，将四万大军组成一个庞大的方形的龟甲阵，每一侧的防线由十二个营的重步兵组成，中央为轻步兵，骑兵和辎重。

帕提亚军队惯用战鼓鼓舞士气。苏莱那发出开战的信号后，数千面战鼓同时播响，如雷鸣般夺人心魄。从未经历过这等阵势的罗马士兵个个面露惧色。

帕提亚铁甲骑兵首先试探性地冲击罗马人的阵线，发现罗马人的龟甲阵相当厚实，于是立即退回。克拉苏命令骑兵和轻步兵出击，但他们没走多远便被一阵乱箭射了回来。数以万计的帕提亚轻骑兵此时已将罗马军团的大方阵团团围住，紧接着密如飞蝗的箭雨便开始倾泻到罗马人的防线上。

安息轻骑兵一直和罗马人的阵线保持三十至五十米的距离。他们飞快地放箭，根本就不瞄准，而且努力将箭镞以最大的力量射出。罗马重步兵很快便领教了东方弓箭的威力，他们的木制盾牌在东方人强大的箭雨攻势面前便如同是纸糊的一般。很多箭穿透了盾牌，将罗马重步兵挽盾的手钉在盾牌上。

此时罗马人还抱着希望，只要敌人的箭耗光并退出战斗，或者前来短兵相接，他们就能坚持下去。可是他们察觉到许多满载着箭的骆驼就在附近，最初包围他们的安息人从那里不断得到新的补充，大量的备用箭矢源源不断地输送过来，而且还送来了具有穿透力更强的倒钩箭头。

罗马军队已面临着一个两难局面。他们希望能和敌人近身格斗，但安息骑兵却根本不给他们任何格斗的机会。一旦受到丝毫的攻击，原本或许正在冲锋的安息骑兵便会立即退却，取而代之的是自马上回身射来的利箭。而已失去保护的罗马步兵根本无法抵挡帕提亚人的箭雨。反之，如果坚守不出，罗马军队便只能被动挨打，越来越多的士兵便会被安息人的利箭杀伤，失去战斗力。克拉苏终于按捺不住，命令儿子小克拉苏率领五千轻步兵和一千高卢骑兵出击，不惜一切代价打破安息人的围困。

看到罗马人出击，安息轻骑兵立即停止放箭，全线退却。出击的罗马军团大受鼓舞，紧追不舍，逐渐远离了大方阵。此时安息铁甲骑兵突然出现，组成一道铁墙，阻住了这些罗马人的去路，而先前逃逸的轻骑兵也都回转过来，将这支罗马军团围住。安息铁甲骑兵于上风处以长矛掠地，搅起漫天沙尘，使罗马士兵眼不能视，口不能言，本能地聚拢在一起。于是帕提亚轻骑兵开始向罗马的人堆倾泻箭雨。

罗马轻步兵为了行动迅捷，通常仅装备一面直径 0.6 米的圆盾，一支标枪和一柄短剑。这些仅仅装备圆盾的罗马步兵在安息箭雨强大的攻势下纷纷中箭，翻倒在地。还能勉强站立的步兵则有许多双脚都被利箭钉在地上，动弹不得。于是安息铁甲骑兵开始冲锋。他们排成紧密的行列，横扫罗马人的阵地。罗马军中的高卢骑兵异常悍勇，在坐骑几乎都被射死的情况下依然徒步迎上，有的抓住安息人的长矛，生生将其拖下马来用短剑刺死，有的则窜到安息人的马下，猛刺其马腹。

普布利乌斯·克拉苏在关键时刻依然不失罗马贵公子训练有素的勇士气概。他要求部队向敌人的重装骑兵发起攻击，然而，他那些失去战马的高卢骑兵几乎手和脚都被密集的箭雨分别钉在盾牌和地上，使得他们无法逃生也不能战斗。小克拉苏亲自率领残余部队冲锋，因为双方的兵力悬殊实在太大，高卢勇士们只剩下手中尚可投掷的标枪，用来对付帕提亚重装骑兵全身披挂的钢铁铠甲，无疑是以卵击石。敌人骑在马上灵活挥舞的长矛，像是万条灵动狂舞的毒蛇，很轻易地吞噬着上身赤裸的高卢轻装骑兵。赤膊上阵的高卢勇士抓住敌人的长矛挺身而上，进行短兵相接的厮杀，将对手拉下马来，对他们所穿的沉重铠甲毫不畏惧。很多高卢人在失去战马后，在地上匍匐而行，使用佩剑袭击敌人坐骑的腹部，马匹受到巨创难以忍受的剧痛，就会乱蹦乱跳，将帕提亚骑士甩落在地面，整个队伍被冲得七零八落，显然小克拉苏英勇无畏的骑兵在做最后的垂死挣扎。

普布利乌斯带着重伤，率领着他的残部艰难地徒步退却到附近的一个沙丘之上，天气炎热，口焦舌燥，缺少水喝，前方的沙漠布满了铺天盖地的帕提亚重装骑兵，喊杀声惊天动地，法螺和鼓号声充斥沙漠，形成一曲骇人听闻的声浪席卷而来，随之而来的是巨浪般扑来的箭雨。部队已经无法进行有效的抵抗。他们将残存的马匹用盾牌保护在中间，或许留下最后逃生的工具。普布利乌斯顽强地率领残部抵抗着帕提亚骑兵的猛烈攻击，毫无胆怯退却之意。此处虽然地势较高，但是毫无掩饰之物，完全暴露在敌人的箭雨之下。英雄末路，只能抵抗至死。当他的部下，竭力劝小克拉苏随同他们撤离山头去附近的小镇伊克尼，因为那里的人民对罗马人十分友好，对帕提亚人充满敌意。

普布利乌斯·克拉苏却说："谢谢你们的好意，死亡并不可怕，普布利乌斯不能离开为他而丧生的战友。"临别之际，他嘱咐突围而去的战友路上小心，相互拥抱后，少将军劝他们赶快离去。他的手被箭矢所贯穿，无法使用佩剑，于是他掀开体侧铠甲，命令他的侍卫用剑刺进体内。克拉苏的小公子就这样战死在与帕提亚人战斗的疆场最前线。剩余的部属纷纷效仿他们的少帅，用佩剑自刎，统计下来这支高卢骑兵被俘虏者不足五百人。个人英雄主义终究不能挽回败局，这支曾经跟随恺撒在高卢南征百战、百战百胜的高卢骑兵劲旅很快便全军覆没。

帕提亚军队砍下普布利乌斯的头颅，用长矛挑着，呐喊叫嚣着向克拉苏的大军扑过去。惊天动地的喊杀声伴随着咚咚擂响的战鼓，再次传入罗马士兵的耳中，形成某种极端恐怖的声浪，冲毁着整个军团的战斗意志。帕提亚骑兵在接近克拉苏大军时候，开始以调笑的口吻指着小克拉苏血淋淋的头颅侮辱老克拉苏。有人用嘲讽的口吻问道："这位死者的父母是谁？他出生于哪一个家族？"有人立即接口道："他出身于克拉苏家族，有着一个像是懦夫一样的父亲，老家伙不配有这样一个英勇善战的儿子。"

面对敌人的挑衅，克拉苏在最后关头努力克制自己的丧子之痛，保持了头脑的冷静。对他的部队发出决战的动员令，普鲁塔克在《克拉苏传》中完整地记载了这篇决战誓言：

同胞们，我遭到丧子之痛是个人的事，只要各位能够安然返国，罗马的命运和光荣可以得到长保，军团的荣誉不会受到玷污，要是有人能够同情我失去一位英勇无畏的儿子，那么大家就应该向敌人讨回公道。不能让那些野蛮的敌人感到兴高采烈。要报复他们的残酷行为，对于过去的挫折不必沮丧，无论我们遇到多大的艰难和困苦，都要激起我们建立丰功伟业的决心。卢库鲁斯之所以无法征服泰格拉尼斯，以及西庇阿没能击败安条克，就是因为他们没有付出牺牲的代价。我们的祖先难道不是在西西里牺牲了1000条船？在意大利牺牲了多少位将领和队长？没有一个人因为害怕损失，就不去推翻那些外来的征服者。罗马城邦不是靠运气才能抵达登峰造极的地步，而是运用坚韧和武德来面对险恶的形势。

显然克拉苏这番充满道德说教的大话、空话、套话，并不能解除整个罗马军团因为失败带来的对于顽强英勇的帕提亚骑兵的恐惧心态。几乎没有什么人在注意聆听最高司令官的战前动员。因为克拉苏和一切独裁者一样，面对全军覆灭的险境，依然企图以颠倒黑白信口雌黄的说辞去鼓噪抵抗"外来的征服者"，而他和他庞大的军团才是真正撕毁和平协议的外来征服者。他的这套大言不惭的谎话引来的是一阵微弱和不稳定的抗议之声。然而，容不得克拉苏军团将士们丝毫的犹豫，帕提亚人的轻装骑兵已经出现在罗马军团的侧翼，阵阵浓密的箭雨打乱了整个军团的阵脚，随之重装骑兵用长矛发起了正面进攻。罗马士兵无心恋战，只是乱哄哄地拥挤在一起，企图硬挤出去各自逃命。敌人紧密的长矛刺向他们，那些勇猛健壮的帕提亚骑士蛮力惊人，有的一支长矛能够洞穿两个罗马人的躯体。

两军混战直到夜幕降临才收兵。克拉苏大势已去，帕提亚的军事指挥官苏莱那说："要让克拉苏用整晚的时间悼念自己儿子的阵亡，同时他应该多考虑一下，目前他已经没有作战的能力，应该尽早向阿萨西斯国王投降。"苏莱那的大军紧靠着罗马人的营帐扎营，陶醉在即将来临的胜利喜悦中，喝酒呼令的喧嚣欢笑声直接传入克拉苏的营帐中。

罗马人在凄惨和痛苦中不能安睡，他们无法安葬阵亡的将士，也不去救治受伤的弟兄，每个人只为大难临头而悲叹。无论他们等待在黎明和敌人进行决战，还是冒险在黑暗中撤向浩瀚的沙漠，可以说已经失去了逃脱的机会。那些受伤的人员给全军增加了新的困难。是撤退的时候了，为了保证行军速度，他不得不下令将不能走动的五千多名伤员遗弃。罗马人打算趁夜色悄然离去。然而那些伤员们得知自己遭到遗弃，一时间哭喊，怒骂，哀求声大作，使撤退的罗马人胆战心惊，几乎是一步三回头，生怕被帕提亚人发现。不过不习惯夜战的帕提亚人并没有出兵追击。于是罗马人安全地撤至卡莱城。在他们的身后，两万同胞战死沙场，一万士兵当了俘虏。7个军团消失在广袤的沙漠。这是罗马军队在坎尼之战后，从未遭受过的惨重损失。

次日黎明，帕提亚人来到罗马军队的营地，将留下的五千伤员全部杀死。不久即有谣言传来，称克拉苏已在轻骑护送下逃回叙利亚，卡莱城（Carrhae）内不过是他的一些将领和余下的步兵。苏莱那怀疑这是克拉苏的诡计，立即遣人赶往卡莱，诈称自己有意和谈，要求约定时间和地点。克拉苏不知是计，亲自接见了他们。这批人当即回报，克拉苏仍在卡莱。于是苏莱那领兵赶至，将卡莱城围得水泄不通。

公元前53年6月12日，克拉苏与苏莱那交锋的第三天，为了躲避敌人的一万骑兵的围困，克拉苏率领3000残部逃到附近的山丘之中躲避。苏莱那并没有率兵追击，这位帕提亚贵族公子虽然胜券在握，为了给自己的胜利画上圆满的句号，他做着将罗马执政官兼最高司令长官献俘国王阙下的美梦，只是派出骑兵团团将克拉苏围困在山中。

苏莱那告诉两名俘虏士兵，自己的目标是罗马最高司令官，如果能够交出克拉苏，其他罗马士兵皆能获得自由。他释放这些战俘，要他们传达口信给克拉苏，禀报苏莱那贵公子要直接与罗马最高司令官会谈，商量签订和约的条件。

克拉苏对敌人的意图心知肚明，在前去和谈前交代幕僚：如果我死了那一定是敌人的欺骗，并不是遭我方人的背叛，然后离开军队前往敌人阵地。他的部将屋大维乌斯和佩特洛纽斯陪同主帅前往敌军阵地和谈。苏莱那派出两个希腊混血的翻译前来迎接，来人对克拉苏一行礼敬有加。克拉苏派出两名随员前去敌营了解会谈内容和哪些人参加。这两名成员有去无回，被敌人所扣押。苏莱那带着帕提亚的主要军官骑马来见克拉苏，并向罗马司令官致敬。他们的会面是遵从自己国家的习俗，都按照两国的礼仪正常进行。苏莱那告诉克拉苏：从现在起他的王国将和罗马共和国建立联盟关系，克拉苏必须和他一起到河边去签署条约。他还特别强调："罗马人经常记不住他们应当遵守的条款。"他说过这句话后，向克拉苏伸出手来，邀请他一起共赴河边，在水草丰美的地方去签订和平协议。

克拉苏命令将他的坐骑牵来，苏莱那告诉他，没有这个必要。这位年轻将军说道："我们国王陛下，要送给你一份珍贵的礼品。"立刻有奴仆牵来一匹套上黄金口嚼的骏马交给他。一群身强力壮的马夫强行将克拉苏送上马鞍，未等他反应过来，即挥手扬鞭策动马匹快速前进。屋大维乌斯跑上前去抓紧马的缰绳，接着佩特洛纽斯前来配合，其他罗马扈从赶来废了很大力气制止马匹的前行，他们共同驱离了克拉苏两旁人员。

双方随即发生异常混战，屋大维斯拔剑斩杀了一名马夫，佩特洛纽斯赤手空拳，铠甲遭到重击散落在地。混乱中克拉苏被帕提亚人杀害，被砍下头颅和右手。也有说法是总司令是被自己人刺中倒地后身亡，阻止敌人将他俘虏后，带去王宫羞辱。总之，当时的细节已经无法详细考证。

克拉苏一生骗过许多人，这次轮到他中了别人的圈套。等到冲突处理完毕，帕提亚军队列队前进，告诉罗马人克拉苏已经伏诛，苏莱那吩咐其余人不必恐惧，可以从山顶上下来，安息军优待俘虏。有些人遵命投降。

还有些人趁着夜色一哄而散，其中只有少数人安全返回罗马，在帕提亚人随后的清剿中 2 万人惨遭杀害，1 万人成为俘虏。

苏莱那将克拉苏的头颅和手臂送往已经前往亚美尼亚境内的帕提亚国王阿萨西斯。派出信使到处散布消息，说他活捉了罗马军团总司令克拉苏，将带着克拉苏到塞琉西亚城游街示众。苏莱那找了一位面貌酷似克拉苏的罗马士兵穿上帕提亚女人的服装，让这名克拉苏的扮演者乘坐在马上，接受"凯旋将军"称号的欢呼。身旁簇拥着罗马号手，身后跟着手持法西斯束棒的扈从校尉全部骑在骆驼身上，束棒上挂着许多钱袋，法西斯大斧上悬吊着砍下的人头，这支奇怪的游行队伍鱼贯经过塞琉西亚的街道。

克拉苏的头颅送到宫廷的大门外，宫内正在举行祝贺卡莱大捷的盛大宴会，有个出生于特拉勒斯名叫杰森（Jason of Tralles）的著名悲剧演员正在出演古希腊著名悲剧艺术家欧里庇得斯（Euripides）的悲剧《酒神的女祭司们》，其中有一个场景有砍下脑袋的情节。杰森急中生智临场发挥，上去抓住血淋淋的战利品，抱在怀中，即兴来了一段贴切的独白。克拉苏的头颅成了悲剧演出的道具，实在是对他这场战争豪赌以喜剧登台却以悲剧收场的极大讽刺：

今日我们进行阵容庞大的追捕，
要从高山峻岭获得高贵的猎物。
是谁有幸获得杀死猛兽的荣誉？
是我，这要归功于我无上的勇气。

毫无疑问杰森的表演博得了满堂的喝彩。

第十一章
罗马骚乱导致共和国危机

恺撒向日耳曼进军

罗马人有着至高无上的信念，认为他们代表了诸神的意志，胸怀着宇宙的真理，因而也是所向无敌的。否则他们怎么能够拥有如此庞大的帝国呢？这样的信念不仅恺撒、庞培具有，而且克拉苏也不甘忝列末位，在三头政治中，他必须奋起直追，他不能被罗马贵族认为仅仅是一位富足精明的财主，应当同时又是一位杰出的政治家、军事家，才能以事实来证明他是完全可以和恺撒、庞培并驾齐驱的罗马共和国的领袖。然而，他对于帕提亚的入侵滥用共和国的威名，招来了神的愤怒，因为侵略帕提亚一事开始就遭到统治集团内部的反对，人人心中都明白，克拉苏除了贪婪再也没有第二个借口。卡莱城外沙漠浸透的鲜血，表明众神也了解克拉苏的不义，除了三头中的两头恺撒、庞培别有用心的支持外，最终将克拉苏推向了地狱。

根据元老院的敕令，恺撒在执政官任期完毕后，必须赶赴高卢就任新职。为了确保安全，后方不会遭人暗算，他精心安排了控制政局的人马，臭名昭著的克劳狄乌斯出任护民官对付元老院，接着就是小加图出任塞浦路斯总督，西塞罗流亡西班牙。公元前59年春，市民大会通过法案，授予恺撒山内高卢和伊利里孔两个行省的总督，为期五年，随后元老院又增加山外高卢。前55年再次通过法案，使他的任期又延长了5年。从公元前54年3月至前49年3月，他在这8年的高卢战争期间，平定各地部族叛乱，击败日耳曼人入侵，渡过莱茵河的扫荡行动，两次征服不列颠的冒险行为，为他赢得了一系列的辉煌胜利。

普鲁塔克在《恺撒传》中如是评价。

从此以后，他好像洗心革面似的过着一种和过去完全不同的生活，而且面对着一个崭新的局面。在整个战争期间为了征服高卢实施很多次远征行动，证明他是一位吃苦耐劳的士兵和运筹帷幄的将领，能与统帅大军最伟大的指挥官分庭抗礼，毫不逊色。

接着普鲁塔克举出了罗马共和国历史上最杰出的将领和恺撒相比较：他完全可以和对抗汉尼拔的费边和西庇阿祖孙，击败米特拉达梯的卢库鲁斯以及苏拉、马略、庞培所建立的丰功伟绩相媲美。

这时人们就会发现恺撒的作为，已经凌驾于所有人之上了。作战的国度就处境的困难而言，他远胜于其他执政官；就所征服的范围广大而言，他超过所有的宿将；就击败敌人的数量和实力而言，他远较其他名将；绥靖而获得好感的部落，就他们的野性和狡诈而言，他和其他指挥官相比要更为让人感激不尽；就对自己的弟兄的赏赐和关切而言，更是其他领导人无法比拟，所从事的会战次数之多，和杀死敌人之众更是其他所有将领望尘莫及。他在高卢不到十年功夫，先后攻占 800 个城市，征服 300 个国家，在历次战役中与他交锋对垒的敌人有 300 万之众，其中有 100 万人被他杀死，还有 100 万人被他俘虏。

克拉苏在入侵安息战斗中阵亡。"三头同盟"变成两雄对立。此时庞培倒向贵族派，成为唯一的执政官，企图剥夺恺撒的一切权力。而恺撒在他的高卢总督任上，却逐渐形成了尾大不掉的割据势力，这股势力最终一定会问鼎罗马的中枢，攫取最高权力。这几乎是铁定的事实，只待时机成熟。恺撒需要的是师出有名，他在静静地等待庞培的出手，他要后发制人。他在积累开疆拓土战功的同时，也在积累名望为自己的独裁做准备。

日耳曼人原住在多瑙河以北和莱茵河以东的地区。他们的习俗与高卢人有很大差异。他们没有祭司主持宗教仪式，对祭祀活动也不热心。他们视作神灵的只有那些能够直接看到，或者对他们十分有助的东西，例如"日神""火神""月神"等等。他们的全部生活只有狩猎和战争。无论男女都身披一片兽皮遮体。他们似乎不从事农耕，基本以乳、酪和肉类充饥。他们没有任何人拥有数量明确、疆界分明的土地，过着逐水草、草地或树林而居的游牧生活。

他们宁可用流血的方式获取自己想要的东西，而绝不去用流汗的方式去获得。日耳曼人勇猛善战，他们经常被高卢地区争权夺势的部落所雇佣，并且成批地侵入高卢地区，至恺撒时，进入高卢地区的日耳曼人已达 20

万人左右。恺撒认为大批日耳曼人涌入高卢，将对罗马产生极大的威胁。

恺撒以罗马占领下的山南高卢为根据地，向山北高卢大举扩张，发起了大规模的高卢战争。恺撒意识到大批日耳曼人涌入高卢地区，会引起高卢地区的动乱，不利于罗马统治，决定首先打击日耳曼人。他们自古生活在莱茵河对岸，现在他们渡过莱茵河迎战恺撒，日耳曼人身材高大，武艺出众，而且极其勇敢。罗马士兵则身材比较矮小，听说即将与日耳曼人开战就有些发怵，恐慌情绪开始在军中蔓延。不少年轻而又缺少作战经验的军官临战退缩，纷纷请假，有些人被嘲笑为懦夫虽然留下了，但是心中依然惶恐不安。

为了打消军团上下弥漫的恐慌情绪，恺撒军事扩大会议，以自己出色的演讲口才证明这些高大魁梧的日耳曼人并不可怕，罗马军团只要不恐惧，一定能够以卓越的战略战术打败野蛮落后尚未开化的日耳曼蛮族匹夫。他说：

在我们上一辈人的记忆中，就是这些敌人，曾经威胁过我们，但在钦布匿人和条顿人被盖尤斯·马略击败那一场战役中，军士们值得赞扬，也绝不逊色于那位统帅本人。就那最近意大利爆发的奴隶暴动（指斯巴达克斯奴隶起义）来说，也是一样，他们学去了我们的经验和纪律，确实帮了他们不少忙。从这件事情来看，我们就可以判断，坚定的意志能带来多大的好处。因为还没有武装起来时我们就莫名其妙畏惧的人，后来武装起来了，还得到了胜利，正当不可一世时反而被我们击败了。最后就是这些日耳曼人，连厄尔维几人也常常和他们交战，不仅在厄尔维几人自己领土上作战，而且还跑到对方的领土中去，一再击败他们，而厄尔维几人则早已证明不是我们的对手。

恺撒的意思是，罗马人当年的手下败将厄尔维己人曾经多次打败过日耳曼人，我们对他们何必惧怕呢？他又举例说明，当年的高卢人被战争拖得已经十分疲倦时，日耳曼的统帅阿里奥维斯都斯却躲在沼泽地的营寨里一直不出来，绝不给高卢军队以决战的机会。等到高卢人认为决战无望而纷乱四散时，他才突然进行袭击。他的胜利不是勇敢，而是计谋。日耳曼用这套去糊弄那些蛮族人或许能够奏效，如果想用来对付我们，那他就是白日做梦。

　　恺撒在扩大的军事会议上的慷慨陈词说服了军团的将士，大大提升了部队的士气。军团上下纷纷表示愿意听从最高司令官的指挥，宣誓对于共和国和统帅本人的效忠。

　　当然按照恺撒一贯的做法，追求名声上必须要师出有名，于是明知日耳曼人的狂妄自大，也要先礼后兵，才能在道义上立住脚。公元前58年，恺撒便和日耳曼人的首领阿里奥维司都斯进行谈判，要他们退出高卢。阿里奥维司都斯傲慢地拒绝了。恺撒一怒之下与阿里奥维司都斯在莱茵河附近大战。日耳曼人失败。阿里奥维司都斯乘小船渡过莱茵河，逃出性命。他的两个妻子、一个女儿被杀，另一个女儿做了罗马人的俘虏。为彻底防范日耳曼人再次成批地涌入高卢，恺撒于公元前55年率军直抵日耳曼居住地。日耳曼曾两次派使者和恺撒谈判，但暗地里却出兵袭击罗马的骑兵，使恺撒遭到严重损失。恺撒识破了日耳曼人的谈判只是缓兵之计，所以在日耳曼人第3次派使者（都是他们的首领和长老们）前来谈判时，恺撒下令把他们全部扣下，紧接着向日耳曼发起进攻。在群龙无首的情况下，43万日耳曼人顷刻之间陷入一片混乱，许多人被杀，其余跳入莱茵河水被淹死。在这次战斗中，恺撒军队竟然无损一兵一卒，创造了战争史上的奇迹。为使日耳曼人不再觊觎高卢，恺撒决定率军渡过莱茵河，深入日耳曼人的腹地，对其进行威慑、报复。恺撒用了10天的时间在莱茵河上架起一座木桥，把军队开过莱茵河。面对罗马军队滚滚铁蹄和乌央央的大军，几支日耳曼人前来乞求和解，恺撒表示接受并命令他们分别交纳人质，而对企图反抗的苏刚布里人给予残暴的镇压。8天以后，恺撒认为已达到目的，遂把军队撤回高卢。

贫富不均阶层矛盾激化

在恺撒取得对日耳曼胜利的同时，共和国首都罗马却发生了政治动乱。先是由群众性的街头斗殴开始，逐步发展到两派群众公开进行大规模的械斗，造成流血事件。其实大打出手的平民和共和两股势力背后都有操纵的黑手，都是首都和远在高卢征战的庞培和恺撒的两股权贵势力，各自为自己团伙的政治利益争吵不休，直至公开争斗，闹出人命。双方的头目，一个被当街谋杀，引发群体性骚乱，共和国元老院议事大厅被起义的"暴民"纵火烧毁，大火延烧到附近几个街道；杀人凶手共和派头目米洛不得不受到法律制裁。最终由大将军庞培出任唯一执政官行使独裁官的权力，公开武力镇压，首都才终于稳定了下来。

护民官克劳狄乌斯大家都知道是恺撒在罗马的代理人，带有无恶不作的流氓民粹色彩。这家伙在罗马街头无恶不作，却无人敢于制止。他的目标首先是针对共和派理论家西塞罗。因为在此之前，也即恺撒担任执政官的公元前59年1月，三巨头同盟的一个代理人悄悄找到西塞罗，问他是否愿意加入恺撒、克拉苏、庞培的执政联盟？这是一个统治罗马的机会，因为试探的意思说得隐约含糊，西塞罗没有听明白意思，如果对方说得更加明白，他也会加以拒绝。无论如何，他是喀提林的征服者，怎么可以加入一个反对共和国的阴谋集团？法治的精神对他至关重要，甚至比他的人身安全还要重要。

本质上，西塞罗不是一个无所畏惧的人，他明白他的决定，已经将自己置于一个危险的境地。他若有所思地对他的好朋友阿提库斯说出了自己的打算"与敌人和解，与暴民平安相处，过好惬意的晚年生活"。他希望不牺牲共和原则的前提下，对敌人和暴民妥协，换取晚年的安定。他所说的敌人就是恺撒为首的平民派或者叫做民主派，而他是和小加图一起的共和派大佬，但是立场没有小加图来得坚定，他把平民称为"暴民"，这种对立其实早在他粉碎喀提林篡权阴谋时期就一直延续下来，当下只是越演越烈而已。

　　他和阿提库斯是在罗马的市中心十字路口散步时说这句话的。正是在罗马的后街小巷组成的迷宫中，喀提林鼓动平民起来革命，后来被担任执政官的他以军事手段严厉镇压，他因此而声名鹊起，被誉为罗马共和国的"缔造者"。从这时起，他和恺撒实际就成了对立的派别。如今喀提林已经死去三年，债务和饥饿的幽灵仍弥漫在罗马肮脏的街道。西塞罗和阿提库斯艰难地行走在臭气熏天的肮脏的垃圾和污水中，不可能没有注意到罗马贫民所遭受的苦难。

　　对穷人所遭受苦难，贵族并非毫无察觉，在偶尔需要的时候，他们也会唱些"共和"的高调，如元老院贵族清流小加图身兼为穷人发放救济粮的角色。他一贯的姿态是刚正不阿，对于贵族中的奢靡之风深恶痛绝，自己毕生保持清正廉洁的良好形象。即使推进罗马福利事业也一样认真负责不贪不占，可以说是贵族中难得的君子。与恺撒不同，他从来不标榜自己为穷人服务的伟大宗旨，他只是身体力行践行自己的共和理想，保持自己不尚奢华的斯多葛式生活方式。对于统治集团巧取豪夺压榨民众的行为，他照样在元老院会议上予以严厉声讨谴责。在罗马共和国的夕阳笼罩下，他的特立独行和嫉恶如仇反而显得特别孤独和苍凉，因为共和国已经容不得守重持正君子型国士的存在。

　　政坛尽是如同恺撒、庞培、克拉苏包括西塞罗这样在政治上的首鼠两端投机取巧，在经济上巧取豪夺，牟取暴利的政客。"三头同盟"是政治、经济利益的军事共同体，野心勃勃利欲熏心的军阀寡头集团的权力分享和利益分赃体制暂时存在，最终在分化重组中孕育出罗马帝制的独裁专制魔怪。当然民众和军队只是他们可资利用操控攫取权力的暴力工具，军队只是可供驱使的群氓组合，带有某种党派和个人的武装集团色彩。因此，三巨头对于追随自己南征北战士兵是善待的，即使退伍为民，也是他们政治上攫取权力的基本队伍，选举中拉取选票的基本托盘者。

加图的坚守和克劳狄的背叛

小加图从不讨好自己的同胞，从不以民意代表自居，他也绝不会千方百计去放弃自己共和理想，争取民众欢心。区分政治家和政客的一条重要标准，就是看他是不是一贯坚持自己的价值理念，而不以自己的利益求求为标志，轻易改变。加图绝不以塑造自己的光辉形象来轻易改变自己的共和理想去迎合民意，伪装正直。他只是实实在在去落实元老院依法治程序通过的具体政策，履行自己的职责，干好分内之事，绝不去偷奸耍滑，诌媚权势，或者心怀叵测地玩弄权术矫情欺骗民众和元老贵族。他只是以自己正直坦荡的情怀，践行自己的理想。因此，加图把民众领袖的称号看作是一种侮辱。因为他太了解自称所谓"民众领袖"克劳狄乌斯等人的贵族流氓堕落的品性，他压根都不屑与这些政治投机客为伍。

在他看来，克劳狄乌斯等人只是一帮借助民意，进行政治赌博的赌徒。他们的政治态度本质上仰赖背后主子的意志，克劳狄乌斯被称为"麻烦制造者"，他的一举一动公然展示着恺撒对于罗马政局的强大影响力和操控力，而这些政治表演都是借助民意民心来完成的。在他看来民众就是一群羊，只有在狮子的带领下才能成为无往不胜的军团，也即后来的枭雄拿破仑所总结的那样："一头狮子带领的一群羊可以打败一只羊带领的一群狮子。"

作为共和国最高等级的贵族克劳狄乌斯家族成员，克劳狄乌斯发现十分珍视荣誉的贵族阶层没有多少人欣赏他。他就必须另辟蹊径，以超越世俗等级常态的剑走偏锋方式，使自己在政治上出人头地，登上权力高峰实现升官发财的美梦，那只能寄生于恩主恺撒的权力肌体，如同攀高的凌霄花那般向上攀爬，才能去悬崖顶峰汲取太阳的光照和月色雨露，节节高升。

为此，在恺撒的授意下，他尝试改变自己的贵族身份，屈尊混迹于平民当中，充当鼓吹民粹，煽动暴力的角色，来报复贵族阶层对他的歧视。恰好平民派领袖恺撒需要他这样的打手和马前卒为自己挑战元老院的权威。

在前 59 年共和国执政官恺撒的全力支持下，他干脆一笔勾销了自己在册的贵族身份，成为平民的养子，以平民领袖的身份充当现行体制的挑战者。

这位前贵族纨绔子弟，终于以自己的堕落行为坠落到社会底层成为民粹群氓的领袖。在平民的拥戴下，当选公元前 58 年的护民官，拥有了否定元老院法案的权力。从此，他成了罗马官场上窜下跳的小丑。他很快在民众面前提出一堆法案，全部是平民所需要的。最吸引人的是这样的建议：取消加图建立的救济方式，改为按月自由领取。贫民窟充满对这位人民领袖感恩戴德的声音，这项计划实施起来耗资巨大，克劳狄乌斯为了达到这个法案的推进，他进一步提出恢复早在前 64 年被共和国当局命令废止康姆皮塔利亚（Compitalia）节，也恢复同业工会（collegia）。这个群众性的狂欢节其实是在同业公会组织下的群众集会。节日的被取消和同业公会的被取缔，废止的其实就是公众集会和组织社团的自由权力。这显然是游离于政府监管之外的社会公众独立行为，可能造成对于统治秩序的危害。对穷人而言，这是一次难得的节日。平时他们蜷缩在阴暗潮湿肮脏拥挤的穷街陋巷中，只有这个节日才有机会聚集在一起，敬奉保护他们的众神。但对于权贵而言，这个节日却孕育着群众借机闹事的风险，元老院对于威胁到其权威的任何事都不能容忍，因而彻底禁止了这个群众性聚会的节日，查封了同业工会。

克劳狄乌斯反其道而行之，包藏了自己的祸心，在整个罗马城内，在每一个十字路口，被禁止的同业公会俱乐部重新建立起来，俱乐部成员就是被用木棍、匕首武装起来的暴力团伙成员，成了克劳狄乌斯指挥的准军事别动队。暴徒们趾高气扬，克劳狄乌斯大出风头。现在他的提案能够通过，他们就通过合法的组织形式紧密联系在一起，在每一个十字路口都将有一支他的私人队伍。

公元前 58 年 1 月初，这项法案获得通过。同一天克劳狄乌斯及其恶棍占领了卡匹托尔神庙；同业公会将在这里被组织起来，大批小商贩和手艺人挤爆神庙，他们高呼克劳狄乌斯的名字，讥笑他的对手元老院的权贵们，平民与贵族尖锐的矛盾被克劳狄乌斯这个唯恐天下不乱的家伙煽动了起来。暴力的阴云必将笼罩首都，暴风雨即将到来。

很快，克劳狄乌斯暴力的工具有了一试身手的机会。当恺撒的一位副手受到指控时，他向这位保民官求助。克劳狄乌斯的人开到审判的地方，抢劫了法官，捣毁了法庭，最终案子撤销了。暴徒们能被这么使用，暴力能够发挥这么大的威力，连克劳狄乌斯也没有想到。暴力的滥用确实有想象不到威力。

这就预示着克劳狄乌斯不仅有着高超的组织暴力的能力，而且公开与恺撒集团的利益挂起钩来，形成一股官方难以控制的势力。这是十分可怕的事情，可怕的事情接踵而来。下面克劳狄乌斯直接将矛头对准了共和国首席理论家西塞罗。克劳狄乌斯又提出了另一项法案，声称任何公民若处死了其他人，又没有经过审判，都应该判处流放。矛头所指十分明确就是在喀提林谋反一案中，西塞罗作为执政官对于喀提林阴谋集团骨干的处死，这些人都未经陪审团审判，显然是应当受到严惩的违法行为，西塞罗作为曾经的执政官也应当受到追究。同样作为堕落贵族的喀提林和克劳狄乌斯之间有着物伤同类的惺惺相惜之感。这一点和恺撒私下想法也是暗通的。小加图等共和派大佬也心知肚明。

面对克劳狄乌斯的凌厉攻势，西塞罗惶恐万分，他留起了大胡子和长发，使得自己原本衣冠楚楚头发一丝不乱的形象变得猥琐肮脏且形容枯槁，再穿上一身麻布编制素色丧服，更显得可怜兮兮。当他寂然一生，孤独地穿行在罗马的大街小巷时，克劳狄乌斯的暴徒尾随于他，骂他、唾弃他、拿石头扔他。他曾经的元老院贵族朋友们，无人愿意出头面对气焰嚣张的暴徒，维护他的尊严。执政官原来是他一个阵营的朋友，但是在高卢总督恺撒的行贿面前屈服于金钱，不愿为共和国第一理论家、粉碎喀提林阴谋的功臣出面主持公道。

无奈之中，西塞罗只能放下身段，跑到恺撒在拉文纳的总督行辕去乞求当年的政敌恺撒出面解救，他知道克劳狄乌斯的背后操纵者是恺撒。后者出于礼貌，对他的处境表示同情，但是只能耸耸肩，摊摊手，表示爱莫能助。恺撒温和地建议，或许他能够改变反对"三头联盟"的立场，或者干脆到他高卢总督手下任职，他或可能避免遭到威胁。这当然无疑是叫他无条件放弃政治立场，卖身投靠。他不愿意接受这样的侮辱。因为这样，他毕生的政治清名，因为变节而毁于一旦，他明确表示拒绝。

走投无路之际，他想到了大将军庞培。西塞罗对这位在政治选择上始终首鼠两端犹豫不定家伙，还保持着一线希望。虽然他知道，庞培和恺撒在担任执政官期间两人始终是狼狈为奸的共谋关系。西塞罗还是抱着一线希望，庞培能够回心转意，回到捍卫共和国的正确立场上来。在多个场合，庞培很乐意扮演西塞罗保护人的角色，他曾经警告过克劳狄乌斯对西塞罗不要太过分，私下里也表示自己后悔加入"三头同盟"。然而，西塞罗忽视了一点，墙头草斜眼庞培的儿子是恺撒的女婿，他不可能违背小丈人的意愿转而支持他。因为显然恺撒通过他在罗马的眼线对于西塞罗在罗马的一举一动了如指掌，便下决心要把西塞罗赶出罗马。

庞培不得不在岳父和这位他所轻信的朋友间做出选择，他在克劳狄乌斯对西塞罗迫害达到顶峰时，不得不躲进了乡间别墅。西塞罗不相信坊间的传言，曾到别墅去找过庞培，但是吃了闭门羹。守门人说庞培不在家，而在家的庞培不好意思见西塞罗，从后门溜走了，像是躲避瘟疫那样，回避与理论家见面。

克劳狄乌斯这么灵巧地借助法律和暴力两手，就将西塞罗推向了悬崖。西塞罗在克劳狄乌斯势力的暴力围攻下，只能仓皇逃出罗马，开始自己的流亡生活，最终他在马其顿躲藏了起来。

西塞罗建立在帕拉蒂尼山麓的豪华别墅被暴徒们占领，他一向把这座豪宅，视为高贵身份的象征，是自己的骄傲和快乐的所在。如今被暴徒们全部捣毁。拥挤在广场上的人们兴奋莫名地看着他的豪宅被拆毁，欢呼着。而他的邻居护民官克劳狄乌斯的豪宅却神圣不可侵犯安然无恙。为避免被看成是暴徒的报复行为，而不是对人民敌人的侵犯，克劳狄乌斯又匆忙通过一项法案，宣布西塞罗有罪，并在罪犯房子原址建立一座自由女神庙，其余的土地被克劳狄乌斯所吞并，这位保民官的光荣业绩都被记载在一块塑有保民官庄重浮雕的青铜纪念碑上，碑上记录着克氏的功绩和西塞罗的罪行。

忍无可忍庞培出手反击

气焰嚣张的克劳狄乌斯并没有满足对于理论权威西塞罗的驱逐，还利用自己护民官的职权，用履行军职的名义提出特别提案，将共和斗士退休法务官小加图派到塞浦路斯去担任监察官。在恺撒离开罗马出征高卢期间，自以为民众已经把他视为领袖，开始摆出对所有高层人物都不屑一顾的态度，经常信口雌黄随心所欲地攻击一切人。

虽然大将军庞培是他在公元前59年出任护民官的积极支持者，等到自己羽翼丰满后，克劳狄乌斯就将斗争的目标锁定了庞大将军，他在伟人庞培身上嗅到了血腥味。他的暴民人马立即像是恶狼一般向目标扑过去，无论不走运的庞培什么时候出现在广场，他的人马便会开始对庞培进行冷嘲热讽的围攻。他认为庞培只是中看不中用的绣花枕头，放肆攻击庞培在东方战争中对于老兵的安置政策。

庞培之所以和恺撒、克拉苏建立那要命的联盟，就是为了兑现对于老兵安置的诺言。而这些正是庞培和恺撒结盟的基本筹码，攻击这些等于是给脆弱联盟釜底抽薪的一击，可以看作是克劳狄乌斯得意忘形的自作聪明，反而促使矛盾激化后，迅速走向反面。因为庞培并不是毫无实力的理论家西塞罗，他是具有军事后援和相当声望的共和国功臣，庞培的忍耐是有限度的。这是克劳狄乌斯始料不及的。

提格拉涅斯王子是亚美尼亚国王的儿子，仍在罗马做人质。公元前58年，作为遵守条约的保障，他的国王父亲把儿子交给了庞培。克劳狄乌斯在庞培眼皮底下劫持了王子，将他送上了一艘开往亚美尼亚的船，当庞培试图将人质抓回来时，庞培的人受到了攻击和毒打。共和国政府没有站在庞培一边，反倒是津津有味欣赏庞培于事无补地宣泄怒气。当然，这正是克劳狄乌斯乐于见到的场面。当他的暴徒在街上横冲直撞时，克劳狄乌斯发现，元老院竟然对他张开了怀抱，这也许正是元老寡头们希望看到的结果，因为"三头联盟"正在克劳狄乌斯的蛮干和元老寡头的纵容下产生了裂缝。

这些都可以看成是远在高卢的恺撒鞭长莫及对于自己的走狗毫无制约的结果。他自己培养的病毒，不胫而走已经在扩散蔓延，他已经完全无法控制。克劳狄乌斯的胡作非为继续毒化着罗马。事态还远不止如此，当街头的讥笑大合唱肆无忌惮进行时，事态又不停升级越演越烈。根据共和国最古老的法律之一，以吟唱的方式凌辱他人，几近于谋杀。

因为庞培是非常注重名声的，而流氓痞子克劳狄乌斯就是专门对准庞培的软肋出击，毁坏他的名节，以激怒庞培。庞培从此失去了唯我独尊的安宁。庞培对妻子尤利娅的宠爱引起了暴徒们的嘲笑。据普鲁塔克在《庞培传》中记载，有一次庞培参加法庭审判，克劳狄乌斯公然率领街头暴徒冲进法庭，他在台上带着一群胆大妄为的无赖，不停地甩动长袍，如同表演活报剧那般向台下支持者发问："谁是生活淫荡的将领？谁是依靠别人的软骨头？谁已经是孤掌难鸣日薄西山？"他用抖动所穿的长袍当做信号，就像是合唱中的总指挥那样，台下众多暴民对每一个问题都发出响亮的回答："庞培、庞培！"原本参加审判会的庞培瞬间被当成了批判大会的羞辱对象。

被民众吹捧惯了的庞培，哪里受过这样奇耻大辱。对这种大庭广众之下的公开叫板，毫无应对经验。只能尴尬地在暴民的讪笑声中仓皇出逃。最令他生气的是元老院的议员们对于这种无耻下流的挑衅行为，抱着袖手旁观的态度。他们把对庞培的侮辱当成是对他背叛西塞罗应该受到的惩罚。因为当年的西塞罗是真诚地赞美英雄庞培的理论家，并且主持了庞培在征服东方诸国胜利归来的盛大凯旋仪式。而西塞罗在克劳狄乌斯淫威下几乎走投无路最需要帮忙的时候，作为恺撒的同伙，庞培怯弱地选择了退却和姑息养奸的机会主义态度，才导致了克劳狄乌斯这伙民粹势力的不断做大，以致在一次市民广场举行群众大会时，克劳狄乌斯的一个奴隶竟然拔刀相向，企图刺杀庞培，庞培再次以明哲保身为借口脱逃，只要这个政敌担任护民官期间，他就尽量留在家中不去市民广场。庞培本质上不是一个喜欢惹是生非的将军，他采取的是忍让退却，基本上上考虑的还是维护小丈人恺撒的脸面，因为他深爱自己的妻子尤利娅。尤利娅却被庞培参加群众集会，遭遇暴徒谋杀的血衣吓得流产，而自己也悲惨死去。

即便大将军庞培一再忍让，克劳狄乌斯团伙却得寸进尺，在他家门口安营扎寨住了下来，保民官威胁要对庞培做他们曾经对西塞罗做过的事情：占领他的豪宅捣毁它，然后在上面建自由神庙。庞培没有逃跑，但是他只被封锁在家，无法去任何地方。在西塞罗身上发生的事情，现在又在共和国最伟大的人物身上重演了。元老院的家伙只是在旁边看着"三头联盟"的两股势力互相撕咬内斗着。

这种似乎狗咬狗一嘴毛的争斗，一直延续到公元前58年12月克劳狄乌斯任期结束。在庞培大力支持下，他所中意的新任护民官提图斯·安尼乌斯·米洛（Titus Annius Milo）履职。此公也是暴躁而残酷狠毒的好事之徒，他正式控告克劳狄乌斯使用暴力破坏共和国法治。但是，他的诉状落入司法官克劳狄乌斯哥哥阿庇乌斯手中，被扣发不予审理。不仅如此，克劳狄乌斯还组织同伙洗劫了米洛的家。但是新任护民官没有被吓倒，他决定以牙还牙，以暴易暴，在庞培的资助下，米洛开始招兵买马，成立自己的街头武装团伙和克劳狄乌斯一争高下。

但是，与克劳狄乌斯不同，他不是花钱去贫民窟雇人，而是直接去了庞培的庄园，招募了那些家境好、装备好、训练有素的人，还收买了一批角斗士。仅经过一次街头交锋，克拉狄乌斯对街头暴力的垄断就被打破。虽然前保民官以极大的热情迎接挑战，但是与新保民官实力相比，在人员装备和实力上要相差不少。暴力每天都在首都升级，不久广场上的群众集会和法庭的秩序都无法维护了。选举的造势、投票表决以及案件审理现场，都成了两派出演全武行技巧表演的舞台。罗马几乎每天都在流血，每次的流血事件都酿造着恐怖的伤亡。一天又一天，罗马所有的公共场所都成了无政府主义者的天堂，都在撕裂着罗马的族群，培养孕育着仇恨。

以这样的以暴易暴，庞培终于重建了自己的威望，他再也不怕上街，因为他有着自己武装集团编制外的近卫军。他终于又可以昂首阔步地走上街头，首场表演就是为西塞罗平反落实政策，让他返回罗马，以平息元老院共和贵族的意见，为自己挽回声誉赎回前衍，重获元老贵族们的信任。

庞培开始在意大利到处旅行，呼吁支持让被流放的人回家。乡村和外地城镇被流放的反对派人士大量返回罗马，这些人对庞培感恩戴德，很自然成了他的支持者。在公元前57年的整个夏天，他们源源不断地涌入首都，无形中壮大了庞培的实力。庞培又开始在朝野伟大起来。最后，连远在高卢的恺撒也被说服，勉强同意召回西塞罗。元老院就此举行了投票表决，以416票对1票的压倒多数通过西塞罗平反法案。这唯一的反对票就是克劳狄乌斯投下的。按照法定民主程序，最终法案实施还要公民大会表决通过。

8月，期盼已久的公民投票在大竞技场举行，克劳狄乌斯企图破坏投票，他转身离开会场，都被米洛看在眼里。对公民投票的胜算西塞罗很有信心，结果还未出来，他就登上返回意大利的船，在女儿的陪同下，沿途受到民众的热烈欢迎。快到罗马时，欢乐的人群聚集在阿庇安大道两侧，向他欢呼致意，无论他走到哪里，掌声就跟到哪里，他像是一个凯旋英雄，再次受到罗马市民的欢迎。

罗马社会已经分裂，罗马执政当局的"三头联盟"也已经产生巨大的裂缝。各种矛盾都在聚集中等待爆发，地火流窜，一个小小的火星就能点燃燎原的大火。

平息骚乱和庞培独裁

在一个危机深重的共和国，一个偶然事件就可能点燃社会危机。

公元前 52 年 1 月是选举法务官的日子，共和派候选人米洛和民主派候选人克劳狄乌斯都共同瞄准了这一仅次于执政官的位置，开始了双方的博弈，两人都志在必得。最终这场政治博弈演变成了一桩改变共和国命运的街头流血事件，引发共和国及其同盟国内部的群体性骚乱，从而彻底打破了表面的政治平衡，看上去一桩偶然的政治事件却成为庞培和恺撒内战的导火索。

这一天，前保民官克劳狄乌斯骑着马从自己的别墅向战神马尔斯广场而去，可能是去元老院所在的市民广场发表竞选演说，企图煽动民众对抗共和国，也可能是为了发布一项有利于民粹主义的法案。总之，清晨他骑马出发了，就没有回来。

因为一向蛮横霸道的克劳狄乌斯在路过菩维利街的时候，不期撞见共和派群团武装团伙的头目、他的后任保民官米洛。共和国后期由元老院和国民大会的和平争斗衍化为街头两大武装集团的公开械斗，这种械斗已经发生过多次，双方时时由棍棒交加的厮打，发生流血伤亡事件，但是头目之间的生死搏斗倒是没有发生过。而这场遭遇使得双方的武斗在不经意间由小打小闹上升到头目之间的相互仇杀。这是民主派恺撒信徒和共和派小加图信徒间武斗逐渐升级为内战的信号。随着庞培老婆尤利娅的死亡，庞培新娶元老院头目西庇阿女儿后，庞培就开始转向，庞培豢养的武装团伙就成了元老院的别动队。开始时，两位对立的群团组织的头目只是在偶然的街头邂逅时，相互皱着眉头瞪着眼睛表示各自对对方的蔑视和仇恨，也就在火花闪烁后，双方擦肩而过了。

但是这次不同以往，米洛的一个仆从，突然手持一把锋利的短剑从队伍中窜出，以迅雷不及掩耳之势对着克劳狄乌斯的后背猛刺，短剑刺进他的背部，顿时血溅三尺。当时谁都不知道这位行凶歹徒的动机是什么。克劳狄乌斯的马夫见状不妙，立刻背起克劳狄乌斯流血的身体，跑进附近一家旅社，米洛则带着他手下的喽啰，紧追不放，干脆将身负重伤的克劳狄乌斯一刀杀死，以解心头之恨。

虽然米洛自己说，这仅仅是一次偶然发生的事件，自己并没有策划和预谋这次谋杀，也没有命令过部下痛下杀手。之所以不让这次偶然邂逅的谋杀中途而废，是因为克劳狄乌斯无论死活，自己必然遭到法律的严惩，于是干脆一刀结果了克劳狄乌斯的生命。对外则宣称是元老共和派群团和平民暴徒在街头械斗中误杀了克劳狄乌斯。当这件事在罗马迅速传开时，罗马市民大吃一惊，他们云集在市中心的战神广场度过了一个群情激愤骚动不安的一夜。

次日黎明，克劳狄乌斯的尸体被陈列在广场中央的讲坛上。有些保民官和克劳狄乌斯的同党和大量的拥趸夺取了尸体，前去元老院的议事大厅。或是想要对这位民粹领袖人物表示敬意，或是想借这位资深贵族平民领袖的横死街头，表示对元老贵族的愤怒。反正情绪失控的平民，把元老议事大厅的长凳和座椅堆积起来，为克劳狄乌斯做了一个火葬的台子，点燃了大火，这样克劳狄乌斯的尸体和元老院议事大厅一起燃起了大火。冲天而起的火焰，摧毁了元老院议事大厅和周围的建筑，罗马城陷入一片混乱。

也许元老院暴力团伙的头目米洛过于刚愎自用，过于自信自己的影响力和号召力，他并不因为谋杀而害怕受到惩罚，反而对于克劳狄乌斯葬礼过分隆重而感到愤慨。他变本加厉地集合了一群奴隶和乡民大把撒币以收买罗马市民，并收买了一名保民官马可·西利阿斯。米洛有恃无恐，明目张胆地由乡间返回罗马，他一进罗马城，西利阿斯马上将他拖到罗马市中心市民广场，企图先入为主地迫不及待让杀人嫌疑犯接受那些被米洛收买的人审判。而护民官主持的群众审判，似乎更像是受到公民大会审判那样，高高举起轻轻放下了。最终只要保民官西利阿斯发话宣告他无罪，即可被当场释放。这是米洛等人的如意算盘。按照罗马法律在保民官团伙中，只要有一名成员对被审判者进行庇护，审判就可能终止，行凶者就可能被当场释放，而逃脱一场比较正规的法庭审判。

米洛解释说，这件事并非他的预谋，因为有这样的企图，任何人不会带着自己的行李和妻子去参加一场屠杀，这样显然会影响到自己亲人的安全，并导致自己的财物受到影响。接着他攻击克劳狄乌斯为恶棍，说他是暴徒的头目，因为他的追随者纵火燃烧了元老院的议事大厅，把这座神圣庄严代表国家权威的场所与克劳狄乌斯的尸体一起化为了灰烬。

当他正在发表慷慨激昂的演讲时，另一些保民官带着大批克劳狄乌斯的追随者，提着棍棒、匕首、短剑、长矛武装冲进广场。米洛和西利阿斯见势不妙化妆成奴隶仓皇出逃。其他未及逃避的人员惨遭屠杀，这帮暴徒没有搜索到米洛和西利阿斯，几乎是不分身份、年龄遇人便杀，尤其是穿着华丽，戴着金戒指看上去像是贵族的富人。因为政府毫无防备手段，这些恶徒大部分是奴隶和有准备手持刀剑棍棒长矛的武装团伙，对付的却是手无寸铁的一般民众。

由于民众的骚乱，整个罗马陷于无政府主义，暴徒们肆意猖獗，以搜查米洛及其余党为借口进行劫掠，冲入民宅，公开抢劫可以运走的财物。在那段日子里追杀米洛成为克劳狄乌斯余孽杀人放火、行凶作恶的借口。

普鲁塔克在《恺撒传》中如是评价当时罗马的政局：

罗马陷入无政府状态，有如一只没有舵手的船随波荡漾。明智之士深为忧虑，认为出现专治体制，能够终结当前骚乱而疯狂的局面，未尝不是一件幸事。有些人甚至大胆公开宣称，政府已经病入膏肓，唯有实施独裁专制才能收到治疗效果，应该从一位行事温和的医生那里取得这份药剂。他们所说的名医是指庞培而言。庞培虽然口头装出婉拒这个职位的样子，实际上却尽最大的努力获取迪克推多（独裁官）。

在共和国寡头贵族集团眼中，当年共和国英雄庞培·马格努斯就是他们心目的英雄和良将。在共和时代克拉苏、恺撒、庞培结成三头联盟垄断国家权力，实行权力共享，利益共沾的机制，实际上严重削弱了贵族民主共和的法治精神，动摇了共和体制的政治经济基础。现在克拉苏已经战死疆场，庞培的老婆、恺撒的女儿尤利娅因难产而死，两雄勾结的婚姻链条已经松动。恺撒与庞培垄断权力推行独裁统治的政治野心，相对恺撒要小得多，且性格相对温和，心思不够缜密，也就是城府不深，只要给予一点虚名满足他的虚荣心还是可以操控把握的。

由于庞培新娶了资深贵族元老西庇阿家族的女人，也就是随父战死疆场的小克拉苏遗孀。随着政治联姻，有着"墙头草"家族习性遗传的庞培在政治立场上也发生根本转变。他开始倾向于共和派元老集团，因此，完全符合充当共和寡头代理人的角色。首都的动乱必须要有政治强人采取霹雳手段去稳定形势。况且首都政治动乱的幕后黑手完全可以寻根溯源到远在高卢的民主派头目恺撒。目前共和国生死存亡之秋，也就是庞大将军可以在军事实力和名望上能和恺撒相抗衡。于是庞培呼之欲出了。

面对首都动乱即将向共和国城乡蔓延甚至扩展到意大利联盟全境时，恺撒正在高卢鏖战。政治寡头们为了维护共和国的稳定秩序，保障自己的政治权力不受暴民侵犯，必须要有合适代理人出场收拾残局。在罗马高层，政治特权可以继续保障社会尊卑等级秩序，为特权权贵阶层继续借助血统和门第的高贵攫取最大的经济利益，他们只能将目光投向军事强人马格努斯·庞培。

他们指望庞培出山充当救火队长稳定共和国的混乱局面，对抗握有雄兵在外作战并对罗马高层有着强大渗透能力的恺撒集团，就想把独裁官的头衔授予庞培。但是，此议遭到小加图的坚决反对，作为共和体制的坚定维护者似乎看透了庞培心中的图谋，坚决反对权力不受制约的独裁者专政。他终于说服元老院授予庞培大帝为"唯一执政官"称号，没有同僚，一人统治，以执政官的名义，而具有独裁官的实权。所谓"一人执政官"只是为回避独裁统治的名号，使人们联想血腥统治时期的苏拉生造出的称号，是某种掩人耳目的称呼。企图以此来安抚庞培日益膨胀的政治野心，并同时可以掩人耳目。

元老院通过提案，批准唯一执政官同时兼任西班牙两个最大行省的总督，阿非利加还不包括在内，全部由他派遣部将去治理，这使他实际拥有了一支八个军团组成的强大军事力量充当后盾，并同时拥有庞大的国库财力支持。在罗马共和国享有几乎所有的专制特权而没有同僚的制约，庞培是第一个所谓的一人执政官。他不像恺撒亲自去领军，而是住在罗马郊区帕拉蒂尼山麓的官邸内，遥控行省的军政大权。

可以说，庞培出山是信心满满的。为了防止加图的饶舌和捣乱，庞培上任的第一道法案就是把小加图打发到塞浦路斯岛，要求他把该岛从托勒密国王（埃及国王托勒密十一世的弟弟）手中收回——过去的护民官克劳狄乌斯已经制定出台过同样法令。因为克劳狄乌斯曾经被海盗劫持，贪婪的托勒密国王只肯拿出两个塔连特作为他的赎金，克劳狄乌斯一直怀恨在心。如今庞培正好借此法案的落实：一方面安抚克劳狄乌斯拥趸的情绪，又可借此收回塞浦路斯岛，同时打发了麻烦制造者小加图，可以说一石三鸟。当托勒密听到这个法令时，把他的金钱都丢到海里去后自杀了。小加图果然不负众望，就这样兵不血刃占领了塞浦路斯岛，整顿了塞浦路斯政府秩序。两年后，罗马共和国任命了新的塞浦路斯总督，他才返回罗马。

恺撒同党克劳狄乌斯死于罗马的街头动乱是共和国骚乱的起因，为了平息民愤，庞培首先做出依法治国的样子，对杀害他的凶手米洛进行公开审判以平民愤。因为克劳狄乌斯虽然是一个贵族出身的民粹流氓，恺撒的代理人。但是他提出的免费发放小麦救济贫民的法案，在平民百姓间很受欢迎，对他的公审哪怕是做做样子也必须进行。共和元老派和庞培派出最强的辩手西塞罗作为米洛的辩护人。出于和庞培和元老院贵族的渊源，西塞罗力主米洛无罪，他声称米洛杀人之行为，并非蓄意，只是偶然相逢互相争吵而酿成意外血案。

这样的辩护并未被陪审员所采纳，可见民心之所向。后来，不知是出于元老还是西塞罗的暗中授意，米洛表示自愿流亡马赛，逃过了刑事处罚，这场动乱才暂时平息。

第十二章
罗马内战再次爆发

远征不列颠镇压高卢起义

公元前57年，恺撒相继打败了阿尔卑斯山商路上的塞邓尼人和维拉格里人的势力，使罗马商人能够安全通过阿尔卑斯山脉，进入高卢地区。

公元前56年，恺撒军队又肃清了沿海的文内几人的势力，并把他们的长老全部处死，而其余的文内几人带上花圈作为奴隶拍卖出去。公元前55至前54年，恺撒发动了2次远征不列颠人的战争。恺撒远征不列颠的目的，据他说是"因为他发现差不多在所有的高卢战争中间，都有从不列颠那边来的给我们的敌人的支援"。据恺撒《高卢战记》记载，住在不列颠沿海地区的人，为了劫掠和战争，是早先从比尔及迁移过去的，现在已经定居在不列颠。他们的习俗与高卢人差不多，进行农业和渔猎开始他们的生活。住在内地的人是岛上土生土长的居民。他们人数众多，大多数不种田，只靠乳、肉为食，用毛皮做衣服，这些人蓄着长发，善用菘蓝熨染全身，看上去周身都是天蓝色，因此在战斗中显得十分狰狞恐怖，这在罗马人眼中，他们就是一群尚未开化的野蛮人。

对于不列颠的征服就是文明对于野蛮的征服。虽然利用的手段并不文明，战火总是和杀戮相伴随，征服后的管理却体现着高超的政治治理手段。然而，恺撒对于不列颠的印象还是十分模糊的。他脑海中的不列颠岛被冰冷的海水所包围，仿佛传说中的神秘的未经开发改造的原始魔山，罗马人甚至不敢确定它是否存在。来往高卢、意大利之间的商人往往是恺撒的情报来源。但他们了解的也只是一鳞半爪。他们不愿意上岛其实并不奇怪。人人都知道，越往北边，野蛮人越凶狠，他们有许多可怕的习惯，比如吃人肉，比如极恶心地喝牛奶，若能教会他们尊重共和国的声名，那将是可与荷马相媲美的功绩。

恺撒未曾忘记他的家世可以追溯到特洛伊战争期间，战争塑造了英雄，英雄杀戮和征服开拓了疆土，而政治治理是怀柔和战争暴力的有机组合，显示了文明传播的最高成就，争战智慧和统治艺术的完美结合，他不仅要当杰出的军事家，而且最终目标应该是最著声望的世界帝国统治者，征服不列颠是他帝王雄心壮志实现难以抵挡的诱惑，这就是某种由军事征服转入帝国政治治理的伟大情怀。

凯撒在发动对于不列颠战役时，和其他在高卢所进行的战争一样，几乎都没有经过元老院的批准，完全由自己的主观意志出发，擅自所进行的一次次战役，这一点也使得元老院对他这种公然蔑视元老贵族寡头权威，擅自对外宣战的挑战，是某种颠覆共和国野心情不自禁的展示。同时也违反了他在公元前 59 年担任执政官时期提出的《尤理亚反贿赂法》所规定的行省长官本人，无论是否带领军队，如未得到人民会议或元老院的批准，均不得随意越出行省，也不得对别国发动战争的规定。

恺撒在高卢的多次战争，从来就没有征得过元老院的同意。因而，他在《高卢战记》中详细记载了他发动这些战役的原因，这种先斩后奏的行为，在形成既定事实之后，上报元老院似乎是在为自己的违法行为进行辩解，更是某种对于元老们居功自傲的蔑视。他在高卢以及高卢以外的战场，比如远征不列颠，进发莱茵河以东的解释，主要是针对元老院加图等人的责难。因为这些所谓的惊人胜利是完全不合法的。

在前几年，大量的新法令开始生效，包括规范行省总督的行为，限制这些诸侯政治野心的一些条款，起草人就是恺撒自己。如今恺撒不断与不是共和国臣民的部族作战，而且全部是越过共和国领土的境外作战，明显违背了他自己制定的法律，他在罗马的敌人不断批评他，他依然我行我素。加图甚至建议将恺撒交给他攻击的那些部族处理，因为在元老们看来，这些战争冒险行为既未得到合法授权，也毫无正义可言。而这些毫无正义的非法战争行为使得恺撒的军事力量像是滚雪球那般越滚越大，以致尾大不掉，难以驾驭；恺撒军事集团从将领到士兵都大发战争横财，激发了财富贪婪的欲望不断膨胀，像是毒瘾那般难以遏制。军事、经济的多种因素使得恺撒的战争机器难以停止转动，只能一路轰鸣着随金戈铁马向新的领域不断拓展。这些貌似狂悖的无法无天我行我素行为，增加了小加图等政客对于共和国前途的忧心与日俱增。

然而，大多数的罗马公民持有另一种完全不同的看法。元老院眼中的战犯，却是公众心中开疆拓土的英雄。公众的记忆停留在历史的噩梦中，那是一段耻辱的记忆，耻辱中承载太多的仇恨。这些主要来自于高卢及其以外野蛮民族的迁徙。牛马车队在北方边境吱吱作响，震动的声音总会回响在罗马共和国的广场上。罗马人在吓唬小孩子时，最喜欢用的就是皮肤苍白的，擅长骑马的大个子高卢人。汉尼拔或许曾经在罗马城以外的地方耀武扬威，挥动他的标枪，但他从来没有拿下过共和国首都。而这种事高卢人干了。那是在公元前四世纪初，一支野蛮人未被发现，悄无声息地翻越了阿尔卑斯山，打垮了一支罗马军队，攻进罗马。只有卡匹托尔山这个最神圣的地方没有陷落——即使这里若不是献给天后朱诺的鹅惊醒了守军，野蛮人的突袭部队就得逞了。高卢人在城里肆意抢劫，杀人放火，走时像来时一样突然。此后罗马下定决心，再也不受这样耻辱。正是这样的决心使得罗马成为世界的主人。

三个世纪过去了，罗马对于高卢人的记忆依然生动，每年都有一些狗被钉在十字架上，作为对他们"祖先"的追加惩罚，因为"祖先"当年在卡匹托尔山没有保持应有的警觉。而朱诺的鹅也因为它们的"祖先"，还继续受着追加的奖励，坐在金色或者紫色的坐垫上，看着狗受罚。更实际的做法是设立了一项紧急基金，专用于应对野蛮人的入侵。这仍然被认为明智的预防措施，虽然现在的罗马已经是超级大国了。

共和国的强大，昂首阔步地在对外无情地掠夺和残酷杀戮中向着超级大国迈进，这显然是和庞培、恺撒等人的浴血奋战分不开。罗马军团的赫赫威名，随着鹰形军标插向欧、亚和非洲各国。其中渗透着军事强人们攫取权力的野心和通过扩大战争的规模，在强权和霸权中攫取财富的贪婪欲望。

然而，赫赫战功和辉煌的战绩相联系，使得罗马公民的虚荣心也得到极大满足，举国上下大家都陶醉在军威远扬的美梦中。而这些煊赫的国威注入更多不断膨胀的野心。使得共和元老们感到担心，也就是他们贵族寡头元老的政治权力受到染指，一般获胜的军头们都会在脱下战袍后去追求执政官的荣耀。庞培和恺撒包括克拉苏概莫能外。像卢库鲁斯那般功成身退的将军极少。尤其是恺撒他不但征服了罗马的宿敌高卢，而且由高卢又将战线拓展到不列颠和莱茵河畔的日耳曼国家，可以说是居功至伟，无人可以与之匹敌。他的那本《高卢战记》就是他向元老贵族们不断展示的功劳簿。这种强人之间的内斗以及向元老权贵的挑战，不久就会激发出内战的火花了，陷身兵燹和战火做出牺牲最大的依然是士兵和老百姓。而强人们只是遵循成王败寇的政治逻辑，有的走向灭亡，有的在登上权力宝座后血溅象牙椅，殊途同归地在血拼中拥抱死神。

恺撒作为主管三个行省的行政长官，他的工作是千头万绪而数不胜数的。但在他的书中从来不提征战以外的其他工作，这也说明他想通过他在罗马的代理人向罗马的市民夸耀什么。他要表明，尽管他在首都的政敌整天在他背后飞短流长，百般中伤丑化他，他却是屹立在共和国北方边疆的铜墙铁壁，有这道屏障，才有意大利的繁荣安宁。他以散文般平淡的笔调叙述一次次艰苦卓绝的战斗，从不忘记偶尔插一两句话，提一下自己在战斗中所起的巨大的，而且往往是促使战斗转机的作用和自己受到士兵的尊敬和爱戴等等。以便让人们了解高卢方面疆土的开拓，完全是恺撒和他的部下们浴血奋战艰苦奋斗的结果，他完全应当享受罗马高层给予他丰厚的政治回报，也即对于财产和权力分享的特权。他所做的对于那些野蛮凶悍部落的征服，比庞培对于那些衰朽无用的东方古国的征服，难易程度不可同日而语。而元老院中一小撮贵族共和派所要陷害的就是这样一位栉风沐雨公忠体国的人，那简直是毫无良心的恩将仇报。

在对高卢境内那些野蛮民族的征服中，除了对少数顽强抵抗拒不降服的部落进行杀戮外，大部分恺撒还是采用绥靖收买相对温和的办法，将他们纳于罗马政权麾下，对于高层酋长贵族授予罗马公民的权力，有的还可进入元老院担任议员，而罗马元老院却对此百般刁难掣肘破坏。据《罗马史》作者阿庇安的记载：

恺撒在阿尔卑斯山麓建筑新康谟城，给它以拉丁城市的权力，这些权利包括一条规定：那些每年作为行政长官的人，应当成为罗马公民。有一个这样的人，他曾经做过该城的行政长官，因此被认为是罗马公民。为了一些原因，马塞拉斯不顾及恺撒的情面，下令把这个人用棍子痛击——这种处罚本来不会加在一个罗马公民身上。马塞拉斯在愤怒之中，真正暴露了他的用意，表示殴打应该是对异乡人的烙印。他告诉那个人，带着伤痕去给恺撒看。马塞拉斯就是这样无理，并且他建议在恺撒任期还没有结束的时候，就派遣继任者去接收恺撒统治者下诸省的军政大权。

对于不列颠的征服，恺撒在《高卢战记》中记载，公元前55年冬季：

虽则整个高卢都朝着北方，冬天来得特别早，但恺撒还是决意到不列颠去走一趟。因为他发现差不多在所有的高卢战争期间，都有从那边来给我们的敌人的支援。他认为即使这一年留下来的时间已经不够从事征战，但只要能够登上那个岛，观察一下那边的居民，了解一下他们的地区、口岸和登陆地点，对他也有莫大的用处，而这些却是高卢人全不知道的。因为除了商人之外，平常没有人轻易到那边去，即使是商人们，除了沿海和面对高卢这一边，其余任何地方也是茫然无所知。因此，他虽然把商人们都召来，但既不能探寻到岛屿的大小和住在那边是什么样的居民，有多少数目，也无法问到他们的作战方式如何，习俗如何，以及有什么港口适宜于停泊大量的巨舰。

恺撒不敢贸然行动，他派出部将盖尤斯·沃卢森纳斯带一艘战舰渡海前去登陆探听虚实，然后尽快返回。自己带着全部兵力前往莫里尼，因为那里离不列颠的航程最短，暗中集聚了所有舰船，并派人遍访所有途径的国家效忠罗马共和国。五天后，沃卢森纳斯回到恺撒营地，把看到的情况向恺撒进行了汇报。

恺撒集中了大约80艘运输船和许多战舰，用2个军团远征不列颠。在给元老院的报告中恺撒解释道，之所以要攻击不列颠是因为当地人帮助反抗威尼斯人，更重要的是那里有丰富的银矿和锡矿。

在肯特的峭壁上等着入侵者的是一幅传说中的景象。罗马勇士们乘着颠簸的马车猛冲，如同荷马史诗中的赫托克和阿格硫斯那样，而这两位神之骄子在特洛伊城的战斗竟然是为了对于美人海伦的争夺，这多少和恺撒自认的祖先爱神维纳斯也即阿芙洛狄特有关，作为爱神的后代，他理应发挥祖先为爱拼搏的精神。不列颠人都长着络腮胡子，脸部涂着蓝色，更为这幅场景增添了异国情调。使得入侵的罗马军团大吃一惊，内心深处感到深深的恐怖，在船上就吓得发抖。一名勇敢的掌旗官紧紧抓住军旗，率先跳入波浪之中，向着海岸跋涉而去。羞愧的战友们也迅速行动起来，跟着军旗跳下了水。一阵乱战之后，罗马人抢占了滩头阵地，随后发生了更多的战斗，一些村庄烧毁了，军团抓了不少俘虏。这是侵入高卢尝试性的一次登陆战。恺撒在《高卢战记·二十五》中这样写道：

他命令那些战舰——它的外形，对土人来说比较陌生，必要时，行动页比较自如——稍离开运输舰一些，然后迅速地鼓浆划行，驶到敌人暴露着的侧翼去，就在那边用飞石、箭和机械，阻击和驱走敌人。这一着对我军极为有利，因为那些蛮族看到我们舰只的形状、排桨的动作，以及机械的陌生式样，大为吃惊，便停下步来，而且稍稍后退了一些，当我军士兵主要因为海水太深，还在迟疑不前时，持第十军团的鹰帜的旗手，在祷告了神灵，请求他们垂鉴他的行动，降福给他的军团后，叫到："跳下来吧，战士们，除非你们想让你们的军鹰落到敌人手中去，至于我，我是总得对我们的国家和统帅尽到责任的！"他大声说完这些话后，从舰上跳下来，掮着鹰帜向敌人冲去。于是我军士兵互相激励一下子全都从舰上跳下来了。离他们最近的舰上的士兵看到之后，也同样跟着跳下来，接近了敌人。

一开始，恺撒的军队立足未稳，遇到了不列颠人的顽强抵抗，有的以多围少，有的用箭矛集中攻击罗马兵团容易暴露的侧翼。恺撒及时命令战舰上的舢板和巡逻艇，全部装满士兵去增援已经登陆部队，由于他指挥有方，滩头阵地得以巩固，所有部队集聚完成之后。恺撒命令士兵短距离作战，即使敌人溃逃也不要追击，而是要保持阵列，集中兵力攻击那些仍在战斗的不列颠人。很快，罗马军队稳操胜券，不列颠人被迫交纳人质，向恺撒求和。和平就这样到来，恺撒对于不列颠各部族的战事就在短短的四天内以胜利告终，率领着他的庞大舰队，在微风中起锚，离开不列颠港口，途中遇到极为猛烈的暴风，恺撒的舰队不得不返回原先的港口，海水一时灌满了恺撒拖在岸上用来运载军队的战舰，随着天气变坏，恺撒一时无法返回高卢，只好安营扎寨，等待天气晴好时离开不列颠。

然而，就在罗马军队登陆后的第 4 天晚上，由于海潮和风浪毁坏了许多船只，引起了罗马军队的极大恐慌。不列颠人趁机重新起兵反抗。他们使用战车作战。据恺撒《高卢战记》记载：他们驾着战车，四处驰骋，发射武器，马蹄的践踏和车轮滚滚足以使他们的对手惊慌失措、陷入混乱。当他们突入骑兵的行列后，便跳下战车进行步战，而驾车的人则驱车退到离战斗不远的地方，安置好战车，以便跳下去参战的战士们遇到危急时，可以随时退回到战车上。

不列颠人在战斗中表现得像骑兵一样的灵活，步兵一样的坚定。他们的技术十分纯熟，即使从极陡的斜坡冲下来，也可以把全速奔驰的马突然控制住，使它在一瞬间停止或打转。他们还能在车杠上奔跑，或直立在车轭上，甚至在车子飞奔时，也能从另一边一跃上车。罗马军队被不列颠人这种新奇的战车战术弄得惊骇不止，乱成一片。正在这时，恺撒率援军火速赶到，才使罗马士兵从惊恐中恢复过来，拼了全力才迫使不列颠人再次求和。不列颠人的酋长交回扣押的恺撒使者，将责任全部推到当地民众身上，要求恺撒原谅他们的无知和鲁莽，请求恺撒的宽恕，他们解散军队，交换战俘，恺撒索要了比上次和谈数目多一倍的人质，并掠夺了大量的财物。胜利返航。

恺撒乘着天气良好月色清朗的午夜，起锚出发，所有舰队都安全到达大陆，其中只有两只运输舰，未能跟其他船只一起到达港口，漂流到了略略偏于下方的海岸。两只船上的 300 名士兵上了岸，由于他们携带大量的战利品向恺撒的大营汇集，引得当地的莫里尼人的觊觎，呼啸集聚而来，包围了这些士兵。土人命令罗马士兵：如果不想被杀死，就放下武器，交出财物走人。士兵们形成圆阵进行自卫，双方的呼啸声，引来了六千多人，罗马士兵陷入重围。恺撒接到报告后迅速派出骑兵前去增援，被围困士兵苦战四个时辰，在罗马军团两面夹击之下，敌人丢盔卸甲狼狈逃窜，一大部分人被杀死，罗马人只有少数受伤。次日，恺撒的副将提图斯斯·拉比埃努斯率领从不列颠带回的军团，进击重新背叛的莫里尼人。这一次敌人已经无路可退，因为用以藏身的沼泽已经干涸，这些人只能乞求投降。

率领到门奈比人中去的副将奎因都斯和卢契乌斯，则因为敌人全部躲藏在密林中，就顺带蹂躏了他们的全部土地、割掉了植物、烧毁了建筑物之后，才回到恺撒这边来。于是恺撒把所有军团的冬令营都建立在比尔及人境内。不列颠诸邦中，只有两个邦向他这里送来了人质。虽然没有取得具体的成就，但是消息传到罗马后仍然引起了轰动，共和国的一支军队不仅渡过了莱茵河，还跨过了海洋，降服了不列颠各蛮族部落，元老院在接到恺撒的信后，按照惯例为了表彰这些功绩，颁令举行谢神祭二十天，以答神佑。

这些罗马官场的表面的谢神现象，人们享受英雄创造辉煌业绩所带来的狂欢，高层共和贵族却丝毫不掩饰对于英雄恺撒的敌视，人们开始在元老院摇唇鼓舌对枭雄叛逆——恺撒，进行攻击和妖魔化，因为雄心和野心并没有截然的分界，有时英雄又是枭雄的代名词。

元老院的嚼舌鬼加图跳了出来，他扫兴地指出恺撒我行我素的狂悖行为越来越过分，他未经元老院批准擅自多次轻启战端，应该受到战争罪的指控。虽然绝大多数公民并不理睬他的指责，连缺乏战利品都没能影响大众的兴奋情绪。加图继续说："很明显，整个不列颠一盎司的银子都没有，除了奴隶就没别的了。"几个月后，西塞罗轻蔑地说："而且，你能指望不列颠来的奴隶真能懂音乐或文学吗？"但他的傲慢腔调骗不了人。事实上西塞罗跟别人一样兴奋。他以极大的兴趣关注着高卢总督恺撒的一举一动。因为他的弟弟就在恺撒军团，担任副将，而且表现杰出，多次受到统帅的褒扬。

公元前54年夏，罗马军团第2次远征不列颠。出征前，恺撒命军队做好了充分准备，并为渡海远征赶造和改装了600只船和28艘战舰。为解除后顾之忧，恺撒把3个军团和2000骑兵留在港口，筹措谷物和掌握高卢发生的情况。他自己带着5个军团和2000名骑兵渡海远征。第2次远征不列颠人没有遇到强烈的抵抗，整个罗马都在等待他们新的进展。

恺撒在不列颠的探险被比成近于登陆月球那样的成就，：“一篇超乎想象的史诗，一项探险史上无与伦比的壮举，在技术上无人能比”整个岛屿很快就会臣服共和国的权威，这一点几乎没有人能够怀疑，只有加图没有被战争狂热感染。他摇着头，阴郁地警告人们小心众神的愤怒。

的确，恺撒走得太快太远了。他渡过泰晤士河，徒劳地追击跑得无影无踪的不列颠人。部下带来不祥的消息。高卢农业歉收，有发生反叛的危险。恺撒不得不往回赶。海峡已有过一次大风暴，军团担忧舰队再次被毁，担忧被困在岛上过冬的前景，恺撒决定撤退以减少损失。为挽回面子他同一个部落酋长签订了条约。达到世界尽头的狂想被迫终止，走过头的恺撒尽力对罗马掩盖了痛苦的真相。然而，不仅对不列颠的征服难以为继，整个罗马人的高卢都危险了。

高卢突然发生暴乱的消息，使得罗马军队击败不列颠军队后，匆匆回师高卢。两次远征不列颠人，迫使不列颠人向罗马军队交纳人质，并保证每年向罗马交纳贡赋，臣服于罗马。

恺撒的军队在高卢地区到处出兵，降服高卢人，引起了高卢地区人民的强烈不满，反抗罗马军队的暴动此起彼伏。公元前53年，发生了纳尔维人、森农内斯人、卡尔弩德斯人和门奈比人、苏威皮人等一系列的反叛罗马的斗争。恺撒费了相当大的气力才把这些斗争平息下来。然而，一场更大规模的高卢人民大起义正在酝酿之中。

消息传到高卢，起义者们开始更大胆地策划起义。卡尔弩德斯人宣称：为了大家的安全，他们不惜冒任何危险，愿意第一个出面发动战争。在预定的日期，卡尔弩德斯人冲进钦那布姆镇，把那里经商的罗马人全部杀死，并劫掠了他们的财物。这消息很快传遍高卢各邦。一个势力极大的阿浮尔尼青年维钦及托列克斯（Vergentorix）乘机号召阿浮尔尼人拿起武器来，很快成为起义者的领袖。恺撒得到报告后，急速从罗马赶到高卢，在日耳曼骑兵的协助下，罗马军队接连攻下维隆诺邓纳姆、钦那布姆和诺维奥洞纳姆三镇，维钦及托列克斯决定改变战术，不与罗马军队正面作战，而是使用一切办法来阻止罗马人得到草料和给养。维钦及托列克斯认为，一旦没有草料，敌人就不得不分散开来，到各家房子里寻找，这些零星部队，便于高卢骑兵各个击败。

为此，高卢人还烧掉了沿大路一带的村庄和20余个不易防守的市镇。这对于高卢人来说是非常痛苦的，然而，他们更清楚地意识到作为被征服者悲惨下场：他们的妻子儿女会被拖去受奴役之苦，他们也会被无情地处死。他们宁愿毁掉自己的家园，宁愿战斗而死，也不愿作阶下囚。

别都里及斯人有一个市镇叫阿凡历古姆，是全高卢最美丽的城市，被别都里及斯人誉为"掌上明珠"。由于它四面几乎都由河流和沼泽包围，只有一条狭窄的小通路可以进出，所以这个市镇没有被焚烧。恺撒决定攻克这个市镇，迫使别都里及斯投向罗马这一边，进而分化瓦解高卢起义部队。于是，爆发了阿凡历古姆攻防战。

恺撒把军队驻扎在没有河流和沼泽围拢的那条狭路上。他命令士兵们准备壁垒、建造盾车、架起两座木塔，做好攻城准备。但由于高卢人的努力，罗马军队的粮草供应发生了严重的困难，军士们竟多天没有粮食，不得不用远处村庄驱来的家畜，应付极度的饥饿。再加之维钦及托列克斯的军队布置在离市镇不远的沼泽和森林中，经常袭击罗马军队，所以，罗马军队开始围攻阿凡历古姆时，处境十分不利。例如，罗马人花了25天的时间，好不容易建造一座巨大的壁垒，刚要接近阿凡历古姆城墙，城壁就被城里人利用一个反坑道把它烧毁了。守城的高卢人还纷纷向罗马的木塔抛投涂满树脂、油膏的火把。罗马损失惨重。为督促士兵一刻不停地工作，恺撒露宿在工地上。他又重新组织人力建造好攻城设施。

这时，突然下了一场暴雨。恺撒认为，这是高卢人最易放松警戒的时刻，于是命令：一部分士兵们故意在工事里懒洋洋地逛荡着，另一部分士兵做好攻城准备。随着恺撒一声令下，士兵们利用各种器械，迅速登上城墙。措手不及的守城卫士来不及应战便大部分被罗马人杀死。刹那间，城里乱作一团。人们纷纷涌向城门前那条狭隘的出口处，挤死或被杀死的人不计其数。罗马士兵大开杀戒，最后，在人数达4万的居民中，只勉强剩下了最初一听到喊声就跑出市镇的800人，投奔到维钦及托列克斯处。

阿凡历古姆镇的失守反而使维钦及托列克斯的威望更加提高，因为当初他坚决反对保留阿凡历古姆市镇，不为恺撒军队留下可攻击的突出目标。维钦及托列克斯设法发给那些从陷落的城镇中逃出来的高卢人武器和衣服，并向各地征兵，下令高卢各地的弓弩手都集中到他这里来。罗马军队在阿凡历古姆休整了几天，得到充足的给养，决定再次向起义部队出击。恺撒亲率 6 个军团直抵阿浮尔尼人境内的及尔哥维亚镇。恺撒在围攻及尔哥维亚镇时，由于地形不利和士兵任性乱来而连连失利。恺撒在 1 天之内损失了 46 个百夫长和 700 名士兵，被迫撤军。维钦及托列克斯得知后率军进攻恺撒，被击败后，退至阿来西亚，决心与罗马军队决一死战。

阿来西亚镇建立在一座山顶上，地势险峻。山脚下，有两条河流围绕。市镇前方是一片长达 3 罗里的平原。其余三面，均有山岭环抱，高度和市镇相仿。高卢人在城镇正前方筑有壕堑和 6 罗尺高的护墙。面对这样一座城镇，恺撒意识到，只有围困、封锁才能攻破。维钦及托列克斯决定在罗马人完成封锁工事之前，先把自己的骑兵遣走，要他们回到自己的地区去动员所有年龄已够服兵役的人前来参战。然而，起义部队没有采纳维钦及托列克斯的建议而把所有能够参战的人都征集起来，只是向每一地区征集了一定的兵员，大约有 8000 骑兵和 25 万步兵。在高卢人的援军尚未到来，罗马人的围城工事也没修好时，双方只是发生一些小的战斗。这样对峙约有 30 天左右。被围困在阿来西亚的高卢人的粮食已耗尽，面临着饥饿的危险。这时，一些人开始动摇，主张向罗马人投降，而大多数起义者主张宁愿饿死、战死，决不屈辱投降或求和。

出身显贵的克里多耶得斯坚定地说："罗马人来到我们的国土，把万劫不复的奴役加在高卢人头上……如果你们不知道老远在别的民族发生的事情，且看看近在身边的高卢吧，它已被降为行省，权利和法律全被践踏掉，人民被迫在斧头下过着世世代代的奴隶生活。"城里的 8 万人决定听从克里多耶得斯的意见，准备突围。恰在这时，援军已赶到，人们士气更加高昂，把离他们最近的壕堑，用柴填没，投入泥土，为突围做好准备。

然而，由于罗马军团在城边设下重重阻碍，援军无法进城，他们或被踢鸟刺钩牢，或掉入沟穴中遭尖桩刺穿，或被壁垒和木塔上的弩箭射中，死伤累累。突围的军队又没在援军战斗时及时填好壕堑冲杀出来，突围毫无进展。援军深知，镇里粮草已绝，时间紧迫，决定抽选出 6 万名敢死队员去强攻北面一座山，那里罗马兵力较弱。当维钦及托列克斯在市镇的卫城上注意到他的同胞们的行动后，也命令突围的人群带着木栅、长杆、盾车、长钩等冲杀出城镇。

一时间，战斗在各处展开，罗马士兵在前喊后嚷的噪声中，惶恐不安，阵势开始大乱。恺撒立即派遣拉频埃努斯带 6 个营赶到城前工事进行支援。恺撒则身披醒目的紫红色战袍冲杀在阵前，以鼓舞罗马人的士气。很快，起义者的 6 万名敢死队员只有少数返回营地，大部分均战死在战场上。城镇上的突围人群目睹了他们的同胞被惨杀的情景，感到突围无望，饥饿又在时刻地折磨着他们。于是，维钦及托列克斯召集了一个会议，他决定把自己交给敌人来平息这场战争。阿来西亚城终于失守。

发动战争的主使者维钦及托列克斯穿上华丽的铠甲，给坐骑加上各种华丽的装饰，骑马出城在恺撒的座位前绕行一周，然后下马卸下铠甲，恭敬地拜倒在恺撒脚下，被带走关押，准备带去罗马参加恺撒的凯旋仪式。在罗马城被囚禁了 6 年，于公元前 46 年恺撒在罗马举行的凯旋式后，按罗马传统的方式用斧头斩首。爱杜依人和阿浮尔人表示降服，其余的起义者全部被作为战俘分配给战士当奴隶。高卢人民大起义就这样被罗马军队残酷地镇压下去。为此，罗马元老院再次为恺撒举行了 20 天的谢神大祭。高卢战争终告结束。

剧场建造和共和国命运

庞培忙于清除异己的工作，而被他整肃的反对派以及那些被放逐的人群，成群结队地逃出罗马，开始麇集在高卢总督恺撒麾下。

他们对恺撒说，庞培的所谓肃贪，目标就是意在剪除恺撒在罗马的势力，为他的专制独裁进行夺权，大帅您不得不防。恺撒鼓励他们放胆建言献策。但是在明面上他依然赞扬庞培的肃贪工作是为了共和国清除蠹虫，为的是共和国拥有更加健全的肌体，这些场面上的官话套话大话，似乎更多是故意说给庞培听的。两大阵营免不了相互渗透，你中有我，我中有你，谁只要不首先撕破面皮，公开决裂，谁就抢占了道德先机，这也是某种战略欺诈的手段。有些双方挑破脸的事情还是让放手庞培及其新的老岳父去做，自己仍然还是装出一副信守承诺，保持友谊的正人君子面目比较好。当然这也是为了今后撕破脸后的政治交易埋下善意的伏笔，在宣传造势方面恺撒似乎对于他的反叛，完全是被逼无奈的一种自我保卫的手段。

恺撒的幕僚们认为，针对庞培的集权揽权行为，恺撒完全可以参照办理，趁机提出自己对于权力的要求，因为这是有理由的：恺撒在高卢战争中有着突出的表现，为共和国的拓展和富强立下汗马功劳，应该第二次出任执政官，或者是继续统治他的行省。他们吹嘘恺撒为结束战争带来和平战功卓著，无人能与之相媲美。不能任由罗马派来的一个接班人，剥夺他千辛万苦获得的成果，抢走他身经百战的荣誉。

当时庞培正在意大利养病，他写了一封虚伪的信给元老院，赞扬恺撒的伟大功绩，也从头到尾详细叙述自己更加伟大的功绩。他说，他三次受命为执政官，以后授权统治几个省份和指挥一部分军队，这些不是他自己请求的，而是响应元老院的号召为国家服务，他自己并不情愿接受这些权力。他说："他很愿意放弃这些权力，交给那些想收回这些权力的人，无须等到任期届满的时候。"这些话当然是言不由衷的以退为进的策略。目的自然是引导元老院将他和恺撒相比较，而衬托出恺撒对于权力的野心，进而引起对恺撒的反感和偏见。似乎是恺撒在任期届满后依然不肯放弃权利恋栈不去。当庞培回到罗马，他对元老院当面重复了自己的意见。

他说：“因为他和恺撒的缘亲关系，恺撒会很高兴这样做的。因为他在与很多野蛮民族艰苦卓绝的斗争中，使得罗马共和国势力得到了空前的壮大，现在他会非常愉快地回归共和国的怀抱，接受伟大的荣誉和返回他所终身拥有大祭司职务，继续为共和国服务。”他说这些话的目的是想敦促元老院和新当选的执政官，马上派人去拉文纳接收恺撒的职务和对于军团的指挥权。而他则将自己的承诺仅仅停留在口头上，并不准备兑现。

恺撒在元老院的代理人护民官斯克里博尼乌斯·库里奥（Scribonius Curio）挺身而出，为恺撒辩护，揭露庞培的虚伪，他说：“单纯的诺言是不够的，庞培必须现在就解除兵权，必须从公务活动中退出，回到自己的生活中去。如果不是这样，对于恺撒是不公平的，按照共和国权力制衡的原则，权力不能集中在一个人手中。宁可他们两人都有权力，在一个人企图侵犯共和国的利益时，彼此可以对抗。”最后库里奥干脆撕破脸皮，直接斥责庞培，说他是一个想夺取最高权力的人；如果现在恺撒在他面前，他还是不愿意放弃自己的兵权，那么他们两人都应当被被表决为人民的公敌。应当征集军队向他们进攻。他这样貌似公允公正的目的，还在于掩盖自己已经被恺撒金钱收买的真实面目。

库里奥在罗马政坛也是一个继克劳狄乌斯之后投向恺撒怀抱的人物。他出身资深贵族，口才极好，擅长演讲，原本和他父亲的政治立场一样是坚定的共和派，恺撒势力的反对者。但他和一切出生于权贵家庭的纨绔子弟一样，恃才傲物，深好奢华，挥金如土地斗富竞奢，欠了一屁股债，这一点他和恺撒非常相似。恺撒抓住他的软肋，帮他清偿了巨额债务。之后，他转变立场，成了恺撒的忠实心腹，直至在恺撒与庞培的内战争斗中战死沙场。

那时的罗马官场已经完全走向了贪图享乐，声色犬马，枕于安乐，竞相奢华的斗富比阔的腐败堕落，显示财富的最佳选择就是建造大型剧院，剧院就是公共社交的平台，也是某种公共娱乐实施，笼络民心的手段。

库里奥就是这样由贵族转为负债累累的赤贫的典型，最后不得不屈服于恺撒的金钱贿赂，成为恺撒在罗马的代理人。这不得不从他苦心孤诣地建造剧场开始说起。富人开始建造剧院，可以推算到公元58年，埃米利乌斯·斯考鲁斯（Aemilius Scaurus）造了一座剧院，里面有8000个座位，360根柱子，3000座雕像，有一个三层的舞台，和三列柱廊，一列木柱廊，一列大理石柱廊。由于他压榨奴隶的劳力太过分，终于引起不满，奴隶发生暴乱，把刚刚完成的剧院一把火烧成了焦土，仅存残垣断壁，使他白白损失1亿塞斯特斯。

公元前55年，由庞培筹措资金营建的罗马第一座花岗石剧院，总算可以拆掉脚手架，初露它那豪华壮丽的真容了。剧院坐落在大竞技场附近，这是伟人庞培在完美的东方战役完胜后，利用自己掠夺的巨额财富献给罗马人民的一件礼物。他为打磨这件精致的礼物忙碌好多年。展现在罗马人眼前的是一座豪华而壮观的庞大建筑，是罗马历史上前所未有的，里面有1.75万个座位。它坐落在美丽的花园内，不仅包括一个剧场，还有公共廊柱，一个元老院的议事厅，以及庞培为自己建的新官邸。这一切上面是一座维纳斯神庙，最初庞培就是以此为由开工的，他希望神庙能够保护大剧场免受嫉妒的对手们破坏。根据《卢比孔河》作者汤姆·霍兰描述：

采取这种预防措施很明智，整个建筑的确易于遭受嫉恨。为了这座剧场，庞培毫不吝惜金钱。花园里，珍奇的花草放出异国风情，提醒人们庞培征服东方的伟业。在大柱廊内，金丝壁毯挂在柱与柱之间，背景中则有水流从不绝的喷泉中涌出。众女神像衣袂飘飘，害羞似的躲在角落里，增添着花园的旖旎氛围。一夜之间这里成了罗马最浪漫的地方。所有的雕塑和绘画都是精品，由阿提库斯等见多识广的行家亲自选定。庞培不想在这方面闹出笑话。然而，其中给人印象最深的雕塑却不是古代的作品，而是特别定制的一座庞培本人的塑像。塑像摆在新的元老院，使得庞培甚至在缺席的时候，还能对所有议事项产生影响。

庞培的建筑艺术作品要的就是这种政治上的效果，这既是对于元老院的无私奉献，同时也是对元老院寡头集团的提醒，他的恩赐带有政治目的，就是影响共和国的政策的出台，天下原本没有免费的午餐。庞培并不像人们想象的那般厚道。这仅仅是讨好权贵的一个方面；罗马政治的另一面也即是平民也是不可得罪的，因为选票也是得以维持统治的另一方面，这是罗马式共和体制的特色。

在克拉苏去征服安息人，恺撒去征服高卢人出生入死时，他将西班牙两个行省和阿非利加交给他的副将去经营，他只在罗马遥控指挥，本人却刻意经营着罗马。为了讨好选民，他经常掏钱在大剧场举办一些取悦于民众的文体娱乐活动。在剧院落成之后，50多岁的庞培，将多年征战俘获的老虎、狮子、豹子、大象等稀有猛兽和奴隶组织在一起现场进行生死搏斗，这种血腥的表演赢得罗马市民的喝彩和掌声，极大地满足了市民们对于罗马大国的虚荣，同时也是庞培赫赫武功和权力不可挑战的炫耀和警示。

汤姆·霍兰揭示道：

之所以进口这些动物，庞培不仅是想娱乐罗马人，他还想教诲他们。这些猛兽没有被关进动物园，他们要参加格斗。通过人与动物的搏斗，庞培让公民们了解做世界的主人意味着什么。有时候这种教诲令同胞们无以承受。将持矛的角斗士攻击20头大象时，他们的哀嚎声折磨着观众们，以至于剧场中的每一个人都哭了，西塞罗也是观众中的一员，他问道，为什么这种壮观的场景提供的快乐如此之少？

尽管西塞罗很为罗马的成就自豪，尽管他是罗马世界使命无与伦比的发言人，他心中的英雄表演的游戏还是让他厌倦和压抑，西塞罗感受不到庞培想让他感受的情感。荣耀共和国的游戏最终只能荣耀游戏的主办人。环绕在剧场四周，谦卑地注视着杀戮场景的还有14座雕像，每个代表庞培征服的一个民族。鲜血和大理石一起创造了自我宣传的夸张场面，是共和国历史上所仅见的。在一个人面前，罗马人从未感到自己如此渺小，而这人还是个与他们一样的共和国公民。是不是正由于这点，他们才对大象的苦难感愤至深超过了对持矛士技艺的技艺的钦佩？格斗结束时，他们不是雀跃欢呼——为"将军和他特意安排以荣耀他们的慷慨表演，相反，他们站了起来，满眼的泪水，大声赌咒他"。

可以说，庞培建造剧院的初衷和实际效果完全走向了反面，残酷的嗜杀和血污染就了他狰狞的面目，也引来了其他权贵子弟觊觎和对他的嫉妒。

库里奥和庞培似乎是天生的一对冤家。库里奥是资深贵族出身，对于新贵庞培是不屑一顾的，这是血统高贵的天生骄横和傲慢，他也不怕挑战权贵。库里奥曾经是克劳狄乌斯少年时期的亲密伙伴。此时，他造出了最别致的一座剧院。

公元前53年，库里奥还在行省服务的时候，他的父亲去世了。为给他的父亲葬礼增光添彩，库里奥在回罗马之前就有了准备建造一座剧场的打算。他的剧场是别出心裁的奇技淫巧的智慧展示。这是仿佛孪生兄弟一般的木结构剧院，由两个背靠背的半圆形组成，包括两个舞台，两套观众席位，危险地在一个旋转轴上维持着平衡。早晨两个舞台两出戏同时上演；到中午表演结束时，观众还在座位席上，巨大的机械曲柄将带动剧院的旋转180度，两个舞台会被扣在一起，合并为一个圆形剧场。两个合起来的剧场就可以作为格斗用的比武场。这种游戏耗费奇大，往往接续数小时之久，角斗士在上面格斗，罗马人在他们的座位上旋转，其惊险程度甚至超过了台上的角斗士，在恺撒主持的一场格斗中，有一万个人参加，比赛完成后，有好多人被杀死，苏拉用了100双狮子在格斗场；恺撒用了400双；庞培则用600双之多。在格斗场里，兽与人斗，人与人斗，观众则在看台上等着看死亡的"奇观"。共和国从生活奢华的享受到人们的精神状态就是如此的变态。

罗马高层的官场似乎和这个危险的舞台十分相似，最不可思议的是罗马的观众，他们依然心满意足地坐着，毫不在意那不牢靠的座位，随时都可能倾覆。对于不祥迹象十分敏感的罗马，剧院会被看做孕育危险的奇观。它极为壮观，又极不牢固。就后来的世像而言，作为共和国的标志性建筑，库里奥的圆形剧场是个明显的征兆，事实上也正是由于这个原因，人们才记得它。那些登上座位的观众们，他们其实冒着摔断脖子的风险。而且正因为建造这座奇葩的剧场，库里奥才欠下一屁股巨额债务，恺撒在替他清偿了全部债务之后，库里奥将自己牢牢捆绑在恺撒的战车上至死方休，成为恺撒忠实的部下。

库里奥对于恺撒是忠心耿耿的。以致在内战中他以退职法务官的身份，在公元前49年被恺撒任命为西西里和阿非利加行省总督，率四个军团围攻阿非利加的乌提卡港，清剿庞培残余势力，被努米底亚尤巴国王击败。库里奥被围困前，部下劝说他突围而逃脱，这是完全可能的，但是他坚决不肯。原因就在于，他觉得自己率领的军团因为大部分原来是从庞培的老部队俘获招安而来，后来集体叛逃，乃至部队解体，他已无颜见自己的挚友和恩主恺撒，最终，在兵败之际流尽最后一滴血，杀身成仁，头颅被叛军割下，献给了努米底亚国王尤巴。尤巴将其脑袋悬挂在城头上，示众三天。恺撒在《内战记》中有详尽的记载。

罗马共和国的政体已经存在了500多年，现在已经进入末世，整个国家机器犹如庞培大剧院表面上富丽堂皇，而骨子里更像是库里奥的圆形剧场，险象环生摇摇欲坠，尽管库里奥的剧场嘎嘎作响，没有人将他看作是不断临近的大灾难。恰恰相反，选民们很快习惯了共和体制缓慢老朽的运作节奏。共和国赢得了惊人的霸权，没有一个国王能与之抗衡，它给了每一个国民以财富和信心，背后的既得利益集团垄断和分享的财产权力几乎等值。

比如恺撒与庞培乃至于克拉苏为了分享更多的权力攫取更多财富而悍然出征，结果克拉苏不自量力地走向了死亡。国民自信于自己不是君主政体下的臣民，不是奴隶，而是一个独立的人。罗马人不相信共和国会灭亡，正如他们会把自己想象为埃及人或高卢人一样，他们或许会为众神的愤怒而焦虑，但是他们不会担心共和国有朝一日的倾覆。因为每一次征服的凯旋仪式后，都会有隆重的祭神盛典，表示了对于神助的感谢。早已在苏拉和马略内战中被天火焚毁的卡皮托尔神殿中的西比尔预言书中记载了这位女先知的触目惊心的警告：

共和国的崛起将给世界带来一片黑暗。古老的城市、伟大的王国和帝国都被一扫而空。人们只承认一个权威，一个超级大国将统治一切。但这远不是世界和平的开始。罗马人注定将沉溺于他们他们的伟业，放纵自己。

双峰对峙寻求妥协不成

元老院对于庞培和恺撒的激烈争论，库里奥第一时间就派人去恺撒行辕拉文纳进行了通报。同时使者还带回了恺撒的回函，表明了自己的态度。

库里奥接到恺撒的来信：恺撒表示愿意解除兵权，并且赞成元老院派人接替他行省的职位，唯一的要求是不必亲自到首都登记，可以参选下一年度的执政官。恺撒的诉求重点，在于他可以交出总督就任执政官，中间要求无缝对接，不能有空隙。因为罗马有禁止告发当选执政官的规定。一旦他没有职位成为赤手空拳的平民，等他从行省回到首都，就会面临法律的制裁。他的政敌非要他交出职位和军事权力，亲自到罗马办理执政官候选人登记，也就是要抓住这个机会将他揪上法庭。这件事在元老院引起很大的争议。

小加图一派的元老院议员不愿意接受恺撒的条件，说他如果要想获得市民的支持，就应该离开军队，以私人身份办理登记手续进行选举活动，庞培对小加图的话没有回应，似乎把恺撒的话也不放在眼里，但是他让元老院通过了小加图的否决议案，使得恺撒怀疑庞培不怀好意，是在纵容小加图对他的法律追溯。

后来的事实证明，恺撒的怀疑是有道理的。接着就是庞培以帕提亚战争为名，要恺撒借走的两个军团归建。虽然恺撒知道他们的目的在于削弱他的力量，但是他仍然慷慨大度地顺水推舟，对这两军团给予丰厚的犒赏，然后打发他们返国，他的高姿态为他今后跨过卢比孔河的行为，积累了声望。

据普鲁塔克《恺撒传》记载，这两个划拨给庞培的兵团，恰好是当年庞培支持恺撒征服高卢时划拨给恺撒指挥的。这种非战略性的军事力量调整，其实是政治斗争的需要，是庞培和元老集团精心策划的结果，因为庞培虽然兼任西班牙两省总督和管制阿菲利亚行省，却从未去正式履职，只是龟缩在罗马近郊的豪华宅邸中遥控罗马和行省的政局，而恺撒却在高卢及其其他地区一直在开疆拓土掠夺财富，这边浴血奋战，那边在削减他的军事战斗力，明显是阻止其建立更大功勋获取更高权力（独裁官或帝国领袖）的釜底抽薪之举。下一步政治上运作，就是指派一位新的高卢总督去接替恺撒的行政职务。这显然是不公平、不明智有失人心的愚蠢举止。

　　恺撒这边却表现出虚怀若谷般的大度，庞培派出使者去见恺撒，要求归还以前协助高卢战争调拨的两个军团。没有想到恺撒立即答应，在部队临行前，赠送给每一位士兵 250 德拉克马，这明显是收买人心树立个人威望的慷慨举止，两人的胸怀高下立见。恺撒显然希望在政治上后发制人，道义上占领制高点。

　　此时，阿庇斯（Appius）带领着借给恺撒的两个军团返回罗马，归建庞培指挥，为了讨好庞培不惜抹黑恺撒，在谈话之间把恺撒在高卢艰苦卓绝的战斗贬得一文不值，到处传播诽谤恺撒的不实言辞，同时阿庇斯不无夸张地告诉庞培，他根本就不知道自己的名声和实力强大到何等程度，唯一执政官只要不费吹灰之力，利用恺撒自己的部队就能置恺撒于死地，因为手下的士兵都痛恨恺撒，他们心中极度爱戴执政官庞培您一人，只要您露面一挥手，这些高卢兵都会投靠在您的麾下。

　　部下们不切实际的甜言蜜语和各怀鬼胎的阿谀奉承，形成道道迷雾，遮挡了庞培大帝的目光，使得庞培在昏睡中不断自我膨胀到了极点，对于意大利的安全丝毫不放在心上，他甚至公开嘲笑畏惧战争的人。有的了解恺撒大军动向的人，向庞培提出警示恺撒即将向首都罗马进军，他却笑着回答，诸位完全不必杞人忧天，他说："我只要在意大利跺一下脚，到处都会冒出勤王之师。"

　　虽然庞培在罗马的肃贪受到质疑，给他的行政行为造成很大的困难。但是庞培仍然错误地认为，只要自己的军队进入意大利，民众就会表示对他衷心的拥护和爱戴。就是这些虚假信息，犹如人为炮制的烟幕蒙住了庞培的眼睛，使其盲目自信，进一步膨胀起不切实际的野心，在政治上、军事上失去了对于恺撒的警惕性，失去了对于形势的冷静判断。普鲁塔克在《庞培传》中记载：

庞培听了这些说辞，心中感到放心再无顾虑，军事方面不做任何准备，认为自己的处境毫无危险，只会利用发言和表决来对付恺撒，对恺撒来说，他对这些手段根本没放在心上。据说有一次，恺撒派往罗马的百夫长来到元老院大厅，听到元老院对于恺撒的任期不予延长，他竟用手拍着剑柄说："有这个东西什么都办得通。"

正当此时（公元前50年），庞培在那不勒斯染上重病，经过调理得以痊愈，整个城市奉献了丰富的祭品感谢神明的保佑。邻近的城市加以效仿，目的当然是为了讨好这位罗马共和国的实权人物，最后这种阿谀谄媚之风席卷整个意大利，无论大小城镇全部连续地举行庆典和欢宴，隆重庆祝庞培在神灵的护佑下摆脱病魔获得重生。成群结队的民众从各地赶来迎接，人数之多，使得贵族避暑胜地那不勒斯海港几乎到了不可容纳的地步。附近的村庄和港口还有城市的大道上到处是拥挤的人群，像是热闹的祭神大典向着神明奉献牺牲。不仅如此，他在返回罗马的路上，那些前来欢迎他的民众，头上戴着花冠，手里拿着火炬、把花朵和花束像雨点一样，洒在他的身上。庞培非常享受民众对他崇拜的盛大场面，他真以为自己成了朱庇特似的天神降临人间，得意之情溢于言表。普鲁塔克说：

感人的场面和盛大的行列真是令人无法想象，据说这也是发生内战的重要理由，庞培对于人民的拥戴感到乐不可支，过去他对于自己的运道和功勋，都抱着如临深渊如履薄冰的态度，现在被表面的现象冲昏了头脑，把过去的克制和容忍都抛到了九霄云外，趾高气扬到旁若无人的程度。甚至对恺撒都不屑一顾，公开宣称他无需武力更不必任何额外的准备，要把让恺撒的垮台比起栽培恺撒更为容易。

此刻，恺撒完成了自己对外扩张，建立不世功勋的宏图大业，开始将眼光瞄准国内。极高的荣誉为恺撒在罗马政治舞台上叱咤风云、独揽大权奠定了雄厚的基础。同时将恺撒推到了政治风暴的中心。恺撒向高卢进军时只率领了4个军团的兵力（其中有两个军团原属庞培）。而他所要征服的对手并非像那些衰朽的东方古国，而是一些能征惯战的野蛮的、尚未开化的高卢人和日耳曼人。这些人在争取自由，保持旧日的英勇善战的名声上是那么齐心，那么坚定，所有的人都全心全意地投入到反抗罗马人的战争中去。面对这样强大的对手，恺撒施展分化瓦解、拉拢打击、威慑恫吓、步步吞食的策略进行战争。他把各个部落的领袖都召到自己跟前来，或者加以恐吓，或者加以鼓励收买离间，居然使这些高卢人最后忠顺于他。对那些公然反抗他的人，则进行疯狂的屠杀，甚至在战争中背信弃义，乱杀无辜。恺撒在高卢戎马倥偬8年间，不断地招募军队，扩大兵员。

当他凯旋罗马时，已拥有一支由10个军团组成的忠顺于他的大军。恺撒对高卢地区的征服和掠夺，给当地人民带来深重灾难。这当然要激起被征服地区人民的强烈不满。因而，在整个高卢战争中，各地区人民的反抗斗争风起云涌，始终不断。高卢人崇尚自由，英勇善战。他们利用地形熟悉的优势，使用十分灵活的战略战术，这给罗马军队以沉重打击，罗马人也叹服他们是一些英勇无比的人。

然而，高卢人面临罗马军队的征服，没有组成一支团结一致、共同对敌的联合大军，缺乏统一的指挥、统一的部署。因而在罗马军队强烈的攻势下，尤其在罗马人惯用的拉拢收买的伎俩面前，不能协调一致、联合作战，最后被各个击败。在维钦及托列克斯起义面临危急时刻，高卢人没有采纳维钦及托列克斯的建议，把所有能参战的高卢人都组织起来，与罗马军队决一死战。而只是征集了有限的兵力前来援救起义者。当援军拼力冲到城下时，突围的起义者却没有及时地冲杀出来，从而使高卢人失去了宝贵的战机，突围失败。罗马军队赢得了决定性的胜利。

高卢战争的胜利，为罗马共和国带来了深远的影响。大量的奴隶与财富源源流入罗马，刺激了罗马奴隶制经济的发展；丰饶的高卢地区从此归属于罗马版图，使罗马的疆土扩展到莱茵河西岸和比利牛斯山脉以东，并远至不列颠。

巨大的胜利给恺撒铸造了耀眼的光环，使得长期龟缩在罗马郊外豪华的别墅中享受安乐和权势的庞培大帝相形见绌。权势和荣耀向来是在艰难困苦的征战中树立的。当你枕于安乐，躺在功劳簿上开始陶醉在半醉半醒之间疯狂追逐更大的权力和利益时，便是人生陨落之际，庞培开始了这样的过程，他是被恺撒比较下去的，最终在政治上落败，军事上失败，走向死亡且死无葬身之地。

恺撒则不停地在征战中建立自己超迈古人的业绩。从公元前59年3月罗马市民大会通过《瓦蒂纽斯法案》授予他担任高卢等两个行省总督5年，以后元老院又增加山外高卢，前55年《特里朋纽斯法案》重获任期五年，至前49年3月，他在这8年艰苦卓绝的高卢战争中间，平定各地部族的叛乱，击败日耳曼人的入侵，渡过莱茵河横扫日耳曼民族，两次征服不列颠的冒险，为他赢得一次次光彩夺目的胜利，现在他胸前悬挂的沉甸甸大勋章开始在品质和含金量方面超过了庞培。

恺撒如此的赫赫战功在罗马共和国历史上都是前无古人的，对于罗马元老院而言自然是一种威胁。庞培开始在元老院的支持下不断对恺撒扩张的势力进行打击，此来彼往高层内斗日趋激烈，内战也就如同箭在弦之上，不得不发。

内斗激烈箭已上弦

　　恺撒当然知道自己登上胜利的顶峰后，如果不再寻求新的政治攀升，有可能在按照规定解散军队后遭到贵族元老的清算。因而必须未雨绸缪预作打算，也即是当选下一年度的执政官，保证始终身处权力顶峰，才能规划对于共和国政体的改革。他所寻求的目标就是借助民意，由城邦制的罗马共和国转向定于一尊的罗马帝国，皇帝的头衔并不重要，关键在于权力的细胞必须分布到罗马共和国的各个行省，乃至整个意大利联邦和海外被占领而臣服国家，形成帝国的利益共同体，他就是帝国的实际掌门人。至于共和国的名义也是可以在体制改变的基础上加以保留的。

　　第一步必须在不解散军队的前提下，由军事指挥官加行省行政官平稳过渡到执政官，才可能实施自己下一步政治上的雄图伟略，否则只能是出师未捷身先死，长使英雄泪满襟了。自己拼死拼活打下的功劳却成了元老院贵族寡头加上庞培军事团伙坐大的本钱，这种人为刀俎我为鱼肉的赔本买卖，精明如恺撒者是绝对不干的。趁着手头掌握着军事实力的资本，他需要首先争取选票，某种意义上说，选票就体现了民意，在一个表面上民主共和的城邦制共和国，民意是不可或缺的。然而，共和国通过连年的征战，财富不断增加，疆域不断扩大，势力范围早已形成一个横跨欧亚非洲的超级带有邦联性质的帝国，城邦共和的袍褂已经完全不能容纳庞大的躯体，帝国政体应该脱颖而出了，没有皇帝的强人独裁政治，必然会应运而生，不是庞培就是恺撒。

　　恺撒的行动更加积极而且活跃，他手中有的是通过战争掠夺来的钱财，在无官不贪的罗马，金钱可以贿买一切，包括元老院的议员或者官吏。为了便于坐镇指挥，他开始常住意大利边界小城拉文纳，这里曾经建有他的高卢总督府兼军事战争总指挥部行辕，当然也是他的政治情报中心，罗马当局的一举一动皆逃不过他的法眼。

　　他派遣他的士兵到罗马城去参加投票操纵选举，除此以外，他大把大把地撒钱，花钱买通在职官员投效他的阵营，其中他送给执政官保卢斯的金额高达 1500 泰伦。护民官斯克里博尼乌斯·库里奥的父亲是坚决的反恺撒派，因此他也被视为元老派。青年时期的库里奥才思敏捷，辩论起来条理清晰，很有说服力，深得共和派大理论家、演说家西塞罗的赏识。但是此公出手阔绰，生活腐化，为了造他那座别出心裁的旋转小剧场欠了一屁股债，几乎到了身败名裂的地步。公元前 50 年，这位行事胆大妄为的花花公子当选为护民官。恺撒为了收买他，一次替他偿还了 6000 万塞斯提斯的债务，从此这位前共和派的辩手成了平民派头目恺撒安插在罗马高层的心腹，被称为"恺撒的长臂"。这是原平民派耳目克劳狄乌斯丧生后，恺撒化金钱重新培养的铁杆心腹。

库里奥的难兄难弟安东尼（Antony）是一位容貌俊美行事乖张，吃喝嫖赌无恶不作的流氓恶棍，但是为人极讲义气，出手大方，挥金如土，在猎取女色方面无所不用其极的家伙。普鲁塔克描绘他：

仪表英俊举止高贵，胡须长得美观潇洒，宽广的前额，再配上一个鹰钩鼻，使人觉得他具有大力神赫拉克勒斯的男性美，类似的容貌经常出现在画像和雕塑上面。何况还有一个古老的传说，据称安东尼的家族是这位神明的后裔，他们的始祖是赫拉克勒斯一个名叫安东的儿子，安东尼靠着他和赫拉克勒斯面貌神似，加上服装的样式，用来证明传说确有其事。每当他在众人面前出现时，总是穿着一袭长袍，佩戴一把宽剑，外面披着粗毛料的斗篷。

安东尼是随着难兄难弟库里奥改变立场，由支持元老院的共和派，转向支持平民派的恺撒。安东尼先是追随恺撒出征高卢，公元前 51 年出任恺撒部财务官，公元前 50 年夏天，返回罗马，正好占卜官霍藤休斯去世，竞争这一职位有两人，一位就是美男子安东尼，他现在是恺撒手下最年轻的杰出将领。还有一位是共和体制的坚定捍卫者多米提乌斯·阿诺巴乌斯。安东尼凭着库里奥鼓动民意的支持，愉快地荣获这一非同小可的职位，出任罗马占卜官。

在共和国面临大难和重大国务或者军事行动之前，占卜官根据飞鸟的飞行形状及其内脏的摆设，上观天空景象，下测地理症候，帮助罗马行政官努力解释众神的意志，找出平息众神怒气办法。因此，这个职位十分受人尊崇。

紧接着，库里奥的护民官职务即将到期，为了不至于将这一重要职务落入共和派手中，库里奥必须竭尽全力要将这一职务落入自己人手中，自己才有可能在下台后不遭到政治清算。库里奥凭着口若悬河的辩才和恺撒提供的巨额金钱，在市民大会上运用自己的影响力，安东尼顺利当选下一年度的护民官。使得恺撒的长臂在罗马元老院得以接续，这位护民官一上任就对于恺撒给予了极大的帮助。前护民官库里奥自己则往来于罗马和拉文纳之间，以元老院议员的身份，充当起恺撒的专职联络官。

当执政官盖乌斯·马塞拉斯（Gaius Marcellus）提出建议，要让庞培统帅已经征集的军队，并且授权他自行招募士兵组成军团，壮大军事实力时，安东尼坚决反对庞培这种拥兵自重的作法，他提出另一个法案，规定这些军队必须赶赴叙利亚，支援正在与帕提亚人作战的比布鲁斯。此外庞培不得指挥他所征集的军队。

库里奥从护民官岗位退职，自然成为元老院后座议员，没有表决权，却有建议权。他向元老院提出议案，要求能够尊重恺撒应有的权力，表面上看起来更符合人民的意见；他希望在两个办法中择一而行，庞培必须同时放弃对于军队的指挥权，否则就不能剥夺恺撒在这方面的权力。他的说法是，如果两人都成为平民，双方受到的公正待遇该没有怨言；要是两人都能维持现有的权力，双方处于势均力敌的状况下，应该感到满足才对，这时也不会产生畏惧之心，然而只要削弱任何一方，就会猜忌对手别有图谋，造成难以善了的后果。

公元前50年的执政官马塞拉斯对于库里奥的提案根本不予理睬，破口大骂恺撒是个强盗，要是他不在期限内解散军队，就要宣布他是人人得而诛之的国贼，元老院拒绝接受和处理恺撒送达的信件。可是，马塞拉斯的执政官也只有短短一个月不到的任期就将结束。

公元前49年1月1日，刚刚接手共和国护民官不久的安东尼，即运用法律赋予护民官的的权力，亲自到元老院公开宣读恺撒的信件，使得很多议员听到恺撒的意见后改变了个人的意见，他们在信函中了解了恺撒的提出的诉求不仅正当而且合理。两个议案在元老院中同时提出：第一个提议是庞培应该解散军队，第二个提议是恺撒应该解散军队；只有少数人主张庞培应该放弃军队，几乎绝大多数人赞同恺撒放弃交出军队指挥权。这时安东尼起立发言，提出库里奥的另一个议案请元老院通过，庞培与恺撒全部解除兵权。元老院大多数议员对这项建议极其赞许，投票结果 370 票赞成，22 票反对，压倒多数的议员同意库里奥的提案。庞培的提案流产。全场高声欢呼。库里奥为元老院的胜利感到非常骄傲，兴高采烈地来到市民大会，无数民众大声欢呼和鼓掌，把花冠戴在库里奥头上。

庞培那天没有出席元老院会议，因为法律禁止拥有两省总督头衔和军事指挥权的将领进入首都。但是，他已经从鸳居的别墅赶回到了罗马郊区的帕拉蒂尼山官邸，密切关注着罗马政局的变化。

新当选的执政官要到来年开春二月才能正式接任，暂时还在位的马塞拉斯宣布休会，然后丢下一句话："恺撒将成为诸位的主人"。他说，他确切掌握恺撒率领十个军团翻越阿尔卑斯山，向着罗马奔杀而来，这时他没有办法坐在罗马城里束手待毙，因此他要依据职权派出人马去迎战，保卫共和国的安全。

库里奥不等马塞拉斯发言结束，就从席间站起来说："这个情报是假的！"

然而，执政官马塞拉斯的假情报确实对于元老院上了年纪的元老带来了恐惧和威胁，他们中大部分人对于当年苏拉和马略的内战记忆犹新，恐惧独裁政权随着内战的尘烟卷土重来，他们顺应了马塞拉斯的请求，再次对库里奥的提案重新进行表决，结果竟然推翻的前一天的决定，否决了定案。形势完全逆转。

库里奥立刻将此事报告在拉文纳的恺撒，恺撒马上派秘书官希尔提乌斯赶到罗马。在太阳下山后希尔提乌斯悄悄潜入罗马，等待着和库里奥及保卢斯会面。第二天清晨，他们与庞培的岳父梅特鲁斯·西庇阿见面，提出恺撒第二个妥协方案：保持北意大利与伊利里亚两个行省拥有两个军团的指挥权力，承认不在场候选人的候选资格，如此一来也就可以启动南法行省的总督继任者的人事任命。但是恺撒所交代的任务中，最重要的是和庞培会面、伺机转告恺撒之意，而希尔提乌斯按照目前的形势判断，了解此举在元老院压倒多数通过马塞拉斯的提案后，双方见面几乎不可能，因为元老共和派自认为在元老院占了多数票，似乎胜券在握，完全可以不理睬恺撒派出的代表而一意孤行。

　　果然。梅特鲁斯·西庇阿代表庞培断然否决了恺撒的最新妥协方案，并拒绝与恺撒代表会面的请求，和谈的大门彻底关闭。他甚至还定下一个最后期限，到那一天恺撒必须交出军团，否则将被视为共和国的敌人，元老院立即付诸表决。只有两位元老反对：也即恺撒的死党库里奥和凯利乌斯。保民官安东尼迅速否定了这个议案。

　　还剩下短短一个多月任期的执政官马塞拉斯要完成彻底剥夺恺撒的军事指挥权，目光自然投向就驻扎在罗马郊外窥测政治风向伺机而动的庞培。事不宜迟，马塞拉斯在元老院议员的陪同之下，手捧象征共和国最高权柄的利剑，故意表情肃穆地穿过市民广场前去会见庞培，刻意营造某种共和国生死存亡的悲壮气氛。

　　任西班牙两省总督的庞培依法不得进入首都。公元前50年12月底，两位执政官之一的马塞拉斯迫不及待地带着全体随从和部分议员，来到庞培建筑在阿尔班山麓的豪华别墅，亲手把"共和国之剑"交到庞培手中。马塞拉斯几乎拒绝了一切寻求妥协的试探，就这样带着自己的随从去见庞培，他不无悲壮地郑重嘱托道：

　　"元老院要求您当国家的盾，并请你向恺撒进军。为完成此大义之举，我们给予您在意大利的军队编组权，当然包括屯驻加普亚这两个军团的指挥权，必要的一切军事力量的最高指挥权，现在皆在您的手中。"

　　庞培前一阵子还在因病阿尔巴山麓的豪华别墅疗养，但是这位56岁的罗马名将接受了剑，意味着他就即将成为讨伐叛国头子恺撒的总司令，率领共和国军队向恺撒叛军发起迎头痛击，他似乎还是有些犹豫，曾经的同盟军、小丈人即将反目为仇，心理上有些不适应。他说："如果没有其他良策，我就将执政官的要求当成命令接受下来吧！"这样的回答不够坚决，预示着他对于恺撒的凌厉攻势似乎有点漫不经心，不知是因为对于自己的能力过于自负，还是对于和恺撒交手踌躇犹豫，反正他行动迟缓，防御准备工作严重不足。乃至于在后来恺撒的凌厉攻势下仓皇撤退出罗马，拱手将首都交给叛军恺撒，但是恺撒并没有接手管理罗马，而是由护民官安东尼代行职权。

安东尼反对元老院的决定，前往市民大会宣读恺撒给人民的公开信，里面特别提到解决办法。就是他和庞培都辞去官职，解散各自的军队他们愿意听命于人民的裁决，所有的行动完全服从于人民的利益。这些建议都得到了公众的好感和赞成。等到庞培开始征召新兵，很多民众拒绝征召令，加入征兵行列，绝大多数在高叫要和平解决，反对内战。

恺撒的特使希尔提乌斯尚没有离开罗马，等待与庞培见面，看来他们考到见到大将军庞培的希望几乎不可能，于是在罗马逗留不到 24 小时，即于夜里沿着弗拉米尼亚大道北上，赶回了拉文纳。或许在 3 天之后，恺撒已经得到确切的情报。事已至此，恺撒只好命令在高卢的 8 个军团中的第 8 和第 12 两个军团离开冬营地向北意大利转移，因为和他一起在拉文纳的只有十三军团，进军罗马似乎力量不足。

两位执政官不同意这种化解双方矛盾的方案，恺撒在议会的势力又提出其他几项让步的方案，都很公平合理，但是遭到小加图的强力反对，执政官连图鲁斯直接将安东尼驱逐出元老院。安东尼走出会场时，对着两位执政官破口大骂。

公元前 49 年 1 月 4 日，流亡在外的西塞罗返归罗马。回到罗马后，他设法调解双方的歧见，努力避免内战再起，他对庞培极力劝告，庞培表示恺撒提出的其他条件都能够接受，只是不能让他保留两个军团。西塞罗终于说服恺撒的朋友，他们代表恺撒同意保留前述的两个行省总督，加上仅仅 6000 人的军队，借以解决边界扰攘不已的纷争。庞培愿意接受这个方案。但是元老院在小加图和两名执政官马塞拉斯、连图鲁斯的操纵下，拒不同意。小加图叫嚷着要庞培不要再上恺撒的当，原本犹犹豫豫的庞培放弃了自己的意见，彻底倒向元老贵族集团。西塞罗调停失败。执政官连图鲁斯甚至对安东尼、库里奥肆意谩骂，并将他们逐出元老院，彻底关闭了和谈协商的大门。

公元前 49 年 1 月 7 日，元老院最后通过西庇阿的提案：恺撒必须在指定的时间之前解散军队，否则就视为反抗政府，企图叛乱，视为国家的敌人。虽然护民官行使否决权，但是议员们只是草率地进行讨论，同意对恺撒发出"元老院最后通告"，这意味着恺撒和罗马共和国政府的决裂。等于宣告恺撒及其军团是"人民公敌"。通告指出："执政官、法务官、护民官和位于罗马附近的卸任执政官，应采取行动使国家免于危难。"

罗马共和国的内战由此而揭开序幕，庞培将军队开进罗马。保民官们受到警告，他们的安全不再受到保护。为了逃出罗马，安东尼和库里奥隐匿身份，换上奴隶所穿的服装，雇上一辆马车前去拉文纳投奔恺撒。那里仍驻扎着恺撒的一个军团，等待着罗马最后的决定。当他们衣衫褴褛地到达恺撒营地，安东尼宣布罗马的政局陷入法纪荡然和混乱不堪的状态，连护民官在元老院都没有自由发表言论的自由，他们为了主持公理和正义，竟然被赶出了元老院，连生命都受到了威胁。

此时是公元前 49 年 1 月 10 日。没有人想到有着 460 年历史的罗马共和国即将结束。

渡过卢比孔河开启战争之门

恺撒的仇敌貌似在政治上取得了胜利，成功制造了两位政治军事强人的不和，并把庞培拉到了自己这一边，他们本可以过后再与庞培打交道，或许战争不会真正爆发；而庞培还不是战场上的统帅，他就要一直受制于现行体制。

元老寡头们为恺撒提供了两种选择：要么发动内战，要么放弃自己的政治前途，将浴血奋战换来的荣誉付之东流，沦为权斗的牺牲品。而在恺撒心目中，他的尊荣比自己的性命更加重要。这是罗马传统贵族所遵循的价值观。

恺撒仇敌的愚蠢，使得矛盾没有了转圜的余地，元老贵族对恺撒的肆意攻击毫不妥协，为恺撒的反叛提供了口实。可以说元老贵族集团的昏聩加速了共和国的坍塌。恺撒退无可退，只能铤而走险，如果他现在让步，那一切政治上的追求都将化为泡影，不如在军事上放手一搏。

倘若恺撒在返回罗马时只是一名普通公民，他的政敌马上就会以敲诈勒索或叛国的罪名控告他。他们可以买通那些以雄辩、立场坚定和爱国而闻名的律师。怀恨在心且不可通融的共和顽固派加图在等待着他们这样做。一个人选精心敲定，再加上庞培麾下老兵们的道义声援，必然能够将恺撒定罪，最终最好的结果就是被放逐出罗马，在政治上永远不得翻身，他只能无声无息被湮没在历史的尘埃中，了却余生，这是枭雄恺撒绝对不愿意看到的结果。

恺撒不得不动用武力来保卫自己。公元前49年1月11日，恺撒以"保卫人民固有权力"为名，渡过卢比孔河，挥军南向杀回罗马，共和国揭开内战的序幕。这时在恺撒身边的只有300名骑兵和5000名步兵，其余部队全部留在阿尔卑斯山的那一边，他已经派遣军官去将他们调过来。

他认为军事行动初期并不需要许多部队，关键在于抓住大好时机，出其不意，以奇兵进行突然袭击。因为在意大利和高卢的边界地区，他早已布局，当地的行政官员基本已经被他所收买。意大利边界的怀抱是向他完全敞开的。他的小部队奇兵突入，不会遇到任何抵抗。当庞培还在招兵买马的时候，他已经开始实施他的战略计划，为了不至于走漏风声，他的行动是高度保密的。但是，他的部队中很难保证没有亲庞培的人马，比如他的亲密战友、在高卢作战中屡建功勋的副将拉比埃努斯，就曾经是庞培的老乡和门客。虽然此公非常的忠义，但是在他与庞培联手对付元老寡头时，他和恺撒是同道携手相助的上下级，但是如果恺撒和庞培彻底分道扬镳，反目为仇时，他必定抱定门客忠义之心，坚定地投向老主公的怀抱，这也是罗马的传统。

恺撒不必等待全军集结完毕再发起进攻，他要运用出其不意兵贵神速的战法发起突然袭击，使对手猝不及防陷于混乱之中，总比与准备妥善的敌军接战，有更大胜算的概率。根据他的想法，出乎敌人预料之外的攻击，比起一切准备好再稳扎稳打对付敌人，更能收到出其不意、攻其不备、攻心为上、震慑敌军的功效。

他命令百夫长和军官只携带佩剑，不必使用其他重型武器，去占领意大利与高卢交界的城市阿里米隆，为了尽可能不引起骚动和流血牺牲，他把这次行动进行得十分隐秘，只将这支神秘的小部队交给副将贺廷休斯（Hortensius）率领。

为了掩人耳目在拉文纳行辕，恺撒白天还装着若无其事的样子，现身各种公共场合，观赏了一场角斗士的表演。暮霭时分，他回到总督衙门沐浴更衣后，容光焕发地走进会客大厅，和一些请来共进晚餐的宾客进行寒暄问候，谈笑风生，毫无任何将要起兵造反的迹象。等到午夜时分，他向宾客表示歉意，他有要事需要暂时离开一下，希望宾客稍稍等待一下，他很快就会回来。他在事先已经私下吩咐少数亲密的友人随他一起离席，他们要不动声色地分头行动，避免使用同一条道路。他自己登上了一辆租来的马车，先朝着另一个方向行进，不久以后转向阿里米隆急驶而去。马蹄疾疾，不久就消失在浓浓夜色里。

卢比孔河位于远离首都罗马130公里以外，是意大利北部的一条约29

公里长的河流。这条河源自亚平宁山脉，流经艾米利亚－罗马涅大区南部，最终在里米尼以北大约 18 公里处流入亚德里亚海。根据罗马当时法律，任何将领都不得带领军队越过作为意大利本土与山内高卢分界线的卢比孔河，否则就被视为叛变。这条法律确保了罗马共和国不会遭到来自内部的攻击。

因为，要求举办凯旋仪式的将领一般都率领着他们凯旋的庞大兵团，只有等待这些兵团自动解散，总司令才能被允许进城接受盛大的凯旋仪式。这是共和体制防止将领们挟兵自重，图谋兵变的重要举措，越过罗马和意大利各行省的界河卢比孔河，就形同举兵谋反。

当恺撒来到卢比孔河边的时候，他的心情一时难以平静。

面前的卢比孔河是一条清澈见底的河沟，河面没有翻腾的激浪滔天只是一条潺潺流淌的小溪，在月色晴朗的夜幕笼罩下，风声伴随着哗哗流淌的河水，仿佛是一曲安谧的小夜曲萦绕在骚动的大军一侧。今晨，他的军队将要跨越这条小河沟，就意味着他彻底走上了叛逆的不归之路，他将被坐实成为"人民公敌"，他的军团就是叛军。这条不起眼的溪流将因此在共和国掀起滔天巨浪，内战将把他和庞培推向浪尖，在一番生死拼搏后，终有一方被埋葬进谷底，这就是两强相斗，必有一方为落败者，胜者为王败者为寇的政治军事斗争逻辑，狭路相逢勇者胜。恺撒历来就是敢于冒险的勇者，说是官场的军事赌徒也可以。

想到这里，他在早春的寒风里不禁打了一个寒颤，他想到自己面临的严峻形势，想到完成计划必须要冒的风险，难免有些迟疑不决。拂晓之前，恺撒的第 13 军团的士兵们排好了行军队形。晨曦微露，寒气逼人，但军团将士早已习惯于各种恶劣天气下的行军作战。八年来，他们冒着严寒，顶着酷暑，追随高卢总督经历了一场又一场血战，直到罗马世界的尽头。离开北方的蛮荒之地，在这一刻，面对着一个完全不同的边界。恺撒降低了马车行进的速度。下令在路边行进的部队暂停，等待他的渡河命令。前方是一条窄窄的小河。军团一边是高卢省，远处的另一边是意大利，那边的道路通向罗马。踏上那条路意味着入侵和反叛。

　　13 军团的士兵突破的将不仅是省界，他们也将触犯罗马人最严厉的法律。不过，从军团战士向边界行进以来，他们对那种灾难性后果心知肚明。现在，他们跺着脚暖和暖和身子，等待号令兵召唤他们行动——扛起武器前进，渡过卢比孔河。什么时候召唤？卢比孔河充盈着山上的融雪，在夜色中影影绰绰发着幽幽的光。士兵们听得到水流的声音，但听不到军号声。他们警醒着，倾听着。

　　这些战士不习惯等待。战斗发生的时候，他们会像闪电般出击。人们都知道高卢总督是一位优秀的将领，作战讲求速度和突然性，善于猛打猛冲。现在，军团战士已到了河边，为什么突然让他们停下来？士兵们看不见他，但在他身边的高级将领们的眼里，高卢总督显然正处于内心的煎熬中。恺撒凝视着卢比孔河的暗黑水流，心神难定地沉默着，迟迟没有做出渡河的手势。

　　那一刻的抉择决定着人的一生。如任何一个渴望辉煌的罗马人一样，恺撒经历过许多类似的危急关头。一次又一次地拿他的未来冒险；一次又一次地他都取得了成功。在罗马人看来，男人就应该这样。然而，站在卢比孔河岸边，恺撒面临的是特别揪心的困局，而这一困局竟还是他先前的胜利造成的。在不到 10 年的时间里，恺撒迫使 800 余座城市、300 来个部落投降，整个高卢归顺于他。的确是伟大的成就，也许过于伟大了，罗马人既为之欢呼，也为之担心。不管怎么说，他们是一个共和国的公民，不容许任何人这样长久地独领风骚，远远地将其他人甩在后边。恺撒的政敌们嫉妒他的功劳，畏惧他的威势，早就策划要剥夺他的指挥权。除了参照狂热的赌徒心理，我们还能怎样理解恺撒的行为？赌注太大，很不理性。进入意大利后，恺撒知道他冒着世界大战的风险。他跟同伴谈起过，其前景令他不寒而栗。

　　他稍稍厘清了自己漂浮不定的思绪，权衡了这场豪赌对于自己未来的利害关系，他在与自己的幕僚进行了短暂的讨论后，仿佛下定了决心，将自己激昂的情绪推向极端，他强劲地挥手从空中狠狠劈下，仿佛斩断了种种杂念的干扰，下达开始渡河的命令。他说："越过此河，将是悲惨的人间世界；但若不越过，我将毁灭，进入黑暗的地狱。"

然后，他立刻望着自己的士兵，斩钉截铁地喊着："前进吧，到诸神等待的地方，到侮辱我们的敌人所在之处，孤注一掷。骰子既然已经掷了下去，全看命运的安排了。"

士兵们用雄壮的应和声作为回答。于是在队伍前领头的恺撒，放马驰骋飞速带着他的先头军团渡过了卢比孔河。恺撒走向了背叛共和国的不归之路，也是自己开创罗马帝国的一条崭新的必然之路。过了这条河，恺撒便将世界拖入了战争，将导致古罗马自由制度的毁灭，其废墟上将建起事实上的君主制度，尽管共和国的外衣他还披在身上。

这对西方历史具有无可比拟的重要意义。在罗马帝国灭亡之后的很长时间里，以卢比孔河为界，人们不断争辩着各种制度设想——自由还是专制？秩序还是混乱？共和国还是君主国？卢比孔河只是一条小河，毫不起眼，连它的位置都被忘得干干净净，但人们牢牢地记着它的名字。一点也不奇怪。鉴于恺撒渡过卢比孔河的重大意义，在他之后，人们用这件事指代任何重要抉择前的思考和决定。

在天亮之前他率领着他的先遣小分队到达阿里米蓬（Ariminum），不费吹灰之力占领了这座不设防的边界小城。阿里米蓬被占领等于打开了通向罗马的大道，点燃了烧向共和国的燎原大火，火光灼天，无法止息，开始在意大利蔓延，到达各处陆地、海洋和各个行省，法律的约束荡然无存。而首都竟然没有军队前来接战。成群的难民四处逃窜，让罗马知道了恺撒闪电战的消息。罗马附近的居民像是蝗虫那般聚到罗马城里。行政官员无法管理这些众多的难民，雄辩的演说无法说服他们骚动不安的心灵，底层民众的骚乱几乎颠覆了罗马高高在上元老院权贵集团的地位，政权的合法性遭到严重质疑，共和国摇摇欲坠。

高层中两个阵营的对立在权斗中，以武力恫吓，赶走了反对派，然而庞培并没有形成核心。底层中两个阵营的对立却逐步由观点的不同引发街头辩论，由针锋相对的争议而演变成暴力斗殴。此刻，原已在时间的河流里渐渐抚平的喀提林事件，从历史的尘封中重新提起。喀提林的坟墓前重新又出现鲜花。那些对这场变革感到无比兴奋的人首先想到的，是当年扯旗造反的喀提林曾经和恺撒都是民主派的战友，喀提林的起义被西塞罗等人残酷镇压，形象遭到妖魔化的抹黑，但是共和国腐败照旧，反而比过去变本加厉，人民依然贫困。

西塞罗怀着挥之不去的恐惧，不断关注着恺撒的进军路程，因为汉尼拔也是翻越了阿尔卑斯山脉从山南高卢来。然而，在意大利频频现身的还有其他鬼魂，来自并不遥远的历史。一些农民的土地在马略的墓附近，他们看见冷峻的老将军从墓中出来，借尸还魂，因为恺撒毕竟是老将军的亲侄子，又是马略政治上的继承人，恺撒的出击可以看成是马略灵魂的附体。大竞技场的中心是苏拉的尸骨被焚烧的地方，在这里，人民看到了他的鬼魂，嘴里不停地说着当年西比尔女巫关于共和国被毁灭的种种预言，而苏拉是共和国中兴的象征，马略则是老一辈民主派的代表，两派的明争暗斗一直在罗马政坛以不同的代理人此起彼伏地进行着，这种对于逝去亡灵的怀念，正是对于共和国现状的严重不满，谣言有时反而是民心民意的曲折表达，也是对于庞培所代表的权贵势力的刻毒赌咒。笼罩在庞培头顶的光环开始褪色消失，庞培被突如其来的战争打回了原型。

就在几天前，罗马还是那么的兴奋那么的自信。庞培向他们言之凿凿地表示，打败恺撒是轻而易举的事情。现在双方已经等同公开宣战，但是元老院错误地认为，恺撒的军队远在高卢，即便现在开始结集，也要有一段时间。他不会带少数军队来冒这么大的风险。他们命令庞培征集大量意大利士兵（主要是有作战经验的老兵），劝他到意大利各地去筹集军队，他们按照缓慢的共和国法治程序通过一系列战争所需要的法案，而此刻恺撒的小股部队已经先声夺人地突破卢比孔河进入边境小城阿里米蓬。

元老院看到恺撒意外迅速地进军开始惊慌失措起来，元老们开始担心自己的名字会不会出现在恺撒的公敌名单上。他们对付恺撒军队的准备工作尚未完成，形势已经紧迫到了火烧眉毛的时刻，共和国危在旦夕，他们后悔不该拒绝恺撒的建议。恐惧之心使得他们从党派的利益中挣扎了出来，终于开始承认恺撒的建议是理性而且公平公正的，但是和谈的大门已经被彻底关闭了。

当恺撒已经占领阿里米蓬时，元老院原来准备派往拉文纳的公使团刚刚到达这座边境小城，他们来传达两位执政官的信件并宣布元老院将恺撒宣布为"人民公敌"的决定，口气是傲慢的，决定是强硬的。这种姗姗来迟的消息，理所当然遭到恺撒的严词拒绝，事情已经到了无法转圜的地步。此刻，罗马的天空异象频现：天降血雨、战神马尔斯神像流汗、雷电轰击了神庙、一头骡子怀孕等等都预示着共和政体即将永久改变。

庞培这几天已经有了被架在火炉上烤的焦灼感，元老们的指责犹如火上浇油，使他更加痛苦不堪。有人说他从前成为人家老女婿时两人狼狈为奸，沆瀣一气，在他的纵容下恺撒的实力不断坐大，现在起来反对共和政府，可以说是自食恶果。也有人认为，恺撒已经作出了这么多的让步，愿意提出合理的解决办法，你庞培在新任老丈人的挟持下对曾经的小丈人肆意凌辱，实在是太不应该了，他们围住庞培七嘴八舌喋喋不休。一个元老甚至公开指责他欺骗了共和国，将国家引向了灾难。庞培是百口莫辩，尴尬万分。加图的密友法弗尼乌斯，讽刺地要求他跺跺脚，看看能否变出千军万马来！这是他过去吹的大牛，劝大家不必为战争的事烦心，一旦面临战争，只要他跺跺脚意大利会布满他的士兵。结果是国难临头，他束手无策。高层内部一片混乱，相互埋怨推诿，唯一计策就是逃跑，也就是三十六计走为上计了。

因为他的主力在西班牙和非洲的阿非利加。虽然，当时庞培在首都附近掌握的部队远比恺撒多得多，只要进行充分动员，严密地计划部署，罗马防御战不是不可以进行。但是大家的七嘴八舌，不容庞培冷静思考从容决策。再加上伪造的信息和不实的警报不断陆续传来，似乎恺撒的进军已经所向无敌势不可挡，马上就会兵临城下。

这些消息使得罗马陷于极大的恐慌之中。此时的庞培已经完全乱了方寸，处在孤掌难鸣独木难支的状态之下，他已经拿不出像样的作战方案，只能听从大家的叫嚣。庞培颁发了一道敕令，宣布罗马进入无政府状态，下达命令要全体元老院议员随他离去，凡是热爱国家和自由厌弃暴政的人士，都不可以留在这座弃守的城市。

庞培美其名曰"战略撤退"。他对元老们说：

"只要你们跟着我走，你们就能够拥有很多军队，不要一想到离开罗马就惊恐万状，于必要时，连意大利也可离开。地方和房屋不是人们的力量和自由；但是人们无论在什么地方，都需要有着某种精神去保卫自由恢复自己的家乡"说完这些，他又对哪些想留在后方、放弃国家利益以挽救自己田园财产的人加以恐吓，之后他马上离开了元老院和罗马，往加普亚去指挥他的军队，两个执政官也跟着去了。其余元老还长久犹豫不决，一块在元老院议事厅度过了漫长的不眠一夜。但是在黎明的时候，他们大部分人还是离开了罗马，匆忙地追到庞培那里去了。

执政官连图卢斯奉元老院的敕令，要把金库的储备金全部搬走交给庞培。恺撒派出的先遣骑兵即刻赶到，于是连图卢斯带着卫队仓惶逃窜，黄金储备尽入恺撒之手。

公元前 49 年 1 月 17 日，离恺撒起兵短短不到一周时间，恺撒几乎兵不血刃占领共和国首都罗马。执政官马塞拉斯连起码的神庙献祭仪式都没有进行，就在元老院议员和大批官员蜂拥下匆匆出逃。大部分元老院议员携带财物离开，神色仓惶有如丧家之犬的逃窜。

普鲁塔克在《恺撒传》中记载：

罗马陷入骚乱动荡之中，看起来一片凄凉的景象。像是一艘被舵手抛弃的船只，毫无目的在海面漂流，随时会在礁石上撞得粉碎。人民的处境非常悲惨，他们为了庞培的缘故，把流亡之地当成自己的国家，毅然下定决心离开罗马，仿佛没有生气的城市已经成为恺撒的营地。

在庞培弃城后仅仅一天，共和国首都罗马"沦陷"。而由于找不到可以运输物质的办法，以及原本负责运送物资官员的集体出逃，国库物资依然完好无损地留在了罗马。庞培及其高级官员的集体出逃不仅仅是军事防守上的失误，而且是政治上完全放弃了合法性的昏招。作为比恺撒职务都要高的民选合法政府的执政官们，不仅没有留守都城尽全力抵御，反而主动放弃了抵抗和指挥权，这无疑是放弃了正统合法政府的有利地位。作为罗马的公民，也就是国家最高权力机构公民的投票主体，都认为庞培和支持他的元老院贵族抛弃了他们，也就是失去了民心。高层权力和基层民心的丧失，使得庞培及其追随者成了一批失去权力和根基的流亡团伙。这无异为恺撒重开公民大会，重组权力机构，推行他的政体改革，合法地走向帝制提供了政治、军事上可供操作的广阔空间。

英国罗马史《罗马革命》作者罗纳德·塞姆后来评价导致恺撒渡过卢比孔河，与罗马权贵们那些言行之间的因果关系时，说道：

他们谎称这是一起叛国的行省总督与合法权威之间发生的纠纷。这种孤注一掷的，不按常理出牌的作法通常都是由糊涂头脑们一时心血来潮而设计出来的。他们一错再错，理所当然要遭到惩罚。他们的幻想很快破灭了。连加图也乱了方寸。他们原本坚信，意大利各处城镇里掌握权力、受人尊敬的阶层会联合起来捍卫元老院的权威和罗马人民的自由；各个地区将会团结一致，共同抗击入侵者类似的情况完全没有出现。意大利对危难中的共和国拉响的战争警报无动于衷，并对共和国这些领导人心怀疑虑。

2022 年 3 月 18 日第四稿于南京

2023 年 3 月 13 日第五稿于布里斯班

2023 年 8 月 18 日第六稿于南京

图书在版编目（CIP）数据

　　古罗马墓志铭.1,兴盛与危机 / 陆幸生著. —— 北京：
中国书籍出版社,2024.8
　　ISBN 978-7-5068-9836-2

　　Ⅰ.①古… Ⅱ.①陆… Ⅲ.①纪实文学—中国—当代
Ⅳ.①I25

　　中国国家版本馆CIP数据核字(2024)第073213号

古罗马墓志铭（1）　　兴盛与危机

陆幸生　著

责任编辑	牛　超	
责任印制	孙马飞　马　芝	
封面设计	程　跃	
出版发行	中国书籍出版社	
地　　址	北京市丰台区三路居路 97 号（邮编：100073）	
电　　话	（010）52257143（总编室）　　　（010）52257140（发行部）	
电子邮箱	eo@chinabp.com.cn	
经　　销	全国新华书店	
印　　刷	三河市富华印刷包装有限公司	
开　　本	710毫米 × 1000毫米　1/16	
字　　数	605千字	
印　　张	33	
版　　次	2024 年 8 月第 1 版	
印　　次	2024 年 8 月第 1 次印刷	
书　　号	ISBN 978-7-5068-9836-2	
定　　价	518.00元（全四册）	